LE SILENCE D'UNE FEMME

PAULLINA SIMONS

LE SILENCE D'UNE FEMME

FIXOT

Titre original :
TULLY

Traduit de l'américain par
Valérie Rosier

ISBN 2-266-07507-1

À Alla et Yuri Handler,
mes mère et père

Mais étroite est la porte,
resserré le chemin qui mène à la vie,
et il y en a peu qui les trouvent.

Matthieu 7-14

Remerciements

Je voudrais remercier Joy, mon agent, qui porte bien son nom, Bob Wyatt, mon éditeur, et Anita Miller pour le soutien inconditionnel qu'ils m'ont apporté. Toute ma gratitude aux musiciens qui ont permis à Tully de fredonner certains de leurs refrains.

Merci, Kevin, d'être à mes côtés et d'avoir lu trois fois *Tully* avant que quiconque y jette un œil. Et merci, Natasha, d'être une môme aussi chouette. « Maman, en vrai, Tully n'existe pas, m'a-t-elle dit un jour à Topeka. » C'est ce qu'elle croit.

Enfin, merci à Claudine de m'avoir, il y a longtemps, envoyé une carte de chez nous, où était écrit juste ce qu'il fallait.

I

JENNIFER LYNN MANDOLINI

Ah! Vie,
quelle chose charmante je serais
devenue dans le décor de la
maison où j'ai grandi si tu ne
m'avais gâché mes petites joies!

Edna St. Vincent Millay

Maman va te faire vivre tous tes cauchemars
Maman va te passer toutes ses peurs.

Roger Waters

I

TROIS AMIES

28 septembre 1978

Par un chaud après-midi de septembre, Tully, Jennifer et Julie étaient assises autour d'une table de cuisine, dans une maison de Sunset Court.

— Tully, tu devrais y aller, dit Jennifer Mandolini. Pas question de te voir à mon anniversaire avec cette tête-là.

Tully Makker l'ignora et continua à remuer le fromage blanc aux herbes qui devait accompagner les pommes chips et les crudités.

— J'y goûte encore une fois, et je disparais, dit-elle.

La cuisine des Mandolini embaumait l'*apfel strudel,* alors que, chez elle, il n'y avait jamais de telles odeurs. Assise à la table, les pieds posés sur les genoux de Julie, Tully se sentait bien. Trop bien pour bouger.

Jennifer se pencha, lui enleva le plat des mains et le posa sur le comptoir de la cuisine. Puis elle se tourna vers Tully et s'excusa presque :

— Si on te laissait faire, il ne resterait rien pour les invités, pas vrai, Julie ?

Julie Martinez acquiesça en sirotant son Coca-Cola.

Tully soupira. Jen avait raison. Il fallait y aller. Elle se leva à regret et s'approcha nonchalamment du comptoir.

— Tu sais, Jennifer, ces messieurs seront bien trop occupés à danser avec toi pour penser à manger. Elle passa son doigt à l'intérieur du bol tout en fredonnant « Hôtel California ».

Jennifer le lui arracha des mains.

— Ça suffit, Makker ! Il est déjà cinq heures et tu dois marcher trois kilomètres avant d'arriver chez toi, s'exclama-t-elle en rangeant le bol dans le réfrigérateur. Ça fait six kilomètres aller et retour. Remue-toi ! Et va t'arranger un peu, tu veux !... Julie, qu'est-ce qui la retient ici ?

— Je ne sais pas.

— Laissez tomber, les filles, dit Tully. C'est comme si j'étais déjà partie.

Mais Tully ne partit pas ; bien au contraire, elle retourna s'asseoir à la table et posa les pieds sur une chaise.

Jennifer s'approcha d'elle et se radoucit :

— Allez ! Je ne veux pas que tu sois en retard, c'est tout.

Tully ne bougea pas d'un pouce. Elle avait passé un bon samedi après-midi. Tranquille. Amusant. Chaleureux.

— D'abord, ça ne fait que quatre kilomètres aller et retour, murmura-t-elle.

— Fiche-moi le camp ! cria Jen exaspérée.

— Dis donc, Mandolini, fit Tully en lui tendant une pomme chips. Tu ne m'as même pas dit combien on serait, ce soir.

— Une trentaine, répondit Jennifer. D'ailleurs je te l'ai déjà dit.

Elle se leva pour lui ouvrir la porte de la cuisine.

— Une trentaine, répéta Julie joyeusement. Dont au moins quinze joueurs de football !

Tout en léchant le sel qu'elle avait sur les lèvres, Tully jeta un regard en biais à Jennifer.

— À propos, Jen, comment ça marche, ton club de supporters ?

— Très bien, merci, répondit Jennifer sur le pas de la porte.

Une brise agréable caressait les bras nus de Tully. Elle lança un regard entendu à Julie et susurra :

— Ça t'est déjà arrivé de causer avec les joueurs ?

— Pratiquement jamais, dit Jennifer en se dirigeant vers l'évier. Tout ce qu'ils savent faire, c'est nous tourner autour en nous criant des obscénités.

— Alors tu n'as jamais parlé à aucun en particulier ? demanda Tully, les yeux braqués sur le dos de Jennifer.

— Non, pas vraiment, dit Jennifer en s'affairant devant l'évier.

Julie se racla la gorge avec insistance, puis :

— Pourtant, si je ne m'abuse, Jen, ton vestiaire est juste à côté de celui d'un type qui a bien l'air d'un joueur de foot...

— Je ne sais pas, laissa tomber Jen sans se retourner. Possible.

Et elle se mit à essuyer consciencieusement le comptoir.

Tully et Julie échangèrent un regard.

— Ouais..., prononça Tully, en se levant et en s'approchant de Jen. Il me semble bien t'avoir vue parler avec un type, moi aussi. Il portait un maillot de footballeur avec un numéro inscrit sur le dos. Très sexy, d'ailleurs. Tu te souviens du numéro, Julie ?

— Non, dit Julie.

— Soixante-neuf, peut-être bien ? suggéra Tully en guettant la réaction de Jennifer qui, sans répondre, la repoussa de sa main mouillée.

— Dis, Julie, demanda Tully, comment est-il ?

— Plutôt blond..., fit Julie.

— Plutôt grand..., reprit Tully.

— Toujours en jean..., dit Julie.

— Mal rasé et baraqué..., continua Tully.

— Intelligent aussi, il paraît, ajouta Julie avec un petit gloussement.

— Lui ? s'exclama Tully. On prétend qu'il arrive à épeler son nom mais qu'il a du mal à retenir son adresse. Enfin... je suppose que pour un « Fils de Troie », comme ils s'appellent, c'est déjà une preuve d'intelligence.

— Jen est bien major de la promotion et chef des pom-pom girls, dit Julie. Lui est peut-être joueur de football et intelligent ?

Jennifer les contourna dignement et alla jusqu'à l'armoire prendre le sac de Tully.

C'était une fin d'après-midi chaude et ensoleillée. Sait-elle seulement combien elle est jolie, pensa Tully en regardant Jennifer, dans ce débardeur jaune et ce short en coton blanc, avec ses longues jambes et ses beaux bras tout dorés ? Ses cheveux ondulent naturellement... Même avec une nouvelle permanente, jamais les miens ne seraient aussi beaux.

Jen regarda Tully droit dans les yeux.

— Vous avez bientôt fini toutes les deux ?

— En fait, non. (Tully prit son sac et donna une tape sur la main de Jen.) Je n'étais pas au bal du collège, mais Julie m'a dit qu'elle t'avait vue danser avec un type presque toute la soirée... N'est-ce pas, Julie ?

— Oui, répondit Julie en souriant d'un air godiche. Sauf que je ne crois pas qu'il s'agisse du même. Au bal du collège, c'était un grand blond baraqué, mais il était bien rasé et portait un costume.

— Bien sûr, ce qu'on est bêtes ! Hein, Jen ? dit Tully. Ce n'était sûrement pas le même.

— Bon, c'est fini, cette fois ? interrogea Jennifer en croisant les bras.

Julie et Tully se regardèrent.

— Je ne sais pas, répondit Tully. Qu'en penses-tu, Julie ?

Julie se mit à rire.

— Ouais, je crois que c'est fini pour aujourd'hui, dit-elle.

— Ça tombe bien, répliqua Jennifer, vu que je n'ai rien à vous dire. Allez vous faire voir !

— On y va, dit Tully en lui tirant les cheveux au passage.

— Et n'oubliez pas mes cadeaux, les filles ! dit Jennifer.

Comme Tully et Julie arrivaient au bout de l'allée, elle leur cria :

— Hé, les petites futées ! C'est le numéro trente, si vous voulez tout savoir.

Et elle claqua la porte de la cuisine.

Deux

Au coin de Wayne Street et de Sunset Court, Julie se tourna vers Tully.

— Pourquoi ne veut-elle pas nous raconter ?

Tully haussa les épaules.

— Elle préfère le garder pour elle, je suppose. Et lui, tu lui as déjà parlé ?

— Non, dit Julie.

Elles longèrent en silence trois pâtés de maisons, de la 17e Rue à Huntoon Street.

Julie songeait au mois de mai dernier. Tully n'était pas au bal du collège. Elle n'avait pas vu

Jennifer baisser les yeux devant un jeune gars de dix-sept ans qui l'enlaçait et lui tenait la main. Cela lui avait fait une drôle d'impression de voir la tête de Jennifer pendant qu'ils dansaient tous les deux. Mais, depuis, Jen n'avait jamais fait la moindre allusion, ni au bal ni au jeune homme, et comme celui-ci n'avait pas réapparu de tout l'été, l'histoire lui était sortie de la tête et elle n'en avait pas parlé à Tully. Jusqu'à ce qu'elle surprenne la même lueur dans les yeux de Jennifer s'adressant à un garçon au vestiaire. Alors elle en avait parlé à Tully, qui, dans son genre, était un vrai démon. À la moindre occasion, elle remettait cette histoire sur le tapis pour faire marcher Jennifer.

— Il ne doit pas compter tant que ça pour elle, dit Julie en s'arrêtant au coin de Wayne Street et de la 10e Rue. On ne sait même pas comment il s'appelle.

— Mais on le saura, dit Tully en donnant un petit coup de coude à Julie. Ce soir, on le saura. (Et, comme sous le coup d'une arrière-pensée, elle ajouta :) Tom vient avec toi ?

— Ben évidemment ! dit Julie.

— Ben évidemment, répéta Tully en levant les yeux au ciel.

Julie se pencha vers elle. Deux filles campées au beau milieu d'une ville nommée Topeka, en pleine Amérique, en plein été indien.

— Confidence pour confidence, Tull, il ne t'aime pas non plus.

— Ça veut dire quoi, aimer ? dit Tully.

Ça veut dire quoi, aimer ? pensa Julie en se dépêchant pour être prête à l'heure. Ça veut dire quoi, aimer ? pensa-t-elle en descendant les escaliers. À cause de son visage typé de Mexicaine et de son corps un peu trop rond, elle manquait d'assurance.

Tom n'était pas arrivé, Dieu merci. Il n'entendrait pas sa mère s'extasier.

— Conchita ! Tu es superbe ! Quelle jolie robe ! Tourne-toi un peu pour voir, laisse-moi t'admirer ! Comme tu as grandi ! Comme tu es bien coiffée ! Ils vont tous tomber à tes pieds !

Mais Angela Martinez continua bien après l'arrivée de Tom.

— Tom, n'est-elle pas ravissante ?

Julie leva les yeux au ciel, une mimique directement empruntée à Tully.

— Maman, je t'en prie, arrête !

— Ouais, elle est ravissante, dit Tom. Bon, il faut y aller.

Angela s'approcha et serra Julie dans ses bras.

— Ça va, maman, ça va, protesta Julie en se détachant d'elle. Tu vas me décoiffer.

— Julie ! Julie !

Vincent, trois ans, le plus jeune de ses quatre frères, arriva en courant de la cuisine, les mains poisseuses, et s'accrocha à ses jambes.

— Julie ! dit Vinnie d'une voix geignarde. Je veux aller avec toi !

— Maman ! Écarte-le de ma robe ! cria-t-elle en cherchant à le repousser.

— Emmène-moi avec toi ! répéta Vinnie.

Julie jeta à sa mère un regard appuyé.

— Mais Vinnie, qui va aider maman à faire les gâteaux ? demanda Angela en se tournant vers son dernier-né. Ne me dis pas que tu as déjà mangé toute la pâte ?

Partagé, Vinnie laissa son appétit l'emporter sur son affection fraternelle, et fila vers la cuisine après avoir embrassé la robe de Julie en guise d'adieu.

— Ah, ta mère, c'est quelque chose ! dit Tom quand ils se retrouvèrent dehors.

— Oui, je sais, acquiesça Julie. Si elle m'aime, c'est juste parce qu'elle n'a pas eu d'autre fille.

Mais elle se sentit blessée. Oui, c'est ma mère, et alors ? Si seulement tout le monde avait la chance d'en avoir une comme ça ! Elle regarda Tom à la dérobée. Il l'agaçait parfois. Mais bon, pensa-t-elle, c'est vraiment sympa d'être dans le même club d'histoire.

Trois

Après le départ de Tully et de Julie, Jennifer soupira, monta l'escalier et entra dans la chambre de ses parents. Elle trouva sa mère à peine sortie de la douche, assise sur le lit, une serviette dans une main, une cigarette dans l'autre.

— Maman, sais-tu que Marlboro va sortir une cigarette imperméable ?

— Ne commence pas, Jen, dit Lynn Mandolini.

— Je t'assure ! J'ai vu la publicité. « Vous en rêvez depuis toujours ? Aujourd'hui, c'est possible ! Vous pourrez fumer en vous lavant les cheveux ! »

— Tu as fini ? demanda Lynn.

On ne pouvait imaginer fille qui ressemblât moins à sa mère. Les Mandolini en plaisantaient, disant que Jennifer, leur fille unique, avait l'air d'une petite Norvégienne dont la famille aurait déserté les fjords pour venir s'installer à Topeka, au beau milieu des terres, et qu'ils l'avaient trouvée dans un champ de maïs brûlé par le soleil.

Grande et plantureuse, Jennifer luttait depuis toujours contre une tendance à l'embonpoint. À dix-huit ans, elle en sortait vainqueur, mais elle avait le genre de corps qui, avec les enfants et la bonne chère, s'arrondirait à l'âge mûr.

D'un naturel placide, du moins en apparence, plutôt décontractée dans sa façon de s'habiller, Jennifer était tout le contraire de sa mère, brune, mince, nerveuse, toujours très élégante.

— Tout est prêt ?

— Plus ou moins, répondit Jennifer. Tully a tout mangé.

— Ça ne m'étonne pas, dit Lynn en souriant. Tu dois être contente qu'elle ait le droit de sortir ce soir.

Tully *et* Jack. Oui, je suis contente, pensa Jen, et elle dit :

— Bien sûr. Ça fait si longtemps...

— Comment s'en sort-elle ?

— Ça va. Le conseiller d'orientation lui mène la vie dure.

— Tiens ! dit Lynn d'un air absent. Pourquoi ?

Jennifer n'avait pas envie d'en parler. Le moment était mal choisi.

— Oh ! tu sais, dit-elle en levant les yeux au ciel façon Tully, ces conseillers d'orientation...

Elle descendit pesamment l'escalier, entra dans le salon où l'on avait poussé les meubles contre les murs et s'assit sur le tapis. Le cours de ses pensées la ramena à l'interro de maths qu'elle avait ratée en début de semaine et dont elle n'avait parlé à personne ; puis à la séance d'entraînement des supporters du lundi. Se retrouver chef des pom-pom girls, elle qui était major de promotion de l'école, ancienne présidente des clubs d'échecs et de mathématiques ! En tout cas, elle n'était vraiment pas douée pour le lancer de pom-poms... Elle se releva et entra en traînant les pieds dans la cuisine.

Sa mère s'approcha et lui toucha doucement la joue de ses doigts parfumés.

— Mon bébé. Mon bébé grandi trop vite...

— Arrête, maman, dit Jennifer.

Mais Lynn sourit et la serra dans ses bras. Elle sentait un mélange de cigarette et de menthe. Jen ne se dégagea pas.

— Ça te plaît d'être en terminale ? demanda Lynn.

— Oui, ça va.

Son père lui avait posé la même question trois jours seulement après le début des classes. Au moins, maman a-t-elle attendu quelques semaines, pensa Jennifer en lui tapotant gentiment le dos.

Lynn la libéra et alla chercher son sac.

— Qu'est-ce qu'il y a, maman ? Tu es déjà en manque de cigarettes ?

— Pas d'impertinence, je te prie.

Jennifer se glissa silencieusement derrière sa mère ; elle la regarda préparer des hot-dogs et saupoudrer un peu de cannelle sur l'*apfel strudel*. Elle s'approcha du comptoir et en prit un petit morceau.

— Jenny Lynn, arrête, tu veux ? dit sa mère. Monte te changer.

Au lieu de ça, Jennifer regagna le salon. Elle était un peu triste que son père ne vienne pas à la soirée. Tony Mandolini, gérant adjoint d'un grand magasin, travaillait toujours jusqu'à dix heures du soir le samedi et avait déclaré qu'il préférait se réfugier chez sa belle-mère plutôt que d'affronter une meute de gosses déchaînés. Il avait promis à Jennifer qu'elle trouverait un beau cadeau quand elle se réveillerait le lendemain. Jennifer savait déjà ce que c'était ; elle avait entendu ses parents en parler un soir.

J'espère que je saurai les remercier comme il faut, pensa-t-elle. J'espère qu'ils seront satisfaits.

Elle regarda par la fenêtre du salon qui donnait sur Sunset Court. « La cour du coucher de soleil ». Jennifer avait toujours aimé le nom de sa rue. Tully, elle, détestait le nom de son quartier : le Bosquet.

— Jen, téléphone !

Elle décrocha.

— Alors, comment va ma grande fille de dix-huit ans ? clama une voix joyeuse et familière.

— On ne peut mieux, papa, dit-elle tout en pensant qu'en fait ça aurait pu aller mieux. Maman, c'est papa ! appela-t-elle, soulagée qu'il n'ait rien à ajouter. C'était la quatrième fois qu'il appelait aujourd'hui et qu'il lui souhaitait un joyeux anniversaire.

Jennifer continua sa sélection de disques : Bee Gees, Eagles, Stones, Van Halen, la bande originale de *Grease,* les Beatles, Garfunkel, Pink Floyd. Elle semblait détendue, le visage doux et serein. Pourtant elle avait la tête pleine de bruit et de fureur, et elle se mit à compter d'abord les disques, puis les moutons pour se calmer. Un mouton, deux moutons, trois moutons... deux cent cinquante moutons. Ne penser à rien, se dit-elle. Du calme, du calme.

Quatre

Tully marchait d'un pas décidé, mais sans se presser. Julie et elle venaient de se quitter. Il lui restait peu de temps si elle voulait être à la fête à sept heures : il était déjà cinq heures un quart et elle avait encore près de deux kilomètres à faire avant d'arriver. Il lui faudrait prendre une douche et se préparer, puis repartir en sens inverse. Pourtant elle remontait lentement vers Jewell, sans hâter le pas.

Les trois filles habitaient à égale distance l'une de l'autre, comme sur une ligne droite : Jennifer dans une maison de Sunset Court, le quartier le plus agréable de la ville et le plus éloigné de chez Tully, Julie au coin de Wayne Street et de la 10e Rue, dans un pavillon à deux étages comptant quatre chambres, où vivaient cinq enfants et deux adultes ; Tully, elle, habitait tout près de la rivière Kansas. Son chant lui aurait semblé apaisant s'il n'avait été couvert par le vrombissement incessant de l'autoroute et le vacarme des trains de marchandises empruntant la voie ferrée de Saint Louis. Sans cela et sans l'horrible usine de retraitement des eaux de la ville, Tully aurait sans doute trouvé plaisant d'habiter près de la rivière.

En chemin, elle passa devant un jardin public si petit qu'il n'avait pas de nom. C'est là que les gosses des écoles du quartier jouaient en semaine. L'inévitable toboggan, une balançoire, un jeu de bascule pour les plus petits et c'était tout. Rien à voir avec celui de l'université de Washburn. Ça, c'est un terrain de jeu, pensa Tully en s'asseyant sur une balançoire. Elle oscillait doucement d'avant en arrière, quand elle vit venir dans sa direction une femme avec deux enfants en bas âge. Le plus grand avançait d'un pas mal assuré, et le bébé, couché dans un énorme landau, braillait à pleins poumons. Au moment où ils passaient devant elle, la femme lui adressa un pâle sourire. Tully le lui rendit et les regarda tous trois continuer leur chemin, sans les voir, sans notion du temps, sans pensée ni sentiment — jusqu'à ce qu'elle se souvienne de la fête de Jennifer, se lève d'un bond et reprenne sa route.

Debout face au miroir de sa chambre, Tully s'examinait. Il lui aurait fallu une nouvelle permanente et ses racines commençaient à se voir. Avec ce sale été, elle avait dû se mettre du rose à joues pour se donner meilleure mine. Un peu trop, d'ailleurs. À la lumière du jour, ça lui faisait une bille de clown. Mais à la nuit tombée, cela passait mieux. Aux yeux de qui ? De sa mère ?

Cela faisait plus d'un an que Tully n'était pas sortie seule le soir.

Elle arrangea son collier et rajusta la ceinture de son pantalon de cuir. Une vraie planche à pain, se dit-elle. Toute en bras et en jambes, pas assez de poitrine, les fesses plates... Elle se lorgna dans la glace en louchant. Alors, on est de sortie ? Je te trouve un peu jeune. À dix-sept ans à peine...

Elle va dire que je suis trop maquillée, pensa Tully. Trop d'ombre à paupières, trop de Rimmel. Est-ce qu'elle va remarquer ? Elle dormait quand je suis arrivée. Peut-être qu'elle dort encore... De toute façon, je ne vais pas me pointer dans une maison bourrée de monde sans rien sur la figure, ça, pas question. Allons, c'est dit.

— Je suis si fade, soupira-t-elle, si quelconque. Tully la fadasse, voilà comment on m'appelle.

Mais là, ça peut aller, pensa Tully. Mon corsage rouge est assorti à mon rouge à lèvres. Un peu trop ajusté, peut-être. Mon pantalon est trop moulant. Si elle me voit, elle ne me laissera jamais sortir comme ça. À dix-sept ans et demi, tu es trop jeune, ma fille. (Trop jeune, c'est la meilleure !) Tu serais tellement plus en sécurité à la maison.

Une fête ! Une grande fête avec plein de monde, et plein de garçons. Cette brave Jennifer ! Elle lui avait promis qu'il y en aurait plusieurs que Tully ne connaissait pas.

Tully avait commencé à se faire des copains vers treize ans, en allant à des boums où on ne buvait pas une goutte d'alcool. Vite lassée, elle s'était mise à fréquenter une faune plus délurée. À quinze ans, elle en paraissait vingt et avait même une fausse pièce d'identité pour le prouver. Presque toutes les filles avec qui elle traînait n'allaient plus à l'école ou séchaient les cours. Certaines tombaient enceintes, sans trouver de mari pour autant. Beaucoup vivaient dans des foyers d'adoption. Toute la bande partait en virée à travers le pays et montait à College Hill pour boire de la bière, danser sur les tables et fumer de l'herbe... C'était le bon temps. Elle avait connu alors des garçons plus âgés qu'elle, des étudiants qui parlaient avec l'assurance d'hommes faits, mais redevenaient des gamins dès qu'ils posaient la main sur elle. Sa mère s'écroulait de fatigue en rentrant de sa journée de travail à l'usine de retraitement des déchets de Topeka. Tully avait cru alors qu'elle pouvait sortir tant qu'elle voulait sans que sa mère s'en soucie. Depuis l'âge de treize ans, elle lui racontait qu'elle dormait chez telle ou telle copine, en sachant que Hedda Makker serait bien trop fatiguée pour aller vérifier.

Des plus jeunes aux plus âgés, les garçons aimaient regarder Tully danser et aussi danser avec elle. Ils lui payaient à boire, riaient de ses plaisanteries. Ceux qui l'embrassaient lui disaient qu'elle embrassait bien ; ceux qui la caressaient qu'ils aimaient son corps. Tully se moquait d'eux mais les écoutait quand même. Certains venaient la relancer les jours suivants mais se décourageaient vite, à cause des regards de sa mère et de tante Lena, ou de l'état de délabrement de la maison, dont la grande fenêtre restait bouchée par quelques planches de bois depuis que la vitre avait été cassée aux fêtes de Halloween, en 1973. Ou à cause du Bosquet en général, de la voie ferrée, de la rivière.

À l'ouest, le quartier du Bosquet donnait sur le parc Auburndarle et sur l'hôpital d'État, et à l'est sur l'autoroute du Kansas. Par chance, il était trop excentré pour la plupart des garçons qui s'intéressaient à Tully. C'était aussi bien, car beaucoup n'auraient pas été du goût de sa mère.

Quand Tully avait eu seize ans, plus question de passer la nuit « chez une copine ». Hedda Makker s'était soudain intéressée aux affaires de Tully et avait trouvé des préservatifs dans son bureau. Tully avait eu beau jurer qu'on les lui avait offerts par jeu, comme on offre des ballons, qu'elle se doutait que ce n'était pas bien sans savoir exactement pourquoi, rien à faire. Finies les escapades. C'était vraiment dommage, car Tully s'était fait pas mal d'argent aux concours de danse de College Hill.

Pendant six mois, elle n'était pas sortie de chez elle, sauf pour aller chez Jennifer et chez Julie. Pour ses dix-sept ans, elle s'était retrouvée flanquée de tante Lena comme chaperon. Au milieu des rires, des jeunes gens qui buvaient de la bière en racontant des blagues salaces et chantaient des chansons de Grateful Dead, tante Lena trônait dans un coin comme une grosse oie stupide, l'épiant de ses yeux ronds.

Tully, qui depuis des années avait mis une croix sur ses amies d'enfance, reforma sans enthousiasme le cercle Makker/Mandolini/Martinez, les trois M, comme on se mit à les appeler dans Topeka High. Elles avaient beau être de nouveau inséparables, il y avait des sujets qu'elles n'abordaient jamais ; ce n'était plus comme quand elles étaient petites et dormaient au fond du jardin de Jennifer. Tully le regrettait, mais elle regrettait plus encore les parties de danse à College Hill.

En semaine comme le week-end, Tully devait être rentrée chez elle à six heures du soir. En février dernier, elle s'était un peu attardée chez Julie. En rentrant, elle avait trouvé porte close.

Elle avait eu beau taper des poings et crier, sa mère, campée devant sa télé, n'avait pas bougé et avait dû finir par s'endormir comme d'habitude sur le divan, après le journal de onze heures, en oubliant complètement Tully.

Durant l'été 1978, qui avait précédé l'entrée de Tully en terminale, Hedda Makker avait un peu desserré la vis, sans doute par excès de fatigue. « L'été pourri », comme l'avait surnommé Tully : un orage par jour... De toute façon, soleil ou pas soleil, Topeka était un vrai trou. Elles étaient allées à la piscine une ou deux fois, Julie et Jen l'avaient invitée à des barbecues, et elle avait passé le reste de son temps à lire des trucs nuls et à regarder la télé.

En août, un mois auparavant, les filles avaient fêté les dix-huit ans de Julie ; avec cette brave tante Lena, fidèle au poste.

La porte de sa chambre s'ouvrit.

— Tully, il est six heures passées, tu es prête ?

— Oui, je n'ai plus qu'à me brosser les cheveux.

Hedda Makker s'approcha et passa la main dans les cheveux frisés de sa fille.

Tully se dégagea et sa mère recula pour mieux la regarder.

— Tes cheveux sont horribles. On voit les racines.

— Je sais, merci.

— Ce que j'en dis, c'est pour toi, Tully. À part moi, tu ne trouveras personne pour te dire la vérité.

— D'accord, maman.

— Et je n'ai pas les moyens de te payer le coiffeur.

— Je sais, répondit sèchement Tully. Mrs Mandolini va bientôt avoir besoin de moi pour ratisser le jardin.

— Moi aussi.

Mais tu ne me paieras pas, maman, pensa Tully. Ni pour ça, ni pour danser sur une table.

— Je m'en occuperai bientôt, dit Tully avec un sourire forcé.

Hedda la dévisagea.

— Tu devrais laisser tes cheveux pousser naturellement. Ils ont l'air minables.

— Ça va, maman, j'ai compris.

Hedda la lorgna du coin de l'œil dans la semi-obscurité.

— Tully, tu es beaucoup trop...

— Maquillée, finit Tully. Je sais.

— Tully, je sais que tu le sais, mais ça ne t'empêche pas de t'en mettre dix fois trop. Pourquoi ?

— Parce que je suis affreuse, maman, voilà pourquoi.

— Pas du tout ! D'où te vient cette idée ?

Tully regarda le visage tiré de sa mère, ses yeux éteints et délavés, ses cheveux ternes, ses lèvres minces, sans couleur.

— Tu sais de quoi tu as l'air, Tully, maquillée comme ça ? D'une traînée.

— Ah bon ? dit Tully en se regardant dans la glace et en pensant : « Attention, Tully Makker, sois calme, très calme. »

— Parfaitement. Du coup, les garçons vont te prendre pour une fille facile et te manquer de respect. Tu ne sais pas comme ils sont obstinés, à cet âge. Il n'est pas facile de leur résister.

Leur résister ? pensa Tully.

— Oui, maman, tu as raison. Peut-être que je suis un peu trop maquillée.

Elle prit un morceau de coton et se frotta énergiquement le visage.

Hedda la regarda.

— Tu te moques de moi ?

— Bien sûr que non, maman. Je ne veux pas te contrarier, c'est tout.

Hedda ne dit rien et s'apprêta à quitter la pièce. Tully se leva de sa chaise, mais se rassit immédiatement quand elle vit Hedda remarquer son pantalon de cuir.

— Tully, qu'est-ce que c'est que ça ?

— Rien, maman. Un pantalon que j'ai acheté.

— Acheté ? Et avec quoi ?

Avec l'argent de Jennifer.

— J'ai fait deux ou trois bricoles pour Mrs Mandolini, et elle m'a donné un peu d'argent de poche.

— Et c'est ça que tu as acheté avec son argent ?

La voix de Hedda était extrêmement calme. Elle alluma le plafonnier de la chambre pour mieux voir.

Avec mon argent, pensa Tully.

— Maman, c'est un pantalon en cuir, voilà tout.

— Voilà tout ! Voilà tout ! Tu as vu de quoi tu as l'air avec ça ? Regarde !

Elle saisit brutalement Tully par le bras et l'entraîna face au miroir.

— Mais regarde ! Et les parents de Jennifer, tu sais ce qu'ils vont penser de moi, s'ils te voient arriver chez eux dans cette tenue ?

C'est Jen et sa mère qui me l'ont conseillée, pensa Tully.

— Maman...

Hedda n'écoutait pas.

— Moi, je le sais, dit elle avec le plus grand calme, et sa voix tomba comme un couperet. Cette fille se décolore les cheveux, on lui voit même les racines. Et tu as vu comme elle est maquillée ! Comme son pantalon est moulant... Et cette chemise rouge, on lui voit le bout des seins...

— Maman, je t'en prie !

— Est-ce que tu portes un soutien-gorge, au moins ? demanda Hedda, menaçante.

Tully repoussa la main de sa mère, mais trop tard. Hedda tira sur le chemisier, découvrant deux seins pâles et humides de sueur.

Mère et fille se regardèrent.

— Maman, mes deux seuls soutiens-gorge étaient sales. Je ne pouvais pas les mettre...

— Ferme-la ! dit Hedda. Et qui le saura à part toi, que ton soutien-gorge est sale, hein ?

Son débit n'avait pas changé, mais sa voix était montée d'une octave. Elle s'arrêta pour reprendre son souffle, puis revint à la charge.

— Tu portes une culotte, au moins ?

Tully se rappela soudain qu'elle avait mis... un string noir.

— Bien sûr, maman.

— Enlève ton pantalon.

— Maman !

— Tully, je veux savoir jusqu'où tu en es arrivée et quelle saleté tu es devenue. Enlève ça.

Tully défit son pantalon et dévoila à sa mère le haut de son sous-vêtement noir.

Hedda regarda, puis dévisagea sa fille. Elle libéra le bras de Tully, qui s'écroula sur la chaise.

— Déshabille-toi. Tu ne sors plus.

Tully poussa un gémissement.

— Maman, s'il te plaît. Je suis désolée. Je vais me changer. Je t'en prie, pas ça.

— Ne t'en prends qu'à toi. Ma fille n'est qu'une traînée...

Tully entendit sa mère faire craquer les jointures de ses doigts.

— Est-ce que je n'ai pas tout fait pour t'élever comme il faut ? Pour t'enseigner les bonnes manières ?

Les yeux de Tully étaient braqués sur les mains de sa mère.

— Mais si, bien sûr, maman...

— Qu'est-ce que ton père dirait s'il était là ?

Je ne sais pas, pensa Tully avec désespoir. Vraiment, je n'en sais rien.

— Maman, je suis sûre qu'il accepterait mes excuses.

— Oh, on voit bien que tu n'as pas connu ton père, Tully, ni ses idées.

Le visage de Hedda s'empourpra et elle se redressa de toute sa hauteur.

— Et puis qu'est-ce que ça change que tu fasses ce que je te dis et que tu t'habilles convenablement ? La vérité, c'est que tu ne veux pas porter de soutien-gorge pour montrer tes tétons, que tu veux que des garçons t'enlèvent ton pantalon et voient ce que tu portes en guise de culotte. C'est ça, hein ? Alors qu'est-ce que ça change que tu m'obéisses ?

Hedda devenait de plus en plus rouge et serrait les poings ; les petites veines bleues de ses mains ressortaient. Tully vit une autre question poindre dans les yeux de sa mère. Hedda s'assit sur le coin de la table en bois et approcha son visage si près du sien que Tully sentit l'odeur de la choucroute qu'elle avait mangée au dîner. On n'a jamais été si proches, maman, pensa Tully avec ironie, tout en brûlant d'envie de se dérober.

— Tully, reprit Hedda d'une voix calme. Es-tu vierge ? Réponds-moi.

Tully détourna la tête et baissa les yeux ; de petites gouttes de sueur perlaient sur son front.

Hedda insista.

— Ça fait des années que je te défends de sortir sans Lena et que je refuse que des garçons t'appellent ici. Est-ce que je m'y suis prise trop tard ? Natalie Anne, réponds-moi.

Incrédule, Tully regarda sa mère.

— Maman, mais qu'est-ce que tu racontes ? Tu as oublié...

Elle s'interrompit et baissa de nouveau les yeux.

— Non, maman, tu ne t'y es pas prise trop tard.

Hedda releva le menton de Tully et dut lire la peur dans ses yeux. Elles se fixèrent un instant et Tully finit par détourner la tête.

La voix de Hedda était calme, posée.

— C'est ça ? Tu as envie d'un garçon ? Un garçon en particulier ou n'importe lequel, Tully ?

— Maman, je t'assure que je voulais seulement m'arranger un peu, c'est tout. Mais je vais m'habiller autrement, je te le promets.

Tully remarqua que sa mère cessait de serrer les poings et faisait de nouveau craquer ses jointures. Elle se massait les doigts et les tirait l'un après l'autre, avec un bruit qui ressemblait au crépitement des bûches dans la cheminée.

Ces dernières années, Hedda s'était rarement mise en colère ; Tully pouvait en témoigner. À vrai dire, elle semblait à peine remarquer la présence de Tully, même quand elles étaient dans la même pièce. Mais on ne pouvait s'y tromper : quand Hedda faisait craquer ses jointures, c'est que la crise approchait. La dernière fois, c'était à cause des préservatifs. La fois d'avant, Tully avait treize ans et Hedda l'avait surprise en train d'embrasser un garçon devant la porte d'entrée. Quand Tully était plus jeune, chacune de ses journées était ponctuée par des moments où elle avait faim et des moments où Hedda se mettait en colère. Sans doute sa mère avait-elle du mal à s'habituer à vivre seule, avec une petite fille ingrate et renfermée ; comme les nuages passent dans le ciel, les crises de colère de Hedda menaçaient leurs journées. Il y avait toujours une bonne raison : Tully ne s'était pas lavée depuis trois jours, ou avait négligé de passer la serpillière dans les coins, laissé brûler le pain grillé, cassé la table basse en l'utilisant comme toboggan, oublié de donner à manger au chat (dont la vie fut brève, car personne ne s'en occupait), soulevé la robe de tante Lena pour s'amuser, etc.

La sueur dégoulinait sur son visage, mais Tully était trop effrayée pour s'en soucier. Elle restait immobile sur sa chaise et regardait sa mère. Plus jeune, elle s'était aguerrie et presque habituée à la furie de Hedda, comme au manque de sommeil. Mais ces dernières années, elles étaient devenues si étrangères l'une à l'autre qu'elle avait presque oublié.

(« Comment votre fille s'est-elle cassé le nez, Mrs Makker ? avait demandé l'infirmière de l'hôpital. — En se cognant contre une porte », avait répondu sa mère. Deux ans après, à neuf ans, Tully eut encore le nez cassé ; cette fois, Hedda ne l'emmena pas chez le médecin, et son nez guérit tout seul, plutôt mal que bien. De même quand Tully eut une dent de devant ébréchée par un coup... de téléphone.)

— Maman, je t'en prie, murmura Tully. Pardonne-moi. Les garçons, je m'en fiche, tout ce que je veux, c'est voir mes amies, être là pour l'anniversaire de Jen. Je t'en prie, maman !

Le premier coup partit et atteignit Tully au menton, lui rejetant la tête en arrière. Un autre la fit saigner du nez. Sa seule réaction fut de s'essuyer avec la manche de son corsage rouge. Elle resta assise, les yeux baissés, sans rien dire, Hedda la dominant comme un oiseau de proie.

— Le problème avec toi, Tully, dit sa mère, les dents serrées, c'est que tu ne veux rien entendre. Tu as toujours su comment me pousser à bout, et tu ne cesses de me défier. Tu sais très bien que je ne supporte pas de te voir dans cette tenue, mais tu cherches à me provoquer, tu t'exhibes devant moi en me narguant comme une salope que tu es, d'un air de dire : « Bats-moi et punis-moi tant que tu veux, ça ne m'empêchera pas de n'en faire qu'à ma tête, parce que je ne suis qu'une salope. »

Hedda s'arrêta pour reprendre son souffle. Tully ne dit rien et s'essuya le nez.

— Avoue que c'est vrai, Tully.

— Non, ce n'est pas vrai !

Elle la frappa à la joue et à la bouche. Le nez de Tully recommença à saigner.

— Avoue que tu es une salope, Tully, reprit sa mère en martelant chaque syllabe. Allez !

Tully resta muette et reçut une paire de gifles qui fit basculer sa tête d'un côté à l'autre. Elle mit les mains devant son visage pour se protéger, mais une grêle de coups s'abattit, lui écrasant le nez.

— D'accord, maman. Je suis une salope.

— Je n'ai pas entendu.

— Une SALOPE ! cria Tully. Je suis une salope, une salope, une salope !

Dans les yeux éteints de Hedda Makker passa une lueur de satisfaction.

— Tully, tu n'as pas besoin de crier comme ça. C'est bon, dit-elle en regardant le visage gonflé de sa fille. Va te nettoyer. Et mets quelque chose de convenable.

Elle voulut lui toucher la joue, mais Tully tressaillit et recula. Hedda quitta la pièce en se massant les mains.

Tully se leva et gagna son lit en vacillant. Elle hoqueta et gémit d'une voix étranglée, sans verser de larmes, puis elle s'essuya le visage en tremblant, tentant de retrouver son calme.

Ça va aller, ça va aller, répéta-t-elle comme pour

se bercer, la tête entre les genoux. Reprends-toi, Tully, ce n'est pas le moment de flancher. Oublie, n'y pense plus. Tout ça ne compte pas. Courage! N'abandonne pas à cause d'elle... Ma vie sera-t-elle toujours comme ça? Alors autant tout arrêter, ça ne vaut pas le coup. Non, il faut que je me prépare. J'ai la permission de sortir. Allons, cesse de t'apitoyer sur toi-même. Arrête ton numéro. Habille-toi et va retrouver ta meilleure amie qui fête ses dix-huit ans.

Tully cessa de se balancer. Sa respiration se calma. Personne ne sera là pour me surveiller. Ça va aller. C'est la dernière année. Pense à l'année prochaine, Tully, penses-y. Du nerf, ignore-la et tiens le coup jusqu'à l'année prochaine.

Le visage sans fard, habillée d'une jupe noire et d'un pull beige informe, Tully descendit l'escalier. Elle passa tranquillement devant le canapé où sa mère et tante Lena étaient assises. Tante Lena garda les yeux obstinément fixés sur la télévision, ce qui ne surprit guère Tully. Elle avait dû les entendre crier.

Tully enfila son unique manteau : une gabardine marron usée, trouée.

Il lui restait à s'enquérir avec tact de l'heure à laquelle elle devrait impérativement être rentrée à la maison.

Tante Lena consentit enfin à lever les yeux.

— Tully, tu es splendide!

On ne pouvait guère se fier aux impressions de tante Lena, affligée d'une quasi-cécité. Mais Tully se souvint d'un épisode datant de trois semaines : invitée à un barbecue chez Jen, elle était sur le point de sortir quand tante Lena lui avait demandé à quelle heure elle comptait rentrer. Comme Tully ne répondait pas, Hedda lui avait lancé une tasse de café encore chaud à la figure, et Tully s'était retrouvée privée de sortie, de télévision et de dîner.

— Merci, tante Lena. Maman, je vais y aller...

— Tu rentres à quelle heure ? demanda Hedda.

Nous y sommes, pensa Tully. Elle essaie une dernière fois de me coincer pour que je n'aie plus envie d'y aller. De toute façon, quoi que je réponde, ça tombera toujours à côté.

Tully retint son souffle. Tout ça pour une fête nulle où il n'y aura que des ringards. Va te faire voir, maman. Je n'irai pas. Je verrai Jen demain. Je t'emmerde ! Je ne veux pas de ta permission. Je m'en fous.

Mais elle ne s'en fichait pas. Elle voulait y aller. Ses aisselles étaient trempées de sueur. Hedda attendait, il fallait répondre. En fait, la réponse ne dépendait que de l'humeur de sa mère, et la scène de la chambre n'avait rien fait pour l'adoucir.

Lui demander son avis ? Ce n'était pas une bonne idée. Hedda répondrait comme toujours que, si Tully ne savait pas encore à son âge à quelle heure elle devait rentrer, c'est qu'elle n'était pas assez responsable pour sortir.

Pourtant la question restait en suspens et exigeait une réponse. Hedda ne la regardait pas et attendait. Heureusement, tante Lena vint pour une fois au secours de Tully.

— Et au retour, comment feras-tu ?

— La mère de Jen me raccompagnera.

C'était un mensonge. Tully regarda sa montre : sept heures moins cinq. Elle n'en pouvait plus.

— Dix heures et demie, dit Hedda. Vas-y, maintenant.

Tully descendit les marches du perron et sentit l'odeur des feuilles mortes. Demain sans faute, il faudra que je les ramasse. Elle s'éloigna d'un pas calme et régulier, et, dès qu'elle se sut hors de vue, elle se mit à courir.

II

LA SOIRÉE

Septembre 1978

Essoufflée, Tully sonna à la porte sans grand espoir qu'on l'entende et entra dans la maison. Un garçon la heurta en débouchant du couloir, les aspergeant de bière tous les deux. Elle recula, dégoûtée ; il commença par bredouiller des excuses, mais changea de ton en la découvrant.

— Tully ! dit-il en l'enlaçant. *Be-bop-a-loola, she's my baby...* On se demandait ce que tu fichais ! Et n'oublie pas, hein ? Tu me dois la première danse !

— Promis, dit-elle en tentant de se dégager. Mais d'abord je vais me changer.

— *Comme tu es, tu me plais...*, chantonna-t-il d'une voix qui empestait la bière, en se penchant sur elle.

Tully l'esquiva en passant sous son bras et découvrit Lynn Mandolini qui la regardait depuis l'entrée de la cuisine.

— Bonjour, Mrs Mandolini, comment ça va ?

— Bonjour, Tully, lui répondit Lynn. Qui était-ce ?

— Comment le saurais-je ? lui répondit-elle en levant les yeux au ciel. C'est la première fois de ma vie que je lui adresse la parole. Je crois qu'il s'appelle Rick... quelque chose.

— Il avait l'air de bien te connaître, pourtant.

— Il est surtout complètement bourré, dit Tully. On boit de l'alcool, chez vous ?

— Ils ont déjà tout éclusé. Mais qu'est-ce que c'est que cette musique ? Tu entends ça ?

— Les Who. Bruyant, hein ? J'ai sonné mais personne n'a entendu.

— Qu'est-ce que tu as fait de ta clef ?

— Je n'en ai jamais eu, dit Tully avec un sourire.

— Eh bien, il faudra y penser, répliqua Lynn avec bonne humeur.

En écrasant sa Marlboro, elle détailla Tully du regard.

— Donne-moi ton manteau. Tu n'es pas en avance, dis donc.

— Je sais, répondit Tully en hésitant. J'ai été retardée.

— Tout va bien, j'espère ?

— Oh ! oui, tout va très bien.

Mon Dieu, je dois avoir la figure toute rouge et gonflée malgré la poudre, pensa soudain Tully. Et mon nez doit être deux fois plus gros que d'habitude.

— Et Jen, où est-elle ?

— Là-haut. Ils sont en train de massacrer la maison, dit Lynn avant de vider son verre d'un seul trait.

— Ce n'est pas tous les jours que sa fille unique fête ses dix-huit ans, Mrs Mandolini, répondit Tully en lui tapotant le bras.

Elle sortit de la cuisine et monta l'escalier. Rick était toujours dans le couloir, à rôder autour d'une autre victime, plus consentante.

Jennifer avait hérité de la plus grande chambre,

après avoir « tanné » ses parents, disait-elle. Mais Tully et Julie étaient convaincues qu'elle n'avait eu qu'à lever le petit doigt pour que Lynn et Tony lui libèrent l'espace sur-le-champ.

À l'étage, le bruit était moins assourdissant, mais il régnait le même désordre : cannettes de bière, verres en plastique, mégots de cigarettes écrasés n'importe où. Et les Mandolini qui viennent juste de faire poser une moquette neuve, pensa Tully. Une jolie moquette crème...

Un petit groupe de cinq ou six jeunes conversaient bruyamment dans le couloir. Ils lui adressèrent au passage un petit signe de tête auquel elle répondit brièvement, avant d'entrer dans la chambre de Jennifer.

— Salut, Tull. Hé ! ça va ? demanda Jennifer en découvrant sa mine défaite et son accoutrement.

— Super, dit Tully. Ça pourrait pas aller mieux.

Elle salua Julie et Tom, qui roucoulaient assis sur la causeuse. Mais ce n'est pas tant eux qui l'intéressaient qu'un garçon brun qu'elle n'avait jamais vu et qui avait levé les yeux sur elle à son arrivée. Pas de chance, il avait une pouffiasse sur les genoux, qui gâchait tout le spectacle. Elle questionnerait Jennifer à la première occasion. Mais il fallait d'abord qu'elle aille se changer. Essayant de garder l'air naturel, Tully s'avança d'un air dégagé vers le meuble où étaient disposées les boissons.

— Eh bien, dit-elle sans s'adresser à personne en particulier, c'est gentil de m'avoir laissé tout ce Coca et cette limonade...

— On n'a le droit de boire que si on a plus de dix-huit ans, dit Tom.

— Vraiment ? repartit Tully que son ton de donneur de leçon exaspérait. Je l'ignorais. C'est gentil de me prévenir. À défaut, on a le droit d'aller au supermarché s'acheter un chouette revolver avec de vraies balles. Le savais-tu, Tom ? Et aussi qu'il faut attendre d'avoir vingt et un ans pour boire autre chose que de la bière ?

Tom grogna d'un air emprunté.

— Mais là n'est pas la question, continua Tully. Je me rappelle très bien t'avoir croisé dans un club réservé aux adultes l'été dernier. Tu t'enfilais justement un cocktail bien tassé.

Voyant l'expression ébahie de son amie, Tully ajouta précipitamment :

— Bah ! J'ai dû me tromper. Dans le coin, ça ne manque pas, les rouquins maigrichons dans ton genre. Ce que je peux être bête, hein, Jule ?

— Tu l'as dit, repartit Julie en lui jetant un regard noir.

Tully leur tourna le dos et prit une bière. Ma première sortie sans tante Lena depuis un an et demi, et regardez-moi cette touche ! pensa-t-elle en se regardant dans la glace. Elle en profita pour épier à la dérobée le beau brun qui tenait toujours sa pouffiasse sur les genoux. Il avait dû entendre leur conversation, mais de toute façon, tant qu'elle resterait attifée comme ça, à quoi bon attirer son attention ? Tully voulait parler avec Jennifer avant de disparaître dans la salle de bains. Mais Jen n'arrêtait pas d'aller et venir et semblait prendre du bon temps, ce qui étonnait un peu Tully, car elle avait tendance à faire tapisserie, d'habitude.

Calée contre un meuble, Tully resta un moment immobile et silencieuse, tandis que Tom et Julie s'embrassaient. Elle résista à l'envie de lever les yeux au ciel. Après tout, c'est de leur âge, pensa Tully. Ils n'étaient d'ailleurs pas les seuls. Le beau brun et sa copine n'arrêtaient pas de se peloter.

Tully prit place à côté de Julie.

— Qu'y a-t-il ? demanda Julie.

— Rien. J'ai envie de danser.

— Eh bien, allons-y.
— Et le copain de Jennifer, il est là ?
— Je crois bien.
— Où est-il ?
— En bas.
— Ils sont souvent ensemble ?
— Je n'en sais rien. Je ne suis pas là pour la surveiller.
— Julie, tu ne trouves pas ça bizarre ? Je croyais que la plupart des filles aimaient les types qui ressemblaient à leur père, dit Tully en regardant Tom avec insistance.

Tom se redressa, tandis que Julie ricanait d'un air gêné.

— C'est aussi ton cas, Tully ? lança-t-il.

Julie cessa de rire. Tully accusa le coup, mais repartit vite à l'attaque.

— Je n'ai pas de critère particulier, Tom. Mais tu es bien placé pour savoir quel genre de type ne me revient pas.
— Oh, je sais bien qu'au fond tu n'es pas difficile, marmonna Tom.

Tully se leva et sortit de la pièce.

— Tom ! éclata Julie.
— Eh ! calme-toi !
— Qu'est-ce qui t'a pris, petit merdeux ! hurla Julie. Je n'aurais jamais dû te dire quoi que ce soit sur elle.

En route vers la salle de bains, Tully se défoula en pinçant au passage les fesses de Jennifer.

Elle poussa le verrou et regarda autour d'elle. Quand elle venait chez les Mandolini, Tully ne manquait jamais de visiter au moins une fois la salle de bains. Car, de toute la maison, c'était la pièce la plus jolie, la plus propre et la mieux conçue. Spacieuse, elle était recouverte de carreaux de céramique ornés de roses et de marguerites et tapissée d'une épaisse moquette ivoire, avec un miroir sur chaque mur, des robinets chromés, un éclairage rosé qui donnait bonne mine et des serviettes qui sentaient bon le frais. Chez les Makker, la salle de bains grisâtre sentait le moisi et l'humidité.

Elle se regarda dans la glace. Elle avait le visage bouffi et, en pleine lumière, le maquillage n'y changerait rien. Elle éteignit le néon et alluma l'applique rose. Nettement mieux. Son grand sac à malices renfermait des trésors qui auraient étonné même Mary Poppins. Elle en tira une trousse à maquillage et s'appliqua une autre couche de poudre compacte. Puis elle souligna ses yeux de noir. Elle aimait bien ses yeux. Elle ôta sa chemise et sa jupe, tenta sans succès de les fourrer dans son sac, et finit par les mettre dans le panier à linge. Elle enfila une mini-jupe fendue en vinyle noir, avec une fermeture Éclair sur le devant, un T-shirt blanc coupé au-dessus du nombril, qu'elle portait sans soutien-gorge, et une paire d'escarpins noirs à hauts talons. Une dernière touche de rouge à lèvres...

Tandis que Tully s'éternisait dans la salle de bains, des footballeurs tambourinaient à la porte en marmonnant des obscénités. Elle sortit sans se presser, passa nonchalamment au milieu d'eux et alla s'adosser un peu plus loin contre le mur. Elle alluma une cigarette en frottant l'allumette contre l'intérieur de sa cuisse nue. En passant devant elle, un type la reluqua, puis un autre. Un couple monta l'escalier et Tully sentit se poser sur elle le regard de l'homme, appréciateur. Celui de sa compagne était plus acéré. Tout à l'heure, cette fille ne m'aurait même pas remarquée, pensa Tully avec satisfaction.

À en juger par la réaction de ces dames, elle produisait son petit effet. Plus elles feignaient de l'ignorer, plus Tully se savait désirable. Et elles ne m'ont pas encore vue danser, se dit Tully en jubilant.

Elle écrasa sa cigarette contre la semelle de sa chaussure et en alluma une autre. Elle descendit l'escalier et trouva Jennifer dans la cuisine, en train de se goinfrer d'*apfel strudel*.

— Quelle grosse nouille, grogna Tully.

— Lâche-moi, tu veux ? C'est mon anniversaire.

— Pas toi, idiote. Je parle de Tom.

— Ah ! soupira Jennifer, soulagée. Il ne nous aime pas. Il croit qu'on a une mauvaise influence sur Julie.

— C'est un crétin. Moi je trouve que c'est lui qui a une mauvaise influence sur elle.

Tully s'apprêtait à changer de sujet et à questionner Jennifer à propos du beau brun, quand Mrs Mandolini entra dans la cuisine.

— Jen, on te réclame. Ils veulent aussi de la glace, du gâteau...

— J'y vais.

— Tu ne devrais pas fumer, Tully, dit Mrs Mandolini. Ce n'est pas bon pour toi. Si ta mère savait ça, elle te tuerait.

Vous ne croyez pas si bien dire, pensa Tully en aspirant une longue bouffée et en se dirigeant vers le salon.

Appuyée contre le mur, elle observa Jennifer. Celle-ci offrit une bière à un type blond avec qui elle dansa quelques minutes plus tard, en gardant les yeux obstinément baissés et en s'emmêlant les pieds. Tandis que son cavalier évoluait avec aisance, elle avait l'air empoté d'une débutante. Tully était convaincue que c'était lui, le type du vestiaire, même si à cause de la pénombre qui régnait dans la pièce elle ne pouvait en être certaine. Elle soupira et alluma une autre cigarette. Elle aussi avait envie de danser.

Tully avait commencé très jeune ; elle était douée et, comme elle aimait la musique, à douze ans elle savait bouger. Confinée dans sa chambre, elle peuplait sa solitude en s'exerçant face à la glace. Nue devant le miroir, elle avait appris à accorder son corps enfantin à la musique, et quand il avait commencé à s'épanouir, à prendre des seins et des fesses, Tully avait déjà un style bien à elle, tout en sensualité. Elle commença à danser en public dans des surprises-parties, d'abord avec d'autres, ou seule dans son coin, pour se retrouver bientôt au milieu de la pièce. Que sa danse soit coulée ou rapide, les garçons applaudissaient ; quant aux filles, elles la rejoignaient, ou se contentaient de la regarder. En tout cas, la nouvelle que Tully était une sacrée danseuse fit vite le tour du collège et de ses environs.

Mais c'est un vendredi soir, à l'âge de quatorze ans, lors d'une soirée de gala, qu'elle se révéla dans toute sa gloire à l'ensemble du corps enseignant, en dansant, les yeux clos, sur la symphonie de Beethoven, *L'Empereur*. Le principal qualifia sa danse d'immorale et téléphona à Hedda, qui avait manqué la performance de sa fille. Où une fillette de quatorze ans avait-elle appris à danser comme ça ? lui demanda-t-il. Mrs Makker eut beau se désoler et protester, Tully fut exclue du collège pour une semaine.

On lui confisqua le miroir en pied et on ne l'enferma plus jamais dans sa chambre. Trop tard. Les trois années qui suivirent, Tully prouva aux patrons des boîtes de nuit et aux piliers de bar de Topeka, aux étudiants, aux joueurs de rugby et aux fermiers quel talent prodigieux elle gâchait à plaisir. Si Hedda avait su les centaines de concours de danse que Tully avait remportés, l'argent qu'elle avait gagné, et tous les hommes avec qui elle avait dansé, sans parler du reste, le châtiment qu'elle lui aurait infligé quand elle avait trouvé les préservatifs dans sa chambre aurait été beaucoup plus redoutable.

Tully eut à peine le temps de finir sa cigarette que trois garçons du collège s'empressaient déjà pour l'inviter à danser. Elle s'exécuta de bonne grâce. Puis elle chercha à se rapprocher de Jennifer pour échanger quelques mots avec elle, mais maintenant qu'ils l'avaient reconnue, les types ne voulaient plus la lâcher.

Dès qu'elle la vit seule, Julie vint à elle.

— Tully, je regrette, pour Tom.

— Mais comment as-tu pu lui dire des choses sur moi ?

— Tull, excuse-moi. C'est mon petit ami. J'ai cru que je pouvais lui faire confiance.

— Je t'avais dit de garder ça pour toi.

— Je m'excuse, dit Julie en baissant la tête.

— Ça va, répondit Tully, et elle retourna danser.

Après une heure de gesticulation frénétique, épuisée et en sueur, Tully prit place sur le canapé du salon. De là, elle se mit à espionner le beau brun, qui dansait avec sa petite amie.

Jennifer discutait avec son footballeur dans un coin. En le détaillant mieux, malgré l'obscurité, Tully dut reconnaître qu'il n'était pas mal du tout. Le garçon brun et sa copine vinrent se blottir sur le canapé, à côté d'elle. Elle les guignait du coin de l'œil. Il se leva, sans doute pour aller chercher à boire. La fille resta immobile, ses petites jambes maigrichonnes serrées l'une contre l'autre, ignorant Tully.

Le garçon revint avec les boissons et s'assit à l'autre extrémité du canapé. Tant mieux, maintenant, je vais pouvoir le regarder à mon aise. Il est encore mieux que je le croyais, pensa-t-elle en sirotant sa bière. Plus vieux que la plupart des garçons que je connais, et plus élégant. Elle aimait son visage méditerranéen, large et rasé de près, son sourire aux dents éclatantes, ses yeux qui s'éclairaient quand il riait. Tully remarqua que son Levi's était repassé (quelle drôle d'idée !). Il n'était pas très grand, mais, dans l'ensemble, Tully le trouvait tout à fait à son goût. Seulement il était bien gardé, et son cerbère ne cessait de lancer à Tully des regards meurtriers.

Tully la comprenait. Un beau mec comme ça, on y tient. Elle mourait d'envie de questionner Jennifer à son sujet, mais celle-ci ne cessait de bavasser avec son blondinet. Son visage, assez inexpressif d'habitude, rayonnait ce soir-là. Tully en éprouva de la joie, et un petit pincement d'envie. Penché sur Jen, un bras passé autour de son cou, son compagnon semblait passablement éméché, et son visage à lui n'exprimait rien d'autre que l'ivresse vague due à la bière. Contrariée sans trop savoir pourquoi, Tully frissonna.

Cherchant Julie des yeux, elle la trouva en compagnie d'un petit groupe, en pleine discussion. Le Viêt-nam, sans doute.

Le temps passa. Tully ne bougeait pas du canapé. Le garçon brun se leva et proposa de nouveau à sa copine de lui apporter à boire. Celle-ci acquiesça. Il fit mine de s'éloigner, puis se ravisa et demanda à Tully si elle désirait quelque chose.

— Oui, je veux bien une bière. Une Bud, de préférence, si vous arrivez à en dénicher une.

— Vos désirs sont des ordres, lui dit-il avec un sourire.

Il a une belle voix, profonde et virile, songea Tully. Oui, mais s'il se révélait aussi niais que les autres, le charme serait vite rompu.

Pétrifiée, les mains crispées sur ses genoux, sa copine décocha à Tully un autre regard empoisonné. Tully sourit d'un air narquois et prit ses aises en s'enfonçant plus profondément, croisant et décroisant ses jambes nues, un bras allongé sur le dossier du canapé ; elle garda la pose jusqu'à ce qu'il revienne. Il lui tendit sa bière et s'assit à côté d'elle.

— Merci, dit Tully en souriant.

— Ouais, merci Robin, dit la fille.

Robin ! C'était son nom ! Pas trop italien, comme consonance. Le fil de ses pensées fut coupé par un gars qui s'assit sans façon sur ses genoux pour l'inviter à danser. Tully le repoussa violemment et il tomba en arrière. Secoué d'un rire nerveux, il s'éloigna à quatre pattes. En cet instant, rien n'aurait pu la faire lever du canapé. Elle avait trouvé ce qu'elle était venue chercher, dans cette demeure emplie de fumée, de gens, de musique.

— Tully ! lui hurla Jennifer à l'oreille, en s'agenouillant à côté d'elle. Pourquoi restes-tu assise toute seule dans ton coin ? Les copains attendent que tu danses. Ils commencent à râler !

— Je ne suis pas toute seule ! lui cria Tully en lui faisant une grimace.

Jennifer regarda Robin et sa copine.

— Tully, tu rêves ! C'est chasse gardée. Ça se voit, non ?

— Oh, Jennifer, je t'en prie ! Présente-nous, lui dit Tully dans le creux de l'oreille. Allez, sois gentille... Après tout, c'est toi l'hôtesse, non ?

Et elle fixa Jennifer intensément dans les yeux. Celle-ci soupira.

— Robin, dit-elle en se levant et en se rapprochant de lui, je ne crois pas que tu connaisses Tully. Gail, oui, puisque vous êtes toutes les deux au collège. Avez-vous des cours en commun ?

— Non, dit Gail, on ne s'est jamais rencontrées. Mais j'ai entendu parler de vous. Tully Makker, c'est ça ?

— Ça c'est drôle, répondit Tully. Moi, je n'ai jamais entendu parler de vous.

— Ravi de vous rencontrer, dit Robin.

— Le père de Robin est un ami de papa, continua Jennifer. En fait, mon père a commencé en travaillant pour lui. N'est-ce pas, Robin ?

— Oui, dit Robin, il y a bien longtemps.

Tully tendit la main à Robin, mais pas à Gail, qui se rassit sans rien dire.

Quelqu'un arriva par-derrière en criant :

— Jennifer ! Viens danser avec moi !

Un large sourire s'épanouit sur le visage de Jennifer.

— Tully, Robin, Gail, voici Jack Pendel, dit-elle en le prenant par le bras, comme étourdie.

Jack Pendel serra la main de Robin sans même le regarder, trop occupé à dévisager Tully. Dans ses yeux vagues injectés de sang, Tully vit un éclair de lucidité... Elle n'aurait pas su dire ce qu'il signifiait, mais elle lui tendit la main. Jack la prit, la retint, et dit :

— Alors c'est vous Tully, l'amie de Jennifer ? Et il porta sa main à ses lèvres en se penchant vers elle.

Tully dut le soutenir pour l'aider à se relever. Sa posture d'ivrogne les fit tous rire. Jennifer et Jack repartirent danser, tandis que Robin se tournait vers Tully.

— Comment avez-vous rencontré Jennifer ? lui demanda-t-il, en la regardant dans les yeux.

— On se connaît depuis l'âge de cinq ans, dit Tully.

— Eh bien, ça fait une paye ! Je ne connais personne depuis aussi longtemps, à part les gens de ma famille.

— Tiens, en voilà une autre que je connais depuis très longtemps, ajouta Tully en désignant Julie.

— Vous êtes amies, toutes les trois ? demanda Robin.

— Les meilleures amies du monde.

— Vous formez presque une petite famille.

— Presque, répondit Tully.

Ils se sourirent.

— Vous avez toujours vécu à Topeka ? demanda Robin.

Tully hocha la tête.

— Et vous, vous êtes du coin ?

— Oui, de Manhattan, dit-il en regardant son visage et son cou. Vous y êtes déjà allée ?

Tully regarda sa montre. Il était presque l'heure.

— Oui, une ou deux fois.

— Vous habitez loin de chez Jen ?

— Oh, à quelques kilomètres.

— Vous avez une voiture ?

— Non, je fais le chemin à pied, dit-elle. Ce n'est pas le bout du monde.

— Et ce soir aussi, vous allez rentrer à pied ?

— Oui, bien sûr. En fait, il faut même que je parte. (Elle vit son expression et ajouta :) J'ai promis à maman que je rentrerais tôt. Elle n'est pas bien, vous comprenez.

Il parut songeur, tandis qu'elle retenait son souffle.

— Vous voulez que je vous raccompagne ?

Elle respira. C'était dans la poche.

— Oh, j'en serais ravie, si ça ne vous dérange pas trop. C'est gentil, merci.

— Ça ne me dérange pas du tout, répondit Robin, puis, se tournant vers Gail : Gail, je ramène Tully chez elle. Elle habite loin et n'a pas de voiture. Je n'en ai pas pour longtemps.

— Je viens avec vous, rétorqua Gail, l'air mauvais.

— Tu sais bien que je n'ai que deux places dans la voiture, dit Robin en lui effleurant les cheveux. Je reviens tout de suite.

Gail se leva d'un bond et s'éloigna. Robin et Tully se levèrent à leur tour.

— On danse un peu avant de partir ? demanda-t-elle.

Il dit oui, sans détacher les yeux de son visage, tandis que ceux de Tully papillonnaient. Elle se demanda si Jen étreignait son beau blond ou si elle l'aidait surtout à tenir debout. On mit un morceau des Stones. Tully agrippa les doigts de Robin et ils s'avancèrent sur la piste. Tully ferma les yeux, pour mieux sentir la musique. Elle se mit à onduler et à balancer les hanches, en se pressant contre lui. Gardant les yeux fermés, elle lui lâcha les mains, et fit courir ses paumes le long de son corps qui vibrait en rythme. Quand la chanson se termina, elle se retrouva en sueur, chancelante, pendue à son cou. Elle ouvrit les yeux, et surprit dans les siens une expression qu'elle connaissait bien pour l'avoir vue souvent. Il était pris. Maintenant, ils pouvaient partir.

Ils firent leurs adieux rapidement. Tully monta l'escalier en courant et alla récupérer ses affaires dans le panier à linge. Elle s'approcha de Jennifer et devina à son air gêné qu'elle venait juste de parler avec Gail. Tully l'embrassa sur la joue.

— Joyeux anniversaire, Mandolini. Et merci, murmura Tully.

— Tu viens avec nous à Saint Mark, demain matin ? demanda Jennifer.

— Non, pas demain. Il faut que je ratisse les feuilles du jardin.

Jennifer eut l'air sceptique.

— Tu n'as même pas de râteau.

— Je me servirai de mes dents. Salut ! dit Tully en s'éloignant avec un signe de la main.

Robin lui tint la porte et ils sortirent. L'air frais semblait si pur après toute cette fumée et ces vapeurs... La nuit était tranquille et il n'y avait pas de vent. Une chance, pour le Kansas. Tully avait la tête lourde et ses oreilles bourdonnaient encore, à cause de la musique.

Le chemin était long à pied, mais bien court en voiture. S'il veut passer à l'attaque, il a intérêt à se dépêcher, pensa Tully en se rongeant les ongles en silence.

— Vous aimeriez qu'on se revoie ? demanda Robin.

— Oui, bien sûr, répondit laconiquement Tully.

Il conduisait lentement. À un stop, il demeura arrêté plus d'une minute, et entama la conversation :

— Tully, ce n'est pas courant comme prénom.

— Robin non plus. C'est un prénom italien ?

— DeMarco, troisième génération, répondit-il. Mon père a voulu américaniser la famille. Et puis mes parents aimaient beaucoup le personnage de Robin des Bois.

— Pourquoi « aimaient » ?

— Ma mère est morte, dit Robin, et il recommença à rouler.

Tully sourit poliment, avala sa salive, et reprit :

— C'est à cause de mon frère. Il n'arrivait pas à prononcer mon nom correctement, et ça m'est resté.

— Quel est votre vrai prénom ?

— Natalie, dit Tully. Natalie Anne Makker.

— C'est joli, dit Robin. Et le nom de votre frère ?

Elle ne répondit pas tout de suite.

— Henry, Hank.

Elle se rongea les ongles furieusement. Pourquoi fallait-il toujours qu'ils vous posent des questions avant de vous baiser ?

— Nous sommes trois frères, dit Robin. Et je suis l'aîné.

— Quel âge ?

— Vingt-cinq ans. Ça vous paraît vieux ? dit-il en lui décochant un sourire.

— Très vieux.

— Combien d'enfants y a-t-il chez vous. Deux ?

Il insiste, pensa-t-elle. Elle avait presque oublié combien ils pouvaient se montrer tenaces.

— Un seul, répliqua-t-elle. *Plus qu'un.*

— Vous n'avez pas parlé d'un frère ?

— Si, dit Tully. Il n'habite plus chez nous. Prenez à droite au prochain carrefour.

Tully le guida dans le réseau de petites rues qui menait à sa maison. Robin s'arrêta juste à côté, y jeta un coup d'œil — portail dégondé, herbes folles —, puis la regarda longuement.

— Est-ce que je peux venir vous voir demain ?

Génial, pensa Tully. Je l'imagine parfaitement coincé entre ma mère et tante Lena. Tully lui sourit et lui sortit sa réponse toute prête, celle qu'elle leur servait à tous :

— Bien sûr, ce serait super. On pourrait peut-être faire un tour dans l'après-midi.

Elle enfila la grande jupe noire sur la petite, le pull informe par-dessus le T-shirt, et prit un mouchoir en papier pour enlever son maquillage. Tout ça devant lui.

Il lui demanda s'il pouvait l'accompagner à la porte.

Tully secoua la tête.

— Maman n'est pas bien du tout.

Elle se pencha et embrassa Robin en plein sur la bouche. Ses lèvres étaient douces et humides; il sentait l'alcool et le sucré. Elle en aima le goût et l'embrassa plus profondément. Robin avait fermé les yeux. Tully gardait les siens ouverts, comme toujours dans ces cas-là. Seuls leurs visages l'intéressaient. Les baisers de Robin devenaient plus pressants. Elle lui caressa les cheveux, le cou, les épaules. Il grogna doucement en glissant une main sous ses jupes, sur ses jambes nues, sur ses cuisses, tandis que de l'autre il lui pétrissait les seins. Elle était pratiquement nue sous ses vêtements. Les fenêtres de la voiture étaient couvertes de buée. Robin lui releva son T-shirt et enfouit sa tête dans sa poitrine. Tully lui caressa les cheveux. Au contact de sa tête brune, elle ferma les yeux à demi.

— Tully, qu'est-ce que tu me fais? murmura-t-il en s'allongeant sur elle.

Tully sentit son sexe dur s'écraser contre elle. Oh, c'était juste ce qu'elle voulait. Cela faisait si longtemps... Elle gémit, et cela ne fit qu'exciter Robin davantage. Elle déboutonna son pantalon et sortit son sexe. Il grogna. Mourant d'envie qu'il la pénètre, Tully écarta son string et le guida. Il chercha à la caresser avec ses doigts, mais elle l'avait déjà happé en elle...

Robin était dans un tel état d'excitation que ce fut vite conclu. Comme Tully aimait; elle préférait quand ils n'arrivaient pas à se contrôler et qu'ils venaient vite. Quand Robin eut fini de jouir, elle le tint serré contre elle et lui caressa le dos. C'est bien, pensa-t-elle en souriant. C'est bien. Il resta allongé contre elle un moment, jusqu'à ce qu'elle lui donne une petite tape sur le bras.

— Je dois y aller, murmura-t-elle.

Elle le repoussa doucement et, quand il retourna sur son siège, elle rajusta ses jupes et se brossa les cheveux. Robin boutonna son pantalon.

— On se voit toujours demain ? fit-il en lui effleurant la joue.

Tully sourit. Un vrai gentleman. Il y en avait quelques-uns.

— Bien sûr, dit-elle en l'embrassant rapidement.

Puis elle sortit, remonta l'allée, gravit les marches du perron et disparut dans la maison.

III

ROBIN

Septembre 1978

Dimanche matin. Assise à côté du téléphone, Jennifer attendait un appel de Jack. La veille au soir, il lui avait dit qu'il l'appellerait, et il était déjà presque midi. Elle avait manqué la messe de dix heures.

Les derniers invités étaient partis vers minuit, et Jennifer avait passé les deux heures suivantes à nettoyer sa chambre avant de se coucher. Comment Jack avait-il terminé la soirée ? Il était parti sur le coup de onze heures, en marmonnant qu'il allait faire un tour. Mais il habitait dans le voisinage, et il était peut-être tout simplement rentré chez lui.

Jennifer avait mal dormi. Debout à cinq heures et demie, elle s'était glissée furtivement dans le garage, avant de commencer à nettoyer la maison. Une heure plus tard, ses parents s'étaient levés pour l'aider. Elle avait regagné sa chambre où tout reluisait de propreté, puis était descendue prendre son petit déjeuner.

Les petits déjeuners du dimanche, en famille... Ils raffolaient tous les trois des omelettes à la mozzarella et aux oignons que sa mère leur préparait. Mais ce matin-là, Jennifer contemplait son assiette, la tête ailleurs. Elle sentait presque son souffle sur son cou, son haleine qui sentait la bière quand il se penchait pour rire à son oreille, et ses cheveux blonds trempés de sueur qui venaient se coller contre sa tempe, quand ils dansaient tous les deux...

— Tu t'es bien amusée ? lui demanda Tony Mandolini.

— Super, dit-elle.

— Il n'y a pas eu d'embrouilles ?

— Maman a été intenable, mais tout le monde sait qu'elle ne supporte pas l'alcool. Alors ils se sont montrés très compréhensifs, répondit Jennifer en se forçant à la gaieté.

— Jennifer ! dit Lynn en lui tapant sur le bras.

— Non, ça s'est vraiment bien passé, papa. Merci.

Tony et Lynn échangèrent un regard.

— On a une petite surprise pour toi, Jenny, dit Lynn en lui tendant une boîte entourée d'un nœud blanc.

Jennifer arrêta de manger, posa son verre de lait, s'essuya les lèvres, regarda ses parents et prit la boîte. Elle savait ce que c'était. Elle défit le papier d'emballage, ouvrit la boîte et en sortit une paire de clefs. Elle se força à ouvrir de grands yeux et à arborer un sourire stupéfait.

— Des clefs ? Mais pourquoi...

Tony et Lynn firent une petite moue.

— Tu en avais tellement envie, chérie, dit Lynn.

Tu en avais tellement envie... Cette phrase résonna dans ses oreilles tandis qu'ils sortaient tous les trois et que son père ouvrait la porte du garage, découvrant une Camaro bleu ciel flambant neuve, entourée d'un énorme nœud blanc.

Assortie à mes yeux, pensa Jennifer avec lassitude.

— Assortie à tes yeux, dit Tony à sa fille immobile.

Elle les remercia en bonne et due forme, les embrassant et les serrant l'un après l'autre dans ses bras. Mais elle ne monta pas tout de suite dans la voiture pour aller faire un tour et passa le reste de la matinée dans sa chambre, assise sur son lit dans un silence complet, sans bouger.

Julie l'appela à neuf heures et demie.

— Je te disais bien qu'ils allaient m'offrir une voiture, dit Jennifer.

— Une voiture ! s'écria Julie. Une voiture pour toi toute seule ! C'est génial ! Tu pourras nous emmener partout !

— Ma parole, on dirait que c'est à toi qu'on l'a offerte !

— Quelle chance tu as !

— Si tes parents ne faisaient pas des mômes à la pelle, tu en aurais peut-être une aussi.

— Oh, ça va, nous ne sommes que cinq enfants, tout compte fait. Tu vas à la messe, Jen ? Ma grand-mère exige que j'aille communier aujourd'hui.

— Je ne peux pas. Il faut que j'aide mes parents à nettoyer la maison.

Elles parlèrent de Tully un petit moment et raccrochèrent ; puis Jennifer attendit de nouveau auprès du téléphone. Ce fut Robin qui l'appela.

— Jennifer, je veux sortir avec Tully.

— Eh bien, vas-y, dit Jennifer en levant les yeux au ciel. Qu'est-ce qui t'en empêche ?

Robin faisait les cent pas dans sa chambre. Il se sentait ridicule d'aller demander conseil à une gamine qui venait d'avoir dix-huit ans et qui n'était pas d'humeur à l'écouter. Mais il revoyait le visage de Tully, il se souvenait de la douceur de ses lèvres. Il s'en serait d'ailleurs volontiers contenté. L'issue de leur rencontre l'avait confondu. Robin avait la vague impression d'avoir été sucé jusqu'à la moelle par une sorte de moustique des tropiques qui s'était gorgé de son sang jusqu'à plus soif, avant de s'envoler en quête d'une autre victime à vampiriser, un pauvre type dans son genre. Malgré la sensation d'avoir été joué, Robin avait l'intime conviction qu'il lui fallait absolument revoir Tully. C'était sa seule certitude.

— Jen, fais un petit effort, tu veux ?

Il y eut un court silence.

— Qu'est-ce que tu veux que je te dise, Robin ?

Tant de choses, pensa Robin. Dis-moi comment elle est, si j'ai une petite chance de lui plaire, s'il faut que je me méfie d'elle et pourquoi... Car Tully lui faisait peur, à s'être jetée ainsi à sa tête, pour l'instant d'après lui tapoter le bras d'un air de dire : « Robin, bon chien. Et maintenant, couché. » Pourtant la seule question qui lui vint aux lèvres fut :

— Est-ce qu'elle sort avec quelqu'un ?

— Non, dit Jennifer. Tu ne peux pas en dire autant...

Robin ne releva même pas l'allusion. Gail n'avait jamais vraiment compté pour lui.

— Elle m'a dit que sa mère était malade. Est-ce que c'est passager ?

Un autre silence, un peu plus long. Robin soupira. Ce dialogue de sourds le mettait à la torture.

— Malheureusement non, dit Jennifer. Robin, avec Tully, la partie ne va pas être facile, tu sais...

— Non, justement, je ne sais pas. J'espérais que tu m'en dirais plus... Elle m'a dit de venir la chercher cet après-midi pour l'emmener faire un tour, ajouta-t-il après un silence.

— Ce n'était pas sérieux, répliqua Jennifer avec un petit rire.

Robin se remit à tourner comme un lion en cage.

— Comment va ton père ? demanda Jennifer.

— Bien, bien, dit-il.

C'était loin d'être le cas, mais le moment était mal choisi pour en parler.

— Et son père à elle, comment est-il ?

— Il n'est pas là.

— Il est mort ?

— Je ne sais pas, dit Jennifer.

— Elle ne l'a pas vu depuis combien de temps ?

— Dix ans.

— Jennifer, tu veux bien me rendre un service ?

Il l'entendit soupirer.

— Écoute, Robin, il faut que je raccroche. J'attends un coup de fil.

— Ne t'en fais pas, s'il doit t'appeler, il n'abandonnera pas si vite. Alors, tu veux bien ?

— Que dois-je faire ?

— Appelle Tully, vois si elle a vraiment envie de me revoir et, si oui, trouve comment je peux la retrouver. Tu veux bien ?

Jennifer accepta, puis ils raccrochèrent. Calmé, Robin s'assit et songea à Tully, à ses gémissements voraces et à la façon dont elle s'accrochait à lui la nuit dernière. Puis il se souvint de Gail. Il aurait dû l'appeler pour s'excuser, mais il y renonça. Il ne voulait pas lui parler alors qu'une autre occupait ses pensées.

Tully était la première fille dont l'odeur, le goût et la façon d'être lui faisaient assez d'effet pour qu'il humilie sa petite amie du moment en public. Robin espérait que Tully le méritait.

À douze ans, Robin avait découvert que lui et ses frères étaient en fait des enfants adoptés. Stephen et Pamela DeMarco avaient fait appel à une agence qui avait trouvé le moyen de leur refiler une portée complète de petits mâles. Robin avait trois ans, Bruce un an et demi et Stevie trois mois.

C'est en cherchant un certificat de naissance pour ouvrir son premier compte à la caisse d'épargne, en prévision de l'argent qu'il allait recevoir pour sa confirmation, que Robin était tombé sur les papiers d'adoption. Bouleversé, il avait descendu l'escalier comme un fou en brandissant le certificat.

— Pourquoi ne nous l'avez-vous jamais dit? Pourquoi? Pourquoi ne m'en avez-vous même jamais parlé, à moi? avait-il crié à ses parents.

Les DeMarco avaient tenté de le réconforter, en vain. Les six mois qui avaient suivi, la vie avait apparemment continué comme par le passé : Robin allait à l'école le matin en faisant sa tournée (il distribuait des journaux dans les boîtes aux lettres du quartier), rentrait à la maison, dînait, faisait ses devoirs, regardait un peu la télé, et allait se coucher. Tout ça sans dire un mot, ou presque, ni à sa mère ni à son père. À sa confirmation, il avait froidement embrassé Pamela en la remerciant de s'être mise en frais pour un enfant qui n'était même pas son fils.

Un mois plus tard, subitement, la mère de Robin était morte d'un arrêt du cœur. Le jeune garçon n'avait pas pardonné à sa mère quand il était encore temps. Pourtant, il oublia vite. À sa sortie du collège, il travailla pour son père et se révéla doué pour les affaires; la famille DeMarco se mit à prospérer et lui à gagner pas mal d'argent, qu'il dépensait en s'achetant des vêtements de bonne coupe et de belles voitures. Robin travaillait, jouait au football et collectionnait les conquêtes féminines; il n'avait que l'embarras du choix. Toujours très courtois, il manquait pourtant de délicatesse. Peu expansif, il rompait généralement sans même en informer l'intéressée ; il apparaissait soudain avec une nouvelle fille à son bras, et cela lui paraissait amplement suffisant. Que dire de plus ?

Fuyant les filles un peu trop sentimentales ou bavardes, Robin préférait celles qui ressemblaient à sa mère adoptive : d'une beauté un peu tape-à-l'œil, blondes et réservées. Rien à voir avec Gail.

À peine Jennifer eut-elle posé le combiné que le téléphone se remit à sonner. Elle ferma les yeux et laissa passer trois sonneries avant de décrocher.

C'était Tully. Jennifer soupira.

— Allez, je sais qu'au fond tu es ravie que je t'appelle.

— Si tu le dis... Robin a appelé, il cherchait à te joindre.

— Ah oui ? Tu lui as fait remarquer qu'il se trompait d'adresse ? Je ne vis pas avec toi, que je sache.

— Et je le regrette, dit Jennifer en plaisantant à demi.

— Ça, je n'en reviens pas. Je pensais bien ne jamais le revoir. Que voulait-il ?

— Il m'a demandé si tu sortais avec quelqu'un.

— Et tu lui as dit...

— Que tu ne sortais avec personne, contrairement à lui.

— Pas mal pour un début...

— Et que ta mère posait quelques problèmes.

— Ah ! bien joué ! s'exclama Tully. Rien de tel pour faire fuir un mec.

— Tully, il prétend que tu lui as demandé de passer te prendre, c'est vrai ?

— Ouais, admit Tully. Je fais le coup à tout le monde... Je ne pensais pas qu'il risquait de se pointer.

— Il semble bien décidé. Heureusement que je lui ai mis un peu de plomb dans la cervelle.

Il y eut un blanc.

— Tully, tu as envie de le revoir ?

Après un silence, Tully grimaça un sourire.

— Un peu.

— Gail n'a pas du tout apprécié, hier, tu sais. Elle vous en veut à mort, à tous les deux.

— J'en ai rien à cirer. Est-ce qu'il est amoureux d'elle ?

— Tully, elle a dix-sept ans et je crois qu'elle en pince vraiment pour lui.

— Ah oui ? Moi aussi j'ai dix-sept ans. Et puis je n'y peux rien, s'il me court après.

Jennifer convint avec Tully de passer la prendre avec sa nouvelle voiture et de la déposer à L'Auberge, le fast-food le plus fréquenté de Topeka Boulevard, où Robin les rejoindrait.

Puis elle appela Robin pour le mettre au courant. Jennifer sentit comme il était heureux de cette nouvelle et s'en étonna, car elle le trouvait en général plutôt flegmatique. Il a l'air bien accroché, pensa-t-elle.

— Tu n'as rien à me dire de spécial, à son sujet ? demanda Robin.

Oh, si, un tas de choses, pensa Jennifer, qui avait hâte de raccrocher.

— Parler, c'est pas son truc...

— Ah, enfin une fille selon mon cœur... Et c'est quoi, son truc ?

Une autre façon de communiquer, pensa Jennifer. Tactile...

— La danse, répondit-elle. La musique. La géographie, les livres...

Personne ne connaissait mieux Tully que Jennifer, et pourtant elle avait du mal à définir le caractère et les goûts de son amie. Vers douze ans, elle avait entendu ses parents parler de Tully, d'adoption, de placement, de Wichita aussi, mais elle n'avait pas bien compris leur conversation. Puis Tully avait plus ou moins disparu de sa vie, et de celle de Julie. Oh, elle venait parfois leur rendre visite, elle restait dîner, faisait ses devoirs, parlait, regardait la télé... Mais c'était « pour de rire », comme dans leurs jeux d'enfants.

1975, 1976, 1977... Trois années durant lesquelles Tully avait hanté les boîtes de nuit avec sa fausse carte d'identité. De sa vie réelle, Jennifer n'avait qu'une vague idée. En 1977, les choses s'améliorèrent un peu. Tully montra à Jennifer sa fausse carte : « Natalie Anne Makker », sexe féminin, 53 kilos, yeux gris, cheveux blonds, née le 28 janvier 1955. Jennifer n'en revenait pas : sur la photo d'identité, Tully s'était arrangée pour paraître six ans de plus. Mais elle n'en était pas à un mensonge près, et le gouffre qui les séparait alors était si grand ! Même après 1977, elles n'avaient plus jamais joué au softball toutes les deux.

Quand Robin eut raccroché, Jennifer resta une heure sans bouger, près du téléphone, puis se leva, car il était temps d'aller chercher Tully.

— Chouette bagnole, Jen, dit Tully en montant dans la Camaro. Tu vas pouvoir nous emmener tous au lycée...

— Julie et moi, on y va à pied, Makker. Et si tu crois que je vais aller tous les matins te chercher dans ton quartier miteux, tu te fais des illusions !

— Jennifer, avoue que tu n'en avais pas besoin, de cette voiture. À quoi va-t-elle te servir ?

— Je ne sais pas. En tout cas, je ne te la prêterai pour rien au monde. Même pas cinq minutes !

— Mais je n'en veux pas, de ta fichue voiture, dit Tully à Jennifer en lui effleurant les cheveux. Tout ce que je veux, c'est que tu m'apprennes à conduire.

À L'Auberge, Robin s'assit face à Tully. Ou, plutôt, Tully ne s'assit pas à côté de Robin, mais en face de lui. Sans maquillage, elle ne ressemblait pas à celle qu'il avait rencontrée la veille ; elle avait l'air de quelqu'un d'autre. Elle portait un vieux jean délavé et un sweat-shirt avec l'inscription : « Have Fun ! It's Topeka ». Ses yeux gris étaient cernés, son nez pas très régulier, ses lèvres pâles, ses cheveux courts et frisés. Elle n'a rien d'intimidant ni de très mystérieux, pensa Robin, elle est même un peu quelconque. Mais en la regardant mordre dans son hamburger et en l'observant parler, il se dit que c'était la plus belle fille qu'il eût jamais rencontrée.

— Pourquoi m'as-tu dit que je pouvais passer te prendre chez toi ? lui demanda-t-il.

Elle lui décocha un sourire et ses yeux pétillèrent, tandis qu'elle faisait signe au serveur pour commander un café noir et une tarte au citron meringuée.

— Je ne pensais pas que tu viendrais.

— Tu es une vraie petite Cendrillon, dans ton genre, hein ?

— Et alors, le conte de fées est fini ?

Il fit vite non de la tête. Il n'avait jamais vu d'yeux gris auparavant. Plutôt froid comme couleur, se dit-il.

— Non, tu me plais autant, mais tu es si différente.

Ils parlèrent pendant une heure.

— Qu'est-ce que tu fais dans la vie, Robin, quand tu ne vas pas à des fêtes de collégiens ?

— Je travaille chez mon père. DeMarco et Fils. Vêtements pour hommes. Première qualité.

— Ah, voilà le secret de ton élégance, dit Tully avec un petit sourire.

Elle parlait en bougeant les mains comme font

les Italiens, ce qui ravissait Robin et lui rappelait ses origines. Il se plaisait avec elle, et ne ressentait ni gêne ni menace diffuse. Elle était drôle et lui semblait tout à fait normale. Il lui alluma une cigarette, et elle le regarda dans les yeux en aspirant la fumée.

Mais, à un moment, Tully leva les mains — des mains fines et blanches, très féminines — pour singer un ami à elle lors d'une descente de police dans un dancing. Robin découvrit alors sur ses poignets, très près des paumes, deux longues cicatrices horizontales, d'un rose foncé. Elle s'arrêta brusquement de parler. Qu'avait-elle surpris dans son regard ? De la peur, de la pitié ? Combien de fois avait-elle lu dans les yeux des hommes qu'elle avait rencontrés ce mélange de désir et de peur, quand ils découvraient ses poignets tailladés ?

Son comportement changea instantanément. Elle perdit tout entrain et son regard se durcit.

Ce silence entre eux, cette fixité glacée étaient insupportables et semblaient à Robin bien pires qu'un désaveu. Il posa donc sa main sur le bras de Tully.

— Ça va ? dit-il.

— Ouais, ça va super.

Robin ne pouvait détourner les yeux de ses poignets.

— Oh, ça... Je me suis coupée en me rasant.

— Oh, dit Robin, en se sentant devenir tout pâle. Fais attention la prochaine fois.

— Promis, fit-elle en esquissant un sourire.

Je l'aime, pensa Robin dans un éclair de lucidité foudroyant qui lui remua le ventre, et sa gorge se serra. Ça alors ! Comment s'y est-elle prise ?

Ils quittèrent L'Auberge, et se dirigèrent vers la 45ᵉ Rue pour filer vers l'est, dans la direction de Lawrence et du lac Shawnee.

— Le comté de Shawnee est si beau. Regarde ces collines, ces prés verdoyants, ces vallées...

— Et cette herbe haute, dit Tully, impassible, en regardant par la fenêtre. C'est ce qu'on appelle la prairie, Robin.

Robin gara la voiture devant le lac Shawnee et ils firent l'amour ; ce fut tout aussi rapide et déconcertant que la première fois. Il n'y avait personne alentour. Tully lui caressa les cheveux, puis le repoussa gentiment. Il se rhabilla en soupirant.

— Fini de jouer, c'est ça, Tully ?

— Non, ce n'est pas ça du tout, protesta Tully avec douceur, en lui effleurant la joue. Mais il faut que je rentre.

— Qu'est-ce qui se passe ? Ta mère est malade ?

— En quelque sorte..., dit Tully.

Robin lui parla du cancer de son père.

— C'est triste, dit Tully en faisant craquer ses doigts. Tu sais, en fait, ma mère n'est pas vraiment malade. Elle est seulement... très stricte, voilà tout.

— Mais qu'entends-tu par « stricte » ? Qu'elle insiste pour que tu révises tes cours et t'empêche de sortir ? Ou qu'elle t'oblige à faire le ménage ?

— Si ce n'était que ça. Non, Robin. C'est très difficile à expliquer. Elle n'est guère expansive.

— Toi non plus, d'après ce que j'ai cru comprendre.

— C'est vrai. Maman et moi, on ne se parle pas beaucoup.

Robin contempla le lac en silence.

— C'est quand même ta mère, Tully.

— Me voilà bien avancée. Bon, il faut rentrer, maintenant.

Il était presque sept heures du soir quand ils rejoignirent la 45e Rue. Le soleil se cachait derrière les collines. Le long de la route, les arbres, les granges et les silos à grains se profilaient sur un ciel obscurci. Robin et Tully roulaient depuis déjà dix minutes quand, d'une voiture qui les croisait, surgit une masse noire que la Corvette percuta de son aile droite et qui rebondit avant de retomber sur l'asphalte avec un bruit sourd.

— Robin ! s'exclama Tully.

Deux jeunes hommes en chemise écossaise sortirent de l'autre voiture, et tous les quatre s'avancèrent prudemment au milieu de la route. Un doberman gisait sur le flanc ; il respirait encore, mais semblait incapable de bouger.

— Mon Dieu, dit Tully.

— Mais d'où est-il sorti ? dit l'un des deux hommes d'une voix suraiguë. Je conduisais et il a déboulé juste devant ma voiture...

— Et je l'ai touché, dit Robin en secouant la tête. Pauvre bête.

— Vous ne pouviez pas l'éviter. Personne ne l'a vu venir. Il doit appartenir à l'un des fermiers du coin. Quelle tristesse !

— Mon Dieu, dit Tully. Il vit toujours.

Le doberman n'arrivait pas à lever la tête, mais ses yeux noirs grands ouverts fixaient Tully et Robin en silence. Une voiture arrivait.

— Il faut le tirer de là, dit Tully.

— Non, dit l'un des gars. Autant qu'une bagnole l'écrase une bonne fois et qu'on n'en parle plus. Regardez comme il souffre. Ça vaudrait mieux pour lui.

— Il faut qu'on le tire de là ! répéta Tully plus haut en regardant Robin.

Ils durent s'écarter pour laisser passer la voiture, qui ralentit mais ne s'arrêta pas. Elle heurta le chien et le choc le fit rouler vers le bas-côté ; pas assez pourtant, car quelques secondes plus tard une autre voiture passa sans même ralentir sur le corps de l'animal. Le chien n'essayait plus de relever la tête. Étrangement, il n'était pas mort. Ses yeux noirs les fixaient tandis qu'ils restaient tous quatre immobiles. On n'entendait que la respiration du chien, sifflante et irrégulière. Les poings serrés, Tully se tourna vers les trois hommes.

— Je vous en supplie, faites quelque chose ! Vous n'allez pas le laisser sur la route, avec toutes ces voitures qui vont lui passer dessus. Robin, je t'en prie !

Robin se dirigea vers le chien.

— Je ne ferais pas ça, si j'étais vous, dit l'un des deux hommes. On ne sait jamais comment ça réagit, ce genre de chien. C'est un doberman, nom de Dieu ! Il peut devenir fou d'un seul coup et vous jouer un sale tour. Laissez-le tranquille. Il n'en a plus pour longtemps.

Robin s'arrêta.

— Il a raison, Tully.

— Bon Dieu ! Vous trouvez qu'il n'a pas eu son compte ? cria-t-elle en marchant vers l'animal.

Elle lui empoigna les pattes arrière et, avec effort, le tira à trois mètres de là pour le laisser couché dans l'herbe, tandis que les trois hommes la regardaient faire. Le conducteur se pencha vers Robin en murmurant :

— Elle est folle. Si cette bête l'attaquait, je ne donnerais pas cher de sa peau. Complètement timbrée, je vous dis.

Tully s'essuya les mains dans l'herbe et fit signe à Robin. Elle ne se retourna même pas pour regarder le doberman.

— C'est mouvementé, la vie avec toi, Tully, dit Robin qui avait garé la voiture en face de chez Jennifer.

— Qu'est-ce que tu insinues ? Ma vie était on ne peut plus calme avant de te rencontrer, répliqua Tully.

— Excuse-moi, mais j'ai du mal à le croire, avoua Robin, et Tully ne put s'empêcher de sourire. Je voudrais bien qu'on se revoie, ajouta-t-il.

Elle baissa les yeux et resta silencieuse.

— Ce n'est pas si simple, dit-elle enfin.

— Pourquoi ?

— Je ne peux pas beaucoup sortir.

— Je m'en contenterai.

— Et Gail, dans tout ça ?

— Ça n'a jamais été sérieux entre nous.

— Parle pour toi, corrigea-t-elle.

Robin sourit.

— Ce n'est pas une blague, Tully. Je tiens vraiment à ce qu'on se revoie.

— Quand ça ? demanda-t-elle.

Robin fut si soulagé qu'il eut du mal à cacher sa joie.

— Je travaille tous les jours sauf le dimanche. Dimanche prochain, ça t'irait ?

— D'accord, répondit-elle. Dans l'après-midi, parce que le matin je vais à l'église.

— À l'église ? s'étonna Robin.

— Oh, c'est juste pour tenir compagnie à Jen.

— Parfait. Dimanche prochain, je t'emmènerai déjeuner dans un endroit chouette. D'accord ?

— D'accord, dit-elle en se penchant pour l'embrasser sur les lèvres.

Après son départ, Robin resta longtemps à penser aux yeux gris de Tully, à son regard grave et à humer sur ses lèvres un parfum suave de café et de meringue.

Dans la cuisine, Julie et Jennifer attendaient Tully de pied ferme.

— Vas-y ! dit Julie en trépignant. On veut tout savoir !

— Il n'y a pas grand-chose à raconter, répondit

Tully en s'asseyant et en buvant une gorgée du Coca de Jennifer, qui se leva pour en ouvrir un autre.

— Où t'a-t-il emmenée ? demanda Julie.

— Faire un tour. Jennifer, tu aurais dû me dire que son père avait un cancer du poumon.

— Ce n'est pas à moi de le faire, répliqua Jennifer. Ça te plairait que je lui raconte des choses sur toi ?

— Comme type, il est plutôt sympa, non ? questionna Tully.

— Bien sûr qu'il est sympa, affirma Jennifer.

— En tout cas, il est beau mec, dit Julie. Et il a une belle bagnole ! Qu'est-ce qu'il fait dans la vie ?

— Il tient l'affaire de son père, une boutique de vêtements pour hommes. Oui, il est beau mec. Il le sait, d'ailleurs, remarqua Tully.

— Je me demande vraiment ce qu'un type beau, riche et intelligent comme lui peut te trouver, dit Julie en lui donnant un coup de coude.

— La même chose qu'un mec laid, pauvre et bête, figure-toi, répliqua Tully imperturbable.

Les trois filles burent leur Coca en silence.

— Vous allez vous revoir ? demanda Julie.

— Dimanche prochain, à condition que cette brave Jennifer le veuille bien, dit Tully en donnant à Jennifer une petite tape sur la tête. Et toi, Julie, tu vas le revoir, ton Tom adoré ?

— Oh, ça va !

En souriant, Tully se tourna vers Jennifer, assise un peu à l'écart.

— Il a appelé ?

— Je ne vois pas de qui tu parles, répondit Jennifer en se levant.

— Alors il n'a pas appelé ! soupira Julie.

— Vous êtes stupides et immatures, décréta Jennifer en levant les yeux au ciel.

— Là tu as raison, dit Tully. Mais dis-moi, Julie, as-tu jamais vu un gars porter un Levi's aussi serré ?

— Jamais, dit Julie. Mais j'ai entendu dire que c'était un signe de maturité...

— ... d'avoir envie d'un mec avec des jeans serrés ? finit Tully. Oui, c'est bien connu.

— Les filles, conclut Jennifer, je crois qu'il est temps pour vous de regagner vos pénates.

Le lundi, au vestiaire, elle tomba sur Jack.

— Hé, Jen, c'était super ta soirée ! Merci de nous avoir invités. J'espère qu'on n'a pas tout salopé... Et je te souhaite bonne chance pour la fête du lycée. C'est dans quinze jours, hein ? Je suis sûr que ça va bien se passer...

Et patati et patata...

Jennifer sourit et hocha poliment la tête en disant :

— Oui, bien sûr, on se verra à l'entraînement. Moi aussi, je te souhaite bonne chance, pour le match...

Jack parti, elle prit ses livres, ferma son casier et se rendit à son cours d'histoire. L'interrogation orale tomba sur elle, et elle fut incapable d'y répondre.

De retour à la maison, elle passa sans rien dire devant sa mère, monta les escaliers, ferma la porte derrière elle et s'étendit sur son lit jusqu'à l'heure du dîner.

Pendant le repas, Jen écouta ses parents aborder leur sujet favori du moment, Harvard, et s'extasier sur la réussite scolaire de leur fille chérie, qui, pendant ce temps, se concentrait très fort pour réussir à enfiler sur sa fourchette quatre petits pois. Parfois, elle n'arrivait à en enfourcher que deux ou trois et cela lui donnait envie de jeter son assiette contre le mur. Mais elle tenait bon et serrait les dents, pendant que ses parents continuaient leur litanie : Jen avait obtenu un total de 1 575 alors qu'il ne fallait que 1 050 pour passer !

Tu parles ! pensait Jennifer. Même Jack a eu 1 100 de moyenne. Et Tully 1 400, mais ça, tout le monde s'en fiche. C'est un sacré avantage. Au moins, Tully n'a pas à supporter ce refrain à chaque repas, sept jours sur sept, depuis des mois. Jennifer pensa à informer ses parents du fait qu'elle n'avait nullement l'intention d'aller à Harvard. Tully et elle avaient leur petite idée là-dessus. Mais elle n'en eut pas le courage. Elle s'excusa, remonta dans sa chambre, et passa le reste de la soirée à faire le numéro de Jack et à raccrocher avant qu'il se mette à sonner.

Sans rien voir autour d'elle, perdue dans sa grande chambre de fille unique, elle dut le composer des centaines et des centaines de fois, ce numéro qui jamais ne sonnait.

Deux

Robin finit par appeler Gail. Comme il s'y attendait, elle fut glaciale au téléphone. Il pensa à sa mère adoptive, dont la voix était chaude comme un après-midi d'été. Robin s'excusa en disant qu'il ne lui avait jamais fait croire quoi que ce soit, et que ça n'avait jamais été sérieux entre eux. Gail lui affirma que s'il comptait sortir avec elle et l'autre en même temps, elle ne le supporterait pas. Robin n'avait pas pensé à ça. À dire vrai, il n'avait aucunement l'intention de revoir Gail.

— Non, bien sûr, répondit-il. Je comprends. Pour moi aussi cette situation serait insupportable. J'espère qu'on restera quand même bons amis.

Le dimanche suivant, grâce à Jennifer qui voulut bien leur servir d'intermédiaire, Robin emmena Tully déjeuner au Homard flamboyant. Le repas fut excellent. Tully lui demanda s'il avait pu parler à Gail.

— Oui, je lui ai parlé, répliqua Robin, mais il n'y avait pas grand-chose à dire...

— Écoute, avant on ne se voyait jamais. Et là je la croise tous les jours au collège et elle me regarde d'un drôle d'air. Fais gaffe, elle va commencer à te raconter des trucs sur moi.

— Quel genre de truc ? s'enquit Robin en souriant

— Du genre sordide.

— Rien que des mensonges, je suppose ?

— Non, dit Tully, mais du genre sordide.

Robin lui suggéra d'en parler elle-même, mais Tully refusa, se bornant à dire qu'il lui était arrivé de danser en public, et que tout le monde le savait.

— Tu ne danses plus ? demanda-t-il.

— Si, mais moins qu'avant.

— Et comment va ta mère ?

— Super-forme, dit Tully.

— Vous vous entendez toujours aussi bien ?

— Oh ! oui, dit Tully avec une joie moqueuse. À notre façon...

Dans le parking du Homard flamboyant, ils s'embrassèrent, et dès que Tully posa la main sur sa nuque, Robin ressentit la même pulsion irrésistible. Ils roulèrent jusqu'au lac Shawnee et firent l'amour, vite et bien. Le paysage était plein de poésie, avec son lac argenté et ses arbres courbés dans le vent, déjà à demi dépouillés de leurs feuilles, mais Robin se dévouait trop à sa tâche pour y être sensible. Quand ce fut fini, il voulut la caresser pour mieux la satisfaire, mais Tully refusa.

— J'en ai envie, insista Robin.
— Pas moi, répliqua Tully.
— Tu es quand même une drôle de fille, lui dit-il dans la voiture, comme ils s'éloignaient du lac. Je n'arrive pas à te comprendre.
— Comprendre quoi ? demanda Tully. Je suis très simple, au fond.
— Simple comme bonjour, lui murmura Robin en l'embrassant avant de la quitter.

Trois

Trois semaines avaient passé depuis son anniversaire quand, un dimanche, Jennifer proposa pour la première fois à Tully d'aller faire un tour avec la Camaro.
— Alors, où tu veux aller? demanda Jennifer.
— En Californie, répondit Tully en souriant. Bon, à défaut, je me contenterai de Texas Street.
— Ça fait un bail qu'on n'est pas allées là-bas.
— Parle pour toi, dit Tully en s'installant confortablement sur le siège. Moi, j'y vais tout le temps.
— Ah oui? Et comment fais-tu? C'est à six kilomètres de chez toi.
— À pinces, dit Tully. Ça vaut le détour, non?
Texas Street était une petite rue étroite qui passait entre le centre de loisirs de Topeka et le parc Big Shunga. Elle finissait en cul-de-sac mais, si on continuait dans la même direction en coupant à travers bois, on débouchait sur les étendues du parc. C'est comme ça que Jennifer et Tully avaient découvert Texas Street, cinq ans auparavant. Elles jouaient encore au softball à l'époque. Comme leur équipe avait été éliminée assez vite, elles s'étaient aventurées dans les bois, et étaient arrivées là.

D'antiques chênes se dressaient de chaque côté et leurs branches s'entrelaçaient pour former au-dessus de la rue une ombrée de feuillage que perçaient à peine des rais de lumière.

Jennifer gara la voiture en face de *leur* maison. Elles restèrent assises sur le capot chauffé par le soleil pendant un long moment, en silence.

— Elle est toujours aussi magnifique, hein, Jen ? finit par dire Tully.

— Oui, magnifique.

— Qu'est-ce qui te rend si mélancolique, toi qui as une grande maison sur Sunset Court ?

— Regarde ce porche, dit Jennifer. Tu en as déjà vu d'aussi imposant ?

— Oui. À Tara.

— Celui de Tara était plus petit, il me semble. Allez, viens, Scarlett, on rentre.

Tully ne bougea pas.

— Je me demande comment sont les maisons, à Palo Alto, fit-elle.

— On n'aura pas besoin de maison. On vivra à l'ombre de l'arbre de Palo Alto, sous ses branches millénaires.

— N'importe, ça ne me dérangerait pas de vivre dans cette maison-là.

— Moi non plus, dit Jennifer en contemplant les quatre larges piliers blancs qui formaient la colonnade. Elle a besoin d'un bon coup de peinture. Quelle honte ! Avoir une maison comme ça et la laisser se défraîchir. Bon, allons-y.

Pendant le chemin du retour, Tully jeta un coup d'œil à Jennifer.

— Jen, ça va ?

— Très bien.

— Et l'entraînement ?

— Oh, tu sais...

— Non, je ne sais pas. Tout va bien ?

— Comme d'habitude, dit Jennifer.
Tully détourna le regard.

Quatre

— Alors, quand vais-je rencontrer ta mère ? lui demanda Robin au téléphone un après-midi.
— Jamais, répondit Tully en riant.
Mais une fois qu'ils eurent raccroché, elle resta assise dans sa chambre, pensive et ne se sentant pas si gaie que ça. Julie saurait lui remonter le moral. Quand elle l'appela, elle tomba sur Mrs Martinez ; Julie était à son club d'histoire. Elle n'est jamais là quand j'ai besoin d'elle, pensa Tully en raccrochant.
Tully appela Jennifer, qui était également sortie.
Il n'y a que moi pour être déjà enfermée à cette heure-ci, pensa Tully avec humeur.
Elle mit la radio et dansa dans sa chambre, fenêtres ouvertes. Au deuxième étage, il n'y avait que cette pièce et la salle de bains. C'était plus une mansarde qu'une chambre. « Je vais m'envoler loin d'ici », chantait Tully... Elle s'arrêta de danser, alla fouiller dans les casiers de son armoire et en sortit une carte, qu'elle déplia sur le lit devant elle. Avec délicatesse, elle suivit du doigt le tracé des côtes et des déserts de l'État de Californie, ses villes, ses villages, ses hameaux. Nous y voilà : Palo Alto, San Jose. C'est là que j'irai et nulle part ailleurs. Palo Alto, Palo Alto...
Soudain, elle se rendit compte de l'heure, se précipita dans l'escalier et se mit à préparer le repas dans la cuisine, avant le retour de sa mère. Il lui arrivait de faire de bons hamburgers, en mélangeant à la viande de la mie de pain, de l'œuf et de

l'oignon frit. Mais pour ce soir, c'était raté. Il était six heures moins le quart. Elle pela les pommes de terre, les mit à cuire, puis elle jeta les steaks hachés dans la poêle.

Hedda arriva peu après six heures et suspendit son manteau dans l'entrée. Tante Lena regardait la télé, Tully lisait un magazine. Toutes deux étaient assises sur le divan, et elles levèrent les yeux pour la saluer à son entrée. Hedda répondait rarement, mais ce soir-là elle émit une sorte de grognement en passant devant elles pour aller à la cuisine. Après le dîner, Tully s'éclaircit la gorge et demanda à sa mère, sans la regarder, la permission d'aller à la fête du lycée. Hedda acquiesça d'un air bougon, sans même lever les yeux de son assiette.

— Merci, dit Tully, et elle alla préparer le thé.

Hedda le prit dans le salon, assise sur le canapé face à la télé. Tully fit la vaisselle avant de regagner sa chambre, où elle s'amusa à danser à pas feutrés, comme un chat, de crainte d'être entendue.

À onze heures, elle redescendit pour réveiller sa mère, prostrée devant la télé, et lui dire d'aller au lit. Tante Lena avait depuis longtemps regagné ses appartements. Qu'est-ce qu'elle fabrique, toute la sainte journée ? se demandait Tully. Tante Lena restait seule, à tricoter devant la télé ; mais Tully ne l'avait jamais vue terminer un seul tricot, et la soupçonnait de se servir de la même pelote de laine depuis la mort d'oncle Charlie, quatre ans auparavant. Pauvre tante Lena, pensa Tully. Elle n'est pas gâtée, avec maman et moi pour seule compagnie. Mais elle non plus n'est pas un cadeau.

Arrivée dans la salle de bains, Tully se lava la figure et se brossa les dents. Puis elle passa dans la chambre et enleva son jean, son pull-over, ses chaussettes, son soutien-gorge. D'habitude, elle n'en portait pas, mais ces derniers temps sa mère l'avait coincée plusieurs fois pour vérifier. Elle enfila un vieux débardeur et grimpa dans le lit. Elle laissa la lumière allumée, s'allongea sur le dos et parcourut la pièce du regard.

On en avait vite fait le tour. Les murs brun clair restaient vierges de toutes les images fétiches dont s'entourent les adolescents : Jim Morrison, les Beatles, les Stones, Pink Floyd, Eagles ou, dans un autre style, Robert Redford, John Travolta, Mikhaïl Barychnikov, Isadora Duncan... On ne voyait ni cartes postales, ni posters épinglés sur le mur, ni disques, ni étagères remplies de livres. Près de la fenêtre, une table en bois lui servait de bureau. Il y avait aussi une vieille coiffeuse près de l'armoire. Et sur la table de nuit, une lampe et un téléphone. Tully n'avait pas la télé ; seulement une petite radio.

Pour lutter contre le sommeil, il n'y avait pas grand-chose à quoi se raccrocher. Mais Tully savait que l'armoire abritait quatre caisses qui lui servaient de rangement, où se trouvait tout ce qui lui appartenait en propre : des revues de géographie et des livres, cadeaux de Jennifer et de Julie. Dans le fouillis du tiroir de sa table, il y avait aussi une photo d'elle à six ans, blonde et fluette, à côté d'une Jennifer potelée et d'une Julie aux boucles brunes. Sur la photo, Tully portait un tout petit bébé dans les bras.

Pendant plus d'une heure, elle lutta contre le sommeil. Tournant et se retournant dans son lit, elle se redressait soudain et se balançait d'avant en arrière, en se racontant des histoires. À un moment, elle sortit du lit pour ouvrir la fenêtre et pencha la tête au-dehors ; il gelait presque. Tully avait envie de crier à pleins poumons. Mais à quoi bon ? L'autoroute du Kansas, les trains de marchandises et la rivière couvriraient sa voix. Personne ne l'entendrait. Laissant la fenêtre ouverte, elle retourna au lit et remonta les couvertures. Elle finit par sombrer dans un sommeil agité, le corps secoué de spasmes nerveux, moite de sueur.

Dans ses rêves, Tully se voit toujours allongée sur son lit, et s'efforçant de rester éveillée. Peu à peu, ses yeux se ferment, sa tête devient lourde... Un brusque sursaut la ramène à la conscience ; elle s'assied toute droite, mais une torpeur la gagne peu à peu et, vaincue, elle repose la tête sur l'oreiller. Alors, dans son sommeil, elle entend la porte s'ouvrir ; quelqu'un s'avance à pas lents, en essayant de ne pas faire craquer le plancher. Tully entend le bruit de pas se rapprocher du lit. Elle essaie d'ouvrir les yeux, sa tête s'agite en tous sens, mais rien n'y fait ; on se penche sur elle... peut-être pour l'embrasser ? Et puis elle sent qu'on lui écrase le visage avec un oreiller. En aveugle, elle lance les bras en l'air, relève les genoux, mais quelqu'un pèse sur elle de tout son corps. Elle a beau se débattre, essayer de crier, aucun son ne sort de ses lèvres ; elle étouffe, suffoque sous l'oreiller qui lui emplit la bouche... Alors Tully revient à elle et se dresse sur son lit, haletante et trempée de sueur.

Les yeux fermés, les bras autour des genoux, Tully cherchait à reprendre son souffle. Puis elle se leva et alla vomir dans la salle de bains. Elle prit une douche, se sécha, enfila un survêtement et s'assit devant son bureau, face à la fenêtre ouverte. Elle resta là dans le froid, jusqu'à ce que sa tête dodeline et aille reposer sur la table de bois. Aux premiers chants d'oiseaux, Tully s'endormit.

Cinq

Robin voulait passer prendre Tully le jour de la fête du lycée. Il voulait aussi rencontrer sa mère.

Mais Tully pensait que c'était une mauvaise idée, et elle le lui dit.

— Écoute, Tully, on ne va pas continuer éternellement à se cacher comme des voleurs. Il doit y avoir une solution.

— Bien sûr, répondit Tully. Tu peux sortir avec quelqu'un d'autre.

— Ce n'est quand même pas un ogre. Elle doit être contente que tu t'amuses un peu, non ?

— Je n'y ai jamais réfléchi, mais je ne crois pas, dit Tully en restant dans le vague.

Elle m'envoie toujours exprès des coups à la figure parce qu'elle sait que c'est la seule manière de m'atteindre, pensa Tully. Non, je ne pense pas qu'elle soit contente que je m'amuse.

— Tu crois qu'elle ne m'aimerait pas ? lui demanda Robin.

— Bien sûr qu'elle t'aimerait, Robin. Personne ne peut te résister, tu le sais bien.

— Comment vas-tu aller à la fête ? À pied ?

— Oui. Pourquoi pas ?

Tully entendit Robin soupirer dans le récepteur.

— Je vais t'offrir une bicyclette.

— Je n'en ai pas besoin, dit Tully en riant. Merci quand même.

Un samedi après-midi du mois d'octobre, Tully se rendit à pied chez Julie, et le père de Julie les conduisit en voiture jusqu'à l'université de Washburn. C'est là, à Home Bowl, qu'avait lieu exceptionnellement le match de football ; d'habitude, les Fils de Troie jouaient à Topeka. Tully et Julie acclamèrent les héros du jour et essayèrent d'attirer l'attention de Jennifer, mais celle-ci semblait trop absorbée par son lancer de pom-poms pour les remarquer.

Robin arriva peu avant le match. Tully le présenta à Julie et à Tom, puis descendit les gradins pour dire bonjour à Jennifer, qui s'était assise dans l'herbe pendant une courte pause. Elle croisa son regard, mais ne dit rien.

Elle est bien silencieuse ces temps-ci, pensa Tully. Des années tranquilles, elle en avait passé en compagnie de Jennifer. Mais ce silence-là n'était pas tranquille... Comme si une voix s'était tue en elle et qu'elle attendait que son corps se taise, lui aussi. Peut-être que ça la reprend, même à son âge ?

— Il faut que j'y aille, Tull, finit par dire Jennifer en se levant.

— Vas-y donc, dit Tully. Et mène-nous à la victoire.

Tully remonta les gradins et, avec Julie, elles reluquèrent les joueurs en essayant de deviner quelles fesses étaient celles de Jack.

— Jen n'a pas dit qu'il portait le numéro trente ? dit Tully.

— C'est le capitaine de l'équipe, lança Tom.

— Sans blague, se moqua Tully.

Malgré une pluie continuelle, les Fils de Troie remportèrent le match. Les deux couples allèrent ensuite au Sizzler. Robin était le seul à disposer d'une voiture, une biplace ; il dut donc faire le relais. Jennifer resta avec l'équipe de supporters. Avant de partir, Tully et Julie lui crièrent « Bravo, Jen ! » trois fois de suite, mais elle ne leva pas les yeux.

Jennifer faisait tournoyer ses pom-poms sous la pluie, sans rien voir autour d'elle. Elle se souvint qu'à huit ans, avec Tully, elle avait couru pour échapper à un terrible orage comme il y en a l'été, au Kansas. Un peu effrayées et complètement trempées, elles s'étaient réfugiées sous un porche et s'étaient serrées l'une contre l'autre. Tully avait sorti un mouchoir dégoulinant, l'avait essoré en riant, et avait tendrement essuyé le visage de son amie. Elle revoyait le visage mouillé de Tully et sentait son haleine fruitée, parfumée au chewing-gum. C'est à ça que pensait Jennifer quand, aveuglée par la pluie, elle cherchait en vain Jack du regard.

Cette année encore, le bal avait lieu dans la cafétéria du lycée de Topeka. Comme dépaysement, on fait mieux, pensa Tully. Elle passa son temps à danser, jusqu'à ce que Mr Martinez vienne les chercher sur le coup de onze heures. Robin n'avait pas l'air de follement s'amuser. Pour se rassurer, elle se frottait contre lui et sentait instantanément son sexe se durcir contre sa jambe.

Jennifer restait toute seule dans son coin.

— Qu'est-ce qui t'arrive? dit Tully en tentant de l'entraîner sur la piste de danse. Tu as l'air complètement ailleurs.

En réponse, Jennifer émit quelques mots à peine audibles sur le mauvais temps.

— Qu'est-ce que tu dis?

— Avec la pluie, je n'arrivais pas à le voir...

— De qui parles-tu? De Jack?

— Jack..., murmura Jennifer, les yeux empreints de douceur et de tristesse.

Tully ne put en savoir davantage, car elles se retrouvèrent soudain encerclées par les filles de l'équipe de supporters. Peu après, elle quittait la salle avec Robin. Le « Jack » qu'avait prononcé Jennifer continua longtemps à résonner à son oreille.

Jennifer resta plantée dans son coin, à siroter un Coca. Elle cherchait Jack des yeux, le perdait, puis le retrouvait en train de danser avec une fille ou une autre, ou de rigoler avec les copains. C'était lui le capitaine de l'équipe et il savourait sa victoire. Deux filles recueillaient les bulletins pour l'élection de la reine de la fête. Elles s'approchèrent de Jennifer, qui avait oublié de remplir le sien. Elle inscrivit à la hâte le nom de Tully et déposa le papier dans la corbeille.

— À mon avis, c'est Shakie qui va gagner, dit l'une des filles.

— Shakie ? demanda Jennifer.

— Voyons, Jen ! Elle est dans ton équipe de supporters. C'était déjà elle, l'année dernière.

Justement, Shakie dansait avec Jack. Tully, reviens, s'il te plaît, pensa Jennifer. Julie était occupée à discuter avec Tom. Jennifer décida de rentrer. Elle fit lentement le tour de la piste de danse, et entendit soudain une voix dans son dos.

— Ouh, ouh ! Jennifer ! Où vas-tu comme ça ?

Retenant son souffle, elle se tourna et se retrouva face à lui.

— Eh, Jennifer ! On n'a pas encore dansé, tous les deux.

Un large sourire illumina le visage de Jennifer, mais à cet instant un groupe arriva en chahutant et se mit à tirer Jack par le bras. Il fit une moue désolée, mais se laissa entraîner. Jennifer le regarda s'éloigner, puis rentra chez elle.

À onze heures, Mr Martinez vint chercher Tully et Julie pour les ramener à la maison. Julie était de mauvaise humeur ; elle avait envie de rompre avec Tom. Ils ne faisaient que discuter politique, ou s'occuper du club d'histoire. Mais à quoi bon le quitter ? Au moins, j'ai quelqu'un avec qui sortir... Julie était triste. Elle aurait bien voulu être amoureuse. Elle se demandait si Tully aimait Robin. Avec Tully, impossible de savoir. Julie jeta un coup d'œil à son amie. La tête renversée sur le dossier, Tully avait fermé les yeux.

Plusieurs garçons lui avaient tourné autour, et en avaient même parlé à Julie. Mais Tully semblait toujours si indifférente. Ce n'était pas le genre de fille qu'on pouvait mener en bateau. Elle restait de marbre. Même Robin, avec son charme, son élégance, sa belle voiture, ne paraissait pas lui faire beaucoup d'effet. Mais nous le dirait-elle, si elle tombait amoureuse ? Non, pensa Julie. Ce n'est pas comme Jennifer. Elle est folle de Jack, ça se voit à ses yeux. Et voilà où ça la mène. On dirait qu'elle régresse, qu'elle retombe dans ses vieilles manies. Ça fait longtemps que je ne l'avais pas vue dans cet état.

Julie fréquentait Tom depuis plus d'un an, mais sexuellement leur relation n'avait pas évolué. Tom était si empoté... Quand il la touchait, cela ne lui faisait aucun effet. Alors ils arrêtaient et se mettaient à discuter politique. En contemplant Tully assise à côté d'elle, les yeux clos, Julie se demanda si elle et Robin venaient juste de faire l'amour. C'était loin d'être une nouveauté, pour Tully. Elle leur avait parlé à elle et à Jen des garçons qu'elle avait rencontrés dans les bars où elle dansait. Julie pensait que certains lui avaient manqué de respect. Ce soir-là, une fois rentrée à la maison, quand elle se retrouva assise avec ses parents devant la télé à regarder l'émission de variétés du samedi soir, Julie espéra qu'un jour quelqu'un lui manquerait de respect.

Six

La semaine suivante, Gail appela Robin pour lui reprocher de l'avoir ignorée au bal du lycée et, dans le feu de la discussion, elle lui dit sur Tully des choses qu'il n'avait envie ni d'entendre ni de croire. Il se mit en colère et raccrocha. Mais en allant chercher Tully à la sortie des cours, il ne put s'empêcher d'y penser.

Tully monta dans la voiture et l'embrassa sur la bouche. Il redémarra brutalement et roula sans rien dire.

— Qu'est-ce qu'il y a, Robin ? demanda Tully devant son visage fermé.

Il prétendit que sa journée de travail s'était mal passée... Tully devait être rentrée avant le retour de Hedda, vers les six heures. Ils allèrent retrouver leur parking désert, se garèrent dans le coin le plus reculé et firent l'amour. Allongé sur elle, il eut envie de lui demander si elle avait eu du plaisir, et si la prochaine fois elle aimerait bien aller à l'hôtel avec lui au lieu de faire l'amour à la sauvette. Au lieu de ça, il s'écarta, remonta son pantalon et regagna le siège du conducteur.

— Tu étais vierge avant de me rencontrer ?

Elle redressa le siège à la verticale, enfila son slip, rabaissa sa jupe et boutonna son corsage. Puis elle croisa les mains et resta silencieuse, les yeux baissés.

— Tully, pourquoi ne réponds-tu pas ?

— Parce que ça ne te regarde pas.

— Comment ça ?

— Ramène-moi à la maison.

Il démarra et commença à rouler. Un doute s'était insinué en lui, l'emplissant d'une colère sourde, et il voulait que Tully en ait sa part. Mais elle refusait d'entrer dans le jeu, et les choses ne tournaient pas du tout comme il l'avait souhaité.

— Tully, on dit que tu as une sale réputation au lycée et que les gars parlent de toi comme d'un « bon coup ».

— Tu tiens sûrement ça d'une de mes amies.

— Alors ?

— Alors quoi, bon sang ?

— C'est vrai ?

— Ça ne te regarde pas !

— Si, ça me regarde. On est ensemble. Je ne veux pas que des gens disent du mal de ma copine.

— Moi, ta copine, s'écria-t-elle avec un rire inquiétant ? Et depuis quand ?

— Je croyais que ça allait de soi.

— Eh bien, non, ça ne va pas de soi, Robin. On n'est pas ensemble et tu n'es pas mon petit copain. On se voit une fois par semaine, tu m'emmènes déjeuner et puis tu me baises dans ta bagnole ! Il n'y a vraiment pas de quoi en faire un plat !

— D'accord, Tully, d'accord, j'ai compris.

Il la déposa à Sunset Court. Elle sortit de la voiture en claquant la portière et entra chez Jennifer sans se retourner.

Robin se sentait misérable. Ça ne s'était pas du tout passé comme il l'avait prévu. Peut-être que Tully avait raison. Peut-être que ça ne le regardait pas. Voilà à peine un mois que ça lui était tombé dessus, sans prévenir : il l'aimait. Quant à Tully, comment être sûr ? Il ne parvenait pas à la saisir, et la sentait parfois à des lieues de lui. Mais il ne voulait surtout pas que ça s'arrête. Pour faire quoi ? Se remettre avec Gail ?

Robin se morfondit pendant deux jours. À la maison, tout était si déprimant, et il n'avait même plus la perspective de retrouver Tully le dimanche. Son père était rentré de l'hôpital. Depuis six mois que son cancer des poumons s'était déclaré, Stephen DeMarco n'avait plus rien à espérer, et toute la famille attendait sa mort, Robin y compris ; il ne supportait plus de le voir souffrir ou, pis, délirer sous l'empire de la morphine. La maison entière sentait le chloroforme et la mort. Pour se changer les idées, Robin invita Gail à dîner, lui fit ses excuses, la ramena chez elle et lui fit l'amour ; mais Tully l'obsédait, Tully allongée sous lui, pendue à son cou, gémissante.

Au bout de deux semaines, Robin n'y tint plus. Un jour, il quitta tôt le magasin et fit route vers Topeka High. Il attendit deux heures sans sortir de la voiture ni même allumer la radio, face à l'entrée principale du lycée.

Jennifer et Julie sortirent ensemble, des livres de classe sous le bras. Quand Robin croisa leur regard, il pensa : elles savent tout, et elles pensent que je suis un salaud. Robin leur demanda où trouver Tully. À la garderie de l'université de Washburn, lui répondirent-elles. Quelle drôle d'idée, songea Robin.

Il fit le trajet et se gara au sud-ouest du campus. À travers le grillage, il découvrit Tully en train de jouer avec un groupe d'enfants. Robin les observa longtemps : les gosses s'amusaient comme des fous à lui courir après, et lui sautaient au cou à la moindre occasion.

À cinq heures, il donna un coup de klaxon. Tully l'aperçut et vint à sa rencontre, sans presser le pas.

— Monte s'il te plaît, je veux te parler, dit Robin.

— Il faut que je sois à la maison avant six heures.

Il roula jusqu'à l'école élémentaire de Potwin, à un pâté de maisons de chez Tully, et gara la voiture.

— Tu viens souvent ici ?

— Tous les jeudis après-midi, depuis trois ans.

— Trois ans ? Mais pourquoi ?

Tully haussa les épaules.

— Tous les profs sont des vieux schnocks. Les

enfants ont besoin de s'amuser avec des gens plus jeunes.

— Ils ont l'air de bien t'aimer, dit Robin en lui effleurant les cheveux tendrement.

Tully se dégagea.

— Tu parles ! Je suis une méchante sorcière, et ils essaient de m'attraper pour me zigouiller.

— Écoute, Tully, je m'excuse pour l'autre jour. Je ne voulais pas en arriver là. Je ne te demanderai plus rien. On fera comme tu voudras, Tully, mais reste avec moi.

Tully était contente qu'il soit venu. Il lui avait manqué, mais elle pensa aussi qu'il était temps d'être honnête avec lui et de mettre les choses au point.

— Robin, je t'aime beaucoup, tu es adorable, mais il faut que tu comprennes certaines choses. Primo, je n'aime pas qu'on me demande des comptes. Secundo, poursuivit Tully en s'efforçant de trouver les mots justes, je suis bien avec toi, mais il faut que tu saches que ça ne pourra pas durer entre nous.

Robin accusa le choc, son regard se vida de toute expression, et il resta muet. Tully en eut la gorge serrée. Mais qu'espérait-il ?

— Robin, qu'est-ce qu'il y a ?

— Pourquoi ça ne pourrait pas durer, Tully ?

— J'ai des projets. *Et tu n'en fais pas partie.*

— Des projets ?

— Oui. Je vais avoir dix-huit ans, Robin. Je veux faire quelque chose de ma vie.

— Quel genre de chose ? De la danse ?

— Non. On peut dire que la danse a été ma première passion... Mais je n'ai pas envie de me laisser piéger. La danse classique est un véritable esclavage ; quant aux autres, elles supposent qu'on se déshabille. Et ça, pas question.

Elle n'avait jamais pu dépenser le billet de cent dollars qu'elle avait gagné en enlevant sa jupe, lors d'un concours de danse à College Hill.

— On dirait que tu ne veux pas te laisser piéger par quoi que ce soit...

— C'est vrai. Jennifer et moi, on veut postuler à Stanford. Mes notes ne sont pas terribles et je n'y arriverai sans doute pas...

— Stanford. C'est une boîte pour fils à papa, ça, c'est où ?

— En Californie.

— La Californie ? s'exclama Robin. Je vois. Et qu'est-ce que tu as prévu de faire, là-bas ?

— Si tu ne m'interrompais pas... Je disais que je n'y arriverai sans doute pas. Mais l'université de Santa Cruz n'est pas loin, alors j'ai postulé aussi, à défaut. J'ai l'intention de décrocher un diplôme, trouver du travail, danser les week-ends et contempler l'océan, dit Tully.

— Un diplôme de quoi ?

— Peu importe. Un diplôme, quoi !

— Et Jennifer ?

— Jen veut devenir médecin. Pédiatre ou psychiatre pour enfants.

— Et elle veut aussi aller en Californie ?

— Bien sûr. C'est même elle qui en a eu l'idée.

— C'est donc ça, dit Robin en regardant au loin par la vitre, tandis que Tully restait silencieuse. Et pourquoi veux-tu sortir avec moi ? Pour te tenir chaud jusqu'à l'an prochain ?

— L'an prochain ? C'est loin... Je pensais plutôt jusqu'à la semaine prochaine.

— Bien sûr, dit Robin d'un ton sarcastique en démarrant la voiture. Alors dis-moi, Tully, qu'est-ce que tu feras quand tu seras grande, en Californie ?

— Je ne rêverai plus, répondit Tully.

IV

HIVER

Octobre 1978

— Comment ça, tu veux aller en Californie avec Tully ? s'exclama Lynn.

Tony s'était arrêté de manger.

— Ça me paraît clair, dit Jennifer. On veut aller en Californie.

— Qu'est-ce que tu racontes ? s'écria Tony. Tu vas à Harvard. Je pensais que c'était une chose entendue.

— On a demandé Stanford, dit Jennifer. Et c'est là qu'on ira.

Lynn et Tony échangèrent un long regard.

— Jenny, ma chérie... C'est Tully qui t'a mis cette idée en tête ? demanda Lynn.

— Quelle question ! cria Tony. Bien sûr que c'est Tully ! Tully par-ci, Tully par-là... J'en ai assez d'entendre parler de cette fille ! Je t'avais pourtant prévenue ! dit-il à sa femme.

Puis il se tourna vers sa fille.

— Jennifer, j'aimerais savoir ce que tu veux, toi.

— Aller en Californie, s'obstina Jennifer.

— Nom de Dieu ! (Tony laissa tomber sa fourchette sur l'assiette avec un bruit fracassant qui retentit dans toute la maison.) Je ne laisserai pas cette fille te faire rater ta vie ! Tout ça pour faire de toi une paumée comme elle !

Lynn demanda à Tony de baisser le ton. Jennifer posa ses couverts dans son assiette et mit ses mains sur ses genoux.

— Papa, entrer à Stanford, ce n'est pas rater sa vie, loin de là.

Lynn et Tony discutèrent un moment. Retirée en elle-même, Jennifer les regardait avec détachement s'accuser l'un l'autre d'avoir laissé *leur* Jennifer en arriver *là*.

— Tu es toujours à la maison. C'était à toi de veiller au grain ! criait Tony.

— Justement ! Toi, tu n'es jamais là quand il le faudrait ! ripostait Lynn.

— Je t'ai assez mise en garde contre Tully, il me semble. Et dire que tu voulais la prendre chez nous ! Rappelle-toi ce que je t'ai dit à l'époque : que ce n'était pas une fille bien, qu'elle finirait mal, et qu'elle ne nous amènerait rien de bon.

— Ce n'est pas vrai, papa, dit Jennifer. Je suis sûre que Tully fera son chemin. Tu verras. Elle veut aider les enfants. Peut-être devenir psychologue.

— Aider les enfants ? s'écria Tony. Quelle blague ! Jennifer, pour être psychologue, il faut aimer parler ! Et ta copine Tully a l'air d'une sourde-muette !

— Ne dis pas n'importe quoi, papa ! Un bon psychologue aime surtout écouter. Et si tu ne comprends pas Tully, le problème ne vient pas d'elle, mais de toi !

Son père allait parler quand Jennifer se leva soudain.

— Et puis ce n'est pas de Tully qu'il s'agit, nom de Dieu ! cria-t-elle en envoyant valser son verre de Coca qui explosa contre le mur de la salle à manger.

Ses parents restèrent assis à table, sans réagir. Après un silence, Lynn dit tristement :

— Jenny, nous avons toujours cru que tu voulais aller à Harvard.

— Non, maman, dit Jennifer. C'est toi qui as toujours voulu aller à Harvard.

— Eh bien, ma chérie, il n'y a pas de mal à ça. Harvard est un endroit bien.

— Stanford aussi.

Comment leur faire comprendre à quel point elle avait envie d'aller en Californie ! Et que la pauvre Tully voulait simplement être auprès d'elle. Une fois seule dans sa chambre, Jennifer rit doucement. Si je leur disais que la Californie n'est pas du tout l'idée de Tully, ils ne me croiraient pas. En réalité, Tully n'y était pour rien et Jennifer était presque sûre que, s'il ne tenait qu'à elle, Tully n'irait pas en Californie, malgré les cartes, les rêves, les histoires de palmiers et tout ce qu'elle pouvait en dire. Oh, bien sûr, Tull s'insurgerait contre cette idée. Mais Jennifer en avait l'intuition. Sans elle, Tully n'irait jamais là-bas. Comment expliquer ça à ses parents ? Et comment leur dire que Jack Pendel, bientôt dix-neuf ans, capitaine des Fils de Troie pour la deuxième année consécutive, et que beaucoup d'universités s'arrachaient à travers tout le pays pour ses talents de footballeur, n'irait nulle part ailleurs qu'à Palo Alto ?

Deux

... Maintenant Baby,
Prends-moi tel que je suis,

Serre-moi fort
Tâche de comprendre
Un feu de désir et de faim coule dans mes [veines
Au festin de l'amour nous sommes conviés...

Robin chantait à tue-tête sous la douche. C'était samedi soir, et il allait voir Tully. Grâce à elle, un miracle s'était produit : ils avaient toute la nuit devant eux. Elle le lui avait annoncé trois jours auparavant et il avait réservé la meilleure chambre de l'hôtel Holiday Inn.

Robin sortit de la douche et se sécha face à un immense miroir en pied couvert de buée. Il l'essuya avec une serviette pour mieux s'admirer.

— Pas mal, pas mal du tout, dit-il à haute voix avant de s'habiller.

La seule chose qui l'inquiétait et assombrissait un peu sa bonne humeur, c'était de laisser un employé de dix-neuf ans tenir la caisse du magasin à sa place un samedi, jour le plus actif de la semaine. Il faut bien que je me détende un peu, pensa Robin en enfilant son plus beau pantalon et un pull à col roulé. Je n'ai qu'à prendre exemple sur mes frères. Chacun son tour...

Trop malade pour sortir du lit, Stephen DeMarco senior avait dû confier la gérance de son magasin à ses trois fils. Mais Bruce et Stevie, les frères de Robin, avaient bien autre chose en tête.

Stevie était en seconde année à l'université d'État du Kansas, où il étudiait principalement le rugby, la bière et les filles. Quant à Bruce, il s'était contenté de jouer de la guitare depuis sa sortie du collège, cinq ans auparavant, en prétextant qu'il se cherchait. Il avait d'ailleurs fini par se trouver dans l'agriculture. Il avait acheté avec l'aide de son père une ferme de quarante hectares à trente kilomètres au nord de Manhattan, avec tout ce qui s'ensuit :

chevaux, vaches, poulets et champs de maïs. Au lieu des costumes Pierre Cardin et des cols roulés à la Robin, Bruce portait des bleus de travail et se levait avec les poules. Il jouait de la guitare aux chevaux, qui semblaient d'ailleurs apprécier autant que ses petites amies.

Restait Robin pour s'occuper du magasin. Avant de rencontrer Tully, il travaillait sept jours sur sept. Il lui avait menti en prétendant qu'il était libre le dimanche, car, en sept ans, Robin n'avait pas pris un seul jour de congé. Mais voir Tully tirer d'une seule poigne un doberman agonisant sur le bord de la route lui avait donné envie de faire preuve d'un peu de caractère; il s'était donc accordé un jour de congé. Il savait pourtant que personne ne connaissait la marchandise comme lui, et qu'aucun vendeur ne le valait pour offrir au client l'article qui lui convenait à la seule vue de sa mise et à sa façon de s'exprimer.

Et puis dans les rayons du magasin se trouvaient quelques articles de valeur tels que des chemises Ralph Lauren et Pierre Cardin, des cravates, des ceintures et des chaussures de marque... Aussi tenait-il à jour la liste des articles exposés et la comparait-il systématiquement au registre des ventes pour voir s'il manquait quelque chose. Il avait beau se reprocher ce comportement névrotique, il détestait encore plus l'idée qu'un vendeur puisse le flouer en subtilisant trois ou quatre chemises à soixante-quinze dollars pièce.

Robin mit une veste Paco Rabanne et se sécha les cheveux. Les premiers mois, il n'avait pris que le dimanche, puis il avait commencé à prendre aussi son vendredi en prenant soin de fermer la réserve et de mettre sous clef les registres des stocks. Une ou deux fois, le samedi après-midi, il avait emmené Tully à Manhattan pour qu'elle le regarde jouer au foot. C'était un peu comme faire l'école buissonnière ; un mélange de plaisir et de mauvaise conscience qui lui procurait un sentiment mitigé, mais délicieux. D'habitude, il retournait au magasin quelques heures plus tard, mais pas ce soir.

...Parce que la nuit
Appartient aux amants...

chantait-il en fermant la maison à clef et en démarrant sa voiture.

...Parce que la nuit
Nous appartient...

Car Robin avait beau se tracasser pour son travail, Tully surtout occupait ses pensées.

— Tully, murmura Robin en lui caressant les cheveux, après l'amour. Tully...

— Quoi, Robin ?

— Tu as fait ça avec beaucoup d'autres ?

Elle se mit à rire.

— Jamais dans un Holiday Inn, dit-elle en regardant autour d'elle. C'est bien ici. Et ce lit ! C'est la première fois que je couche dans un lit aussi grand.

— Je suis sérieux.

— Dommage ! soupira-t-elle... Non, pas tant que ça.

— Tu te rappelles le premier ?

Tully se raidit et son corps devint inerte.

— Comme tout le monde, dit-elle sourdement. Toi aussi, j'imagine ?

— Bien sûr, répondit Robin en souriant. C'était une femme plus âgée que moi. Elle s'appelait Meg.

Elle était venue au magasin acheter une cravate pour son mari.

— Et s'offrir une petite gâterie par la même occasion, suggéra Tully. Quel âge avait-elle ?

— Vingt-cinq ans, et moi seize.

— Un peu comme toi et moi, mais à l'envers, dit Tully.

— Oui, si tu veux, dit Robin, même si, pour Meg, il n'avait ressenti que de la gratitude. Ton premier aussi était plus vieux ?

— Ouais, dit Tully.

— Et toi, quel âge avais-tu ?

— J'étais plus jeune.

Trois

— C'est tout ce que tu as ? dit Tully à Julie.

En ce début décembre, les filles se préparaient pour la fête des terminales. Comme toujours, Tully avait dû emprunter une robe à Julie, qui faisait deux tailles de plus qu'elle. Ce soir-là, c'était une robe à fleurs dans laquelle elle semblait perdue.

— T'as pas du noir ?

— Non, Tully. Ne sois pas si difficile.

— C'est vrai, une mendiante comme moi...

— Ce n'est pas ça, et tu le sais bien. Je n'ai rien d'autre, c'est tout.

— Bon, dit Tully en enfilant la robe. Mon Dieu, regarde-moi ça ! s'exclama-t-elle en se regardant dans la glace. On dirait un pot de fleurs !

Tully éclata de rire tandis que Julie levait les yeux au ciel.

— Comment as-tu fait pour que ta mère te laisse sortir si tard une veille de classe ? demanda Julie.

— Comme d'habitude : Jen par-ci, Jen par-là. Maman, tu penses bien que je ne sors pas avec un garçon ! Il n'y aura que les filles de terminale ! Pour qu'on fasse connaissance.

— Et elle a gobé ?

— Bof, elle se méfie, elle veut que Jen passe à la maison. À minuit ! Elle a raison de ne pas avoir confiance en moi, mais elle tombe toujours à côté.

— Comment va Robin ?

— Bien, dit Tully. Et Tom ?

— Bien. Tiens, puisqu'on en parle... (Julie s'éclaircit la gorge.) Qu'est-ce que tu as voulu insinuer, le jour de l'anniversaire de Jen ?

— Quelle mémoire ! Pourquoi me demandes-tu ça aujourd'hui, après tout ce temps ?

— Alors ?

— Alors rien, Julie. Je l'ai confondu avec un autre type.

— Je ne te crois pas.

— Qu'est-ce que tu cherches, au juste ?

— Ne prends pas de gants avec moi, Tully. Ça n'a vraiment aucune espèce d'importance.

— Alors, si ça n'a vraiment aucune espèce d'importance, l'imita Tully, pourquoi me poser toutes ces questions ?

— Tu l'as rencontré dans une boîte de nuit, il t'a draguée et tu l'as remis à sa place. Et comme il te prenait pour une fille facile, ça l'a vexé. C'est ça ?

Tully resta un moment sans rien dire, puis elle releva la tête.

— Puisque tu crois tout savoir...

— Je suis tombée juste ? demanda Julie.

— Oui, mademoiselle Je-sais-tout, dit Tully en prenant son amie par l'épaule et en l'entraînant vers la sortie.

Quand elles furent toutes les trois dans la

Camaro de Jen, en direction de Topeka High, Julie recommença.

— Ça s'est vraiment passé comme ça ?

— Oui. Mais arrête un peu. Ça te turlupine à ce point ? demanda Tully.

— Non. Ce que Tom a pu faire avant de me rencontrer ne regarde que lui. C'est juste par curiosité.

Elle se retourna pour regarder Tully assise à l'arrière et surprit son air embarrassé.

— Pourquoi tu fais cette tête ? Ah !... attends un peu. Je connais les faits, mais pas l'époque. Tu m'as dit que c'était il y a un an environ ?

— Oui, à peu près.

Jennifer réprima un rire.

— Quand exactement ? dit Julie. Essaie d'être précise.

— En août, dit Tully.

— Août de cette année ?

— Oui, dit Tully, et son visage se fit impénétrable.

Julie se redressa sur son siège et regarda devant elle.

— Ça c'est trop fort !

— Oublie ça, Julie, dit Jennifer.

— Oui, Jule, quelle importance ! renchérit Tully.

— Aucune, murmura Julie.

En marchant vers Topeka High, Julie se rapprocha de Tully et lui demanda :

— Tu as refusé parce que tu étais mon amie ou parce qu'il ne te plaisait pas ?

— J'ai refusé parce que j'étais ton amie, répondit Tully en prenant Julie par le bras. Mais j'aurais refusé de toute façon, parce qu'il ne me revient pas.

Les trois M étaient assises à une table de la cafétéria. Tout était quelconque : la décoration, la nourriture, la musique... Mais une fois le repas terminé, chacun put aller d'une table à l'autre. Tully vit Jennifer passer près de la table de Jack Pendel et répondre à son salut sans s'attarder, ce qui la fit sourire. Mais la demi-heure qui suivit, Jen resta muette, et Tully trouva cela beaucoup moins amusant. Elle entraîna son amie vers ce qui tenait lieu de piste de danse, et elles dansèrent toutes les deux, à quelques centimètres l'une de l'autre. Puis Jack, en costume et pas rasé, s'approcha et prit Jennifer par le bras pour l'inviter à danser. Il lança à Tully un regard direct qui la fit rougir. En les regardant évoluer sur la piste sans se toucher, Tully se sentit encore plus mal à l'aise, comme le jour de l'anniversaire de Jennifer. Jen n'avait pas seulement l'air égaré, elle portait la folie sur son visage, la folie dans toute sa nudité. Tully lui en voulut d'avoir cet air-là. Elle mériterait qu'on lui passe la camisole de force, pensa-t-elle. Et dire qu'elle ne parle jamais de lui ! Qu'est-ce qui se cache derrière ce regard fou ? Ni moi ni Julie ne le savons. Elle garde tout pour elle. Et lui, peut-être le voit-il ? Je l'espère, pensa Tully. Je l'espère de tout mon cœur.

Puis survint l'inexplicable. À la fin de la chanson, Jack et Jennifer revinrent vers Tully. Et comme une nouvelle chanson commençait, Jack invita Tully à danser.

— On m'a parlé de tes talents, Tully, dit-il. Allons-y.

Tully lança un coup d'œil à Jennifer, qui l'encouragea d'un regard un peu vide. Ils se mirent à danser, mais Tully se réfrénait tellement qu'un type s'écria du fond de la salle :

— Allez, Tully Makker ! Mets la gomme ! Montre-lui ce que tu as dans le ventre !

Mais Tully n'avait pas l'intention d'épater Jack. Elle sentait sur eux le regard de Jennifer et se tenait à distance, effleurant à peine son partenaire. Elle avait beau avoir des hauts talons, il était beaucoup plus grand qu'elle. Sauf quand elle était soûle, Tully dansait toujours en fermant les yeux. Ce soir-là, bien que sobre, elle garda les yeux ouverts. Elle croisa par hasard le regard de Jack. Il lui sourit, et Tully lut encore le même message clair dans ses yeux. Impossible de se tromper.

— Jackie ! cria une voix dans son dos.

Tully se retourna. Une fille se tenait à côté d'eux, Shakie Lamber. Tout le monde connaissait Shakie. C'était la reine de l'année.

— Jackie ! Je peux ?

— Tu veux danser avec Tully ou avec moi ? demanda Jack.

Shakie décocha à Tully un sourire de circonstance.

— Avec toi, bien sûr. Tully danse trop bien.

— Alors c'est à Tully qu'il faut demander...

— Mais faites donc, je vous en prie, dit Tully, soulagée de sortir de la piste de danse et d'échapper au regard de Jennifer.

Bientôt l'atmosphère devint trop bruyante au goût de Jennifer qui n'avait jamais aimé le bruit, et Tully la rejoignit pour faire quelques pas dans les couloirs du collège.

— Et si on montait à la bibliothèque, proposa Tully.

— Elle est sûrement fermée, dit Jen.

— Allons voir, dit Tully en prenant les escaliers.

La porte n'était pas verrouillée. Tully et Jennifer la refermèrent doucement derrière elles et s'installèrent sur le banc près de la cheminée.

— Dans le noir, ce décor me fait froid dans le

dos, dit Jennifer. Les vitraux, c'est joli la journée, mais la nuit, c'est plutôt lugubre, tu ne trouves pas ?

— Ouais. Dommage qu'il n'y ait pas de feu dans la cheminée, dit Tully, peu impressionnée.

— Alors... de quoi avez-vous parlé ?

— Qui ? Oh, Jack et moi ? De rien.

— De rien ?

— Si tu voulais que je discute avec lui, il fallait me prévenir. Depuis que je le connais, nous avons à peine échangé deux mots. Et puis tu n'arrêtais pas de nous fixer. Ce n'est pas l'idéal, pour engager la conversation.

— Je m'excuse. Je ne l'ai pas fait exprès. Je pensais que peut-être vous aviez parlé, c'est tout.

— De quoi ?

— Je ne sais pas, dit Jennifer.

— De politique, de football, ou de toi, peut-être ?

— Peut-être, dit Jennifer.

— Ah ! nous y voilà ! dit Tully. Eh bien, non. Nous n'avons pas parlé de toi, je regrette.

— Ça ne fait rien, dit Jennifer. Rentrons à la maison.

Plus tard, dans la voiture :

— Tu as maigri, Jen. Je l'ai remarqué pendant que tu dansais. Tu fais un régime ?

— Non. Mais je n'ai pas beaucoup d'appétit, ces derniers temps.

— Elle est chouette, ta voiture.

— Oui, elle est chouette.

Tully soupira.

— Écoute, Jennifer. D'habitude je te demande comment marche ton équipe de supporters, mais ce soir je vais m'y prendre autrement. Alors, ce Jack, comment est-il ?

Silence.

— Super. D'ailleurs, tu as dansé avec lui.

— Toi aussi. Vous formez un beau couple, tous les deux.

— Tu trouves ? demanda Jennifer en s'animant un peu. Je me suis toujours demandé si on allait bien ensemble.

— Oui, vous allez bien ensemble.

Tully vit dans les yeux de Jennifer qu'elle allait se renfermer dans son mutisme et changea de sujet.

— Quand crois-tu qu'on aura des nouvelles de Stanford ?

— En février, répondit Jennifer.

Elle gara la voiture en face de chez Tully.

— Tu tiens vraiment à ce que j'entre avec toi ? lui demanda-t-elle.

— Il le faut bien, répondit Tully, si tu veux que je reste en vie.

Elles trouvèrent Hedda assise tête pendante et bouche ouverte devant la télé, et la réveillèrent.

Hedda remercia Jennifer d'avoir raccompagné Tully et demanda à sa fille d'où lui venait cette jolie robe. Pour la première fois de la soirée, Tully fut bien aise de ressembler à un pot de fleurs.

— Et si tu dormais ici, Jen ? demanda Tully. Tu veux bien, maman ? dit-elle en se tournant vers sa mère.

— Mais Tully ! Je n'ai même pas prévenu mes parents, s'exclama Jen.

— Eh bien, vas-y.

Après que Jennifer eut téléphoné, elles montèrent dans la chambre et se préparèrent à aller au lit.

— Tes parents sont de vraies crèmes, Jen, dit Tully. Si tu leur disais que tu pars pour le Texas faire un tournoi de rodéo, ils t'offriraient le voyage.

— C'est ce que tu crois. Ils ne sont pas ravis qu'on aille en Californie.

— Mais ils te paieront quand même le voyage, pas vrai ?

Elles se mirent au lit. Plus jeune, Jennifer faisait souvent des cauchemars et Tully, qui restait dormir chez Jen trois ou quatre fois par semaine, la rejoignait dans son lit pour la rassurer. Tully gardait pour elle les horribles visions qui l'assaillaient la nuit. Les habitudes de l'enfance ont la peau dure. Quand elles furent plus grandes, Tully tenta de dormir par terre, dans la chambre de Jen. Mais cela leur donnait l'impression d'être en froid, aussi continuèrent-elles à partager le même lit. Quand Julie restait, les trois filles dormaient par terre, côte à côte. Ces dernières années, seules Jen et Tully dormaient ensemble. Tully ajustait la couverture sur elles et se lovait contre Jennifer qui dormait sur le côté. Il arrivait à Tully de se demander quel effet ça faisait de dormir au creux de quelqu'un.

— Jen, tes cheveux sentent bon.

Jennifer restait silencieuse.

— Tu n'es pas bien ? Le lit n'est pas très confortable, hein ?

— Si, je suis bien, Tully. Je suis contente d'être ici. Ça faisait si longtemps. Tu nous as manqué, Tully, reprit-elle après un bref silence.

Tully sentit sa gorge se nouer et serra Jennifer contre elle.

— J'étais constamment avec vous.

— Pas comme avant, dit Jennifer. Et puis on ne se voyait jamais toutes les deux. Reconnais-le, Tully, tu nous évitais.

— Ce n'est pas vrai, dit Tully. Qui sait ? Peut-être que je recherchais la compagnie de gens qui ne me connaissaient pas...

— Oui, mais pourquoi ?

— Je suppose que j'avais besoin de me retrouver seule.

— Seule ou anonyme ?

— Anonyme.

— Anonyme... comme dans la mort ? dit Jen avec calme.

— Oui, dit doucement Tully, comme dans la mort.

Dans le noir, c'était presque supportable.

— C'est un peu comme si tu avais été morte, toutes ces années ?

— Oui, dit Tully. C'est ça.

— Pourquoi avais-tu besoin de cet anonymat ? Qu'est-ce qui t'est arrivé pour que tu aies envie... de mourir ? Est-ce que tu es tombée amoureuse de quelqu'un ? Quelqu'un qui t'a brisé le cœur ?

— Non, Jenny. Je ne suis pas tombée amoureuse. Et personne ne m'a brisé le cœur.

— Dis-le-moi, Tully.

— Il n'y a rien à dire, Mandolini, je t'assure, murmura Tully après un instant de silence.

— Makker, arrête de déconner. Tu as même cessé de jouer au softball. Tu ne veux vraiment pas en parler, hein ?

— Non, Jen. Je ne veux pas.

— Bon, dit Jennifer. En tout cas, je suis contente que tu sois revenue, Tully. Tu nous as manqué.

Vous aussi vous m'avez manqué, les filles, pensa Tully en respirant les cheveux de Jennifer, mais elle garda le silence.

— Tully... Raconte-moi la première fois où tu t'es ouvert les veines.

Tully s'écarta légèrement. Jennifer l'attira contre elle.

— Allez, vas-y.

— Il n'y a pas grand-chose à raconter, dit Tully.

— Dis-moi pourquoi tu l'as fait.

— Qu'est-ce qui te prend ? Pourquoi me demandes-tu ça ?

— Raconte-moi, Tully, murmura Jen. Parce que tu voulais mourir ?

— Non, dit Tully après un soupir. Je ne crois pas. Je voulais juste sentir la mort de près et tomber dans un état d'inconscience, comme pour me laver de tout ce qui est mauvais en moi. Un peu comme les anciens le faisaient, pour se purifier. Et puis revenir à la vie.

L'esprit à la dérive, Tully revint à la première fois où elle s'était assise dans une baignoire pleine d'eau, un rasoir à la main. Elle se croyait complètement détendue mais, quand elle avait approché le rasoir de ses poignets, ses doigts s'étaient mis à trembler si violemment qu'elle avait dû les plonger dans l'eau chaude quelques instants pour retrouver son calme. Est-ce que je vais mourir ? se demandait Tully. Je vais m'ouvrir les veines et perdre conscience comme les Romains faisaient, sauf que personne ne sera là pour me sauver. On me découvrira une semaine après, exsangue et raide morte. Avant de m'ouvrir les veines et de voir mon sang jaillir comme d'une bouteille de champagne, il faut que je sois bien sûre d'une chose : c'est que je ne veux pas mourir. Tully regarda les serviettes à portée de sa main, la bande de gaze, l'iode et se dit *Advienne que pourra, je suis prête.* Elle approcha le rasoir de son poignet gauche et l'entailla à l'horizontale sur trois centimètres. *Mon Dieu, voyez comme mes mains sont fermes, oh, mon Dieu, regardez tout ce sang.* Elle plongea son poignet dans l'eau et vit le sang s'échapper en un nuage rose. Puis elle le sortit de l'eau et regarda son sang couler sur son bras, fascinée. Du bout du doigt, elle en prit un peu et le goûta. C'était salé et onctueux. Puis Tully s'ouvrit le poignet droit. Elle plongea ses deux mains dans l'eau et ferma les yeux, mais ce n'était pas aussi excitant que de regarder son sang couler. Allongée de tout son long dans l'eau ensanglantée, elle rouvrit donc les yeux, leva ses deux mains en l'air et regarda, incrédule, le sang rouge et brillant couler le long de ses bras. Ses yeux papillotèrent, elle commença à entendre de drôles de sons, à voir des vagues se soulever et se briser contre des rochers, à sentir l'écume salée de la mer sur ses lèvres. Alors Tully pensa *Il faut que j'arrête maintenant, sinon je vais mourir. Il faut que je me lève.* Quand elle sortit de l'eau et se pencha pour attraper une serviette, elle eut l'impression de bouger au ralenti, comme un cargo avançant si lentement sur l'horizon qu'il semble immobile. De nouveau, elle vit des vagues bouillonnantes se lever et se briser contre les rochers avant de mourir à ses pieds, en un long ressac mugissant... J'ai envie de rester allongée encore un peu, pensa Tully, juste un peu. Mais elle tint bon. Elle prit une serviette pour la presser contre ses poignets. Elle se força à rester debout, bras en l'air, à sortir du bain, à prendre une autre serviette et à s'asseoir toute nue sur le sol carrelé, en serrant ses poignets l'un contre l'autre, les yeux fermés pour mieux se concentrer et faire que son sang arrête de couler. Et c'est ce qui arriva. Les serviettes étaient fichues. Tully n'eut même pas besoin de se sécher, tellement elle était restée longtemps assise par terre. Quand elle déroula les serviettes, elle vit que les entailles de ses poignets étaient noires et enflées, mais le sang ne coulait plus et elle se sentit soulagée. Mettre de l'iode sur ses blessures ne fut pas si plaisant. Tully gémit et se mordit la lèvre jusqu'au sang pour s'empêcher de crier.

Elle enveloppa ses poignets d'un bandage serré, gagna sa chambre et se mit à prier, jurant qu'elle ne recommencerait plus.

Mais le temps passa et ses blessures se cicatrisèrent, lui laissant deux lignes dentelées et irrégulières. Tully oublia l'intimité de la mort, elle ne se souvint que des vagues et des rochers. Alors elle recommença, encore et encore, ne pouvant résister à l'envie de laisser l'eau salée drainer avec elle toutes ses impuretés.

Tully donna un petit coup de coude à Jennifer, qui lui tournait le dos. Comme elle ne réagissait pas, Tully soupira et dit, l'estomac noué :

— Jen, tu es sûre que ça va ?

— Bien sûr. Pourquoi ça n'irait pas ?

— Jennifer, insista Tully en lui tapotant l'épaule, ce n'est pas gentil de faire semblant. Vas-y, raconte-moi.

— Il n'y a vraiment rien à dire, malheureusement, dit Jennifer tristement.

— Tu as couché avec lui ?

Jennifer ne répondit pas, puis se mit à pleurer. Tully était sans voix. Elle pleure ! se disait-elle en caressant les cheveux de Jennifer, mais pourquoi pleure-t-elle, mon Dieu ?

— Oh ! Tully, sanglota Jennifer, adossée contre le mur. Tully, tu ne comprends pas...

Tully se redressa. Barbouillée de larmes, Jennifer se frottait le visage avec ses poings, comme quand elle était petite.

— Explique-moi, alors, dit Tully doucement.

— Ce n'est pas ce que tu penses.

Jennifer se trompait. Tully était presque sûre de connaître la cause de son chagrin et le redoutait.

— Jennifer, ne me dis pas que tu pleures à cause de lui ?

Tully alla chercher un mouchoir en papier, s'assit sur le bord du lit et essuya doucement la figure de son amie.

— As-tu couché avec lui, oui ou non ?

— Non, Tully. Tu sais pourquoi ? Parce qu'il ne me l'a pas demandé. Voilà pourquoi. Il ne me l'a pas demandé ! Si seulement il l'avait fait, je lui aurais dit : Quand tu veux, Jack Pendel ! Me voilà dans ma splendeur virginale. Que veux-tu que je fasse ? Commande et j'obéirai.

Tully ne savait pas quoi dire, car elle ne voyait pas où était le problème.

— Si tu le veux à ce point, cours-lui après, qu'il comprenne !

— Mais Tully, c'est toi qui ne comprends pas ! s'écria Jennifer en se remettant à pleurer. S'il me voulait, il le saurait depuis longtemps. Ça se voit comme le nez au milieu de la figure ! Mais ça ne lui vient même pas à l'idée ! Et comment veux-tu qu'il sache ce que je ressens, puisqu'il ne m'aime pas !

— Je connais un tas de gens qui s'aiment et qui ne se comprennent pas, fit remarquer Tully.

— Qui ça ?

— Eh bien, tes parents, par exemple. Et ceux de Julie.

Tully changea de tactique.

— D'accord, Jenny. Mettons qu'il ne le comprenne pas, pour une raison ou pour une autre. Eh bien, tu n'as qu'à lui dire d'aller se faire foutre et passer à autre chose ! En partant à Palo Alto, par exemple ! Là tu trouveras des Jack Pendel à la pelle, qui se précipiteront à tes pieds pour t'offrir leur cœur et t'enlever ton bikini, dit Tully pour dédramatiser la situation.

— Voilà pourquoi je n'ai pas envie de te parler, Makker, dit Jennifer, rageuse, en lui envoyant un coup. Ce que tu peux être bornée !

Sur le visage de Jennifer, Tully vit cet air fou qui l'effrayait tant. Elle est partie trop loin ! se dit-elle. Là où elle est, même moi je ne peux plus l'atteindre.

— Je l'aime, Tully. Tu ne comprends pas? Je l'aime.

— D'accord, tu l'aimes. Eh bien, fais en sorte de ne plus l'aimer.

— Tully, on n'arrête pas d'aimer quelqu'un sur commande !

— Et pourquoi, nom de Dieu !

— Je ne peux pas. C'est mon premier amour. Jamais je ne cesserai de l'aimer.

Tully soupira et tenta de la raisonner.

— Jen, c'est ce que tout le monde a dit, un jour ou l'autre. Et puis ça finit par passer, heureusement. Il le faut. Sinon, comment continuer à vivre ?

— Tully, je sais que tu es une sceptique. Je ne te demande pas de comprendre. Mais je suis sûre de ce que j'éprouve, et ça fait longtemps que ça dure. Je n'aimerai jamais aucun autre homme de toute ma vie.

— Si tu continues à pleurer comme une madeleine, je vais finir par te tuer, comme ça tout sera réglé, Mandolini.

Jennifer se mit à rire entre ses larmes.

— Tu es si jolie quand tu souris, Jennifer, lui dit Tully en lui tendant un mouchoir.

Elles se recouchèrent. Jennifer se mit face au mur et Tully s'allongea à côté d'elle.

— J'ai chaud, Tully, j'ai trop chaud ! Tu veux bien me souffler sur le front ? dit Jen en se tournant vers elle.

Tully s'exécuta, tandis que Jen murmurait en fermant les yeux pour retenir ses larmes.

— Pourquoi est-ce que je l'aime comme ça, Tully ?

— Parce qu'il est beau et qu'il danse bien ?

— Tu le trouves beau ? s'exclama Jennifer.

— Non, s'empressa de dire Tully. C'est toi qui le trouves beau.

— Il me suffit de fermer les yeux pour voir son visage, murmura-t-elle. Je le vois en train de parler et de rire. Je ne vois plus que lui, personne d'autre. Même pas toi, Makker. Tu sais ? Je ne vois même plus Palo Alto. Juste lui. Mon Dieu, Tully, qu'est-ce qui m'arrive ?

— Tu as complètement perdu l'esprit, dit Tully gentiment.

Jennifer pleurait toujours, et Tully continua à lui essuyer le visage et à souffler sur son front brûlant, de plus en plus doucement, jusqu'à ce que Jennifer s'endorme. Mais Tully resta éveillée.

Appuyée sur son coude, elle continua longtemps à souffler sur le visage de son amie, en se souvenant de leur première rencontre. C'est Julie qui les avait présentées l'une à l'autre. Julie était tombée sur Tully qui traînait dans la rue, non loin du jardin d'enfants où elle aurait dû se trouver. Comme par hasard, Tully s'était encore perdue. Angela Martinez l'avait emmenée chez elle et avait laissé les deux gamines de cinq ans jouer ensemble tandis qu'elle appelait la police. « Encore la petite Makker ! avaient dit les flics en arrivant. Ça lui arrive au moins une fois par semaine. À force de traîner comme ça, un jour elle se retrouvera au beau milieu de l'autoroute et on n'entendra plus parler d'elle. N'empêche qu'elle a du cran, cette gamine. Bon, on va la reconduire chez elle. »

Mais les parents de Julie avaient insisté pour qu'elle reste un peu, en proposant de la raccompagner plus tard. Pour dîner, ils lui avaient servi des *burritos* et des *tacos*. Tully n'avait jamais rien mangé d'aussi délicieux.

Angela s'était dit que les parents de Tully devaient être paniqués. Mais elle changea vite d'opinion quand elle ramena Tully à la maison et qu'elle entendit Hedda s'exclamer :

— Où étais-tu encore fourrée ? N'entre pas dans la maison ! Reste donc dans la cour.

À partir de ce jour, quand elle le pouvait, Mme Martinez allait chercher Tully au jardin d'enfants et l'amenait chez elle. Et c'est durant l'été, quelques semaines après, que Lynn Mandolini avait déposé chez les Martinez une petite fille dodue et tyrannique, Jennifer. Dès son arrivée, elle avait exigé des deux petites filles qu'elles lui laissent la bicyclette. Les gamines s'étaient ainsi retrouvées chaque été. Enfant, à la moindre contrariété, Jennifer se mettait en colère. Elle hurlait, cassait les jouets qui n'étaient pas à elle, jetait du sable à la figure des autres enfants et se roulait par terre. À cet âge-là, Tully préférait nettement la compagnie de Julie.

Puis Jennifer s'était améliorée en grandissant. Tully avait découvert longtemps après qu'à deux ou trois ans Jennifer était légèrement autiste et qu'elle avait mis des années à surmonter ces troubles enfantins. Des signes révélant un manque et une tendance au repli sur soi subsistaient cependant, dont les plus évidents étaient une maniaquerie excessive et un rejet du contact physique. Mais il y en avait d'autres. Chaque jour, en marchant sur la chaussée qui allait de sa maison de Sunset Court au coin de la 17e Rue, Jennifer comptait les fissures du trottoir. Quand elle en découvrait une nouvelle, elle en faisait la remarque à Tully et à Julie et la leur montrait. Elle comptait aussi les placards placés à chaque étage du lycée. Elle connaissait par cœur les derniers chiffres du produit national brut des vingt-cinq pays industrialisés, et le nombre de réverbères cassés sur le trajet allant de la 17e rue à Gage Park. Elle avait aussi obtenu la note maximale à l'examen de mathématiques en octobre dernier. Tully embrassa le front moite de Jennifer.

Pour Tully, avant qu'elle découvre la maladie de son amie, aucune fille au monde n'avait autant de chance que Jennifer. Elle avait eu une enfance de rêve et une vie dorée l'attendait. Ses parents n'avaient qu'un idéal, faire son bonheur.

Quant à Tully, pieds nus, crasseuse et mal fagotée, avec pour seuls compagnons de jeu des poulets et des chats de gouttière, elle avait passé son enfance dans une cour sordide du quartier du Bosquet, entre l'autoroute et la voie ferrée. Personne n'était là pour lui mettre de la crème solaire, embrasser ses petits bobos, lui laver la figure et lui donner ses jouets. Elle gardait un souvenir confus de ses premières années. Elle se souvenait vaguement de deux frères qui étaient là, et même d'un père. Puis Hedda et elle s'étaient retrouvées seules, et tante Lena et oncle Charlie étaient venus vivre avec elles pour aider Hedda à payer les traites de la maison. Quand l'oncle Charlie était mort, grâce à l'assurance, elles avaient pu régler les factures plus facilement. Hedda travaillait comme elle l'avait toujours fait, et tante Lena, qui n'avait jamais travaillé de sa vie, restait à la maison. Déjà terne et empâtée, elle n'avait que quarante ans quand elle s'était retrouvée veuve. Elle demeurait presque toujours dans ses appartements : une chambre et une salle à manger qu'elle avait prises quand l'oncle Charlie était mort, se considérant officiellement comme propriétaire de la maison.

Tully soufflait sur le visage de Jennifer. Jenny, mon enfant gâtée. On t'a tant donné, à toi. Tu sais, je m'en fiche éperdument. C'est même incroyable, mais j'accepterais de revivre toutes ces épreuves si Dieu, en me reniant, pouvait t'apporter le bonheur, et te donner enfin ce que tu désires. Je te le jure, Jennifer. Tu verras, ma chérie, tout ira bien.

— Tull, raconte-moi l'histoire de la tortue et du scorpion, dit Jennifer le lendemain matin, les yeux rouges et gonflés.

— Jen, tire-toi du lit. Je suis morte de fatigue. Il fait jour et je n'ai pas fermé l'œil. C'est mon tour. Tu as dormi toute la nuit.

— Allez, Tully, raconte-la-moi ! Et frotte-moi le dos en même temps.

— Et puis quoi encore ? râla Tully. Bon... d'accord.

Elle s'assit sur les fesses de Jennifer et se mit à lui masser les épaules.

— Il était une fois, un scorpion qui traversait un grand lac à la nage. Arrivé au milieu de l'eau, il se rendit compte qu'il ne savait pas nager et commença à couler. « Au secours ! Au secours ! » s'écria le scorpion. Mais personne ne vint le secourir. Une tortue nageait non loin de là. Le scorpion la vit et lui dit : « Tortue, je t'en prie, aide-moi. Je suis en train de couler ! » Et la tortue dit : « Non, je ne t'aiderai pas. Si je m'approche de toi, tu me piqueras et j'en mourrai. »

— Tully, frotte un peu plus fort, s'il te plaît.

Tully tira la langue à Jennifer, qui lui tournait le dos.

— Et ne me tire pas la langue, dit Jennifer les yeux fermés. Allez, continue.

— Le scorpion protesta, reprit Tully avec force. « Tortue, je te jure que je ne te piquerai pas. Je ne suis pas idiot à ce point. Tu peux me sauver la vie. Si je te piquais, je coulerais avec toi, et je ne veux pas mourir. » La tortue le crut, nagea jusqu'à lui, prit le scorpion sur son dos, et commença à regagner le rivage. Ils étaient presque arrivés, quand le scorpion piqua la tortue. Comme ils coulaient, la tortue se retourna et dit : « Mais pourquoi as-tu fait ça, scorpion ? Maintenant nous allons mourir tous les deux. » Et le scorpion répondit : « Parce que je suis un scorpion. Je ne peux pas m'en empêcher. C'est ma nature. »

Jennifer resta tranquillement allongée sur le ventre.

— J'aime cette histoire, dit-elle.

Et moi je t'aime, Mandolini, pensa Tully.

Quatre

Mr DeMarco mourut la veille de Noël. Tully accompagna Robin à l'enterrement, le 27 décembre. Il la présenta comme sa petite amie, et Tully s'efforça d'être chaleureuse. Il y avait beaucoup de monde, et elle s'étonna de la facilité avec laquelle les gens exprimaient leur émotion en public, surtout par un jour d'hiver aussi glacial. Quant à Robin, vêtu de noir, il resta immobile, le visage figé comme un masque. Mais quand ils se retrouvèrent tous deux dans la maison familiale, l'odeur du camphre, le fauteuil de son père, le silence, tout cela le fit subitement fondre en larmes. Pourtant, jusqu'à ce jour, Robin ne semblait guère affecté par la maladie de son père.

La veille du nouvel an fut beaucoup plus gaie. Shakie, élue reine de l'année, organisa une grande fête à laquelle tout le monde fut convié. La soirée s'annonçait bien. Même Julie avait l'air de prendre du bon temps avec Tom. Mais ce qui intriguait Tully, c'était de voir que Jennifer et Jack Pendel ne se quittaient pas d'une semelle. Tully ne perdait pas de temps à observer le visage de Jennifer, sachant déjà ce qu'elle y trouverait, mais elle scrutait celui de Jack pour deviner ce qu'il pouvait avoir en tête. Indéchiffrable, ce Jack Pendel. Même ivre comme il était, il se composait une attitude. Tully le voyait promener ses mains sur les bras et les épaules de Jen, lui caresser le visage et le cou, se pencher vers elle tendrement pour lui parler. Tendrement ! Tully trouvait ce mot absurde. En l'occurrence, il semblait pourtant approprié. Il y avait aussi dans la façon dont Jack regardait Jen et riait avec elle une sorte de familiarité, comme s'il la connaissait depuis toujours.

Qui sait ? pensa Tully en chantonnant une vieille romance. Ce que je sais, en tout cas, c'est que Jack est capitaine de l'équipe de football, adulé de son entourage, et cela devrait me suffire pour me faire une opinion sur ses sentiments envers Jennifer. Mais Tully avait tellement envie que Jen obtienne ce qu'elle désirait. Et ce que Jen voulait par-dessus tout, c'était Jack.

Tout le monde accueillit la nouvelle année avec des chansons, en buvant du champagne et en s'embrassant. Quand Robin embrassa Tully, elle lui répondit par une légère pression du bras, lisant sans effort dans les pensées de son compagnon. Un bref instant, elle perdit de vue Jennifer, puis ne la retrouva plus. Ni elle ni Jack.

Cinq

Jennifer n'en croyait pas ses yeux. Elle les ferma pour les rouvrir aussitôt. Oui, il est bien là, près de moi. Quelle idiote ! se dit-elle.

Elle supposait qu'il l'emmenait chez lui. Mais il

n'avait pas été très clair. Juste avant minuit, il lui avait murmuré à l'oreille : « Sortons d'ici », suivi de quelques mots qu'elle n'avait pas compris. Soûl comme il était, peut-être s'imaginait-il qu'ils allaient chez elle ?

Allons, Jen, regarde la route. Plus tard, tu auras tout le temps de le dévorer des yeux. Quand ils furent devant chez lui, à Lakeside Drive, Jack la fit entrer en disant qu'il n'y avait personne, puis disparut dans la salle de bains. Assise sur le canapé du salon, Jennifer regarda autour d'elle. Cela faisait longtemps qu'elle n'était pas venue dans cette maison. Presque un an. Elle avait toujours aimé cette pièce, avec ses plantes vertes et ses meubles en osier peints en blanc.

Jack revint et lui tendit un Coca. Il s'assit à côté d'elle et lui caressa les cheveux.

— Ce que tes cheveux sentent bon ! dit-il. J'ai toujours adoré ton odeur.

— Toujours ?

— Oui, toujours, répéta Jack en lui relevant les cheveux pour lui embrasser le cou.

Jennifer se pencha vers lui et Jack lui couvrit la gorge de baisers. Jennifer voulait garder les yeux ouverts pour le regarder tandis qu'il l'embrassait, mais impossible. Dès que les lèvres de Jack l'effleuraient, ses yeux se fermaient irrésistiblement.

Elle posa une main sur sa nuque et lui caressa doucement le visage de l'autre main, à tâtons, un peu comme une aveugle. Au début, les baisers de Jack étaient tendres et doux, mais ils se firent plus pressants ; ses lèvres allèrent de la gorge de Jen à sa bouche et il se mit à l'embrasser avec douceur et voracité. Jennifer essayait de garder le cap, mais son cerveau comme ses yeux n'obéissaient plus. À la dérive, elle ne sentait que la bouche de Jack et ses grandes mains qui couraient sur son corps, douces et rudes. Jack s'agenouilla face à elle et déboutonna son corsage. Il enfouit son visage au creux de ses seins, tandis que ses mains s'escrimaient dans le dos de Jennifer pour défaire son soutien-gorge. « Il s'ouvre devant », l'aida Jen. Le soutien-gorge tomba et Jack lui prit les seins, s'arrêtant un instant pour les contempler.

— Tu es si belle, Jen. C'est incroyable ce que tu es belle, dit-il d'une voix rauque.

Il lui baisa les seins, puis il se mit à lui sucer les tétons, à les mordiller doucement, et à lécher la peau tout autour. Jennifer gémissait les yeux fermés, ses mains fourrageant dans les cheveux de Jack, complètement perdue, abandonnée.

Je suis avec toi. Tu es en train de m'embrasser. Je n'arrive pas à y croire... Quatre ans que Jennifer pensait à Jack et rêvait tous les jours à l'instant où elle sentirait ses lèvres et ses mains sur elle. Et c'était exactement comme dans son rêve : elle se perdait en lui et fondait sous ses caresses.

Jack la porta jusqu'à sa chambre en la couvrant de baisers. Il la coucha sur le lit et commença à défaire sa ceinture. Dans un état second, Jennifer le regardait, tenaillée par le désir, brûlant de le tenir contre elle.

Elle le reçut dans ses bras et il la pénétra violemment. Comme c'est gros, pensa-t-elle, tandis qu'il grognait : « Mmm, tu es toute mouillée, juste comme j'aime. Tu es faite pour moi. » Elle ne put que gémir en réponse. Elle sentait le poids de son corps, tandis qu'il allait et venait en elle, ses bras musclés le soutenant, sa large poitrine écrasant la sienne, ses cheveux blonds lui tombant sur le visage. Elle avait toujours été prête pour lui, prête à le recevoir en elle.

Jack avait beaucoup bu et il mit un temps fou à jouir. Ils essayèrent une chose, puis une autre. Jennifer descendit jusqu'à son sexe. Et dire qu'elle n'en avait jamais vu avant cette nuit ! Elle eut plaisir à le frotter entre ses mains, à le caresser. Pour *tout*, Jack serait son premier. Il la fit grimper sur lui, puis il la retourna et la prit en levrette. Il alla chercher un miroir et le plaça près du lit, de manière qu'ils se voient en train de faire l'amour. Il lui demanda de se caresser, puis de l'exciter à nouveau. Ayant fait le tour et varié les plaisirs, il revint à sa position première et se mit à la chevaucher. Jen n'était pas vierge au sens strict du terme, aussi Jack n'avait-il pas souffert en la pénétrant. Mais elle, après tous ces assauts, commençait à ressentir une certaine gêne physique. Une seule chose comptait pourtant, le faire durer encore et encore, pour le garder en elle. Même s'il devait pour ça la meurtrir, la déchirer, elle voulait qu'il reste, elle voulait se perdre en lui.

Il jouit enfin, et s'écroula sur elle comme une masse l'instant d'après, pour sombrer dans le sommeil. Jennifer s'en fichait.

Jack était lourd et tout en sueur, ses cheveux collés, sa respiration irrégulière. Jennifer ne sentait plus ses jambes. Elles sont restées écartées si longtemps que je dois ressembler à une grenouille prête pour la dissection, se dit-elle. Elle serra celles de Jack entre les siennes, promena ses doigts sur son dos et lui embrassa la tempe.

Le temps passait et Jennifer restait là, allongée. Combien de temps ? Elle n'en avait aucune idée. Elle pensait à tout et à rien, à Jack lui refaisant l'amour, l'embrassant en pleine rue ; à des choses impossibles, comme Jack l'emmenant à la fête de fin d'année. Elle ne s'était pas protégée. Cette idée ne l'avait même pas effleurée ; lui non plus, d'ailleurs. Et si elle tombait enceinte ? Jennifer se mit à rire. Elle pensa qu'elle l'aimait et que c'était la clef de tout, que rien d'autre n'avait d'importance. Que jamais elle ne pourrait faire l'amour sans ça, ni regarder le visage de quelqu'un penché au-dessus du sien. Et que tout le reste n'était qu'illusion. Jennifer effleurait le dos de Jack en songeant au passé, au temps où ils étaient amis tous les deux, où ils jouaient au softball. Tu te souviens de Shunga Park, Jack ? Quand tu n'étais pas capitaine d'une équipe de football ? Tu te souviens de ces années ? Et Jennifer s'endormit.

Les oiseaux les réveillèrent. Jack était encore couché sur elle. Il se leva rapidement en marmonnant des excuses, puis gagna la salle de bains. Quand il en sortit, il enfila un short. Il s'assit près d'elle sur le lit et se frotta les tempes.

— Jen, il est six heures du mat. Tes parents doivent être dans un de ces états !

Et moi ? se dit Jennifer.

— Ça se peut, dit-elle en souriant.

— Tu devrais peut-être rentrer ?

— Si tu penses que c'est mieux... Autrement, je peux les appeler.

Jack eut l'air surpris.

— Les appeler ? Toi, la fille unique de parents italiens, tu peux téléphoner à six heures du matin pour dire... Dire quoi, au fait ?

Jennifer réfléchit un instant. Elle n'avait pas envie de le quitter.

— Si tu penses que c'est mieux, je vais rentrer, dit-elle d'un ton morne.

Jack ne répondit pas, mais il évita de la regarder.

— D'accord. (Elle sortit du lit, complètement nue.) Je comprends très bien.

Quand elle fut habillée, Jack, toujours en short et torse nu, l'accompagna à la voiture. Il faisait un froid de canard.

— Écoute, dit-il en lui posant la main sur l'épaule. Je m'excuse. J'en avais trop envie. Et je suis content qu'on l'ait fait. J'espère que tu comprends.

Bien sûr. Elle comprenait. Elle s'essaya à sourire, et Jack se pencha sur elle pour l'embrasser sur la joue.

— Je t'appellerai, dit-il. Fais attention en conduisant.

Jennifer fit démarrer la voiture et s'éloigna. Au lieu de rentrer chez elle, elle roula jusqu'à Lawrence, fit le tour du campus de l'université du Kansas, et roula encore jusqu'à De Soto, où elle s'arrêta face à un champ de maïs désolé, perdue dans un néant où le temps n'existait plus. Puis elle prit la direction du quartier du Bosquet. Elle se gara derrière chez Tully et jeta des cailloux sur sa fenêtre jusqu'à ce que Tully, endormie sur son bureau, en reçoive un sur la tête.

— Hé, la marmotte ! Fais-moi entrer, dit Jennifer.

— Tu as failli me tuer, râla Tully en lui ouvrant la porte d'entrée. Où étais-tu passée ? Ta mère est folle d'inquiétude.

— Je lui passerai un coup de fil, dit Jen. Mais d'abord, allons dormir. Jennifer garda juste ses dessous et se glissa dans le lit.

— Jennifer, je connais cette odeur, dit doucement Tully en se lovant contre elle. C'est celle du mâle...

— Tully, murmura Jennifer, ne me pose pas de questions si tu ne veux pas que je te raconte des mensonges.

Tully ne fit pas de commentaires et resta pendant deux heures allongée, tout à fait réveillée, jusqu'à ce que Hedda entre dans la chambre en disant qu'une Mrs Mandolini complètement affolée était au téléphone. Jennifer parla quelques minutes avec sa mère, puis retourna au lit et fit semblant de dormir.

Six

Par un soir glacial du mois de février, Mr et Mrs Mandolini se rendirent à une rencontre entre professeurs et parents d'élèves. Ils se retrouvèrent face à Mr Schmidt, le professeur de mathématiques de Jennifer, et l'écoutèrent de mauvais gré leur parler du « problème » de Jennifer et de ses résultats scolaires.

— On ne peut rien reprocher à notre fille, Mr Schmidt, dit Lynn. Vous savez qu'elle se présente à Stanford pour faire son année préparatoire de médecine, continua-t-elle sans se laisser interrompre. C'est beaucoup de pression pour une adolescente.

Mr Schmidt secoua la tête d'un air navré. Tony s'emporta un peu.

— S'il y a un problème, c'est surtout parce que vous en rajoutez ! Pourquoi en faire tout un plat ? On dirait qu'il s'y mêle quelque chose de personnel.

— Mr et Mrs Mandolini, dit Mr Schmidt après une profonde inspiration. Lynn. Tony... Voilà trois ans que nous nous connaissons. Personnellement, je n'éprouve que de l'estime et de l'affection pour votre fille. Mais, vu ses derniers résultats et son manque d'intérêt pendant les cours, je m'inquiète pour elle...

— Eh bien, pas nous, dit Tony en se levant. (Il se tourna vers sa femme :) On s'en va.

— Tony..., dit Mr Schmidt. Attendez. Il faut

que vous compreniez. Les notes de maths de Jennifer ont dégringolé depuis l'année dernière. Vous avez vu son livret trimestriel. Et encore, j'ai été très indulgent. Mais ce trimestre, il faut que vous sachiez qu'elle a raté toutes les épreuves écrites. Toutes, sans exception. Alors qu'il n'y a pas si longtemps elle les aurait passées les yeux fermés. En cours, il lui arrivait même de me reprendre. Bon Dieu ! Ça fait vingt ans que je suis professeur, et avant elle je n'avais jamais vu d'élève avoir la note maximale à l'examen général de mathématiques... J'essaie simplement de vous dire qu'il y a des raisons de s'inquiéter, reprit-il plus calmement, quand il vit que Tony et Lynn avaient les yeux rivés au sol. D'ailleurs, je ne suis pas le seul à l'avoir remarqué, et d'autres que moi vous en ont déjà parlé. Ne nous cachons pas la vérité. Il y a un problème.

— Mr Schmidt, dit Lynn en levant les yeux. Elle a dix-huit ans ! Et c'est sa dernière année de collège ! Avez-vous oublié ce que c'est d'être jeune ? Depuis toujours, nous n'avons fait que l'encourager dans ses études. (Lynn regarda son mari, qui acquiesça vigoureusement.) Mais elle est en terminale ! Laissez-la souffler un peu. N'est-ce pas, Tony ? Elle va entrer à Stanford l'année prochaine, et il faudra qu'elle travaille dur. Laissons-la prendre un peu de bon temps avant. N'est-ce pas, Tony ?

— Absolument ! dit-il.

Mr Schmidt soupira. Il fit une dernière tentative.

— À la fin de son premier cycle, elle était major de sa promotion. Comment voulez-vous qu'elle sorte de Topeka High avec les honneurs en ayant échoué à tous ses examens ?

— Mr Schmidt, dit Tony en se levant, quoi qu'elle fasse, nous sommes fiers de notre fille. Et le plus important pour nous, c'est qu'elle soit heureuse. Si, pour des raisons personnelles, elle préfère ne pas être major de sa promotion, nous l'accepterons de bon cœur.

— Dites-moi..., dit Mr Schmidt en cherchant ses mots. N'avez-vous pas décelé chez elle une tendance au repli sur soi ? Des symptômes de manque, comme quand elle était petite ? En classe, elle ouvre à peine la bouche.

— Bon Dieu ! s'exclama Tony. Vous n'êtes pas docteur, que je sache. Vous êtes professeur de maths !

Ils quittèrent Mr Schmidt sans le saluer. Celui-ci les regarda partir, puis entra dans la pièce voisine, pour demander son avis à Miss Keller, le professeur de biologie.

— Ils ne veulent rien entendre, Jim. C'est dur pour eux ! Leur fille a toujours été si brillante.

— Je parie qu'ils n'assisteront même pas à la prochaine rencontre entre parents d'élèves et professeurs, au printemps prochain, dit Mr Schmidt.

Tony et Lynn avaient encore deux professeurs à voir, ceux d'histoire et d'anglais, mais ils sortirent de l'enceinte du collège, montèrent en voiture et rentrèrent chez eux d'un commun accord, sans échanger un mot.

— Tu crois qu'on devrait l'appeler ? demanda Lynn, qui avait allumé cigarette sur cigarette.

Ils étaient dans la cuisine. Tony leur préparait un verre.

— Non, surtout pas. Elle penserait qu'on se ligue contre elle. Laissons-la tranquille, d'accord ?

Deux heures plus tard, Lynn dit :

— Elle n'est pas descendue nous voir.

— Elle doit être au téléphone ou en train d'écouter de la musique. Fichons-lui la paix.

À minuit, quand Lynn et Tony passèrent devant la chambre de Jennifer pour aller se coucher, ils virent que la lumière était éteinte. Lynn ne put s'empêcher de frapper et d'ouvrir la porte. Elle entendit la voix de Jennifer, couchée dans le lit.

— Qu'est-ce qu'il y a, maman ?

— Rien, mon bébé, dit Lynn. Dors bien.

Le lendemain soir, pendant le dîner, Lynn aborda prudemment le sujet.

— Jennifer, tes professeurs trouvent que tu ne travailles pas bien en classe.

— Vous avez vu mon bulletin du dernier trimestre, la semaine dernière, non ? dit Jennifer en fixant sa mère.

— Oui, chérie, bien sûr, dit Tony. Mais les profs nous ont dit qu'en fait tu t'en sortais moins bien que tes notes ne le montraient, et que ce trimestre tu avais tout raté.

— C'est vrai, papa.

— Chérie, quelque chose ne va pas ?

— Mais non, papa. Je n'ai pas eu un bon trimestre, c'est tout. Je ferai mieux la prochaine fois, vous verrez, ajouta-t-elle.

Lynn et Tony échangèrent un sourire crispé.

— Si tu savais comme nous sommes contents que tu nous dises ça, dit Lynn. Nous voulons tant que tu réussisses !

— Je sais, maman. Je m'excuse de vous avoir déçus.

— Jenny, dit gravement Lynn en lui tendant la main, tu ne peux pas nous décevoir. Papa et moi, nous nous faisons du souci pour toi. Tout ce que nous voulons, c'est que tu sois heureuse.

— C'est ma dernière année de lycée. Il faut bien que je m'amuse un peu, répondit Jennifer.

Après le dîner, Jennifer monta s'enfermer dans

la salle de bains. Elle resta un moment à regarder autour d'elle, puis monta sur la balance, avec ses tennis et la monnaie qu'elle avait en poche. C'était la première fois depuis trois semaines que Jen se pesait, mais elle avait très bien mangé ces jours-ci et estimait qu'elle le méritait. Elle fixa le mur pendant une minute, le cœur battant, avant de regarder le chiffre inscrit sur la ligne noire. Un petit cri s'échappa de ses lèvres, comme le jappement d'un chiot. Cinquante et un kilos. Bientôt, elle passerait en dessous de cinquante.

Jennifer gagna sa chambre. Elle se déshabilla, se mit au lit, éteignit la lumière, et un autre cri lui échappa, une plainte étouffée dans le noir, puis une autre... Pour couvrir ses sanglots, elle dut allumer la chaîne stéréo et mettre de la musique. Quand Lynn ouvrit la porte pour lui souhaiter bonne nuit, elle s'exclama joyeusement :

— Tiens, Jenny ! Tu t'endors en musique !

Jennifer chercha longtemps le sommeil. Tully lui avait appris à compter les moutons pour le faire venir, sans penser à rien d'autre. Ce soir-là, les petits moutons ne gambadaient pas dans la prairie, mais se pressaient pour entrer à Stanford, où ils deviendraient des adultes responsables. Et cela semblait aux petits moutons une bien petite vie.

Fin février, Tully, Jennifer et Julie étaient assises dans la cuisine de Sunset Court.

— Et où ira ton bien-aimé, après le lycée ? demanda Tully à Julie.

— À Brown.

— Mais vous serez à des kilomètres l'un de l'autre ! Comment vas-tu faire pour te passer de lui ?

— C'est fini ? dit Julie en puisant dans le paquet de bretzels que Tully lui offrait, tandis que Jennifer refusait, prétextant qu'elle n'avait pas faim.

— Robin m'a de nouveau proposé de vivre avec lui.

— C'est super ! s'exclama Julie, mais quand elle vit l'expression de Tully et de Jennifer, son enthousiasme se refroidit. Tu veux partir de chez ta mère, non ?

Jennifer et Tully la fixèrent, puis échangèrent un regard.

— À force de s'envoyer en l'air avec son Roméo, elle perd la boule ! dit Tully à Jennifer.

Julie tapa du poing sur la table.

— J'en ai assez ! Arrêtez vos plaisanteries stupides.

— Martinez ! s'exclama Tully en frappant la table à son tour. On dirait que tu n'as rien retenu de ce que je t'ai dit il y a deux mois. Tu sais bien que Jen et moi on va en Californie.

— N'y va pas, dit Julie. Reste avec Robin. Il en vaut la peine. Marie-toi avec lui ! Tu auras des enfants et il t'achètera une belle maison.

— Et il m'offrira une bonne petite vie toute faite en prime, hein ? dit Tully.

— Bien sûr, si tu le lui demandes, dit Julie en souriant.

— Tu débloques, Martinez ! Je te répète depuis l'âge de dix ans que je ne veux ni me marier, ni avoir des enfants.

— À dix ans, peut-être que tu ne voulais pas, dit Julie. Hein, Jen ?

— Continue, Jule, dit Jennifer.

— Mais tu en as dix-huit aujourd'hui.

— Et je n'ai pas changé, dit Tully.

— Je ne te crois pas, riposta Julie. Et tes jeudis à la garderie de Washburn, hein, comment tu appelles ça ?

Tully jeta un regard lourd à Jennifer, qui haussa les épaules.

— En plus, continua Julie, qu'est-ce que tu vas faire avec Jen en Californie ? Elle te laissera tomber à la première occasion. Elle veut se marier et avoir des enfants. Pas vrai, Jen ?

— Si, Jule, dit Jennifer en regardant Tully.

— Jennifer ne me laissera pas tomber, dit Tully en faisant la moue. N'est-ce pas, Mandolini ?

— Si, à la première occasion, dit Jennifer en souriant.

— Tull, reprit Julie. Ça me paraît tellement dommage de larguer Robin, après tout ce temps.

— Il ne faut rien exagérer, dit Tully. On s'est donné du bon temps sur les sièges en cuir rouge de sa Corvette, mais ce n'est pas une raison pour qu'on finisse notre vie ensemble.

Elles rirent de bon cœur. Jennifer se mit à tremper son index dans son verre de lait et à dessiner des cercles concentriques sur la table.

— Mais pense à tous les avantages que tu aurais à t'installer avec lui, insista Julie. Il est bourré de fric. Et il te ferait de beaux petits.

— Tull, ça vaut le coup d'y réfléchir, renchérit Jennifer. Si tu le lui demandais, je suis sûre qu'il t'achèterait la maison de Texas Street. Papa a découvert qu'elle appartenait à une très, très vieille dame...

Les yeux de Tully allèrent de Julie à Jennifer.

— Qu'est-ce qui vous prend, les filles ? Et Stanford dans tout ça ?

Jennifer tapota le bras de Tully et se remit à dessiner des cercles de lait sur la table.

— Penses-y, Tully, dit Julie. Tu partirais de chez ta mère.

— Ouais ! Pour me retrouver chez quelqu'un d'autre, dit Tully.

— Texas Street ! Tu te rends compte ? dit Jennifer.

— Mandolini ! s'exclama Tully.

— Je plaisante, dit Jennifer. Julie, elle n'est pas sûre d'aimer Robin. Et on ne raisonne pas avec ses sentiments... C'est ça, Tully ?

Le verre de Jennifer était presque vide et tout son contenu séchait sur la table.

— Oui, Jen, dit Tully, les yeux dans le vague.

— Tully, tu es sûre de ne pas l'aimer ? demanda Julie.

— Je ne sais pas, dit Tully doucement.

— Si tu l'aimais, tu le saurais, dit Julie en lançant un coup d'œil à Jennifer. Hein, Jen ?

— Oui, Jule, répondit Jennifer à voix basse.

Elles se séparèrent vers six heures. Jennifer prit la place du passager et laissa Tully conduire la Camaro jusqu'au Bosquet.

— Tu te débrouilles bien, Makker, dit-elle. Encore quelques années et tu pourras passer ton permis.

— Ne me dis pas ça ! dit Tully. Je le passe le 17 mars.

— Alors, je te conseille de faire une prière à saint Patrick.

V

JENNIFER

Mars 1979

Les jours se suivaient et se ressemblaient, comme brodés sur le même canevas, sans dimension ni fantaisie. Pourtant, le moindre brin d'herbe portait en lui toute la verdeur du printemps et, à la moindre averse, à la moindre brise, c'est un peu de pesanteur qui s'en allait, laissant un ciel pur et lavé des scories du vieil hiver. C'était un lent processus, qui faisait poindre l'aube un peu plus tôt et tomber la nuit un peu plus tard chaque jour, pour que renaissent fleurs et arbres. Si elles avaient distingué ce qui germait ce printemps-là, elles auraient pris garde aux petites choses insignifiantes qui se glissent au fil des jours sans qu'on les remarque, sans qu'on s'en souvienne. Mais que le temps est long quand il ne se passe rien ! Toutes ces petites fissures apparaissent alors comme des incidents sans importance, isolés les uns des autres et si dérisoires qu'on les oublie, comme on oublie un petit déjeuner, un coucher de soleil, et qu'on se laisse porter par la monotonie ; surtout quand on est jeune, avide, et qu'on ne vit que dans l'attente du jour où l'on cessera d'attendre que les jours finissent, pour vivre, enfin, sa vie.

La neige de février fondit en pluie de mars.

Vents et tempêtes apportèrent avec eux les effluves du printemps. Chaque jour brandissait la menace d'une tornade, et la pluie succédait au soleil. Un vrai mois de mars du Kansas.

Tully faisait tout pour éviter que se croisent les chemins de Hedda et de Robin. Début mars, un après-midi, elle eut une petite frayeur en découvrant une lettre adressée à Hedda Makker dans la boîte. L'adresse était écrite à la main et c'est ce qui lui mit la puce à l'oreille. Car Hedda ne recevait que des factures, jamais de lettres. En y regardant de plus près, Tully remarqua qu'on avait écrit Heda au lieu de Hedda. Dans le doute, Tully se résolut, ô sacrilège, à ouvrir la lettre.

Elle ne le regretta pas. « Mrs Makker, disait le mot. Votre fille s'envoie en l'air avec mon petit ami. Ils se voient tous les vendredis et tous les dimanches. C'est une voleuse et une menteuse. »

Il n'y avait pas de signature. Tully s'était attendue à ce que Gail prît sa revanche, d'une manière ou d'une autre. Mais ce qui la surprenait, c'était qu'elle fût si bien renseignée sur la fréquence de ses rencontres avec Robin. Pour avoir eu l'idée d'écrire cette lettre, elle devait aussi être au courant des problèmes qui opposaient Tully à sa mère.

Tully déchira la lettre en décidant de garder son calme et de ne surtout pas ébruiter l'affaire. Gail avait dû cuisiner cette gourde de Julie, qui ne s'était doutée de rien, naïve comme elle était. Le meilleur parti à prendre, c'était de faire croire à Gail que son stratagème avait réussi, de sorte qu'elle ne lance plus de nouvelle offensive.

Jennifer continuait à perdre du poids.

Le lundi 12 mars, à Sunset Court, Tully profita de ce que Jennifer s'était absentée de la cuisine un instant pour en toucher deux mots à sa mère. Sur la défensive, Lynn répondit que sa fille ne lui avait jamais paru si belle.

— C'était vrai quand elle avait dix kilos de plus, Mrs Mandolini. Je doute qu'elle en pèse plus de cinquante-cinq, maintenant.

— Tully, tu exagères ! dit Lynn en se préparant un verre et en allumant une cigarette.

— Jen, dit Tully à Jennifer qui entrait dans la cuisine. Combien pèses-tu ?

Jennifer réagit comme si on l'avait frappée.

— Je ne sais pas... Pourquoi ?

— Jennifer, d'habitude tu te pèses deux fois par jour. Alors... combien ?

— Tully, ne la harcèle pas ! protesta Lynn.

— Il n'y a pas de mal, maman. Autour de cinquante-sept kilos, répondit Jennifer.

Tully leva les yeux au ciel et Lynn la regarda d'un air revanchard.

— Cinquante-sept, dis-tu ? fit remarquer Tully. Ça signifie que tu as perdu environ dix-sept kilos depuis le mois de septembre ?

Les choses en restèrent là, mais plus tard, quand elles furent seules, Tully revint à l'attaque.

— Tu es une sacrée menteuse, Mandolini. Dis-moi combien tu pèses en réalité.

— Mais j'ai dit la vérité.

— Jennifer, arrête ! Tu peux mentir à ta mère, mais pas à moi. Alors ?

Jennifer marmonna quelque chose.

— Combien ?

— Quarante-huit, murmura Jennifer.

Tully fut glaciale tout le reste de la journée et, la nuit venue, quand elle se retrouva seule dans sa chambre, elle dut compter dans les deux mille moutons avant de s'endormir sur son bureau, la tête appuyée sur ses mains croisées tandis que le vent s'engouffrait dans les rideaux et soufflait dans ses cheveux. Elle rêva qu'elle errait toute seule dans le désert et qu'elle avait soif. Cela faisait des jours qu'elle marchait, et elle n'avait pas bu une seule goutte d'eau. Mon Dieu ! ce qu'elle avait soif ! Boire ou mourir, pensa Tully dans le désert.

— Julie, Jennifer a un gros problème, dit Tully, le matin du mardi 13 mars. J'ai l'impression qu'elle fait de l'anorexie.

— Tu es folle ?

— Julie, je sais que tu as été très occupée ces derniers temps, mais tu as quand même dû remarquer que Jennifer était devenue plus mince que moi.

— C'est vrai qu'elle a maigri, mais...

— Julie ! s'exclama Tully. Elle ne pèse que quarante-huit kilos, est-ce que tu te rends compte ?

— Tully, ne me crie pas dessus, s'il te plaît ! dit Julie en rougissant. OK, elle est trop mince, mais que veux-tu que j'y fasse ?

— Julie ! s'exclama Tully, implorante. Tu veux dire que tu t'en fiches ?

— Bien sûr que non, je ne m'en fiche pas. Mais j'ai un compte rendu d'anglais à faire pour cet après-midi et, après les cours, on va au palais de justice pour une enquête. Écoute, elle a toujours été très ronde et elle a perdu du poids récemment, tandis que toi tu as dû en prendre un peu, voilà tout.

— Tu ne comprends pas ? Je n'ai pas pris un gramme. Jen n'a pas seulement maigri. Elle est malade.

— Il faut que j'aille en cours, dit Julie. On va lui en parler, d'accord ?

— Toi et ton enquête à la noix ! Où étais-tu passée tous ces derniers mois ? Je ne sais pas qui est la plus cinglée de nous trois. Sais-tu que Jen n'a pas réussi un examen depuis janvier et continue à échouer dans toutes les matières ? Que si elle arrive encore à avoir la moyenne, c'est parce que les profs ont pitié d'elle ?

— Comment le sais-tu ? demanda Julie, mal à l'aise.

— Je le sais, c'est tout. J'ai parlé pendant la gym à deux filles qui sont dans le même cours de maths que Jen. Elles m'ont dit que Mr Schmidt s'inquiète pour elle. À tel point qu'il en parle aux autres élèves.

La cloche sonna.

— On n'aura qu'à lui en parler ! cria Julie en descendant le couloir à toutes jambes.

Consternée, Tully regarda Julie disparaître. Elle avait cherché un peu de réconfort auprès d'elle, et voilà qu'elle se sentait encore plus désemparée. Serrant ses livres sur sa poitrine, Tully alla en cours, l'estomac noué.

Quatre jours plus tard, ce fut la Saint-Patrick. À onze heures du matin, Tully passa brillamment son permis de conduire. Jennifer était avec elle.

— Saint Patrick a dû entendre mes prières, dit Tully en souriant.

— Sans aucun doute, dit Jennifer.

— Merci de m'avoir appris à conduire, Jen.

— Tout le plaisir a été pour moi, Tully, dit Jennifer.

Le mardi 20 mars, après les cours, Julie aborda timidement Jennifer. Elle aurait voulu le faire plus tôt, ou même pendant le week-end, mais elle avait eu tant de choses à faire. Le président du club d'histoire lui avait demandé de traiter de l'engagement de l'Indonésie dans la Seconde Guerre mondiale, et elle ne connaissait rien au sujet. Aujourd'hui, elle avait la réunion-débat sur l'actualité, mais elle décida de consacrer son mardi après-midi à Jennifer.

— Alors, Jen, comment ça va ? dit Julie comme elles descendaient la 10e Rue jusqu'à Wayne Street.

— Bien, répondit Jennifer en envoyant rouler des petits cailloux avec son pied.

— Vous devez avoir hâte d'entrer à Stanford, toi et Tully ?

— Tully va à l'université de Santa Cruz. Oui, elle est très contente.

— Et toi ?

— Moi aussi, bien sûr.

Julie n'avait pas envie de poser de questions. Elle savait d'avance que c'était peine perdue. Depuis combien de temps Tully et elle avaient-elles cessé d'asticoter Jennifer au sujet de son béguin pour Jack ? Ça remontait au mois de janvier, quand Julie avait fait une remarque idiote sur la fascination de Jennifer pour les fesses de Jack, et que Jennifer avait détourné les yeux en évitant de regarder Tully. Aujourd'hui, deux mois plus tard, Julie se demandait pourquoi elle n'avait pas questionné Tully à ce sujet, pourquoi elle ne lui avait jamais demandé s'il s'était passé quelque chose entre Jennifer et Jack.

Julie sentait confusément qu'il avait dû arriver quelque chose pour que Jennifer, toute ronde et pleine de vie, ne soit plus aujourd'hui que l'ombre d'elle-même. Mais, à dire vrai, elle n'avait pas envie de s'en soucier. Cet après-midi-là, en marchant avec Jennifer dans la rue, elle se sentit honteuse. Honteuse de reculer devant la tâche, car ce serait long et difficile d'aider Jennifer à soigner ses blessures, et cette journée qu'elles auraient dû passer à plaisanter et à rire comme deux adolescentes insouciantes serait mouillée de larmes.

Julie baissa la tête, et ce geste lui rappela toutes les fois où elle avait vu Jack s'amener avec son air content de lui et senti Jennifer se crisper à sa vue, tandis qu'elle-même baissait la tête, honteuse et gênée. Le sourire satisfait de Jack, le raidissement de Jennifer, et Julie baissant la tête, tout comme aujourd'hui.

Julie songea aux lèvres rouges et pulpeuses de Jen et aux reflets de sa chevelure. Elle regarda le visage pâle et émacié de son amie, ses lèvres décolorées, ses cheveux presque aussi ternes que ceux de Tully avant la couleur et la permanente qu'elle s'était offertes pour ses dix-huit ans. Ces derniers temps, Jen portait toujours la même tenue : un grand sweat-shirt et une longue et ample jupe noire, comme celle de Tully, sous lesquels son corps disparaissait. Quarante-huit kilos ?

Elle s'éclaircit la gorge.

— Jen, tu as maigri, ces temps-ci, non ?

— Bon Dieu ! dit Jennifer, exaspérée. Qu'est-ce que vous avez, tous, à me poser la même question ! Tu ne peux pas varier un peu ? Pourquoi ne pas me demander comment ça va en classe ?

— Comment ça va en classe, Jennifer ? demanda posément Julie.

— Super ! J'ai eu une note passable à mon examen d'anglais, et Mr Lederer a dit que je remontais la pente. Autre chose ?

— Oui. Jennifer, qu'est-ce qui ne va pas ?

Jennifer ne répondit pas.

Chez Julie, elles jouèrent avec Vinnie et Angelo, les cadets de la famille. En amusant Vinnie, Jennifer sembla se ranimer un peu. Il était son préféré car, tout le temps qu'elle était là, il s'accrochait à elle avec frénésie.

Déclinant leur invitation, elle partit avant l'heure du dîner, disant qu'elle préférait rentrer.

Julie la raccompagna jusqu'au croisement de Wayne Street et de la 10e Rue, et, quand elles se furent arrêtées au coin pour se dire au revoir, elle revint à la charge.

— Jennifer, dis-moi ce qui te préoccupe.

— Rien, Julie, dit Jennifer. J'ai fait un régime et je n'ai pas su m'arrêter à temps. Du coup, je manque d'énergie. Il faut que je me force un peu à manger...

Julie n'avait pas l'air convaincue.

— Et puis je viens de traverser une petite période de doute, admit Jennifer.

— Une petite période qui dure depuis combien de temps ?

— Oh, environ dix-sept ans, répondit Jennifer, ce qui les fit rire.

— Mais Jen, comment peux-tu douter de toi, belle et intelligente comme tu es ?

— Ce serait trop difficile à expliquer, répondit Jen d'un ton évasif.

Elles s'embrassèrent. Elle l'aime ! Elle aime ce sale petit con, pensa Julie en la regardant s'éloigner, en proie à la compassion et à un pincement d'envie, oui, d'envie. Elle l'aime, bon Dieu ! Elle l'aime, avec toute la douce amertume du premier amour, et maintenant elle essaie de trouver comment s'en sortir. Julie s'en voulait de son impuissance. Il faudrait que Jennifer se confie davantage à Tully, se dit-elle. Tully lui apprendrait à tout surmonter.

Belle, intelligente et tout ce qui s'ensuit, pensait Jennifer en marchant comme une somnambule. Oui, je suis bourrée de qualités, une vraie perle. Ce doit être vrai, puisque tout le monde le dit. Mais j'ai toujours su que ça ne valait pas un clou. Le monde est plein de gens merveilleux. Belle ! Et alors ? Tout au fond, je suis laide à faire peur, puisqu'il ne veut pas de moi. Ils m'ont tous dit qu'il ne valait rien. Si même ce bon à rien dédaigne ma précieuse personne, pourquoi quelqu'un de bien voudrait-il de moi ?

Et puis ce n'est pas un bon à rien. Il est plein de douceur et de force. En fait, il me fait beaucoup penser à Tully. C'est peut-être pour ça que je ne peux pas m'arrêter. J'ai essayé de me confier à Tully, parce que je sais qu'elle se fait tant de souci pour moi. J'ai essayé de faire ce qu'elle m'a dit, de manger, de dormir, d'étudier, d'écouter de la musique, de regarder d'autres types, de penser à Stanford. Mais, sans lui, je me fiche bien de la Californie.

J'ai essayé de l'oublier. Mais je vois sans cesse son visage penché sur moi, qui me sourit. Je le revois quand il était capitaine de l'équipe de football et moi chef des supporters. Quand on jouait au softball ensemble. Quand il dansait avec moi. Quand nous étions amis. J'ai peu de souvenirs, mais je les porte en moi, et quand il arrive avec son petit sourire en disant : « Alors Jen, quoi de neuf ? », j'ai l'impression qu'ils remontent tous à la surface et qu'ils se voient sur ma figure. Je ne peux même pas le haïr. Il n'a rien fait, ce n'est pas sa faute. Ni la mienne, d'ailleurs. Ce n'est la faute de personne. Je me sens mal. Et si fatiguée. Tully m'a dit comment lutter, mais personne ne peut m'aider à guérir. Je suis malade. Et fatiguée.

Le mercredi 21 mars, Tully alla dîner chez Jennifer sans enthousiasme. Il y avait quelque chose chez les Mandolini ces derniers temps qui lui rappelait trop l'atmosphère de chez elle.

Le silence.

Jennifer, Lynn et Tony Mandolini se passaient le plat de spaghettis, piochaient dans les boulettes de viande et mastiquaient leur pain en silence ; il n'y avait même pas la télé ni la radio pour meubler les vides de la conversation. Comme à la maison, pensa Tully en avalant de travers, si bien qu'elle s'étouffa et rompit ainsi le mur de silence. Je veux rentrer chez moi.

Lynn fumait cigarette sur cigarette, incapable d'attendre la fin du repas. Tony buvait et ne levait pas les yeux de son assiette.

Tully comprit que Jennifer parvenait à s'abstraire en s'exerçant à une sorte d'auto-envoûtement. Elle comptait les carrés de la nappe et le nombre de poils sur ses bras.

C'est d'elle que ça vient. Ils n'ont aucune idée de ce qui est en train de se passer. Elle ne veut pas le leur dire. Les voilà aussi perdus qu'elle. Au début, ils ont cru qu'elle travaillait mal en classe parce qu'elle se donnait du bon temps, mais ils ne peuvent plus s'illusionner. Elle est si manifestement malheureuse. Ils craignent peut-être qu'elle soit reprise par son ancien mal. Je suis sûre qu'elle fait de l'anorexie.

Après dîner, les filles firent la vaisselle et Mr et Mrs Mandolini allèrent au cinéma.

— Dis-moi, Jen, dit Tully quand elles se retrouvèrent seules, ça vous arrive souvent ce genre de dîner ?

— Je suis désolée. Tu ne nous as pas trouvés très bavards ?

— Pas très bavards ? Mais où suis-je tombée ? Dans une maison de fous ?

Jennifer ne répondit pas et continua à essuyer les assiettes.

— Il faut que tu réagisses, Jennifer.

Jennifer ne dit rien.

— Tu rends tout le monde malheureux, continua Tully. On ferait tous n'importe quoi pour que tu redeviennes comme avant, à peu près normale.

Jen sourit faiblement, mais resta silencieuse.

— Jennifer, dis-moi, est-ce que tu fais de l'anorexie ?

— De l'anorexie ? Bien sûr que non !

— Est-ce que tu vomis tout ce que tu manges dans les toilettes ?

— Tully, je t'en prie !

— Jennifer, tu aurais besoin de parler à quelqu'un qui ne te connaisse pas ; il faut te reprendre. Et si tu n'y arrives pas, continua Tully en haussant le ton, il faudra forcer tes parents à ouvrir les yeux et à t'emmener chez un médecin, pour te soigner et te remettre sur pied.

— Me remettre sur pied, répéta Jennifer d'un ton morne.

— Jenny, voilà trois mois que tu as couché avec lui et, depuis, tu ne t'es pas relevée. Debout, Jennifer ! Il le faut.

— Il le faut, répéta Jennifer.

Tully ferma le robinet d'eau et se tourna vers son amie.

— Oui, il le faut. Tu n'as pas le choix, Jen. Encore trois mois et tu pourras dire adieu au collège, à ton ancienne vie et à lui, par la même occasion ! Ce sera l'été, Jen ! D'ici là, on pourra même aller nager au lac Shawnee. Encore un petit effort, allez ! Travaille, tiens le coup, et au mois d'août, on se tire ! Yaououh ! Palo Alto. Une nouvelle vie commence ! Alors du cran, Jen. Tiens le coup jusque-là. Tu es plus forte que nous tous.

— Non, Tully, c'est toi la plus forte, dit Jennifer, debout, les bras ballants, les yeux vides de toute expression.

Elles regardèrent *Love Story* à la télé. Elles l'avaient déjà vu trois fois. Face à l'écran, elles semblaient absorbées, mais pensaient à tout autre chose qu'à la mort de Jenny Cavilleri. Recroquevillée sur le divan, les yeux secs, Tully regardait Oliver Barrette assis à la patinoire de Central Park, sans sa Jennifer.

Et pourtant, le cœur lourd et plein d'effroi, elle se sentait presque défaillir, comme si elle marchait le long d'un précipice sur un étroit sentier au cœur d'une nuit sans lune, environnée de mort et de ténèbres.

Jennifer ne voyait même pas Oliver assis à Central Park. Elle s'imaginait à Harvard, rencontrant quelqu'un comme lui. Mais un voile passa devant ses yeux, et ce fut soudain tout autre chose qui lui revint en mémoire. Elle et Tully, la nuit, allongées dans le jardin derrière la maison de Sunset Court, quand elles étaient petites. Chaque été, Tully dressait une tente dans le jardin, et elles passaient la nuit dehors, à s'amuser de tout et de rien, à jacasser comme des pies et à respirer l'air nocturne.

— Tu crois que les étoiles brillent autant, partout dans le monde, Tully ?

— Non. Le Kansas est plus près des étoiles qu'aucun autre endroit sur terre, affirma Tully du haut de ses huit ans.

— Comment le sais-tu ?

— Parce que le Kansas est au milieu de l'Amérique. L'été, l'Amérique est le pays le plus proche du soleil et du ciel en général, et comme le Kansas est en plein centre de l'Amérique, c'est la région du monde qui est le plus près des étoiles.

— Tu en es bien sûre ?

— Tout à fait sûre, répondit Tully.

Jennifer resta silencieuse un instant, plongée dans ses pensées.

— Tully, tu crois que les étoiles sont encore là quand on va se coucher ?

— Bien sûr.

— Comment le sais-tu ?
— Parce que... je les vois toute la nuit, dit Tully d'une voix moins assurée.
— Quand tu dors, tu ne peux pas les voir, objecta Jennifer.
— Je ne dors pas, dit Tully.
— Comment ça, tu ne dors pas ?
Cette fois, ce fut Tully qui resta silencieuse.
— Je fais... de mauvais rêves. Alors je me réveille, et je regarde par la fenêtre.
— Souvent ?
— Toutes les nuits.

Jennifer éteignit la télé et elles restèrent assises dans l'obscurité, avec pour seul éclairage la lumière bleuâtre venant de la rue par la baie vitrée.
— Tully, dit Jennifer d'une voix rauque, parle-moi encore de ton rêve.
— Quel rêve ?
— Celui de la corde.
— Oh, ce vieux rêve... Jennifer, à quoi bon ? Tu le connais par cœur.
— Pour me faire plaisir...
— Bon, qu'est-ce que tu veux savoir ? dit Tully après un soupir.
— Il t'arrive encore de le faire ?
— Oui, de temps en temps.
— C'est-à-dire ?
— Ça m'est arrivé il y a quelques semaines.
— Et c'était toujours le même ?
— Non, il était un peu différent, répondit Tully.
— Qu'est-ce qui revient à chaque fois ?
— La corde, dit Tully. J'ai toujours la corde autour du cou. Je tombe de l'arbre en priant pour que mon cou se rompe et qu'ainsi je n'aie pas le temps d'étouffer.
— C'est ce qui arrive ?

— Non, jamais. Je me mets toujours à suffoquer.

Jennifer resta un instant silencieuse.

— Et qu'est-ce qui est différent ?

— Le décor, le cadre. La dernière fois, j'étais dans le désert. Sur un palmier. Je suppose que c'est à cause de la Californie.

— Tu l'as aimé, ton palmier ? lui demanda Jennifer en lui faisant une petite caresse. En vrai, tu n'en as jamais vu.

— Son écorce était rugueuse comme celle d'un ananas. Oui, c'était plutôt sympa.

— La corde était-elle serrée ?

Dans l'obscurité, Tully ne pouvait pas voir le visage de Jennifer.

— C'est quand je tombe qu'elle me serre le cou, dit Tully avec peine.

— Et tu te sens étouffer ? demanda Jennifer d'une voix à peine audible.

— Oui, alors je me réveille.

— Est-ce que tu es déjà morte dans tes rêves ?

— Non. C'est impossible. Quand on meurt dans ses rêves, c'est qu'on meurt vraiment dans la vie. Les gens ne meurent pas dans leurs rêves.

— Même pas toi ?

— Même pas moi.

— Qu'est-ce qui t'empêche de mourir ? demanda Jennifer faiblement.

— J'ai eu envie d'un verre d'eau, dit Tully. J'avais tellement soif. Je ne voulais pas mourir. Je voulais boire.

— J'ai toujours pensé que tu devais être dans un sale état pour faire de tels rêves. Que tu ne voulais pas vraiment mourir, mais que c'était ta façon de crier à l'aide.

— Oui, c'est bien possible.

— Ta façon d'appeler à ton secours des gens qui ne faisaient pas attention à toi, dit Jennifer.

— Hé ! attends un peu. Tu parles de ma mère, là ? Tu sais pourtant de quelle profonde attention elle a toujours fait preuve à mon égard.

— Oui, dit Jennifer. Profonde, c'est le mot.

Elles restèrent silencieuses un instant.

— Jennifer, pourquoi remets-tu ça sur le tapis ? Ça fait des années qu'on n'en avait pas parlé.

— Il y a beaucoup de choses dont on n'a pas parlé depuis des années.

— De quoi, par exemple ?

— Pourquoi tu n'es plus venue nous voir, Julie et moi.

— Je t'ai déjà raconté.

— Oui, mais tu ne m'as pas dit pourquoi. Pourquoi, Tully ?

Tully ne répondit pas. Elle revint au temps où elle avait douze ans, et pensa aux années qui avaient suivi. 1973, 1974, 1975... Jusqu'au 4 juillet 1976, le jour du Bicentenaire. Elle avait appelé Jennifer et celle-ci, comme si cela allait de soi, l'avait invitée à aller avec elle et Julie regarder le feu d'artifice sur le lac Shawnee. Il n'y avait rien d'extraordinaire à ce qu'elles sortent ensemble, mais c'était la première fois en deux ans et demi que Tully appelait.

Quand je repense à ces années, pensa Tully, c'est comme si j'avais disparu de la surface de la terre. Apparemment, tout était comme avant : j'allais en classe, je me faisais des nouveaux copains, je traînais, je fumais, et puis je dansais dans des night-clubs et je gagnais même de l'argent pour m'acheter des fringues. J'arrivais quand même à dormir et à voir Jennifer et Julie de temps en temps. Je me demande comment je suis arrivée à tenir le coup et à donner le change, toutes ces années-là. En tout cas, il n'y a rien dans tout ça qui mérite d'être raconté ; surtout pas à la cinglée qui est assise à côté de moi sur le canapé.

— Bon, tant pis, soupira Jennifer. Dis-moi, Tully, est-ce que tu aimes Robin ? Réponds-moi sincèrement.

Dans le noir, Tully regarda la silhouette de Jennifer.

— Disons que je n'ai pas particulièrement envie de le perdre, dit-elle. Est-ce que c'est ça, aimer ?

— Tully, as-tu jamais été amoureuse d'un des garçons avec lesquels tu es sortie ?

— Non, répondit Tully sans hésiter. Jamais. Même pas vaguement.

— C'est pour ça que tu ne pleures pas à la fin de *Love Story* ? Parce que tu n'imagines pas ce que ça peut être d'aimer quelqu'un ?

— Qui a dit que je ne pleurais pas à la fin de *Love Story* ?

— Tull, en douze ans, je ne t'ai jamais vue pleurer.

— C'est que je ne pleure pas beaucoup, dit Tully, sentant comme une pierre dure s'effriter dans sa poitrine.

— Même pas devant moi ?

— Il ne manquerait plus que ça ! dit Tully. J'essaie parfois d'imaginer ce que ça peut être d'aimer quelqu'un comme ça, ajouta-t-elle en se radoucissant un peu.

— Comme Oliver aime Jenny ?

— Non, dit Tully en pressant la jambe de Jennifer. Ça, je connais. Moi aussi j'ai ma Jenny, sourit Tully. Non, j'aimerais savoir comment c'est d'aimer un Oliver.

Tully vit Jennifer appuyer le bout de ses doigts contre ses yeux pour se retenir de pleurer, et elle eut presque envie de faire pareil, pour chasser l'image de Jennifer luttant avec ses démons.

Elles restèrent assises dans le noir, en silence et sans bouger. Tic tac tic tac tic tac.

— Je vais rentrer, Jen, dit Tully.

— Monte avec moi, dit Jennifer. S'il te plaît.

Quand Tully découvrit l'état de la chambre de Jennifer, elle n'en revint pas. D'une propreté immaculée d'habitude, elle était dans un fouillis indescriptible.

— Jen ! Qui vit là-dedans ? Pas toi quand même ?

— Je n'ai pas eu le temps de nettoyer.

— Bien sûr, fit Tully.

Elles s'assirent toutes les deux sur le lit. Jennifer fixait ses pieds et, de nouveau, elle pressa ses doigts contre ses paupières.

Tully était assise sur le lit défait, à côté d'elle.

— Ça va aller, Mandolini, dit-elle presque en colère tant elle se sentait désarmée, avec ses paroles de réconfort creuses et vides de sens. Oublie, Jennifer Lynn Mandolini, murmura Tully. Je t'en prie, oublie-le.

Lui, on s'en fiche bien ! pensa Tully, mais c'est toute une vie qui est en jeu, une vie entière, qui peut s'éteindre ou se ranimer. Toute une vie, merde !

Tully entendit la voix lointaine de Jennifer.

— Comment c'était déjà, ce poème que tu as écrit ? Tu te souviens ?

— Non. J'ai dû en écrire deux dans ma vie. Le poème d'été ?

— Je ne connais pas le poème d'été, dit Jennifer. Le poème de l'inconsolable.

Tully s'éclaircit la gorge.

Du temps où j'étais inconsolable
Je chantais souvent
Solitaire et pourtant libre
Maintenant qu'on a emmuré mon âme
Quel sera mon devenir...

— C'est beau, dit Jennifer en fermant les yeux. Maintenant, récite-moi le poème d'été.

— Une autre fois, d'accord ? dit Tully en s'écartant légèrement.

— D'accord, Tully, dit Jennifer.

Tully avait le cœur serré en entendant la respiration saccadée de Jennifer. Un sombre doute l'assaillit. Si Jen se révélait incapable de surmonter un simple chagrin d'amour, comment ferait-elle quand elle serait confrontée à une véritable épreuve ? Jen a toujours redouté de ne pas être assez forte le moment venu. Je lui ai dit que c'était absurde, et que tout ce qui arrive dans la vie ne fait que vous rendre plus fort. Je lui ai même cité cette phrase de Tolstoï : « Ce qui ne tue pas fortifie. » Mais aujourd'hui qu'elle est au plus bas, je n'arrive pas à trouver les mots qu'il faut.

— J'aimerais rentrer, Jenny, finit par dire Tully.

Jennifer laissa le volant de la Camaro à Tully et elles firent route vers le Bosquet. Elles baissèrent les vitres pour laisser entrer le vent. L'air du mois de mars était froid, mais il sentait le printemps, comme si tout était sur le point d'éclore.

Quand elles se retrouvèrent face à face sur le seuil de la maison, Tully la regarda gravement.

— Jennifer, je vais te demander quelque chose et je veux que tu me répondes. Est-ce que tu es en train d'appeler au secours ?

Elle entendit Jennifer haleter péniblement.

— Voilà une vraie question, Tully, finit-elle par dire.

— Et je veux une vraie réponse, Jen. Ne tourne pas autour du pot, réponds-moi oui ou non.

— Non, Tully.

— Promis ?

— Je te le jure sur notre amitié.

Tully la regarda un instant dans la pénombre,

puis elle attira son visage contre le sien et l'embrassa très fort sur les lèvres, à deux reprises.

— Je t'aime, Mandolini, dit Tully, la mort dans l'âme.

— Moi aussi, Tully.

Le vendredi 23 mars, Tully, Jennifer et Julie déjeunèrent ensemble à la cafétéria du collège. Cela ne leur arrivait pas souvent, car, à l'heure du déjeuner, Jennifer rejoignait généralement les filles de son club de supporters, même quand la saison des matchs était finie. Tully avait le cœur plus léger, car elle trouvait meilleure mine à Jennifer. Le soir, elles allèrent ensemble voir *The Deer Hunter* au cinéma.

— Il va sûrement remporter l'oscar du meilleur film, prédit Jennifer sur le chemin du retour.

— Moi, je pencherais plutôt pour *Coming Home*, dit Julie.

— Tu plaisantes ! dit Tully. Ce film est d'un lourdingue ! Quand je l'ai vu, j'avais l'impression d'être attachée à un poteau et qu'on m'assenait des coups de pelle sur la tête pour bien me faire entrer dans le crâne que la guerre est une chose terrible.

— Ah oui ? Et tuer Nick juste avant la fin, quand on se disait qu'il allait finir par s'en sortir, ce n'est pas lourdingue, peut-être ?

— Moi j'ai su dès le début qu'il allait mourir, affirma Jennifer en regardant droit devant elle. Il voulait être aussi fort que Michael, mais il avait beau faire, il ne l'était pas, dit-elle d'une voix égale. Et il a fini par perdre la foi.

— Je ne trouve pas Michael si fort que ça, objecta Julie depuis le siège arrière. Il veut surtout faire croire qu'il est fort.

— Non, dit Jennifer. Du début à la fin, il a montré qu'il était invulnérable.

— Personne n'est invulnérable, Jen, dit Tully. C'est un mythe.

— Je crois que tu y as vu trop de choses, Jen, dit Julie.

— Ça vaut mieux que de ne rien voir du tout, comme dans *Coming Home*, dit Tully. Moi, je suis de l'avis de Jennifer. C'est *Deer Hunter* qui va gagner.

— Quand a lieu la remise des Oscars ? demanda Julie.

— Le lundi 9 avril, dit Jennifer.

— Il ne nous reste plus qu'à attendre, dit Julie. Celle qui perd offre le déjeuner, d'accord ?

Elles déposèrent d'abord Julie. Quand Jennifer se gara devant chez Tully, elle baissa la tête et dit, les mains croisées sur ses genoux :

— Je trouve que tu m'aimes trop, Tully.

Tully détourna le regard. Un voile noir tomba devant ses yeux et une douleur sourde se mit à bourdonner dans son crâne.

— Oh ! oui, je t'aime trop, Jennifer, ça ne fait aucun doute. Je t'aime trop, mais qu'est-ce que ça peut faire ? dit-elle.

— Je préférerais que tu ne m'aimes pas autant.

— Pourquoi te faire du souci pour ça ? Tu nous trouves trop intimes ? Julie aussi est proche de nous.

— Ce n'est pas pareil, dit Jennifer. Toi et moi, nous sommes trop proches.

— Et alors, quel mal y a-t-il à ça ? murmura Tully. Ne t'inquiète pas, Jennifer, tout va s'arranger, tu verras...

— Je voudrais que tu ne sois pas si attachée à moi, Tully, dit Jennifer d'une voix stridente. C'est tout.

— D'accord, Jen, dit Tully.

— Promets-le-moi.

— Je te le promets, dit Tully, la gorge si serrée qu'elle fut surprise de pouvoir encore dire même une si petite phrase.

Le samedi 24 mars, Tully, Jennifer et Julie allèrent voir Tom jouer son premier match de base-ball de la saison. Son équipe gagna 11 à 9.

Jennifer était enjouée et volubile. Pendant la partie, elle commenta le jeu de Tom et Tully s'esclaffa, avec un entrain un peu forcé. Ensuite, Jennifer mangea deux boules de glace à la fraise et au chocolat. Même quand elle vit Jack avec une blonde à son bras, Tully, qui l'observait, ne la vit pas tressaillir. Elle ne fit aucun signe de la main et ne regarda même pas dans leur direction. Quand Julie demanda qui était la fille qui accompagnait Jack, Jennifer se contenta de répondre « Shakie Lamber ». Seuls ses yeux qui ne cillaient pas trahirent la dévastation de son âme.

Le dimanche 25 mars, comme d'habitude, Jennifer vint chercher Tully et la laissa conduire jusqu'à l'église Saint Mark.

— J'aime bien cette voiture finalement, dit Jennifer. Pas toi, Tully ?

— Si, elle est vraiment super.

Quand ils te verront passer dans ta Camaro étincelante comme le bleu du ciel, tous les athlètes de Stanford en tomberont par terre, faillit dire Tully.

Le dimanche soir, Jennifer était assise devant la télé, entre ses parents.

— Maman, papa, je suis désolée, mais je ne serai pas major de la promotion, cette année.

Lynn et Tony échangèrent un regard.

— Nous le savons. Ça ne fait rien, ma chérie. Sincèrement. Nous te comprenons.

— Je ne me suis pas sentie très heureuse ces temps-ci, continua Jennifer. Vous avez sûrement dû le remarquer. Et mes notes en ont souffert.

Elle inspira profondément.

— Tu te sens bien, Jen ? demanda Lynn. Ça te dirait d'aller voir quelqu'un ?

— Qui ça ? dit Jennifer.

— Le Dr Collins, par exemple. Tu as l'air d'avoir du mal à respirer.

— Ça ne serait peut-être pas une mauvaise idée, répondit Jennifer avec un petit sourire affecté. Depuis quelque temps, j'ai du mal à reprendre mon souffle.

— On pourrait peut-être lui parler, tu sais, pour voir si..., commença Tony d'une voix hésitante, mais il s'interrompit.

— Si je suis en train de rechuter, c'est ça ? Ne vous faites donc pas de souci. On s'aime tant tous les trois ! Je suis sûre que ça va s'arranger. C'est juste ce qu'on appelle la crise d'adolescence.

— On est tous passés par là, ma chérie ! s'exclama Lynn. Tu vas t'en sortir, tu verras.

— Je sais, maman, dit Jennifer.

Jennifer les embrassa en leur souhaitant bonne nuit et monta se coucher. Elle se brossa les dents et se lava le visage. Puis elle resta longtemps sous la douche, se lava quatre fois les cheveux et mit de l'après-shampoing. Elle se rasa soigneusement les jambes et les aisselles. Après la douche, elle se mit du lait hydratant sur tout le corps et de la crème sur le visage, en la faisant bien pénétrer. Elle enfila des dessous tout neufs et un grand T-shirt, puis elle monta sur la balance. Sous la ligne noire s'inscrivit le chiffre 45.

Comme elle savait qu'elle aurait du mal à s'endormir, elle passa les deux ou trois heures qui suivirent à nettoyer méthodiquement ses disques, à ranger ses livres, à ramasser les papiers qui traînaient par terre, à empiler ses magazines et à jeter les assiettes en carton usagées datant de l'époque où elle mangeait encore. Vers deux heures du matin, Jennifer ouvrit la fenêtre, écarta les rideaux pour laisser entrer un peu d'air frais, et se coucha. Allongée sur le dos, les mains derrière la tête, elle fixa le plafond en se disant qu'elle n'avait pas appelé Tully ce soir-là. C'est aussi bien, songeat-elle. Elle tendit le bras pour prendre son journal, caché sous son lit, et l'ouvrit.

Tully, écrivit Jennifer dans l'obscurité,
Je suis si triste de te briser le cœur. Mais tu sais, tu n'aurais pas aimé que je vive avec tous ces démons hurlants qui se déchirent mon âme, ma Tully, ma Natalie Anne Makker, ma fidèle amie. Tu n'aurais pas voulu que je passe toute ma vie à souffrir comme ça. Tu m'as appris tout ce que je sais, tu m'as montré comment mettre en cage toutes ces bêtes qui rôdaient en moi, car, pendant des années, ton âme a dû lutter avec elles, et tenir enfermés tant de monstres rampants. Mais la force ne se lègue pas, Tully. Tu as eu beau faire, jamais tu n'as pu m'en insuffler même une partie. Et c'est tant mieux, car l'heure est venue d'être forte, ma Tully. Dieu va te demander de serrer les dents, d'armer ta volonté, et de rassembler tout ton courage pour livrer cette bataille-là. Et il faudra en sortir vainqueur. Il le faudra. N'empêche, je m'excuse, Tully. Décidément, tous autant que nous sommes, nous n'aurons fait que briser ton pauvre petit cœur...

Elle griffonna encore quelques lignes, referma son journal et le poussa sous le lit. Puis, laissant retomber sa tête sur l'oreiller, Jennifer commença à compter les moutons, et le sommeil lui vint avant que le vingt-septième ait sauté par-dessus la clôture.

Le lundi 26 mars au matin, Jennifer n'était pas en classe. Après le cours, Tully prit Julie à part.

— Jennifer n'est pas venue.

— J'ai remarqué, dit Julie.

— Où est-elle ?

— Comment le saurais-je ? Peut-être qu'elle est malade et qu'elle est restée chez elle.

— Passons-lui un coup de fil, dit Tully.

Elles appelèrent de la cafétéria. Tully laissa sonner vingt coups avant de raccrocher.

— Il faut appeler sa mère, dit-elle d'une voix tendue.

— Quelle bonne idée ! s'exclama Julie. On n'a qu'à téléphoner à Mrs Mandolini et lui dire que sa fille n'est ni à la maison ni en cours...

— Mais où peut-elle bien être ? demanda Tully.

— Tully ! Tu débloques ou quoi ? Arrête de faire cette tête-là. Écoute. Elle peut être sous la douche ou en train d'écouter de la musique. Ou bien elle est allée faire des courses à Kansas City. C'est une grande fille !

— Jule, viens avec moi.

— Tully, moi je vais en cours. On se retrouve à l'heure du déjeuner, d'accord ? dit Julie en se hâtant vers la salle de classe.

Tully resta un instant immobile. Puis elle passa par le vestiaire pour y déposer ses livres et quitta le collège. Dehors, elle songea à appeler Robin pour lui demander de venir la chercher. Mais elle abandonna cette idée. Pour lui dire quoi, de toute façon ? S'il te plaît, Robin, viens me chercher et conduis-moi à Sunset Court. Je ne veux pas y aller toute seule. En fait, je n'ai même pas du tout envie d'y aller. S'il te plaît, Robin, emmène-moi loin de Sunset Court, là où il y aura un désert, un palmier et de l'eau pour ma soif. Tully s'assit sur un banc face à l'entrée latérale du collège. Elle resta là, prostrée, et le soleil eut le temps de grimper du pied des arbres de la cour jusqu'à leur cime avant qu'elle se lève. Elle traversa la 10e Rue et marcha jusqu'à Sunset Court en essayant de ne pas courber les épaules. Sur le chemin, elle compta consciencieusement toutes les voitures qui passaient et en dénombra cinquante-sept avant d'arriver chez Jennifer.

Elle passa devant le garage et continua jusqu'à l'arrière de la maison. Elle s'assit à la table de jardin en serrant ses bras tremblants autour de sa poitrine pour ne pas flancher, et resta là, à regarder la pelouse, jusqu'à ce qu'elle entende une portière de voiture claquer à l'avant de la maison. Tully courut jusqu'à l'allée, mais ce n'était pas la Camaro de Jennifer, seulement la Plymouth de Mrs Mandolini.

— Tully, qu'est-ce que tu fais là ? Quelque chose ne va pas ?

— Non, rien, Mrs Mandolini.

— Tu es si pâle ! Qu'est-ce qui se passe ? Un problème chez toi, peut-être ?

Chez moi ? Mais chez moi, ça va merveilleusement bien ! Je ne peux pas rester plantée devant elle comme ça. Voilà. Je vais lui tourner le dos et m'en aller de cette maison pour ne plus jamais revenir. Voilà.

— Tu viens déjeuner ? proposa Lynn en se dirigeant d'un pas vif vers la cuisine.

Elle ouvrit le réfrigérateur et en sortit un bol qui contenait de la salade au thon.

— Je suis si contente de te voir. Ça fait longtemps qu'on n'a pas parlé toutes les deux et ça m'a manqué, Tully. Je me sens très proche de toi. Il faut dire que je te connais depuis que tu es toute petite... Mais tu sais tout ça, bien sûr.

— Bien sûr, répéta bêtement Tully, à qui la voix

de Lynn Mandolini semblait aussi lointaine que le bruit de l'océan.

— Et Mr Mandolini aussi t'aime beaucoup, malgré les apparences. Tu veux manger quelque chose ? demanda Lynn, la bouche pleine.

— Mrs Mandolini, dit Tully en portant les mains à sa gorge, savez-vous si la voiture de Jen est dans le garage ?

— Bien sûr qu'elle y est, on la met toujours là pendant la nuit.

— Pourriez-vous vérifier, s'il vous plaît ? demanda Tully en essayant de conserver à sa voix un timbre normal.

Mais Lynn devait avoir perçu quelque chose, car elle posa son sandwich.

— Tully, où est Jennifer ?

— Elle n'est pas venue en cours ce matin, dit Tully. Je pense qu'elle a dû aller faire des courses...

— Elle sèche les cours, maintenant ? On aura tout vu ! fit Lynn en haussant les épaules et en reprenant son sandwich.

Elles sortirent de la maison et se dirigèrent vers le garage. Lynn tourna la clef dans la serrure et Tully ferma les yeux. Elle entendit la porte du garage monter lentement. Quand elle ouvrit les yeux, elle découvrit la Camaro, plus pimpante que jamais.

Ni Tully ni Lynn ne bougèrent d'un pouce. La cendre de cigarette de Lynn tomba par terre.

— Je me demande où elle est passée. Tu n'as pas une idée ? demanda Lynn.

Tully ne l'entendit pas. Elle se retenait à une étagère à outils pour ne pas tomber, surprise de sentir un sentiment nouveau l'envahir : la colère. Oui, la colère. Bon Dieu, Jennifer. Pourquoi n'as-tu pas pris cette fichue voiture ? Tu pourrais penser à nous et nous ménager un peu, merde !

— Tully, où peut-elle bien être ? répéta Lynn d'un ton plus pressant.

Tully croisa son regard de plein fouet et répondit aussi calmement que possible :

— Elle est dans la maison, Mrs Mandolini.

Mais quand elle lâcha l'étagère, ses jambes se dérobèrent sous elle et elle s'écroula sur le sol en ciment.

— Tully ! qu'est-ce qui t'arrive, tu te sens mal ? dit Lynn en l'aidant à se relever. Tu as une mine affreuse ! Viens, rentrons. Je vais demander à Jen de te reconduire chez toi.

Tully se releva péniblement. Si Jennifer était en état de conduire, sa Camaro ne serait pas dans le garage, pensa piteusement Tully.

— Jennifer ! cria Lynn Mandolini au pied des escaliers. Viens manger quelque chose. Jenny Lynn !

Personne ne répondit. Lynn regarda Tully, qui s'accrochait à la rampe. Lynn monta la première et Tully la suivit d'un pas lourd.

— J'espère qu'elle va bien, dit Lynn en entrant d'abord dans sa chambre. Ces derniers jours, elle n'était pas dans son assiette. Mais c'est drôle... Ce matin, elle avait vraiment l'air en pleine forme. Elle a même pris un bon petit déjeuner.

Tully attendait près de la porte de la chambre de Jennifer. Toutes ces portes fermées faisaient du couloir un sombre tunnel.

— Tully ! tu vas rester là longtemps ? dit Lynn en sortant de sa chambre. Qu'est-ce que tu attends pour ouvrir.

Elle s'avança, passa devant Tully et tourna la poignée de la porte.

Elles entrèrent toutes les deux. La chambre de Jennifer était vide. Et elle reluisait de propreté. Le lit était fait, le sol impeccable, la fenêtre entrouverte, les livres et les disques rangés sur leurs rayons respectifs.

— Ça alors ! s'exclama Lynn. Quand a-t-elle fait le ménage ? Hier soir, c'était dans un état !

Tully s'assit sur le lit de Jennifer. Elle avait les mains moites.

— Ce matin. Elle l'a fait ce matin.

— Au lieu d'aller en classe ? dit Lynn. Bon... En tout cas, elle n'est pas dans la maison.

Tully pressa le bout de ses doigts si fort sur ses paupières qu'elle vit des taches rouges quand elle ouvrit les yeux.

— Mrs Mandolini. Elle n'est pas en classe et sa voiture est dans le garage.

— Mais tu vois bien qu'elle n'est pas non plus dans la maison, Tully, dit Lynn un peu énervée. Écoute, mon heure de déjeuner est presque finie...

— Mrs Mandolini, dit Tully. Jennifer est dans la maison.

— Tully, à part toi et moi, la maison est complètement silencieuse. Où veux-tu qu'elle soit ?

— Avez-vous vérifié la salle de bains ? dit Tully faiblement, en maudissant Jennifer.

La respiration de Lynn s'accéléra.

— On n'entend aucun bruit venant de la salle de bains, dit-elle. Pourquoi y serait-elle ?

Tully se leva du lit avec peine, passa lentement devant Mrs Mandolini pour rejoindre le couloir et posa la main sur la poignée de la porte de la salle de bains.

Elle était fermée à clef.

Tully recula et tomba à genoux.

— Elle est dans la salle de bains, dit-elle en enfouissant son visage dans ses mains.

— Ne sois pas idiote, dit Lynn. Laisse-moi essayer. La porte doit être coincée. Ça arrive parfois.

Mais la porte de la salle de bains était bien fermée à clef.

— Jenny ? dit Lynn.

Tully se mordit les lèvres jusqu'au sang et sentit un goût de sel et de métal.

— Jenny Lynn, dit Mrs Mandolini en frappant la porte à coups redoublés. Jenny Lynn, ma chérie, ouvre, s'il te plaît. Chérie, ouvre la porte. Jenny Lynn ? Jennifer ? Ouvre la porte ! Jenny, ouvre cette porte, nom de Dieu !

Tully s'agenouilla, les yeux fermés, et se boucha les oreilles en bredouillant : « Notre père qui es aux cieux, que Ton nom soit sanctifié... » Elle entendait les gémissements de Mrs Mandolini : « Jenny Lynn, je t'en supplie ! Ouvre à ta maman ! Jennifer ! », et le bruit de son corps se précipitant contre la porte.

Mrs Mandolini descendit l'escalier en courant et le remonta quatre à quatre, un tournevis à la main. Elle s'accroupit devant la serrure et se mit à la dévisser frénétiquement en grommelant : « Jenny Lynn, ça va aller, mon petit cœur, ça va aller. »

Derrière elle, Tully avait les mains jointes. « Que Ton règne vienne, que Ta volonté soit faite sur la terre comme au ciel... »

Lynn fit sortir une vis et, sans attendre d'avoir dévissé l'autre, elle se mit à enfoncer la porte avec son épaule, tandis que Tully, tête baissée, serrait ses mains tremblantes. « Donne-nous aujourd'hui notre pain de ce jour, et pardonne-nous nos offenses comme nous pardonnons à ceux... »

Tully avait beau serrer les paupières, il aurait fallu être sourd ou mort pour ne pas entendre hurler Lynn Mandolini quand la porte de la salle de bains céda et qu'elle découvrit sa fille.

II

LA FUITE DES JOURS

Sois calme mon âme, sois calme

A. E. Housman

I

UN SEMBLANT DE MAISON

Mai 1979

Peu avant l'obtention de son diplôme, Tully fut abordée par une certaine Tracy Scott à la garderie de Washburn, où elle continuait à se rendre tous les jeudis après-midi. Tracy Scott était une jeune femme robuste d'environ vingt-cinq ans, qui portait toujours des jupes fendues découvrant généreusement des cuisses blanches et dodues.

Tracy avait un petit garçon de trois ans, Damien, qui allait à la garderie de Washburn. Elle voulait savoir si, pendant l'été, Tully accepterait de garder Damien cinq ou six soirs par semaine.

— Je sors avec un musicien, depuis quelque temps. Il est super-doué ! Et je vais avec lui quand il joue. Pour le soutenir, vous comprenez...

Tully restait indécise. Elle demanda à Tracy où elle habitait.

— Juste en face du centre commercial des Lacs blancs. Tout près de Kansas City. Une ou deux fois, on risque de rentrer tard. Ça dépend des engagements de Billy... Je ne pourrai pas vous payer beaucoup, Tully. Mais Damien vous aime bien. Il me parle de vous, quand il est à la maison. Si je vous offrais de vous héberger, en échange, hein ?

Ça vous irait ? J'ai une chambre d'amis. Vous vivez encore chez vos parents, je crois, non ? Réfléchissez-y...

Tully répondit qu'effectivement elle allait y réfléchir.

Quelques jours plus tard, Hedda rentrait du travail quand elle fut accostée dans la rue par une jeune fille habillée d'un débardeur et d'un jean coupé au-dessus du genou.

— Vous êtes bien Hedda Makker ? demanda-t-elle.

— Et vous, qui êtes-vous ? lui rétorqua Hedda en la regardant de la tête aux pieds.

— Vous ne me connaissez pas. Mais moi, je connais votre fille.

Hedda se raidit aussitôt et ses yeux se firent perçants.

— Comment vous appelez-vous ? demanda-t-elle.

— Gail. Gail Hoven, répondit la fille en essayant de se maintenir à la hauteur de Hedda.

— Eh bien, qu'avez-vous à me dire, Gail ?

— Vous avez eu ma lettre ? demanda Gail, qui semblait très nerveuse.

— Quelle lettre ? Je suis très fatiguée, Gail. J'aimerais rentrer chez moi.

— Mrs Makker, dit Gail en se reprenant. C'est à propos de votre fille. Autant que vous l'appreniez, elle sort avec mon petit ami depuis le mois de septembre.

— Ah ! fit Hedda.

— Elle l'a rencontré à l'anniversaire de Jennifer et, depuis, ils se voient deux ou trois fois par semaine.

— Deux ou trois fois par semaine, hein ?

— Oui, madame. Elle vous ment. J'ai pensé qu'il valait mieux que vous le sachiez.

— Merci, Gail, répliqua Hedda, mais je suis déjà au courant.

— Ah bon ? balbutia Gail, déconcertée.

— C'est une grande fille. À son âge, elle sait ce qu'elle a à faire. Vous seriez gentille de me laisser rentrer chez moi, à présent.

— Oui, bien sûr, Mrs Makker, dit Gail, qui s'immobilisa au beau milieu de la rue.

— Gail ? Un conseil...

— Oui, Mrs Makker ?

— Je me chercherais un autre petit ami, si j'étais vous. Mais peut-être avez-vous déjà essayé ? dit Hedda en s'éloignant sans se retourner.

Rentrée chez elle, Hedda attendit Tully. Elle ne prépara pas le dîner. Elle ne dit pas un mot à Lena. Elle n'alluma pas la télé. Elle s'assit et attendit. À sept heures et demie, elle pria Lena d'aller dans sa chambre.

Tully ne rentra qu'à huit heures du soir. Elle était allée visiter la maison de Tracy... En fait de maison, c'était une caravane. Et quelle caravane ! déglinguée et crasseuse, avec du linge et de la vaisselle sale partout. Ce qui choqua Tully, ce n'était pas l'endroit en lui-même, c'était de voir un enfant vivre au milieu de toute cette saleté.

Arrivée chez elle, elle entra dans le salon et s'excusa d'être en retard dès qu'elle vit le visage de sa mère.

— J'étais chez Julie, maman...

Hedda se leva du canapé, marcha droit sur elle et lui envoya un coup de poing dans la figure. Tully chancela et tomba par terre. Hedda, tout en sueur, les dents serrées, s'approcha d'elle et lui décocha un coup de pied dans le ventre. Puis un autre. Et encore un autre. Les cris perçants de Tully alarmèrent tout le voisinage, mais personne n'osa s'approcher de la maison.

— Maman ! arrête ! cria Tully en rampant pour tenter de se mettre à l'abri. Arrête !

Elle réussit à se relever et cacha son visage dans ses mains tandis que sa mère, l'écume aux lèvres, la rouait de coups en la traitant de salope.

Depuis l'âge de deux ans, Tully avait appris la peur ; avec la peur elle avait appris la haine et, avec la haine, le silence. Mais autre chose lui vint ce soir-là. Comme elle se relevait en se protégeant le visage de ses mains, la rage monta en elle, si fort qu'elle se sentit presque soulevée de terre. Elle saisit la main de sa mère et la cogna contre le mur en criant : « Arrête ! Arrête, espèce de folle, arrête ! »

Hedda était beaucoup plus forte que Tully, et voir sa fille réagir ainsi ne fit que décupler sa colère. Elle fondit sur Tully, la prit à la gorge et se mit à serrer.

Alors il se passa quelque chose d'étrange. Tully, qui s'était si souvent réveillée haletante, avec la peur de mourir au creux du ventre, se retrouvait dans la vie réelle en train de suffoquer. Et cette sensation d'étouffement lui semblait irréelle. Elle voyait tout au ralenti, comme dans un de ses rêves, si bien qu'elle ne se débattit même pas. Elle ne paniqua pas et ne chercha pas désespérément à aspirer de l'air. Elle releva brusquement le genou et frappa Hedda entre les jambes, de toutes ses forces. Hedda eut le souffle coupé et lâcha Tully. Quand Tully la vit courbée de douleur, les mains entre les jambes, elle reprit courage. Grinçant des dents, elle attrapa sa mère par les cheveux et lui secoua la tête : « Tu es tarée ! Tarée ! »

Elle finit par la lâcher. Quand elles se retrouvèrent face à face, à distance l'une de l'autre, elles se rendirent compte qu'elles étaient toutes deux couvertes de sang. Hébétées, elles restèrent un moment immobiles. Hedda regarda ses mains, ses vêtements souillés, puis revint à Tully. Tully fixa sa mère, puis ses poignets. Pour la première fois depuis trois ans, elle s'était de nouveau ouvert les veines peu de temps auparavant, et les entailles n'avaient pas eu le temps de se refermer. Le sang coulait le long de ses doigts et dégoulinait sur le sol, maculant de rouge sombre les carreaux noirs et blancs. Tully pressa ses poignets contre sa poitrine.

— Putain ! Menteuse ! cria Hedda.

À bout de souffle, elle s'avança pourtant vers Tully pour la frapper encore. Mais Tully se tenait prête et recula vivement. Sa mère tomba sur les genoux, se releva et avança vers elle pour tenter de l'atteindre. Tully cherchait à esquiver les coups, mais elle se sentait aussi devenir plus lente et plus calme, comme lorsqu'on décompresse après un accès de colère et de tension nerveuse.

Pourtant Tully savait que cette sensation familière avait une tout autre origine. Bercée par le roulement des vagues qui se brisaient contre les rochers, elle ne voyait plus Hedda, mais les images fondues de la mer écumante et de sa mère qui criait en la traitant de putain et de menteuse, tandis qu'elle-même restait là, debout, son sang s'égouttant sur le plancher.

— Qu'est-ce que tu me reproches, espèce de folle ? dit Tully.

Elle se sentait faiblir et savait qu'il lui restait peu de temps. Elle devait presser ses poignets contre sa poitrine et ne pouvait même pas s'accrocher au bras d'un fauteuil.

— Ça dure depuis septembre, sale petite pute ! cria Hedda. Tu baises depuis septembre !

Tully ne sentit plus rien. Elle fondit sur sa mère. Le sang jaillit de ses poignets. Hedda en reçut sur le visage.

— Septembre ? Tu parles du mois de septembre

72, c'est ça, maman ? La première fois, c'était avec oncle Charlie, ton beau-frère. C'est bien ça, hein, maman ?

Hedda, qui s'appuyait contre le dos du canapé, regarda Tully en haletant, secoua la tête et recommença à crier :

— Il faut que ça cesse, tu m'entends ? Tant que tu seras sous mon toit, je ne te laisserai pas mentir et te conduire comme une pute ! Pas sous mon toit !

Le regard noir, Hedda marcha vers Tully, mais elle s'écroula, épuisée, et dit, affalée par terre :

— Pas tant que tu vivras dans cette maison, tu m'entends ?

— Oui ! dit Tully.

Elle voulut crier « Et je t'emmerde ! », mais elle n'en avait plus la force. Alors Tully tourna le dos, monta en trébuchant les marches de l'escalier et entra dans la salle de bains.

Hedda attendit d'avoir repris son souffle pour se relever. Elle s'essuya le visage du revers de sa manche et monta l'escalier. Elle trouva Tully à genoux, en train de fourrer des vêtements dans des cartons, et vit qu'elle avait bandé ses poignets à la hâte.

— Qu'est-ce que tu fais, Tully ?

— Je fiche le camp d'ici, dit Tully sans la regarder.

— Tu ne partiras pas de cette maison.

— T'as raison...

— Tu ne partiras pas d'ici, Tully ! Tu m'entends ? Tully... Assieds-toi et calme-toi. Tu es blessée. Regarde-moi ça ! Tu t'es encore ouvert les veines.

— Mère, je n'ai rien à te dire. Sors de cette chambre et laisse-moi seule.

— Ne me parle pas comme ça ! cria Hedda en avançant droit sur elle.

Tully se leva d'un bond. Bien droite, les jambes écartées, elle leva ses deux mains bandées et pointa sur Hedda Makker le long canon d'un Smith & Wesson.

Hedda s'arrêta net et fixa le revolver.

— Où as-tu trouvé ça ? murmura-t-elle.

— Quelle importance ? Ce qui compte, c'est que je m'en vais et que je ne reviendrai pas. Mais tu en as l'habitude, n'est-ce pas, chère mère ? Tu as l'habitude que quelqu'un de ta famille s'en aille pour toujours.

Tully parlait doucement, mais elle avait le regard fou. Hedda tressaillit et Tully se mit à rire.

— Tu sais comment j'en suis arrivée à te dire une chose pareille, mère ? C'est à force de vivre avec toi. Parce que tu es folle à lier et que, si je restais, je finirais par devenir comme toi.

Elle baissa le revolver, mais resta campée sur ses jambes, face à sa mère.

— Pose ce revolver, dit Hedda.

— Mère, je veux que tu quittes cette pièce. Dans quelques minutes, je serai loin de cette maison.

— Je ne veux pas que tu t'en ailles, Tully, dit Hedda. Je me suis énervée.

— Trop tard ! cria Tully. Sors de ma chambre, que je puisse me tirer d'ici ! Tu m'entends ?

Hedda ne bougea pas.

— Je te préviens, mère. Si tu t'approches, si tu essaies de m'arrêter, ou si tu t'énerves encore, je te tuerai. Je te liquiderai une bonne fois pour toutes, c'est compris ?

Hedda fixait sa fille.

— Je t'abattrai comme un chien ! cria Tully en haletant. Tu crois peut-être que je t'en veux un peu, maman, mais la vérité, c'est que je te déteste. Je te hais ! Maintenant, dehors !

Hedda tendit les mains et fit deux pas vers Tully.

Tully leva le revolver, l'arma, et tira en visant un point situé à cinquante centimètres de la tête de Hedda. L'explosion fit un bruit étourdissant, mais la balle se ficha dans le mur près de la porte, n'y laissant qu'un petit trou bien net. Tully frissonna.

Hedda resta immobile. Tully réarma le revolver.

— Mère, sors de cette chambre. La prochaine fois, je ne te raterai pas.

Hedda marcha à reculons vers la porte, sans se retourner, l'ouvrit et sortit d'un pas chancelant.

Tully baissa le revolver, alla vers le téléphone, et arracha d'un coup sec le fil du mur, enlevant à tante Lena toute chance d'appeler la police. Trente minutes plus tard, elle monta dans sa voiture et prit la direction de l'autoroute du Kansas.

Il faisait nuit et Tully conduisait vers l'ouest, avec huit cents dollars et un revolver en poche.

Tout son corps était endolori.

Elle craignait d'avoir quelque chose de cassé, le nez, les côtes, ou les deux à la fois.

Il faisait noir comme dans un four. La route était déserte et il n'y avait pas d'étoiles. Elle se gara sur le bas-côté, descendit la pente en courant, se laissa tomber au creux d'un fossé, et perdit connaissance.

Deux

Quand elle revint à elle, c'était le matin et il pleuvait. Ses poignets l'élançaient et elle se sentait meurtrie dans tout le corps. Elle remonta le talus à quatre pattes, grimpa dans la voiture, quitta la 1-70 à la première sortie et fit deux cent cinquante kilomètres en direction de l'est, vers Manhattan et

DeMarco et Fils. Sa quête vers l'ouest avait mené Tully aussi loin que WaKeeney dans la plaine Centrale.

À Manhattan, Robin s'occupa d'elle. Tully passa quarante-huit heures au Manhattan Memorial Hospital ; pour la deuxième fois de sa vie, on lui remit l'os du nez en place, puis on banda ses côtes fêlées et on lui fit une demi-douzaine de points de suture à chaque poignet.

Elle resta deux semaines chez Robin, jusqu'à la mi-juin. Elle n'y tenait guère, mais elle n'avait pas le choix. D'ailleurs il travaillait presque toute la journée. Elle se promenait en voiture, faisait des courses, allait à la bibliothèque... Il lui arrivait bien de se rendre à Topeka pour voir Julie, mais c'était rare. Elles ne se voyaient pas beaucoup.

Une fois, elle alla rendre visite à Mr et Mrs Mandolini. Lynn n'était jamais revenue à la maison de Sunset Court ; elle avait habité chez sa mère jusqu'à ce que Tony leur trouve un logement à l'extérieur de la ville. Ils avaient emménagé à Lawrence, dans un petit appartement près de Massachusetts Street. Tony dit à Tully que sa femme ne se sentait pas bien. Tout le temps de sa visite, qui fut courte, la porte de la chambre resta close.

Au moment du départ, Tony lui entoura l'épaule de son bras et lui demanda qui était le J. P. dont Jennifer avait parlé une ou deux fois dans son journal.

Tully surprit une drôle de lueur dans les yeux de Tony. Elle se contenta de hausser les épaules, comme si ces initiales ne lui disaient rien.

— Je m'excuse, Tully, finit par dire Mr Mandolini après un instant de silence. Pour nous, c'est un sale moment à passer. Mais si jamais tu as besoin de quoi que ce soit, n'hésite pas...

Tully lui fit un sourire forcé.

De retour chez Robin, elle mit ses affaires en cartons et lui laissa un mot : « Cher R., je rentre à Topeka pour travailler chez Tracy Scott. T. »

Tracy fut ravie de voir arriver Tully. Elle l'installa dans une minuscule pièce à l'arrière de la caravane et lui offrit de lui payer un « petit extra » si elle l'aidait à faire le ménage.

Un petit extra, alors qu'elle ne doit même pas avoir de quoi acheter un jouet à son gosse, pensa Tully.

— Pas de problème, dit-elle.

Il faisait une chaleur torride. Le climat du Kansas est changeant et chacun y trouve son compte, habituellement. Mais cet été-là, soleil, pluie, orages, tornades, quel que soit le temps, la température dépassait trente-cinq degrés à l'ombre.

Malgré leur accord, Tracy était rarement là pendant la journée. Billy, son petit ami musicien, lui prenait toute son énergie. Le matin, elle se pomponnait en disant qu'elle serait de retour à l'heure du déjeuner, mais elle ne rentrait que vers six heures du soir pour se changer, tandis que Billy l'attendait, la cigarette au bec. Puis elle embrassait Damien au vol et disparaissait.

Tully emmenait souvent Damien à la piscine de Blaisdell, où elle lui apprenait à nager. Après, ils visitaient le zoo de Topeka ou faisaient des tours de manège. Chaque dimanche, Tully se rendait avec Damien à l'église Saint Mark. Après la messe, il leur arrivait d'aller avec Robin au lac Shawnee. Le samedi, Tully emmenait parfois Damien voir Robin jouer au football, à Manhattan.

Quant à Julie, elle la voyait à peine.

— Tully, pourquoi te fais-tu si rare ? lui demanda Angela Martinez un après-midi, tandis que Julie baissait les yeux sur son hot-dog. Tu nous manques, surtout à ma Julie...

— Je suis très occupée, Mrs Martinez. Ce n'est pas facile de s'occuper d'un petit comme lui, dit Tully en tapotant sur la tête de Damien.

— À qui le dis-tu ! dit Angela. J'en ai cinq à moi toute seule.

— Maman, je ne suis plus un bébé, dit Julie d'une voix maussade.

— Si, Julie, tu seras toujours mon bébé, jusqu'à ma dernière heure, déclara Angela d'un ton sentencieux.

Quand Tully repartit avec Damien ce jour-là, elle se dit que voir Julie et sa mère était décidément une corvée dont elle se passerait bien jusqu'à sa dernière heure.

En juillet, les choses commencèrent à mal tourner. Tracy partait avec Billy vers sept heures du soir et ne revenait que le lendemain, tard dans la matinée.

— Tracy, lui dit un jour Tully, nous avions parlé de cinq ou six soirs par semaine, il me semble.

— Oui, et alors ?

— C'est plutôt sept jours sur sept, et vingt-quatre heures sur vingt-quatre. Au début, tu partais faire des courses tôt le matin, mais maintenant tu passes ta matinée à dormir et tu disparais le reste de la journée.

— Je te paie, non ? riposta sèchement Tracy, sur la défensive. Tu veux une augmentation, c'est ça ?

— Non, Tracy, je ne veux pas d'augmentation. Si je dis ça, c'est à cause de ton petit garçon. Tu lui manques. Tu n'es jamais là. Et puis je ne suis pas payée pour travailler vingt-quatre heures sur vingt-quatre.

— Écoute, Tully, dit Tracy avec ardeur. J'essaie de construire ma vie. Si je réussis, Damien en profitera. Où est son père, à l'heure qu'il est ? Je n'en sais rien. Je m'en fiche, d'ailleurs. C'est un beau salaud et je ne tiens pas du tout à le revoir. Mais je veux Billy. Si Billy vient vivre avec nous, ça fera du bien à Damien autant qu'à moi. Alors, pourquoi faire des histoires, Tully ? Je finis toujours par revenir, non ? Quel est le problème ? Tu n'as rien d'autre à faire, de toute façon.

Tully alla s'asseoir dehors, sur les marches de la caravane, et regarda Damien creuser un trou dans le sol avec sa petite pelle.

Je n'ai rien d'autre à faire, pensa Tully. Rien d'autre à faire. Rien du tout. Le pire, c'est qu'elle a raison. Je n'ai rien d'autre à faire que de surveiller son gosse débraillé et mal élevé, qui se ronge les ongles, crache par terre, envoie valser tout ce qu'il a sous la main et jure comme un charretier. Dans une dizaine d'années, j'irai rendre visite au petit Damien quand il sera en maison de correction. Pourquoi pas ? Je n'aurai rien d'autre à faire. Rien du tout. Pas d'argent, pas de travail, pas de foyer. Cette femme me donne juste assez d'argent pour nourrir son petit garçon et lui offrir une sortie de temps en temps. Je vis dans une caravane, avec un enfant qui n'est pas le mien, et je nettoie la crasse des autres. Mon Dieu, comment en suis-je arrivée là ?

À la fin du mois de juillet, Tracy Scott alla voir jouer son grand Billy et ne réapparut pas le lendemain. Voilà que ça recommence ! pensa Tully. Merde ! Dès qu'elle revient, je me tire d'ici aussi sec. Un jour passa, puis deux, puis trois. Puis quatre, cinq, six...

Le onzième jour, Tully commença à suspecter Tracy Scott d'être partie trop loin pour retrouver le chemin qui la ramènerait vers sa caravane et son fils.

Le treizième jour, elle se rappela que Hedda avait pris un pensionnaire dix ans auparavant, pour arrondir ses fins de mois. Un pensionnaire âgé de sept ans. L'État du Kansas avait alloué à Hedda une certaine somme d'argent, ainsi qu'un dédommagement pour la nourriture et les vêtements, et le petit garçon avait vécu avec elles environ huit mois, jusqu'à ce que ses parents le réclament.

Placement familial de l'État du Kansas. Voilà que ça lui revenait. Il était temps.

Un après-midi, elle confia Damien à Angela Martinez et se rendit à Docking Hall, de l'autre côté du Capitol. Elle monta les quatre étages qui conduisaient aux services sociaux. La réceptionniste lui désigna la porte de l'Agence de placement familial et lui dit de s'adresser à Lillian White.

Lillian White, assise derrière un grand bureau, les mains croisées, écouta Tully lui conter l'histoire de Damien.

— Qu'est-ce-que vous espérez ? Que je lui ramène sa mère ? lui demanda-t-elle.

— Non, dit Tully décontenancée. J'aimerais que vous lui trouviez un foyer convenable.

— Ici c'est le service de recrutement et de réglementation du placement familial, mademoiselle. Nous ne trouvons pas aux enfants de foyer convenable. Nous leur trouvons un foyer, un point c'est tout. Si vous voulez mieux, il faut vous adresser à une agence d'adoption privée. De plus, ajouta Lillian, sa mère va sûrement revenir. Elles finissent presque toutes par réclamer leur enfant.

Tully était atterrée.

— Mais il n'a personne pour s'occuper de lui en attendant que sa mère revienne !

— C'est faux, dit Lillian White. Il vous a, vous !

— Moi ? J'ai dix-huit ans. Je suis incapable de m'en occuper. Et puis je ne suis pas disponible, prétendit Tully, acculée par cette femme obèse et agressive à prendre une décision concernant son avenir. Je commence mes études à Washburn ce mois-ci.

Lillian haussa les sourcils.

— Vraiment ? Et dans quelle spécialité ?

— Psychologue pour enfants, dit Tully, frappée d'une soudaine réminiscence de sa vie d'avant le 26 mars.

— Vous allez à Washburn ? reprit Lillian en la fixant intensément.

— Oui, dit Tully, qui avait retrouvé son calme. J'ai postulé à Stanford, en Californie, mais je n'ai pas été admise. Alors je vais à l'université de Washburn. Dix-huit unités de valeur. Je me suis aussi trouvé du travail, ajouta Tully. Chez Carlos O'Kelly's. C'est un restaurant mexicain...

— Je connais, l'interrompit Lillian. Bon, on va voir ce qu'on peut faire pour lui. Pouvez-vous le garder avec vous jusqu'à ce qu'on lui trouve une famille d'accueil ?

Tully hocha la tête.

Bon sang, pensa Tully en sortant du bâtiment. Beurk ! Quand je pense que c'est elle qui s'occupe du service de placement !

Le fait de parler de Washburn à Lillian White avait donné à la chose une sorte de réalité. Tully avait dit à cette femme ce qu'elle allait faire. Elle n'avait plus qu'à s'exécuter.

Il lui fallut moins d'une heure pour se rendre à Morgan Hall, le bureau d'admission de Washburn, prendre un formulaire d'inscription, le remplir, aller chercher à son ancien lycée de Topeka High une copie de son relevé de notes, retourner à la caravane chercher ses résultats d'examens et revenir à Washburn. Après quoi, elle alla au Carlos O'Kelly's, bluffa sur son expérience comme serveuse et fut embauchée. Quatre jours plus tard, Tully fut admise à la session d'automne, avec une amende de retard pour ses droits d'inscription.

— Avez-vous réfléchi à votre matière principale ? demanda la secrétaire du service d'inscription.

— Éducation, répondit Tully d'un ton morne, sans y attacher aucune importance. Ça ou autre chose...

L'État du Kansas trouva vite une place à Damien : chez les Baxter, sur Indian Hill Road. Bill et Rose Baxter avaient la cinquantaine. Leurs deux enfants s'étaient mariés et avaient quitté la maison. Ils disaient qu'ils voulaient faire le bonheur d'un enfant avant de devenir grands-parents. Mais quelque chose en eux ne plaisait pas à Tully. Leur maison semblait bien trop petite pour avoir un jour hébergé quatre personnes. Et il n'y avait pas de photos. Aucune photo d'enfants aux joues rondes. Rien.

— Damien, dit Tully au petit garçon, ce soir-là. Jusqu'à ce que ta maman revienne, tu vas aller habiter chez tante Rose et oncle Billy, d'accord ?

— Où est ma maman ? demanda Damien en fronçant les sourcils. Dieu merci, il n'a que trois ans, pensa Tully.

Le lendemain matin, elle déposa Damien à Indian Hill Road avec toutes ses petites affaires, et tenta d'expliquer aux Baxter ses goûts et ses besoins, mais cela ne sembla guère les intéresser. Ils la reçurent assez froidement. Combien touchent-ils pour s'occuper de Damien ? se demanda Tully en le serrant dans ses bras. Elle lui dit qu'elle allait venir le voir très bientôt. Elle lui fit un signe de la main tandis que la voiture s'éloignait et se vit dans le rétroviseur. Son visage avait le même air triste et anxieux que la petite figure chiffonnée de Damien.

Chez Carlos O'Kelly's, la gérante, une jolie Guatémaltèque nommée Sylvia Vasquez, mit Tully à l'essai dans la partie du restaurant qui ne servait pas d'alcool. Les pourboires étaient moins lucratifs, mais le rythme plus lent convenait mieux à Tully, qui n'avait jamais travaillé comme serveuse.

La première semaine, Tully travailla trois soirs ; avec un salaire d'un dollar l'heure plus les pourboires, elle se fit soixante dollars. C'étaient les premiers dollars que Tully gagnait grâce à un vrai travail, qui ne supposait ni de danser, ni de faire des courses pour Lynn Mandolini, ni de garder des enfants. La deuxième semaine, elle se fit quatre-vingts dollars. La troisième, elle fit dix heures supplémentaires et gagna cent vingt dollars.

Tully continuait à vivre dans la caravane, après avoir rangé presque toutes les affaires de Tracy dans la petite pièce qui avait servi de chambre à Damien.

La première fois que Robin vit la caravane, il ne put cacher sa déception.

— Tully, c'est un vrai dépotoir ! Comment peux-tu supporter de vivre dans un endroit pareil ? lui demanda-t-il.

— Ce n'est pas un dépotoir, répliqua Tully, sur la défensive. C'est une caravane. Avant, elle puait. Mais je l'ai nettoyée et je l'ai repeinte. Pour l'instant, c'est chez moi. Et ça ne me coûte que cent dollars par mois.

— Tully, ma maison est à toi. Cinq chambres, une piscine, une femme de chambre... Pourquoi choisirais-tu de vivre ici ?

— Parce que, ici, c'est minable, sale, et juste à côté de la voie ferrée... Ce n'est pas si courant !

— Encore la voie ferrée ! Il faudrait peut-être que tu changes d'univers, un de ces jours, non ? dit-il en faisant la grimace.

— C'est peut-être mon lot sur cette terre. Vivre près de la voie ferrée.

Robin se contenta de soupirer.

Le mois d'août touchait à sa fin quand Julie vint rendre visite à Tully chez Carlos O'Kelly's. Elle commanda un *chimichanga* et un Coca-Cola.

— Ça fait longtemps qu'on ne s'est vues, dit-elle.

— Oui, dit Tully les yeux fixés sur son carnet de commandes. J'ai eu un tas de choses à faire. Tu veux un Coca light ou normal ?

— Normal, dit Julie.

Quand Julie eut mangé et réglé l'addition, elle attendit que Tully sorte de la cuisine. Embarrassées, elles s'arrêtèrent à l'entrée du restaurant.

— Tully, je suis venue te dire au revoir. Je pars à Northwestern demain.

— Ah bon ? C'est fantastique ! répondit Tully en s'efforçant de sourire. Je suis sûre que tu t'y plairas. Écris-moi, hein ?

Julie lui jeta un regard plein d'amertume.

— Bien sûr. Toi aussi, d'accord ?

Elles se donnèrent une rapide accolade.

— Où habites-tu maintenant ? lui demanda Julie. Tu es retournée chez toi ?

— Jamais de la vie ! s'exclama Tully en levant les yeux au ciel. J'habite juste de l'autre côté de la rue. Au parc de caravanes.

— Ah bon ? dit Julie en la regardant avec des yeux ronds. C'est super... Écoute, il faut que j'y aille. Prends soin de toi.

Tully la regarda sortir du restaurant et retourna à ses occupations.

— Tully ! Mais oui, c'est bien toi, Tully Makker !

Le regard absent, Tully fixa la fille qui s'adressait à elle d'un air jovial.

— Tu te souviens de moi ? Shakie. Shakie Lamber.

— Comment t'oublier ? répondit Tully. C'est toi qui as été élue reine du bal à Topeka High.

— Ouais, c'est ça ! Et reine de la promotion, aussi ! Mais je ne t'ai pas vue à la fête.

— Je n'y étais pas, dit Tully.

— Ah bon ? Ça alors ! dit Shakie. Et le voyage de fin d'études, tu y as participé ?

— Non, répondit Tully, déjà lassée par la conversation.

Elle aimait bien travailler au Carlos O'Kelly's, mais il lui arrivait souvent de tomber sur d'anciennes relations. Trop souvent à son goût.

— Et le boulot ici, comment ça se passe ? Pas trop dur ? demanda Shakie.

— Non. Du gâteau.

— Tant mieux. Parce que j'aimerais bien me faire embaucher. Tu me donneras un coup de main, hein ? dit Shakie. Je n'ai encore jamais travaillé, même pas pour garder des enfants.

— Super, marmonna Tully entre ses dents.

Shakie fut embauchée et pendant les premières semaines, sur les consignes de Sylvia, elle suivit Tully comme son ombre. Tully faisait tout ce qu'elle pouvait pour l'éviter, en vain.

Shakie n'avait pas de voiture et attendait généralement que sa mère vienne la chercher. Un samedi soir du mois d'octobre, Tully lui proposa de la raccompagner.

Les filles traversèrent Kansas Avenue jusqu'à la caravane de Tully.

— Tu habites ici ? demanda Shakie.

— Ouais, dit Tully. Qu'en dis-tu ?

— C'est chouette. Ça doit être bien d'avoir son endroit à soi.

— D'où te vient ce surnom de Shakie ? demanda Tully quand elles furent en voiture.

— De Shakira, répondit-elle. Peut-être maman espérait-elle accoucher d'un bébé indien.

Elle me fait marcher, pensa Tully.

— Et Tully, d'où ça vient ?

Tully débita sa réponse toute faite.

— De Natalie. Mon frère n'arrivait pas à le prononcer correctement, alors ça a donné Tully.

— Oh, tu as un frère ? Moi, j'en ai trois, ajouta-t-elle avant que Tully ait pu lui répondre. Je suis la plus jeune, le bébé de la famille...

— Formidable, dit Tully.

— Quelle jolie voiture ! s'extasia Shakie en caressant les sièges et le tableau de bord. C'est en travaillant chez Carlos que tu as pu te la payer ?

Tully respira à fond et compta jusqu'à cinq avant de répondre.

— Non, c'est un cadeau.

— Eh bien, ils sont sympas, tes parents. Nous, on est trop nombreux. Mes frères ont des voitures d'occasion, mais moi je n'en ai toujours pas.

Elles bavardèrent encore un petit moment, le temps d'arriver devant chez Shakie.

— Merci beaucoup, Tull, dit Shakie en sortant de la voiture, et Tully tressaillit. Ça ne te dérange pas que je t'appelle Tull ?

Tully secoua la tête lentement.

— Tu es libre demain ? S'il fait beau, on fera un barbecue. Viens, si tu veux.

Tully la remercia et dit qu'elle essaierait.

Par chance, le lendemain, un dimanche, il plut à verse.

Un samedi soir, sur le chemin du retour, Tully et Shakie firent escale au Perroquet vert.

— Alors, Shakie, demanda Tully, avec qui sors-tu ces temps-ci ?

— Oh, avec personne en particulier, répondit Shakie l'air absent.

Puis elle se pencha vers Tully et dit :

— Garde ça pour toi, mais j'attends que Jack revienne.

— Ah... Et où est-il en ce moment ? demanda Tully avec froideur.

— Jack ? Avec lui, c'est difficile à dire. Je crois que l'université de Palo Alto lui a accordé une bourse. Mais je ne pense pas qu'il y soit allé.

— Ah ? dit Tully, tétanisée.

Palo Alto ! Mon Dieu, mon Dieu..., songea-t-elle en se mordant les lèvres jusqu'au sang. Heureusement, grâce à l'éclairage tamisé du Perroquet vert, Shakie ne remarqua rien. Le silence dura plusieurs minutes.

— Tu n'es pas restée en contact avec lui ? finit par demander Tully.

— En contact ? répondit Shakie avec un petit rire de gorge. Non... Ce n'est pas facile, avec quelqu'un qui a tant de mal à se trouver. Mais dis-moi, Tully, pourquoi n'es-tu pas venue à la fête de promo ?

Qui a tant de mal à se trouver ? Cette phrase rendit Tully songeuse. Comme Shakie répétait sa question, Tully haussa les épaules.

— Ça ne me disait rien.

— Ça alors ! s'exclama Shakie. Je ne te comprends pas. Rater la fête de sa promo ! Qu'est-ce qu'on s'est éclatés ! Jack et moi, on a été élus roi et reine de la fête.

Oh, ça ne m'étonne pas, Shakie Lamber, pensa Tully. À toi, ça te va comme un gant d'être chef des supporters et reine de la fête.

Shakie aspira une gorgée de son cocktail.

— Tully, je vais te dire un secret, parce que je te considère comme une amie. J'étais complètement folle de Jack.

— Sans blague, dit Tully faiblement.

Shakie sourit.

— Remarque, il avait ce qu'il fallait pour ça, je peux te l'assurer. (Shakie, le sourire aux lèvres, fit signe au serveur qu'il lui apporte un autre verre.) Mais il est parti. Pour lui, notre histoire n'aura été qu'une amourette de lycée. Et pourtant, je continue à espérer. C'est bête, hein ? Mais il n'y a rien de mal à ça. Oh, je ne reste pas les bras croisés à attendre son retour ! Je suis mes cours à l'école de cosmétologie de Topeka. J'aimerais bien travailler chez Macy's. Tenir le stand d'une grande marque. Chanel, par exemple.

Tully vida son verre de bière.

— Écoute, il commence à être tard. Il faut que j'aille me coucher. Allons-y.

— Jack est revenu ! annonça Shakie pleine d'entrain, tandis qu'elles commençaient leur service du samedi soir.

On approchait de Noël.

— Ah bon ? Et pourquoi est-il revenu ? dit Tully.

— Oh, dit Shakie en se brossant les cheveux en plein milieu du restaurant. Son père est mort. On dirait une chanson, tu ne trouves pas ? Jack, Jack, j'en avais ma claque, je devenais macaque, mais te voilà Jack, maintenant c'est dans le sac, Jack, oh oh Jack !

Elle se mit à chanter et à danser autour des tables vides en secouant sa blonde chevelure.

Tully se mit à rire.

— Tu déconnes, Shakie !

— Mais c'est vrai ! Il est revenu, dit Shakie sérieusement.

— Je ne parle pas de ça, mais de toutes ces foutaises que tu m'as sorties sur le fait qu'entre vous ce n'était qu'une passade.

— Eh bien, oui. C'étaient des foutaises, dit Shakie en haussant les épaules.

— En plus, son père vient de mourir. Comment peux-tu te réjouir à ce point-là ?

— Parce qu'il va avoir besoin de réconfort, le pauvre ! répliqua Shakie, rayonnante. Et moi je sais comment le réconforter ! dit-elle en gloussant et en sautant en l'air.

Tully ne put s'empêcher de rire.

Elle le vit quelques jours plus tard, quand il vint chercher Shakie au restaurant. Le secteur de Shakie était bondé, aussi Sylvia le fit-elle asseoir dans celui de Tully, qui s'approcha de sa table d'un air détaché.

— Qu'est-ce que je te sers ? demanda-t-elle.

Il était toujours le même. Mieux encore. Resplendissant, hâlé, blond et dur. Mais les yeux de Tully étaient embrumés comme des lunettes couvertes de buée.

— Comment vas-tu ? lui demanda-t-il.

— Ça va très bien.

Elle s'efforça de ne pas cligner des yeux et de ne pas le regarder non plus. Elle sentit son cœur se serrer dans sa poitrine, et l'effort qu'elle fit pour enfoncer en elle sa douleur secrète, au plus profond, comme à coups de maillet, lui coûta tant qu'elle eut envie de hurler.

— Alors, qu'est-ce que je te sers ? répéta-t-elle d'un ton froid.

Il lui effleura la main.

— Je suis désolé, Tully. Vraiment désolé.

Il lui avait dit la même chose à la remise des diplômes. Il l'avait cherchée, presque coincée contre un mur, et il avait prononcé ces mots : « Je suis désolé, Tully. Vraiment désolé. » Comme aujourd'hui, son visage grave et attentif l'avait laissée sans voix.

— Ouh ouh, Jackie ! cria Shakie en se jetant sur Jack pour l'embrasser, le couvrant de ses cheveux.

— Eh, du calme ! dit Jack en lui caressant le dos.

Tully les laissa pour s'occuper de son service ; l'œil fixe, elle rangea d'une main tremblante les condiments posés sur les tables, remplit les salières et les sucriers.

— Tully, tu veux qu'on te raccompagne ? lui demanda-t-il en partant.

Mon Dieu ! Si seulement il ne connaissait pas mon nom, pensa-t-elle.

— Tu plaisantes ! dit Shakie avant que Tully puisse répondre. Comme si elle avait besoin de toi ! Elle a une Camaro bleue dernier modèle.

Jack fixa Tully avec un regard si triste qu'elle eut envie de lui casser la gueule. Lui casser la gueule ou fondre en larmes, là, devant lui et sa gourde de petite amie.

Une semaine plus tard, après le travail, Shakie se rendit à la caravane de Tully. Elle entra, s'assit et éclata en sanglots.

Tully leva les yeux au ciel. Elle s'approcha lentement et s'assit sur le bord du canapé. Elle aurait voulu entourer Shakie de son bras, mais elle ne pouvait pas.

— Qu'est-ce qui se passe, Shake ? Il part ?

— Il va partir, dit Shakie en pleurant.

Tully crispa les poings, puis les dénoua et frotta ses mains l'une contre l'autre.

— Je pensais qu'il resterait peut-être, bredouilla Shakie. Mais non, il a dit qu'il devait rentrer. Et qu'il ne voulait plus revenir ici.

Elle continua à pleurer, et Tully resta assise, sans rien dire. Un long moment se passa sans qu'aucune d'elles ne bouge ni ne parle. Puis Tully en eut assez. Plus qu'assez.

— Shakie, je suis vraiment désolée, parce que je t'aime bien et que tu as besoin d'une amie. Mais je ne peux rien faire pour toi. Tu comprends ? Pour ça, je ne peux rien faire.

Le visage de Tully était empreint d'une telle souffrance que Shakie resta assise sur le lit, comme pétrifiée. Tully appuya ses poings contre ses yeux et murmura :

— Je ne supporte pas de te voir pleurer pour lui. Pas pour lui, Shakie.

Tully resta figée un long moment, les mains sur les yeux, puis elle regarda Shakie.

— Sois gentille, ne fais pas ça devant moi, d'accord ? Autrement, je ne pourrai plus être ton amie. D'accord, Shakie ?

— D'accord, dit Shakie en se levant. D'accord, répéta-t-elle en s'approchant de Tully pour la serrer dans ses bras.

Tully se déroba.

Il faisait nuit, mais Tully n'avait pas peur. Après avoir déposé Shakie, elle alla jusqu'à l'église Saint Mark. Elle se gara, puis fit le tour de l'église. Le portail arrière grinça quand elle l'ouvrit. Elle traversa prudemment le jardin et s'arrêta près d'une chaise en fer forgé, que le père Majette avait apportée après qu'il eut trouvé Tully allongée sur le sol.

— Dieu ne distingue pas les morts des vivants, mon enfant, avait-il dit. Il les aime tout autant. Toi, tu es en vie, Natalie Anne. Tu ne voudrais pas que Dieu te confonde avec les morts, allongée comme tu es au milieu d'eux.

Si peu, pensa Tully en écartant la chaise du passage et en s'étendant sur le sol glacé de décembre, le long d'une simple pierre tombale scellée dans la terre. Si peu en vie, songea-t-elle en caressant la pierre froide d'une main légère et douce.

Quatre

Elle hurlait, hurlait. Elle ne pouvait s'arrêter. Des hurlements horribles et laids qui lui arrachaient la gorge. Lynn Mandolini secouait Jennifer, elle la secouait en hurlant. Tully pressa les paumes de ses mains contre ses oreilles, très fort, à s'en rompre les tympans, pour que ça s'arrête.

Elle ouvrit les yeux et vit Lynn embrasser le visage de Jennifer. Elle la vit appuyer ses lèvres sur le visage de sa fille, comme pour tenter quelque chose. Tully ferma vite les yeux et pressa ses poings contre ses orbites pour ne plus rien voir et chasser toute image de son esprit. Pour que ça s'arrête. Mais c'était trop tard. L'image de Lynn penchée sur sa fille et appuyant ses lèvres sur ce qui restait du visage de Jennifer s'imprima dans sa tête, comme marquée au fer rouge. Elle avait beau fermer les yeux, elle revoyait Lynn, folle de douleur, penchée sur la dépouille de sa fille unique.

Toujours à genoux, Tully s'approcha de la salle de bains.

— Mrs Mandolini, Mrs Mandolini, murmura-t-elle, secouée de frissons, les yeux fixés au sol. Ça ne sert à rien.

Mais Lynn ne l'entendit pas.

— Je vous en prie, Mrs Mandolini, bredouilla Tully d'une voix inaudible en jetant un bref regard dans la salle de bains.

La voilà dans les bras de sa mère. Là où on l'a couchée quand elle est née. La voilà de nouveau dans les bras de sa mère. Et ce n'est que justice. Sa mère la tient dans ses bras et pas moi. Ce n'est que justice. Tully ne pouvait voir la tête de Jennifer, que cachait le buste de Lynn, mais tout ce qu'elle voyait, le visage de Lynn, ses mains, le T-shirt blanc de Jennifer, le sol, le rideau de douche, les murs, les toilettes, tout était imprégné, trempé, dégoulinant de ce qui avait été Jennifer.

On sonna à la porte d'entrée. Tully descendit. C'était un agent de police.

— Est-ce que tout va bien ? dit-il en levant sa casquette. C'est une voisine qui nous a prévenus. Elle a l'air de croire qu'il se passe quelque chose, continua-t-il en désignant une femme âgée qui les regardait, figée, depuis l'autre côté de la rue.

— Il s'est passé... quelque chose, dit Tully d'une voix blanche, puis Lynn se remit à hurler.

Le policier écarta gentiment Tully et monta les escaliers en courant. Tully resta debout à côté de la porte d'entrée ouverte. Je n'ai qu'à m'en aller, maintenant, se dit-elle, je n'ai qu'à descendre l'allée et m'éloigner de Sunset Court pour toujours.

— Mademoiselle, mademoiselle..., dit le policier en descendant l'escalier. Il faut qu'on appelle une ambulance.

Il n'était plus le même, pensa Tully en remarquant qu'il tremblait. À mesure qu'autour d'elle les gens s'affolaient et devenaient frénétiques, elle se sentait de plus en plus calme et détachée comme si, en elle, quelque chose se fermait.

— Je crois qu'il est un peu tard, dit-elle.

Dix minutes plus tard, deux ambulances arrivaient, escortées par une autre voiture de police. Le bleu, le blanc et les lumières qui clignotaient chassèrent presque l'image du sang rouge de Jennifer. Le hurlement des sirènes couvrit presque les hurlements de Lynn. Les infirmiers sonnèrent et attendirent poliment que Tully les fasse entrer, comme des agents d'assurances en train de démarcher ou des plombiers venus remplacer des conduites d'eau.

Elle ouvrit toute grande la porte et leur montra le premier étage, où l'agent de police tentait vainement de détacher Lynn de sa fille. Avant de remonter, il était allé dans les toilettes du rez-de-chaussée pour vomir à son aise. Tully l'avait entendu, et ce bruit avait eu pour elle les accents d'une douce mélodie, comparé aux hurlements de Lynn. Avant de pouvoir la détacher de Jennifer, les infirmiers durent donner à Lynn cinq cents milligrammes de thorazine.

— Comment vous appelez-vous, mademoiselle ? demanda un autre policier en touchant le bras de Tully, qui tressaillit à son contact.

— Makker, dit-elle, la bouche engourdie comme sous l'effet d'une piqûre anesthésiante venue trop tard pour insensibiliser ses nerfs à vif.

— Désirez-vous prendre un calmant ? s'enquit le policier.

— Non, merci. Je risquerais de tomber dans le coma.

L'un des infirmiers lui saisit le poignet et posa la main sur son front en marmonnant :

— Elle est en état de choc. Il faut l'emmener à l'hôpital. Mettez-la avec la mère.

Tully libéra son poignet.

— Je vais bien. Je vais très bien.

— Elle est en état de choc, répéta l'infirmier du même ton monocorde. Il faut la soigner.

Tully ne bougea pas du canapé. Elle regarda vers les escaliers et se détourna très vite en voyant deux hommes descendre une civière recouverte d'un drap.

Les minutes passaient. Les ondes sonores ne franchissaient plus ses barrières mentales. Dans les lumières bleues qui clignotaient et tournoyaient, les hommes se mouvaient devant elle en un ballet étrange, dédié à une jeune fille morte. Dehors, la foule s'était rassemblée pour assister au clou du spectacle. Que faisaient tous ces gens dans la rue en plein midi ?

Tully voyait défiler les images, mais n'entendait aucun son. Il a sans doute raison, pensa Tully. Je dois être en état de choc. C'est peut-être ce qu'elle ressentait à l'âge de deux ou trois ans, quand elle se retirait loin de nous tous parce que les sons que nous faisions n'avaient plus de sens pour elle. Oui, c'est peut-être ce qu'elle ressentait quand, petite fille, elle essayait de s'abstraire du monde en le chassant de son esprit.

— Miss Makker, Miss Makker, dit une voix lointaine. Pouvez-vous nous dire ce qui s'est passé ? Je sais que c'est dur pour vous, mais vous devez essayer. Je vous en prie, Miss Makker.

Je n'ai pas pu la garder. Je n'ai pas pu, faillit-elle dire.

— Je ne sais pas. Avez-vous appelé Mr Mandolini ?

— Nous allons le faire. Miss Makker, étiez-vous là quand c'est arrivé ?

Mais oui, bien sûr, pensa-t-elle. Je l'ai même aidée. Moi et sa mère, on s'y est mises à deux. On l'a aidée et puis on l'a regardée faire.

— C'est peut-être un accident ? disait l'officier de police. C'est ce qu'il nous faut découvrir pour établir le rapport de police. À votre avis, est-il possible que ce soit un accident ?

Tully se leva, mais elle fut prise de vertige.

C'était un peu la même sensation que quand elle se « soignait » elle-même. Elle se rassit. Ah, ça va mieux, se dit-elle. Pourtant je n'arrive pas à respirer à fond. Ma peau est froide et moite.

— Écoutez, il paraît que je suis en état de choc. Je ne peux pas vous être d'un grand secours pour l'instant. Mais vous savez, dit-elle en haletant, c'était une bonne catholique. On pourra peut-être l'enterrer à l'église, si vous dites que c'était un accident. Vous savez combien l'Église désapprouve ce genre de choses. Vous pourriez faire ça ?

Tully le regarda et vit qu'il avait les larmes aux yeux.

— Mademoiselle... Je suis un fonctionnaire de police. Je dois faire mon travail et écrire un rapport en disant ce qui s'est vraiment passé. Je suis désolé.

— Alors c'était un accident, dit Tully, le regard dur. Elle a fait l'idiote en jouant avec le revolver. Je ne savais même pas qu'il y en avait un dans la maison. C'est un accident. Elle avait tout pour elle. On allait partir en Californie, vous savez. Elle allait être major de sa promotion.

Tully baissa les yeux sur ses mains et se mit à trembler.

— Très bien, mademoiselle, dit le policier en posant la main sur son épaule. Très bien.

Ils partirent tous peu après. Même la foule disparut, après avoir regardé les brancardiers transporter les deux civières dans les ambulances. Tully entra dans la maison bien-aimée de Sunset Court et ferma la porte derrière elle.

Assise sur le canapé du salon, elle écouta la maison. Celle-ci était silencieuse. Mais Tully ne guettait plus le moindre son, comme elle l'avait fait plus tôt dans la matinée. Elle savait à quoi s'en tenir.

Elle resta assise sur le bord du canapé, le dos bien droit, les mains posées sur les genoux, puis elle se leva et alluma la télé. Elle mit le son à plein volume et fixa l'écran. La télé servait à couvrir les autres sons. La sonnerie de la porte d'entrée, celle du téléphone, le tic tac de la pendule, et les hurlements dans sa tête. Je ne suis pas en état de choc, se répétait-elle.

Puis, un peu plus tard, quand le soleil ne s'encadra plus dans les fenêtres du salon, elle pensa : Je devrais rentrer à la maison. Ce serait aussi bien. Il n'y a rien d'autre à faire, de toute façon.

Mais si, il y avait quelque chose à faire. Quelque chose qu'elle devait faire, pour Mr Mandolini. Pour l'épargner, tant qu'elle le pouvait. Au pied des escaliers, le courage lui manqua. Je ne peux pas monter ! Je ne peux pas monter là-haut une deuxième fois !

Mais j'ai déjà dit ça il y a quatre heures, pensa-t-elle. Et le pire est passé. Non. Le pire n'est pas passé.

Tully monta les marches péniblement. Peut-être que je ne devrais toucher à rien, pensa-t-elle. Mais non, la police aurait dit quelque chose. Sans accusé ni plaignant, il n'y aura pas de procès.

Elle se traîna lentement en haut des marches. Au premier, les portes étaient toutes fermées, sauf celle de la salle de bains, dont la lumière filtrait sur le palier. Tout a l'air si normal, pensa Tully. La porte légèrement entrouverte. La maison immobile dans le crépuscule. Comme s'il n'y avait personne.

Serrant les dents, elle se résolut à regarder dans la salle de bains. On avait ouvert la fenêtre. Mais l'air frais qui venait du dehors n'était pas d'un grand secours.

Tully tomba à genoux et rampa à l'intérieur, dans la saleté coagulée qui séchait par terre. Elle se mit à pleurer et s'étendit de tout son long, imprégnant ses mains et son visage de ce qui restait de Jennifer.

— Oh ! Mandolini, Mandolini, murmura-t-elle. Je n'ai même pas pu t'embrasser une dernière fois, salope. Je n'ai même pas pu te tenir contre moi et te bercer. Elle t'a prise dans ses bras, et puis ils t'ont emportée, et regarde ce qui me reste de toi. Regarde ce qui me reste de toi, Mandolini...

Elle resta longtemps allongée sur le sol, face et paumes contre terre, si immobile qu'on l'aurait crue morte.

Mais Tully Makker finit par se lever. Elle respira un grand coup et prit toutes les serviettes, le couvre-siège des toilettes, les tapis de bain, le rideau de douche, et elle les emporta en bas pour les jeter dans un des grands sacs poubelles en plastique noir dont on se servait d'habitude pour mettre les feuilles mortes, les feuilles d'automne. De nouveau, Tully fut tentée d'abandonner, et elle se cramponna à une chaise pour ne pas tomber dans les pommes. Non. NON.

Elle remonta avec une serpillière, prit une éponge, remplit un seau d'eau froide, et commença à nettoyer la salle de bains. Il lui fallut dix seaux d'eau propre et plus de deux heures pour enlever toute trace de Jennifer. Quand Tony Mandolini rentra chez lui, Tully était toujours en train de frotter frénétiquement là où elle découvrait encore des taches brunes.

Elle se releva et se retrouva devant lui. Il la regardait, debout à la porte. On aurait dit un vieil homme.

— Qu'est-ce qui t'est arrivé, Tully ? murmura-t-il. Tu es couverte de sang...

Tony lui raconta que la police l'avait appelé et qu'il était allé à Stormont-Vail identifier sa fille.

Il était resté au chevet de Lynn un moment, puis s'était rendu au poste de police pour remplir un rapport et signer le constat avant de rentrer à la maison.

— Tully, il faut que j'aille me coucher, maintenant. Reste ici, si tu peux. Reste, s'il te plaît.

Et Tully resta. Elle prévint sa mère qu'elle restait coucher chez Jen, sans rien ajouter. Une veille de classe? répondit Hedda, sans insister.

Tully entendit Tony marcher dans le couloir du premier étage et fermer la porte de la salle de bains. Elle passa la nuit sur le canapé, les genoux sous le menton, à se balancer d'avant en arrière jusqu'à ce que l'aube commence à poindre, dans une sorte de semi-conscience hébétée.

Au matin, elle fit du café pour Tony.

— Ma femme va rester à l'hôpital un certain temps, lui dit-il.

C'est une bonne chose, songea Tully. Même Tony en aurait besoin.

— Tully, je ne sais pas ce que je dois faire maintenant, lui dit-il en regardant ses mains tremblantes.

Elle s'approcha et prit ses mains dans les siennes, avec une fermeté que ses yeux démentaient.

Il est encore sous le choc, comme assommé. Mais moi je ne tiens plus debout et je n'arrive même plus à respirer, sans elle.

— Il faut un service funèbre. Il faut...

Il s'interrompit, mais Tully finit sa phrase pour lui.

— L'enterrer? Je suis d'accord. Mais l'Église catholique ne...

— J'ai déjà réglé la question. Grâce à toi. Le policier m'a dit qu'une certaine Miss Makker lui avait déclaré que c'était un accident. J'ai confirmé.

J'ai demandé qu'il n'y ait pas d'autopsie. Elle est assez esquintée comme ça...

Tony tenta de se reprendre :

— C'est vrai, après tout. Ça aurait pu être un accident, non ?

— Oui, affirma Tully avant de secouer la tête pour tenter de gommer l'image des trous qu'avait faits la balle en entrant et en sortant.

Oui. Elle s'est tout simplement assise sur le sol de la salle de bains, elle a posé le canon d'un Smith & Wesson, le vôtre, sur son menton, et elle a appuyé sur la détente. Elle a fait l'imbécile, voilà tout.

— Je ne veux pas attendre que Lynn sorte de l'hôpital. De toute façon, elle ne se sentirait pas assez bien, dit Tony.

— Je suis d'accord, dit Tully.

— Je ne veux pas un gros truc, dit Tony.

— Je suis d'accord.

— En fait, je veux en finir le plus vite possible.

— Je suis d'accord.

Un peu plus tard, ils quittèrent la maison pour se rendre chez Penwell-Gabel, l'entreprise de pompes funèbres la plus réputée de Topeka. Tony Mandolini avait fait appel à eux pour l'enterrement de sa mère, près de dix ans auparavant.

— Où va-t-elle être enterrée ? demanda Mr Gabel, le petit-fils du premier Mr Gabel.

— Au cimetière de l'église Saint Mark. D'accord, Tully ?

Tully hocha la tête. C'était un bon choix. Saint Mark était une vieille petite église, très jolie. C'était là qu'elle et les Mandolini allaient ensemble à la messe le dimanche, depuis bien des années. C'était l'église de la famille, et elle abritait un petit cimetière calme et verdoyant.

Tully rentra chez elle se changer. Elle enfila une vieille robe noire et alla se regarder dans la glace de la salle de bains. Là, elle prit une paire de ciseaux et se coupa les cheveux presque à ras. Elle s'entoura la tête d'un turban noir, mit des lunettes noires, des escarpins noirs à hauts talons, et gagna à pied l'église Saint Mark, au coin des rues Canterbury et Pembroke. Ce mardi 27 mars 1979, il faisait gris et pluvieux. Tully ne regretta pas ses lunettes noires quand elle vit arriver Mr Mandolini, dans son meilleur costume noir, puis le père Majette et, plus tard, par la rue Canterbury, le corbillard suivi de deux voitures aux phares allumés. Non, elle ne regretta pas ses lunettes noires.

Quatre hommes soulevèrent le cercueil en séquoia et entrèrent par le petit portail arrière. Ils remontèrent l'allée étroite pour gagner le fond du jardin où se trouvaient déjà le père Majette, Mr Walter Penwell, Mr Gregory Gabel, Mr Anthony Mandolini et Miss Natalie Anne Makker. Sous la pluie de mars, ils restèrent debout quinze minutes, tête baissée, devant le cercueil en séquoia californien où reposait Miss Jennifer Lynn Mandolini.

II

JEREMY

Juin 1980

Tully fit sa première année à l'université de Washburn.

Elle vécut dans la caravane de Tracy, dans l'attente de son retour. Elle allait en cours, puis au travail, et voyait Robin le week-end. Tully s'arrêta de fumer et se mit à boire, puis elle arrêta de boire, de lire et de regarder la télé et passa son temps toute seule, assise sur le canapé de Tracy, dans la caravane. Durant l'année, elle remporta quarante fois le concours de danse qui avait lieu les jeudis soir chez Tortilla Jack's.

Elle écrivit à Julie une fois avant Noël et une fois après. Quant à Julie, elle lui envoya dix lettres en tout : quatre avant Noël et six après.

Tully et Shakie travaillaient au coude à coude quatre fois par semaine. Cela tourmentait Tully. À tel point qu'elle quitta Carlos O'Kelly's en avril et se trouva du travail à la Casa del Sol, quelques rues plus loin.

Cette année-là, Tully ne vécut que pour les dimanches.

Durant l'été 1980, Tully fit un stage en entreprise, qui consistait principalement à classer des factures pour le département des Services de réinsertion sociale. Mr Hillier, le vice-président du département, se prit pour elle d'une sympathie toute paternelle.

Il persuada Tully d'entrer dans l'agence de placement familial gérée par Lillian White. Tully avait pour tâche d'enregistrer les candidatures des futures familles d'adoption. Elle n'allait pas « à l'extérieur », comme disaient les employés quand ils visitaient les familles chez elles pour vérifier s'il s'agissait de foyers convenables. Cela arrivait rarement, d'après ce que Tully pouvait en voir. On se contentait de donner aux candidats une séance de formation de six heures : comment élever un enfant en trois cent soixante minutes. C'était ce qui choquait le plus Tully. Six heures. Il faut parfois plus de temps pour aller acheter un soutien-gorge.

Chaque employé avait trente-cinq gosses à sa charge, sans parler de tous les problèmes qu'engendrait leur entourage, famille, drogue, délinquance... L'équipe ne comptait que sept personnes, dont Lillian. Tully avait été engagée pour leur servir de larbin durant l'été. « Prenez ce formulaire et apportez-le à Lillian », entendait-elle vingt fois par jour. Ce que Lillian en faisait restait un mystère. Tully devait aussi rassembler en un temps record des informations concernant les enfants que Lillian cherchait à « vendre » à une famille d'accueil. C'est du moins comme ça que Tully voyait les choses.

À force de travailler ici, les employés ne se rendaient plus compte qu'ils traitaient les enfants comme un vulgaire produit, trimballé de famille en famille. Ces gosses finissaient par ne représenter pour eux que de fastidieux problèmes administratifs. Non merci, très peu pour moi, pensa Tully.

Le même été, Shakie décrocha son diplôme de conseillère esthétique et se fit engager dans le rayon Chanel du magasin Macy's. Quant à Julie, elle revint de Northwestern et s'arrêta un vendredi soir à la Casa del Sol.

— Salut, Jule, dit Tully. Alors, te voilà de retour. Tu veux t'asseoir ?

— Non, merci, Tully. Je passe juste te dire bonjour. Je vais au ciné.

— Avec qui ? Tom ? s'enquit Tully.

— Oh non ! Je ne le vois plus, ce petit con prétentieux, dit Julie en balayant l'air de sa main. Depuis que Monsieur va à l'université de Brown, il ne se sent plus.

— Il a toujours été comme ça, non ? fit remarquer Tully, qui était restée près de la réception, à quelques mètres de Julie.

— En tout cas, il m'exaspère. Moi aussi j'ai eu mon diplôme avec mention, tu sais.

— Je sais, dit Tully.

Il y eut un silence.

— Depuis quand es-tu rentrée ?

— Deux semaines, répondit vite Julie, et Tully détourna le regard.

Quelques semaines plus tard, Julie s'arrêta à la Casa del Sol pour inviter Tully à aller au cinéma voir *Superman II*. Tully prétendit l'avoir déjà vu.

Elles ne se revirent pas, jusqu'à un dimanche soir où Julie passa à la Casa del Sol, la veille de son départ pour Northwestern. Tully demanda à Julie d'attendre la fin de son service, à dix heures. Julie attendit.

Elles marchèrent jusqu'à la caravane.

— Alors tu vis toujours ici ? dit Julie.

— Oui. C'est tout près de mon boulot.

Julie refusa d'entrer.

— Ça ne te fait rien si on s'assoit dehors, Tully ? C'est une belle soirée.

Elles s'assirent sur un tronc d'arbre, contre un talus, derrière la caravane.

— Ça te plaît, Northwestern, Jule ? demanda Tully en allumant une cigarette.

— Je ne sais pas trop, dit Julie. Ma copine de chambre est sympa. Elle s'appelle Laura. Il faut travailler dur. Je ne me suis inscrite à aucun club durant l'année. Tu n'as pas lu mes lettres ?

— Bien sûr que si, dit Tully. Plusieurs fois. C'est même la seule chose que j'aie lue, ces derniers mois.

— Moi, je connais les tiennes par cœur, dit Julie. Ça ne m'a pas demandé beaucoup d'effort. Deux pages en tout et pour tout, écrites en gros caractères, et une carte postale...

Assises l'une à côté de l'autre, elles regardaient droit devant elles, vers la Camaro. Tully se mit à creuser la terre de son pied, sous l'œil de Julie qui l'observait en silence.

— Si je n'ai pas beaucoup écrit, c'est parce qu'il n'y avait pas grand-chose à dire. Le boulot, la fac, la caravane, Robin... La routine, quoi.

— Et ta mère, comment va-t-elle ?

— Je ne sais pas.

— Tu ne l'as pas revue depuis...

— Non, l'interrompit Tully.

— Maman est contrariée que tu ne viennes plus la voir, dit Julie.

— Dis-lui que je suis désolée. Je suis très occupée.

— Trop occupée pour venir voir ma mère, trop

occupée pour écrire... Et pourtant, tu n'as rien à raconter.

— Julie, arrête, tu veux ?

— Ouais, dit Julie en se levant d'un bond. De toute façon, il faut que je rentre.

Grâce à Dieu, pensa Tully.

— Je vais te raccompagner, proposa-t-elle.

— Non, merci. J'ai laissé la voiture de mon père à la Casa del Sol. Je vais y aller à pied.

Tully resta assise sur le tronc d'arbre, les mains sur les genoux.

— Au revoir, Jule, dit-elle. J'essaierai de t'écrire davantage, promis.

— C'est ça, dit Julie.

Elle commença à s'éloigner, puis revint sur ses pas et toucha le bras de Tully, qui s'écarta.

— Maman dit qu'elle t'aperçoit souvent à Saint Mark. Tu y vas toujours ?

— Pourquoi pas ? répondit Tully d'un ton aussi égal que possible.

— Je ne sais pas comment tu peux aller dans *cette* église, dit Julie, la voix brisée.

Tully fixa la Camaro.

— Il faut bien que quelqu'un apporte des fleurs, finit-elle par dire.

— Je ne sais pas comment tu fais, c'est tout, dit Julie.

— Il faut bien que quelqu'un le fasse.

— Et ses parents ?

— Je ne pense pas que sa mère soit en état de s'en occuper.

Julie se passa la main sur le visage.

— Moi non plus, je ne sais pas comment tu fais, lui dit Tully, les yeux fixés sur la Camaro.

Julie recula.

— Il faut que j'y aille, Tull. À bientôt.

— À la prochaine, dit Tully.

Après le départ de Julie, Tully entra dans la caravane et resta toute seule, assise sur le divan, jusqu'à tomber de sommeil.

Au début de sa seconde année, Tully gagnait sa vie assez régulièrement pour envisager de quitter la caravane de Tracy. Mais elle ne pouvait s'y résoudre. Et si Tracy revenait pour reprendre son petit garçon ?

Tully voyait Robin chaque samedi soir, mais parfois, durant la semaine, elle avait besoin de sentir quelqu'un la toucher, quelqu'un d'anonyme dont le contact l'apaisait et la réconfortait.

Quand son stage en entreprise arriva à sa fin, Mr Hillier la convoqua dans son bureau.

— Vous vous en êtes très bien tiré, Tully. Même Lillian l'a reconnu, et elle est dure à contenter. Laissez-moi vous donner un conseil. Si j'étais vous, j'essaierais de décrocher une licence d'assistante sociale plutôt qu'un simple DEUG d'éducatrice. Cela serait plus intéressant, sur le plan financier et professionnel. Vous pourriez même aller jusqu'à la maîtrise...

Tully fit la grimace.

— Pensez-y, dit Mr Hillier. En tout cas, venez me voir quand vous aurez votre diplôme. Nous aurons peut-être du travail pour vous. Et sûrement un autre stage l'année prochaine.

— D'accord, je vais y réfléchir, dit Tully sans enthousiasme.

— Que vous arrive-t-il, Tully ? Ce serait idiot qu'une fille intelligente comme vous gâche ses talents dans des boulots sans intérêt. Si vous allez jusqu'à la maîtrise, vous aurez une chance de faire carrière...

Dans les services sociaux ? pensa Tully. Là où des employés sous-payés fourguent des gosses privés de mère à n'importe qui ? Tu parles d'une perspective.

— Les services sociaux ont besoin de gens généreux et sensibles, dit Mr Hillier, comme s'il lisait dans ses pensées.

— Il faut dire ça aux familles d'accueil, dit Tully.

— Oh, elles ne sont pas si mauvaises que ça, dit Mr Hillier. Elles suivent une formation de six heures.

— Je sais. Et ça se voit.

Mais cette entrevue la fit réfléchir. Mr Hillier avait l'air de croire en ses capacités, et c'était bien la première fois que Tully rencontrait quelqu'un qui lui faisait confiance. Presque tous ceux qui l'avaient côtoyée depuis son enfance la trouvaient trop rétive et indisciplinée pour imaginer qu'elle pût avoir un avenir. C'était rafraîchissant de se voir dans les yeux de quelqu'un sous un jour nouveau.

Elle décida de suivre le conseil de Mr Hillier et s'inscrivit à trois unités de valeur : assistance, éducation et introduction au travail social. Cette dernière comprenait quarante heures d'animation socio-culturelle bénévoles. Du bénévolat ! Comme si elle n'avait pas assez donné en s'occupant de Damien pendant des semaines. Elle fit pourtant ses heures au centre d'éducation surveillée de Shawnee, où soixante-cinq jeunes, fugueurs, petits délinquants ou drogués, attendaient qu'une famille « formée » passe un contrat avec l'État pour les accueillir. À la fin des quarante heures, elle éprouva un intense soulagement.

Elle avait aussi un cours de gestion et un cours de composition anglaise, qui la rendait malade. Le professeur, J. Macy, demandait sans arrêt à ses étudiants d'écrire quelque chose : un essai sur l'été, une nouvelle parlant d'une amitié, une autobiographie. Tully était complètement bloquée. Si seulement c'était facultatif, pensa-t-elle un jour qu'elle se retrouvait chez elle, devant une page blanche. « Sujet : Les quatre saisons. Dites comment vous les vivez et ce qu'elles vous évoquent. »

Tully sua et peina un bon moment. Puis elle alla fouiller dans ses cartons, empilés au fond de la caravane, pour voir ce qu'elle pourrait y glaner. Malheureusement, il y avait d'autres cartons empilés au même endroit. Un an et demi auparavant, Tony Mandolini était venu l'informer qu'ils avaient vendu leur maison pour aller habiter à Lawrence. Il lui avait alors demandé de venir vider la chambre de sa fille, et Tully s'était rendue à Sunset Court une dernière fois.

Devant elle, bien rangés et empaquetés dans huit cartons, il y avait les livres, journaux, carnets, disques, magazines et affiches qui avaient fait partie du décor de la grande chambre de Sunset Court.

Si seulement j'avais une maison, pensa Tully. Je rangerais ces cartons dans le recoin le plus sombre du grenier, et moi avec. Nous resterions là, jusqu'à ce que la poussière des années nous recouvre.

Les Quatre Saisons, par Tully Makker

L'été était toujours très chaud
Du temps où nous jouions ensemble
À présent qu'un automne a passé, puis un autre
Et que bien des printemps m'attendent,
Tous sans toi,
Je ne peux faire comme si de rien n'était
Sans me trahir

Nos froids hivers du Kansas ne te reverront pas
Ni moi non plus

Jusqu'à la fin de ma saison
Ce qui blesse mon égoïsme, ce n'est pas que tu
[sois partie,
C'est d'être encore là,
Toute seule

Automne, hiver et printemps se poursuivent
J'espère que là où tu te trouves
L'été n'a pas de fin

Tully allait à la bibliothèque quand le Pr Macy lui tapa sur l'épaule. Il s'y rendait aussi, et ils firent le reste du chemin ensemble.

— Et ce nom de Tully, d'où vient-il? commença-t-il.

Elle rit, et cela sembla le gêner.

— Je m'excuse, dit-elle. C'est seulement parce qu'on me pose toujours la même question, en guise d'introduction.

Il sembla se détendre. Pendant qu'ils marchaient, elle le regarda à la dérobée. C'était un beau garçon, pas très grand, brun et barbu. Il portait un pantalon en velours côtelé, une chemise et une cravate bleues, des mocassins. Il avait de belles mains et de beaux yeux bleus.

— Ça vient de Natalie, dit-elle.

— Ah, c'est joli, Natalie.

— Oui, dommage qu'on ne m'appelle jamais comme ça.

— J'essaierai, si vous voulez. J'ai aimé votre poème. Tout le monde ou presque a écrit une nouvelle.

— Je ne suis pas douée pour raconter des histoires, dit Tully.

— Pourrais-je le lire en classe?

— Franchement, j'aimerais mieux pas.

— C'est un très beau poème. Je suis sûr qu'il plairait aux autres étudiants.

— Si vous le dites...

— Il m'a semblé très triste, continua le Pr Macy. Ça vous ennuierait de m'en parler ?

— Oh, je ne suis pas quelqu'un de triste, dit Tully. Plutôt pas très bavarde.

Il eut l'air sceptique. Elle le regarda, un peu sur la défensive, mais troublée par son visage franc et grave, elle lui sourit.

— Vous pouvez le lire en classe, si vous voulez.

— Je préférerais que vous le lisiez vous.

Elle leva les yeux au ciel, mais il avait su la toucher. La semaine suivante, elle lut son poème en classe, pour lui, en prenant soin de ne regarder personne.

Quelques semaines plus tard, il l'invita à prendre un café à la cafétéria.

— Dites, je ne sais même pas comment vous vous appelez. Votre initiale, J., c'est pour quel prénom ? lui demanda-t-elle en retenant sa respiration, pensant : Mon Dieu, pourvu que ce ne soit pas Jack.

— Jeremy, répondit-il. Jeremy Macy.

— C'est un joli prénom, dit Tully en souriant, soulagée. Enchantée de vous connaître, Jeremy. Tully Makker.

Ils passèrent deux heures dans la cafétéria.

— Alors, Tully Makker, vous vivez chez vos parents ?

— Non. J'ai un chez-moi. Et vous ?

— Heureusement, à trente-cinq ans ! répliqua-t-il en riant. D'ailleurs, ma famille vit à New York.

— Vous êtes de New York ? Mais alors, comment vous êtes-vous retrouvé dans ce trou, en train d'apprendre à écrire à une bande de péquenauds comme nous ?

Il lui raconta qu'il avait épousé une jeune femme originaire du Kansas et qu'ils étaient venus vivre ici.

— Ah, vous êtes marié ?

— On a divorcé il y a trois ans.

— Vous êtes restés longtemps ensemble ?

— Trois ans.

— Vous avez des enfants ?

— Non... Alors, quelle spécialisation allez-vous choisir, pour la licence ? lui demanda-t-il, pressé de changer de sujet.

— Au début, je pensais ne passer qu'un DEUG. Et me voilà partie pour la licence, lui dit Tully avec une certaine fierté qu'elle ne put réprimer.

Je ne suis pas en train de traîner dans les bars, à boire ou à me droguer, pensa-t-elle. Je suis en train de faire des études pour m'occuper d'enfants bien réels. C'est presque un exploit. Même si je danse toujours au Tortilla Jack's, comme quand j'avais quatorze ans. Je suis tellement paumée, au fond.

— Une licence d'assistance sociale, continua-t-elle avec autant d'enthousiasme qu'elle le put. Ne me demandez pas pourquoi.

— Et que comptez-vous faire après votre diplôme ?

— Mettre un peu d'argent de côté et partir d'ici.

— Pour aller où ?

— Je ne sais pas. En Californie, peut-être.

— Pourquoi la Californie ?

— Pourquoi pas ?

— C'est un peu maigre comme réponse, Tully, dit Jeremy.

— Touché. Et si c'était parce que je n'ai encore jamais vu la mer ?

— Oui, mais vous avez vu la Prairie.

— La Prairie, dit Tully avec une moue de mépris. Ce n'est que de l'herbe.

— Et la mer, ce n'est rien d'autre que de l'eau, comme le lac Shawnee, en plus salé.

Tully le regarda avec surprise.

— On dirait que vous aimez le Kansas !

— Mais j'aime le Kansas ! Je ne voudrais pas vivre ailleurs. J'aime les plaines, j'aime le ciel. Pour la première fois de ma vie, j'ai pris la route qui mène à la ligne d'horizon. Mon Dieu ! C'était si majestueux, si magnifique ! Maintenant que j'ai vu Flint Hills, j'ai l'impression d'avoir tout vu. Si je meurs demain, je n'aurai pas de regrets... Pourquoi me regardez-vous comme ça ? demanda-t-il après une pause.

— Parce que vous êtes cinglé, dit Tully. Ils sont au courant, à la fac, qu'on a un toqué comme professeur d'anglais ?

— Vous croyez que la Californie est mieux ? fit remarquer Jeremy en riant. J'y suis allé. Croyez-moi, ça ne vaut pas Flint Hills.

— Non, je ne vous crois pas.

Jeremy l'observa attentivement.

— Dites-moi, Tully, dit-il en hésitant. Sortez-vous avec quelqu'un ?

Tully ne broncha pas.

— Oui. Depuis deux ans.

— Vous vous êtes connus au lycée ?

— Disons que je l'ai rencontré quand j'étais au lycée. Pourquoi ?

— C'est sérieux entre vous ? s'enquit Jeremy.

— Pour lui, oui... Pour moi aussi, ajouta-t-elle, honteuse, avant de changer de sujet.

Ils prirent encore un café juste avant les élections présidentielles.

— Je n'ai jamais connu d'homme marié, à part des adultes, dit Tully.

— Parce que je n'en suis pas un ? Même toi, je te considère comme une adulte.

— Ça non, alors ! Je n'ai que dix-neuf ans. Je suis une adolescente.

Elle avait beau dire ça sur le ton de la plaisanterie, les yeux bleus de Jeremy la fixèrent d'un air grave.

— Tu me sembles très mûre, Tully. Tu as des yeux d'adulte.

— Les yeux, ça ne veut rien dire. Je suis un vrai bébé.

— Les yeux sont les fenêtres de l'âme, dit Jeremy en se penchant vers elle.

— À ton avis, ça a l'air habité, à l'intérieur ? dit-elle pour le taquiner, mais cela ne le fit pas rire.

— Accepterais-tu de dîner avec moi ?

— Euh... Oui, bien sûr. Pourquoi pas ?

— Ce n'est pas une réponse. As-tu envie de dîner avec moi ?

— Bien sûr, répliqua Tully en se mordant les lèvres pour retenir le « pourquoi pas », tout prêt à sortir. Si c'est juste pour dîner...

Il se renfonça dans son siège et sourit.

— Pour quoi d'autre veux-tu que ce soit ? Un voyage à Hawaii ?

Tully craignait surtout qu'un autre dîner succède au premier, puis un autre. Mais la perspective de sortir avec quelqu'un qui ne la connaissait pas et ne la regarderait pas avec cette lueur de compréhension que Robin avait toujours au fond des yeux la tentait. Pourquoi pas ?

— Excuse-moi, je suis bête. D'accord, dit-elle.

Ronald Reagan fut élu président le mardi, et Tully et Jeremy dînèrent ensemble le vendredi.

— Alors, raconte-moi pourquoi tu as divorcé, dit Tully.

— Parce que Elsa, ma femme, a eu le béguin pour son prof de karaté. Elle est d'ailleurs ceinture noire, maintenant, ajouta-t-il avec ironie.

— Ça a dû être dur...

— Oui. Et ça l'est encore. Nous étions mariés. Ce n'est pas comme sortir avec quelqu'un, c'est un engagement. J'ai quitté mon poste à l'université de New York pour épouser Elsa. Je croyais que c'était pour la vie.

— C'est ce qui cloche dans le mariage, dit Tully en choisissant ses mots avec prudence. On croit toujours que c'est pour la vie.

— Ce n'est pas ce qui cloche, c'est le fondement même du mariage. Mes parents sont restés mariés pendant quarante ans.

— Bravo ! dit Tully, qui ne trouva rien d'autre à ajouter.

— Et les tiens, ils sont encore ensemble ?

— Non... Ils sont morts.

— Oh, Tully, je suis désolé. Quand sont-ils morts ?

— Mon père quand j'avais sept ans et ma mère l'année dernière.

— C'est terrible. De quoi ?

— D'un cancer. Elle a beaucoup souffert. Il vaut mieux pour elle qu'elle soit morte.

Comme c'est simple, pensa Tully. J'aurais dû dire ça depuis longtemps.

— Tu as des frères et sœurs ?

— Non. Je suis fille unique.

Jeremy la ramena chez elle et l'accompagna jusqu'à la porte de la caravane. Il se pencha pour l'embrasser sur la joue.

— Bonne nuit, Tully. Merci pour la soirée.

Elle eut envie qu'il l'embrasse vraiment.

— Non. C'est moi qui te remercie, dit-elle doucement. À lundi.

Ils dînèrent ensemble le vendredi suivant. Tully prenait un plaisir fou à parler avec lui.

Au dessert, Jeremy s'éclaircit timidement la gorge.

— Tully, réponds-moi franchement. Dis-moi si c'est vraiment sérieux, entre ton copain et toi ?

— Pourquoi me demandes-tu ça ?

— Pour te donner l'occasion d'être franche. J'ai envie de te revoir.

— Moi aussi, Jeremy, dit Tully en souriant. Ne t'inquiète pas, tout va bien.

— Tu sais, Tully, je serais capable de tout te pardonner, sauf le manque d'honnêteté.

— Jeremy, pour être vraiment honnête, je trouve qu'il est un peu tôt pour parler de me pardonner. Je connais Robin depuis deux ans, et jamais il ne m'a parlé de pardon.

— C'est peut-être qu'il cache quelque chose ?

— Et qu'aurait-il à cacher ? dit Tully avec aigreur.

Jeremy mangea son steak en silence.

— Tu trouves que je vais trop vite ?

— Ce n'est pas ça, Jeremy. Mais je veux une vie simple, tu comprends ? Sans complications.

— Je comprends. Mais tu n'as toujours pas répondu à ma question. Toi et ton petit ami, avez-vous conclu un arrangement pour voir d'autres gens ?

— Un arrangement ?

Ce mot parut tout à coup très déplaisant à Tully.

— Non, nous n'avons pas conclu d'arrangement. Au fond, nous sommes très exclusifs, dit-elle en songeant qu'elle n'appréciait pas du tout la tournure de la conversation. En fait, on n'aborde jamais ce genre de sujet.

Et c'est tant mieux, pensa-t-elle avec humeur. Robin et elle existaient, c'était tout, et ils ne se posaient jamais de questions stupides et sans intérêt.

— Es-tu déjà sortie avec d'autres, à part moi ?

— Pas ce mois-ci, répondit Tully d'un ton badin, pour alléger l'atmosphère.

— Je parle sérieusement. Robin voit-il d'autres filles ?

— Franchement, je n'y ai jamais pensé, répondit Tully, de plus en plus énervée. Non, je ne crois pas. Ça te va ?

— Comment le sais-tu ?

— Oh, Jeremy ! s'exclama-t-elle en laissant tomber sa petite cuillère. C'est fini, cet interrogatoire ?

— Je m'excuse, s'empressa-t-il de dire. Je voulais juste savoir ce que tu attends de nous.

— Un dîner de temps en temps. D'accord ?

— Tu aimes Robin ?

— Tu ne trouves pas que tu manques un peu de discrétion ?

Mais Jeremy attendit.

— Oui, je l'aime beaucoup. Il est gentil et généreux avec moi. Il veut que je vienne vivre avec lui. Il me veut, quoi.

Après le dîner, ils restèrent assis dans la voiture.

— Alors c'est perdu d'avance, Tully ?

Tully le regarda du coin de l'œil.

— Jeremy, qu'est-ce que tu veux, au juste ?

— Te connaître. Être avec toi.

— Moi aussi, j'aime être avec toi. Mais il n'y a rien à connaître, je t'assure.

— Si, j'ai l'impression que tu me caches des tas de choses. Comme un noyau dur et concentré, dont tu ne montres que le contour.

— Crois-moi, il n'y a pas de noyau. Il n'y a que le contour. À l'intérieur, ce n'est qu'un trou noir. Énorme et complètement vide, dit Tully avec froideur.

Il reprit, après un silence :

— Tu veux en parler ?

Tully se passa les doigts dans les cheveux.

— Écoute, c'est peut-être votre truc, à New

York, de parler de votre passé et de le décortiquer en s'étendant sur vos états d'âme et en disant combien vous seriez différents si vous aviez vécu autrement dans votre petite enfance. Mais à Topeka, personne ne fait ça. Et moi encore moins que les autres.

Jeremy se pencha et l'embrassa sur la joue.

— D'accord, Tully. D'accord.

À la caravane, il lui demanda s'il pouvait entrer et elle refusa.

Quand elle se retrouva seule, Tully regretta le tour qu'avait pris leur conversation. Quelque chose l'attirait en Jeremy. Il était intéressant, il s'exprimait bien, et Tully n'avait jamais connu de New-Yorkais. Et puis il était plus âgé qu'elle. Mais, surtout, il ne la connaissait pas. C'était là son plus grand atout, celui de Mr Hillier, et de la Californie.

Tully et Jeremy sortirent encore deux fois ensemble. Et ils se retrouvèrent tous les jours pour déjeuner, avant qu'il parte retrouver sa famille à New York, pour les vacances de Thanksgiving. Il invita Tully à l'accompagner du même ton badin qu'elle adopta pour décliner son invitation.

Tully passa la fête de Thanksgiving avec Robin, ses frères et leurs petites amies. Elle pensa à Jeremy tout le week-end.

Le lundi matin, en cours, Tully avait tellement hâte de se retrouver seule avec lui qu'elle fut incapable de penser à autre chose. Ils sortirent ce soir-là et, quand il la raccompagna chez elle, Tully l'invita à entrer.

Elle lui fit du café, s'assit près de lui sur le canapé, et lui dit qu'il lui avait manqué. Jeremy posa sa tasse de café, prit le visage de Tully entre ses mains et l'embrassa.

Ils firent l'amour sur le canapé, puis ils gagnèrent le lit en cuivre et firent encore l'amour.

La tête de Tully reposait sur la poitrine de Jeremy et il lui caressait les cheveux.

Ils restèrent allongés un moment. Elle pensa aux photos d'elle et de Robin, soigneusement cachées dans un tiroir.

— Ta chambre est bien nue, Tully, dit Jeremy en regardant autour de lui. Pas de photos sur les murs, ni sur la table de nuit. Tu les as peut-être cachées dans un tiroir ?

— Ne sois pas bête.

— Tu te sens coupable ?

— Coupable ? C'est un mot étranger à mon vocabulaire.

Qu'est-ce que ça veut dire, exactement ? C'est une sorte d'émotion ?

— Coupable envers Robin ?

— Non, Jeremy.

Pas coupable, mais déloyale, pensa-t-elle. Robin ne m'a toujours fait que du bien, et je suis déloyale envers lui.

— Toi et Robin, vous parlez beaucoup ? demanda Jeremy.

— Pas tellement, pourquoi ?

— Tu m'as dit que tu n'étais pas très bavarde. Je me demandais si c'était différent avec lui.

— C'est différent avec toi, dit Tully. Robin et moi, on n'a pas besoin de parler, expliqua-t-elle. On est ensemble et ça nous suffit.

— Est-ce que Robin sait tout de toi ?

— Non, Dieu merci.

Elle roula sur Jeremy et ils firent l'amour pour la troisième fois.

Tully alla dîner avec Robin quelques jours plus tard. Elle fut plus silencieuse que d'habitude.

— Qu'est-ce qui ne va pas ? lui demanda-t-il.

— Rien.

Ce soir-là, elle prétendit être trop fatiguée pour qu'il la raccompagne et passe la nuit chez elle.

— Bon, dit Robin. Maintenant, je suis certain que quelque chose ne va pas. Je t'ai toujours raccompagnée. Alors, qu'est-ce que c'est ?

Tully le laissa entrer, puis lui faire l'amour, l'embrasser, la caresser et la regarder avec tendresse en lui disant qu'il l'aimait. Le samedi suivant, elle appela Robin en début de journée pour lui dire qu'elle avait attrapé froid et qu'elle ne pourrait pas le voir.

Durant les trois semaines qui précédèrent Noël, Jeremy resta dormir chez Tully trois fois par semaine. Elle retrouvait Robin le samedi soir, après le travail. Et le dimanche, elle allait à l'église Saint Mark.

Un soir que Jeremy était chez Tully, il ramassa sur la table une lettre de Julie, que Tully avait laissé traîner.

— Tu reçois des lettres ? Moi, personne ne m'écrit, à part mes parents.

— C'est parce que tu n'as pas d'amis, dit-elle en plaisantant. Mais elle lui reprit la lettre.

— Tu lui écris souvent ?

— Pas aussi souvent que je le devrais, répondit Tully en se mordant les lèvres. Tu viens ?

— Mais on vient juste de commencer à parler...

— Viens, dit-elle d'un ton caressant en l'invitant à la rejoindre sur le canapé.

Au milieu de la nuit, elle se réveilla et sut qu'elle ne pourrait plus se rendormir. Elle se dégagea doucement du bras de Jeremy, alla dans le salon et ouvrit la lettre de Julie pour la relire.

1er décembre 1980

Chère Tully,

J'étais à Topeka pour Thanksgiving, et devine un peu... Tu ne m'as pas appelée une seule fois. Je ne sais pas ce qui t'arrive, Tully. Je n'en ai vraiment aucune idée. Mais je vais te simplifier la vie, d'accord ? Je ne vais plus t'écrire. Et je ne t'appellerai pas non plus. C'est la quatrième lettre que je t'envoie depuis que je suis repartie, et tu n'as répondu à aucune. Manifestement, tu ne veux plus garder le contact. Ça me rend triste, mais je ne tiens pas à t'empoisonner la vie. Quand tu auras envie de me reparler, tu n'auras qu'à m'écrire. Je serai toujours heureuse d'avoir de tes nouvelles, même si ce n'est pas réciproque. Tu sais, Tully, j'aimerais pouvoir t'aider. Je suis si triste de tout ce qui t'est arrivé. Nous avons chacune notre façon de nous en sortir. Apparemment, tu as choisi de mettre une croix sur tous tes anciens amis et de devenir quelqu'un de différent, et je le regrette, Tully, parce que je t'aimais telle que tu étais.

Bon, c'est tout pour aujourd'hui. Salut.

Je t'embrasse,

Julie.

Tully lut la lettre trois fois et la reposa. Une croix pas sur tous mes amis, Jule, pensa-t-elle en appuyant la tête sur le dossier du canapé. Seulement sur toi.

Vers la mi-décembre, Shakie fit son entrée à la Casa del Sol, rayonnante. Au premier coup d'œil, Tully devina pourquoi.

— C'est au tour de qui d'être malade, chez Jack ?

— Son oncle, dit Shakie, transportée. Il est dans un sale état.

— Shakie, ne recommence pas à chanter, dans deux semaines tu seras en larmes.

— Oh, Tully ! s'écria Shakie. Ne fais pas ta rabat-joie !

À la même période, Jeremy proposa à Tully de l'emmener à New York pour les vacances. Au début, Tully ne prit pas son invitation au sérieux. Comme il insistait, elle fut tentée d'accepter, moins pour voir New York que pour échapper à la joie intempestive de Shakie.

Mais partir, cela voulait dire s'expliquer avec Robin, en admettant que Robin lui demande une explication, et lui avouer qu'elle voyait en Jeremy Macy ce qu'il ne pouvait lui donner.

Durant la semaine d'avant Noël, Jack Pendel et Shakie débarquèrent à la Casa del Sol. Tully dut s'occuper d'eux. Shakie s'accrochait à Jack comme une sangsue. Quant à lui, il semblait vaguement s'amuser de sa présence. Bon sang, il faut que je me tire d'ici, pensa Tully en leur apportant du *chili con carne*. Il faut absolument que j'aille à New York, sinon elle va finir par comprendre pourquoi il me regarde comme ça, et je n'aurai plus qu'à prendre mes jambes à mon cou.

Quand elle leur apporta leurs bols de chili, Jack leva les yeux sur elle.

— Comment ça va ? fit-il pour l'obliger à le regarder.

— Très bien, répliqua Tully en sortant son carnet de commandes. Vous désirez autre chose ?

— Oh oui ! dit Shakie. Je meurs de faim. Je vais prendre des *enchiladas*. Et toi, Jack ?

— Qu'est-ce que tu fais ces derniers temps ? Tu vas en cours ? demanda Jack.

— Oui, bien sûr. Ce sera tout ?

Il la fixait avec insistance.

— Je prendrai du *chimichanga* au bœuf, dit-il en lui tendant les menus.

Au moment de payer, pour une addition de trente dollars, il laissa à Tully un pourboire de vingt dollars.

— Je ne peux pas accepter, dit Tully.

— C'est Noël, Tully, fit Jack en haussant les épaules. Tu n'auras qu'à boire un coup à ma santé.

Va te faire foutre, pensa Tully.

Plus tard, cette nuit-là, elle annonça à Jeremy qu'elle ne pouvait aller à New York avec lui. Déçu, il resta sans lui parler ni la regarder pendant plusieurs minutes.

— Pourquoi, Tully ? finit-il par demander.

— Parce que je ne peux pas le dire à Robin.

— Pourquoi ?

— Parce que je ne veux pas le blesser.

— Et moi, tu ne me blesses pas, peut-être ?

— Justement, à quoi bon rendre deux personnes malheureuses ?

— Tully, je croyais que tu ne l'aimais pas.

— Mais je n'ai pas envie de lui faire de mal.

Elle esquissa une caresse, mais il se leva, enfila son jean et son sweat-shirt et se mit à arpenter la pièce.

— Tully, vraiment, j'ai passé l'âge.

— Passé l'âge ? dit-elle en se redressant pour passer un T-shirt.

— L'âge qu'on me fasse marcher comme ça ! s'écria-t-il en haussant le ton.

— Jeremy, calme-toi, dit-elle en ouvrant de grands yeux. Tu es chez moi. Tu n'as pas à me crier dessus.

— Je m'excuse, dit-il en se radoucissant.

— Jeremy, je ne t'ai jamais rien caché. Tu sais tout au sujet de Robin, et lui ne sait rien de toi. Si je fais marcher quelqu'un, ce n'est pas toi.

Jeremy continua à faire les cent pas, puis il s'arrêta face à elle.

— Tully, que ressens-tu pour moi ?
— Je t'aime vraiment beaucoup.
— Tu crois que tu pourrais quitter Robin ?
Tully baissa les yeux et regarda ses mains.
— Tully ?
— Jeremy, je ne te connais que depuis deux mois, s'écria-t-elle, exaspérée. Arrête de me harceler comme ça, d'accord ? Il me faut du temps.
— Je sais bien, mais pour moi c'est comme si nous avions déjà parcouru un long chemin ensemble, sur le plan affectif. Je ne veux pas perdre ça.
— Jeremy, tu ne sais rien de moi. Rien.
Et j'aimerais que ça reste comme ça, pensa-t-elle.
— Je sais des tas de trucs sur toi, Natalie Makker, dit-il en lui prenant les mains. Tu es orpheline, et tu n'oses pas aimer. Tu as bon cœur. Tu lis Kurt Vonnegut et Stephen King. *Gastby le Magnifique* est ton livre préféré. Tu aimes danser et tu crois en Dieu. Qu'ai-je besoin de savoir d'autre ?
— Rien, dit Tully. Absolument rien.
— Si tu veux que ça marche entre nous, Tully, il faudra bien t'engager, à un moment ou à un autre. Donne-toi à moi, Tully.
Tully ferma les yeux en gémissant. S'engager... C'était une chose qui ne lui avait jamais effleuré l'esprit. C'est donc ce qui arrive quand on devient adulte ? Quand on est gosse, on n'a pas besoin de s'engager. Être amis, c'est simplement avoir envie d'être ensemble. Et quand on ne veut plus être ami avec quelqu'un, on arrête, c'est aussi simple que ça. Et maintenant... maintenant nous voilà en train de faire l'amour. Moi et Robin aussi on fait l'amour, et on ne parle pas d'engagement pour autant. Je ne sais pas pourquoi, mais je préfère ça.

Jeremy partit pour New York sans Tully. Elle

passa Noël avec Robin, chez lui. Ils achetèrent un grand sapin et le décorèrent généreusement. La veille de Noël, ils s'assirent près de la cheminée et regardèrent « Un conte de Noël » à la télévision. Le lendemain matin, ils firent l'amour et ouvrirent leurs cadeaux. Tully avait acheté à Robin des chaussettes, de l'eau de Cologne et un pull, de chez DeMarco et Fils, bien sûr. Robin lui offrit une chaîne en or avec un pendentif portant son nom, « Tully », entouré de deux rubis.

Elle mit la chaîne à son cou, le cœur serré. Encore une chose à cacher dans le tiroir...

Le 31 décembre, Shakie les invita à une soirée qu'elle donnait chez elle.

— Jack est parti ? demanda Tully.

— Tully, ne sois pas vache. Non, pas encore, répondit Shakie d'un air maussade.

— D'accord. Je m'excuse, mais ce sera pour une autre fois.

— Mais pourquoi ?

Parce que je suis déjà venue à l'une de tes fêtes, il y a deux ans. Et j'ai dansé avec Robin en me demandant ce que ton Jack ressentait pour ma meilleure amie.

— Parce que Bruce, le frère de Robin, nous a invités à sa ferme.

Tully ne mentait pas vraiment. Ils allèrent bien chez Bruce. Ils burent du champagne et du porto-flip, puis ils jouèrent aux charades toute la nuit. Tully montra à tout le monde la chaîne que Robin lui avait offerte et à minuit, tandis qu'elle lui chantait « Auld Lang Syne », Robin l'embrassa sur la bouche.

Un instant plus tard, Robin lui murmura à l'oreille :

— Tu devrais peut-être appeler ta mère et lui souhaiter la bonne année, non ?

Le sourire de Tully fondit sur ses lèvres.

— Ma mère n'est pas très fêtarde.

— Mais, Tully...

— Mais rien du tout, le coupa-t-elle. Crois-moi, Robin, je ne ferais que la réveiller.

— Ça fait un an et demi que tu es partie et tu n'as jamais pris de ses nouvelles. Profite du nouvel an, c'est le bon moment. Tu ne crois pas ?

— Robin, je ne ferais que la réveiller, répéta Tully.

— C'est ta mère, Tully...

— Je n'y suis pour rien.

— Tu ne sais même pas si elle va bien.

Tully prit une profonde inspiration.

— S'il te plaît, Robin, dit-elle en souriant. Amusons-nous. On en parlera demain, si tu y tiens. Viens, allons danser.

III

HEDDA MAKKER

Août1941

Hedda naquit en 1942, dans une ferme située juste au nord d'Oklahoma City. Ses parents, Bill et Martha Rust, s'étaient mariés en 1936 et n'avaient pas encore d'enfant quand Bill dut rejoindre l'armée en août 1941. Martha donna le jour à une petite fille d'à peine deux kilos qui naquit cinq semaines avant terme, le 6 août 1942. Quand, en 1945, son mari revint du Pacifique et découvrit l'existence de cette petite fille de trois ans, un simple calcul lui fit vite comprendre qu'il n'en était pas le père.

Devant Hedda, recroquevillée dans un coin, il battit Martha à mort en la traitant de putain, puis il les chassa de sa maison à grands coups de pied.

Défigurée, le nez cassé et trois dents en moins, Martha fit du stop avec Hedda jusqu'à l'hôpital d'Oklahoma City, où l'on prit soin d'elle tandis que Hedda restait dans la salle de repos des infirmières. C'était une enfant très renfermée et solitaire, et on la laissa seule pendant les soixante-dix heures que Martha passa à l'hôpital avant de partir à l'improviste, sans laisser d'adresse, et sans Hedda.

L'une des infirmières essaya d'expliquer à la petite fille que sa maman était partie, mais elle ne rencontra chez l'enfant qu'un silence méfiant doublé d'un regard morne. Elle finit par reconduire Hedda chez son père.

À sa vue, celui-ci serra les poings et remercia d'un ton rogue l'infirmière, qui s'empressa de disparaître.

La petite Hedda se retrouva seule avec l'homme qui avait failli tuer sa mère. Dès qu'elle croisa son regard, elle se mit à crier et s'enfuit à toutes jambes de la maison. Quand il la rattrapa, elle le mordit, et il la corrigea si bien qu'elle perdit conscience.

Pourtant Bill Rust la garda chez lui.

Quand Hedda eut six ans, Bill fit annuler son premier mariage et se mit en ménage avec une femme nommée Sarah, dont Hedda se souvenait qu'elle était grosse et sentait mauvais. Sarah avait une fille de quinze ans, Lena, au langage grossier et à l'esprit un peu retardé. Quelque chose en Lena déplaisait à la petite fille, et elle évitait sa compagnie.

Quelques années passèrent et Sarah finit par se rendre compte que Hedda, à huit ans, ne savait encore ni lire ni écrire. On l'envoya alors à l'école.

Les sept années de sa scolarité furent sept années de souffrance. Elle fut en butte à l'incompréhension de ses camarades et de ses maîtres, qui la renvoyèrent par deux fois pour avoir été mêlée à des bagarres dans la cour de l'école.

À quinze ans, Hedda était grande et bien plantée, elle donnait une impression de force et de santé. Elle avait les yeux verts, une peau satinée, de longs cheveux châtain clair. Une nuit, elle se leva, fourra ses maigres affaires dans un sac, prit deux cents dollars dans la planque de Bill Rust, au fond du garde-manger, et s'en alla.

Elle confia son destin au hasard et fit treize kilomètres à pied sur le côté droit de la route, jusqu'à ce qu'un camionneur la prenne.

Dix heures plus tard, il la déposait sur Topeka Boulevard. Elle entra dans un drugstore pour boire un soda, et la première personne à qui elle adressa la parole fut Henry Makker.

Henry avait vingt-deux ans et venait juste d'être nommé sous-directeur de l'usine de retraitement des déchets de Topeka. Quand il vit Hedda, il la toisa des pieds à la tête en se disant que cette va-nu-pieds, avec son air sauvage et son corps plantureux, devait coucher avec n'importe qui.

Il lui trouva un emploi à l'usine, que Hedda conserva pendant vingt-quatre ans, jusqu'au 1er janvier 1981. Il consistait à remplir des bouteilles de plastique avec une solution destinée au traitement des vidanges. Henry lui trouva aussi une chambre à deux dollars par semaine. Elle la garda un mois, puis alla habiter avec lui.

La vie de Hedda avait trouvé son sens et ses grands yeux verts leur lumière.

Henry Makker était bel homme ; selon Hedda, il était aussi riche et cultivé. Avant de le rencontrer, elle chantait des hymnes à l'église baptiste chaque dimanche. Maintenant, c'était lui son dieu. Rien ne vint entacher le bonheur de leurs premières années de vie commune, sinon le désir fiévreux qu'avait Hedda d'être tout le temps avec lui. Le matin, Henry les conduisait tous deux de leur petit appartement de Harrison Street à l'usine. Le midi, ils déjeunaient ensemble à la cafétéria et, en fin de journée, ils rentraient ensemble à la maison. Pour lui plaire, elle apprit à faire la cuisine, à coudre, à lire et à faire l'amour.

Quand ils se marièrent, au mois de juin 1959, selon les mots mêmes du juge de paix, Hedda était resplendissante. Un mois avant, elle avait écrit à Bill Rust pour l'inviter, en joignant à sa lettre un chèque de deux cents dollars. Il ne répondit pas, ne vint pas, mais encaissa le chèque.

Par contre, Lena assista à la cérémonie, accompagnée de son mari, Charlie, un buveur de bière ventru et négligé, plombier au chômage, dont la chemise en flanelle bleue dépassait du pantalon. Lena et Charlie apprécièrent tant Topeka qu'ils décidèrent de s'y installer dès que Charlie aurait trouvé un emploi stable, ce qui finit par arriver.

Quant à Henry et Hedda, ils passèrent leur lune de miel à Corpus Christi, au Texas, où ils retournèrent en 1960 et 1961.

Leurs premières années furent heureuses. Avec l'argent que Henry avait mis de côté, ils achetèrent une maison. Elle semblait si vaste à Hedda, cette maison du Bosquet. Elle avait une grande cour entourée d'une clôture, où Hedda élevait des poules pour que son mari ait des œufs frais tous les matins.

Henry Makker était le seul être que Hedda ait jamais aimé, aussi, durant l'hiver 1959, quand elle s'aperçut qu'elle était enceinte, pensa-t-elle que sa vie était fichue.

De l'épisode sanglant de sa petite enfance, Hedda n'avait rien compris, sinon ceci : quand il avait découvert que sa femme avait un enfant, Bill l'avait battue à mort.

Bill Rust l'avait gardée près de lui mais, en douze ans, il ne l'avait jamais prise dans ses bras ni embrassée. Il ne lui avait même jamais dit un mot gentil. Entre eux, il n'y avait qu'un silence obstiné et revêche. Hedda s'était enfuie le cœur content, sans aucun regret, certaine que Bill serait ravi d'être débarrassé d'elle.

Et voilà qu'elle se retrouvait enceinte. Pour échapper à cette fatalité, elle quitta un jour son travail en prétextant un malaise et se rendit chez un « docteur », à Wichita. Rentrée chez elle, elle prépara le dîner pour Henry, puis se mit à perdre du sang. Henry l'emmena d'urgence à l'hôpital de Topeka, où le médecin l'informa qu'aux États-Unis l'avortement était illégal, et que sa femme avait bien failli y passer, tellement il avait été mal pratiqué, et sans aucune hygiène.

Henry attendit que Hedda se rétablisse. Il lui déclara alors qu'il l'aimait, mais que, si jamais elle lui refaisait un coup pareil, il devrait la quitter.

En mai 1960, Hedda tomba de nouveau enceinte. Malgré la joie que cette nouvelle sembla procurer à son mari, elle crut que leurs jours de bonheur étaient comptés. Le 19 janvier 1961, après un accouchement difficile, elle mit au monde une petite fille, Natalie Anne Makker.

Heureusement, c'était un bébé calme et facile à vivre. Hedda avait quitté son travail pour s'occuper d'elle. En fait, elle la mettait dans une chambre à l'étage et ne venait la voir qu'à l'heure des repas.

Les trois premiers mois, Hedda allaita sa fille, puis elle la sevra brutalement et engagea une nurse. Malgré les fortes réticences de Henry, elle reprit son travail. Henry fut bientôt rassuré : la petite Natalie s'adaptait bien à sa nounou. Elle avait même l'air plus épanouie que jamais.

L'angoisse de Hedda s'accrut quand elle vit la façon dont son mari regardait sa fille en rentrant du travail. Natalie avait alors environ neuf mois. C'était un regard plein d'adoration, et il n'était pas destiné à Hedda, mais à cette petite fille joufflue qui marchait à quatre pattes. Dès son retour, Henry se précipitait pour prendre Natalie dans ses bras, passant devant sa femme sans la voir. Pour la première fois de sa vie, Hedda éprouva de la jalousie et une haine plus intense que tout l'amour qu'elle pouvait ressentir pour son mari.

Natalie avait un an quand Hedda tomba de nouveau enceinte. Henry espérait que, cette fois, ce serait un garçon. Hedda aussi, comptant que l'adoration que Henry avait pour sa fille s'affaiblirait.

Et ce fut bien ce qui se passa quand, en novembre 1962, Johnny Makker vint au monde. Henry n'eut plus d'yeux que pour son fils.

Ce fut pourtant une mince victoire pour Hedda, car tout l'amour et l'affection de Henry s'étaient reportés sur son petit garçon. Rongeant son frein, mais se pliant au désir de son mari, Hedda dut rester à la maison de longs mois pour s'occuper de Johnny. Pendant ce temps, Natalie, qui commençait à marcher, jouait dans la cour ou se promenait avec sa nounou. Le petit garçon avait huit mois quand Henry reçut à l'usine un coup de téléphone de la nounou, hystérique, disant que le petit Johnny était dans son lit et ne respirait plus.

— On appelle ça la mort subite du nourrisson, dit le médecin à Henry en signant le certificat de décès. Normalement, ça n'arrive qu'aux nouveau-nés, quand ils n'ont pas encore appris à respirer comme il faut.

— Jusqu'à quel âge ? demanda Henry.

— Pas plus de dix semaines, répondit le docteur.

Johnny fut enterré au cimetière Woodlawn de Topeka. Henry Makker s'y rendait chaque dimanche, pour parler à son petit garçon. Quand il ne travaillait pas, il se laissait aller au chagrin. Hedda passait tout son temps libre à le réconforter. Pour ses parents, Natalie n'existait pas.

Quand elle eut quatre ans, ils renvoyèrent la

nounou. Henry était réticent, mais Hedda réussit à le convaincre en disant qu'elle-même, à trois ans, restait toute seule à la maison, et que Natalie était très mûre pour son âge.

L'hiver, Natalie restait à l'intérieur de la maison. Elle regardait la télé, dessinait, parlait à ses poupées. L'été, on la laissait dans la cour, avec les poules. Il lui arrivait de s'aventurer au-dehors et de ne pas être là quand Henry et Hedda revenaient du travail.

Hedda se prenait alors à espérer que Natalie se perde une bonne fois pour toutes, mais la police finissait toujours par la ramener. Puis vint l'époque où Angela Martinez et Lynn Mandolini se relayèrent pour garder Natalie et la ramener en fin de journée. Cela arrangeait bien Hedda, même si elle n'appréciait guère leurs regards réprobateurs. Ce n'est pas vos affaires ! avait-elle envie de crier. Je suis pratiquante. Je vais à l'église.

En septembre 1965, Hedda tomba enceinte pour la quatrième fois. Cette nouvelle l'accabla, mais son mari en fut transporté de joie. Pendant trois mois, Hedda ne mangea rien, fuma comme un sapeur et but du Southern Comfort. Malgré tous ses efforts, Henry Makker Jr pesait plus de trois kilos quand il naquit le 23 juin 1966, presque trois ans après la mort de Johnny.

Henry engagea une nurse à domicile pour s'occuper du petit garçon, mais surtout pour le surveiller jour et nuit. Hank vécut ses deux premières années sans encombre. Son premier mot fut pour sa sœur, « Tuwy ». Cela amusa Jennifer qui se mit à appeler son amie « Tully », par jeu. Et le nom lui resta.

Depuis l'instant où il lui avait interdit d'avorter, Hedda savait que Henry la quitterait un jour. Ce fut le 20 juillet 1968, après neuf ans de vie commune. Sa vie s'écroula d'un seul coup. Pourtant, elle ne regrettait rien de ce qu'elle avait fait pour repousser cette fatalité, car seul l'avait guidée son amour pour son Henry. Elle était même surprise que leur mariage ait tenu si longtemps et attribua cette longévité aux efforts surhumains qu'elle avait faits pour garder son mari.

Hedda continua à travailler, mais les charges de la maison devinrent trop lourdes pour elle. Elle proposa alors à tante Lena et à oncle Charlie de venir vivre chez elle. Ce n'était pas de gaieté de cœur. Par chance, suite à ses nombreux excès, Charlie mourut bientôt d'une crise cardiaque; grâce à son assurance-vie, Hedda put continuer à payer son crédit. Mais ce n'était pas un cadeau que d'avoir Lena dans les pattes. Par bien des côtés, elle était comme un enfant. Elle ne comprenait jamais rien, n'aidait pas dans la maison, et se contentait de bavarder avec les voisins toute la journée.

Au fil des années, la suprême indifférence de Hedda envers Tully s'était muée en une colère irrépressible. Tully était si désobéissante ! Pas moyen de la tenir. Elle quittait la maison, disparaissait pendant plusieurs jours, séchait les cours, ne mangeait pas. Et elle ne parlait jamais. Cela avait beau convenir au tempérament taciturne de Hedda, le silence obstiné de Tully finissait quand même par lui porter sur les nerfs. Et puis Tully n'avait pas de morale. Toute cette histoire avec oncle Charlie en 1973... Hedda s'en fichait bien. Pourtant, quand Charlie était mort quelque temps après, elle s'en était réjouie secrètement.

Elle travaillait tellement qu'elle n'avait ni le temps, ni l'énergie de s'occuper de Tully et de ses problèmes scolaires. Plusieurs jours par semaine,

Tully restait dormir chez Jennifer ou chez Julie. Hedda n'avait rien contre. Sauf certaines fois, où elle frappait Tully avec une ceinture et lui interdisait de sortir de la maison pendant des semaines.

Après Henry, Hedda ne connut jamais d'autre homme. Elle ne sortait jamais avec personne. Elle avait trente-six ans quand elle s'était retrouvée avec un revolver braqué sur elle, face à Tully qui la regardait comme Bill Rust avait regardé sa mère en la tabassant.

Après le départ de Tully, Hedda s'était sentie plus seule que jamais. Elle crut d'abord que Tully allait vite revenir, mais au fil des jours, puis des mois, elle comprit que sa fille ne reviendrait pas. Quant à Lena, elle continua son petit train-train jusqu'au jour où elle annonça à Hedda qu'elle avait rencontré quelqu'un et qu'ils allaient se marier.

— Mais comment as-tu fait ? demanda Hedda. Tu ne sors jamais de la maison.

— Je n'en ai pas eu besoin, dit Lena. Il est venu à moi. C'est le postier.

Lena et le postier se marièrent donc, et Lena demanda à Hedda de déménager. Elle dut partir de chez elle. En fait, la maison ne lui appartenait plus depuis bien des années.

Hedda s'installa dans une petite chambre qui ne coûtait que vingt dollars par semaine, située au nord de la ville, à trois pâtés de maisons de l'usine de retraitement.

Elle continua à se lever pour aller travailler le matin, et à rentrer le soir chez elle, pour dîner et s'endormir devant la télé. Pourtant, les samedis soir, Hedda prenait un bus pour se rendre chez Carlos O'Kelly's ou, quelques mois plus tard, à la Casa del Sol. Après avoir attendu que Tully revienne, elle avait fini par appeler Angela Martinez, qui lui avait dit où Tully travaillait et ce qui était arrivé à Jennifer Mandolini. Comment Tully avait-elle pu garder ça pour elle ?

Hedda se campait de l'autre côté de Topeka Boulevard, face à la Casa del Sol, et attendait que Tully sorte. Après son service, Tully avait l'air aussi crevée qu'elle à la fin de sa journée. Hedda la voyait certaines fois marcher jusqu'à la voiture bleue de Jennifer, remarquant ses jambes fines et ses cheveux courts. Elle se souvenait que le père de Jennifer était venu un jour à la maison, quand Tully était encore au lycée, et qu'il lui avait donné des clefs de voiture. Tully avait protesté. Alors il avait dit : « C'est ce qu'elle voulait. » Et Tully avait accepté. Sur le coup, cela avait intrigué Hedda, mais pas au point de questionner sa fille.

Tully sortait parfois de la Casa del Sol avec un homme. Il montait dans une jolie voiture rouge et Tully dans la sienne. Tout récemment, Hedda l'avait vue avec un autre homme, qui conduisait une grande Ford toute déglinguée.

Le 1er janvier 1981, dix-huit jours avant le vingtième anniversaire de Tully, Hedda déjeunait à l'usine quand elle se pencha pour ramasser une serviette qu'elle avait fait tomber. Elle ressentit tout à coup une douleur si aiguë à l'œil droit qu'elle tomba en avant. Elle voulut se relever et porta la main à son œil, mais la douleur la terrassa de nouveau. Elle ferma les yeux, vit du noir, rouvrit les yeux, vit encore du noir, et sa dernière pensée fut : « Tully. »

Deux

— Tully ! Téléphone ! s'écria Donna vers cinq heures et demie de l'après-midi.

Tully gagna le bureau de la réception.

— C'est un homme, murmura Donna. Il a l'air sérieux.

Personne ne l'appelait jamais au travail, sauf Shakie. Qu'a-t-il pu encore arriver ? pensa Tully en prenant le combiné.

— Oui ?

— Vous êtes Natalie Makker ?

— Oui.

— Tully, c'est le Dr Reuben, de l'hôpital de Topeka.

— Oui.

— Je suis désolé, Tully, mais j'ai de mauvaises nouvelles pour vous. C'est au sujet de votre mère.

Silence.

— Tully, vous êtes là ?

— Oui.

— Votre mère a eu une attaque. Elle est au service des soins intensifs, ici, à l'hôpital. Nous ne savons pas dans quel état elle va s'en sortir, si elle s'en sort.

Silence.

— Tully ? Ça va ? Ce doit être très dur pour vous.

— Oui.

— Vous pouvez venir au deuxième étage de l'hôpital. Dites qui vous êtes et on vous laissera voir votre mère, d'accord ?

— Oui, dit Tully, et elle raccrocha.

— Tully ? Tout va bien ? demanda Donna.

— Oui, dit Tully.

Elle retourna finir son service. Ensuite, elle rentra chez elle, prit une douche et alla directement se coucher.

Le lendemain matin, Tully alla à l'hôpital. Les infirmières l'accompagnèrent à la chambre où était sa mère, et Tully la regarda pendant quelques instants.

— Vous pouvez aller vous asseoir près d'elle, si vous voulez, dit l'infirmière. Ne vous inquiétez pas. Ça ne la dérangera pas.

Tully secoua la tête. Elle s'en alla vite, reprit sa voiture et fit route vers l'église Saint Mark.

Quand elle informa Robin de l'attaque de sa mère, il fut bouleversé et se mit dans tous ses états, passant de la compassion à la colère.

— Tully ! Ta mère est à l'hôpital ! Elle va peut-être mourir ! Comment as-tu fait pour rester assise là, avec moi, à te goinfrer et à raconter des blagues, avec ça au-dessus de ta tête ?

— Disons plutôt en arrière-plan, dit-elle en riant.

Robin tapa du poing sur la table.

— Robin, du calme.

— Je ne suis pas près de me calmer. C'est ta mère. Tu n'en as donc rien à foutre ?

— Désolé, Robin, mais tu m'ennuies, répondit posément Tully après avoir mordu dans une meringue au citron. J'ai envie de rentrer chez moi. Peux-tu me ramener, s'il te plaît ?

— Pourquoi n'irait-on pas à l'hôpital ?

— Parce que je n'habite pas à l'hôpital. J'ai ma caravane et c'est là que je veux aller.

— Depuis combien de temps ta mère est-elle là-bas ?

Tully hésita.

— Six jours, je crois.

— Combien de fois es-tu allée la voir ?

Elle hésita de nouveau.

— Elle est dans le coma, avec des tubes qui lui sortent de partout...

— Combien de fois ?

— Cinq ou six, je pense...

— Tully !

— Une fois.

— Une fois ! répéta-t-il, le souffle coupé.

Tully se leva et mit son manteau.

— Robin ! Je sais que ce n'est pas facile à admettre, mais ça ne te regarde pas. Ramène-moi à la maison.

Dehors, il faisait froid et il neigeait. Quand ils approchèrent de la voiture, Robin lui bloqua le passage.

— Tully, tu dois comprendre ce que je ressens. Ma mère est morte brutalement.

— Oui. Quel réconfort pour moi ! Malheureusement, je ne suis pas sûre que la mienne aura cette chance.

Robin leva soudain la main pour la frapper, mais Tully ne bougea pas d'un pouce et se contenta de le regarder, sans ciller. La main de Robin retomba.

— Tu es fou ? Tu as perdu la tête ? cracha Tully d'une voix mauvaise.

— Je m'excuse. Vraiment je suis désolé, Tully. Je ne t'ai pas touchée. Je m'excuse.

Elle lui tourna le dos. Il l'agrippa et l'obligea à lui faire face. Elle essaya de le repousser, mais son visage était si proche qu'elle n'eut soudain plus envie de se battre, seulement d'être ainsi, tout près de lui.

Ils finirent par monter dans la voiture, et Tully regarda droit devant elle.

— Qu'est-ce qui se passe, Tully Makker ? continua Robin. Tu es si distante ces derniers temps...

— Seulement ces derniers temps ?

— Oui. Avant, j'arrivais à te toucher. Tu n'étais pas si lointaine. Mais nous nous voyons de moins en moins, alors je m'inquiète. Et puis ça me bouleverse de te voir réagir avec cette froideur. C'est ta mère, malgré tout.

Que dalle, pensa Tully.

Il se gara sur le côté de la route.

— Tully, je t'en prie, ne me ferme pas la porte au nez, laisse-moi entrer, dit Robin en la caressant. Je t'en prie.

— D'accord, Robin.

Dans la caravane, il faisait bon et tout reluisait de propreté. Tully fit du thé et s'installa sur le canapé, près de Robin. Elle regarda son visage fervent, caressa sa douce peau olivâtre, ses mains qui tenaient la tasse de thé, et elle ne put se résoudre à tout lui avouer, sur elle et Jeremy. Mais elle craignait que Robin finisse par découvrir l'existence de Jeremy, et la quitte pour de bon.

Tully ne se sentait pas prête à rompre avec lui. Pourtant il était là, assis sur le canapé, et attendait qu'elle s'ouvre à lui. Elle n'avait pas le choix : c'était soit lui parler de Jeremy, soit lui parler de sa mère.

Elle lui fit signe de la suivre dans la cuisine.

— Robin, laisse-moi te raconter le premier souvenir de la petite Natalie, dit-elle d'une voix atone en mettant deux muffins dans le grille-pain. Elle avait deux ans et il faisait nuit. Natalie dormait sans bruit, puis elle se réveilla. Elle se réveilla parce qu'elle ne pouvait plus respirer. Elle tenta de crier, continua Tully en sortant du placard le beurre et la gelée de groseilles, mais elle ne pouvait plus respirer. Quelque chose était appuyé contre son visage. Un oreiller. Elle se débattit et tenta de se dégager. Ses mains essayèrent d'arracher l'oreiller, mais c'était impossible. Peu à peu, ses jambes arrêtèrent de remuer, et elle se sentit partir loin, très loin. Là où on ne souffre plus. Puis Natalie reconnut vaguement la voix de son père, qui demandait si elle allait bien. Tout de suite, l'oreiller se leva de son visage. Natalie se mit à crier.

Elle vit alors sa mère se tourner vers son père et lui reprocher d'avoir réveillé la petite. Natalie continua à crier, jusqu'à ce que son père vienne la prendre dans ses bras.

Robin la regardait avec des yeux comme des soucoupes. Ils étaient debout, l'un en face de l'autre.

— Les toasts sont en train de brûler, dit Robin.

Tully actionna le levier juste à temps. Elle mit les muffins et le thé sur un plateau, puis ils s'installèrent sur le divan.

— Tully, je ne te crois pas.

Elle haussa les épaules.

— Évidemment. Pourtant c'est vrai.

Robin reposa sa tasse de thé.

— Tully ! Les mères ne tuent pas leurs enfants. Tu as dû rêver.

— Robin, on voit que ça ne t'est jamais arrivé, dit Tully en souriant d'un air narquois. Ce n'est pas le genre de choses dont on rêve à l'âge de deux ans. Après, oui, on peut en rêver, ajouta-t-elle le regard vague.

Il se leva et fit les cent pas. Décidément, c'est une manie. Dès qu'ils viennent chez moi, ils se mettent à tourner comme des lions en cage, se dit Tully.

— C'est pour ça que tu ne dors pas très bien ?

— Je suppose.

— Je pensais que c'était à cause de...

— Non, c'est surtout pour ça, dit-elle sèchement.

Robin continua à arpenter le salon.

— Tully, pourquoi aurait-elle voulu te tuer ?

— Comment veux-tu que je le sache ? Parce que sa mère l'a abandonnée, parce que son père ne l'aimait pas, parce qu'elle avait peur que mon père nous aime trop. Qu'est-ce que ça peut faire ?

— Je veux comprendre.

— Pourquoi ? Tu crois que si tu en connaissais la raison tu comprendrais mieux ?

— Cela aurait plus de sens, oui.

— Qu'une mère étouffe son bébé ? dit-elle en riant. Génial !

Robin resta calme et silencieux.

— Tu as dit « nous ».

— Nous ?

— Oui. Tu as dit qu'elle avait peur que ton père vous aime trop. De qui parles-tu ? De toi et ton frère ? Je croyais que tu avais cinq ans quand ton frère est né.

Tully resta silencieuse... On entendit le réfrigérateur bourdonner dans la cuisine, les voitures passer sur le boulevard, le radiateur ronfler en sifflant un peu.

— J'ai eu un autre frère, finit-elle par dire. Il est mort très jeune.

— De quoi est-il mort ? demanda Robin doucement.

— De la mort subite du nourrisson, dit-elle en le regardant dans les yeux.

Quand ils se mirent au lit, Robin la prit contre lui et lui murmura à l'oreille :

— C'est horrible, Tully, horrible. J'ai tellement de mal à te croire.

— Je sais. Et ça m'est égal, dit Tully en lui caressant les mains.

— Pauvre petite. C'est de ça que tu rêves quand tu te débats au milieu de la nuit ?

— De ça et d'autres choses, dit Tully.

Une semaine avant son anniversaire, à contrecœur, Tully raconta à Jeremy le même souvenir d'enfance en prenant un ton blasé et monotone, comme si elle rabâchait une vieille histoire sans intérêt. Il pleura et la prit dans ses bras, sans pouvoir dire autre chose que : « Oh ! Tully, ma pauvre Tully, ma Tully... » La réaction de Jeremy contrastait violemment avec celle de Robin ; elle prouva à Tully qu'ils étaient trop différents pour être interchangeables.

Une semaine plus tard, Hedda allait mieux, le pire était passé. Le Dr Reuben appela Tully chez elle et lui dit que Hedda la réclamait.

— Elle arrive à parler ?

— Pas très bien, dit le Dr Reuben. Mais assez pour dire « Tuwy ».

Tully se rendit à l'hôpital, entra dans la chambre de sa mère, s'assit et la regarda un moment. Une infirmière entra et Hedda se réveilla. Elle tourna mollement la tête et aperçut Tully. Ses yeux restèrent fixés sur le visage de sa fille.

— Comment vas-tu, maman ? dit Tully, la voix un peu rauque. On m'a dit que tu allais bientôt te rétablir.

Hedda secoua légèrement la tête et lui fit signe d'approcher. Tully se leva et se pencha sur elle. Hedda sentait le chloroforme et l'alcool. Quand elle parla, Tully sentit l'odeur fétide de son haleine et grimaça de dégoût.

— Ils ne pensent pas que je -e-ma-che-ai ou pou-ai bouger mes b-as.

Tully recula et la dévisagea.

— Je suis sûre que ça va aller, maman. Tu es très forte. Tu as traversé beaucoup d'épreuves dans ta vie. Je suis sûre que tu t'en sortiras encore cette fois. Bon, il faut que j'y aille maintenant, dit Tully en marchant à pas rapides vers la porte. Je reviendrai te voir bientôt. Prends bien soin de toi.

Deux jours avant l'anniversaire de Tully, le

Dr Reuben l'appela à son travail et lui demanda de passer le voir.

— Dr Reuben, je suis très occupée, lui répondit Tully. Pendant la journée, je vais à mes cours et, le soir, je travaille au restaurant. On ne peut pas régler ça par téléphone ?

— Tully, c'est très sérieux. C'est au sujet de votre mère.

Ils prirent rendez-vous pour le lendemain.

— Tully, l'état de votre mère s'est amélioré, lui annonça-t-il.

— Tant mieux.

— Enfin, ce n'est pas idéal.

Le Dr Reuben semblait un peu nerveux. Il était grand, dégarni et portait des lunettes. Pendant toute leur conversation, il ne cessa de les ôter pour les essuyer avec un mouchoir en papier avant de les remettre.

— Je ne crois pas qu'elle pourra remarcher un jour, ni bouger les bras.

Tully resta silencieuse.

— Comment pouvez-vous en être sûr ? finit-elle par demander. La rééducation peut faire des miracles.

— Ce n'est pas impossible. Mais à cause de l'occlusion cérébro-vasculaire, le cerveau de votre mère a subi de graves dommages. Elle a ce qu'on appelle une neuropathie périphérique, une réaction des systèmes nerveux périphériques qui se rapproche d'une sclérose musculaire. Elle souffre d'hémiplégie du côté gauche, de parésie du côté droit, et...

— Dr Reuben, pouvez-vous reprendre, autrement qu'en chinois ?

Le Dr Reuben enleva de nouveau ses lunettes.

— Pour parler simplement, elle n'est pas près de se rétablir, en tout cas pas dans les mois qui viennent.

— D'accord, dit Tully.

— La bonne nouvelle, c'est qu'elle peut comprendre pratiquement tout ce qu'on lui dit. Nous pensons qu'elle retrouvera également l'usage de la parole, à part une légère difficulté d'articulation.

— Vous appelez ça des bonnes nouvelles ?

— Bien sûr, répliqua le Dr Reuben sans comprendre. Étant donné le nombre de vaisseaux sanguins obstrués, elle aurait pu devenir un vrai légume... Tully, ce que j'essaie de vous dire, c'est que votre mère va avoir besoin d'une aide quotidienne. Elle ne peut plus travailler, ni vivre de façon autonome.

Tully regarda le docteur un long moment avant de répondre.

— Je m'excuse, mais je ne vous comprends pas.

— Votre mère a besoin que quelqu'un s'occupe d'elle.

— Je suis sûre qu'on peut se débrouiller. Tante Lena reprendra maman à la maison.

— Tully, nous lui avons parlé, nous sommes allés la voir. Il nous a semblé qu'elle avait déjà du mal à s'assumer.

— Ce n'est pas moi qui prétendrai le contraire. Alors que suggérez-vous, docteur ?

Le Dr Reuben, qui venait de remettre ses lunettes, les enleva à nouveau.

— Et si vous retourniez chez vous ?

Tully se mit à rire. Elle se leva, s'approcha du bureau et se pencha.

— Je pense que vous plaisantez, lui dit-elle d'une voix glacée.

— Tully, je sais bien que vous aimez votre indépendance...

— Indépendance, mon cul ! Excusez-moi, docteur, vous ne pouvez pas savoir. Donc, je vous le dis, ce que vous demandez est complètement impossible.

— Pourquoi, impossible ? Votre tante a dit qu'elle laisserait Hedda revenir à la maison, si vous reveniez aussi.

— Au Bosquet ? dit Tully avec un petit rire.

— Tully, vous êtes sa fille. Elle n'a que vous. C'est très simple : il n'y a pas d'autre solution.

Tout à coup, prise d'un accès de colère irrépressible, Tully balaya de la main tout ce qui se trouvait sur le bureau du docteur. Cendrier, photographies, dossiers, presse-papiers tombèrent à terre dans un fracas de verre brisé. J'ai perdu mon sang-froid. Je suis comme elle, se dit-elle en s'essuyant le front.

— Pardonnez-moi. On a du mal à se maîtriser, dans la famille, dit-elle en prenant son sac. Je m'excuse.

Elle s'apprêtait à quitter la pièce, quand le docteur la rappela.

— Tully, ne partez pas, il s'agit de votre mère, après tout... Que suggérez-vous ?

— Docteur, fit Tully en se retournant. Laissez-moi vous poser une question. Que feriez-vous d'elle si elle n'avait pas de parents ?

— Eh bien, je suppose que nous la mettrions à Menninger, dans la salle des maladies chroniques.

— Voilà. Vous avez votre réponse, dit Tully en souriant sans gaieté.

— Tully, si vous alliez y faire un tour, vous ne diriez plus ça. C'est un mouroir. Je ne peux pas croire que vous vouliez condamner votre mère à ça. On est au Kansas ! Pas à New York ni en Californie. Ici, on n'abandonne pas les siens, on prend soin d'eux. C'est indigne, ce que vous proposez là.

Tully se rapprocha du bureau et se campa debout, face au docteur qui nettoyait toujours ses lunettes.

— Dr Reuben, c'est ce que vous me proposez qui est indigne. Comment pouvez-vous condamner une fille de vingt ans à vivre comme une morte vivante ? Comment osez-vous demander à une étudiante qui essaie de réussir sa vie de tout abandonner pour servir de béquille à une invalide ? D'être là, jour après jour, pour la laver, l'accompagner aux toilettes, et tout ça pendant combien de temps ? Des gens qui ont eu une attaque restent parfois paralysés pendant vingt ans... Ma mère n'a même pas quarante ans. Ce que vous me demandez, c'est de sacrifier ma vie ! cria Tully. (Elle essayait de ne pas trembler.) Et ensuite vous vous permettez de me juger parce que je refuse ! De me juger, sans rien savoir !

— Je suis désolé, Tully, dit le Dr Reuben. Mais c'est votre mère ! Elle vous a mise au monde, elle a pris soin de vous...

— Je vois ! Parce qu'elle s'est occupée de moi quand j'étais bébé, je devrais m'occuper d'elle, dans l'état où elle est ! Un bébé, c'est un vrai plaisir de le laver et de l'habiller ! Ce n'est pas comme traîner une paralysée obèse dans une maison que l'on déteste !

Incapable de continuer, Tully s'assit et garda les yeux fixés au sol. Quand le docteur voulut intervenir, elle leva la main pour lui intimer de se taire et attendit d'avoir retrouvé son calme.

— Vous n'êtes qu'un salaud. Je vous interdis de me rappeler, c'est compris ? Jamais, pas même si elle meurt et qu'il faille payer pour son enterrement. Elle m'a traitée comme un chien toute ma vie. Mais ce n'est pas le pire, docteur. Même si c'était le grand amour entre nous, je ne m'occuperais pas d'elle.

Tully se leva, cracha par terre et sortit en claquant la porte derrière elle.

IV

ROBIN ET JEREMY

Janvier 1981

C'est mon anniversaire, pensa Tully dès qu'elle ouvrit les yeux, le lendemain. J'ai vingt ans, et je suis toujours à Topeka.

Elle se leva, se lava les dents, alla aux toilettes, se fit une tasse de café et s'assit sur le divan. Vingt ans. Et j'ai vécu avec ma mère pendant dix-huit ans. Même des criminels endurcis ne font pas dix-huit ans de prison. Aujourd'hui, je suis comme eux, en liberté conditionnelle. J'ai intérêt à bien me conduire, sinon, gare à moi ! Je retournerai là-bas, au Bosquet.

Tully sortit en survêtement. Dehors, il faisait moins dix. Un vent cinglant faisait voler la neige qui recouvrait le remblai de la voie ferrée. Tully regarda en direction de Kansas Avenue, vers la route enneigée où les chasse-neige n'étaient pas encore passés. Elle se souvint d'un poème du siècle dernier. *Pourquoi le vent m'assaille-t-il ainsi ? Parce que je ne suis l'enfant de personne ?*

Elle retourna à l'intérieur, s'habilla et se fixa dans la glace. Je suis comme j'étais à douze, quinze ou dix-huit ans. Je n'ai pas changé. Elle se scruta de plus près. Non, ce n'est pas vrai. À quinze ans, je paraissais plus. Avec le maquillage, les cheveux décolorés, et toutes ces nuits blanches, du temps où je dansais à College Hill...

Maintenant, je passe bien mes soirées debout sur mes jambes, mais au lieu de danser je travaille. Et au lieu de fréquenter des garçons, je vois des hommes mûrs. Bientôt je serai une grande fille. J'aurai un diplôme et je m'assiérai sous un palmier. Mais je dormirai toujours aussi mal.

Tully s'assit par terre, devant la vieille table en bois, le dos appuyé contre le canapé, et commença à écrire une lettre à Julie.

Le 19 janvier 1981

Chère Jule,

Bon d'accord, je suis désolée.

Je suis désolée de ne pas t'avoir écrit depuis si longtemps. Crois-moi, quand je te dis que je relis tes lettres plusieurs fois par jour, c'est vrai. Je n'ai pas été une bonne copine, je le reconnais, mais je ne veux pas que tu arrêtes de m'écrire, Jule.

Aujourd'hui, c'est mon anniversaire, au cas où tu ne serais pas au courant. Tu ne m'as même pas envoyé une carte. En plus, il est neuf heures du matin et tu n'as toujours pas appelé. Tu te souviens, pour mon anniversaire, je passais la nuit d'avant et celle d'après avec vous deux. Comme ça, on restait ensemble vingt-quatre heures d'affilée. La nuit dernière, j'ai dormi et je me suis réveillée seule. Aujourd'hui encore, je suis bien partie pour ne voir personne et me coucher seule ce soir.

Je suppose que c'est ce qui arrive lorsqu'on grandit. Quand on s'aperçoit qu'on s'en fiche d'être seul, même à son anniversaire, c'est qu'on est devenu adulte.

Pour ce qui est de dormir seule, je m'en fiche.

Mais pour le reste, il faut croire que je ne suis pas encore adulte. Par exemple, jamais je n'ai fait du thé pour moi toute seule. J'en faisais toujours pour ma mère et moi, même si elle ne le buvait qu'une fois sur deux. Eh bien, figure-toi que ça me manque presque de ne plus lui préparer son thé.

Elle vient d'avoir une attaque, tu sais. Ben non, comment pourrais-tu le savoir... Elle est couchée, incapable de bouger, et ce bon docteur m'a demandé de retourner vivre au Bosquet pour prendre soin d'elle. Tu te rends compte ?

J'ai un nouveau petit ami. Il s'appelle Jeremy et il est très gentil. Il a trente-cinq ans et il vient de New York. Mais je continue à voir Robin tous les week-ends, et je l'ai presque tous les jours au téléphone.

Comment va Laura, ta copine de chambre ? Dans ta dernière lettre, tu disais que tu la considérais presque comme ta meilleure amie. Et ce type, Richard ? Tu le vois toujours ?

Moi, je vois Shakie le jeudi soir. On sort danser, juste entre filles.

Dehors, la neige n'arrête pas de tomber. Et moi je n'arrête pas de penser à la Californie, où il ne neige jamais. Peut-être qu'un jour, pour mon anniversaire, je serai devant l'océan et je humerai l'air salin au lieu d'avoir les yeux qui pleurent de froid. On verra bien...

Que dire de plus ? S'il te plaît, écris-moi. Je ne t'ai même pas vue à Noël. Aussi loin que je me souvienne, c'est le premier Noël que j'aie passé sans te voir.

Écris !

Je t'embrasse,

Tully.

Tully avait à peine posé son stylo que le téléphone se mit à sonner. Il était neuf heures et demie du matin. Tully hésita à répondre et, à l'instant où elle avançait la main à contrecœur pour décrocher, la sonnerie s'arrêta. Elle fixa un instant le combiné, et il se remit à sonner. Cette fois, elle attendit la fin de la sonnerie et décrocha.

Elle se rendit ensuite à l'église Saint Mark. La chaise qu'on avait mise là pour elle était couverte de neige. Elle l'essuya, s'y assit et serra les mains entre ses cuisses en respirant fort.

Toi aussi tu aurais vingt ans. On aurait vingt ans toutes les trois.

Tully resta longtemps assise sur la chaise. Le vent lui hurlait dans les oreilles et elle sentait ses jambes devenir toutes raides de froid. Ton père et ta mère viennent-ils te rendre visite et mettre des fleurs sur ta tombe, même en hiver, quand le vent les déchiquette, même maintenant que rien ne survit au froid, ou suis-je la seule ? Non, puisque je ne t'apporte pas de roses, mais des œillets. Ces fleurs-là ont beau être mortes, ce sont des roses, il n'y a aucun doute. Des roses blanches. Tully regarda de plus près. Qui t'a apporté ces roses blanches ? Qui est venu ici te tenir compagnie, ces jours derniers ?

Tu sais, je vais partir. C'est décidé. Qu'est-ce que tu en dis ? Tu ne m'en voudras pas quand je t'abandonnerai pour aller en Californie ? Après tout, c'est toi qui m'as laissée. C'est toi qui es partie en disant je t'emmerde, Tully Makker, débrouille-toi toute seule. Je ne peux pas t'attendre. Je pars sans toi. Tu es une sale égoïste, Mandolini. C'est parce qu'il y allait que tu voulais partir en Californie. Tu m'as fait miroiter plein de bonnes choses, et puis tu t'es tirée sans moi. Eh bien, tu vas le regretter, parce que je vais faire pareil. Je vais m'en aller et te laisser. Tu ne me verras plus, chaque dimanche que Dieu fait. Tully se leva, souffla dans ses mains et serra son manteau contre elle en murmurant : « J'espère vraiment que, là où tu es, l'été n'a pas de fin. Parce que, ici, qu'est-ce que ça caille ! »

Tully resta à Saint Mark jusqu'à une heure. Elle devait retrouver Shakie pour déjeuner, ainsi que Jeremy, puis Robin pour dîner... Quel sac de nœuds ! En vérité, elle n'avait envie de voir personne. Elle se leva et s'agenouilla dans la neige. Elle enleva ses gants et, à mains nues, elle écarta la neige de la pierre tombale, jusqu'à ce que *son* nom apparaisse. Voilà. C'est déjà mieux comme ça.

Puis Tully remonta dans la Camaro.

Quand elle fut de retour à la caravane, elle laissa le téléphone décroché, but une tasse de thé, et s'endormit sur le canapé en laissant les lumières allumées. Pour son vingtième anniversaire, Tully avait passé la journée sans parler à personne ni rien manger.

Le lendemain, elle laissa son téléphone décroché et alla voir Shakie chez Macy's, dans la galerie commerciale des Lacs blancs. Elle arriva à l'heure creuse, vers onze heures et demie.

— Shakie, on va déjeuner.

— Tully Anne Makker ! s'exclama Shakie. Où étais-tu passée, nom de Dieu ? C'est hier que je devais t'inviter.

— Allez, viens. C'est moi qui t'invite. Au Homard flamboyant, il y a un super-menu à 5, 99 dollars.

— C'est toi qui régales ? Je croyais que c'était ton anniversaire ?

— Dieu merci, c'est passé. On y va ?

Shakie dut d'abord s'occuper d'une cliente d'âge moyen, à qui elle vendit trois flacons de

Chanel N° 5. Ce qu'elle est belle, pensa Tully en l'observant. Si seulement j'étais moitié aussi belle qu'elle ! Les yeux de Shakie lui rappelaient ceux de Julie. Ils ne reflétaient que la joie de vivre et le contentement. Même Jack n'arriverait pas à les assombrir longtemps. Pourtant, l'été dernier, Tully avait remarqué que les yeux bruns de Julie avaient perdu de leur éclat, de leur confiance en la vie.

Tully et Shakie quittèrent les Lacs blancs et se dirigèrent en voiture vers le restaurant. Tully choisit des beignets de crevette, mais Shakie l'interrompit et, d'autorité, commanda un homard pour deux personnes.

— C'est ton anniversaire, dit-elle.

— Oui, mais c'est plus cher que le menu.

— Au diable, l'avarice ! Ce n'est que du papier. Jack m'a appris ça, dit-elle, toute fière, avant de sortir de son sac un paquet-cadeau qu'elle tendit à Tully. Joyeux anniversaire, Tully, dit-elle en se penchant pour l'embrasser sur la joue et lui ébouriffer les cheveux au passage.

Tully sourit. Shakie lui avait acheté un flacon de Chanel N° 5 et un coffret de maquillage.

— Ça te donnera peut-être envie, dit Shakie.

Sur la carte, elle avait écrit : « Joyeux anniversaire à ma nouvelle amie. Rendez-vous dans vingt ans ! »

— C'est super, Shakie ! dit Tully en lui tapotant la main. Je l'essaierai à notre prochaine sortie, d'accord ?

Elles se régalèrent tout en bavardant. Tully lui demanda même des nouvelles de Jack.

— Comme si ça t'intéressait... Dis-moi plutôt ce qui te tracasse, dit Shakie en souriant. Tu as des problèmes avec tes petits amis ?

— Tu te fiches de moi, Lamber ?

— Je te jure que non, protesta Shakie avec sincérité.

— C'est plutôt eux qui ont des problèmes avec moi. Ils voudraient que ça devienne sérieux, et moi, tout ce que je veux, c'est me tirer d'ici.

— Je sais, Tully. Qu'est-ce qui t'en empêche ?

— Rien.

Sauf Saint Mark, pensa-t-elle.

— Tu sais, ce n'est pas si mal, Topeka.

— Shakie, je veux aller en Californie, tu le sais.

— Ouais. J'ai l'impression d'entendre Jack.

— Tout mais pas ça, dit Tully.

— À propos, je suis sortie avec un mec vraiment chouette la semaine dernière, et je l'ai revu deux fois cette semaine.

— Ah bon ?

— Ouais. Il s'appelle Frank Bowman. C'est un méthodiste pratiquant. Il est bien élevé, il a un boulot stable, il est agréable, souriant, il aime discuter, et il ne peut plus se passer de moi. Bref, le contraire de Jack, conclut-elle en aspirant une gorgée de soda.

— Et qu'est-ce que tu feras à Noël prochain, si quelqu'un tombe encore malade chez Jack ?

— C'est dans onze longs mois. On verra bien, dit Shakie en haussant les épaules.

Elles commandèrent de la glace au chocolat.

— Alors Tully Makker, reprit-elle après avoir avalé une énorme cuillerée de crème glacée, que feras-tu quand tu partiras pour la Californie ? Tu laisseras un mot à tes petits amis ?

— Il faudrait déjà que je sache quoi leur dire. Je n'ai pas les idées très claires, en ce moment.

— Ce n'est pas avec sa tête qu'on se décide, dans ce genre de choses, Tully. C'est plus bas que ça se passe.

— Merci du conseil. En tout cas, je sens bien que je devrais prendre une décision. Rompre avec Jeremy, ou tout avouer à Robin...

— Reste avec Robin, dit Shakie. Il t'aime.

— Jeremy aussi.

— Eh bien alors, reste avec Jeremy.

— Shake, pourquoi ne me demandes-tu pas lequel j'aime, moi ?

— Parce que tu n'en aimes aucun. C'est évident.

Tully ne dit rien et se contenta de déguster sa glace.

— Pourquoi faudrait-il absolument que tu choisisses ? observa Shakie. Laisse-toi un peu aller. Prends ton pied ! Tu n'as pas l'air de beaucoup t'amuser, Tull. Même quand on sort. C'est seulement parce que tu en as marre d'être à Topeka ?

— Il y a de ça, dit Tully.

— Eh bien alors, fiche le camp d'ici ! Va en Californie. Tu salueras Jack de ma part.

Tully secoua la tête.

— Je ne pourrai pas partir avant l'automne. Il faut que je me décide avant. Ils sont malheureux tous les deux. Robin parce qu'il ne comprend pas ce qui se passe, et Jeremy parce qu'il sait tout.

— Et toi ? demanda Shakie, arrêtant de manger.

— Moi ? Je nage dans le bonheur. Mais ce n'est pas si simple.

Tully hésitait à ressortir la même histoire pour la troisième fois cette semaine. Pourtant, en contemplant le beau visage de Shakie, son air doux et attentif, elle eut envie de se confier à elle, comme à une amie proche. Mais elle se souvint qu'elle avait raconté cette histoire *la nuit, à ses deux amies, dans le jardin de Sunset Court. Elles avaient dix ans. Et elle se rappela comment, l'heure qui avait suivi, elles étaient toutes les trois restées silencieuses, à écouter les grillons leur jouer la sérénade. Comme il faisait chaud, cette nuit-là !*

On était allongées sur l'herbe, devant la tente,

avec seulement une culotte et un tricot sur le dos. Julie m'a touchée et m'a dit : « Eh ben, ça m'étonne pas que tu aimes bien rester dîner à la maison, Tull. » Et Jennifer a dit : « Un dîner qui dure de midi à minuit, oui. Si elle pouvait, Tully ne rentrerait jamais chez elle. »

Tully se souvint et ne put se confier à Shakie. Shakie n'était pas sa plus vieille amie.

Shakie regarda Tully finir sa glace.

— Ça va, Tully, finit-elle par dire en rejetant ses cheveux en arrière. Je sais que tu n'aimes pas parler. Et je sais aussi pourquoi. Tu te dis à quoi bon... C'est ça ?

— Ouais, dit Tully en regardant Shakie avec surprise. C'est exactement ça.

— Parlons d'autre chose. Maintenant que ta mère est malade, est-ce que tes sentiments ont changé ?

— Pas spécialement.

— Et tu partiras quand même en Californie, si ta maman reste à l'hôpital ? Elle aura peut-être besoin que quelqu'un s'occupe d'elle...

— De quel côté es-tu, Shakie ? demanda Tully en lui jetant un regard furibond.

— Du tien, bien sûr. Mais comment vas-tu faire pour partir en laissant tout derrière toi : une mère malade, des amis, un bon boulot en vue et deux hommes qui t'aiment ?

— Shakie, où veux-tu en venir ? s'exclama Tully.

— Je n'ai pas vraiment envie que tu partes, sans doute, admit Shakie. Moi, en tout cas, je ne partirais pas.

— Pourquoi ?

— Je suis bien, ici. Il y a tant de choses et tant de gens qui me manqueraient. Pas toi ? Quand tes amies de lycée sont parties, elles ne t'ont pas manqué ?

Tully sentit ses doigts se crisper.

— Bien sûr qu'elles m'ont manqué, s'empressa-t-elle de répondre. Toi aussi, tu vas me manquer. Mais il y aura tant de choses à faire. Aller à la fac, trouver du travail, me faire de nouveaux amis, voyager... Tout ira bien, dit Tully sans arriver à décrisper ses doigts.

— Tu ne regretteras rien ?

— Si... Tu sais ce qui me manquera le plus ? Le *chili con carne* de la Casa. Il est délicieux.

L'humeur de Shakie s'assombrit soudain.

— Je me demande comment il fait pour partir comme ça, tout le temps, dit-elle. C'est comme s'il cherchait à s'enfuir... Il dit que c'est parce qu'il déteste la neige. Mais je ne le crois pas. Ce n'est pas si mal, Topeka, non ?

— Non, bien sûr, dit Tully, mal à l'aise.

— Mais il ne supporte pas d'être ici. Va savoir pourquoi.

— C'est du passé, lui dit Tully en lui caressant la main. Maintenant tu as Frank Bowman, un garçon bien sous tous rapports...

Elle raccompagna Shakie à pied.

— Et ce soir, Tull ? Qui aura le plaisir de ta compagnie ?

— La télé.

Devant chez Macy's, Shakie la prit par le cou et Tully ne s'écarta pas.

— Joyeux anniversaire, Tull. Et ne te fais pas trop de soucis. Détends-toi. Le plus important, c'est de te préserver. Le moment venu, tu sauras prendre la bonne décision.

— Ah ouais ? dit Tully. Comment le sais-tu ?

— Quand on aime quelqu'un, tout semble très clair. On peut se dire que ce n'est pas un cadeau, surtout quand il vous frappe, vous trompe, boit ou fiche tout en l'air dans la baraque. Mais on ne doute pas de ses propres sentiments. Et on ne se cache pas de lui, comme tu le fais. On met cartes sur table.

— Shakie, je n'ai jamais mis cartes sur table devant personne, dit Tully.

— Ça t'arrivera un jour, Makker, sois-en sûre. Toi, la championne du self-control, tu y passeras, comme les autres.

— Ma parole, quelle philosophe ! Qui t'a légué ses dons avant de mourir, Shake ? demanda Tully en souriant.

— Le père et l'oncle de Jack, répondit Shakie.

— Et tu as mis cartes sur table devant ce bon à rien ?

— Qu'est-ce que tu crois ? Mais c'était une table en chêne massif, ma fille. Un bois très, très dur, ajouta-t-elle avant de disparaître dans le magasin.

Ce soir-là, Tully alla à Saint Mark et resta assise dans la douce tiédeur de l'église jusqu'à ce que la cloche, en sonnant dix heures, lui rappelle qu'il était temps de rentrer à la maison.

Deux

Trois jours après l'anniversaire de Tully, Robin se rendit à l'hôpital de Topeka. Au bureau d'accueil, il demanda à voir Hedda Makker.

— Qui êtes-vous ? demanda l'infirmière.

— Robin DeMarco, dit Robin.

— Vous êtes de la famille ?

Non, pensa Robin. Pas encore.

— Non, je suis le petit ami de sa fille.

— Et vous désirez la voir ? lui demanda l'infirmière en le regardant de travers.

— Oui. Oui, j'aimerais bien.

Il s'assit et attendit, jusqu'à ce qu'une jeune infirmière guillerette vienne le chercher pour le conduire au second étage, voir Hedda.

— Elle n'est pas très bien, vous savez, lui dit-elle en lui lançant un regard de côté. Elle n'arrête pas d'appeler sa fille qui ne vient jamais, continua-t-elle en baissant la voix. Ça nous fend le cœur, de voir que personne ne rend visite à cette pauvre femme.

— Je suis désolé. J'en parlerai à sa fille.

— Vous savez ce que j'ai entendu dire ? lui chuchota l'infirmière sur le ton de la confidence, tandis qu'ils descendaient un long couloir blanc. Le Dr Reuben lui a demandé de revenir chez elle pour s'occuper de sa mère, et elle a refusé !

— C'est vrai ? dit Robin en essayant de maîtriser l'intonation de sa voix.

L'infirmière hocha la tête et se rapprocha de Robin.

— Ils ont parlé un bon moment. Soudain elle est sortie en claquant la porte. Elle avait l'air enragée. On n'en croyait pas nos yeux. Bien sûr, il arrive qu'on se chamaille, entre mère et fille, c'est normal... Ma mère et moi, par exemple, encore aujourd'hui, qu'est-ce qu'on peut se disputer ! Pourtant j'ai vingt-deux ans, ajouta-t-elle en regardant Robin et en lui tendant sa petite main. Je m'appelle Cheryl.

— Enchanté, Cheryl. Je ne manquerai pas d'en parler à Tully. Mais ne la jugez pas trop sévèrement.

— Ne vous en faites pas, dit Cheryl. Bon, nous y voilà. Chambre 211. Elle s'est réveillée il y a une dizaine de minutes. Vous allez pouvoir lui parler. Et passez me voir en sortant. C'est un grand hôpital. Vous risqueriez de vous perdre. Je vous raccompagnerai jusqu'à la sortie.

— Merci, Cheryl. Je suis sûr que j'arriverai à trouver mon chemin. Mais c'est très gentil à vous de me le proposer, dit-il en ouvrant la porte de la chambre de Hedda.

Elle était allongée sur le lit, les yeux fermés. Robin ne l'avait encore jamais vue. Il avait souvent demandé à Tully de lui montrer des photos de sa famille, mais Tully avait répondu qu'il n'en existait pas une seule.

La porte se referma derrière lui en faisant un léger bruit et Hedda ouvrit les yeux. Robin lui sourit poliment.

— Bonjour, Mrs Makker, vous ne me connaissez pas. Je m'appelle Robin DeMarco.

Elle essaya de parler, mais sa voix dérailla.

— Vous êtes le petit ami de Gail, dit-elle après s'être raclé la gorge.

— Gail ? Non, Mrs Makker, je suis l'ami de Tully, votre fille.

— Je sais bien qui est Tully, riposta Hedda Makker.

— J'ai apporté ça pour vous, continua Robin en s'avançant d'un pas, un bouquet de fleurs à la main.

— Je n'ai pas de vase, remarqua Hedda.

— Ne vous inquiétez pas, la rassura Robin, les infirmières vous en trouveront un.

Il posa les fleurs sur la table de chevet de Hedda et s'assit à côté d'elle.

— Vous vous appelez comment, déjà ?

— Robin, Robin DeMar...

— Pourquoi êtes-vous venu, Robin ?

— Pour faire connaissance, Mrs Makker, répondit Robin en se frottant les mains d'un air gêné. Me présenter à vous.

Hedda ne le quittait pas du regard.

— Je regrette tant ce qui vous est arrivé. Je voulais seulement vous dire de ne pas vous en faire, et que tout finira par s'arranger.

Hedda resta coite, mais continua à le fixer. Quel regard ! songea Robin en se massant les mains avec nervosité. J'ai l'impression d'être un papillon qu'on épingle.

— Je sais que vous ne vous êtes pas toujours très bien entendues, toutes les deux. Mais Tully ne se rend pas compte de la gravité de votre état... J'ai perdu ma mère il y a plusieurs années. Elle est morte très brutalement. Alors, vous comprenez, je voulais juste vous dire que je pense à vous, Mrs Makker.

Hedda Makker ferma les yeux.

— Tully n'est qu'une petite vicieuse, une salope sans foi ni loi.

Le silence qui suivit dura plusieurs minutes. Hedda gardait les yeux fermés, tandis que Robin la fixait d'un air dur. Puis son regard s'adoucit, et il se leva en secouant légèrement la tête, comme s'il se parlait à lui-même.

— Je vais m'en aller, Mrs Makker. Content de vous avoir connue, dit-il d'un air contraint.

Hedda ouvrit les yeux.

— Robin, murmura-t-elle, et il s'approcha du lit d'une démarche hésitante. Robin, je veux rentrer à la maison...

Robin fut pris d'un fou rire nerveux qu'il dissimula à grand-peine. Il pensa à la rage de Tully quand elle apprendrait sa démarche. Il la comprenait mieux, à présent. Pourtant, il avait pitié de cette femme. Elle avait le visage de quelqu'un qui a déjà trop vécu, et à qui la vie n'a réservé que le pire.

— Robin, je veux rentrer à la maison.

Il contempla la masse inerte que faisait le corps de Hedda sur le lit et ses bras sans vie, qui pendaient par-dessus les barreaux métalliques.

— Mrs Makker, on va voir ce qu'on peut faire. Je ne crois pas que Tully retournera au Bosquet, si c'est à ça que vous pensez. D'ailleurs, pour prendre soin de vous, il faut quelqu'un qui s'y connaisse, quelqu'un dont c'est le métier.

Elle hocha faiblement la tête. Surmontant son dégoût, Robin tapota la couverture qui recouvrait Hedda.

— Ça va aller, dit-il.

Le temps de quitter la chambre, descendre les escaliers et rejoindre sa voiture, Robin avait déjà imaginé un plan. Il feuilleta les pages jaunes de l'annuaire et trouva l'adresse d'un bijoutier situé sur Kansas Avenue, près de chez Tully.

Il mit trois quarts d'heure à choisir la bague qui, selon lui, plairait à Tully : un diamant bleu d'un carat, serti d'or, et vingt autres minutes pour y faire graver trois mots. Une bonne affaire pour le bijoutier, qui pouvait s'offrir des vacances. Quant à moi, je saurai bientôt si j'ai fait une folie, pensa Robin en roulant vers la caravane.

Tully n'était pas chez elle. Robin regarda sa montre. Trois heures. Pour tuer le temps, il alla au cinéma.

Quand il sortit, il faisait froid et sombre. Il était encore tôt, six heures du soir. D'habitude, Robin ne voyait pas Tully le vendredi. Il espérait qu'elle était allée à la caravane en sortant de ses cours.

Assis dans sa voiture, Robin réfléchissait à ce qu'il allait lui dire.

— Tully, veux-tu m'épouser? dit-il à voix haute.

Il ne connaissait pas ses opinions sur le mariage, mais il savait ce qu'elle pensait de la vie commune. Sa Tully préférait habiter une caravane plutôt que d'habiter chez lui. Elle aimait mieux attraper des varices en passant des heures debout à la

Casa del Sol plutôt que de vivre avec lui. Sur ce sujet, elle avait été on ne peut plus claire. Et Robin avait beau retourner ça en tous sens, le mariage supposait aussi de vivre ensemble. Assis dans sa Corvette, transi de froid, Robin DeMarco, vingt-sept ans et demi, célibataire et sans enfant, répétait sa demande en mariage, avec dans sa poche un caillou de la taille d'un petit pois, qui le brûlait comme un tison.

— Tully, veux-tu m'épouser ?

En repensant à Hedda, il eut un frisson. Pauvre Tully. Et pourtant, Hedda restait sa mère. Ça valait quand même bien un petit geste. Si on offrait à Tully un autre choix que de retourner vivre au Bosquet, Robin était sûr qu'elle ne laisserait pas sa mère dépérir à l'hôpital ou, pis, à Menninger. Si un autre choix s'offrait à elle, qui ne soit ni la caravane ni le Bosquet, Tully saurait prendre la bonne décision. Du moins l'espérait-il. Accepte, Tully. Je t'en prie.

Bientôt, il fut sept heures. Il fit démarrer la voiture, prit la 29e Rue, tourna à droite sur Kansas Avenue, puis à gauche, s'engageant sur une petite route qui conduisait au parc à caravanes. La voiture de Tully était garée à l'entrée. Dans la caravane, il y avait de la lumière et les rideaux étaient tirés. Robin sortit de la Corvette, ferma la portière sans la claquer pour ne pas abîmer les charnières et les vitres, comme à son habitude, et marcha vers la caravane. Il entendit un bruit de conversation, sans doute la télé, et frappa à la porte. Toc toc toc. Puis il entendit rire quelqu'un. On dirait le rire d'un homme, se dit Robin juste avant que la porte s'ouvre en grand, lui découvrant une figure barbue, avec un sourire fendu jusqu'aux oreilles.

— Qui c'est, Jer ? demanda Tully.

Hilare, sa tête apparut derrière celle du barbu.

— Mon Dieu ! murmura-t-elle.

Tully se glissa entre Jeremy et Robin. Elle ne souriait plus.

— Robin...

De la main, il lui fit signe de se taire. Quand elle s'approcha, il recula comme si elle avait la peste. Il resta un instant en bas des marches de la caravane, à la regarder. Le visage de Tully était comme un aveu. On y lisait la culpabilité et le regret.

Il tourna le dos et marcha à grands pas vers sa voiture. Pieds nus, elle descendit les trois marches pour le rejoindre. Il sentit le contact de sa main à travers son blouson en cuir.

— S'il te plaît, Robin, ne pars pas comme ça. Il faut qu'on parle.

Il se retourna brusquement et se retrouva face à elle. Sans ses chaussures, elle avait une demi-tête de moins que lui et semblait complètement gelée.

— Pas besoin d'explication. J'ai très bien compris.

— Non, Robin, s'il te plaît...

— Lâche-moi, Tully ! Fiche le camp !

Tully se boucha les oreilles pour ne plus l'entendre hurler. Ça ressemblait à un rêve. Qu'est-ce que je fais ? se dit Robin, un peu plus calme. Il remonta vite dans sa voiture et claqua la portière, manquant écraser son pied droit. Le regard implorant, Tully s'approcha de la voiture et appuya les paumes de ses mains contre la vitre. Robin tapa du poing contre la vitre, la faisant trembler. Il tapa comme un sourd, jusqu'à ce que Tully retire ses mains.

Se rappelant soudain quelque chose, Robin fouilla dans sa poche, baissa la vitre et jeta une petite boîte aux pieds de Tully.

— Bon anniversaire, Tully Makker.

Les roues crissèrent et la voiture disparut dans la nuit.

Tully ramassa la petite boîte et se tourna vers Jeremy, qui attendait à la porte. Ils rentrèrent dans la caravane.

— Je suis désolé, Tull, dit Jeremy. Il n'a pas bien pris la chose, apparemment.

— Moi non plus, dit Tully en serrant la boîte encore tiède dans sa main.

Elle eut envie de sentir la boîte, de la respirer, de l'embrasser et s'obligea à garder les mains posées sur ses genoux.

Jeremy tenta de lui parler, mais il n'y avait rien à en tirer. Ils s'apprêtaient à sortir quand Robin était arrivé. À présent, Tully ne se sentait même pas le courage d'aller au lit.

Jeremy resta une heure ou deux, assis devant la télé. Il risqua encore quelques tentatives, sans succès, et finit par lui dire qu'il valait peut-être mieux qu'il rentre.

— Oui, je crois que ça vaut mieux, dit Tully. On se verra lundi, je suppose, murmura-t-elle d'une voix confuse en refermant la porte derrière lui.

Elle mit le loquet et retourna sur le canapé. Une heure après, elle se leva, éteignit la télé, se rassit, et demeura là sans bouger, jusqu'à ce qu'elle s'endorme dans la même position. Elle se réveilla à l'aube. Toutes les lampes étaient restées allumées. Tully s'aperçut qu'elle agrippait toujours le cadeau de Robin. Elle déchira le papier d'emballage et ouvrit la boîte. Elle fit scintiller la bague à la lumière et la passa à son doigt. Je n'ai jamais porté de bague. Ça me fait une jolie main... Il est devenu fou, pensa Tully. Et moi aussi. Qu'est-ce que j'ai fait ? Ce qu'elle est lourde, cette bague. On dirait qu'elle pèse une livre.

Tully s'affala sur le divan. Eh bien, pensa-t-elle encore. Ça me paiera mon billet pour la Californie.

Soudain, elle eut tellement honte qu'elle ressentit comme un coup de couteau au creux du ventre. Elle gagna la chambre, ouvrit le tiroir de la table de nuit, en sortit le bracelet qu'il lui avait offert et le passa à son poignet. Puis elle sortit toutes les photos qu'elle avait d'eux et les posa sur la coiffeuse. Ça ne faisait pas beaucoup. Deux Photomaton noir et blanc : sur l'une, on voyait Tully assise sur les genoux de Robin en train de lui tirer la langue d'un air aguicheur, et sur l'autre Robin, assis sur les genoux de Tully, l'air tout aussi coquin. Il y avait aussi deux Polaroïd pris au nouvel an, à la ferme de Bruce, et enfin sa photo préférée, prise dans la piscine de Robin : il apparaissait derrière elle, ruisselant, et lui embrassait la nuque. Elle eut beau avaler sa salive, la boule qu'elle avait au fond de la gorge ne passa pas. Une boule aussi dure que le diamant qui brillait à son doigt.

Trois

Robin n'appela pas cette semaine-là, ni les deux suivantes. Depuis deux ans, il n'avait jamais laissé passer plus d'une journée sans prendre de ses nouvelles. Tully attendait. Elle retrouvait Jeremy pendant ses moments de loisir, mais le cœur n'y était pas.

Elle songea à ôter la bague de son doigt, mais ne put s'y résoudre, même quand elle sortit avec Jeremy. Celui-ci ne fit pas de commentaires. Autrement, Tully lui aurait tenu tête, comme avec Hedda. Elle rangea pourtant les photos de Robin dans le tiroir, autant pour préserver la paix de son esprit que pour épargner Jeremy.

Cinq semaines s'écoulèrent, lentement.

D'habitude, Tully passait le samedi soir avec Robin. L'hiver, ils faisaient la grasse matinée; Robin leur préparait des œufs au bacon et emmenait Tully déjeuner dehors. Puis ils achetaient des fleurs et se rendaient à Saint Mark. L'été, ils allaient à la messe de dix heures. Maintenant qu'elle passait le samedi soir avec Jeremy et se réveillait avec lui le dimanche matin, elle ne pouvait plus aller à Saint Mark. Cela l'aurait obligée à lui en parler. Et ça, il n'en était pas question.

Elle y allait le lundi, mais cela la ramenait en arrière, au temps où elle vivait chez Hedda et lui mentait. Elle avait vingt ans, et voilà que, par crainte des regards inquisiteurs de Jeremy et de ses questions indiscrètes, elle se retrouvait de nouveau obligée de sortir en douce. Cela lui donnait l'impression d'être en cage. Mais elle ne se sentait pas l'âme d'un oiseau. Plutôt celle d'une bête fauve qui somnolait les trois quarts du temps, et se réveillait soudain avec l'envie de rugir.

À tel point qu'un dimanche, ulcérée, elle chercha à provoquer une scène. Elle le pria de la laisser pour qu'elle puisse réviser ses cours, mais il ne la crut pas et la traita de baratineuse.

Tully faillit lui proposer de l'accompagner à condition qu'il ne lui pose pas de questions, mais, connaissant Jeremy, elle savait qu'il ne pourrait s'en empêcher. Elle envisagea de lui dire la vérité, mais l'idée de la discussion qui s'ensuivrait la glaçait d'avance. Elle ne pourrait cette fois-ci prendre un ton monocorde pour lui parler d'*elle*.

Autant retourner vivre chez sa mère.

C'est pourquoi elle provoqua une scène, et Jeremy s'en alla. Tully attendit un moment, puis elle se précipita chez le fleuriste pour acheter des œillets, avant d'aller à Saint Mark.

Pour la première fois depuis cinq semaines,

Tully se retrouva assise sur sa chaise en fer, un dimanche. Le vent du Kansas sifflait à ses oreilles. Il finit par disperser toutes les fleurs.

Tout le reste de la semaine, Tully évita Jeremy. Elle n'alla pas à son cours et ne répondit pas à ses appels.

Quatre

Deux jours plus tard, Tully alla voir Robin à Manhattan. Au lieu de l'autoroute, elle prit la route 24, plus pittoresque. Mais il était six heures et demie du soir, et la prairie, les collines couvertes de peupliers se fondaient dans un ciel sans étoiles, noir comme de la poix. La nuit du Kansas. Aucune lumière artificielle pour rompre l'obscurité de Dieu.

Tully était contrariée. Tout en conduisant, elle faisait tourner sa bague entre ses doigts et réfléchissait. Et si Robin ne veut plus jamais me voir? Et s'il veut que je lui rende la bague? Eh bien, je ne la lui rendrai pas. Il n'avait qu'à pas la jeter à mes pieds, s'il ne voulait pas me la donner.

Elle ralentit. D'habitude, elle aimait faire au moins du cent trente kilomètres à l'heure sur la route, et se faisait toujours arrêter par les policiers de l'État du Kansas. Ce soir-là, elle roulait à soixante-dix, laissant les autres voitures la dépasser en klaxonnant. Elle était inquiète. Eh bien, s'il ne veut plus me voir, je vendrai la bague. Je le jure. Je parie que je peux en tirer dans les deux cents dollars. Au moins deux cents. Ça me paiera mon billet pour San Jose, chantonna-t-elle doucement.

De nouveau, elle se sentit coupable. Elle avait

déjà reçu et rempli les formulaires de transfert d'université pour s'inscrire à Santa Cruz, et les avait renvoyés avec un droit d'inscription d'un montant de trente dollars non remboursable ; ainsi que son relevé de notes, avec ses 3,78 de moyenne. À quoi bon aller voir Robin ? Tully ralentit à cinquante. À quoi bon, même s'il ne m'envoie pas promener ? Je vais m'en aller, de toute façon. Et il ne viendra pas avec moi. Il aime la prairie, les peupliers. Il aime son magasin, sa maison, il aime l'herbe haute et les tornades. Elle ralentit à trente, puis s'arrêta sur le bord de la route. Qu'a-t-il voulu dire en me donnant cette bague ?

Pourquoi vais-je le voir ? Ça fait plus d'un mois. Je devrais laisser tomber. Elle envisagea un bref instant de faire demi-tour. Mais Tully voulait voir Robin.

Elle attendit devant chez DeMarco et Fils. C'était bien après l'heure de fermeture, mais les lumières étaient encore allumées à l'intérieur. Il faisait partie des vingt-sept magasins qui formaient comme un passage, une galerie marchande extérieure. Récemment rénovée, la galerie offrait des allées pavées et des auvents, pour le confort du client.

Tully sortit de sa voiture et se dirigea vers le magasin. À travers la vitrine, elle reconnut Robin, qui fermait la caisse. L'un des vendeurs l'aperçut et lui fit un signe de la main.

— Désolé, Madame, nous sommes fermés.

Tully désigna Robin du doigt. Le vendeur marmonna quelque chose et Robin leva les yeux. À quinze mètres, Tully vit ses yeux chocolat la fixer. Il vint déverrouiller la porte, mais resta devant elle, lui bloquant le passage.

— Alors, quoi de neuf ? dit-il.

— Rien de spécial, dit Tully d'un ton léger.

Il y a longtemps, il partait tôt le vendredi pour me retrouver, pensa-t-elle. Robin avait une mine superbe. Il avait minci et sa coupe de cheveux lui allait bien : nuque rasée et longues mèches en dégradé sur le front.

— Je suis en train de fermer. Qu'est-ce qui t'amène ?

— Rien. Je suis passée comme ça.

— C'est une bonne surprise, dit-il en la dévisageant froidement. Tout va bien ?

— Oui, très bien, répondit-elle, se sentant empotée au possible. (Il ne veut pas me voir, pensa-t-elle. C'est exactement ce que j'avais prévu. Il a tourné la page, et voilà.) Bon, écoute. C'était juste pour dire bonjour, reprit-elle en reculant de quelques mètres. Je vais rentrer. Prends bien soin de toi.

Robin la rejoignit.

— Attends, dit-il. Tu veux qu'on parle ?

— Non, répondit-elle en souriant, en fait je meurs de faim. Allons chez Mike. C'est moi qui régale.

— C'est toi qui régales ? dit Robin en haussant les sourcils. Alors...

Ils allèrent chez Mike, leur restaurant mexicain préféré, à Manhattan.

Ils mangèrent dans un silence relatif. Tully demanda à Robin des nouvelles de ses frères, du magasin, du rugby. Elle en était déjà au dessert qu'il n'avait pas fini ses *fajitas*.

— Alors qu'est-ce qu'il y a, Tully ? lui demanda-t-il. Tu es venue me rendre la bague ?

— Ne compte pas là-dessus, répondit-elle avec loyauté. Je ne te la rendrai jamais.

— Tant mieux, dit-il. Tu pourras en retirer une certaine somme.

— Robin, murmura Tully. Ne sois pas méchant avec moi. Je suis désolée.

— Pourquoi es-tu venue ? dit-il.

— Tu ne m'appelais pas, répondit-elle en haussant les épaules.

— Je n'avais pas grand-chose à dire.

— Je me suis dit que tu aurais peut-être envie de parler.

— Je me répète, répliqua-t-il. Il n'y a pas grand-chose à dire.

— Je suis désolée, dit Tully. Si je me suis tue pendant tout ce temps, c'est pour ne pas te faire du mal.

Les yeux de Robin s'agrandirent.

— Pendant tout ce temps ?

— Non, enfin..., s'empressa de dire Tully. Au début, il n'y avait rien à raconter. Ça ne fait que deux mois, même si ça me paraît un siècle.

— Depuis combien de temps couches-tu avec lui ?

— Depuis Thanksgiving.

Elle baissa les yeux sur son dessert, de la crème glacée.

— Qui est-ce, Tully ?

Elle lui raconta.

— Ton professeur de composition anglaise ! dit-il en souriant sans gaieté. Je ne les croyais pas portés sur la chose...

Tully resta coite.

— Est-il au courant de tes projets ? Sait-il que tu vas quitter ce pays dès que tu en auras l'occasion ? Ou le nourris-tu d'illusions ?

Robin ne mangeait plus. Il repoussa son assiette et cacha ses mains sous la table.

— Il est au courant, dit calmement Tully.

— Tully, dis-moi. Pourquoi ? Est-ce qu'il cite du Milton, quand il te monte dessus ? Hein ?

— Robin, s'il te plaît, dit Tully en pleine confusion. Je m'excuse, d'accord ?

— Dis-moi pourquoi.

— Je ne sais pas pourquoi ! dit-elle en s'échauffant. Il est plus âgé...

— Moi aussi, l'interrompit Robin.

— Beaucoup plus que toi, remarqua Tully. Et puis il n'est pas d'ici, c'est quelqu'un de nouveau...

— Quelqu'un de nouveau ! s'exclama Robin. Alors tu sautes sur le premier venu, du moment qu'il est nouveau, c'est ça ? Super, Tully Makker. Fantastique.

— Ce n'est pas ce que je voulais dire. Robin, essaie de comprendre. De toute façon, je veux partir d'ici. C'est juste quelqu'un de gentil, avec qui passer le temps en attendant mon départ.

— Je vois, Tully, je vois. Finalement, conclut Robin avec une fausse bonne humeur, c'est exactement ce qu'il te faut. Alors pourquoi es-tu venue me relancer, après un mois ?

Tully le regarda avec émotion.

— Parce que tu me manques, dit-elle.

Ils firent l'amour dans la voiture, comme au bon vieux temps. Ils ne pouvaient pas attendre. Il faisait froid, mais Robin laissa tourner le moteur. Puis ils rentrèrent chez Robin et firent encore l'amour. Après, ils restèrent couchés. Tully était au creux de ses bras et caressait sa poitrine, tandis qu'il jouait avec ses cheveux et l'embrassait doucement sur la tête.

— Tully, Tully..., murmura-t-il. Toi aussi tu m'as manqué. J'ai cru que j'allais crever d'humiliation.

Elle continua à l'écouter, lui et le silence que faisait la neige en tombant.

— Tully, je t'en prie, reviens-moi, tu ne le regretteras pas. Je te rendrai heureuse. Tu auras la belle vie... J'achèterai une grande maison où on pourra vivre tous les deux, lui dit-il.

— Si tu voyais la maison que je veux, fit Tully avec un petit rire, tu changerais de chanson.

— Je la connais, la maison que tu veux, repartit Robin en se redressant. J'ai fait un détour par Texas Street en voiture, une fois, parce que je t'avais entendue en parler. J'y suis passé. Je l'ai tout de suite repérée. Ça ne pouvait être qu'elle, celle qui se trouve au coin du pâté de maisons, avec une barrière en bois blanche qui aurait besoin d'un bon coup de peinture. C'est une maison magnifique, Tully.

— Mouais, concéda-t-elle.

— Et la bague, elle t'a plu ?

Elle n'eut pas le temps de répondre et songea que les yeux de Robin étaient comme du métal en fusion.

— Parce que j'avais quelque chose en tête quand je l'ai achetée. Écoute, tu n'es pas obligée de me répondre maintenant. Tu as lu l'inscription sur la bague ? J'ai eu une idée et je veux t'en parler. Je sais qu'elle te plaira, enfin, j'espère. Je suis même prêt à faire moi aussi un petit sacrifice.

Il y eut un moment de suspense.

— Quelle inscription ? dit Tully en souriant.

— Tu veux dire que tu n'as même pas lu l'inscription sur la bague ? Tully !

— Une inscription ? dit Tully en ôtant la bague et en la plaçant sous la lumière. Je n'arrive pas à déchiffrer. C'est écrit si petit. Ça dit quoi ? *Marions-nous, Tully.*

Elle cessa de sourire.

— Robin, c'est une demande en mariage ?

Robin hocha la tête et son sourire s'effaça lentement. Tully soupira et serra la bague dans sa main.

— Oh, Robin, mon pauvre Robin. Tu as acheté cette bague, et tu es venu à la caravane pour me demander de t'épouser. C'est si triste.

— Tully, je ne veux pas que tu le revoies.

— Bien sûr que tu ne veux pas, dit Tully. Lui, c'est pareil.

— Et toi, qu'est-ce que tu veux ? demanda Robin.

— Je ne veux pas t'épouser, Robin, répondit Tully en secouant tristement la tête.

— Pourquoi ? demanda Robin qui ne souriait plus du tout. Tu veux te marier avec lui ?

— Encore moins, dit-elle. Oh, Robin. Pourquoi t'es-tu mis dans la tête cette idée de mariage...

— Écoute-moi, Tully. On se marie et je t'achète la maison de Texas Street.

— Et toi, pendant ce temps ? dit Tully en riant. Tu vivras à Manhattan ?

— Non. Ce sera mon petit sacrifice. J'aime ma maison et j'aime Manhattan, mais je m'installerai à Topeka avec toi, dans la maison de Texas Street. Je ferai le trajet tous les jours. Et on ira en Californie pour notre lune de miel, que dis-tu de ça ?

— Robin, tu n'as pas l'air de comprendre. Je ne veux pas me marier.

— Jamais ?

— Jamais.

— Et si tu as des enfants ?

— Des enfants ? s'écria Tully en riant. Ne parle pas de malheur, Robin !

— Oh, Tully, dit Robin en détournant la tête. Tu me fiches le cafard. Et si tu tombais enceinte, que ferais-tu ? Tu te ferais avorter ?

Tully se détourna, la bague toujours au creux de sa main.

— Ça ne risque pas de m'arriver. Pour moi, la pilule, c'est sacré. Un vrai rituel. Chaque soir, je m'agenouille à côté de mon lit, j'en prends une, je la regarde avec dévotion, je me signe et je l'avale avec un grand verre d'eau. Puis je m'allonge et j'attends qu'elle se dissolve dans mon organisme.

— Très drôle ! fit Robin. Mais il arrive qu'on tombe enceinte, même avec la pilule. Que ferais-tu ? Tu te ferais avorter ?

— Robin, je ne supporte pas cette question. Ce n'est pas une manière de parler pour un bon catholique. Ni pour un futur père. De plus, je te rappelle que, si je tombais enceinte, le bébé ne serait pas forcément de toi, lança-t-elle méchamment.

Le visage de Robin se durcit.

— Merci de préciser ce détail, Tully. Comme si j'allais oublier... Mais tu n'as pas répondu à ma question.

— Non, je ne me ferais pas avorter.

— Tu n'aimerais pas avoir un joli petit bébé tout à toi, avec qui tu ferais joujou et à qui tu apprendrais plein de choses ? lui demanda-t-il d'un air attendri.

— Pour rien au monde, Robin, dit Tully en se redressant. (Elle alluma une cigarette d'une main qui tremblait un peu et inspira une longue bouffée.) Écoute, tu devrais commencer à me connaître, depuis le temps. Moi, un joli petit bébé ? Je ne me fais aucune illusion. Je sais que je n'ai pas d'amour en moi. Et un bébé a besoin d'amour comme de l'air qu'il respire. Sinon, il est mort à la vie, il est comme une terre en friche et devient lui-même incapable d'aimer en grandissant. Une âme perdue qui, parce qu'elle a manqué d'amour, transmet ce vide à ses propres enfants. C'est sans fin, et je ne veux pas faire partie de la chaîne.

— Tully, c'est absurde, fit remarquer Robin en secouant la tête.

— Robin, je te le dis. C'est comme ça.

— Mais tu es capable d'aimer ! Regarde la façon... dont tu as aimé Jennifer, ajouta-t-il faiblement.

Tully écrasa sa cigarette et s'allongea en lui tournant le dos.

— C'est la seule personne que j'aie jamais aimée, dit-elle avec calme. Le seul cactus dans mon désert. Il lui fallait si peu de chose. Mais un enfant est insatiable.

Il lui saisit l'épaule et la fit se retourner.

— D'accord. J'ai compris. Tu ne veux pas te marier ni avoir des enfants, mais tu ne te feras pas avorter si tu tombes enceinte ? Eh bien, Tully Makker, tu n'es pas Dieu. Tu n'es pas seule à décider.

Ils restèrent allongés en silence. Tully tenta de dompter les bêtes sauvages qui s'agitaient dans leur cage en pensant à des palmiers et au bruit de l'océan.

— Excuse-moi, Tull. Je ne veux pas que tu te sentes mal à cause de moi, ma chérie.

— Moi aussi je m'excuse, Robin. C'est dommage, j'aimais bien cette bague.

— Je préférerais que tu la jettes dans le lac Shawnee plutôt que de me la rendre.

Ils firent encore l'amour et, après, Tully murmura :

— Robin, si je devais rester au Kansas et épouser quelqu'un, ce serait toi, si ça peut te réconforter.

— Pas vraiment, non. Et tu aurais des enfants avec moi ?

— Jamais, Robin, murmura-t-elle. Jamais.

Un long temps se passa.

— Tu pourrais cesser de le voir ?

— Je ne sais pas, dit-elle avec sincérité. Je vais essayer, d'accord ?

— Est-ce que tu l'aimes, Tully ? demanda-t-il.

Tully ressentit soudain un élan de tendresse poignante pour Robin. En deux ans, il ne lui avait jamais demandé si elle l'aimait, et il avait assez de cran pour lui poser cette question.

— Je ne sais pas, dit Tully qui voulait être honnête, sans le blesser pour autant. Vraiment, je ne sais pas.

Vas-y Robin DeMarco, pensa-t-elle, encore un peu de courage, si c'est possible. Demande-moi si je t'aime. Mais la question ne venant pas, Tully reprit, un long moment après :

— Robin, tu m'achèterais cette maison si on vivait ensemble, tout simplement ?

— Pas question, murmura-t-il. Autant vivre avec toi dans la caravane, quitte à être emporté par une tornade ou jeté à la poubelle, le jour où tu ne voudras plus de moi, puisque tu ne veux pas être ma femme.

V

UNE CARTE DE CHEZ NOUS

Mars 1981

Mais Tully ne pouvait éternellement éviter Jeremy. Elle avait composition anglaise les lundis, mercredis et vendredis, de dix à onze heures du matin. Le lundi, elle partit tout de suite après le cours, mais, le mercredi, ils prirent un café ensemble, et, le vendredi, il resta dormir chez elle. Quand Tully vit Robin le samedi soir, il avait l'air confiant et épanoui, et elle se sentit si coupable que, le lundi suivant, elle déclara à Jeremy que c'était fini et qu'elle ne le verrait plus. Bouleversé, Jeremy dit qu'il voulait la retrouver plus tard pour en parler.

Le soir, en l'attendant, Tully écrivit une lettre à Julie.

Le 23 mars 1981

Chère Julie,

Merci pour ta lettre. J'ai tellement hâte de te voir cet été ! Ça me changera un peu de Robin, de Jeremy, et de Shakie.

Jeremy ne va pas tarder. Il veut que je lui explique pourquoi je ne veux plus le voir.

Shakie me tape sur les nerfs, ces derniers temps.

Ça devient sérieux, entre elle et Frank Bowman. Ils se voient pratiquement tous les jours. Elle ne sort jamais sans lui. Même le jeudi, en principe réservé aux sorties entre filles, elle le trimballe avec elle, comme sa brosse à dents. Il ne va pas tarder à la demander en mariage, à mon avis.

J'ai dit à Jeremy que je ne voulais plus le voir. Je le regrette déjà un peu. Mais je ne supporte pas de regarder Robin en face, après. Ni qu'il appelle quand Jeremy est là.

Quant à Robin, il a l'air confiant. Il ne prend pas Jeremy au sérieux. À mon avis, il ne croit pas que je puisse le quitter un jour pour lui. À première vue, il a raison. Pourquoi et comment le pourrais-je ?

Pourtant, Julie, je dois bien avouer que sur le plan de la conversation on pèche un peu, Robin et moi. Nous ne sommes bavards ni l'un ni l'autre et je me demande si on forme une bonne combinaison. Par contre, Jeremy est un vrai moulin à paroles. Il a toujours envie de discuter. D'ailleurs, c'est très agréable. Robin est plutôt du genre : « Tu n'as pas envie de parler ? Eh ben, on n'a qu'à faire l'amour. » Ce n'est pas comme Jeremy qui, lui, cause avant, après et pendant. On communique vraiment bien, tous les deux, et il est si intelligent. J'ai beaucoup de respect pour lui.

Voilà le tableau. Oh, une dernière chose. J'aime dormir avec Robin; il me garde dans ses bras. Alors que Jeremy se blottit de son côté en me tournant le dos.

Ils n'arrêtent pas de me demander ce que je veux. Quand je leur dis que j'aimerais aller danser, ils se moquent de moi. Alors j'ai envie de tout laisser tomber et de leur dire, puisque c'est comme ça, laissez-moi seule, s'il vous plaît. Et ne me demandez plus ce que je veux. Faites comme bon vous semble. Envoyez-moi balader, traitez-moi de tous les noms... Mais fichez-moi la paix.

Par ailleurs, ce sont de braves types, et ils ne méritent pas que je les rende malheureux. Quel dommage qu'ils perdent leur temps avec moi, qui ne pense qu'au Pacifique, et à la sensation des coquillages et des petits galets qui me chatouilleront les doigts de pied quand j'entrerai dans l'eau. C'est pour ça que j'ai choisi Robin. Un peu comme on compte am, stram, gram. Au fond, quelle importance, puisqu'en août je serai à Santa Cruz. Deux ans que je devrais déjà y être... J'ai eu une réponse de Berkeley : admission confirmée dès réception des notes du semestre. Pour l'instant, ça va, mon relevé n'est pas trop minable.

J'entends la voiture de Jeremy. Il faut que je m'arrête. Salut.

Tendrement,

Tully.

P.-S. *Je ne vais plus danser au Tortilla Jack's. Ça me rappelle trop le lycée.*

P.-P.-S. *Je suis contente pour toi que ce docteur t'aide à te sentir mieux.*

Assis à l'autre bout du canapé, Jeremy dévisageait Tully avec une expression peu amène.

— Jeremy, ça va aller. Je te le promets. Écoute, je sais bien que ça sonne creux, mais si on restait amis...

— Tully, dit-il avec ferveur. Je veux qu'on soit ensemble. Tu as l'air si malheureuse, et je crois que je saurais te rendre heureuse. J'ai une solution qui arrangerait tout.

— Ah oui ? dit-elle en se forçant à garder son calme, songeant à la pluie, à des lunettes de soleil, à Saint Mark. Laquelle ?

— Regarde, fit-il en sortant un formulaire de la poche de son manteau.

— Qu'est-ce que c'est? dit Tully d'une voix lasse.

— Une demande de transfert de poste pour l'université de Santa Cruz, en Californie, annonça-t-il avec un large sourire.

Mon Dieu, pensa Tully en fermant les yeux et en se renversant sur le canapé. Mon Dieu.

— Jeremy..., commença-t-elle.

— Non, écoute-moi. Je vais partir avec toi. Allons en Californie, Tully. Allons-y ensemble. Tu m'entends?

Oui, Tully l'entendait. Mais elle ne pouvait lui répondre.

— Laisse-moi y réfléchir, d'accord? dit-elle. Pars, maintenant.

Elle le rappela juste avant qu'il sorte.

— Jeremy! Je croyais que tu ne devais jamais quitter le Kansas.

— Pour toi, oui, je quitterai le Kansas, répliqua Jeremy.

Le 26 mars, Tully sécha les cours et alla à Saint Mark. Un vent glacé lui hurlait dans les oreilles et faisait claquer sa jupe noire. Il était si violent qu'il fit tomber ses lunettes noires de son nez et arracha les œillets blancs qu'elle avait plantés en terre. Dans l'après-midi, elle s'assit sur le dernier banc de l'église et écouta le père Majette lire les Écritures d'une voix monotone. Au bout d'une heure, il la rejoignit.

— Rentre chez toi, Tully, lui dit-il gentiment. Regarde tes mains. Elles sont pleines de terre. Depuis le temps, tu devrais savoir que ça ne sert à rien de planter des fleurs à cette époque de l'année.

— Ça n'a pas d'importance, répondit Tully avec un fin sourire. Merci d'avoir lu « Le Seigneur est mon berger ». Merci pour elle.

Le père Majette posa la main sur sa tête.

— C'est pour toi que je l'ai lu, Tully.

Tully inclina le front.

— Je ne sais plus où j'en suis, murmura-t-elle.

— Je sais, mais tu n'es pas seule, Tully. Le Seigneur veille sur toi et Il t'aidera à surmonter tes épreuves. Ne perds pas courage. La vie continue.

— Peut-être, répondit-elle avec calme. Mais quelle vie ?

Elle demeura assise sur le banc longtemps après qu'il l'eut laissée. Elle songeait à Robin.

Ma vie est comme une maison mal bâtie, sans fondations, et qui tremble quand le vent la frappe. Ma maison est froide et rongée d'humidité ; on a cloué des planches contre ses fenêtres aux vitres brisées. C'est une maison qui ne fait guère illusion. Une maison qui peut s'écrouler à tout moment, depuis vingt ans qu'on l'a laissée se délabrer. Rien ne peut plus l'atteindre ni la surprendre, dans l'état où elle est. Et pourtant.

Je n'ai jamais compté sur un homme ni espéré sa venue. Voilà que deux hommes me désirent à tel point qu'ils sont prêts à sacrifier leur maison pour m'aider à reconstruire la mienne.

Je n'ai jamais pensé qu'un jour on me bombarderait de promesses et de gages d'amour. Cela me surprend et m'effraie. J'ai presque envie de retrouver ma vieille maison froide et humide, parce que j'en connais les recoins et que je m'y sens bien. Autour de moi, la vie des gens semble se construire sur du vide, sans structure ni substance.

Je n'ai pas parlé à Robin de l'offre de Jeremy. La culpabilité me harcèle comme un gros perroquet perché sur mon épaule qui ne cesse de répéter, nuit et jour : « Quoi ? Encore avec Robin ? Comme c'est commode ! N'oublie pas de te laver les mains quand tu t'en seras débarrassé ! Qu'attends-tu pour lui dire que tu pars avec Jeremy pour la Californie ? Dis-lui ! Dis-lui ! Dis-lui ! Tully ! Tully ! Tully ! »

J'espère que quand viendra le moment je saurai ce que je dois faire. Et que je le ferai sans regarder en arrière. Pour l'instant, je vis dans une caravane, comme une autre Tracy Scott.

Vers la mi-avril, Tully n'en pouvait plus de voir Robin le week-end et Jeremy pendant la semaine. Elle rendit la bague à Robin.

— Oh ! non, je t'en prie, Tully, pourquoi ?

— Robin, je ne peux pas continuer.

Elle se leva du canapé et alla regarder à la fenêtre, vers le garage automobile, de l'autre côté de la rue.

— Je veux m'en aller.

— Laisse-moi t'acheter cette maison de Texas Street.

— J'ai déjà un chez-moi, au Bosquet.

Robin se leva et vint la rejoindre.

— Oublie le Bosquet, au nom du ciel. C'est du passé. Tu n'y retourneras jamais.

— C'est ce que tu crois. Le Dr Reuben m'a rappelée. Ou, plutôt, il n'a pas été assez courageux pour ça. Il a demandé à l'une des infirmières de m'appeler. Elle m'a dit que ma mère me réclamait sans arrêt et qu'on allait la transférer à Menninger, dans le pavillon des maladies chroniques. L'infirmière voulait savoir si j'avais reconsidéré mon point de vue.

— Et alors ? demanda Robin en se raidissant.

— Non, répondit Tully en lui lançant un drôle de regard. Tu viens de me dire toi-même que je ne retournerai jamais au Bosquet. J'ai dit au revoir à l'infirmière en lui souhaitant une bonne journée. J'espère qu'ils vont la transférer et me laisser enfin tranquille.

— À Menninger, Tully... À Menninger, tu te rends compte ?

— Oh ! Robin ! Fiche-moi la paix.

— Tully, laisse-moi t'acheter cette maison, dit-il en lui prenant la main.

Elle tenta de se dégager, mais il resserra son étreinte.

— Robin, je ne veux pas de cette maison. Je veux aller en Californie.

— Tu es impossible, dit Robin en la libérant avec rudesse. Tu t'imagines que ta vie va changer une fois que tu seras là-bas. Mais tu seras la même, Tully Makker.

Elle ne sut quoi répondre et songea à la caravane, au Bosquet, à sa mère et à Saint Mark.

— Je n'ai jamais prétendu le contraire. Mais j'ai besoin d'illusion.

— Quelle illusion ? dit Robin avec humeur en se dirigeant vers la porte.

Tully lut sur son visage torturé qu'il faisait un effort surhumain pour garder son sang-froid, et elle alla se camper devant lui pour lui barrer le passage.

— Vivre enfin ma vie. Essaie de comprendre, je t'en prie.

— Je comprends. Je ne veux pas de cette bague. C'est toi que je veux. Je te l'ai déjà dit. Vends-la et offrez-vous des vacances, toi et ton professeur à la manque.

Tully n'osa pas lui parler de la proposition de Jeremy.

— Robin, dit-elle d'un ton conciliant. Tu ne sais même pas si la maison de Texas Street est à vendre.

Le visage de Robin s'adoucit un peu.

— Je leur ai fait une offre qu'ils ne pourront refuser.

— Ne t'en va pas, lui dit-elle en lui touchant le bras. Reste ici, avec moi.

Le 30 avril 1981

Chère Julie,

Si je n'ai pas bientôt de tes nouvelles, c'est que je n'en aurai pas avant la fin des examens, j'imagine. Et je me demande bien pourquoi.

Ce bon vieux Mr Hillier m'offre le même stage que l'année dernière. Ils sont prêts à prendre n'importe qui, dans ce service. Je lui ai demandé si je pourrais aller « en extérieur » (visiter une famille d'adoption). « S'il y a le temps », a-t-il répondu. Toute cette entreprise est un vrai casse-tête : comment placer cent cinquante enfants dans cinquante familles d'adoption. Pas étonnant que Lillian White, ma vieille patronne, refile ces gosses à qui les veut. Ça vaut mieux que de les garder dans l'espèce de prison qui leur sert de maison. Je suis bien placée pour le savoir, j'y ai travaillé. Il doit y avoir une meilleure solution. Davantage de familles d'adoption, mais des familles qui veuillent vraiment faire quelque chose pour ces enfants. Beaucoup ne font ça que pour les sept minables dollars par jour que ça leur rapporte. La moitié, à mon avis, d'où le malaise. Mais je suppose que tes études d'informatique te préservent de ce genre de crise de conscience...

Ça fait presque un an que je ne t'ai vue. Heureusement que j'ai Shakie sous la main, pour parler un peu. Remarque, je ne suis pas très bavarde, mais ça tombe bien, parce que Shakie n'est pas très douée pour écouter. En plus, elle est toujours fourrée avec Frank, ce qui rend le dialogue encore plus difficile. Je lui ai demandé conseil l'autre jour. Ça faisait un quart d'heure que je lui racontais tout, la Californie, Jeremy et son projet d'aller vivre avec moi près de Santa Cruz, Robin, sa demande en mariage et son désir de m'acheter une maison... Devine ce qu'elle me répond ? « Frank est entrepreneur... il pourrait te construire ta maison. » C'est tout ce qu'elle a trouvé à dire. J'ai failli la secouer comme un prunier.

Bon, faut que j'y aille. Écris-moi, s'il te plaît. Où es-tu passée ?

Tendrement,

Tully.

P.-S. L'hôpital de Topeka a encore appelé. Cette fois, je n'ai pas été aussi polie.

Le 2 mai 1981

Chère Tully,

Pas de panique, tout va bien ! Voilà de mes nouvelles, mais je te préviens, ça va être très bref. Eh oui, Tully, toi aussi tu veux avoir ta part du gâteau, comme tout le monde. Mais méfie-toi ! Ces deux types ne sont pas des idiots. Ils t'attendent au tournant, et l'un des deux finira par t'avoir, le jour où tu baisseras ta garde. Apparemment, ce n'est pas pour demain. Je ne te savais pas si indécise, Tully. J'ai toujours pensé que tu étais... disons, prudente.

On en parlera quand on se verra. Je rentre à la maison. J'arriverai dans une semaine et je resterai une quinzaine de jours.

Je vois toujours le Dr Kingallis, deux fois par semaine. Elle m'aide vraiment beaucoup. Comment vais-je faire pour me passer d'elle ? Heureusement, elle dit que je suis plus forte maintenant, que je me connais beaucoup mieux et que tout ira bien... En y réfléchissant, je me demande si j'ai eu raison de lui faire confiance...

Je passerai te voir à la Casa del Sol dès mon arrivée. Tu as l'air très prise... Auras-tu seulement un peu de temps à me consacrer ?

Tendrement,

Julie.

P.-S. Ne connaissant pas Jeremy, je réserve mon opinion, mais je suis triste pour Robin.

Fidèle à sa parole, Julie vint donc voir Tully à la Casa del Sol, en pleine semaine d'examens.

— Julie, je ne peux pas te voir, annonça Tully sans prendre de gants.

— Je m'y attendais.

— Ce n'est pas pour le plaisir que je travaille, tu sais.

Tully détailla Julie du regard. Elle avait laissé pousser ses cheveux et s'était arrondie. Julie s'installa à une des tables que servait Tully et prit le menu du déjeuner. Après s'être goinfrée d'*enchiladas*, elle commanda une glace à la cerise.

Tully lui apporta son dessert et s'assit en face d'elle.

— Qu'est-ce que tu fiches ici ? On est en pleine semaine d'examens. Ce n'est pas votre cas, à Northwestern ?

— Si. Tu n'as donc pas reçu ma lettre ?

Tully l'avait bien reçue, une dizaine de jours auparavant. Jours brumeux où elle fumait un paquet et demi de cigarettes entre deux scènes de jalousie, après avoir passé la nuit à réviser ses examens. De la lettre, Tully ne gardait qu'un souvenir vague.

— Bien sûr que je l'ai reçue. Tu disais que tu revenais chez toi.

— Me voilà.

— Eh oui, fit Tully qui ne savait que dire et songeait qu'il était plus facile de s'écrire, d'une certaine façon. Tes parents ont été heureux de te revoir ?

— À moitié, répondit Julie en haussant les épaules. Moins que Vinnie.

Tully regarda autour d'elle pour voir si des clients la sollicitaient. Hélas non.

— Bon... je suis contente de te voir. On pourrait sortir, un soir...

— Pourquoi pas...

— Tout va bien ? demanda Tully.

— Oui, très bien. Écoute, il me vient une idée. Tu sais ce qui me ferait plaisir ? Qu'on passe la nuit à la belle étoile, comme quand on était petites, tu te souviens ? Je récupère deux sacs de couchage, et on dort dehors. Qu'est-ce que tu en dis ?

Tully pensait à l'épreuve de composition anglaise du lendemain, et à *La Mégère apprivoisée,* qu'elle n'avait toujours pas lue.

— Quand ça ?

— Bientôt. Pour fêter la fin de tes examens.

— D'accord, dit Tully avant de se lever pour reprendre son service.

Elles se retrouvèrent cinq jours plus tard, chez Julie. Angela Martinez accueillit Tully à bras ouverts et la gava de *burritos* et d'*enchiladas* maison. Mais Tully remarqua qu'elle évitait de s'adresser à sa fille, sauf pour des questions très pratiques, comme mettre le couvert ou passer le sel à table.

— Dis-moi, Jule, que se passe-t-il entre toi et ta mère ? demanda Tully quand elles se retrouvèrent dehors toutes les deux, en train de monter la tente.

Julie continua de planter les piquets sans lever les yeux.

— Oh, rien de bien grave...

— Mais encore ? demanda Tully.

— J'ai laissé tomber la fac, déclara Julie en la fixant pour guetter sa réaction.

— Pourquoi ? demanda Tully, interloquée.

— Je ne sais pas.

Tully vint s'asseoir près d'elle et croisa les jambes en lotus.

— Et c'est pour en arriver là que tu as fait appel à une psychologue ? Ah, bravo !

— Tu as quand même lu mes lettres, à ce que je vois. Le Dr Kingallis dit qu'il faut que j'assouvisse mes besoins avant de savoir ce qu'ils sont.

— Julie, ça n'a pas de sens. Comment peux-tu les assouvir si tu ne les connais pas ?

— Je ne sais pas. Écoute, c'est moi que ça regarde, non ? J'ai assez de ma mère...

— Elle a raison. Tu n'aurais pas dû abandonner tes études. Ça ne m'étonne pas qu'elle soit contrariée.

— Contrariée est un mot faible.

— Et ton père ?

— Mon père ? Oh, lui, il est bizarre. Bien sûr, il est déçu, mais il essaie de calmer ma mère en lui disant que je suis une grande fille, et qu'elle n'a pas de souci à se faire. « Mais enfin, quitter la fac pour aller vivre dans une communauté ! gémit maman. Ça pourrait être pire », fait remarquer papa en lui tapotant le dos. Tu peux imaginer le tableau...

Tully se mit à rire et s'allongea. Julie en fit autant.

— Tu veux une couverture ? lui demanda-t-elle.

— Surtout pas, dit Tully en se redressant pour enlever sa chemise. J'ai envie de sentir l'herbe sur ma peau.

Julie s'emmitoufla dans une couverture. La nuit était tiède.

Allongées sur le dos, les bras croisés sous la tête, elles regardaient le ciel.

— C'est quoi, cette histoire de communauté ? demanda Tully, circonspecte.

— Je vais aller vivre en Arizona. J'ai rencontré des filles au bar de la fac. On a discuté en prenant un verre, et elles m'ont parlé d'un truc qu'elles ont monté là-bas, appelé Sunshine Meadow. Elles y vont chaque été et essaient de faire pousser des légumes dans le désert, comme les juifs dans le Néguev... Elles disposent d'un terrain qui appartient à je ne sais qui. Ils sont environ une vingtaine à vivre là. Ils se lèvent avant l'aube, travaillent la terre, arrosent les jardins potagers et cuisinent leurs propres produits. Tout ça dans un esprit très sain et primitif. Ça me tente. J'ai bien envie d'essayer.

— Ça a l'air super, dit Tully sans grande conviction. Tu les connais bien, ces filles ?

— Oui, l'une d'elles est Laura, ma copine de chambre. On y va ensemble.

— Eh bien. Quel programme !

— Que veux-tu dire ? riposta Julie, sur la défensive.

— Rien. Laisser tomber la fac pour aller vivre dans le désert. Tu parles d'une perspective !

— Ça m'aidera à mûrir.

— Julie, tu n'es pas une tomate. Tu es un être humain.

— Attends. Laisse-moi finir... Ça m'aidera aussi à guérir. Le Dr Kingallis a dit que ce serait pour moi une expérience très positive.

— Si le Dr Kingallis l'a dit, alors... Comme il fait bon ! dit Tully, changeant de sujet. L'été est déjà presque arrivé. On n'a pas eu de tornade, ces derniers jours. Je vais parfois avec Jeremy au lac Clinton. Là aussi, l'air est délicieux. Une odeur d'herbe, tiède et douce.

— Et Robin, tu le vois ? Jeremy doit être très différent de lui, c'est sûr.

— Qu'est-ce que tu insinues ? demanda Tully en se tournant vers Julie.

— Des types bien comme Robin, ça ne court pas les rues.

— De bonnes études aussi, ça ne court pas les rues, et pourtant tu envoies tout balader sur un coup de tête.

— Quelle importance ? J'ai envie de vivre.

— Et après Sunshine Meadow ? Tu as pensé à ce que tu allais devenir ? Tu me donnes l'impression de faire un pas en avant, deux pas en arrière.

— Je préfère ça que de courir à la catastrophe, comme toi.

— Je ne cours pas à la catastrophe. J'ai déjà eu mon compte, de ce côté-là, et je continue à le payer un peu, chaque dimanche.

— Et qu'est-ce que ça t'apporte, nom de Dieu ? Tu as toujours la même rage au cœur. Si tu ne dépasses pas ça, tu n'arriveras jamais à avancer.

— Merci, Dr Martinez. La séance est finie ?

— Es-tu retournée à Sunset Court au moins une fois ?

— Non, dit Tully, pensant mon Dieu, je n'ai pas envie qu'on en parle.

— Moi, j'y suis allée hier, dit Julie. Pour voir si quelqu'un y vivait.

— Ah, dit Tully en regardant les étoiles.

— Il y avait une voiture dans l'allée. J'ai aperçu des balançoires et un toboggan dans le jardin de derrière.

— Bravo ! dit Tully. C'est comme ça que tu comptes guérir, comme tu dis ? En laissant tomber la fac et en allant en visite à Sunset Court ?

— Parfaitement. Toi, tu ne risques pas d'y arriver. Tu n'en parles jamais à personne.

— Parce qu'on est obligé d'en parler pour guérir ? demanda Tully, sarcastique.

— Il faut bien faire quelque chose ! s'exclama Julie avec désespoir.

— C'est ce que je fais. Je travaille, j'ai eu A à tous mes examens, je vais en Californie, et j'ai une vie affective bien remplie.

— Bien remplie, oui, c'est le cas de le dire...

— Oh, tu m'emmerdes ! Va donc avec tes hippies faire pousser des tomates en Arizona ! s'écria Tully en se levant d'un bond et en envoyant un coup de pied dans la tente. Tu ne comprends pas qu'elle est morte ! ELLE EST MORTE ! Morte pour toujours ! Qu'est-ce qu'on en a à foutre de ta communauté ou de mes histoires de mecs ? Quand elle était en vie, tu étais trop occupée pour faire attention à elle, avec tes conneries de club d'histoire. Et maintenant qu'elle est morte, tu vas laisser tomber la fac pour te consoler ? C'est de la foutaise. Vas-y, laisse-toi pousser les cheveux. Ce n'est pas ça qui la fera revenir.

— Mon Dieu, Tully ! Ce que tu peux être méchante, dit Julie en se levant, et elle se mit à pleurer.

Tully chercha à reprendre son souffle. Elle leva les yeux au ciel, vers les étoiles, puis, calmée, alla vers Julie et la prit dans ses bras.

— Elle est morte, répéta Tully d'une voix brisée. Rien ne pourra nous la rendre, Jule.

Julie sanglota de plus belle en serrant Tully dans ses bras. Elle pleura longtemps, tandis que Tully plongeait les yeux dans le ciel étoilé en lui tapotant doucement le dos.

— Elle me manque, dit Julie en se dégageant.

— Tu n'es pas la seule, répondit Tully en s'asseyant.

Elle fouilla dans l'herbe, à la recherche de ses cigarettes. Elle en fuma une le temps que Julie se calme et vienne s'asseoir à côté d'elle, et en ralluma une deuxième. Ses yeux étaient secs.

— Tu ne pleures jamais, Tully, n'est-ce pas ? Même pas pour elle.

— Je n'ai pas la larme facile, dit-elle en fermant les yeux et en inspirant profondément.

Elles se rallongèrent l'une à côté de l'autre.

— Avant, j'aimais étudier, dit Julie en reniflant. Tu te rappelles comme j'aimais ça ?

— Oui, je me souviens, dit Tully d'une voix morne, sans savoir que faire de ses mains.

— J'espère que je ne t'ai pas déçue, Tully. Je n'ai pas envie que tu penses du mal de moi.

— Mais non, tu ne m'as pas déçue, Julie Maria Martinez.

C'est elle qui m'a déçue, pensa-t-elle. Lâcheuse.

— En deux ans, j'ai perdu tout intérêt pour les études, continua Julie. Avant, c'était tout pour moi. Maintenant ce n'est plus rien. Je ne peux pas continuer à faire semblant. Mieux vaut laisser tomber. Je n'ai que vingt ans. Je pourrai toujours retourner à la fac plus tard, si j'en ai envie, tu ne crois pas ?

— Bien sûr, répondit Tully en pensant que les statistiques prouvaient le contraire.

— C'était la plus intelligente et la plus brillante de nous tous, dit Julie. Elle était tendue vers un but. Mais, le moment venu, sa volonté, son intelligence, sa vocation n'ont rien pesé face à lui. Encore aujourd'hui, je ne comprends pas.

Elle arrêta de parler, et Tully fut soulagée. La différence, c'est que nous on a envie de vivre, pensa Tully. Elle fixa le ciel pour trouver la Grande Ourse. Voici l'étoile du Nord...

— Tully, tu crois qu'elle voulait vivre, elle aussi ? Tu crois qu'elle se sentait au bord du précipice et qu'elle espérait qu'on la rattraperait ? Tu crois qu'on aurait pu la sauver ?

— Non, Julie, dit fermement Tully. Elle n'espérait rien, aucune aide. Ce n'était pas un jeu. Elle voulait la paix. Quand on se tire une balle de .45 dans la tête, c'est vraiment qu'on ne veut pas se rater.

Julie se mit à sangloter. Tully trouva la Grande Ourse et ferma les yeux.

Les minutes passèrent.

— Tu veux que je te raconte un rêve ? dit Tully

d'un ton faussement enjoué. Le dernier-né de ma collection.

— Vas-y, dit Julie en s'essuyant le visage.

— La première fois que j'ai fait ce rêve, c'était à Noël, il y a deux ans. Shakie était venue me voir pour épancher son chagrin, parce que Jack repartait. Ça se passe dans le dortoir de la fac. Ma mère vient me rendre visite et je l'emmène pour lui présenter ma camarade de chambre, mais elle n'est pas là. Ma mère et moi, on se retrouve debout, au milieu de la pièce, quand tout à coup mes jambes se mettent à trembler. Je suis prise de sueurs froides. Une âcre odeur de sang flotte dans l'air, ainsi qu'une brume rosâtre, chargée de particules. Comme au ralenti, je me tourne vers ma mère et je lui demande d'une voix presque inaudible si elle aussi sent cette odeur et voit ce brouillard. Mais elle répond non, et quitte la pièce. Je me retrouve seule. Terrorisée, je suis sûre qu'il y a un corps quelque part dans la chambre et, soudain, je sais qu'il se trouve sous mon lit. Alors je tente de me ressaisir en me disant que tout ça n'est qu'un rêve stupide. Je m'agenouille, je soulève le couvre-lit et je me mets tout à coup à hurler en découvrant la tête ensanglantée de Jennifer.

— Mon Dieu ! dit Julie en se signant. Que Dieu te vienne en aide.

— Amen, dit Tully.

— Comment fais-tu pour dormir, avec des rêves pareils ?

— J'ai du mal. Une fois, je me suis réveillée dans un tel état que j'ai pris la voiture en pleine nuit et que je suis allée jusqu'à Saint Mark.

— Tully, ne me dis pas que tu as dormi dans le...

— Si, dit Tully. L'église était fermée.

— Tully !

— Oui, Julie. Je me suis endormie par terre, et c'était bien. Sauf quand j'ai ouvert les yeux : le père Majette était debout, penché sur moi, en train de prier. Ça m'a fichu une de ces trouilles ! Pire que le rêve.

— Tu te sens seule, n'est-ce pas, Tully ? Depuis qu'elle est partie...

Tully se sentit tomber dans un trou noir. Et c'était bien ainsi, car elle ne voulait surtout plus voir les étoiles du Kansas.

— Pardonne-lui, Tully. Mon Dieu, pardonne-lui. Elle n'a pas voulu nous faire du mal.

— Si. Elle l'a fait exprès. Elle savait que je n'avais qu'elle au monde. Elle le savait, mais elle s'en est fichu.

— Tully, ne sois pas si en colère. À quoi bon ? Tu as ta vie.

— Quelle vie ? Ça te va bien de dire ça, dit Tully d'un ton narquois. Je ne peux pas, murmura-t-elle en détournant le visage. Je n'arrive toujours pas à y croire, tu sais.

— Je sais bien. Mais ça fait deux ans...

— Deux ans ou deux jours, ça ne change rien.

— Alors il faut en parler. Quand j'en ai parlé au Dr Kingallis, ça m'a soulagée.

— Je ne veux pas en parler.

— *Tully.*

— Tully rien du tout. Je regarde le ciel, je regarde les prairies et les collines autour de Topeka, et je ressens un tel vide... Ça me dévore tout entière. Je me sens mal. Je veux en finir. Je voudrais ne l'avoir jamais eue comme amie. Ni toi d'ailleurs, parce que c'est ta faute si je l'ai rencontrée. Je n'ai jamais rien connu de pire. Rien. Pas même les années noires qui ont suivi le départ de mon père.

— Et quand je suis avec toi, tu te sens seule ?

— Plus que jamais, dit Tully en serrant les paupières.

Elle lui tourna le dos et se roula en boule. Tully et Julie finirent par s'endormir, l'une sur la couverture et l'autre à moitié nue, sur le sol humide.

Tully s'éveilla dans la lueur bleue de l'aube. La première chose qu'elle vit, ce fut la tente. La tente grise où elles dormaient quand elles étaient petites. Encore à moitié endormie, elle se tourna vers sa voisine et murmura : « Jen... ? »

C'était Julie. Tully roula sur le côté, s'allongea sur le ventre et enfouit son visage dans l'herbe humide de rosée.

Quelques minutes plus tard, elle se leva sans faire de bruit, s'habilla et partit.

Deux

Dans la tente, Julie se réveilla, s'étira et regarda Laura endormie à côté d'elle. On ne vivait pas si mal au milieu du désert. Sauf quand c'était son tour de se lever à l'aube pour aller chercher de l'eau au puits. Quelle plaie ! Elle s'habilla en prenant garde de ne pas réveiller Laura, alla faire sa toilette aux lavabos extérieurs, prit deux grands seaux et se rendit au puits. Après avoir rempli les seaux, elle marcha jusqu'aux jeunes plants de tomate et ôta la feuille de plastique qui les protégeait du froid de la nuit. Dès que le soleil apparaissait, il fallait se dépêcher de l'enlever de peur que les tomates se transforment en bouillie.

Elle se rendit ensuite à la tente commune et prépara une grande cafetière, de quoi réveiller vingt pauvres corps courbaturés. Pendant que le café passait, Julie s'assit et fouilla dans la pile de courrier qu'un facteur déposait au campement deux fois par semaine. Dans la pile de journaux, de lettres et de magazines, Julie repéra une carte postale. C'était une vue aérienne de Topeka, avec les plaines, les collines et la ville au milieu. Impossible de s'y tromper. En souriant, Julie retourna la carte. Elle était de Tully ! Datée du 5 août 1981, la carte disait seulement : « J'ai choisi mon prof ! »

III

LA MAISON DE TEXAS STREET

... Soudain, je sentis
En pleurant qu'une forme mystique bougeait
Derrière moi, et me tirait par les cheveux;
Et une voix impérieuse dit, comme je luttais...
« Devine qui te tient ? — La Mort ? » dis-je.
Mais la réponse d'argent tinta : « Non, l'Amour. »

Elizabeth Barrett Browning

I

RETOUR

Septembre 1982

Julie baissa la vitre tout en conduisant.

— Laura ! s'exclama-t-elle avec ferveur. Tu sens ça ! C'est Topeka. Impossible de s'y tromper.

— Super, dit Laura d'un air indifférent.

Pendant les quinze mois que Julie avait passés loin de chez elle, dès qu'elle se mettait à penser aux peupliers bruissants qui s'inclinaient vers la terre fertile, à la ligne douce des collines couvertes d'herbes hautes, elle avait de la peine. Et cette peine lui rappelait une autre peine.

C'est pour cela que Julie détestait rentrer chez elle, depuis les mois passés à Northwestern. Quel sentiment haïssable, alors qu'elle aimait tant la maison autrefois. Mais Topeka restait, en dépit de tout, son port d'attache.

Elle se força à sourire.

— Tu sais, je suis sérieuse. Tout ça m'a manqué. Mes parents doivent m'en vouloir à mort d'avoir été absente si longtemps.

Tully aussi, pensa Julie, et son sourire s'évanouit. Tully doit m'en vouloir à mort de ne pas lui avoir écrit depuis quinze mois. Je ne sais même pas où elle vit, à présent. Comme à chaque fois qu'elle pensait à Tully ces temps derniers, elle fut assaillie par un violent sentiment de culpabilité.

Elle quitta la route périphérique qui faisait le tour de la ville. Laura regardait par la vitre d'un air absent. Julie traversa Topeka Boulevard et prit la 10e Rue.

— Alors, ça te plaît ? Qu'en dis-tu ? demanda Julie avec un entrain un peu forcé, car elle pensait encore à Tully.

— Mouais..., dit Laura. Une ville du Middle West tout à fait typique. Pas un chat dans les rues.

Julie ralentit en regardant sur sa droite.

— Waouh ! ça, c'est impressionnant ! s'exclama Laura. C'est quoi, au juste, une école catholique ?

Julie jeta un coup d'œil aux vitraux, à la tour Tudor, au fronton sculpté.

— Ça, dit-elle tristement, c'est le lycée de Topeka. Mon lycée.

Laura observa Julie un instant, puis haussa les épaules.

— Il n'y a pas de quoi en faire un plat. Je ne me souviens même pas comment s'appelait le mien, de lycée. Ni même de l'année où j'ai passé mon diplôme.

Moi, je m'en souviens trop bien, songea Julie en conduisant lentement, les yeux fixés sur la route.

Elle se racla la gorge et dit :

— C'est le lycée le plus cher qu'on ait jamais construit aux États-Unis, tu sais.

— Julie, qu'est-ce qu'on s'en fiche ! Au diable, le passé ! Pense plutôt à l'avenir et à la vie qui nous attend.

Julie resta coite. Tu parles d'une vie ! On a une bagnole et une tente, on travaille comme ouvrières agricoles, on ne s'est pas épilé les jambes depuis sept mois et on ne sait jamais quand on va pouvoir se doucher...

Julie tourna à droite dans Wayne Street, avança de quelques mètres, et tout à coup elle apparut, toute pimpante, fraîchement repeinte : la maison !

— Julie !

— Maman !

Angela Martinez serra sa fille avec tant de ferveur que Julie dut se dégager pour reprendre son souffle, en riant avec gêne.

— Maman, voici Laura, dit-elle en la faisant entrer.

Angela la dévisagea et lui sourit.

— Enchantée, Laura. Nous avons beaucoup entendu parler de vous. Bon, vous avez peut-être faim ? Je peux vous faire des sandwiches, si vous voulez.

Julie et Laura acquiescèrent et suivirent Angela dans la cuisine.

— Tu vois toujours Tully, maman ?

— Tu pourrais me demander des nouvelles de tes frères, avant de me parler de Tully, Julie Martinez.

— Eux, je sais où je peux les trouver. Mais j'ignore où est Tully.

— Ouais, dit Angela en les regardant d'un air désapprobateur. Tu vas me dire qu'en pleine cambrousse on a du mal à se procurer du papier et un crayon, c'est ça ?

— Oui, maman, c'est ça, dit Julie tout en pensant que sa mère aurait pu lui épargner ces reproches, même si elle les méritait. Tu l'as vue ces derniers temps ?

— Pas depuis des mois. Je suis tombée sur elle à Thanksgiving, en sortant d'un grand magasin. Tu n'étais pas dans ses petits papiers...

— Je m'en doute, dit Julie en baissant la tête.

Il y eut un long silence.

— Et comment allait-elle ? demanda Julie avec gêne.

— Tu connais Tully, dit Mrs Martinez. Il faut lui arracher les mots de la bouche. Elle n'avait pas l'air très en forme et ne faisait aucun effort pour s'arranger un peu.

— Où vit-elle maintenant ?

— Julie, comment le saurais-je ? dit Angela en posant les sandwiches au poulet sur la table. Bon appétit.

Laura ne se fit pas prier. Quant à Julie, elle n'avait plus faim. Elle alla prendre une douche, mais n'y prit aucun plaisir, malgré le jet puissant de l'eau chaude sur sa peau. Que faisait Tully à Topeka en plein mois de novembre ? En principe, elle aurait dû entamer sa troisième année de faculté à Berkeley en septembre, il y a tout juste un an. Et où vivait-elle ? Peut-être était-elle juste revenue pour les vacances, pensa Julie en se séchant. Mais cela lui parut improbable. Elle voyait mal Tully revenir pour rendre visite à sa mère ou à Robin, au bras de Jeremy.

Julie et Laura se rendirent à la Casa del Sol en voiture. Là, elles apprirent par Donna, l'hôtesse d'accueil, que Tully avait rendu son tablier des mois auparavant, sans jamais réapparaître. Donna ne se montrait guère coopérative, mais comme Julie insistait, elle finit par leur dire que Shakie, la grande copine de Tully, travaillait toujours au rayon Chanel de chez Macy's. Julie et Laura allèrent donc voir Shakie à la galerie commerciale des Lacs blancs.

Shakie était plus radieuse que jamais, fraîche, nette, dans une tenue impeccable.

— Julie ! Ça fait si longtemps, s'exclama Shakie. Tully va t'assassiner quand elle va te voir !

— Je sais, je sais, dit Julie. Où est-elle, que j'aille au-devant de mon destin ?

— C'est Laura, ton amie ? demanda Shakie en lançant un coup d'œil à Laura.

Troublée, Julie s'excusa et fit les présentations.

— Oui. Laura, voici Shakie Lamber. Où est Tully, Shake ? Elle n'est pas allée vivre en Californie, n'est-ce pas ? dit Julie d'un air penaud.

— Eh non ! dit Shakie. Mais elle a une véranda pleine de palmiers, qu'elle appelle sa pièce californienne.

— Où habite-t-elle ?

— Dans Texas Street, au numéro 1501, dit Shakie.

Sur fond de musique d'ambiance, dans l'air conditionné du grand magasin, Julie chancela et se passa la main sur le front. Shakie lança un coup d'œil à Laura, qui se mirait dans une glace.

— Tully va bien, Julie, dit-elle. Va donc la voir.

Sur le point de partir, Julie s'arrêta comme si elle se souvenait brusquement de quelque chose.

— Et toi, Shakie, comment vas-tu ? demanda-t-elle sans pouvoir dissimuler son manque d'intérêt.

— Ça va très bien. Je me marie, tu sais !

— C'est super, Shakie ! Félicitations. Et avec qui ?

Le regard de Shakie perdit de sa chaleur.

— Avec Frank, mon fiancé, bien sûr ! Qui veux-tu que ce soit ?

— Bien sûr ! Frank ! Je m'en souviens. Tully disait que ça devenait très sérieux entre vous, dit Julie en rougissant.

— Va donc la voir, dit Shakie en jetant à Laura un regard de côté, qui parut ironique à Julie.

Elles restèrent silencieuses durant le reste du trajet, de la 29e Rue jusqu'à Texas Street. Numéro 1501. Quand elle vit la maison avec son toit rouge, ses quatre colonnes, son porche d'entrée imposant, Julie sentit le souffle lui manquer. Elle tenta de refouler ce qui remontait à sa mémoire... *Les visages illuminés de Jennifer et de Tully quand un jour, dix ans auparavant, elles l'avaient emmenée voir la maison qu'elles avaient découverte, avec ses balcons au premier étage, ses verrières, son immense jardin sur le devant. Une maison qui semblait sortie d'un rêve. « Comment la trouves-tu, Jule ? » avait demandé Tully en lui donnant un petit coup de coude. — Quelle question ! avait rétorqué Jennifer en donnant à son tour un coup de coude à Tully. C'est la maison la plus extraordinaire qu'elle ait jamais vue de sa vie. »*

La clôture en piquets de bois blancs dont Julie se souvenait avait été remplacée par une grille en fer forgé. Le portail grinça quand elles l'ouvrirent.

Devant la maison, l'herbe n'avait pas été coupée, mais s'était couchée, brûlée par le soleil. Autour du porche d'entrée, les ronces étaient si hautes qu'elles atteignaient les balcons du premier étage. Julie et Laura remontèrent l'allée poussiéreuse, puis gravirent les marches.

Sous l'auvent de la maison, il y avait une chaise à bascule sur laquelle était posée une couverture. Julie frappa à la porte d'entrée. Comme personne ne répondait, elle se tourna vers Laura.

— Allons-nous-en, il n'y a personne.

— Frappe un peu plus fort.

— J'aurais dû venir seule, marmonna Julie.

— Qu'est-ce qui t'arrive, Jule ? Tu as honte de moi ?

— Ce n'est pas ça, Laura. Mais pour Tully, j'aurais dû venir seule. Partons.

Soudain, des pas se firent entendre, la grande porte s'ouvrit et Tully apparut sur le seuil.

— Tully ? dit faiblement Julie en reculant.

La femme qui se trouvait devant elle n'avait qu'une vague ressemblance avec la Tully qu'elle connaissait. Dans ses bras, elle tenait un bébé nu comme un ver.

— Julie, dit Tully d'une voix atone.

Elle ne sourit pas, ne parut pas surprise. Julie remarqua son visage fade et pâle, sans maquillage, ses cheveux qui lui arrivaient aux épaules, raides, d'un blond cendré, la nuance exacte de l'herbe brûlée par le soleil. Comment Julie avait-elle pu oublier que Tully avait les mêmes cheveux que Jennifer, quand elle ne les décolorait pas à l'eau oxygénée ? Julie doutait encore que ce fût elle, avant d'entendre sa voix. Malgré son manque d'inflexion, elle avait cet accent guttural, profond, si caractéristique. C'était bien Tully.

— Entrez. Laura, je présume ? Contente de vous connaître, Laura. Voici Boomerang, annonça Tully en désignant le bébé qui gigotait dans ses bras. Prends-le un moment, s'il te plaît, dit-elle en le tendant à Julie. Le temps que j'aille chercher ses affaires là-haut... On était en train de prendre un bain de soleil. Surtout, ne le pose pas par terre, c'est une vraie calamité. Je reviens tout de suite.

Julie tenait le bébé d'un air empoté. Il resta tranquille une minute, puis se mit à pleurer.

— Tout va bien, maman est là, dit Tully du même ton morne, en revenant avec les vêtements du bébé, une cruche de thé glacé et des gâteaux secs.

Elle le reprit à Julie et tout le monde s'assit. Suivit un long silence, durant lequel Tully versa le thé et habilla le petit garçon d'une barboteuse de marin. Julie regardait Tully et avait envie de pleurer.

— Alors, dit enfin Tully. Comment ça va, depuis le temps ?

— Très bien, répondit Julie avec empressement. Et toi ?

— Très bien, comme tu vois.
— Il a quel âge, votre petit? demanda Laura.
— Six mois. Il est né le 12 mars.
— Et il s'appelle Boomerang? demanda Julie.
— Oui. Ça te plaît? C'est moi qui ai choisi son nom.
— Oui, ça me plaît. Pourquoi l'as-tu appelé comme ça?
— J'ai trouvé que ça faisait macho, genre joueur de foot. Quelqu'un à qui on ne la fait pas. Son diminutif, c'est Boomer. Qu'en dis-tu?
— Boomerang quoi?
— Boomerang quoi? répéta Tully. Boomerang DeMarco, je suppose.
Pour se donner une contenance, Julie se versa un autre verre de thé glacé. DeMarco!
— Alors tu t'es mariée, dit Julie sans regarder Tully.
— Bien sûr. Il fallait bien que quelqu'un s'occupe de nous.
— Tu travailles toujours pour Mr Hillier?
— Je m'occupe de Boomerang. Il n'a que six mois.
— Tu suis des cours?
— Je m'occupe de mon fils, répéta Tully.
Julie était incapable de la regarder dans les yeux.
— Et toi, où en es-tu? demanda Tully. Toujours à Sunshine Meadow?
Laura se mit à rire, mais pas Julie.
— Non, dit Julie. Ça fait longtemps qu'on en est parties.
— On a voyagé, expliqua Laura.
— Ah oui? Ça doit être agréable, dit Tully.
Tully ne demanda pas de détails, mais Laura lui énuméra les lieux qu'elles avaient traversés. La Nouvelle-Orléans, Key West, le Mississippi, la

Géorgie, le Nouveau-Mexique, le Mexique, la Californie...

— La Californie, répéta Tully, et une petite lueur vacilla un instant dans ses yeux gris. Et de quoi vivez-vous ?

— Une tente, une voiture, on n'a besoin de rien d'autre, répondit Laura. C'est la belle vie. Pas de responsabilités.

— Je vois, dit Tully.

À sa propre surprise, Julie eut envie de dire à Laura de la boucler une bonne fois pour toutes.

— Quelle belle maison vous avez ! s'exclama Laura.

— Merci, dit Tully. Et vous, vous partagez la même tente, alors ?

— La même tente, la même vie, tout, dit Laura.

— Parfait, dit Tully en jetant à Julie un regard que celle-ci connaissait bien.

J'aurais dû venir seule, pensa Julie pour la vingtième fois en vingt minutes. J'aurais dû venir seule voir mon amie d'enfance. Je lui aurais tout raconté moi-même. Je me serais excusée, je lui aurais expliqué. On aurait parlé *pour de vrai*. Qu'est-ce qui m'a pris ?

Tully se leva.

— C'est l'heure de faire un petit somme, dit-elle.

Julie comprit et se leva. Quand elle s'approcha pour lui dire au revoir, Tully recula. Julie embrassa Boomerang sur la tête et murmura à Tully :

— Je vais vite revenir te voir.

— Bonne idée, dit Tully à voix haute. Contente d'avoir fait votre connaissance, Laura. Bonne chance.

Elle accompagna Julie et Laura jusqu'à la porte et la referma aussitôt derrière elles, avant même qu'elles aient franchi le porche.

Plus tard ce jour-là, vers six heures du soir, Julie frappa à la porte de Tully. Cette fois, elle était venue seule. Tully la fit entrer.

— Boomerang est en train de dormir ? demanda Julie.

Elles l'entendirent pleurer.

— Plus maintenant, dit Tully.

Elle alla le chercher, déboutonna le haut de sa vieille robe en coton imprimée et commença à lui donner le sein. Assise là, en silence, Julie les regardait. Tully n'avait jamais eu le sourire facile, mais sa bouche avait pris une sorte de pli amer, à force d'être toujours close, et, au-dessus de la lèvre supérieure, de petites rides verticales indiquaient qu'elle avait dû beaucoup serrer les lèvres, ces quinze derniers mois. Elle s'était enrobée. Ses seins étaient ronds, blancs et gonflés de lait.

— Tu t'es arrondie, Tully, dit Julie en tentant de faire poliment la conversation.

— Toi aussi, Julie. Et tu as un teint superbe. C'est à force d'être au soleil toute l'année ?

— Je m'excuse, Tully.

— Pourquoi ?

— De ne pas t'avoir écrit, ni téléphoné. Vraiment, je m'excuse.

— Julie, dit Tully en faisant un geste de la main, on était toutes les deux très occupées. Autrefois, on menait presque la même vie, mais c'était il y a longtemps. Depuis, nos chemins se sont séparés... Ne t'inquiète pas.

Après avoir nourri Boomerang, Tully l'embrassa sur le nez et boutonna sa robe.

— Retournons dehors, c'est agréable à cette heure-ci.

Tully avait raison. C'était vraiment délicieux. Le

jardin était immense, orienté au sud-ouest. Le long de la grille poussaient des impatiences rouges et blanches et quelques tournesols. Un soleil impitoyable dardait ses feux vespéraux sur l'herbe décolorée.

— Quelles jolies fleurs, Tull ! Qui les a plantées, toi ?

— Moi, planter des fleurs ? Tu plaisantes ! Non, c'est Millie. Elle s'occupe de tout. Elle nous sert de femme de ménage, de cuisinière et de jardinier.

Elles s'assirent sur les chaises du patio et Tully posa Boomerang à ses pieds, sur une couverture.

Elles restèrent un moment sans rien dire.

— J'ai épousé Robin, finit par dire Tully.

Julie hocha la tête, mais ne réagit pas.

— Je n'y comprends rien, dit-elle doucement en contemplant Boomerang. Il y a un an, en septembre, j'ai reçu une carte postale de toi qui disait : « J'ai choisi mon prof ! »

— Oui. Je croyais m'être décidée. Mais il faut croire que Dieu avait d'autres projets pour moi.

— Raconte, dit Julie. Raconte-moi ce qui s'est passé.

C'était si agréable d'être assise dans le jardin derrière la maison, de sentir le soleil sur son visage, de revoir Tully, que Julie s'en serait contentée. Elle se sentit honteuse. Décidément, c'est une manie, je passe mon temps à avoir honte, songea-t-elle.

— Après ton départ, les choses sont restées floues encore un moment. Et puis Tracy Scott est revenue.

— Ah bon ? s'étonna Julie.

— Oui. Elle a voulu récupérer la caravane.

— Et son fils ?

— La caravane seulement.

— Je vois. Alors, qu'as-tu fait ?

— J'ai quitté la caravane et je me suis installée chez Jeremy. Nous avons décidé d'aller habiter à Santa Cruz. Il devait commencer à donner ses cours en janvier. J'étais déjà inscrite à la session d'automne, mais ça n'avait pas tellement d'importance. J'étais prête à manquer un semestre.

Elles restèrent silencieuses un moment.

— Et Robin ?

— Robin ? C'est avec lui que je vis maintenant.

— Je ne comprends toujours pas, dit Julie en secouant la tête.

— Je suis tombée enceinte.

— Oh ! je vois, fit Julie qui ne voyait rien du tout.

Rien, à part le coucher du soleil et Boomerang fourrageant dans l'herbe.

— Je n'ai pas eu de nausée matinale ni aucun malaise, continua Tully. J'étais enceinte depuis le mois de juin, mais je ne m'en suis aperçue qu'en septembre. Un mois après m'être installée chez Jeremy.

— Tu ne prenais pas la pilule ?

— Si, mais ça ne m'a pas inquiétée. Mon cycle menstruel a toujours été irrégulier.

— Je croyais qu'avec la pilule on ne risquait rien.

— Oui, mais en juin, j'ai eu une petite infection. J'ai dû prendre un traitement antibiotique. Ça a peut-être annulé l'effet du contraceptif.

— Et en juin, tu en étais où ?

Tully soupira.

— Jeremy passait un entretien pour son nouveau poste. Il était en Californie.

Julie ouvrit de grands yeux. Soudain, les choses devenaient plus claires. Elle observa Tully pour deviner ce qu'elle éprouvait. Mais ses yeux gris ne trahissaient aucune émotion.

— Le bébé... Il n'était donc pas de Jeremy ?

— Bravo, Julie. Aucune erreur possible. Le calcul n'était pas compliqué, et Jeremy sait compter.

Julie sentait la brise sur son visage, elle entendait les oiseaux chanter leur adieu au soleil et Boomerang gazouiller dans l'herbe... Tully ne parlait plus. Elle fixait son fils, sans ciller.

— Qu'aurais-je pu dire à Jeremy ? reprit Tully en montrant les yeux et les cheveux bruns du petit garçon. Qu'il y a du sang espagnol dans ma famille ? Il fallait bien lui dire la vérité.

— Comment l'a-t-il pris ?

— Mieux que le père de ma mère quand il a découvert qu'elle n'était pas de lui, d'après ce que tante Lena m'a dit un jour. Mais guère mieux.

— T'a-t-il dit de partir ?

— Oui, entre autres choses.

Tully retomba dans le silence.

— On ne pouvait pas continuer comme ça, reprit-elle. Jeremy en était tout bonnement incapable. Il ne pouvait m'approcher, me toucher, me parler sans que ses yeux me disent : « Tu as gâché ma vie. » Aussi, à la fin, j'ai dû le quitter. En octobre. Un dimanche matin, je lui ai annoncé que je m'en allais. Il n'a même pas levé les yeux de sa tasse de café. Je suis donc partie. Le problème, c'est que je n'avais nulle part où aller. Nulle part, Jule, ajouta Tully avec un petit rire amer. Shakie vivait encore chez ses parents. Ma mère était entrée à Menninger. Quant à tante Lena, elle ne peut pas me blairer. Je n'avais pas de travail. Mon internat était fini depuis longtemps et j'avais quitté la Casa del Sol au début de l'été. Je n'avais qu'un endroit où aller : Manhattan.

— Oh ! fit Julie. Alors tu es retournée avec Robin. Mais comment as-tu fait ?

— C'était un dimanche. Il jouait au rugby. Je

suis allée le voir à la mi-temps. Il m'a demandé ce que je faisais là. J'ai répondu que j'avais quitté Jeremy. « Que veux-tu que ça me fasse ? » m'a-t-il dit. Alors je lui ai annoncé que j'étais enceinte.

— Mon Dieu ! comme ça, de but en blanc ? s'exclama Julie. Et qu'est-ce qu'il a dit ?

— Rien, répondit Tully. Il est allé finir le match. Son équipe a perdu. Il saignait du nez, je me souviens. Il est sorti du terrain, tout boueux et meurtri, et il m'a demandé : « Pourquoi me racontes-tu ça ? » J'ai dit : « Parce qu'il est de toi. »

Tully ne quittait pas son fils des yeux.

— Il m'a demandé si j'en étais sûre. Regarde-le, Julie. Peut-il y avoir un doute ?

— Non, convint Julie. C'est son père tout craché.

— Nous sommes allés chez Robin. On est restés assis une heure tous les deux, à discuter. Il m'a demandé ce que je voulais faire.

Tully avait les lèvres serrées, mais ses yeux étaient grands ouverts et laissaient voir son âme. Trop émue, Julie détourna le regard.

— Je lui ai dit que je ne voulais ni avorter ni le garder. Comme il me disait que je n'avais pas d'autre solution, j'ai parlé de le faire adopter. Alors il m'a déclaré qu'il supposait que j'étais venue à lui par désespoir. Parce que je n'avais nulle part où aller, comme quand j'étais partie de chez ma mère. Il a dit que je pouvais compter sur lui. Mais qu'il ne supporterait pas de me garder chez lui pendant neuf mois pour qu'ensuite j'abandonne sa petite fille.

Julie eut soudain envie de prendre Boomerang dans ses bras pour respirer le fin duvet de ses cheveux.

— Il a dit ça, hein ?

— Oui. Je lui ai demandé pourquoi il était si sûr que c'était une fille, et il a dit que c'était parce qu'il avait toujours voulu avoir une fille.

À cet instant, Julie se sentit fondre de tendresse pour Robin.

— Mais j'étais enceinte de quatorze semaines, continua Tully. On ne pouvait plus attendre. La semaine suivante, Robin a pris rendez-vous pour moi à Topeka.

Elle s'arrêta encore de parler. Pour Julie, les silences de son amie étaient insupportables. Ils résonnaient comme des cris. Tully frissonna, se leva et prit Boomerang.

— Sur la route de Topeka, j'ai demandé à Robin s'il m'épouserait, au cas où je garderais le bébé. C'est comme s'il avait vieilli d'un seul coup. Il m'a regardée d'un air exténué, et il a dit oui.

— Alors vous avez fait demi-tour et vous vous êtes mariés ?

— Oui. C'était en novembre, pendant les fêtes de Thanksgiving.

Thanksgiving ! Eh bien, cela explique la fameuse rencontre avec ma mère, pensa Julie.

— Et Jeremy ? Tu l'as revu après ça ?

— Non, bien sûr. J'ai appris qu'il avait démissionné de son poste en octobre et qu'il avait regagné New York... Il ne méritait pas ça, ajouta Tully après un silence, en clignant des yeux au soleil.

— Non. Robin non plus, d'ailleurs... Tully, c'était fatal. Une seule fille pour deux types. Il manque forcément quelque chose.

— Sans doute, reconnut Tully d'un air morne. Un, c'est déjà trop pour moi, murmura-t-elle en berçant Boomerang contre sa poitrine.

Julie lui pressa le bras et essaya de trouver quelque chose à dire.

— Tu sais, en réalité, ça n'a rien d'extraordinaire, la Californie.

— Mon œil, dit Tully.

— Comment vont les choses, avec Robin ? demanda prudemment Julie, en espérant que tout se passait bien et que Robin reviendrait assez tôt à la maison pour qu'elle puisse le voir.

— Qu'est-ce que tu crois !

— Et ta mère ? demanda Julie pour changer de sujet.

Mais en voyant l'expression de Tully, elle s'écria :

— Quoi ? Elle est morte ?

Tully se tourna vers la maison et désigna une fenêtre sur la gauche.

— Robin a toujours fait de grands projets pour ma mère et moi.

— Qu'est-ce que ça veut dire ?

— Il a pensé que si on s'occupait bien d'elle son état s'améliorerait. Et qu'à force de gentillesse on finirait par en faire une bonne grand-mère, elle qui avait manqué de tendresse toute sa vie.

— Qu'est-ce qu'il a fait ?

— Il l'a fait sortir de Menninger, dit Tully avec aigreur. Tu te souviens, je t'avais raconté qu'il était venu me voir à la caravane pour m'offrir un diamant et me demander en mariage. Il voulait m'acheter cette maison et y faire venir ma mère. Comme si c'était elle qu'il demandait en mariage, à travers moi.

— Mon Dieu, fit Julie. Tu ne lui avais rien dit ?

— Si, je le lui avais dit.

— Mon Dieu, répéta Julie.

Elle ne trouvait rien d'autre à dire. Accablée, elle regarda la maison de Texas Street avec d'autres yeux, ceux de Tully.

— Et alors, comment ça s'est passé ? demanda-t-elle. Plutôt mieux que tu ne l'aurais cru ?

— Non, Julie. Rien ne s'est passé mieux que je ne l'aurais cru.

Julie pensa à Robin, à sa gentillesse, à la tendre façon dont il regardait Tully, quand elles étaient lycéennes. Elle n'arrivait pas à croire que Robin ait fait ça par méchanceté. Quelle stupidité !

— Alors, raconte-moi. Ça t'a plu, de voyager ? demanda Tully en lui donnant une petite tape sur le bras.

— Oh ! oui, mentit Julie. Super. Aucun regret.

— Tu préfères ça que de faire des études ?

— De loin ! mentit encore Julie. C'est si agréable. On travaille en plein air. On se sent en pleine forme. Un esprit sain dans un corps sain, comme on dit. Ça nous convient à merveille.

— Bon, dit Tully.

Julie se demanda si Tully allait lui poser la question et décida de ne rien lui cacher.

Elles restèrent assises encore un instant. Puis Tully dit que Robin allait bientôt rentrer à la maison et qu'elle devait préparer le dîner.

— Tu fais la cuisine ? dit Julie. Ça m'étonne de toi.

— Avec le four à micro-ondes, ça va me prendre dix minutes.

Elles contournèrent lentement le côté sud de la maison pour gagner le devant. Tully s'assit avec Boomerang sur la chaise à bascule. Julie resta debout devant elle.

— J'ai appris que Shakie allait se marier.

— Oui. Frank est un type bien.

— Jack n'est pas revenu pour Noël ?

— Si, il est revenu. Shakie était déjà fiancée.

— Ah, dit Julie. Et alors, pas de vagues ?

— Si. Elle a rompu avec Frank et a passé les quinze jours avec Jack.

— Et après, Jack est reparti ?

— Oui. Et Shakie est retournée avec Frank. C'est à ce moment-là qu'ils ont décidé de se marier.

— Je vois. Mais que va-t-il se passer le Noël prochain ?

— La même chose, j'en ai peur.

Pauvre Frank, pensa Julie. Décidément, quand on aime, on est capable de tout supporter. Dormir dans une tente, bouffer du maïs, ne plus voir ses parents, ne pas prendre de douche, perdre de vue ses amis, et qu'ils vous manquent jusqu'à ce qu'on n'en puisse plus.

— Tu vas toujours à Saint Mark ? demanda Julie avec prudence. Maman dit qu'elle ne te voit plus à la messe du dimanche.

— Oui, on y va tous les dimanches. Mais pas à la messe. Il y a trop de monde. Boomerang a tendance à s'énerver, et moi aussi. J'y vais plus tard. Parfois je le laisse à Robin et j'y passe une partie de l'après-midi.

Julie se racla la gorge.

— Je suis contente que tu y ailles, Tully. Sincèrement.

Elle se pencha pour embrasser Tully et Boomerang.

— Au revoir, murmura-t-elle. Je te promets que...

— Ne promets rien, Julie. Viens juste me voir de temps en temps.

— Je ne peux pas croire que tu sois mère, Tully, dit-elle tendrement en caressant la tête de Boomerang.

— Tu n'es pas la seule, dit Tully en jouant avec les jambes de son fils. Mais parle-moi de Laura, Jule.

Julie regarda Tully, dont les yeux pétillaient un peu, et elle se sentit le cœur plus léger. Ça ne va pas être si terrible, après tout.

— Que veux-tu savoir ?

— Qui elle est...

— C'est mon amie, expliqua Julie.

— Ton amie.

— Ma... compagne.

— Je vois, dit Tully en souriant. Je comprends pourquoi tu n'as jamais su que faire de Tom. Eh bien, quelle journée ! s'exclama-t-elle, mais alors son sourire s'effaça. Jen aurait bien rigolé, si elle avait su.

— Elle l'a su, Tully.

— Et ça l'a fait rire ? dit Tully après un silence.

— Elle ne pouvait plus s'arrêter, répondit Julie, la gorge serrée.

Tully voit-elle ce que je vois ? se demanda Julie. Voit-elle le visage rieur de Jennifer ?

Elle se pencha et pressa doucement sa joue humide contre la joue sèche de son amie.

— Je pense tout le temps à elle, tu sais, murmura-t-elle.

Tully ne répondit pas.

Julie hocha la tête pour montrer qu'elle comprenait.

— Si ça peut te rassurer, je trouve que tu as fait le bon choix, Tully Makker. Plus tard, il sera toujours temps de reprendre tes études, de faire ce dont tu as envie. J'ai toujours bien aimé Robin.

— Je sais, dit Tully. Peut-être que c'est toi qu'il aurait dû épouser.

— Je t'aime, Tully.

Tully se contenta de hocher la tête. Julie essuya ses larmes et vit l'âme grise de Tully imprimée dans ses yeux gris, tout proches des siens.

Le cœur serré, elle marcha vers le portail et se retourna une dernière fois.

— Quelle jolie maison tu as ! lui cria-t-elle.

— Oui, une jolie maison. Eh, Julie ! Bonne récolte ! lança Tully en lui faisant un signe de la main.

II

WICHITA

Septembre 1982

Après le départ de Julie, Tully continua à se balancer sur la chaise à bascule. Elle et Boomerang restèrent là un long moment. Il s'endormit, puis se réveilla, et elle lui donna le sein tout en songeant à Julie.

Sa maison est plus grande que la mienne. C'est un champ dans l'Iowa, un désert dans le Nevada, une prairie à l'ouest d'ici. Julie est assise, comme moi, et regarde par l'ouverture de la tente ou par la vitre de la voiture, en se disant que c'est là, quelque part. Mais aucune de nous deux ne sait comment trouver. Foutaises ! Bien sûr qu'on le sait où gît cette chose fragile, la matière même de nos rêves, dispersés aux quatre vents du Kansas. Et cela nous fait suffoquer. En sortant de l'école, on courait d'une traite jusqu'à Sunset Court pour la retrouver, et maintenant je fais lentement le chemin jusqu'à Saint Mark pour fleurir sa tombe.

Tully fredonna à voix basse une vieille complainte, tout en berçant Boomerang.

— J'ai une jolie maison... Et un gentil mari qui paie toutes les factures. Que demander de plus, hein, Boomerang ?

Robin devait rentrer tôt ce jour-là. Sur ce point, Tully n'avait pas menti. Mais elle ne lui ferait pas à dîner. Millie préparait tous les jours les repas, sauf le mardi, son jour de congé. Comme tous les mardis, Robin allait donc devoir se débrouiller seul et se contenter des restes de la veille. Tully s'en souciait comme d'une guigne. Elle resterait sur la terrasse à contempler le rougeoiement du soleil, jusqu'à ce qu'il disparaisse. Puis elle rentrerait dans la maison, donnerait son bain à Boomerang et le préparerait pour la nuit.

À quoi ressemble Jeremy? pensa-t-elle. J'ai presque oublié. Dire qu'on a habité ensemble et que j'ai failli faire ma vie avec lui...

« De qui est le bébé, je m'en fiche, Tully, mais je t'en supplie, ne me quitte pas », avait dit Jeremy. Mais Tully savait bien qu'eux deux, c'était fichu. Cher Jeremy, je n'arrive pas à me rappeler de ton visage, mais je sais bien que je t'ai brisé le cœur. Cela, je ne peux l'oublier.

Elle regarda son petit garçon endormi et le serra un peu plus fort contre elle en se balançant. Un air lui trottait dans la tête, qu'elle n'arrivait pas à reconnaître. Boomerang et moi, on s'assied tous les jours sur la chaise à bascule. De la terrasse, on regarde la rue. Et on se balance, on se balance. Quand j'étais petite, je faisais pareil : je m'asseyais sur mon lit et je me balançais pour chasser de mon esprit tout ce qui m'entourait. Nous voilà, mon fils et moi, en train de nous balancer. Mais j'ai beau avoir la maison de mes rêves et tout ce qui s'ensuit, contempler le jardin, le portail, les chênes et les cèdres, ce que je vois en réalité, c'est la caravane de Tracy Scott, la voie ferrée et Kansas Avenue.

La première fois que Tully avait visité la maison, elle était enceinte de sept mois et avait mal au dos. Robin venait de conclure l'affaire avec l'ancienne propriétaire. Le salon occupait presque tout le rez-de-chaussée : il donnait de chaque côté sur une grande fenêtre en saillie, l'une s'ouvrant sur la rue et le soleil levant, l'autre sur le jardin de derrière et le soleil couchant.

À l'arrière de la maison se trouvait la cuisine, une pièce immense dont la porte s'ouvrait sur le jardin, avec une grande table en chêne, une banquette en osier, une bibliothèque et quelques plantes d'appartement. Tully pouvait s'y activer tout en ayant l'œil sur Boomerang qui reposait dehors, sur la balancelle. Côté nord se trouvaient une salle à manger et une petite pièce adjacente. Ils y avaient dîné une ou deux fois, au début.

Côté sud, il y avait une petite véranda, la pièce « californienne », où Tully cultivait des cactus par centaines, et une dizaine de petits palmiers que Robin lui avait achetés juste avant l'été pour se faire pardonner, car ils n'avaient pas pu prendre de vacances. Là, tout le mobilier, canapé, table, paniers, était en osier. Boomerang aimait beaucoup jouer avec les paniers à cause du bruit que faisait l'osier. Tully s'amusait avec lui, tout en regardant les palmiers.

À l'étage, il y avait cinq chambres. Les trois fenêtres de l'immense chambre à coucher étaient orientées au nord-est, la chambre du petit Robin au sud-est, vers le lever du soleil. Sur les trois autres chambres, deux n'avaient pas été rénovées. Hedda Makker occupait la troisième.

C'était la seule condition que Robin avait posée quand ils s'étaient mariés, juste avant l'achat de la maison. Hedda vivrait avec eux. Il n'était pas question qu'elle restât à Menninger, comme si elle n'avait pas de famille. Tully avait refusé de vivre sous le même toit que sa mère. Même dans une aussi belle maison, elle aurait l'impression de se retrouver au Bosquet. Mais Robin s'était montré inflexible, tout en lui promettant que son contact avec Hedda serait limité. Il engagerait pour elle une infirmière à domicile et un kinésithérapeute.

— N'as-tu donc rien retenu de ce que je t'ai raconté, Robin ? Ce n'est pas en gâchant ma vie que tu feras revenir ta mère.

Robin avait blêmi, mais était resté inébranlable.

— C'est une infirme, elle est paralysée, avait plaidé Tully. Elle peut à peine bouger la tête. Elle a besoin d'un appareil de dialyse, d'une infirmière, d'une cuisinière et d'un masseur. Je ne veux pas d'elle chez moi, je vais être assez occupée avec le bébé. Tu n'as donc pas de cœur ? J'ai passé ma vie à essayer de lui échapper. Pourquoi me fais-tu ça ? On s'est mariés, tu as eu ce que tu as voulu, que te faut-il de plus ?

— On se le demande ! dit Robin d'un ton sarcastique. Dès que tu mettais le nez dehors, tu draguais tout ce qui passait, puis tu m'as plaqué pour un poète à la manque, après nous avoir fait marcher tous les deux pendant des mois. Et enfin tu as rappliqué un jour la gueule enfarinée, en cloque, pour m'annoncer que j'étais l'heureux père de ton enfant. C'est vrai, j'ai été comblé !

Tully resta silencieuse. Ils étaient mariés depuis six jours et Bruce les avait invités à dîner pour fêter Thanksgiving.

— Je vois, finit-elle par dire. Comme je me suis mal conduite, tu te venges en m'obligeant à vivre avec ma mère, c'est ça ? Pour qui te prends-tu, pour Dieu ?

Elle essaya de se calmer et fit une dernière tentative.

— Robin, je t'en prie, ne me fais pas ça. Épargne-nous. C'est un si mauvais début pour nous deux.

— À d'autres, Tully Makker. À d'autres, ricana Robin.

— Robin, je sais que je t'ai fait du mal, et je m'en excuse. Je ferai de mon mieux pour me faire pardonner. J'essaierai d'être une bonne épouse et une bonne mère, même si personne ne m'a montré l'exemple. Mais ne te venge pas de cette manière-là, Robin. Si tu fais ça, nous n'avons aucune chance. C'est perdu d'avance.

— Tully, tu te trompes. Ce n'est pas pour te faire du mal ou pour me venger, je t'assure. Tu prends les choses trop au tragique. Cela n'a rien à voir avec toi. Mais pourquoi ne pas faire un effort et te conduire en adulte, pour une fois.

— Tu n'es qu'un salaud, Robin. Cela n'a rien à voir avec moi, n'est-ce pas ? Toi et tes grands sentiments ! Tu laisses mourir ta mère sans lui dire un mot, mais quelle gentillesse quand il s'agit de la mienne ! Pour ce que cela te coûte...

Robin pâlit encore et serra les poings, mais il en fut ainsi.

En billets de cent dollars tout craquants, trois mille cinq cents en tout, il acheta du même coup la maison, Hedda Makker et Tully.

Ils déménagèrent de Manhattan le 10 février 1982. Tully venait d'avoir vingt et un ans.

Une semaine après, Robin installait Hedda Makker à Texas Street. Tully était partie au cinéma voir *Tootsie*. Elle resta ensuite à Saint Mark jusqu'à la nuit tombée, puis passa chez Shakie. Quand elle revint à deux heures du matin, Robin l'attendait. Il l'accueillit avec un regard accusateur, se leva de son fauteuil et alla se coucher.

Chaque soir de la première semaine, Tully alla chez Shakie.

La semaine suivante, elle passa ses journées à la Washburn Library ou au cinéma, et ses soirées chez Shakie. Même quand elle rentrait tard, Robin était toujours dans son fauteuil à l'attendre, le regard noir.

L'infirmière de Hedda venait chaque jour. Il lui arrivait de coucher sur un lit de camp, dans une des chambres non rénovées.

En avril, Robin fit venir un entrepreneur et transforma la salle à manger et la petite pièce adjacente en appartement pour Hedda.

— J'ai quelqu'un qui vit chez moi. Exactement comme tante Lena au Bosquet, fit remarquer Tully.

Hedda tentait bien d'entamer la conversation avec sa fille, mais à chaque fois elle se heurtait à un mur. Tully quittait la pièce, parfois la maison.

Trois semaines après l'arrivée de Hedda, Robin fut bien obligé de mettre la question sur le tapis.

— Tully, c'est ridicule.

— Tout à fait d'accord.

— Tu fais de la peine à ta mère. (Et comme elle ne répondait pas :) Lorsqu'elle t'adresse la parole, tu réponds par oui ou par non et tu fais comme si elle n'était pas là. Quand on la descend, tu quittes la pièce. Quand elle est dans le jardin, tu rentres dans la maison, ou l'inverse. Tu ne vois donc pas qu'elle essaie de se rapprocher de toi, qu'elle veut se faire pardonner ? Tu t'en fiches à ce point ? Mais dis quelque chose, bon Dieu !

Elle le regarda sans s'émouvoir.

— Est-ce qu'elle a fait des progrès ?

— Oui ! dit Robin en soupirant. Elle peut bouger les deux mains, et elle commence à plier les genoux... Pourquoi me demandes-tu ça ?

Les yeux de Tully se rétrécirent.

— Maintenant qu'elle commence à bouger les mains, je te conseille de trouver comment la tenir éloignée du bébé, quand il sera né, lui déclara-t-elle froidement.

Une semaine plus tard, le vendredi 12 mars, vers neuf heures du matin, Tully était en train de lire *L'Idiot* de Dostoïevski à la bibliothèque quand elle perdit les eaux. Mon Dieu, est-ce que je viens de faire pipi ? se dit-elle. Elle contracta son sphincter, mais l'eau continuait à couler. Ne sachant comment se lever sans attirer l'attention, elle reprit sa lecture comme si de rien n'était, en espérant que cela s'arrêterait.

Quelques minutes plus tard, elle dut se résoudre à se lever. Heureusement, elle était habillée d'un large pantalon noir et d'un long pull qui lui arrivait aux genoux. Dans les toilettes, elle put vérifier que l'eau coulait moins, à présent. Elle avait imbibé son pantalon, son pull et le fauteuil où elle était assise. Était-elle en train d'accoucher ? Elle faillit appeler Robin de la bibliothèque mais, craignant que ce fût une fausse alerte, elle prit la Camaro et se rendit à Stormont-Vail.

— Je crois que je suis sur le point d'accoucher, dit-elle à l'infirmière qui s'occupait des admissions. Mais je n'en suis pas sûre.

— Avez-vous des contractions ? lui demanda l'infirmière.

— Je ne sais pas trop, répondit Tully.

Elle avait bien senti quelques crampes à l'utérus, mais guère plus fortes que ces dernières semaines. C'était la même douleur que celle des règles, en un peu plus pénible.

On la conduisit dans une pièce dépendant du service des urgences et on la laissa seule, face à un mur blanc sur lequel une vieille pendule indiquait dix heures trente-cinq du matin. Tully s'allongea sur le dos, respira profondément, et se cramponna des deux mains aux bords du lit. Quand son ventre se contractait, elle serrait plus fort, puis relâchait. Elle ferma les yeux et continua à serrer, puis à relâcher.

Quand elle les rouvrit, ses cheveux étaient humides et la pendule indiquait dix heures cinquante-cinq.

Le docteur vint l'examiner. Tully, les mains crispées sur les bords du lit, lâcha entre ses dents :

— Je crois que je vais accoucher.

— Bon, dit gentiment le docteur, si vous me laissiez jeter un coup d'œil, que je vous donne mon avis ?

À peine l'eut-il examinée qu'il bredouilla : « Ne bougez pas, je reviens tout de suite », avant de se précipiter dans le couloir.

Tully l'entendit crier, comme dans un rêve. Elle se sentait faible, à présent. Elle se rendit compte qu'elle ne respirait plus régulièrement, mais haletait comme un vieux chien.

Docteurs et infirmières arrivèrent en courant. Dans un état second, Tully ouvrit les yeux et vit que la pendule indiquait dix heures cinquante-neuf.

À onze heures six, elle mit au monde un petit garçon. Au début, il avait un teint violacé qui vira joliment au rose, quand il commença à pleurnicher. Les docteurs et les infirmières étaient arrivés juste à temps pour attraper sa tête. Tully était trop occupée à agripper les côtés du lit pour regarder. Mais quand elle vit l'infirmière prendre le bébé, elle se sentit triste. Elle voulait l'avoir contre elle. L'infirmière lui mit quelque chose dans les yeux, le pesa et commença à le débarrasser de la matière rouge et gluante qui le recouvrait. Le docteur parlait à Tully en lui enfonçant une aiguille dans la cuisse. Mais Tully ne l'entendait pas. Elle ne désirait qu'une chose, tenir son petit dans ses bras.

Elle le reçut enfin. Là, mon bébé... Il était emmitouflé dans une couverture blanche ; seule sa tête dépassait. Une petite tête brune toute mouillée, avec beaucoup de cheveux. On aurait eu du mal à te faire passer pour le fils de Jeremy, pas vrai? pensa-t-elle en lui touchant le bout du nez. Là, mon bébé. Elle se pencha pour l'embrasser.

Visiblement soulagé, le docteur la contemplait en secouant la tête.

— Vous êtes une sacrée bonne femme, Tully DeMarco. Ma parole! Vous n'avez même pas poussé un petit cri... Et regardez-moi ce gros garçon de neuf livres et demie. Il va falloir vous recoudre, il vous a un peu déchirée en passant, le coquin. Mais vous vous en êtes bien tiré. Toute seule, en plus. Je préfère ne pas imaginer ce qui se serait passé si j'étais arrivé une minute plus tard. Pourquoi avoir attendu tout ce temps avant de venir? Vous n'aviez donc pas mal?

— Non, dit Tully. Je n'avais pas mal.

Tully eut ensuite dix-sept points de suture, dont neuf internes. C'était une mauvaise déchirure. L'utérus n'arrivait pas à se refermer, même avec une injection d'oxytocine, et elle continuait à saigner. Quand Robin arriva à l'hôpital, Tully étant receveur universel et Robin donneur universel, on lui demanda de donner un demi-litre de sang.

— Seulement un demi-litre? dit Robin en remontant sa manche. Elle est plus exigeante, d'habitude.

— Tu as vu le bébé? lui demanda Tully.

— Évidemment, puisqu'il est dans tes bras.

À contrecœur, Tully le lui tendit.

— Il a l'air d'avoir faim. Redonne-le-moi, dit-elle l'instant d'après.

Robin les contempla un instant, puis il s'assit au coin du lit.

— Pourquoi ne m'as-tu pas appelé tout de suite?

— C'est arrivé si vite. Je n'ai pas eu le temps de me rendre compte de ce qui se passait qu'on était déjà en train de me recoudre.

Robin s'éclaircit la gorge.

— Les docteurs disent que le tissu de ton utérus a été endommagé avant la naissance et que c'est pour ça que tu as eu des problèmes.

— Ah, répondit Tully sans le regarder.

— Tu sais ce qu'ils m'ont demandé ? Si c'était ton premier accouchement. Ils avaient l'air gênés. Je leur ai dit que oui, pour ce que j'en savais... J'ai eu raison ?

— Bien sûr, dit Tully d'une voix inaudible.

Robin lui tapota la main. Elle tressaillit et Robin retira la sienne.

— Comment va-t-on l'appeler ? demanda-t-il. Henry, comme ton père ?

— Non, Robin. C'est comme ça qu'on l'appellera : Robin DeMarco Jr.

Robin protesta pour la forme, mais pas longtemps.

Tully resta à Stormont-Vail pendant cinq jours au lieu des trois jours habituels. Elle continuait à perdre du sang et eut besoin d'une autre transfusion. Mais Robin avait largement de quoi répondre à la demande.

Après le retour de Tully à la maison, Robin, Hedda et Millie tentèrent vainement de l'amadouer. Deux mois passèrent sans que Tully changeât de comportement, aussi finirent-ils par jeter l'éponge. Robin trouvait que Tully était trop souvent au-dehors, et toute la maisonnée finit par adopter une sorte de *modus vivendi* : quand Tully était à l'intérieur de la maison, Hedda restait dans ses appartements et ne sortait dans le jardin qu'en son absence. Cela n'avait pas l'air d'affecter Hedda. À la demande de Tully, Robin lui avait acheté un poste de télévision qu'elle regardait à longueur de journée, dans sa chambre.

La mise à l'écart de Hedda eut un effet apaisant sur Tully, qui resta davantage à la maison. Quant à Robin, il se mit à rentrer de plus en plus tard du travail. Tully n'y trouvait rien à redire.

Le crépuscule descendait sur Texas Street. Sur la terrasse, Tully se balançait. Elle vit arriver la Corvette de Robin. Comme chaque soir, il lui fit un signe de la main auquel elle répondit sans enthousiasme. Il passa le portail, monta l'allée, l'escalier, et traversa la terrasse. À cet instant, leurs yeux se croisèrent, mais Tully, sans ciller, détourna le regard. Les épaules raides, Robin s'avança pour embrasser son fils sur la tête et Tully sur la joue, avant d'entrer dans la maison. Tully continua à se balancer en fredonnant un petit air pour Boomerang, qui était éveillé et jouait avec ses cheveux. Boomerang rit, ce qui fit sourire sa mère.

Puis elle se leva et rentra dans la maison. Elle alla s'asseoir à la table et regarda manger Robin. Ils se fixèrent un moment sans rien dire. Il s'approcha d'elle et lui prit Boomerang.

— Les copains font une partie de cartes, ce soir.

— Super, répondit-elle.

— Tu veux laisser Boomer à Millie et venir avec moi ?

— C'est son jour de congé.

— On peut l'appeler.

— Elle en fait assez comme ça. Laisse-la en paix.

— Et toi aussi, par la même occasion, dit-il en se levant pour poser son assiette dans l'évier.

Il lui tendit Boomerang et monta se changer. Tully le suivit à l'étage, Boomerang dans ses bras. Elle le posa par terre et, bras croisés, elle regarda Robin enfiler un pantalon beige, une chemise en coton blanc, un pull noir. Il était très élégant, comme toujours. Boomerang tira sur sa robe et elle se baissa pour le prendre dans ses bras.

— Bon, dit Robin en embrassant son fils, à tout à l'heure. Ne m'attends pas, ça risque de durer.

— Je m'en doute, dit-elle en claquant la porte de la chambre derrière lui avec son pied.

Après son départ, Tully fit prendre un bain à Boomerang. Il s'amusait tellement que Tully eut envie de le rejoindre dans la baignoire. Mais elle ne s'amusa pas tant que ça. Ensuite, elle le sécha, s'épongea et alla s'asseoir nue sur le rocking-chair de la chambre d'enfant. Là, elle le berça dans ses bras jusqu'à ce qu'il s'endorme.

Robin était un gentil bébé, plus facile qu'elle ne l'avait espéré. Tully s'occupait bien de lui, non par devoir, mais parce qu'elle adorait le voir sourire. Elle n'arrivait pas à se croire capable d'éprouver ce genre de sentiments. Elle s'imaginait qu'un jour la vraie mère de Robin viendrait sonner à la porte pour lui reprendre son fils, et qu'elle aurait les traits de Tracy Scott. Pourtant Boomer ne supportait pas d'être séparé de sa mère. C'est pour cette raison que Robin et elle l'avaient rebaptisé Boomerang, car il s'arrangeait toujours pour se retrouver dans ses bras.

Tully entendit Hedda l'appeler d'en bas et essaya de l'ignorer. Mais les appels se firent plus stridents. Elle descendit les marches et s'arrêta à la porte.

— Qu'y a-t-il ?

— Tully, je n'ai plus d'eau, peux-tu m'en apporter ? demanda Hedda.

Tully râla mais, avant de s'éloigner, elle grommela :

— Tu préfères peut-être du thé ?

— Il fait trop chaud pour boire du thé. Juste un peu d'eau.

En entrant, Tully retint sa respiration pour ne pas sentir l'odeur de renfermé qui emplissait la chambre. Elle versa un verre d'eau à sa mère, que celle-ci avala d'un trait, et posa la bouteille sur la table de nuit.

— Merci, Tully, dit Hedda.

Tully fit un signe de la main, comme pour dire « de rien », mais n'ouvrit pas la bouche. Elle fit des yeux le tour de la pièce. Des murs blancs, comme à l'hôpital, un lit, deux tables de nuit, et une télé allumée. Des magazines traînaient par terre, ainsi que des romans policiers. Hedda aimait s'endormir en écoutant la voix soporifique de l'infirmière raconter des histoires de meurtre et de sang.

— Je peux ouvrir la fenêtre, maman ? demanda Tully.

— Pas longtemps, Tully. Je risque d'attraper froid, dit Hedda.

— On est au mois de septembre, il fait chaud, dit Tully en allant ouvrir la grande fenêtre par laquelle une brise tiède s'engouffra dans la pièce.

— Oui, mais pas la nuit.

— Tu n'auras qu'à m'appeler, je suis en haut avec Boomerang. Je viendrai la refermer.

— Merci, Tully, dit Hedda.

Tully ferma la porte et retourna dans la chambre de Robin Jr. Il dormait à poings fermés. Elle resta assise un moment sur le rocking-chair et oublia le reste du monde. C'était comme s'il n'existait plus que la chambre d'enfant avec son odeur de talc, la respiration de Boomer, la lampe Mickey, les rideaux à l'imprimé naïf.

Boomerang se réveillerait dans deux heures. Dans la chambre obscurcie, Tully ferma les yeux et se mit à fredonner une chanson. Elle laissa la musique entrer en elle. Ses mains remontèrent le long de ses cuisses et caressèrent son ventre, sa taille, ses seins. Sa tête oscillait doucement et ses jambes ondulaient, suivant un rythme qu'elle seule entendait...

Soudain, elle s'arrêta. Elle pensa à Jeremy, qui avait quitté son Kansas bien-aimé à cause d'une femme. Les bras enroulés autour de son corps, elle se mit à arpenter la chambre en poussant tout bas de petits cris plaintifs. Les rideaux n'étaient pas tirés et la lumière blafarde venant de la rue créait un curieux effet dans la pièce où Tully glissait telle une ombre, entre le clair et l'obscur.

Merde ! C'est pour en arriver là que j'ai versé tant de larmes et dit toutes ces prières ? Pour aller me coucher à huit heures et demie, comme les poules ? Alors, Tully ? Et ton mari, où est-il à cette heure ? Loin, bien loin d'ici. Il m'a eue par un coup du sort, parce que le destin m'a forcé la main, et cela, il ne me le pardonnera pas. Comment lui en vouloir ? Tully alla s'asseoir sur le rebord de la fenêtre. Tout est fini, bien fini.

Six mois auparavant, deux semaines avant la naissance de Boomerang, Tully s'était allongée dans la baignoire avec son gros ventre et s'était ouvert les veines, dans sa nouvelle demeure de Texas Street. Elle avait tenté de résister, mais le va-et-vient des vagues, le bruit du ressac l'attiraient irrésistiblement. C'était si apaisant. Cette fois, elle n'eut pas la volonté de se lever et de sortir de l'eau. Ce qu'elle voulait, c'était entendre le bruit de la mer pour l'éternité.

Aussi laissa-t-elle sa tête reposer sur le rebord de la baignoire, ses mains tremper dans l'eau tiède en pensant que, maintenant, tout irait bien...

C'est Robin qui l'en avait sortie. Il l'avait agrippée par les bras, l'avait tirée hors de l'eau et était tombé avec elle sur le sol de la salle de bains. Il avait entouré ses poignets d'une serviette éponge et avait gardé ses mains levées tandis qu'elle gisait prostrée devant lui, flottant dans un état de semi-conscience.

Maintenant, Tully Makker était mariée à Robin. Elle n'était pas en Californie avec Jeremy, elle avait un fils de six mois, elle vivait toujours avec sa mère, elle était assise sur le rebord d'une fenêtre et se souvenait de la première fois qu'elle s'était ouvert les veines, neuf ans plus tôt. Automne 1973. Wichita. Tully caressa ses cicatrices mal refermées qui lui lançaient encore. Wichita.

Tully avait douze ans et était maigre comme un clou. Elle se mit à avoir des nausées et à perdre l'appétit. Le bacon lui soulevait le cœur. Les spaghettis à la sauce tomate aussi.

Quand elle se regardait dans la glace, elle se trouvait chaque jour plus mauvaise mine, mais le miroir ne lui disait pas pourquoi elle ne pouvait plus toucher aux œufs au bacon, ni aux sandwiches au thon.

Les semaines passaient et Tully continuait sa petite vie silencieuse et discrète. Elle vomissait toujours et ne supportait plus de dormir sur le ventre. Cela lui faisait mal, aussi passait-elle la nuit assise à son bureau, la tête reposant sur ses bras croisés. Un mois après, à son grand soulagement, les nausées cessèrent. Personne dans la maison ne s'était aperçu de ses troubles matinaux. Mais son ventre lui faisait toujours mal.

On arriva au mois de septembre, et Tully finit par se plaindre de ses douleurs à sa mère. Hedda lui donna quelques comprimés contre les brûlures d'estomac. Mais cela ne lui fit aucun bien.

Mrs Mandolini décida d'emmener Tully voir son médecin de famille. Quand elles sortirent du cabinet, ce fut Tully qui dut soutenir Lynn Mandolini jusqu'à la voiture.

— Tully, comment as-tu fait ton compte ? murmura Lynn.

Tully ne comprenait pas ce que Lynn voulait dire. Il ne lui était rien arrivé de spécial... Enfin si, mais ça n'avait rien à voir.

Mrs Mandolini ramena Tully au Bosquet, et, en larmes, elle raconta tout à Hedda.

— Enceinte de cinq mois ? Ce n'est pas possible ! dit Hedda en rougissant.

Elle s'avança d'un air menaçant vers Tully, qui s'abritait derrière Lynn, et la traita de salope. C'était la première fois, et Tully ne savait pas ce que ça voulait dire.

Lynn essaya de s'interposer, mais Hedda lui montra la porte, sans un mot de remerciement.

— Enceinte ? Enceinte à douze ans ? cria Hedda. Ce n'est pas possible ! Je t'ai toujours eue à l'œil !

— Oui, maman, dit Tully raide comme la justice, mais oncle Charlie aussi.

Hedda regarda sa fille avec stupeur et la gifla.

— Espèce de menteuse, qu'est-ce que tu racontes ?

— Oncle Charlie aussi, répéta Tully d'une voix morne.

Quand il se retrouva face à l'insolente, l'oncle Charlie s'écria qu'une telle injure ne méritait même pas qu'on y réponde, et alla noyer sa honte au bistrot du coin.

En 1973, les avortements légaux étaient très rares et très coûteux. Quand son corps frêle ne parvint plus à dissimuler son état, Lynn et Tony Mandolini durent emmener Tully jusqu'à Wichita. Ils la présentèrent comme leur fille, seule chose que Tully appréciât dans toute cette histoire, et durent expliquer pourquoi ils avaient attendu tout ce temps avant de réagir. Que dire ?

L'état de Tully était trop avancé pour un avortement classique. On l'endormit et on déclencha un accouchement anticipé. C'était la plus jeune patiente de la clinique.

Quand elle revint à elle, Tully se mit à hurler. L'infirmière fit venir Lynn Mandolini dans la salle postopératoire pour calmer sa fille, qui effrayait les autres patients. Mais Tully, hors d'elle, les yeux fous, se cramponnait à Lynn, à l'infirmière, au lit, comme une forcenée. On dut lui donner de la thorazine. Tony et Lynn revinrent la chercher le lendemain. Il plut tout au long du retour.

Rentrés à Topeka, Lynn et Tony emmenèrent Jennifer, Julie et Tully au cinéma et leur offrirent des glaces, mais, quand vint le moment de ramener Tully chez elle, celle-ci se recroquevilla sur le siège arrière de la voiture et supplia Lynn et Tony de la garder encore quelques jours avec eux. Ils acceptèrent de bon cœur. Quand ils se retrouvèrent à Sunset Court, Lynn demanda à Tully d'appeler sa mère pour la rassurer, mais Tully dit qu'elle ne voulait pas la déranger.

Il fallut pourtant bien rentrer à la maison, et retrouver Hedda, tante Lena et oncle Charlie.

— Fais-moi un sourire, mon petit Boomerang, murmura Tully en se balançant, les yeux vagues, sur le rebord de la fenêtre. Fais-moi un joli sourire.

III

ENFANCE

Septembre 1982

Deux semaines plus tard, Shakie se mariait.

Elle n'était pas seule dans ce cas. Les deux frères de Robin se mariaient aussi. Le premier, Stevie, n'avait que trop attendu, au goût de Robin. Il épousait sa petite amie de longue date, Karen, qui lui avait déjà donné deux enfants. Quant à Bruce, il avait choisi Linda, une fille de fermier qu'il ne connaissait que depuis deux mois, mais trouvait irrésistible.

Shakie et Frank se marièrent à l'église méthodiste, le 20 septembre. La réception qui suivit fut somptueuse. Elle se déroula au Shawnee Country Club, l'un des endroits les plus chics de Topeka. Robin ressentit un peu de dépit. Il aurait dû s'estimer heureux, mais il savait qu'au fond son mariage reposait sur un mensonge.

Un jour, il demanderait à Tully pourquoi elle l'avait épousé, et si elle pensait avoir fait le bon choix. Mais il était sûr que Tully ne lui dirait pas la vérité. Sauf peut-être dans très, très longtemps, quand il serait chauve et voûté.

Robin tourna la tête vers elle. Tully croisa son regard et lui fit signe de regarder vers l'autel.

Shakie était splendide et Frank, dans son smoking blanc, faisait un parfait jeune marié. Au moment d'échanger leurs vœux, ils semblèrent en pleine extase. Robin se rappela son mariage : Tully et lui, debout côte à côte, les yeux rivés au sol.

Il se pencha vers elle.

— Shakie est magnifique.

— Comme toujours. Chut !

— Quel idiot, ce Jack, ajouta Robin à voix basse.

— Chut ! souffla Tully un peu plus fort, en regardant autour d'elle.

Robin fit de même. Jack était assis quelques bancs en arrière, impeccable dans un smoking noir et blanc. Quelle drôle d'idée de venir en smoking au mariage d'un autre ! songea Robin.

Ils attendirent devant l'église pour féliciter les jeunes mariés. Robin demanda à Tully comment Shakie prenait la présence de Jack.

— Regarde-la donc. C'est elle qui l'a invité.

Robin dut reconnaître que Shakie ne semblait pas s'en émouvoir. Radieuse, elle embrassait sur les deux joues tous ceux qui défilaient et complimentait les femmes sur leurs toilettes. Jack s'avança vers Frank et lui serra chaleureusement la main en le regardant droit dans les yeux. « Bien joué, mec », dit-il avant de s'avancer vers Shakie, qui rougit et perdit un peu contenance. Jack lui prit les mains avec assurance et l'embrassa en la félicitant.

Quel cran ! Robin n'en revenait pas.

— Il faut que tu me présentes à ce type, murmura-t-il à l'oreille de sa femme.

Tully ne répondit pas et se détourna, les lèvres serrées.

À la réception, Robin se retrouva en train de danser avec sa femme. Cela faisait si longtemps...

plus d'un an. Il serra Tully contre lui, s'émerveillant de sa grâce et de sa sensualité, de ses longs cheveux, de ses yeux qui pétillaient, pour une fois. Elle est si jolie quand elle danse et elle le sait, songea Robin en l'embrassant sans rompre le rythme, tandis qu'ils valsaient sous les lumières, au beau milieu de la piste de danse. Elle lui rendit son baiser avec un petit rire de gorge délicieux. Quand il l'attira contre lui, il sentit ses seins pointer à travers l'étoffe fine de sa robe. Elle s'était un peu enrobée après la naissance de Boomerang, Dieu merci.

Tully ne voulait pas quitter la piste de danse.

— Tu vas faire de l'ombre à la mariée, dit Robin en l'entraînant vers une table.

— Faire de l'ombre à Shakie ? Tu plaisantes ! dit Tully en riant.

La mariée en question ne devait pas être tout à fait dans son état normal au moment de placer les convives. Jack se retrouvait à la table de Robin et de Tully, juste à côté de celle-ci. Quand tous les invités eurent gagné leur place, il finit par les rejoindre. Tully lui fit un petit signe de tête, mais ne le présenta pas à Robin, qui patienta quelques minutes, puis donna discrètement un coup de coude à Tully.

— Jack, je te présente Robin, mon mari, dit-elle en soupirant.

Ils échangèrent une poignée de main.

— Je n'en suis pas sûr, mais j'ai l'impression qu'on s'est déjà rencontrés, dit Jack.

— Ah oui ? demanda Robin.

Tous trois baissèrent les yeux sur leur assiette.

— Cette salade d'endives m'a l'air appétissante, dit Tully.

Saisi d'une vague réminiscence, Robin regarda Jack en tentant de se rappeler où il l'avait déjà vu.

Jack avait les yeux fixés sur Tully, elle-même en contemplation devant sa salade.

Pendant tout le repas, Robin observa Jack. Il refusait poliment les cigarettes, mais acceptait volontiers une bière. Il écoutait avec attention et s'animait en parlant. Il avait du talent pour raconter des histoires, qu'il ponctuait de grands éclats de rire. C'est un type bien, pensa Robin. Quand une fille s'avançait pour l'inviter à danser, il se levait poliment, mais sans grand enthousiasme. Courtois, il essayait de faire bonne figure, et toutes étaient sensibles à son charme. Mais il restait lointain. Étant donné l'avidité qu'on lisait sur le visage des femmes, il fallait bien qu'un type comme lui garde ses distances, se dit Robin.

Même Shakie dut venir à leur table pour le prier de lui accorder une danse. Il se leva et lui sourit en lui prenant la main pour la conduire sur la piste de danse, sans changer d'attitude.

Shakie et Jack dansèrent un rock endiablé, puis elle alla trouver le disc-jockey et revint sur la piste. On entendit les premiers accords d'un morceau de John Cougar, *Jack et Diane,* et Shakie attira Jack contre elle.

Cela choqua Robin. Elle venait juste de se marier en grande pompe, et plongeait à présent ses yeux avides dans ceux d'un homme qui n'était pas son mari.

— Tu entends ce morceau ? dit-il en se penchant vers Tully. C'est un peu déplacé...

— Je connais Shakie. C'est elle qui l'aura demandé au D. J.

— Je leur donne six mois à tout casser, dit Robin en secouant la tête.

— Et à nous, combien nous donnes-tu ? demanda Tully en le regardant droit dans les yeux.

Durant le silence qui suivit, Robin repensa à

l'année qui venait de s'écouler, aux soirées silencieuses, aux repas solitaires, aux nuits où il dormait seul tandis qu'elle restait éveillée, assise sur le rebord de la fenêtre, à toutes les fois où il était rentré chez lui et où personne n'était là pour l'accueillir. Pourtant, elle l'avait épousé. Maintenant, il restait souvent au magasin jusqu'à neuf ou dix heures du soir, jouait au foot le samedi et le dimanche, et passait ses soirées avec ses frères.

Son cœur se serra et il lui prit la taille.

— Je nous donne l'éternité, Tully, tu penses bien. Et toi ?

Elle ne répondit pas.

— Alors, Jack, lui dit Robin quand il revint à leur table, tu ne vis plus à Topeka ?

— Non, pas ces derniers temps, répondit Jack. Ma mère y habite, alors je reviens chaque année, à Noël.

— Seulement à Noël ?

— Sauf exception, comme aujourd'hui, plaisanta Jack.

— Où vis-tu ?

— En ce moment, je vis en Californie, dit Jack.

Robin jeta un coup d'œil à Tully. Elle avait les yeux vagues, comme si elle n'écoutait pas vraiment.

— Et que fais-tu ? demanda Robin.

— Pas grand-chose, répondit Jack. Je m'occupe. Je voyage beaucoup. J'aime bien voyager.

— Ça ne revient pas cher, à la longue ?

— Si, mais je me débrouille. Je travaille, je me fais un peu d'argent, et je repars. Tulsa, Lincoln, Richmond, Charleston, Miami, New Orleans... Et ainsi de suite.

— Un peu comme Julie, l'amie de Tully, n'est-ce pas, Tull ?

— Oui... dit platement Tully. Un peu comme Julie.

— Et tu vis comme elle, en faisant les saisons ?

— Non, j'ai fait ça la première année, après avoir quitté l'université. Mais ce n'est pas une vie.

— Tu es allé à l'université ?

— Ouais, répondit Jack. Quelques mois, pour jouer au football, mais...

— Mais quoi ? le pressa Robin.

— Rien. Ce n'était pas comme au lycée. Ils se prennent trop au sérieux.

— Tu étais à quelle université ?

— Palo Alto, répondit Jack. En Californie, près de San...

— Je sais où c'est, l'interrompit Robin en voyant Tully presser les paumes de ses mains sur ses genoux.

En fait, elle n'en perd pas une miette, se dit-il.

— Et toi, Tully, tu continues tes études ? demanda Jack.

Tully secoua la tête.

— C'est dommage, remarqua Jack, l'air grave. Shakie m'avait dit que tu te débrouillais bien. Pourquoi as-tu arrêté ?

— J'ai eu un enfant, dit Tully d'un ton que Robin ne parvint pas à déchiffrer. Un petit garçon.

— Un fils ! Félicitations, dit Jack, tout aussi indéchiffrable. Et comment s'appelle-t-il ?

— Boomerang, dit Tully.

— Boomerang ! s'exclama Jack en souriant. Super ! À la vôtre, Tully et Robin. Portons un toast en l'honneur de votre fils.

Ils levèrent leurs verres. Est-il toujours aussi sympathique ou a-t-il juste bu un coup de trop ? pensa Robin.

Un peu plus tard, il demanda à Jack de quoi il vivait.

— Je fais des travaux de peinture.

— Et ça suffit ?

— Largement, dit Jack. Je fais tout moi-même et j'abats un sacré boulot. J'ai une petite maison à Manhattan Beach, que je sous-loue quand je voyage. J'ai aussi fait un chantier à Topeka, le mois dernier. Il y a pas mal de travail, par ici. Comment est votre maison ? Elle n'a pas besoin d'un bon coup de peinture, par hasard ?

— Ça va, dit Robin.

— La peinture commence à s'écailler, dit Tully.

— Mais non, elle est très bien comme ça, répéta Robin.

— Où habitez-vous ? demanda Jack en regardant Tully droit dans les yeux.

— Dans Texas Street, répondit-elle. C'est une rue qui longe Shunga Park...

Jack l'interrompit avec douceur.

— Je la connais très bien, cette rue. J'y allais souvent me promener avec une amie. On imaginait comment ça pouvait être, d'habiter une de ces belles baraques...

Il s'arrêta. Tully ne dit pas un mot. Robin non plus.

— Il y en avait une qu'on préférait à toutes les autres, reprit Jack. Laquelle habitez-vous ?

— Le numéro 1501, dit Tully.

— Elle est comment ?

— Crème, répondit Tully en peinant sur chaque mot, avec un toit rouge, des fenêtres en saillie, quatre colonnes, et une grande terrasse sous le porche.

— Et une clôture en bois blanche ? dit Jack d'une voix si douce qu'elle fit une drôle d'impression à Robin.

— Oui, répondit Tully en serrant son verre de vin des deux mains. Mais on l'a remplacée. Elle ne nous plaisait pas.

Jack et Tully se fixèrent en silence, pendant ce qui parut à Robin une éternité, unis par une compréhension muette dont il était exclu. Jack avala son verre de vin.

— Tully, veux-tu danser ?

Tully ne se fit pas prier. Robin remplit son verre à ras bord et se mit à les observer.

Sur la piste, Tully éclipsait même Jack Pendel. Elle aurait dû faire de la danse, pensa Robin. Mais à Topeka, ça ne lui disait rien. Pas plus que le reste, d'ailleurs...

Il fallait reconnaître que Jack avait quand même une sacrée classe. Robin observa le visage de Tully, et n'y vit rien d'autre que le plaisir qu'elle éprouvait à danser. Puis le D. J. mit un slow et ils se rapprochèrent. Comment faire autrement ? Shakie dansait avec Frank, Tully avec Jack. Robin remplit son verre et regarda le visage de Jack.

Il n'était plus si impassible.

Robin se leva, se força à prendre l'air désinvolte et s'avança vers eux pour prendre le relais. Jack leur fit à tous deux une petite révérence et se dirigea vers le bord de la piste. Il fut aussitôt accosté, se mit à danser avec une autre, et retrouva son regard lointain.

Pendant le retour, Robin demanda à Tully d'un ton aussi naturel que possible si lui et Jack s'étaient déjà rencontrés.

— Non, répondit Tully, je suis sûre que non.

— Pourtant, j'en ai eu l'impression, insista Robin.

— Tu dois confondre avec quelqu'un d'autre, dit Tully.

Robin voulait poser une autre question, mais il ne savait comment s'y prendre. Il finit par aller droit au but.

— De quoi avez-vous parlé tous les deux ?

— De rien. On était trop occupés à danser.

— Et vous n'avez pas échangé un seul mot, pendant tout ce temps ?

— Un ou deux, mais je ne m'en souviens plus.

Pendant la nuit, incapable de dormir, Tully s'était levée pour fumer une cigarette. Du rebord de la fenêtre où elle était assise, elle voyait le ciel du Kansas par-dessus le sommet des grands chênes. C'était mieux quand on était allongé sur l'herbe, mais les étoiles étaient là, et la brise de la nuit lui caressait le visage. Tully se remémorait sa conversation avec Jack. Car Jack et elle s'étaient parlé.

— Alors Julie a quitté Topeka ?

— Oui.

— Et elle a arrêté ses études ?

— Oui, elle aussi.

— Quand ton fils aura grandi, tu pourras les reprendre, non ?

— Peut-être. Quelle importance ?

— C'est très important, Tully. Moi, je risque de peindre des maisons toute ma vie, Julie de ramasser du maïs pour le restant de ses jours, mais toi, Tully, tu étais douée pour les études. Shakie m'en a parlé. Quel dommage que tout cela se perde.

— Il faut bien que je m'occupe de mon fils.

— L'un n'empêche pas l'autre, Tully.

Deux

Deux jours après le mariage de Shakie, Tully annonça à Robin qu'elle voulait reprendre ses études. Il était en train de dîner et ne réagit pas tout de suite.

— Bon, dit-il après avoir fini sa bouchée, très bien.

— Tu ne me crois pas ?

— Mais si... Chaque automne, tu prends de grandes décisions. Je ne vois pas pourquoi ce serait différent cette année.

— Je veux reprendre mes études, répéta-t-elle, obstinée.

— Et Boomerang ?

Pour Robin, Tully et le petit ne formaient plus qu'un. Il était constamment accroché à elle et elle l'abreuvait sans compter de lait et d'amour maternel. À tel point qu'il ne restait plus rien pour le grand Robin. Il n'avait pas le droit de la toucher et elle n'avait jamais une caresse pour lui. Il avait tenté plusieurs fois d'aborder la question, puis avait laissé tomber. Ses besoins semblaient si dérisoires, comparés à ceux de son fils.

Et voilà qu'elle était prête à tout envoyer balader pour quelques heures de cours.

— Je continuerai à m'occuper de lui, répondit Tully.

— Et d'où te vient cette idée de reprendre tes études ?

— Ça fait longtemps que j'y pense.

— Depuis quand, Tully ?

— Depuis que j'ai vu Julie. Elle n'a pas l'air heureuse.

— Julie n'est pas malheureuse. Elle n'obéit qu'à ses envies.

— Elle ne fait rien du tout. Dans quelques années, elle regardera en arrière et elle le regrettera.

— Je vois. Pour toi, être mère, c'est ne rien faire...

— Robin, arrête. Je veux seulement suivre des cours pour obtenir ma licence. Ça ne fait pas de moi une mauvaise mère.

— Ouais, dit Robin, sceptique. Que comptes-tu faire ? Retourner à Washburn ?

— Non. Je veux aller à Lawrence, à l'université d'État.

— À Lawrence ? répéta Robin en hochant lentement la tête.

Durant les douze derniers mois, elle avait passé son temps à fuir la vie qu'elle s'était elle-même choisie, et maintenant elle désertait la maison.

— D'accord, Tully. Si c'est ce que tu veux.

Elle s'approcha de lui et lui tapota l'épaule.

— Merci, Robin, dit-elle sans trace d'aucune émotion.

Quand elle monta pour donner son bain à Boomerang, Robin ne bougea pas de sa place, comme sonné. Décidément, Tully n'était pas facile à vivre.

Les premiers mois qui avaient suivi la naissance de Boomer, Robin était pressé de rentrer chez lui pour retrouver sa petite famille. Mais avec le temps, il s'était mis à travailler de plus en plus tard. Manger ce que Millie avait préparé ne lui disait rien. Il aurait voulu goûter aux bons petits plats de Tully. Il n'avait pas envie de rentrer pour se retrouver seul à table. Au début, il l'appelait pour la prévenir qu'il rentrerait tard. Puis il avait cessé. Tully ne posait jamais de questions. Robin en arrivait presque à souhaiter qu'elle lui en pose, qu'elle lui demande des comptes. Il avait envie de l'entendre dire : si on sortait ce soir, allons dîner, si on jouait à quelque chose, si on faisait l'amour... Rien qu'une fois.

Robin se leva et lava son assiette. Dieu merci, Millie était un fin cordon-bleu.

Robin ne souhaitait qu'une chose : être chez lui, avec sa femme et son enfant. Mais il était désemparé. Il ne savait pas comment aider Tully. Il ne savait pas ce qu'elle voulait. Et voilà qu'elle lui annonçait son désir de reprendre ses études. Elle avait la vie devant elle. Robin n'avait pas d'autre choix que de l'aider.

Quelques mois plus tard, en décembre 1982, Robin et Tully allèrent chercher un sapin de Noël, le premier de Tully. Elle voulait le plus grand, mais après une discussion serrée ils arrivèrent à un compromis et en choisirent un de trois mètres cinquante, qu'ils firent livrer à domicile. Par chance, le plafond du salon était assez haut. Ils le décorèrent ensemble. Tully n'était pas très douée. Robin n'arrivait pas à croire que ce fût son premier arbre de Noël dans sa propre maison, mais, songeant à la présence de Hedda, tout près d'eux, il ne fit aucun commentaire. Plein de remords, il songea que c'était son manque de jugement, puis son orgueil qui avaient creusé ce gouffre entre lui et Tully, un gouffre qu'il tentait désespérément de combler depuis un an. Comment ai-je pu me tromper à ce point, songea-t-il en haut de l'échelle, tout en fixant une longue flèche brillante au sommet de l'arbre.

Du haut de ses neuf mois, Boomerang regarda le grand sapin et décida de grimper à l'échelle. Tully chatouilla Robin derrière les genoux. Robin ferma les yeux, en espérant qu'elle recommencerait. Tully le chatouilla à nouveau. Il se retourna sans rien laisser paraître de son trouble.

— Hé ! arrête ! cria-t-il avant de dégringoler de l'échelle pour atterrir sur Tully et Boomerang.

Cela fit tant rire le petit garçon qu'il vomit son déjeuner. Tully monta le nettoyer, tandis que Robin restait allongé par terre, en contemplation devant l'arbre de Noël. Ils avaient fait du bon travail.

Cette nuit-là, quand il s'éveilla et ne trouva pas Tully à ses côtés, il la chercha à l'étage, puis descendit l'escalier. Il la découvrit dans le salon, endormie devant l'arbre de Noël qui clignotait dans l'obscurité. Il s'agenouilla près d'elle et lui releva les cheveux.

— Tully, murmura-t-il, Tully...

Elle s'éveilla.

— Tully, je me rappelle, maintenant. Jack... L'anniversaire... Je crois que c'était lui qu'elle...

— Quel fin limier! dit Tully d'une voix ensommeillée.

Trois

Tully convainquit Robin de venir à Saint Mark avec elle pour la messe de Noël du dimanche matin. Cela faisait un bout de temps qu'il n'y était pas allé. À Noël dernier, Tully s'y était rendue seule. Ça allait si mal entre eux, à ce moment-là. Il venait d'installer Hedda à la maison. Tully n'était jamais retournée à la messe depuis. Elle n'avait pas envie de tomber sur une de ses connaissances.

Pourtant, l'air vif de ce beau matin d'hiver, la neige qui recouvrait le jardin derrière la maison firent que Tully demanda à Robin de l'accompagner, et qu'il accepta.

Après la messe, elle laissa Boomer à Robin et contourna l'église pour aller s'asseoir sur la vieille chaise rouillée. Puis elle s'agenouilla dans la neige et orna de fleurs la pierre tombale. Sur la neige, on ne distinguait des œillets blancs que le noir des étamines et le vert des feuilles. Elle ne resta pas longtemps. Robin et Boomerang l'attendaient et il faisait froid.

Avant de partir, elle remarqua que, comme chaque Noël, quelqu'un d'autre avait mis des fleurs sur la tombe. Des roses blanches sur la neige blanche. Durant les gelées, Tully venait parfois plus tôt que d'habitude en espérant surprendre cette personne et la remercier.

Jennifer avait tant aimé les fleurs.

Après la messe, Robin et Tully rendirent visite à Shakie et à Frank, qui venaient de s'installer dans l'un des nouveaux immeubles construits près du lac Shawnee. Shakie se montra enjouée, mais quand elle se retrouva seule avec Tully dans la cuisine, elle laissa tomber le masque.

— Shake, le mois prochain, je recommence mes études. Je vais essayer d'obtenir ma licence en un an et demi à l'université d'État. Shake, tu m'écoutes... Qu'est-ce qui t'arrive ? soupira Tully en voyant le visage tendu de son amie, ses yeux tristes, ses lèvres serrées.

— Il faut que tu m'aides, Tully. Jack est arrivé. Que vais-je faire ?

— Ce que tu vas faire ? s'écria Tully, qui regarda autour d'elle et baissa le ton. Rien, Shakie. Tu vas continuer ta petite vie, travailler, faire de bons petits plats à ton mari, tomber enceinte, avoir un ou deux gosses, et peut-être qu'avec tout ça tu arriveras à mener une vie décente... Ne me dis pas que tu es prête à tout envoyer balader ! reprit Tully en voyant Shakie secouer la tête. Tu ficherais ton mariage en l'air, et pour qui ? Pour un traîne-savates qui se ramène une fois par an, tire son coup et puis s'en va ? Allons, Shake, tu t'es assez fait avoir, non ?

Tully était assez contente de sa tirade, mais devant la mine angoissée de Shakie, elle s'aperçut que les mots ne signifiaient rien. De toute façon, ce n'était pas un conseil que Shakie attendait d'elle.

— Bon. Ne prends pas de gants avec moi. Quand vas-tu en parler à Frank ? Avant ou après avoir fait tes bagages ? Bon Dieu, je n'arrive pas à comprendre que tu risques tout pour ce type ! Il le mérite vraiment ?

Tully eut sa réponse en regardant Shakie.

Dégoûtée, elle lui tourna le dos et la laissa toute seule dans la cuisine.

Quelques jours plus tard, Tully vint voir Shakie chez Macy's. Elle faillit d'abord passer voir Mr Mandolini à son travail, mais à l'idée d'entendre sa voix et de voir son visage tandis qu'elle lui demanderait des nouvelles de sa femme, elle n'en eut pas le courage.

Dès qu'elle la vit arriver, Shakie se dépêcha de prendre une pause.

— Merci d'être venue. J'avais peur de ne plus te voir avant un bout de temps.

— Mais non, dit Tully. J'ai juste attendu qu'il s'en aille.

— Il ne part que demain. Tu veux bien m'aider, Tully ? S'il te plaît.

Tully la regarda en silence.

— Oui, répondit Tully après un silence. Tu es mon amie. Mais laisse-moi te poser une question. Pourquoi t'es-tu mariée ? En ce qui me concerne, je sais pourquoi, mais toi ?

— Tully, tu es si naïve.

— Pas si naïve que ça, Shakie, riposta Tully, incapable de résister à son envie de dire des méchancetés. Tu crois que je n'ai pas saisi ton manège ? Tiens, je parie que ce n'est pas Jack qui a cherché à te revoir.

— Eh bien, tu te trompes, Tully DeMarco. Bon Dieu ! Cesse de prendre tes grands airs et écoute-moi. Tu peux penser ce que tu veux, je m'en fiche. Ce n'est pas dans ce sens-là que je te trouve naïve.

— Dans quel sens, alors ?

— Tu n'as aucune idée de ce que je ressens. Tu crois qu'il suffit de tourner le bouton, comme pour éteindre un poste de radio.

Tully sentit quelque chose se recroqueviller à l'intérieur d'elle-même. Elle avait déjà entendu ça quelque part.

— Peut-être, mais je voudrais bien savoir pourquoi tu as épousé Frank, si tu ne l'aimes pas ?

— Qui a dit ça ? J'aime Frank. Quant à Jack, je le vois ce soir pour la dernière fois. Tout ce que je veux, c'est passer quelques heures avec lui et parler du bon vieux temps. C'est tout.

Shakie regarda Tully d'un air suppliant et lui toucha la main.

— Tu veux bien m'aider, Tully ? S'il te plaît.

Ce soir-là, Shakie et Frank vinrent dîner. Robin avait préparé un rôti de bœuf et des pommes sautées. Après le dîner, Tully s'excusa et monta coucher Boomerang. Je n'ai pas envie de faire ça pour elle, se dit Tully en allaitant Boomerang, réconfortée par les petits bruits de succion qu'il faisait en tétant goulûment.

Quand elle descendit, Shakie avait déjà demandé à Frank et à Robin si elles pouvaient toutes les deux aller voir *Terms of Endearment.*

— Mais Tully l'a déjà vu avec moi, dit Robin.

— Et elle a beaucoup aimé, repartit Shakie.

— C'est vrai ? demanda Robin à Tully, qui venait juste de les rejoindre.

— J'ai pleuré comme un veau. Tu ne te souviens pas ?

— Non, je ne m'en souviens pas du tout.

Il y eut un petit silence, durant lequel Robin et Tully évitèrent de se regarder. Ils avaient vu le film en février dernier, deux soirs après l'incident de la salle de bains. Tully était la seule de toute l'assemblée à avoir les yeux secs.

Les hommes s'installèrent donc pour regarder la télé et les femmes allèrent au ciné. Shakie indiqua le chemin à Tully. Elles arrivèrent à Lakeside Drive et s'arrêtèrent devant une petite maison blanche.

Après avoir déposé Shakie, au lieu d'aller au

cinéma, Tully marcha jusqu'à Saint Mark, tout près de là. Il faisait trop froid pour rester dehors. Elle entra dans l'église et respira l'odeur tiède de l'encens, en attendant de retrouver Shakie.

Quand Tully retourna à la voiture, Shakie y était déjà. Tully vit ses yeux noyés de larmes, ses mains crispées, et ne posa pas de question.

— Il vaut mieux que je ne le revoie pas, dit Shakie d'une voix tendue, après un long silence. Tu désapprouves ce que j'ai fait, n'est-ce pas, Tully ?

— Ce n'est pas mon genre, Shakie. Mais je t'en veux un peu de t'être trompée sur tes sentiments. Tu ne pouvais pas être honnête avec toi-même et ne pas te marier ?

— Je connais mes sentiments, Tully.

— Alors pourquoi t'es-tu mariée ?

— Parce que avec Frank je sais où je vais. C'est réel. Je peux avoir un foyer, des enfants. Avec Jack, c'est un amour impossible. Rien de solide, rien sur quoi construire ma vie. Je ne croyais pas que mon mariage l'attristerait mais il était tout chose. C'est drôle, non ?

Elles ne dirent plus rien jusqu'à leur arrivée à Texas Street. Tully se promit de remercier Jack d'avoir laissé Shakie tranquille, si par hasard elle retombait sur lui.

— Et Frank, est-ce que tu l'aimes ? demanda Tully en se garant devant la maison.

— Bien sûr que je l'aime, répondit Shakie en tremblant. Comme toi tu aimes Robin.

— Non, pas comme moi, dit Tully en frissonnant aussi. Moi, je n'ai personne d'autre, rien d'autre. Pas de Jeremy, pas de Californie. Juste Robin et ma mère.

— Et Boomerang.

— Et Boomerang, répéta Tully en songeant qu'il comptait plus pour elle qu'elle ne l'aurait cru.

En sortant de la voiture, Shakie se tourna vers elle.

— Tu n'aimes pas beaucoup Jack, n'est-ce pas ? C'est un type merveilleux, pourtant. Ta meilleure amie l'appréciait aussi. Mais toi, tu n'as qu'une envie, c'est de le voir s'en aller pour ne jamais revenir, pas vrai ?

— Oui, c'est vrai, reconnut Tully. Tu es beaucoup plus heureuse quand il n'est pas dans les parages.

— Heureusement, j'ai une bonne nature. Il en faut beaucoup pour m'abattre. Mais elle...

— Oui, dit Tully en se mordant les lèvres, la plupart des gens s'en remettent.

Quelques jours plus tard, Tully et Robin fêtèrent l'année 1983 à la maison. D'habitude, ils passaient le nouvel an chez Bruce, à la ferme. Au début, Tully était de mauvaise humeur, mais à la fin de la soirée elle ne regretta pas d'être restée à la maison, car vers dix heures du soir Boomerang fit ses premiers pas. Chancelant, mais ravi, Boomer marcha des bras de son père à ceux de sa mère en poussant de petits cris de délice, tandis que Tully et Robin s'extasiaient. Ils tentèrent de le garder éveillé jusqu'à minuit pour fêter son premier nouvel an avec lui, mais Boomerang tombait de sommeil et il s'écroula sur le canapé. Robin prépara des crevettes flambées à l'armagnac, Tully ouvrit une bouteille d'asti spumante. Sur les douze coups de minuit, ils entonnèrent un petit « Auld Lang Syne » et s'embrassèrent maladroitement. Les crevettes refroidirent, l'asti spumante perdit ses bulles... Tully et Robin firent l'amour, pour la première fois depuis la naissance de Boomerang.

Début janvier, quelques semaines avant le début du deuxième semestre universitaire, Tully se rendit seule à Saint Mark. Elle arriva plus tôt que d'habitude et assista à la fin de la messe. Angela vint la saluer.

— Tully, pourquoi ne viens-tu pas avec toute ta petite famille ?

— Boomerang est malade. C'est Robin qui le garde.

— C'est bien de sa part. Est-ce qu'il vous arrive quand même de sortir ? Mon mari et moi, quand les enfants étaient petits, nous ne sortions jamais.

— Nous non plus, on ne sort pas beaucoup, répondit Tully en souriant.

— Dommage, dit Angela. Vous pourriez aller au cinéma de temps en temps. Tu n'as qu'à m'amener Boomerang. Je m'en occuperai bien. Mes enfants l'adoreront, j'en suis sûre... Ces fleurs, c'est pour elle ? dit Angela en regardant le bouquet que portait Tully.

Tully hocha la tête.

— Toutes ces fleurs... Tu pourrais te contenter d'allumer un cierge, comme moi. Aujourd'hui, j'ai vu quelqu'un qui tenait un énorme bouquet...

— Qui ça ? l'interrompit Tully.

— Un gars. Tiens, il est parti, reprit Angela après avoir jeté un coup d'œil autour d'elle. Tu ne l'as pas vu, assis sur le dernier banc ?

Mais Tully n'écoutait plus. Elle salua rapidement Angela, se glissa par la porte latérale et descendit l'allée étroite.

Il était là.

Tully aurait dû s'en douter. Blouson de cuir marron, pantalon noir, tête baissée, bras croisés. Elle s'approcha. Il se tourna et la salua poliment. Ils restèrent silencieux un moment. Tully se sentait mal. À part répondre à son salut, elle ne savait que faire. C'est vrai, elle voulait remercier la personne qui apportait des fleurs, mais qui aurait pu penser que c'était lui ? Lui dire merci n'aurait aucun sens.

En surface, Tully éprouvait les sentiments qu'elle avait toujours ressentis à son égard. De la gêne, à cause de tout ce qu'elle savait sur lui, et une légère hostilité. D'habitude, elle arrivait très bien à le ranger dans un tiroir et à l'oublier, sauf quand elle l'avait en face d'elle et était obligée de le regarder.

Mais en profondeur, oui, Tully était reconnaissante. Cela lui aurait fait plaisir de savoir qu'il ne l'avait pas oubliée.

— Comment vas-tu ? demanda Jack.

— Très bien, répondit Tully sèchement. Elle n'aime pas les roses, tu sais. Elle aime les œillets.

Jack eut un demi-sourire.

— Tu permets... À la fête de fin d'année, elle avait un petit bouquet de roses blanches à son corsage.

— Tiens, dit Tully froidement. Ça ne lui ressemble pas.

— C'est moi qui le lui avais offert.

— Ah, dit Tully, le souffle coupé.

— Tu veux les poser ? demanda Jack en désignant les œillets.

— C'est pour ça que je suis venue, répondit Tully tout en pensant : « Je suis désagréable, mais je m'en fiche. »

— C'est pour ça que tu es venue ? demanda-t-il d'un air grave en la laissant passer, tandis qu'elle prenait garde de ne pas l'effleurer.

Comme elle posait les œillets sur la tombe, elle sentit une vague irritation la gagner. Qu'est-ce qu'il m'a demandé ? Elle se redressa et le regarda d'un air indifférent.

— Oui, c'est pour ça. Et toi, pourquoi es-tu venu ?

Jack la fixa, haussa les épaules et remonta la fermeture Éclair de son blouson.

— Pour apporter des fleurs, bien sûr. Quoi d'autre ?

— Tu ne crois pas qu'il est un peu tard ? dit-elle d'un ton cinglant en le bousculant au passage pour se retirer.

Comme elle remontait le chemin, Tully entendit les pas de Jack derrière elle.

— Peut-être, dit-il dans son dos. Mais moi, je ne viens que deux fois par an. Tandis que, toi, c'est tous les dimanches que tu apportes des fleurs. Shakie me l'a dit. Pourquoi ?

— Va te faire foutre, lança Tully avec férocité.

Elle fit le signe de croix pour se faire pardonner d'avoir juré dans un cimetière. Il courut la rejoindre et lui barra le chemin.

— Tully, dis-moi pourquoi ?

— Va te faire foutre, dit-elle en essayant de forcer le passage sans tomber dans la neige. Ne m'adresse pas la parole ! Laisse-moi tranquille.

Jack grimpa sur le remblai de neige pour la laisser passer.

— Tu me détestes, n'est-ce pas ? lui dit-il. Tu me détestes vraiment.

— Tu te trompes, dit-elle. Je ne te déteste pas. Pour moi, tu n'es qu'un pauvre type.

Il ricana.

— Ne me raconte pas de salades. Tu me détestes. À cause d'elles deux.

Shakie. Oui. Folle de rage, elle songea qu'elle s'était promis de le remercier d'avoir laissé Shakie tranquille, mais elle ne put se résoudre à le regarder encore une fois.

— Va te faire foutre, lança-t-elle pour la troisième fois d'une voix claire avant de sortir du cimetière comme une bourrasque.

Les journées furent trop courtes, lorsque Tully reprit ses études à la fin janvier. Elle se levait avec Boomerang alors qu'il faisait encore nuit et quittait la maison à sept heures et demie pour suivre son cours de sciences sociales qui commençait à huit heures et demie. Son cursus comprenait vingt et une unités de valeur et du lever au coucher du soleil, elle ne chômait pas un seul instant. Quand elle rejoignait Robin dans le lit vers minuit, une heure du matin, il ne lui restait plus le temps de faire des cauchemars, et pourtant elle n'arrivait pas à dormir. Elle se mit à prendre des douches glacées au milieu de la nuit pour se laver de la moiteur et du malaise de l'insomnie.

En plus des sciences sociales, elle n'avait pu s'empêcher de s'inscrire à des cours de danse moderne. C'était éreintant, mais au moins dansait-elle un peu. À cela s'ajoutaient la littérature anglaise, l'histoire du parti républicain et des lectures sur le développement de l'enfant. La littérature anglaise était une vraie plaie, car Tully avait si peu le temps de lire ! Au moment où elle aurait pu, tard dans la soirée, après avoir couché Boomerang, elle était en général morte de fatigue. Aussi se mit-elle à lire Thomas Hardy à haute voix devant son fils. *Tess d'Uberville* était l'un de ses livres préférés et Boomerang aimait particulièrement s'endormir dessus.

Ces soirs-là, quand Boomer jouait à ses pieds et que Robin était assis à l'autre bout du divan en train de regarder la télé, Tully leur lisait *Tess* à tous les deux. Robin n'accrocha pas à *Tess*, mais quand Tully commença *Chambre avec vue* de E. M. Forster, il éteignit la télé. Pendant plusieurs semaines, Tully leur lut le livre en entier, tandis que Boomerang jouait et que Robin feignait de lire le journal. La nuit où elle parvint à la dernière page, Robin proposa de donner son bain à Boomerang et de le mettre au lit. Quand il redescendit, Tully s'était endormie dans la cuisine, la tête posée sur la table. Robin la réveilla doucement et, quand ils furent couchés, il se pencha sur elle pour lui murmurer à l'oreille :

— Tully, t'arrive-t-il de penser à moi comme à *une chambre avec vue* ?

— Toi, Robin, tu es une grande baraque à toi tout seul, lui répondit Tully en lui effleurant la joue.

Par la suite, on alluma rarement la télé chez les DeMarco. Robin rentrait à la maison de plus en plus tôt, Millie préparait le dîner pour toute la famille, y compris Hedda, et, après le dîner, Tully lisait.

Shakespeare, Dante, Milton, Dickens, Henry James, Tennyson à l'occasion. Boomerang la laissait presque toujours tranquille. Une fois qu'elle était assise au salon avec eux, Hedda demanda si elle pouvait allumer la télé. Robin jeta un coup d'œil à Tully.

— Hedda, lui dit-il, on ne regarde plus la télé. Tully aime bien lire à voix haute pour Boomerang. Et pour moi.

Hedda ne cessa de secouer la tête tout en gardant les yeux fixés sur sa fille tandis que celle-ci lisait *Portrait of a Lady*. Au bout d'un moment, elle demanda qu'on la ramène dans ses appartements et ne se joignit plus à eux jusqu'au printemps ; un samedi soir, elle demanda à Tully de lui lire un Agatha Christie. Et Tully s'exécuta.

La lecture et la danse furent payantes. Tully finit son premier semestre avec une moyenne hors pair.

Elle aimait le trajet jusqu'à l'université, tout

droit à travers les collines herbues du Kansas, mais son fils lui manquait et ses seins lui faisaient mal. Il restait à la maison avec Millie. Celle-ci avait beau être parfaite, cela ne faisait pas une mère. Au printemps, Robin engagea une jeune fille qui emmena Boomerang à Lawrence pour que Tully puisse passer un peu de temps avec son fils entre les cours. Robin engagea la nurse de son propre chef. Tully en remercia le ciel.

L'été 1983, Mr Hillier accueillit Tully pour un nouvel internat, après son premier semestre. Comme deux personnes donnèrent leur démission dans le département, Lillian White fut contrainte et forcée de confier deux vrais cas sociaux à Tully la novice, qui eut pour première mission d'organiser une « consultation » avec Mr et Mrs Buckle ; il fallait en fait les pousser à reconsidérer leur décision, à savoir confier au placement familial leur fils Jerry, âgé de treize ans et déjà porté sur l'alcool, bref, les supplier de bien vouloir garder leur enfant. On manquait cruellement de familles d'accueil, comme on manque en Afrique de cette nourriture infecte, pourrie ou déshydratée, qu'il est si dur pourtant de se procurer. Aussi Tully devait-elle enlever le morceau en se servant des arguments suivants : Jerry n'arriverait-il pas mieux à se désintoxiquer avec l'aide de ses parents ? Et puis, la ville prendrait en charge tous les frais médicaux.

Vers onze heures du matin, Tully se présenta donc chez Mr et Mrs Buckle, qui habitaient un appartement situé au-dessus d'un garage, au cœur du quartier est de Topeka. Quand elle arriva, elle les entendit hurler à pleins poumons à travers la porte battante, sans comprendre un traître mot, car les époux Buckle n'articulaient pas très bien. Fin de la consultation. Tully s'en retourna sans demander son reste. Quand Lillian lui demanda un rapport, elle répondit que Mr et Mrs Buckle pensaient que Jerry serait mieux pris en charge par quelqu'un d'autre.

Pour sa deuxième mission, elle se retrouva chez Mr et Mrs Arnuther. Ceux-ci avaient accueilli chez eux des enfants placés qui s'étaient plaints de mauvais traitements. On leur avait retiré les deux derniers, mais le couple avait depuis bénéficié d'une assistance socio-psychologique et avait de nouveau postulé pour obtenir le statut de famille d'accueil. Lillian avait accepté de les prendre « à l'essai ». Tully voulut savoir pourquoi les Arnuther n'avaient pas été virés du programme pour de bon. « Pour que des gosses comme Jerry Buckle restent chez leurs parents, peut-être ? répondit Lillian. Les Arnuther ont besoin d'être contrôlés, voilà tout. »

Tully partit donc faire son contrôle.

Après avoir vu les époux Arnuther ainsi que Sharon Muske, la petite fille de sept ans qu'on avait confiée à leur garde, Tully se demanda si, tout bien pesé, des gosses comme Jerry Buckle ne seraient pas mieux chez leurs parents. Durant l'heure qu'elles passèrent ensemble, elle ne put arracher un mot à l'enfant, pas même quand elles sortirent toutes les deux faire quelques pas. Sharon se contenta de marcher, les yeux fixés droit devant elle. Tully eut beau lui passer un bras autour du cou, la petite fille n'ouvrit pas la bouche. Tully comprenait bien la raison de son silence.

Elle songea à en parler à Lillian, mais elle ne savait comment l'aborder. Lillian fumait comme un sapeur et soufflait en respirant, elle était replète et boudinée dans des vêtements trop serrés. À près de cinquante ans, sans mari ni enfants, elle n'avait qu'une chose à laquelle se raccrocher, son métier. Et Tully savait qu'il était aussi futile de suggérer à Lillian d'éliminer des familles d'accueil inadaptées que de lui parler de la tendresse de l'allaitement.

Aussi ne disait-elle rien et faisait-elle ce qu'elle pouvait.

Un dimanche du mois d'août, à Saint Mark, elle trouva une grande gerbe de roses blanches, qu'elle caressa du bout des doigts. Elle ne voulut pas se l'avouer, mais elle se sentit mieux, le temps d'un dimanche.

Julie et Laura revinrent en août, avant d'aller « croquer du maïs », comme disait Tully, qui fut heureuse de revoir son amie.

Au début, elle passait chez Julie plusieurs fois par semaine, souvent à l'heure du déjeuner, et amenait parfois Boomerang avec elle. Mais Laura était toujours là, et Tully n'avait jamais l'occasion de parler en tête à tête avec Julie. Finalement, elle lui demanda de venir à Saint Mark. « Rien que toi et moi, Julie, d'accord ? » Elle entendit Julie soupirer à l'autre bout du fil. Le dimanche, Julie arriva, seule.

— Je n'ai vraiment pas envie de replonger dans le passé, Tully.

— Tu crois que j'en ai envie, moi ? dit Tully. Allons-y.

Elles restèrent un moment devant la petite pierre tombale.

— Regarde-moi toutes ces roses, s'exclama Julie avec surprise. Je croyais que ses fleurs préférées étaient les œillets blancs. Aurais-je déjà oublié ?

— Non, les œillets sont bien ses fleurs préférées, dit Tully.

— Qui lui a apporté des roses blanches ?

— Jack, dit Tully.

— Jack, répéta Julie avec un petit rire étranglé. Je ne savais pas qu'il venait ici.

— Eh bien si. Il n'y manque jamais, chaque fois qu'il vient à Topeka.

— Quel intérêt maintenant? demanda Julie avec rudesse. Et ça ne te fait rien qu'il vienne ici?

Tully haussa les épaules.

— Je suis plutôt contente, dit-elle lentement, qu'entre tous, ce soit lui qui lui apporte des fleurs.

— Grand bien lui fasse, dit Julie en lançant un coup d'œil à son amie, qui regardait devant elle, les mâchoires serrées.

— Tully, tu n'es pas encore en colère contre elle, quand même?

Tully donna un coup de pied à la pierre. Maudite tombe! Si désespérément muette et solitaire.

— Shakie sait-elle qu'il est en ville? dit Julie sur le chemin du retour.

— Je ne pense pas. Je crois qu'il en a fini pour de bon avec elle. Depuis qu'elle s'est mariée, il la laisse tranquille, répondit Tully.

— Et comment le prend-elle? s'enquit Julie.

— Oh, elle est aux anges, tu penses bien.

Julie sourit. Quand elles s'arrêtèrent devant chez elle, Julie dit en ouvrant la portière de la Camaro :

— Tu conduis toujours cette vieille bagnole?

Tully se contenta d'acquiescer en tapotant le volant.

Ce fut la seule fois où Tully vit Julie sans Laura. Plus tard, cette semaine-là, elles partirent pour l'Iowa.

Le dimanche suivant, Tully vint à Saint Mark et s'assit sur le dernier banc, pour avoir une vue d'ensemble de l'église. Il était là, devant, en train d'écouter le « Notre Père ». Angela aussi était là, agenouillée.

Après la messe, Tully s'empressa de sortir. Elle n'avait pas envie de se faire coincer par Angela. Elle déposa ses fleurs, s'assit sur la vieille chaise rouillée et attendit.

— Coucou, me revoilà, dit-il en s'accroupissant près d'elle.

Quand elle le regarda, il leva les yeux et lui sourit. Il avait le teint hâlé et était très chic. Elle le salua et détourna la tête. Jack disposa ses fleurs autour des siennes.

— Comment ça va ? demanda-t-il.

— Bien, merci, répondit-elle poliment. Que fais-tu là en plein mois d'août ?

— Pourquoi, je n'ai pas le droit de venir dans ma ville natale au mois d'août ? Ma mère habite ici toute l'année, dit-il en se levant.

— Tu as tous les droits, dit-elle en croisant les mains.

— Merci.

— Je ne savais pas que tu avais un chez-toi. Tu me fais plutôt l'effet de vivre dans un sac de voyage.

— C'est vrai. Mais il se trouve que ce mois-ci, j'ai posé mon sac chez ma mère, pour lui rendre une petite visite.

— Ici aussi, tu fais ta petite visite.

— Oui, ici aussi.

Tully se leva et resta un instant devant lui, les yeux fixés sur les boutons de sa chemise.

— Bon, dit-elle, à la prochaine...

— Je suis désolé pour l'autre fois. Je sais bien que tu ne t'attendais pas à me trouver là.

— Non, non, ne t'excuse pas, l'interrompit Tully en s'éloignant pour rejoindre l'allée. Je n'étais pas dans mon état normal. En fait, j'étais un peu surprise, c'est vrai.

— Je ne vois pas pourquoi, dit Jack en la suivant dans l'allée. C'était aussi mon amie.

De stupeur, Tully se retourna et le regarda un moment.

— J'ai du mal à le croire, dit-elle en s'avançant vers la grille.

— Ça ne m'étonne pas. Elle me disait bien que tu étais sceptique de nature.

Confondue, Tully ne regarda pas en arrière, cette fois.

— J'ai encore plus de mal à croire ça, dit-elle tandis que Jack la dépassait pour lui ouvrir la grille.

— Quoi donc ? Que tu es une sceptique ?

Tully vit qu'il souriait. Elle s'éclaircit la gorge.

— Non. J'ignorais que vous parliez, elle et toi.

— Bien sûr qu'on parlait, dit Jack. Je sais quelques petites choses à ton sujet, Tully Makker.

Elle le regarda dans les yeux, mais comme il avait le soleil dans le dos, elle n'arriva pas à voir s'il était sérieux ou s'il la taquinait.

— Tu ne sais rien du tout, dit-elle d'une voix mal assurée.

Jack se contenta de sourire, et Tully dut admettre en ouvrant la portière de la Camaro qu'il l'avait sacrément désarçonnée. Parler de Jennifer ! Rien que d'envisager la chose, elle avait l'estomac noué.

Elle fit démarrer la voiture et descendit la vitre.

— Comment va Shakie ? demanda Jack en se penchant.

— Bien, très bien, dit Tully. Elle se porte beaucoup mieux depuis qu'elle n'entend plus parler de toi, ajouta-t-elle.

— Il faut dire que je ne lui donne pas souvent de mes nouvelles, répondit-il avec un petit sourire narquois, et Tully sut qu'il disait la vérité.

— Elle attend un enfant, tu sais.

— Ah oui ? Je ne savais pas. Je suis content pour elle, dit-il, l'air sincère. Écoute... Ne lui dis pas que je suis là, ajouta-t-il après un silence.

— Ça, inutile de me le préciser. Tu peux compter sur moi, dit Tully d'un ton sarcastique, avant de mettre la voiture en marche.

Jack s'écarta.

— Eh, Natalie Anne Makker ! As-tu repris tes études, au moins ?

— Oui, à Kansas University. Je passe ma licence en mai.

— Tant mieux. Tu as bien fait, dit-il avec sincérité.

Tully voulut dire quelque chose, mais comme le seul mot qui lui venait était « merci », elle se mordit les lèvres et dit :

— Au fait, Jack, c'est Tully DeMarco, maintenant.

— Salut, Tully DeMarco, dit-il avec un léger sourire.

Quand Tully retourna à Saint Mark le dimanche d'après, il n'était pas là et il n'y avait plus de fleurs fraîches. Seulement celles de la semaine passée, sèches et flétries. Tully les laissa jusqu'à ce qu'elles pourrissent et retournent à la terre. Tout ce temps, elle disposa ses fleurs fraîches autour des siennes.

Cinq

À la fin de l'été, il fallut que Tully place Boomerang chez une nourrice. À dix-sept mois, il était trop gros pour qu'elle continue à le porter et à le nourrir au sein, même si elle y arrivait encore. Aussi demanda-t-elle à Angela Martinez si elle pourrait garder Boomer pour soixante dollars par semaine.

— Je ne veux pas de ton argent, Tully. Je m'occuperai de lui gratuitement.

— C'est hors de question, dit Tully, soulagée qu'Angela veuille bien surveiller le petit garçon.

— Écoute, je ne t'ai pas ramassée dans la rue quand tu avais cinq ans, nourrie et ramenée chez toi les soirs où tu ne dormais pas à la maison pour garder ton fils en me faisant payer, dit Angela, outrée.

— Vous n'allez pas faire ça gratuitement, Angela. Je veux vous remercier de votre gentillesse. Laissez-moi vous aider un peu.

Mais Angela s'obstinait. Tully sortit de la maison et alla chercher Robin, qui attendait patiemment dans la voiture. Ils finirent par tomber d'accord tous les trois : Angela ne connaissant pas Robin depuis l'âge de cinq ans, il aurait le droit de la payer. Mais que Tully n'ose jamais se présenter chez Angela avec de l'argent ! De retour à Texas Street, Tully demanda à Robin de payer Angela largement. En souvenir du temps où elle m'a ramassée dans la rue et gavée de *tostadas,* pensa Tully.

C'est ainsi que Boomerang passa ses journées à Wayne Street, à jouer avec le petit Vinnie, âgé de huit ans. Il s'adapta très bien à sa nouvelle vie. Trop bien, même. Quand Tully venait le chercher à six heures, c'est à peine s'il levait les yeux de ses jouets et il faisait toujours une comédie, au moment de partir. Robin confia à Tully qu'il avait droit au même accueil, les rares fois où il venait chercher son fils.

Tully s'apprêtait à reprendre les cours quand Mr Hillier la pria de bien vouloir continuer à s'occuper des deux cas qu'on lui avait confiés.

— Pourquoi ? demanda Tully.

— Les enfants vous apprécient, répondit Mr Hillier. Et la famille d'accueil aussi.

Tully fit non de la tête.

— Sharon Muske vous aime bien.

Damien aussi m'aimait bien, pensa Tully en secouant la tête.

Elle soupira et eut envie de dire qu'elle avait déjà donné. Mais elle accepta. Maintenant que Jack apportait des roses blanches à Jennifer, elle n'était plus en colère contre le monde entier, comme avant.

À l'automne, Tully se décida à aborder avec Mr Hillier la question épineuse du recrutement des familles d'accueil.

— Est-ce une critique envers Lillian, Tully ?

— Non, non, s'empressa-t-elle de dire. Enfin si, un peu tout de même. Lillian est une vraie professionnelle.

— Lillian connaît son boulot, dit Mr Hillier. Nous avons trop de gosses à placer. Si nous n'engagions pas d'autres familles d'accueil, le programme se casserait la figure, et Lillian le sait.

— Avec certaines des familles que Lillian engage, le programme fait plus que se casser la figure, il rate.

— Alors que suggérez-vous, Tully ? demanda Mr Hillier.

— Un vrai stage de formation pour les éventuels candidats. Ce truc de six heures, ce n'est pas sérieux. Ce n'est même pas l'équivalent d'une journée de travail. On passe beaucoup plus de temps à prendre des leçons de conduite pour passer son permis. À ce régime, autant que les enfants dont s'occupent ces familles restent chez eux, non ?

— Les stages de formation coûtent cher, dit Mr Hillier. Il faudrait qu'ils durent combien de temps, selon vous ?

— Deux mois, dit Tully. Huit semaines, à raison de cinq jours par semaine et de quatre heures par jour. C'est un minimum, avant qu'ils touchent un chèque du gouvernement et mettent la main sur un enfant. Il suffirait de leur allouer une somme symbolique pendant la durée du stage. Mais au moins, vous seriez sûr qu'ils ont vraiment envie d'aider ces gosses. Vous verrez, Mr Hillier, pas mal de cocos laisseraient tomber si, avant de toucher leur premier chèque pour la garde d'un enfant, on les obligeait à suivre un stage de formation un peu plus long que le temps de cuisson d'une dinde de dix kilos.

— Je sais que vous voulez bien faire, Tully, dit Mr Hillier en souriant. Mais décourager des familles alors que nous en manquons déjà ne me semble pas une bonne politique.

— Ne vous en faites pas, Mr Hillier. Des familles, vous en aurez. Il suffira de passer des annonces pour trouver de meilleures recrues, et nous les formerons.

— Comment ça, passer des annonces ? demanda Mr Hillier d'un air sceptique.

— Mettre des annonces dans les centres commerciaux aux alentours de Topeka, expliqua Tully avec entrain. Dans les journaux locaux. Sur des panneaux d'affichage. Faire appel aux bonnes volontés, en citant John Kennedy ou John Donne, que sais-je ? Mais faire quelque chose.

En octobre, Mr Hillier demanda à Tully de faire un appel auprès de la commission budgétaire pour obtenir plus d'argent, avant le début de la prochaine année fiscale. Lillian refusa d'en discuter avec Tully. Elle espère que je vais me ramasser en beauté, pensa Tully. Mais je ne me ramasserai pas.

« J'ai rendu visite à Mr et à Mrs Arnuther pendant l'été, dit Tully en conclusion d'une longue présentation, et je leur ai demandé pourquoi Sharon Muske, la petite fille dont ils ont la garde, ne parlait pas. "Elle n'est pas très bavarde", m'a répondu Mrs Arnuther. C'est vrai qu'elle n'est pas très bavarde. Qui le serait à sa place ? Sharon vit en pleine campagne, entourée de vaches et de meules de foin. Ses parents sont morts, sa tante et son oncle sont en vacances prolongées. Sharon ne va pas à l'école. Elle ne bouge pas de la maison. Mr et Mrs Arnuther s'occupent de son instruction. L'ennui, c'est qu'à sept ans, elle ne sait encore ni lire ni écrire. Par contre, elle sait traire une vache, désherber et laver par terre. J'ai demandé à Mr et Mrs Arnuther pourquoi ils avaient pris Sharon. Mr Arnuther m'a alors regardée droit dans les yeux et, sachant que je représentais l'État du Kansas, il m'a déclaré d'un air de défi : "On a besoin d'argent." Sept dollars par jour. Mesdames et messieurs, ce n'est pas de l'argent qu'il faut agiter sous le nez des gens de Topeka pour les appâter comme on fait avancer un âne avec une carotte. Il faut leur parler des enfants. Voilà ce qui doit les décider. Nous devons leur montrer la petite Sharon et tous les autres et leur dire : oui, sept dollars par jour, c'est une somme dérisoire, qui permet juste de nourrir un enfant. Mais quelle importance ? Sharon a besoin de vous, elle a besoin qu'on s'occupe d'elle.

» Les familles d'accueil qui font ça pour l'argent ne se proposeront plus. Bon débarras. Quant aux familles de bonne volonté, elles se ficheront bien des sept dollars par jour, je peux vous l'assurer. Vous savez ce qu'elles feront des mômes, ces familles ? Elles les sortiront de la rue. Elles les tireront du centre de détention ou de désintoxication. Vous pourrez dormir sur vos deux oreilles. Et en échange de l'argent qu'on aura dépensé pour les annonces et pour une formation mieux adaptée, une chose qui n'a pas de prix nous sera donnée : leur avenir. Notre avenir.

» Telle qu'elle est aujourd'hui, notre agence a oublié sa raison d'être. Et si nous l'avons oubliée, comment la rappeler aux gens de l'extérieur ? Pourtant, il le faut bien. Nous sommes là d'abord et avant tout pour ces enfants qui n'ont pas eu de veine. Pour tous ces gosses qui n'ont pas eu la chance de naître à... Tully eut un moment d'hésitation. Elle avait failli dire "à Sunset Court" ... dans de la plume, continua-t-elle.

» Voilà pourquoi je demande une formation intensive, plus d'argent, et un contrôle plus serré. Une meilleure assistance socio-psychologique pour les parents naturels, comme pour les enfants. Et une campagne publicitaire qui informe les gens de notre nouvelle politique. »

Deux semaines plus tard, la commission budgétaire vota à douze voix contre huit une augmentation du budget de trois millions de dollars en faveur de l'agence pour 1984, mais elle refusa à dix-huit voix contre deux d'allouer une somme supplémentaire de deux millions de dollars pour financer le programme de huit semaines qu'avait souhaité Tully.

— Vous avez fait du bon boulot, Tully, lui dit Mr Hillier en privé.

— Vous avez fait du bon boulot, lui dit Lillian White en public, mais Tully ne put s'empêcher de mettre sa sincérité en doute.

— Tu as fait du bon boulot, lui dit Robin quand elle lui raconta ce qui s'était passé, et Tully sut qu'il le pensait vraiment.

Six

Tully allait en cours les lundis, mercredis et vendredis et travaillait à Docking les mardis et jeudis, à la requête de Mr Hillier. Le mardi était réservé à l'administratif, le jeudi était consacré à Sharon Muske. C'est aussi le mardi et le jeudi que Tully allait déjeuner chez Angela, un rendez-vous qu'elle attendait avec impatience. Cela lui rappelait son enfance. Sauf que des sandwiches au thon avaient remplacé les *tostadas*, et qu'à la place de Julie il y avait Boomerang. Cela devait probablement réconforter Angela de voir Tully à la table de cuisine, comme au bon vieux temps, aussi Tully s'efforçait-elle de ne jamais manquer un déjeuner.

— Angela, j'aime bien vos rideaux jaunes, lui dit-elle un après-midi. Il me semble que je les ai toujours vus là.

— Non, Tully. Je les change tous les deux ans. Mais j'achète toujours des jaunes.

Tully sourit. La lumière du soleil à travers les rideaux jaunes lui donnait la sensation d'avoir toujours été là, comme si elle n'avait pas bougé de sa chaise et que tout était comme avant.

— Ma fille te manque, pas vrai, Tully ?

— Bien sûr, répondit Tully en chassant ses pensées.

— Moi aussi. Ce n'est plus pareil, depuis qu'elle s'est mise à voyager.

Ça non, pensa Tully.

Elle attendit qu'Angela fasse un commentaire sur la vie de couple de Julie, ou montre de l'émotion, mais Angela se plaignit seulement du fait qu'elle fût si loin de la maison.

— Personnellement, dit Angela en se penchant vers elle, je crois que Jule ne s'est toujours pas remise, pour Jen. Tu comprends ?

Tully comprenait très bien.

— Elle a beau faire comme si de rien n'était, continua Angela, en profondeur, elle ne cicatrise pas. Tu comprends ?

Tully comprenait très bien.

— Ce n'est pas comme toi, Tully. Toi, tu es forte.

Tully baissa les yeux et regarda ses mains.

— J'ai toujours dit à Julie que si quelqu'un s'en tirerait, ce serait toi, même si tu étais plus proche d'elle que n'importe qui. Tu as toujours eu cette force.

— Vous croyez ça ? dit Tully.

— Oh ! oui, dit Angela en souriant. Tu as la tête dure comme du bois, toi. Quoi qu'il arrive, tu t'en sors toujours. Regarde-toi, aujourd'hui.

Parlons-en, pensa Tully. Je tiens grâce à la corde qui me serre le cou, chaque nuit, quand je m'endors et que je rêve de paix, de palmiers et de mer, sans personne pour me faire du mal. Quand je rêve de quelqu'un qui m'ôte cette corde et me laisse danser sur la plage... de quelqu'un qui l'empêche de m'étouffer. Oui, c'est ce qui me fait tenir. Rêver de mort.

Tully se leva pour partir. Ce déjeuner commençait à dépasser les bornes.

— Comment va ton amie Shakie ? Amène-la un de ces jours, dit Angela. Je vous ferai à manger.

Durant l'automne, Tully emmena plusieurs fois Shakie déjeuner chez Angela.

— Mon Dieu, Shakie, ce que vous êtes grosse ! dit Angela la première fois qu'elle la vit entrer en se dandinant.

— Merci bien. J'attends des jumeaux. C'est Dieu qui m'a punie d'être aussi coquette.

— Alors, à quel mois en êtes-vous ? demanda Angela après avoir posé sur la table les sandwiches-club à la dinde et au thon.

— Au septième, répondit Shakie. Si Dieu le veut, ils devraient naître le 5 janvier. J'espère seulement que je serai une bonne mère.

— Vous serez une bonne mère, Shakie, l'assura Angela. Au fond, toutes les femmes sont de bonnes mères. (Et comme Tully s'esclaffait :) Toi Tully, tu ne vois que des cas extrêmes. Ce qu'il y a de pire. Des mères qui ont oublié Dieu. Mais la plupart ne l'ont pas oublié, Tully. Toi non plus, d'ailleurs.

— Tu seras une bonne mère, Shakie, dit Tully en s'arrachant les mots de la bouche. Comme dit Angela, les mauvaises mères, ça n'existe pas.

Sept

On fit à Shakie une césarienne et elle donna naissance à une fille et à un garçon, la veille de Noël de l'année 1983. Quand Tully vint lui rendre visite à l'hôpital d'État de Topeka, avec Robin et Boomerang, Shakie se souciait moins de ses deux bébés que de la cicatrice qu'elle garderait à vie.

— Et quels noms leur as-tu donnés ?

— Le garçon s'appelle Anthony, la fille... Natalie, annonça Shakie en serrant les mains de Tully.

— Natalie ! s'exclama Tully. Natalie, répéta-t-elle plus doucement en étreignant Shakie.

— J'ai toujours aimé ce prénom, même avant de te connaître.

Comme Tully continuait à la serrer contre elle, elle se dégagea.

— Arrête un peu ! Mes cicatrices me font mal. En plus, personne ne t'appelle Natalie... J'ai téléphoné il y a quelques jours pour lui souhaiter un joyeux Noël, ajouta-t-elle en baissant la voix. Il est rentré chez lui.

— Je m'en serais doutée, dit Tully, moins attendrie.

— Je voulais lui donner de mes nouvelles. Il

n'était pas à la maison. Je me disais que tu pourrais peut-être l'appeler, non ? Tu sais, l'air de rien. Salut, comment ça va ? Shakie a des jumeaux, et patati et patata...

Comme Tully ne protestait pas, Shakie s'empressa de continuer.

— Vous pourriez venir me voir tous les deux. Enfin, pas ensemble, précisa-t-elle. Séparément, mais comme si vous tombiez tous les deux au même moment. Comme ça, ça ne choquerait personne. Qu'en penses-tu ? S'il te plaît, Tully...

— On dirait un avis de recherche, dit Tully en levant les yeux au ciel. Ramenez-le-moi mort ou vif. Vif de préférence...

— Ce n'est pas grand-chose, l'interrompit Shakie en lui prenant les mains. Alors, tu veux bien ?

— D'accord, répondit Tully.

Shakie lui pressa les mains.

— Surtout, préviens-moi au moins deux ou trois heures à l'avance, quand vous viendrez. Il me faut le temps de me préparer.

— Ouais, dit Tully. Il faut bien ça pour changer de chemise de nuit.

Tully n'eut pas besoin d'appeler Jack. Elle le vit à Saint Mark le dimanche. Ils déposèrent leurs fleurs. Ils restèrent silencieux, puis Jack demanda :

— Que devient Mrs Mandolini ?

— Pas grand-chose, dit Tully, qui ne sentait plus de gêne à parler avec lui. Personne ne l'a vue depuis des années. Tony ne parle pas beaucoup d'elle. Il se contente de répéter qu'elle n'est pas très en forme. Il m'a dit un jour qu'elle buvait.

— Ça ne m'étonne pas, dit Jack. Elle doit s'abrutir au Southern Comfort, et en beauté. C'est ce que je ferais à sa place. Pas toi ?

Elle le regarda en face, très vite. Oui, c'est ce que nous avons tous fait, ces dernières années. Nous abrutir en beauté. Elle frissonna.

— Il fait un peu frais, tu ne trouves pas ? lui dit Jack devant la Camaro.

— On gèle, tu veux dire. Où est ce courant océanique qui tempère notre climat du Kansas ?

— Il vient de trop loin. Mais que dirais-tu d'une bonne tasse de café ?

— Non merci, rétorqua Tully, qui farfouilla dans son sac à la recherche de ses clefs de voiture, mais se rappela soudain sa mission. Devine un peu ? lança-t-elle d'un air désinvolte. Shakie a des jumeaux. Une fille et un garçon.

Les yeux de Jack s'arrondirent.

— Des jumeaux ? Bien joué, Shakie ! A-t-elle donné mon nom au garçon ?

— Quel culot ! s'exclama Tully, outrée. Comme si elle en avait envie.

— Et ton sens de l'humour, Tully ? Je plaisantais... D'ailleurs si elle avait pu, elle l'aurait fait. Alors dites-moi, chère Natalie, si nous allions vous et moi rendre une petite visite à Shakie et à ses deux bébés ?

Tully n'en revenait pas. Voilà qu'il lui tombait tout cuit dans le bec. Mais elle n'en était pas moins indignée.

— Tu crois vraiment que c'est convenable de ta part, d'aller rendre visite à Shakie ?

Les mains dans les poches, Jack se redressa.

— Ne vous inquiétez pas, madame la Pudeur. Je vais venir avec vous pour lui apporter un cadeau et je ne resterai qu'un petit moment. Les convenances seront respectées. Allons-y.

Tully se mit à rire et ils montèrent dans la Camaro bleu ciel, toujours étincelante.

Au magasin, Jack eut l'air d'un chien lâché dans un jeu de quilles. Il tourna autour des présentoirs d'un air béat et finit par acheter presque tout le rayon nouveau-né, tandis que Tully restait là à le regarder. Mission accomplie. Fastoche, je n'ai même pas eu besoin de me battre, se dit-elle.

— Veuillez sortir, dit Shakie quand ils ouvrirent la porte de la chambre. Il faut que je me prépare.

Tully s'apprêta à sortir de la pièce, mais Jack ne bougea pas. Il vint s'asseoir sur le lit et regarda Shakie avec insistance.

— Tu as la mine d'une femme qui vient d'avoir deux bébés, Shake. Tu penses que ça t'arrivera encore combien de fois ? Neuf ou dix ?

— Plus jamais, dit-elle.

Tully s'assit dans le fauteuil et ils regardèrent Shakie ouvrir ses cadeaux. Jack se levait par moments pour faire quelques pas, puis il se rasseyait sur le lit. Chaque fois qu'il regardait ailleurs, Shakie tentait de se brosser les cheveux. Il ne tient pas en place, songea Tully. Espérons qu'elle ne le remarque pas. Elle est si contente qu'il soit venu, mais lui, il a déjà envie de s'en aller. Quand elle sera morte et enterrée, il viendra deux fois par an fleurir sa tombe et s'estimera quitte. Tully eut soudain envie d'être ailleurs.

— Il faut que j'y aille, dit-elle en se levant.

— Moi aussi, dit Jack.

— Félicitations, Shakie, dit Tully en l'embrassant sur la joue.

— Bien joué, Shakie, fit Jack en l'imitant.

Une fois dehors, Tully laissa échapper un soupir de soulagement.

— Qu'est-ce qu'il y a ? demanda Jack.

— Oh, rien, répondit Tully. Puis-je te déposer quelque part ?

— Si on allait à la Casa ? Je t'invite à déjeuner.

— Non, merci. Il faut que je rentre à la maison.

— Alors ne t'occupe pas de moi. Je vais rentrer à pied.

Ils se tenaient à peu de distance l'un de l'autre et cela rappela à Tully la fois où elle avait dansé avec lui. Pas au mariage de Shakie, mais à la fête du lycée, cinq ans plus tôt. Elle retrouva dans les yeux de Jack le même regard entendu et en fut profondément troublée.

Une semaine plus tard, Tully se rendit à Saint Mark. Jack n'était pas là, mais la tombe de Jennifer était couverte de roses blanches. Les fleurs semblaient fraîches malgré la pluie battante, ou peut-être grâce à elle. Tully s'assit.

Ton Jack, Mandolini, je l'ai peut-être mal jugé. Et toi, où en es-tu ? Est-ce que tu nous vois de là où tu es ? Est-ce que tu arrives à dormir quand je ne peux pas fermer l'œil ? À sourire, quand je n'arrive pas à desserrer les lèvres ? Comment est-ce, d'être libre de tout désir ? J'espère que c'est calme, là où tu es, parce qu'ici, pas moyen de se reposer. À part ta mère, on fait tous comme si de rien n'était : on travaille, on se marie, on fait même des enfants, on peint des maisons, et on voyage à travers tout le pays... Mais dans la journée, ça nous reprend. Alors on s'allonge au creux de son chagrin et quand on se relève, c'est toujours là, à nous guetter du coin de l'œil, sur l'oreiller. Et je ne suis toujours pas libre, Mandolini. Il a fallu que tu en rajoutes, en plus des cordes et des chaînes qui m'entravaient déjà. Mon Dieu, comme tu es lourde à porter, Mandolini ! Il arrive qu'on me demande comment j'ai fait pour supporter tout ça. Et je réponds : quoi, tout ça ? Alors on me dit, bon Dieu, Tully, ce que tu peux être solide ! Toi, tu survis à tout... C'est ça, dit Tully en prenant une brassée de roses blanches toutes humides de pluie et en y enfouissant son visage. Et Tully se sent légère et Tully n'a plus de chagrin.

IV

LAC VAQUERO

Mai 1984

À raison de vingt et une unités de valeur par semestre durant trois semestres d'affilée, Tully obtint sa licence *summa cum laude.* Il n'y avait pas de quoi s'extasier, cela ne lui avait demandé qu'un peu de lecture, tard le soir, quand la maison de Texas Street était endormie.

Elle décida de continuer ses études encore une année pour passer sa maîtrise d'assistance sociale. Elle prétendit qu'ainsi elle aurait plus de poids au sein du département et qu'on l'écouterait davantage. En fait, c'était surtout pour retarder son entrée dans une vie professionnelle où du matin au soir, la gorge serrée, elle serait confrontée à une dure réalité. Une année d'études supplémentaire, cela voulait dire des lectures, des séminaires, des dissertations, toutes activités bien éloignées des vicissitudes de la vie.

Elle continuait à consacrer une partie de son temps aux dossiers dont elle avait la charge à l'Agence de placement familial. Elle en avait quatre, à présent. Deux petites filles et deux petits garçons : Sharon, Jerry (qui avait été placé dans une nouvelle famille, mais buvait toujours), Sam et

Mary. Ce n'était rien, comparé aux autres employés du département qui en avaient chacun cinquante sur les bras, mais pour Tully, c'était déjà trop. Tous les soirs, elle rejoignait Boomerang dans le bain, pour oublier ces petits infortunés qui lui rappelaient Damien Scott.

Tu l'aurais bien aimé, Boomer, murmurait-elle en collant sa joue contre le dos nu de son fils. C'était un petit gars très sympathique.

— Allons, Boomer, mets donc ces sacrées chaussures, qu'on en finisse ! dit Robin, exaspéré, en courant après son petit garçon à travers le rayon enfants du magasin de chaussures. Après, on va voir maman. Elle reçoit son diplôme aujourd'hui. Dépêche-toi, sinon on va arriver en retard. Je comprends pourquoi ta mère revient toujours épuisée quand elle t'emmène faire des courses. Tu as besoin qu'on te mate, mon garçon. Ce que tu es costaud ! Mais reste tranquille, bon sang ! Boomerang ! s'exclama Robin, haletant. Tu te rappelles ta première paire de chaussures ? Tu avais neuf mois. Tu venais juste de faire tes premiers pas.

Comme Boomerang se calmait, Robin continua.

— Tu te souviens ? C'était la veille du nouvel an. Et c'était la première fois que ta mère et moi, on le faisait depuis ta naissance..., murmura Robin à l'oreille de son fils.

— Faisait quoi ? demanda Boomerang.

— Rien, dit Robin en soupirant.

Il réussit à faire la centaine de kilomètres qui sépare Manhattan de Lawrence en un temps record, quarante-deux minutes, et ils arrivèrent juste à temps au Memorial Stadium de Kansas University pour la remise des diplômes. Mais il y avait tant de monde qu'ils ne virent pas grand-chose.

Après la cérémonie, ils aperçurent Tully, en robe et coiffe, près de la sortie du stade. Elle leur fit signe en agitant son diplôme.

— Robin ! Je croyais que tu devais lui acheter des chaussures neuves !

— J'ai fait ce que j'ai pu..., soupira Robin, tandis que Tully était entraînée par un petit groupe de diplômés.

Alors Robin vit Jack, debout près de Tully, trop loin d'elle pour pouvoir lui parler, mais causant avec d'autres. Robin prit Boomerang dans ses bras et marcha dans sa direction. Jack le reconnut et lui sourit. Ils se serrèrent la main.

— Qu'est-ce que tu fais là, mec ? lui demanda Robin, mais il ne reçut pas de réponse, car Tully venait vers eux.

Elle avait enlevé la coiffe et était radieuse, dans sa longue toge de licenciée. Tandis qu'elle lui prenait Boomerang, Robin remarqua qu'elle n'avait pas du tout l'air surprise de voir Jack ici.

— Bonjour, maître Tully, dit Jack. Qui l'eût cru, hein ? fit-il en lui tapotant l'épaule. Félicitations.

— Je ne suis pas encore maître, lui dit Tully en souriant.

— Bientôt, il faudra te donner du docteur, dit Jack, ce qui agaça Robin car il ne comprenait pas du tout ce à quoi Jack faisait allusion.

Ils se rendirent à la réception donnée au foyer des étudiants en l'honneur des licenciés. Dès son arrivée, Jack fut accaparé par des connaissances féminines. Robin regarda Tully, qui regardait Jack, l'air impassible.

Il ne put s'empêcher de la questionner.

— Comment se fait-il qu'il soit là, Tull ? Tu n'as pas semblé surprise de le voir. Ça m'a fait un drôle d'effet.

Tully regarda ailleurs.

— Il suit quelques cours, je crois, mais je n'en sais pas plus. Il connaît un tas de gens, tu vois bien.

— Tu l'as vu sur le campus ?

— Une ou deux fois. Qu'est-ce que ça peut faire ?

Ça faisait. Mais comprenant à son expression qu'il l'ennuyait, il cessa d'en parler. Ils ne se dirent pas grand-chose d'autre, d'ailleurs.

Il rentra seul, tandis que Tully ramenait Boomerang dans la Camaro. La voiture avait presque six ans. Elle avait été récemment révisée. Elle avait besoin d'un nouveau starter et d'un circuit d'allumage. Robin avait proposé à Tully de lui acheter une Camaro toute neuve, mais Tully l'avait regardé comme s'il avait juré dans une église.

Robin regrettait de l'avoir questionnée. Tully ne lui posait jamais de questions.

Non, Tully n'était pas surprise de voir Jack, car il avait fréquenté le campus par intermittence, ces six derniers mois. Il s'était absenté durant les tempêtes de neige de février et les bourrasques du mois de mars. Mais avant février, au moment de son anniversaire, elle était déjà tombée sur lui une première fois, dans la salle de jeu du foyer universitaire. Elle était passée à côté de lui sans s'arrêter, mais il l'avait appelée (« Tully Makker ! »), et l'avait invitée à prendre un café.

— C'est la première fois en trois ans qu'on se voit ailleurs qu'à Saint Mark, Tully, lui avait-il dit.

Pourtant, quand je te vois, c'est comme si je m'y retrouvais, avait-elle songé, lugubre.

Elle n'était pas restée longtemps, mais quelques jours après, elle l'avait revu, toujours au foyer. Assis dans un fauteuil bas et confortable, les mains reposant sur les accoudoirs, il était en train de bavarder avec trois étudiantes. Il avait paru tout content de la voir, lui avait fait un grand sourire et s'était levé pour la rejoindre, sans un regard en arrière.

— Tiens, Jack, qu'est-ce que tu fais là, entouré de ta petite cour ? Tu cherches peut-être une nouvelle reine ?

— Ne sois pas blessante, Tully. Je fais connaissance, c'est tout, avait répondu Jack.

Tully avait discuté plusieurs fois avec Jack de la poursuite de ses études. En fait, ils se voyaient assez souvent, à Kansas University et à Saint Mark, le dimanche. Ce jour-là, elle n'allait jamais prendre un café avec lui. Elle rentrait à Texas Street. Mais avant, ils bavardaient un moment, près de l'église. Ou bien ils marchaient jusqu'au petit jardin public situé au croisement des routes de Pembroke et de Canterbury. Là, ils restaient quelque temps, assis sur un banc.

Deux

Après avoir obtenu sa licence, Tully s'accorda le mois de juin avant « d'entrer en stage ». Ce n'était pas le terme approprié, étant donné le poste de directrice adjointe que lui offrait Mr Hillier, mais elle continuait à l'employer.

Elle passa presque tout le mois de juin à flâner avec Boomerang. Ils allaient au parc, au lac Shawnee ou à la piscine Blaisdell. Elle lui apprit comment flotter dans l'eau en battant des pieds et des mains, comme un chiot. Ils passaient aussi des heures dans le jardin derrière la maison ; Boomer pataugeait dans sa petite piscine, y plongeant tous ses jouets préférés, dont sa mère, à l'occasion.

Millie faisait toujours la cuisine pour toute la famille. Le soir, il arrivait que Hedda sorte de sa chambre en fauteuil roulant pour venir écouter Tully. Parfois, c'est Tully qui appelait sa mère.

Elle frappait à la porte et disait : « Maman, David Copperfield se marie, tu viens ? »

C'est au cours de ce mois de juin que Tully vit pour la première fois Boomerang grimper sur les genoux de Hedda. Celle-ci ne réagit pas. Elle resta les bras ballants, le regard vide.

Boomerang finit par s'en aller et Hedda dit « Hank... où vas-tu ? ». Alors Boomerang grimpa de nouveau sur ses genoux. Tully fut incapable de continuer sa lecture.

Au magasin, la saison battait son plein et Robin ne rentrait que tard dans la soirée. En général, Tully s'asseyait avec lui pendant qu'il dînait, puis ils regardaient la télé. Elle lui parlait de Boomerang et il buvait chacune de ses paroles. Ils allaient se coucher vers minuit. Ou plutôt, Robin allait se coucher. Tully le réveillait pour faire l'amour, ou bien elle sortait du lit et s'asseyait dans le renfoncement de la fenêtre. Les rêves venaient parfois, mais pas toujours. Tully n'avait aucun moyen de le savoir à l'avance, car toutes les journées se ressemblaient, elles coulaient, nonchalantes et tranquilles.

À présent que son fils avait deux ans, Robin l'emmenait à Manhattan. Il proposait toujours à Tully de les accompagner, mais elle refusait. Elle ne venait qu'une fois ou deux dans l'été voir Robin jouer au rugby ou au football. Mais elle se réjouissait que Robin passe du temps seul avec son fils. Boomerang aimait rester avec son père le week-end, et cela lui faisait chaud au cœur de les savoir ensemble.

Un dimanche de juin, dans la cour de l'église, Jack rencontra Boomerang pour la première fois. Il lui serra la main et le petit Boomer, tout intimidé, alla vite se cacher derrière la jupe de sa mère.

— Tu trouves que c'est une bonne idée d'amener un enfant ici ? dit Jack à Tully comme ils traversaient le cimetière.

— Il ne sait pas ce que c'est, dit Tully. Il sait juste ce qu'est une église.

— Subtile distinction, pour un môme de deux ans, dit Jack. Et quand il grandira ?

Tully ne daigna pas répondre, mais la semaine suivante, elle vint sans Boomerang.

— Tu as laissé ton fils à la maison, remarqua Jack.

— Il était grincheux, dit Tully, sur la défensive.

— Ça ne m'étonne pas, dit Jack. L'idée de voir sa mère broyer du noir n'a pas dû le mettre de bonne humeur.

— Oh, lâche-moi, dit Tully en rejoignant sa voiture.

— Tully, lui dit Jack en lui emboîtant le pas, n'as-tu jamais pensé à amener ton fils à l'église, mais pas au cimetière ?

Elle fit volte-face.

— Et toi, tu n'as jamais pensé à venir un autre jour de la semaine ?

— Oh ! non, répondit-il avec chaleur. Si je venais un autre jour, je n'aurais pas le plaisir de ta compagnie.

— Lâche-moi, répéta-t-elle en montant dans la Camaro.

— Il y a un net progrès, par rapport à « va te faire foutre », dit Jack en souriant.

— À peine, dit Tully.

— À dimanche prochain ! cria-t-il en lui faisant signe de la main.

Le dimanche suivant, elle évita de venir à la messe. Elle arriva bien plus tard, vers trois heures de l'après-midi, et fit le tour par-derrière. Jack n'était pas là ; à la place des fleurs coupées, il y avait un rosier. Il l'avait planté si près de la pierre tombale que le rosier la recouvrait presque entièrement. Tully dut reconnaître que le rosier était vraiment magnifique. La terre sentait bon, là où il avait creusé.

L'été passa.

Un samedi du mois d'août, Tully faisait route vers le centre commercial en passant par Madison Street, une rue tranquille à l'écart de la 29e. Elle remarqua que trois ou quatre maisons avaient été impeccablement repeintes. Une autre était en train. En ralentissant à un stop, Tully aperçut Jack sur le pas de la porte, en blouse blanche, une bouteille de Coca à la main. Elle klaxonna. Il regarda autour de lui, la repéra et lui fit un signe. Tully crut qu'il allait traverser la rue pour venir lui parler, mais il contourna la maison et disparut. Elle gara la voiture et remonta l'allée. Il était en train de verser de la peinture blanche dans un seau.

— Qu'est-ce que tu fais de beau ? lui demanda-t-elle.

— Du vol à voile, comme tu vois, dit Jack en levant les yeux.

— Fais attention, répondit Tully du tac au tac. Les gosses risquent de te prendre pour une chauve-souris géante.

— Il n'y a que toi pour imaginer des choses pareilles, Tully Makker.

Ils échangèrent un sourire.

— Alors, tu peins les maisons de Topeka, à présent ?

— Tu ne peux imaginer le travail qu'il y a ici. Rien que dans cette rue, j'aurai repeint six maisons avant mon départ.

Tully eut envie de lui demander quand il comptait repartir, mais elle se retint.

— Et combien prends-tu pour repeindre une maison? dit-elle en se protégeant les yeux du soleil.

— Je suis bien content que tu poses cette question, Natalie, parce que je suis passé devant chez toi l'autre jour, et il m'a semblé que ta maison avait besoin d'un sérieux coup de peinture.

— Telle qu'elle est, elle me plaît, répondit Tully. Alors, combien?

— Disons quinze cents dollars pour une maison classique, peinture non comprise. Mais comme on se connaît, enfin, manière de parler, je te ferai un bon prix.

— Pas question. J'insiste pour payer le plein tarif.

— Bon, fit-il en s'approchant d'elle, si tu insistes.

Elle recula et commença à redescendre l'allée.

— Je t'appellerai si j'ai besoin de toi, dit-elle.

— Je ne peux pas attendre, marmonna-t-il avant de lui lancer : tu fais ta visite du dimanche, demain?

Elle s'arrêta de marcher.

— Au fait, quelle idée de planter ce rosier! Je n'ai presque plus de place pour mes fleurs.

— C'est calculé pour ça, déclara-t-il en tapotant sa casquette.

— Ah oui? Et qui s'en occupera, quand tu seras parti? Les rosiers ont besoin qu'on les traite, qu'on les taille, qu'on les arrose...

Sentant son regard sur elle, elle finit sa phrase en bredouillant et se hâta de s'éloigner.

— Eh bien, chère Natalie, je pense que c'est toi qui t'en occuperas, lui lança Jack.

Elle eut envie de lui demander pourquoi il n'était pas venu à l'église toutes ces dernières semaines, mais fut incapable de trouver comment poser cette question sans que cela implique une certaine intimité.

— Amène Boomerang, lui cria Jack. On ira au lac Vaquero.

Elle fit mine de ne pas l'avoir entendu et s'éloigna. Mais le dimanche, elle amena Boomerang et prit soin de ne pas l'habiller trop chaudement.

Jack était assis au dernier rang et, pour la première fois, Tully s'assit à côté de lui. Quand la messe fut finie, ils tombèrent sur Angela. À contrecœur, Tully les présenta, pourtant amusée par la curiosité et le trouble qu'elle lut sur le visage d'Angela quand Jack lui serra la main.

Puis Jack emmena Boomerang et Tully au lac Vaquero, dans sa Mustang verte datant de 1968. L'endroit était désert et ne ressemblait en rien au lac Shawnee : il n'y avait ni canots, ni terrains de jeux, ni tables de pique-nique. Rien que du sable, des canards et des saules pleureurs qui trempaient le bout de leurs branches dans l'eau bordée de taillis et d'herbes folles. Boomerang se mit à jouer dans le sable. Tully resta debout derrière lui, mais comme Jack finit par s'asseoir, elle n'eut d'autre choix que de s'asseoir à côté de lui.

Peu après, ils se levèrent et se promenèrent autour du lac en jetant du pain aux canards et aux oies qui s'ébattaient en liberté. Boomer, épuisé, finit par s'endormir dans sa poussette. Les arbres et les fleurs avaient une odeur humide, comme au printemps. Ils continuèrent à flâner sur les chemins de terre qui serpentaient autour du lac ; ceux-ci ne se prêtaient guère à de traditionnelles sorties en famille. C'est peut-être pour ça qu'il n'y a personne, songea Tully.

— Dis-moi, Jack, comment as-tu découvert cet endroit ?

— Sur une carte.

— Alors comment se fait-il que personne ne vienne ici ?

— Ce n'est pas vrai, Tully, puisque nous sommes là.

Tully contempla le sable, les branches avides des saules pleureurs penchés sur l'eau, les chemins rocailleux. Les fleurs sauvages avaient toutes les couleurs de l'arc-en-ciel. Elle sentait le soleil sur son visage. Il ne brillait pas, il resplendissait.

De tout l'été, celui où Robin fêta ses trente et un ans, Tully ne revit pas Jack. Ni à l'église, ni dans la rue. Elle supposa qu'il était parti. En fait, elle était même surprise qu'il fût resté aussi longtemps. Au lac Vaquero, elle avait voulu lui en demander la raison, mais cela lui était sorti de la tête. De quoi avaient-ils donc parlé ? Impossible de s'en souvenir. Elle ne se rappelait que la caresse du soleil sur son visage.

Trois

Quatre mois plus tard, le jour de Noël de l'année 1984, Tully tomba sur Jack. Elle était venue à l'église avec toute la famille, y compris les frères de Robin, ses belles-sœurs et leurs enfants. Ils iraient ensuite à Texas Street se régaler d'une dinde à la Millie. Imperturbable, Jack leur serra la main à tous et salua même Angela, qui s'était postée de manière à ne pas en perdre une miette. Quelle concierge ! pesta Tully intérieurement.

— Et Julie ? lui demanda-t-elle.

— Ne m'en parle pas, lui dit Angela. Elle ne revient même plus à la maison pour Noël. Elles sont en Ohio, à l'heure qu'il est. Laura a de la famille là-bas, je crois...

Tully ne sut que dire, mais, heureusement, Jack prit une rose de son bouquet et la tendit à Angela en lui souhaitant un joyeux Noël. Angela sourit.

Après quelques minutes d'échanges courtois, Robin regarda les fleurs de Tully, puis celles de Jack.

— Pourquoi ne pas aller déposer vos fleurs, qu'on puisse s'en aller ? proposa-t-il tranquillement.

Dans le cimetière, Tully demanda à Jack s'il était vraiment obligé de venir ce jour-là.

— C'est aujourd'hui dimanche, et je viens toujours le dimanche.

— Tu sais y faire avec les dames, hein ? dit Tully, faisant allusion à la rose que Jack avait donnée à Angela.

— Attention, Tully ! Tu as failli sourire, lui dit Jack en se penchant pour la regarder dans les yeux.

Ils déposèrent leurs fleurs délicatement.

— Ton rosier ne te suffit pas ? demanda Tully.

— Un rosier, ça ne fleurit pas l'hiver ! Pourquoi, elles ne sont pas belles, mes fleurs ?

— Si. Je me demande même comment tu as pu t'en procurer d'aussi belles à Topeka. Bon, il faut que j'y aille.

— D'accord. Je vais rester ici un moment. À bientôt, Tully, dit Jack en détournant les yeux.

Elle ne lui répondit pas, mais quand elle arriva à l'allée, elle se retourna pour le regarder avant qu'il disparaisse de sa vue. Il était assis sur la chaise, les mains entre les jambes.

À le voir assis là, Tully eut un serrement de cœur... Ils venaient tous deux honorer une défunte, comme s'ils étaient de la même famille. Mais le lien qui les unissait n'était pas chaleureux, il lui rappelait la sensation qu'elle avait étant petite, lorsqu'elle marchait pieds nus sur les feuilles froides et humides. Les feuilles sentaient bon, mais leur contact sur sa peau n'était pas très agréable.

Tully ne vit pas Jack le dimanche d'après, jour du nouvel an, car Robin et elle restèrent au lit à soigner leur gueule de bois. Début janvier, elle tomba sur Jack de nouveau et il l'invita à prendre un café. Tully refusa, mais comme elle n'avait pas envie de rentrer chez elle tout de suite, ils restèrent dehors et allèrent s'asseoir sur le muret qui entourait la cour de l'église. Il faisait un vent glacial. Au bout d'une heure, ils furent complètement gelés.

— Tu es sûre de ne pas vouloir prendre un café ? proposa Jack.

— Absolument sûre, dit Tully en se levant. Il faut que j'y aille.

Fin janvier, Jack déclara à Tully que le coin devenait trop froid pour lui et qu'il allait se réfugier là où il faisait bon.

— Je ne peux pas t'en vouloir, murmura-t-elle en admirant la façon dont ils avaient entrelacé les roses et les œillets aux branches dénudées du rosier, qui avait l'air tout fleuri.

Elle ne le revit plus. Le 19 janvier 1985, Tully eut vingt-quatre ans. Quelques jours plus tard, elle vint à Saint Mark et s'agenouilla dans la neige devant les plus belles roses blanches qu'elle eût jamais vues de sa vie.

Elle poussa un gémissement, comme si quelque chose s'était rompu en elle, et s'enfonça plus profondément dans la neige. Alors elle vit une enveloppe blanche fichée dans une branche nue du rosier et, à l'intérieur, elle lut sur une carte : « Tully, celles-ci sont pour toi. Joyeux anniversaire. Jack. »

Merci, Jack, pensa Tully, surprise et reconnaissante.

Merci de ne pas l'oublier. Un jour, peut-être te le dirai-je de vive voix. Merci de ne pas l'oublier.

Un jour, peut-être te dirai-je aussi pourquoi cela m'est si dur de te regarder dans les yeux.

Parce que quand je te regarde, quand je te parle, quand je t'observe, quand je vois tes cheveux blonds, tes yeux bleus, quand je t'entends rire et parler, ce n'est pas toi que je vois, Jack Pendel.

Je continue à me dire qu'elle te regardait comme je te regarde, qu'elle t'entendait rire comme je t'entends, qu'elle t'écoutait parler comme je t'écoute, et qu'un battement de cil nous sépare de ce moment-là, comparé à l'éternité où elle vit à présent. Te voir, c'est presque... comme si elle me tirait les cheveux...

Dieu nous vienne en aide. Tu es toujours en vadrouille, et moi je lutte pour que le froid n'envahisse pas mon âme à tout jamais. Mais qu'est-ce qu'on s'en fiche, hein ? Pourvu qu'elle ait trouvé la paix.

Tully se leva. Merci pour tes fleurs.

Quatre

Au printemps, Tully traversait Topeka en voiture pour aller visiter une famille d'accueil quand elle vit un homme en train de peindre une maison, ce qui lui fit penser à Jack. Elle se demanda s'il reviendrait chez lui durant l'été. En fait, elle ne le revit qu'au milieu du mois de juin.

Un samedi, elle était toute seule chez elle, enfin... sans compter Hedda. Robin avait emmené Boomerang à Manhattan pour la journée. Tully avait ouvert les fenêtres en grand ; c'était une belle matinée. Elle pensait même à faire prendre l'air à

Hedda quand la cloche sonna. Tully descendit l'escalier et alla ouvrir. Il était midi. Elle avait beau s'être levée depuis un bon moment, elle n'était toujours pas coiffée ni maquillée et portait une vieille robe en éponge couleur pêche assez courte, dans le style des années 1970.

Elle ouvrit la porte et, le souffle coupé, découvrit Jack sur le seuil en tenue de peintre, une brosse à la main.

— Excusez-moi de vous déranger... Monsieur est-il là ? demanda Jack avec un grand sourire.

— Non, mais...

— Dans ce cas, je reviendrai un peu plus tard...

Tully resta plantée là en souriant d'un air moqueur. Pourtant, au plus profond d'elle-même, c'était comme si un ruisseau de lait tiède s'était mis à couler.

— Qu'est-ce que tu veux ?

— Madame DeMarco, dit Jack en se penchant vers elle. Comme je vous l'ai dit l'an dernier, votre maison aurait besoin d'un sérieux coup de peinture. Elle a l'air terne et mal entretenue. La peinture s'écaille. À force, le bois des fenêtres risque de pourrir. Et puis, cela fait mauvaise impression, dans une rue comme Texas Street, de laisser se dégrader une aussi belle maison. Car c'est une belle baraque, soit dit en passant. Je me souviens que quand j'étais petit, on venait l'admirer. On disait que c'était la plus belle du quartier.

Il ne lui laissa pas le temps de parler et continua.

— Je fais des devis gratuits. Si cela vous dit, j'aimerais commencer dès la semaine prochaine. Je m'occupe aussi de rénovation intérieure, mais n'étant jamais entré chez vous, fit-il remarquer, je ne suis pas en mesure de faire une évaluation.

Tully se força à sourire et se lissa les cheveux. La gorge un peu nouée, elle s'éclaircit la voix.

— Et tu comptais faire tout ce baratin au chef de famille ?

— Bien sûr, dit Jack, j'ai même apporté les tarifs, au cas où Mr DeMarco serait intéressé.

Tully se sentait débraillée, aussi bien mentalement que physiquement. Elle et Robin n'avaient jamais discuté de faire repeindre la maison. Ils avaient parlé de faire appel à un jardinier-paysagiste pour le jardin de devant, de faire installer une piscine et un patio au dos de la maison, d'isoler le grenier... Mais jamais de faire repeindre la maison.

— Jack Pendel, tu es un enfoiré.

Jack ouvrit de grands yeux.

— Je suis sérieuse. J'ignore avec qui tu venais ici étant petit...

— Disons, étant jeune...

— Mais autant que je m'en souvienne, cette maison a toujours été dans cet état.

— Non, Tully. Autrefois, elle avait un portail en bois blanc.

Il avait fait mouche. Tully venait juste de penser au portail en piquets blancs qu'elle avait démoli durant la période de crise qui avait précédé la naissance de Boomerang. Jack lui tendit un prospectus.

— Parlez-en avec Mr DeMarco. Je vous laisse y réfléchir, dit Jack en s'apprêtant à s'en aller.

— Attends, lança Tully d'un ton un peu trop brusque.

Il s'arrêta et la regarda.

— Tu viens de te lever, Tully ? lui demanda-t-il doucement.

— J'ai un enfant en bas âge, je n'ai pas le loisir de rester au lit toute la journée, grogna-t-elle.

— Je ne t'avais encore jamais vue avec une coiffure si... stylée, dit Jack en la regardant. Hé, Tully, tu rougis, ma parole !

— D'accord, je lui en parlerai, se hâta de dire

Tully, les joues en feu. Nous n'avons encore jamais abordé la question.

— Un joli perron que vous avez là, remarqua Jack en descendant les marches. Ça doit être bien agréable de se prélasser dans cette chaise à bascule en écoutant les criquets.

— Salut, Jack, se força-t-elle à dire.

— Au revoir, Tully, dit Jack en marchant vers la grille.

— Tu viens à l'église, demain ? lui jeta-t-elle.

— Pour quoi faire ? répondit-il en se retournant. Mon rosier va bientôt fleurir.

— Certaines roses sont déjà sorties. Tu devrais venir les voir. Elles sont magnifiques.

— Ça, je n'en doute pas, dit Jack en lui faisant un signe de la main.

Après son départ, elle se rappela qu'elle voulait le remercier, pour les roses qu'il lui avait offertes en janvier. Elle avait aussi songé à lui demander s'ils pourraient retourner un jour au lac Vaquero.

Ce soir-là, au dîner, Tully parla à Robin de Jack et de la raison de sa visite.

— Je vois..., se borna-t-il à dire.

Il n'était guère bavard, car il avait reçu le ballon en pleine figure alors qu'il gardait les buts et avait les lèvres un peu enflées.

— Si tu crois que c'est nécessaire, fais-la repeindre.

— Je n'ai pas d'avis sur la question, Robin. Ça m'est égal. C'est à toi de décider.

— Il cherche du boulot ? ajouta-t-il après un silence.

— Non, il ne cherche pas du boulot. Il a dit qu'il nous ferait un bon prix, précisa Tully.

— Eh bien, qu'il la repeigne, alors, fit Robin sans la regarder.

Tully se leva de table et, lui tournant le dos, elle déclara :

— C'est ton argent, Robin, c'est à toi de voir.

— Mais non. Tu habites ici plus que moi. C'est un vieux copain de ton amie d'enfance. D'accord. Il n'a qu'à la repeindre, cette maison.

Robin ramena Hedda à sa chambre vers onze heures et revint s'asseoir. Tully monta se préparer pour la nuit.

— Tu viens ? l'appela-t-elle du haut de l'escalier.

Ils firent l'amour, deux fois. Lovée contre lui, Tully plongea dans le sommeil. Et, exceptionnellement, ce fut Robin qui resta allongé sans pouvoir fermer l'œil. Il finit par se lever, s'assit dans le renfoncement de la fenêtre et écarta les rideaux pour voir ce que Tully voyait quand, incapable de trouver le sommeil, elle s'asseyait là... Dieu que ça peut être sinistre, songea Robin.

Gérer un magasin comme le sien était un jeu d'enfant, comparé à la vie commune avec Tully. Chez DeMarco et Fils, Robin connaissait les jours de grand rush, il savait à quel moment passer les commandes, fermer la boutique et rentrer à la maison. Mais avec Tully, il nageait dans le brouillard. L'ai-je seulement un peu aidée, ou se sent-elle toujours aussi seule, quand elle est à la fenêtre, seule comme ces réverbères brûlant dans la nuit chaude de juillet, sans même une petite brise nocturne pour leur tenir compagnie. Tully avait toujours été solitaire, mais sans doute jamais autant qu'après le mois de mars de son année de terminale, se disait Robin.

Rêve-t-elle encore de la Californie ? Attend-elle de me quitter à la première occasion ? Est-ce à cela qu'elle pense, quand elle est assise à cette fenêtre ? Robin ferma les yeux et se frotta les tempes.

Je n'ai pas envie qu'elle s'en aille, songea-t-il un peu plus tard. Malgré tout ce qui a pu se passer ou pourrait advenir. Malgré son silence, son air las et revenu de tout, malgré ce boulot stupide qui lui sape le peu d'énergie et d'enthousiasme qu'il lui reste.

Robin quitta le rebord de la fenêtre et vint s'agenouiller auprès d'elle. Il se mit à lui caresser les cheveux. J'aime sentir ses doigts courir sur mon dos. J'aime la voir porter notre fils. Je n'ai jamais désiré une autre vie, une autre femme. Je ne veux pas qu'elle s'en aille.

Il retourna s'asseoir à la fenêtre. Et quand elle parle à Jack, se sent-elle moins seule ? Sûrement, sinon, pourquoi se verraient-ils ? Peut-être qu'il lui rappelle l'époque du lycée. Ce que j'aimerais savoir, c'est si Tully se rend compte qu'il tient à elle. Pourtant, elle a un sacré sens radar, pour tout ce qui touche aux pulsions sexuelles. Elle me l'a montré bien des fois.

Dans un douloureux éclair de lucidité, Robin songea soudain que si Tully était incapable de rien déceler chez Jack, c'était parce que le sentiment qu'elle lui inspirait n'était pas du désir. Et pour en avoir assez souffert, Robin savait que le sens radar de Tully ne détectait rien d'autre.

S'il veut peindre la maison, qu'il la peigne, pensa Robin en tapotant en rythme sur le rebord de la fenêtre. Je m'en fous. Et elle aussi, telle que je la connais. Elle est *blasée.* Je suis même prêt à lui laisser la bride sur le cou, du moment qu'elle ne se pend pas avec.

Robin resta longtemps assis, mais le sommeil ne venait pas. Un air lui trottait dans la tête, il tournait en boucle comme un manège sans enfants, ou la vieille rengaine d'un orgue de Barbarie.

Hé!
As-tu vu
La plus belle fille
du monde ?
Si tu l'as vue,
Est-ce qu'elle pleurait
Pleurait ?
Hé!
As-tu vu
La plus belle fille
du monde
qui m'a laissé tomber...
Dis-lui que je regrette
Et que j'ai besoin d'elle
Et si tu veux bien,
dis-lui aussi
... que je l'aime...

Cinq

Le premier jour de travail officiel de Tully en tant qu'adjointe de Lillian se passa comme on pouvait s'y attendre, étant donné l'aversion de Lillian pour Tully. Toute dévouée à sa tâche, Lillian avait été tellement prise qu'elle avait oublié de lui attribuer un bureau. Tully resta debout à la fixer pendant un bon moment, jusqu'à ce que Lillian la conduise dans une petite pièce confinée qui avait l'air d'un vieux garde-meuble. Le sol était couvert de poussière et il y avait des toiles d'araignée dans les coins.

— C'est une plaisanterie, dit Tully à Lillian. Vous n'auriez pas une vieille boîte en carton que je puisse m'asseoir dessus, tant que vous y êtes ?

— Madame DeMarco, cela fait vingt ans que je travaille ici et je connais les habitudes de la maison. Nous allons à notre rythme et nous n'aimons pas qu'on nous presse. Quand vous avez débarqué il y a six ans, vous étiez pratiquement à la rue. On vous a bien reçue, on vous a même permis de faire un stage chez nous et, dans l'ensemble, vous avez été bien traitée, même lorsque vous vous êtes mis en tête de faire du changement, dit Lillian avec mépris. Vous avez obtenu du comité une augmentation budgétaire pour les deux ans à venir. Je vous en félicite, mais cela ne vous donne pas le droit d'avoir des exigences dès le premier jour. Travaillez d'abord. Le reste viendra en temps utile.

— Ça s'annonce bien, dit Tully en lui tournant le dos et en se dirigeant vers la porte. Dans ce cas, je préfère rentrer chez moi. Si jamais vous trouvez le temps de faire nettoyer mon bureau et d'y mettre une table et une chaise, je me ferai un plaisir de revenir. Autrement, je vous souhaite de réussir dans votre carrière comme dans votre vie privée. Veuillez m'excuser, mais je vais en profiter pour emmener mon fils se promener au bord du lac.

Mr Hillier appela Tully quelques heures plus tard et la pria de bien vouloir revenir travailler le lendemain.

— Il ne faut pas faire attention à Lillian, lui dit-il. Vous devriez le savoir, depuis le temps. Elle connaît son boulot, mais elle le fait depuis trop longtemps.

— Ça c'est sûr, commenta Tully d'un ton acerbe.

— Tout le monde ne peut pas être tout feu tout flamme comme vous, Tully. À force de travailler ici, on perd un peu de son idéal. Si vous cherchez une bonne place pas trop fatigante, allez donc travailler pour le bureau d'adoption du Bon Pasteur. Ici, on a besoin de vous. Mais le boulot est dur. À quoi ressemblerez-vous dans une vingtaine d'années ?

Tully n'avait entendu que la première phrase.

— Mais Mr Hillier, les choses dont nous nous occupons sont si importantes. Si l'on n'a plus d'idéal, alors que reste-t-il ?

Mr Hillier resta silencieux un moment, puis il déclara :

— Le travail, Tully. Il faut bien qu'il se fasse.

Après ce premier jour, les choses s'améliorèrent un peu. Lillian avait quatre adjoints : Tully, Sara, Joyce et Alan. Mais seule Tully était « directrice de projets spéciaux », comme le fit insidieusement remarquer le reste de l'équipe.

Elle travaillait directement avec les autres adjoints, qui semblaient être de bons éléments. Ils aidaient Tully dans ses fameux « projets spéciaux », qui consistaient à étudier les nouvelles candidatures, organiser des entrevues et former les postulants. Mais ils devaient aussi mener à bien leurs tâches régulières et s'accommoder tant bien que mal du flux incessant d'enfants en attente et du maigre filon vite épuisé des familles qui se proposaient de les accueillir. Ils passaient la majeure partie de la journée à tenter d'apaiser les tensions en parlant aux parents ou aux enfants qui attendaient d'être placés. Où trouver le temps de recruter et de former des familles d'accueil potentielles ? Et qui aurait le cran d'en refuser alors qu'on en avait tant besoin ? Dès qu'une nouvelle famille se proposait, la dizaine d'assistantes sociales qui faisaient partie du service applaudissaient des deux mains et traitaient Tully en paria pour oser contester toute nouvelle candidature.

Quant à Tully, elle consacrait ses matinées à travailler sur les projets spéciaux. Elle arrivait à huit heures. Jusqu'à neuf heures, elle passait en revue les nouvelles candidatures et appelait les postulants, puis elle montait au service commercial, et là, jusqu'à dix heures et demie, elle aidait à définir une nouvelle campagne ciblant les classes moyenne et supérieure.

Le reste de la journée se passait à visiter de jeunes adolescents affamés, en quête d'une chose que Tully ne pouvait leur donner. L'agence avait beau recevoir une dizaine de candidatures par semaine, on n'avait pas le temps d'aller voir les familles postulantes ni de les former.

Tully demanda qu'on établisse de nouveaux formulaires de candidature comprenant des questions plus précises sur les motivations des couples désirant accueillir des enfants chez eux. Elle rejeta certains des postulants avant que Lillian, Sara, Joyce ou Alan ne puissent leur mettre le grappin dessus. Je comprends ce qu'ils ressentent. Moi aussi, j'ai une dizaine d'enfants à placer, songea Tully. Mais ils en oublient tout le reste.

Peu de temps après, un malheur arriva, et Tully fut convaincue que ce n'était pas la première fois. La facilité avec laquelle Lillian fourguait un enfant à n'importe qui s'accompagnait du désir pervers de rendre les enfants à leurs parents naturels. Un petit garçon appelé Timothy avait des sanglots convulsifs à l'idée de retourner chez lui, et les psychologues du service de consultation externe de Stormont-Vail avaient bien recommandé de le laisser chez son actuelle famille d'accueil et de favoriser son adoption. Mais Lillian avait refusé de faire avancer le dossier et on avait renvoyé Timothy à ses parents, comme un vulgaire paquet. Quelques semaines après, le petit garçon fut hospitalisé pour des brûlures au premier degré.

— Ce sont des choses qui arrivent, dit Lillian à la réunion du lundi matin, en regardant Tully dans les yeux.

Comme si j'avais besoin de ça, se dit Tully, alors que je pourrais être en train de me la couler douce et de m'occuper de mon fils. Elle se contenta de remarquer :

— Nous n'aurions jamais dû rendre Tim à ses parents, Lillian.

Mais tout le monde comprit ce que ce *nous* sous-entendait.

Tully alla de plus en plus rarement déjeuner chez Angela. Elle avait du mal à bloquer une heure de liberté, et puis elle n'avait guère envie de parler de son travail.

Mais il y avait autre chose. Angela lui posait des questions sur la façon dont elle passait ses dimanches et Tully éprouvait une sorte de gêne quand elle rencontrait son regard inquisiteur.

Durant ses quinze premiers jours de travail, Tully déjeuna avec Sara et Joyce, mais elle n'arrivait pas à faire abstraction de son ressentiment envers elles. Elle leur en voulait de la traiter en ennemie, comme si elle faisait quelque chose de mal.

Un jour, au déjeuner, Tully découvrit que ses deux collègues avaient autant de mal qu'elle à dissimuler leurs sentiments.

— Dis-nous un peu, Tully, dit Joyce. Comptes-tu avoir d'autres enfants ?

— Je vis au jour le jour, répondit Tully. Pourquoi me demandes-tu ça, Joyce ? Tu trouves que je manque d'occupations ?

— Non, ce n'est pas ça, Tully, dit Joyce en regardant son sandwich, puis en cherchant le regard de Sara. C'est seulement que nous avons du mal à suivre ton rythme et à partager ton enthousiasme. Nous aimerions bien que tu arrêtes de te croire investie d'une mission.

— Mission impossible, dit Sara avec un petit rire, histoire d'alléger l'atmosphère.

Mais cela ne dérida pas Tully.

— C'est vrai, après tout. Nous ne sommes pas une œuvre de bienfaisance, hein ? On ne fait pas de charité, ici, remarqua Tully d'un ton sarcastique. On veut juste aider les gens. D'ailleurs nous avons fait des études, pour ça. C'est-y pas gentil ? Faire des études pour aider les autres. Pour venir au secours de tous ces pauvres petits gosses qui n'attendent que ça et qui en crèvent. Mais on ne fait pas de charité, ça non ! On file un des mômes au premier venu, et si jamais ça se passe pas bien, on lui retire et on lui en refile un autre à la place. Ben oui ! C'est pour faire ça qu'on a passé une maîtrise, pas vrai ? Pour filer nos gosses à n'importe qui. C'est bien ça ?

Gênées, Sara et Joyce échangèrent un regard.

— Tully, nous sommes contraints de travailler dans la limite de ce qui est possible.

— Qu'est-ce que vous insinuez ? Que je veux l'impossible ?

— Il y a un peu de ça, dit Sara. Tu manques de réalisme. Du coup, tu es trop exigeante et tu ne nous facilites pas la tâche.

— Je ne manque pas de réalisme, rétorqua Tully en ricanant. J'arrive tous les matins en espérant seulement que la journée se passe sans qu'un gosse ait un accident, se soûle ou se brûle. Tout ce que je veux, c'est élever un peu les critères de sélection, rien qu'un peu, bordel ! Vous avez raison, c'est difficile. Plus difficile que de se contenter du statu quo. Mais je n'ai qu'une simple maîtrise, il doit me manquer certaines connaissances. Voyons un peu ce que tu me conseilles, Sara, toi qui fais un doctorat.

— Tully, tu ne peux pas faire la révolution à toi toute seule, tu sais, dit Joyce.

— Non, c'est évident, dit Tully. Merci tout de même pour votre soutien et votre encouragement.

Elle ne déjeuna plus avec Joyce et Sara et remarqua un changement dans leur attitude, les semaines qui suivirent. Elles cessèrent tout bonnement de lui parler. Seul Alan venait l'aider à s'occuper des nouvelles candidatures, avec ses grandes jambes et son air empoté. Ça lui était bien égal, que personne ne lui parle. C'était déjà assez dur de venir travailler tous les jours, pleine de ce fichu enthousiasme.

Six

Fin juin, sur le coup de midi, Tully se trouvait au beau milieu de la grande pièce sans cloisons remplie de bureaux quand elle reçut un coup de téléphone.

— Ma parole, c'est rare de te trouver là, Tully Makker.

Tully sourit en entendant sa voix. *Jack.*

— Viens déjeuner avec moi. Je connais un endroit super.

Tully allait refuser, mais un coup d'œil à la mine renfrognée de ses collègues lui fit accepter l'invitation avec empressement.

— Où est ta voiture ? lui demanda Jack quand ils se retrouvèrent dans le parking.

— Elle est à la maison. Je fais l'aller et retour à pied, ces derniers temps. J'ai besoin de marcher en sortant du boulot.

Ils montèrent dans la Mustang et traversèrent Topeka pour gagner un petit restaurant mexicain excentré. En sous-sol et faiblement éclairée, la salle à manger était presque déserte. Ils s'assirent dans un coin, près d'une fenêtre en trompe-l'œil.

— Tu as l'air si différente, habillée comme ça, dit Jack en lui avançant une chaise.

— Différente ?

— Oui, par rapport aux fois où je t'ai vue à Saint Mark, à Texas Street, au lycée.

— Nous ne nous connaissions pas quand j'étais au lycée, dit Tully en piochant dans les chips au maïs.

Troublée par ce qu'elle lut sur le visage de Jack, elle s'empressa de changer de sujet.

— Elle est bonne, cette sauce. Comment as-tu découvert cet endroit ?

Il ne lui répondit pas, mais commanda deux *margaritas,* malgré les protestations de Tully.

— Tu fumes toujours, Tully ? J'ai cru te voir chercher un cendrier.

— Non, j'ai arrêté quand je suis tombée enceinte de Boomerang, mentit Tully. C'était juste un truc de collégienne.

— Tant mieux, dit Jack. Moi, je n'ai jamais fumé, ni au lycée ni ailleurs. Je déteste ça. D'ailleurs, je crois bien qu'il n'y a jamais eu de fumeuse parmi mes petites amies.

— Et tu en as eu pas mal, j'imagine ?

— Je n'ai pas à me plaindre, dit Jack en souriant. Au fait, je parie que tu n'as pas parlé à ton mari de faire repeindre la maison...

— Eh bien si, justement.

— Et alors ?

— Et alors rien. Je suis encore en train d'y réfléchir, dit Tully, regrettant sur-le-champ de ne pas avoir employé le nous.

— La fin de l'été approche. Je vais bientôt m'en aller, dit Jack.

— Je suis même étonnée que tu ne sois pas déjà parti.

— Moi aussi, à vrai dire... Ça fait plaisir à ma

mère, ajouta Jack. Elle n'était pas très bien ces derniers temps. Et puis il fait chaud, et il y a du travail à revendre.

— Comment va ta mère ?

— Mieux. Et la tienne ? Shakie m'en a un peu parlé.

— Et qu'est-ce qu'elle t'a dit ?

— Qu'elle est tombée malade, que ton mari l'a installée dans ta nouvelle maison et que tu ne t'entends pas très bien avec elle.

— Pas très bien, non.

— Jen m'avait dit la même chose, ajouta Jack prudemment.

Ah, songea Tully. Ça devient intéressant.

Le serveur s'approcha. Ils commandèrent des *fajitas*, des *burritos* et du *guacamole*. Tully reprit la conversation là où ils l'avaient laissée.

— Comment l'as-tu rencontrée ?

— Tiens, ça t'intéresse, tout à coup. Quand je t'ai invitée à prendre un café pour en parler, tu as refusé.

— Ça ne m'intéresse pas tant que ça. Tu fais comme si tu savais plein de choses sur mon compte, mais je suis persuadée que tu bluffes.

— Tu préférerais ça, Natalie Makker, dit Jack en se penchant en avant, mais tu sais que je ne bluffe pas.

— Je n'en sais rien du tout, repartit froidement Tully.

Mais au fond d'elle-même, elle avait envie de reposer sa question.

— Que veux-tu savoir, Tully ? dit Jack comme s'il lisait dans ses pensées.

— Comment tu l'as rencontrée.

Voilà, nous y sommes. C'est la première partie de la question. La grande question, celle que je me pose depuis six ans. *Et que lui as-tu fait pour qu'elle devienne à ce point folle de toi ?*

— Je l'ai rencontrée en jouant au softball à Shunga Park, dit Jack. J'étais le lanceur de l'équipe adverse. On s'est battus, et elle s'est enfuie en courant jusqu'à chez elle.

Shunga Park. Interdite, Tully faillit fermer les yeux.

— Moi aussi je jouais au softball, bredouilla-t-elle. Comment se fait-il que je ne t'aie jamais vu ?

— Je ne sais pas, dit Jack avec un demi-sourire. Tu étais peut-être en train de danser au Tortilla Jack's ?

Cette fois, Tully ne put s'empêcher de fermer les yeux. Elle se mordit les lèvres jusqu'au sang pour étouffer le sanglot qui montait du fond de sa gorge. *Danser au Tortilla Jack's.* Ces quatre mots avaient fait ressurgir toute une partie de sa vie.

Ainsi il la connaissait ! Car Jennifer n'avait pu lui parler du Tortilla Jack's, elle ne savait pas où Tully allait danser. C'était le temps où Tully ne désirait qu'une chose, oublier et se faire oublier du monde entier.

— Je ne comprends pas, finit-elle par marmonner. Que sais-tu du Tortilla Jack's ?

— Rien, à part que tu y dansais.

— Et comment le sais-tu ?

— Parce que je t'y ai vue.

— Comment savais-tu que c'était moi ? dit Tully, tandis que la phrase de Jack résonnait dans sa tête : *Parce que je t'y ai vue.* Les filles, ça ne manquait pas, au Tortilla Jack's.

— Oui, mais pas une ne dansait comme toi, Tully Makker.

C'était au Tortilla Jack's qu'elle avait dansé une fois sans soutien-gorge, un souvenir qui lui faisait honte. Le visage en feu, elle se demanda si Jack y était, ce soir-là, et une autre chose lui vint à l'esprit. Pendant ces deux ans, elle avait fréquenté pas mal de types, dans cette boîte. Il y en avait tant qu'elle ne se souvenait plus de leurs visages. Seulement de leurs mains, de leurs lèvres avides. En avait-il fait partie et l'aurait-elle oublié, lui aussi ? Elle regarda l'homme assis en face d'elle. Non. On n'oublie pas un visage comme le sien.

Et puis il y avait Shunga Park. Encore une chose qui la laissait songeuse.

— Quel âge avais-tu quand vous vous êtes connus ?

— Dans les quinze ans, répondit Jack.

— C'est étrange, reprit Tully après un silence. J'ignorais que vous aviez été amis.

— C'est vrai ? s'étonna Jack, visiblement sincère. Elle ne t'a jamais dit que nous nous connaissions depuis longtemps ?

— Non, jamais, dit Tully.

Pas une seule fois. Jennifer Mandolini n'avait jamais dit à Tully : il était mon ami quand tu n'étais pas là. Quand tu ne voulais plus jouer au softball avec moi. Je lui parlais de toi parce que tu avais disparu et que tu me manquais... Les yeux fixes, Tully se retrouva soudain à Shunga Park, en train de jouer au softball.

Ainsi, Jennifer connaissait Jack depuis longtemps. Bien avant le jour où elle avait fait comprendre à Tully et à Julie qu'il y avait quelque chose entre eux. Et dire que, tout ce temps, Tully avait pris Jack pour un joueur de football vaniteux qui avait tourné la tête à Jennifer, avec son maillot de capitaine et sa belle gueule, alors qu'ils étaient amis depuis longtemps ! En face d'elle était assis l'homme qui parlait avec Jennifer quand Tully n'était plus là.

Ensuite, Tully essaya bien de faire la conversation, mais avec Jack en face d'elle, c'était peine perdue. Il était planté là comme un monument érigé à son ignorance, le symbole de toutes les choses que Tully ne savait pas. Et il semblait y en avoir un bon paquet.

Dire qu'elle aurait continué à ignorer tout ça si elle n'avait ressenti le besoin de voir quelqu'un d'ouvert et de bienveillant, qui la change de ses collègues. Eh bien, elle était servie. Hé, Tully, tu ne savais pas que je t'avais vue danser au Tortilla Jack's, hein ? Et que je jouais au softball avec ta meilleure amie quand tu ne jouais plus avec elle, tu l'ignorais aussi ?

Le reste du déjeuner se déroula comme dans un rêve. Jack dut lui demander ce qu'elle avait. Tully dut lui poser d'autres questions sur le softball et Shunga Park...

Tout ce temps, ce n'était pas Jack que Tully voyait en face d'elle, mais un fantôme. Le spectre de Jennifer à dix-huit ans. Voilà ce qu'elle voyait. Elle avait une boule au fond de la gorge qui lui faisait mal. Et pourtant, le lait coulait, tiède.

Tully lui posa des questions sur la Californie. Jack lui parla des plages, des montagnes, des palmiers, des déserts, du bleu froid qui montait vers le nord, de l'ambre chaud qui descendait vers le sud. Elle voulut qu'il lui parle de l'océan.

Jack lui raconta les hautes vagues, le froid de l'eau, la blancheur du sable, les sentiers étroits qui couraient sur les falaises, les maisons blanches qui donnaient sur le large. S'y croyant presque, Tully ferma les yeux. Mais quand elle les ouvrit, le spectre de Jennifer était toujours assis en face d'elle.

— Puisque tu en as tellement envie, pourquoi ne pas demander à Robin de t'y emmener ? lui dit Jack.

— Parce que je ne veux pas y aller avec lui,

répondit Tully avec une franchise qu'elle regretta aussitôt. Ce ne serait pas pareil. Et puis il travaille tout le temps. Il ne laisserait jamais le magasin.

— Quel dommage ! dit Jack. Mais tu devais y aller avec Jeremy, si je me souviens bien.

Tully le regarda d'un air incrédule, puis elle soupira.

— Vous n'aviez rien de mieux à faire que de parler de moi, Shakie et toi ? soupira-t-elle.

— Tu sais, Shakie t'aime vraiment beaucoup, dit Jack en souriant.

— Oui, je sais. Mais y a-t-il encore une chose que tu ignores sur mon compte ?

— Et toi sur le mien ?

— Je ne savais pas que tu jouais au softball.

Jack se pencha en avant.

— Et au mariage de Shakie, quand je t'ai parlé de la maison de Texas Street, tu n'as pas fait le rapprochement ?

C'en était trop. Jack Pendel avait le don de lui filer des crampes d'estomac.

— Vas-y doucement, Jack, dit Tully.

— Qu'est-ce que tu as ? lui demanda-t-il en se penchant encore.

— On ne peut pas dire que tu ménages tes effets. Avant le jour où elle nous a présentés l'un à l'autre, le 28 septembre 1978, je n'ai jamais pensé que tu connaissais mon existence. Pour moi, en tout cas, tu étais un parfait inconnu.

À force de se pencher, Jack était presque sorti de sa chaise.

— Tu ne savais pas que je te connaissais, Tully ? lui murmura-t-il. Et quand je t'ai baisé la main ?

— J'ai cru que tu étais soûl, dit Tully la voix rauque, le visage en feu.

— Je l'étais, dit Jack en se redressant et en

posant les mains à plat sur la table. Mais ce n'est pas à cause de ça que je t'ai baisé la main.

Tully sentit des gouttes de sueur perler à ses tempes.

— Tu veux savoir pourquoi ? Parce que je te connaissais depuis longtemps, dit-il avec une ardeur qui la laissa sans voix. Parce que ta Jennifer n'arrêtait pas de parler de sa meilleure amie, Tully, qui ne voulait plus être copine avec elle. Parce que je t'avais vue danser au Tortilla Jack's, ajouta Jack, et Tully, les yeux brûlants, eut envie d'enfouir son visage dans ses mains.

Quand ils se retrouvèrent à l'air libre, après le déjeuner, il leur fallut un moment pour s'habituer à la lumière aveuglante du soleil. Jack s'éloigna un instant pour saluer un ami rencontré par hasard. Tully remarqua qu'il portait un Levi's délavé et un polo d'un rouge vif comme celui d'une voiture de pompiers, qui le faisait paraître encore plus large d'épaules. Tandis qu'elle l'observait de loin, quelque chose s'ouvrait et se refermait en elle et le lait chaud coulait à flots.

Quand il la rejoignit, Tully espéra seulement que son visage n'était pas aussi rouge que le polo de Jack.

— Qu'est-ce qu'il y a ? lui demanda-t-il aussitôt.

— Allons-y, dit-elle sans le regarder. Je me suis absentée trop longtemps.

Dans la voiture, Tully fixa la route, impatiente d'arriver.

Jack s'arrêta devant l'entrée de l'immeuble et se tourna vers elle.

— On déjeune ensemble, demain ?

— Je ne peux pas, bredouilla-t-elle, j'ai un rendez-vous à une heure. C'est vrai, il faut que j'aille visiter une famille pour voir si tout va bien.

— Je te crois, dit Jack. Une autre fois, alors ?

Elle le regarda du coin de l'œil en se demandant s'il n'essayait pas de la chambrer, de se moquer d'elle.

— Bien sûr, dit-elle. Pourquoi pas ?

— Jeudi ?

— Jack !

— Je me disais aussi.

Tully retint son souffle pour n'exhaler aucun son et ouvrit la porte de la voiture.

— Et si nous retournions au lac Vaquero ? demanda-t-il. Ça te plairait ?

Beaucoup, pensa-t-elle en retenant toujours sa respiration.

— Pourquoi pas ? dit Tully.

Sept

Une semaine plus tard, début juillet, Jack et Tully étaient assis avec Boomerang sur une petite plage de sable au bord du lac Vaquero. Le soleil filtrait à travers les arbres.

— C'était avec elle que tu avais l'habitude d'aller à Texas Street ? demanda Tully sans regarder Jack.

— Oui, c'était avec elle, répondit-il.

Peu après, ils s'assirent sur un tronc d'arbre immergé. Tully enleva ses tennis et se mit à balancer les pieds dans l'eau.

— Je voulais te demander..., commença Tully avec circonspection. Vous avez été longtemps amis ?

— Oui, on a joué au softball pendant plusieurs années.

— Et qu'est-il arrivé ensuite ?

— Rien, dit Jack. J'ai commencé à jouer au football quand je suis entré en première.

— Et tu as arrêté le softball ?

— Oui, petit à petit. Je voulais devenir joueur de football. Il fallait que je m'entraîne.

— Bien sûr, dit Tully. Et alors vous avez cessé de vous voir ?

— Non, nous avons continué à nous voir, mais moins souvent. Pas tous les week-ends, comme avant. Pas trop après les cours, non plus. J'ai commencé à traîner avec des gens que Jennifer ne fréquentait pas. On s'est un peu... tu sais comment c'est quand on a seize ans, dit Jack en guise d'explication.

Mais Tully n'avait pas obtenu ne serait-ce qu'un semblant de réponse à toutes les questions qu'elle se posait. Elle cessa de balancer les pieds, quitta le tronc d'arbre et commença à marcher dans l'eau.

— Dis-moi, as-tu jamais pensé qu'elle avait le béguin pour toi ?

— Pas pendant un certain temps, répondit-il. Toi non plus, je suppose.

— Non, puisque je n'avais jamais entendu parler de toi avant le mois de septembre de ton année de terminale.

Jack la regarda bizarrement, avec une expression un peu triste.

— Cela veut dire qu'elle n'était pas si amoureuse que ça, si elle ne vous en a pas parlé, ni à Julie ni à toi.

— Non, ça ne veut rien dire du tout. Elle a toujours été très secrète. Par exemple, elle a été la première de la classe trois ans de suite sans que je le sache.

— Tu étais sans doute très occupée, à cette époque.

Tully envoya un coup de pied dans l'eau. Ils restèrent silencieux un bon moment.

— J'avais seize ans, Tully, et je ne voudrais pas paraître prétentieux, mais sais-tu combien de filles venaient nous regarder jouer au foot ? Me regarder ?

— Mais c'était ton amie.

— Raison de plus. Je croyais qu'elle venait par amitié, justement.

— Et quand elle a rejoint l'équipe de supporters féminins, tu as cru aussi qu'elle faisait ça par amitié ?

— Je m'excuse, mais je n'y ai pas réfléchi, dit Jack.

Tully continua à barboter dans l'eau tout en surveillant Boomerang qui jouait non loin de là.

— Tu l'aimais bien ?

— Je l'aimais énormément.

— Apparemment pas assez, pourtant...

— Je ne veux pas entrer là-dedans. Je l'ai toujours bien aimée.

— Dans ce cas, dit Tully en se mettant en face de lui, si tu savais qu'elle était amoureuse de toi, et que tu n'éprouvais pas la même chose pour elle, pourquoi n'as-tu pas gardé tes distances ? Voilà ce qu'il fallait faire.

Et pourquoi ne l'as-tu pas évitée, la veille du nouvel an ? eut envie de demander Tully.

— Parce que je me sentais un peu coupable. Elle croyait que je la négligeais. Nous avions été amis. J'ai gardé mes distances autant que j'ai pu. Mais je voyais bien qu'elle le prenait mal. Alors j'ai essayé de me rattraper.

— Eh bien, on peut dire que tu as réussi ton coup ! dit Tully.

Aussitôt, elle le regretta et lui saisit le bras, submergée de honte, même avant de découvrir le visage de Jack, décomposé.

— Je m'excuse, dit-elle en le tirant par le bras d'un air suppliant.

— Ce n'est pas ma faute, dit-il résolument en se rasseyant sur le tronc d'arbre.

— Je sais, dit tristement Tully. Mais vois-tu, je préférerais presque que ce soit à cause de toi. Je l'ai longtemps souhaité.

— Ce n'est pas ta faute non plus.

— Il faut bien que ce soit la faute de quelqu'un, non ? dit-elle en le regardant. Cela n'a pas pu arriver sans raison.

Jack la regarda d'un air triste et grave. Alors il lui attrapa les mains, les retourna et regarda l'intérieur de ses poignets. Puis il la fixa dans les yeux.

— Cela aurait pu t'arriver n'importe quand, et pourtant tu es toujours là.

Tully voulut se dégager d'une brusque secousse, mais elle ne put se libérer.

— Quoi que tu en penses, tu as de la chance, Tully. Tu es forte. Elle ne l'était pas et n'avait pas autant de chance que toi.

Tully essaya encore de dégager ses poignets de l'étreinte de Jack.

— Moi, de la chance ? dit-elle en se débattant. Qu'est-ce que tu racontes ? Forte, mon œil ! Écoute, Jack, si j'avais trouvé un Colt 45, j'y serais passée aussi.

Jack rapprocha les poignets de Tully de son visage.

— Oui, murmura-t-il. Seulement, tu n'en as pas trouvé. C'est pour ça que tu as de la chance. C'est pour ça que tu es forte.

Il pencha la tête et embrassa ses cicatrices. Un poignet, puis l'autre.

— Arrête, dit Tully en dégageant doucement ses mains. Ta barbe me fait mal.

— Je me raserai, dit Jack avec un regard dur en laissant tomber ses mains.

— Il vaudrait mieux, dit Tully qui trébucha en reculant. C'est fini, le lycée.

Quand Tully et Boomerang revinrent à la maison en début de soirée, Robin les attendait.

— Où étiez-vous passés, petits coquins ? dit-il en soulevant Boomer pour l'embrasser. Vous m'avez manqué.

— On est allés au lac, dit Boomerang en collant ses pattes sales sur les cheveux de Robin.

Tully se tenait à côté d'eux, silencieuse. S'il me pose des questions, je lui dirai la vérité, se dit-elle. Je n'ai rien fait de mal.

— Super ! dit Robin, qui supposa sans doute qu'il s'agissait du lac Shawnee. Et vous vous êtes baignés ?

— Oui, lui dit Boomerang, qui chercha à redescendre à terre.

— Boomerang ! cria Robin en courant après lui vers le jardin de derrière. Raconte-moi un peu ta journée !

Comme Boomerang l'ignorait, Robin se tourna vers Tully, toujours debout au milieu de la cuisine.

— Il est bien comme sa mère, dit Robin en allant la prendre dans ses bras. Il ne me raconte jamais rien.

Tully se serra contre lui et sentit quelque chose de dur lui meurtrir la poitrine. Une fois Robin parti à la recherche de Boomer, elle fouilla dans son sac, en sortit deux paquets de cigarettes et trois briquets et les jeta dans la poubelle.

Jack ne peignit pas la maison de Texas Street cet été-là.

Mais Tully commença à organiser ses rendez-vous de manière à pouvoir déjeuner avec lui tous les jours. Durant ses visites matinales aux fermes et aux hôpitaux, Tully regardait souvent sa montre pour voir si l'heure du déjeuner approchait.

Les samedis, quand Robin était à Manhattan

avec Boomer et que Tully faisait des courses avec Shakie, elle ne pouvait s'empêcher de le chercher des yeux dans la rue. Le dimanche, Jack et Tully se retrouvaient à l'église. Tully apportait toujours des œillets, mais Jack venait avec un sécateur pour tailler le rosier, dont les branches chargées de fleurs couvraient toute la tombe. Tully s'asseyait sur la chaise et le regardait faire.

— Dis-moi, Jack, lui dit-elle un dimanche. Où donc trouves-tu de si belles roses toute l'année ?

— Tu aimerais bien le savoir, hein ? dit-il en se tournant vers elle.

— Oui, j'aimerais bien.

— Eh bien, Natalie Makker, je ne vous le dirai pas. J'ai beau être quelqu'un de très simple, il faut bien que je garde un petit secret, tout de même !

Après l'église, ils filaient au lac Vaquero. Juin, juillet, août... Neuf dimanches. Neuf dimanches au lac Vaquero !

Un dimanche, Jack lui posa des questions sur son père.

— C'était quelqu'un de gentil, répondit Tully. Il regardait souvent la télé avec moi, si je me souviens bien. En tout cas, j'étais dans la pièce où il la regardait.

— Quel âge avais-tu quand il est parti ?

— C'est Jennifer qui t'a dit ça ? lança Tully, un peu agacée.

Jack hocha la tête.

— Et alors ? Elle a oublié de te dire quel âge j'avais ?

— Ça ne sert plus à rien de te mettre en colère contre elle, Tully.

En colère ? Mais je suis furieuse contre elle, pensa Tully. Et je ne suis pas près de me calmer.

— Alors, quel âge avais-tu, Tully ?

— Sept ans, soupira Tully. J'avais sept ans.

— Pourquoi te mettre dans un état pareil dès qu'on parle de toi ? lui dit-il en lui effleurant le bras.

— Quel état ? Je suis très calme.

— Ça t'a fait un drôle d'effet, l'autre jour, à déjeuner, quand je t'ai dit qu'on était amis, elle et moi.

Un drôle d'effet ? pensa Tully. C'est surtout ton polo rouge qui m'a fait de l'effet ce jour-là, Jack Pendel.

Comme elle se taisait, Jack déclara :

— Moi, j'avais huit ans quand mon père est parti.

— Comment ça ? Shakie m'a dit que ton père était mort il y a seulement quelques années.

— Elle parlait de mon beau-père, expliqua Jack.

— Oh, dit Tully, et elle se rassit sur le sable.

Il s'assit à côté d'elle. Leurs bras se touchaient presque.

— Eh bien, au moins, tu avais un beau-père, toi, dit-elle. C'est déjà ça.

— Oui, c'est déjà ça, répéta Jack d'un ton froid.

Tully avait une question sur le bout de la langue : pourquoi ton père est-il parti ? Raconte-moi, Jack Pendel. Mais encore une fois, elle serra les lèvres et se retint. Après, je serais obligée de lui parler de mon père et je n'en ai aucune envie. Comme s'il lisait dans ses pensées, Jack dit d'une voix hésitante :

— Tu sais, Tully, tu as l'air de croire que personne ne ressent rien, à part toi, mais tu te mets le doigt dans l'œil.

— Qu'est-ce que tu racontes ? Je ne pense pas ça du tout.

— Tu crois être la seule à avoir des choses à cacher.

— Tu débloques, Jack, dit-elle en se relevant. Je ne pense pas ça du tout.

— Alors pourquoi es-tu toujours si secrète ? Tu ne partages jamais rien.

— Comment ça, partager ? Et toi, alors ? Tu n'as même pas voulu me dire où tu trouvais tes fichues roses.

Suivit un silence, rempli de chants d'oiseaux.

— Qu'est-ce qui se passe, Jack ?

— Pourquoi es-tu tellement silencieuse, Tully ? Pourquoi serres-tu les lèvres comme ça ?

— Parce que j'ai envie d'être simple, sans histoires, dit Tully. C'est ce que j'ai toujours voulu. Être une petite fille normale qui mène une vie normale dans une maison normale. Et je me dis toujours que, moins j'en dirai, plus j'aurai l'air quelconque. Voilà pourquoi.

— Tu es loin d'être quelconque, Tully, dit Jack. Mais qui mène une vie normale, sur cette terre ? Qui a eu une enfance normale ? Personne.

— C'est faux, dit Tully. Regarde Shakie, par exemple.

— Parlons-en. Elle se prend pour la reine de Saba. Sa mère, ses frères et son père ont toujours fait ses quatre volontés, et je suis sûr que son mari a pris la relève. On lui apporte tout sur un plateau, mais ce n'est pas encore assez. Elle se croit lésée, tout ça parce qu'elle ne dort pas sur la plage sans se laver pendant trois jours.

— Elle se croit lésée parce qu'elle ne dort pas sur la plage sans se laver pendant trois jours avec toi.

— Et tu trouves ça normal ?

Tully ne sut quoi répondre. Elle aurait tant souhaité pouvoir dire que la famille de Jennifer était normale ; après tout, elle avait toujours eu envie d'en faire partie. Mais elle ne le pouvait pas.

— Toi, finit-elle par dire. Tu as l'air à peu près normal.

— Tu veux dire que je suis quelqu'un d'ordinaire ?

— Ouais, quelqu'un de très ordinaire, dit-elle avec un sourire, tout en songeant qu'il était tout le contraire.

— Mon père nous a quittés quand j'avais huit ans, dit Jack. Après, rien ne m'a semblé *normal*, comme tu dis.

Sur le chemin du retour, dans la Mustang, Tully s'éclaircit la gorge et dit à Jack :

— Tu sais... Ta barbe ne me dérange pas du tout, en fait.

— C'est vrai ? dit Jack avec un grand sourire.

— Oui, dit-elle en luttant pour se souvenir. Je me rappelle la fois où on a dansé ensemble, à la fête de fin d'année. Tes joues piquaient, c'était terrible. Mais ça ne t'allait pas mal du tout.

— Oh, j'étais un vrai sagouin, en ce temps-là, dit Jack en secouant la tête. J'essayais de me faire pousser la barbe, tu sais. Mais je n'ai jamais été très poilu. Mon père en avait une.

Le dimanche suivant, à Vaquero, Jack dit à Tully :

— Elle t'a sûrement raconté des tas de choses sur moi.

— Oh, des tas, dit Tully en levant les yeux au ciel.

— Quoi, par exemple ? demanda-t-il d'un ton un peu blagueur.

— Dis-moi d'abord pour les roses, et tu le sauras.

— Tully, c'est mon seul et unique secret, et tu veux encore me le prendre. Ne puis-je pas le garder ? Regarde le magicien d'Oz... Quand il dévoile tous ses tours à Dorothy et ses amis, les choses ne semblent plus aussi magiques.

— Mais tu n'es pas le magicien d'Oz, Jack Pendel.

— Le magicien d'Oz ? dit Boomerang, assis à côté d'eux. Où il est, le magicien d'Oz ?

— Eh bien, le voilà, apparemment, Boomer.

Boomerang vint s'agripper au cou de Jack.

— *Nous allons voir le magicien...,* fredonna le petit garçon en écorchant les consonnes avant de retourner s'asseoir au bord de l'eau.

— Alors, reprit Jack après un silence, que lui as-tu conseillé après qu'elle t'eut raconté sur moi toutes ces choses dont tu ne veux pas me parler ?

— Je lui ai dit que tu ne valais pas tout ce tintouin, déclara Tully, qui regretta aussitôt de parler aussi légèrement des sentiments torturés de Jennifer. Mais elle a pris ta défense, continua Tully en baissant la voix. Elle m'a dit que tu le valais largement.

Et plus encore, songea Tully. Seulement, je ne l'ai pas cru.

Tully avait de plus en plus de mal à regarder Shakie en face. Elles se voyaient toujours, mais Tully prenait rarement l'initiative et s'arrangeait pour la rencontrer lors d'une sortie en famille, quand Robin pouvait se libérer de son travail ou de ses obligations sportives. Ils allaient tous ensemble au lac Shawnee, au restaurant, ou s'invitaient pour un barbecue. Tully aurait eu envie de parler à quelqu'un de Jack, son nouvel ami. Mais avec Shakie, c'était justement impossible, et cela la mettait mal à l'aise.

Le dimanche, Tully et Robin allaient parfois chez Frank et Shakie en fin d'après-midi. Au lac Vaquero, Tully perdait souvent la notion du temps et il fallait qu'elle se dépêche de rentrer. Chaque fois qu'elle et Jack se voyaient là-bas, elle craignait qu'ils manquent de sujets de conversation, mais plus le temps passait, plus cela venait facilement. Le sable qui coulait entre leurs doigts suffisait à meubler leurs silences, et le lac à remplacer ce qu'ils ne pouvaient dire.

Chose incroyable, Tully parla de son enfance à Jack. Le soleil avait dû lui taper sur la tête, ce jour-là. Et Jack fit pareil. Tully lui parla de sa mère, et il lui parla de la sienne.

Quand ils ne trouvaient plus rien à dire, ils donnaient à manger aux canards ou faisaient du canot sur le lac. Jack avait trouvé une vieille barque échouée et avait acheté des rames. Aussi ramaient-ils à tour de rôle. Un dimanche du mois d'août, en ramant, Jack inventa une petite comptine pour Tully.

Il y avait une fois une fille
Qui s'appelait Tully Makker
Elle se croyait courageuse, oh oui,
Mais tout ce qu'elle faisait
Cette brave Tully Makker
C'était de s'asseoir sur une tombe
L'œil triste
La mine boudeuse
Sans jamais voir de ses yeux
Le grand océan Pacifique

Quand ce fut à Tully de ramer, elle inventa aussi un petit poème pour Jack.

Il y avait une fois une fille
Qui s'appelait Tully Makker
Tully avait un bon copain
Qui s'appelait Jack le Zinzin

Elle dit un jour à son ami
Les pleurs et les cris
C'est fini
Je ne finirai pas ma vie
Sans voir l'océan de mes yeux

— Ça, j'en suis sûr, dit Jack en enlevant sa chemise, découvrant ses bras et son torse bronzés.

— Qu'est-ce qui te prend ? fit Tully en détournant les yeux.

— Ahhhhh ! cria Jack en plongeant dans le lac.

— Maman, maman, vas-y, plonge toi aussi ! cria Boomerang en poussant de petits cris de joie.

— Je ne vais pas enlever ma chemise, déclara Tully, et elle se jeta à l'eau tout habillée. Allons viens, Boomerang, dit-elle en tendant les bras au petit garçon. Viens avec maman.

Et le petit Boomer sauta dans l'eau. Comment firent-ils pour remonter sur le bateau ? Mystère. Mais Tully se rappela le petit poème qu'ils avaient commencé à inventer, tout ruisselants, en ramant vers le rivage.

Jack Pendel et Tully Makker
Plongèrent ensemble du canot
Dans le grand lac Vaquero
Ils dirent à Boomer tout content
Qu'il n'avait qu'à en faire autant
Boomer sauta sans s'émouvoir

Ils n'arrivaient pas à le finir. Jack ajouta « *Et puis ils se dirent au revoir* ». « *Sans avoir le cafard* », finit Tully. Mais cela ne reflétait pas ses pensées.

Huit

Tully et Robin firent un barbecue le dernier dimanche du mois d'août, le dimanche étant pour les autres le meilleur jour de la semaine. Pas pour Tully, qui n'accepta qu'à contrecœur. Stevie et Linda avaient trois enfants, Bruce et Karen en avaient un, et Shakie et Frank étaient venus avec les jumeaux ; Shakie en avait déjà un troisième en route. C'était une vraie maison de fous, mais la journée se passa dans la joie et la bonne humeur. Robin sortit même Hedda sur son fauteuil roulant. Après avoir mangé un morceau, elle demanda à être ramenée dans ses appartements.

— Ça se passe mieux, Tully ? demanda Shakie en désignant Hedda.

— Super, répondit Tully, laconique.

Au crépuscule, après avoir bu et mangé tout leur soûl, ils vinrent se reposer sur le perron de la maison. Ils étaient là à écouter les criquets, tout en regardant les enfants attraper des lucioles, sans parler de rien en particulier, quand Frank fit remarquer que la maison avait besoin d'être repeinte.

— C'était justement dans nos projets, n'est-ce pas Tully ? dit Robin en regardant Tully d'un air bizarre.

— Oui, on en a parlé, répondit Tully vaguement.

— Eh bien, vous ne devinerez jamais qui j'ai vu à Topeka, en train de repeindre des maisons, dit Frank. Jack Pendel ! Vous pourriez peut-être lui demander à lui.

— Ça c'est drôle, dit Robin en lançant un regard à Tully, il s'est justement proposé.

— Comment ça, proposé ? dit Shakie en se mêlant à la conversation.

— Il est passé à la maison il y a quelques mois et il en a parlé à Tully. Moi, je n'étais pas là. N'est-ce pas, Tully ? dit Robin.

— Oui, répondit Tully, mortifiée.

Et alors dans le calme crépuscule, devant les trois autres couples, Frank demanda à Shakie :

— Toi, tu ne l'as pas vu, n'est-ce pas, Shake ?

Comment peut-il lui demander ça ? pensa Tully. Maudit Robin.

— Non, je ne l'ai pas vu, répondit Shakie d'un air absent. Je ne savais même pas qu'il était en ville, ajouta-t-elle en fixant Tully. J'ignorais qu'il avait passé tout l'été ici.

Tully soutint son regard. Je n'ai rien à me reprocher. Il n'a pas peint notre maison. Ce n'est pas pour te voir qu'il est venu ici. Je n'ai rien à me reprocher.

— Et pourquoi n'a-t-il pas repeint votre maison, finalement ? demanda Shakie à Tully.

— Parce qu'on était encore hésitants, Robin et moi. Nous avons d'autres dépenses prioritaires, dit Tully. La Camaro a besoin de réparations.

Ils ne tardèrent pas à partir. Aussitôt, Tully prit Robin à partie.

— Tu n'as pas pu t'en empêcher.

— Ce n'est pas moi qui ai parlé de faire repeindre la maison, fit-il remarquer après un petit ricanement.

— Non, mais c'est toi qui as dirigé la conversation sur lui, et devant Shakie. Pourquoi lui avoir dit qu'il était ici ?

— En fait, j'aimerais bien savoir pourquoi toi, tu ne le lui as pas dit.

— Pourquoi lui dirais-je ? s'écria Tully. Elle essaie de l'oublier et de réussir sa vie de couple. Tu la connais, elle ne sait pas se dominer. Si elle avait su qu'il était ici, elle se serait ruée sur lui.

— Alors pourquoi revient-il à Topeka, puisqu'il sait que cela ne fait que la tourmenter ?

— Parce que sa mère y vit ! Robin, qu'est-ce que tu cherches, au juste ? Arrête de te faire des idées, lui dit Tully en lui tournant le dos. On est amis, c'est tout. D'accord ?

— Qui ça ? Shakie et toi ?

— Oui, dit Tully en montant les escaliers. Shakie et moi.

Le lendemain matin, Tully recevait un coup de fil de Shakie, qui la pria de passer la voir après le travail. Réticente, Tully s'y rendit après avoir récupéré Boomer chez Angela.

La porte d'entrée s'était à peine refermée que Shakie passait à l'attaque.

— Tu savais que Jack était en ville. Pourquoi ne me l'as-tu pas dit ?

— Comment vas-tu, Shakie ? Tu as bonne mine, dit aimablement Tully en allant s'asseoir sur le canapé.

— Pourquoi ?

— Voyons, Shakie, fit Tully avec un petit rire. Pourquoi, à ton avis ?

— Je ne sais pas. C'est bien ce qui me tracasse.

— Parce que tu es mariée et de nouveau enceinte, avec deux enfants sur les bras. Parce que je ne voulais pas te bouleverser, tu comprends ? Et puis c'est toi qui m'as dit que tu ne voulais plus le revoir.

Shakie se leva et se mit à tourner comme un lion en cage. Cela aurait presque amusé Tully, si elle n'avait craint que Shakie se mette à pleurer. Shakie se mit à pleurer.

— Tu ne te rends pas compte, Tully. Parce que je suis mariée, Jack croit que je n'ai plus envie de le voir, mais il se trompe.

— Comment pourrait-il croire ça, Shake ? Tu as déjà tout oublié ? Et le Noël d'il y a deux ans ? J'ai menti pour toi, et après l'avoir vu, tu m'as dit que tu ne le reverrais plus jamais.

— Dire qu'il est resté en ville tout l'été et qu'il va sûrement bientôt s'en aller...

Tully n'y avait pas encore songé. Son expression dut la trahir, car Shakie en tira aussitôt ses conclusions :

— Tu l'as vu, n'est-ce pas ?

— Non, je ne l'ai pas vu, répondit Tully après un silence. Boomerang ! on rentre !

Shakie se remit à pleurer.

— Je suis désolée de t'avoir fait de la peine, Shakie, dit Tully en prenant son fils par la main. On dirait que ça n'a fait qu'empirer les choses.

Shakie se leva pour accompagner Tully à la porte.

— Écoute, Shakie. Ne te mets pas dans des états pareils. Tu viens de passer un bon été avec Frank, vous vous entendez bien tous les deux. Pourquoi t'infliger ça ? Si tu n'avais pas appris que Jack était en ville, tu serais heureuse, à l'heure qu'il est. Et tu me demandes pourquoi je ne te l'ai pas dit ? Je ne comprends pas. Tu tiens à faire du mal à Frank, ou quoi ? Encore, si Jack et toi ne pouviez vous passer l'un de l'autre, ou si tu comptais quitter Frank pour commencer une nouvelle vie, je comprendrais. Mais tu as eu tout ce que tu as voulu, des enfants, une belle maison, un mari qui t'aime. Et tu perdrais tout ça juste pour tirer un coup ? ajouta-t-elle en baissant la voix pour que Boomerang ne puisse l'entendre.

Mais quand elle quitta Shakie, le cœur gros, et monta dans sa voiture pour rentrer à Texas Street, Tully se dit que tout ne se résumait peut-être pas à une histoire de baise.

Aussitôt après le départ de Tully, Shakie appela Jack et convint d'un rendez-vous devant le Morgan Hall de Washburn. Le lendemain matin, elle laissa les enfants chez Angela et partit le retrouver. Durant tout le trajet, elle fut prise de tremblements et elle resta assise dans le parking pendant un bon quart d'heure avant de se décider à sortir.

Jack l'attendait, assis sur un banc, face au Memorial Union.

— Salut, lui lança-t-il. Tu es en retard.

— Quoi de neuf? dit-elle, mourant d'envie de lui passer les bras autour du cou, comme avant.

— Tu as bonne mine, Shakie. Comment vont les enfants?

— Bien, bien...

— Je me lève ou tu préfères t'asseoir?

Shakie s'assit.

— Eh bien, Jack, commença-t-elle calmement, sans le regarder. Tu as passé l'été ici. Comment se fait-il que tu ne m'aies pas prévenue?

— Pourquoi, j'aurais dû? demanda Jack avec un petit sourire.

Il faut que je me concentre, songea Shakie, je ne sais plus où j'en suis. Pourquoi suis-je venue, sinon pour voir son visage et peut-être lui caresser les cheveux? Mais il restait une chose qu'elle avait envie d'élucider.

— Tu as bien vu Tully, dit-elle platement.

Jack ne répondit pas, mais il se redressa.

— Tu préfères ne pas en parler? demanda Shakie.

— Oui.

Ils restèrent silencieux un long moment.

— Tully aussi, reprit Shakie.

— Et alors? fit Jack d'un ton sec. De toute façon, elle ne parle jamais de rien.

— Comment le sais-tu? demanda Shakie faiblement.

— Shakie, qu'est-ce que tu veux, au juste?

Que tu sois gentil avec moi. Ça fait presque deux ans qu'on ne s'est pas vus, mais apparemment, je ne lui ai pas manqué. Malgré tout le mal que je me suis donné pour paraître à mon avantage, il me regarde froidement, sans aucun désir. Il ne me touche pas. Il ne s'est même pas approché de moi sur le banc. Je n'ai plus rien à perdre. Je n'ai aucune raison de les soupçonner, mais je vais quand même la poser, ma question.

— Il y a quelque chose entre Tully et toi ?

Jack soupira.

— Non, Shakie, il n'y a rien entre nous. C'est une fille bien. Allons, on se connaît tous depuis le lycée.

Ces paroles réveillèrent sa mémoire.

— Bien sûr, comment ai-je pu l'oublier ? Vous êtes liés, tous les deux. Sa meilleure amie était amoureuse de toi.

Jack la toisa sans broncher.

J'ai été méchante, mais je m'en fiche, se dit Shakie. Quand il lui avait répondu qu'il n'y avait rien entre lui et Tully, Jack ne l'avait pas regardée et cela l'avait inquiétée.

Shakie se rapprocha un peu de lui, en prononçant son nom d'un ton suggestif, mais il recula.

— Shake, tu as toujours été très douée pour te rendre toi-même malheureuse. Tu m'as toujours poussé à te faire de la peine. Je ne veux pas d'histoires, tu comprends ?

— Jack, murmura-t-elle, le fait que je sois mariée et mère de famille change-t-il à ce point tes sentiments pour moi ?

Comme il ne répondait pas, elle continua sans reprendre son souffle.

— Quand tu es venu me voir à l'hôpital après mon accouchement, tu avais l'air si heureux pour moi. N'étais-tu pas un peu triste, au fond ?

— Non, j'étais très content de te voir avec tes deux bébés.

— Eh bien, je préférerais ne pas te voir si

content, figure-toi ! s'exclama Shakie. Et que ça ne te fasse pas tant plaisir que ça, de me voir mariée avec un autre ! Et que Tully soit mariée à quelqu'un d'autre, ça aussi, ça te met en joie ?

— Pas tant que ça, marmonna Jack.

La cloche sonna midi. Ils restèrent un instant silencieux, sans bouger.

— Il faut que j'y aille, Shake, dit enfin Jack. J'ai du travail.

— Jack, attends, dit-elle en le prenant par le bras, mais en voyant l'expression de son visage, elle le libéra. D'accord, Jack. Si c'est ce que tu veux. Je comprends. Mais dis-moi juste une chose... Pourquoi pas moi ? Je sais que tu me prends pour une maso, mais je veux savoir.

— Oh, Shake, dit Jack en levant les yeux au ciel.

— Tu l'as vue, Jack, j'en suis certaine ! Tu lèves les yeux au ciel exactement comme elle. C'est un tic qu'elle refile à tous ceux qui la fréquentent. Réponds-moi. Tu n'as rien à craindre. Dis-moi pourquoi... Tu m'avais, j'étais à toi. Nous étions jeunes et beaux et nous allions tellement bien ensemble, tous les deux. On était si heureux. Qu'est-ce qui a foiré ?

Jack lui donna une petite tape sur l'épaule et elle se força à ne pas tressaillir à son contact.

— Que dire, Shakie ? Je n'en sais rien. Tu as raison. Nous étions jeunes, beaux et heureux. Comme la vie serait simple, si l'on pouvait choisir ceux qu'on aime. Mais on ne choisit pas. C'est Dieu qui choisit, ou le destin, est-ce que je sais. Les étoiles, le ciel, l'ombre et la lumière... Mais pas nous. Sinon, tu aimerais Frank, moi je t'aimerais, et Tully aimerait Robin. Je ne sais pas pourquoi, Shakie, mais c'est comme ça.

— Veux-tu dire que tu ne m'as jamais aimée ? murmura Shakie les yeux baissés.

— J'ai toujours eu beaucoup d'affection pour toi. Et j'en ai encore.

Shakie se redressa en se dégageant.

— Ne t'en fais pas, Jack, tout va bien. Mais je voudrais savoir. Qu'est-ce qui n'a pas collé ? Qu'est-ce qui a fait que tu ne pouvais m'aimer vraiment ?

— Je ne suis pas l'homme qu'il te faut. Frank, oui. Il est parfait pour toi. Il t'adore et il est prêt à satisfaire tous tes caprices. C'est le genre d'homme qu'il te faut. Mais pas moi.

— Pourquoi pas toi ?

— Parce que je ne saurais pas m'occuper de toi. Tu as besoin qu'on fasse tes quatre volontés pour être heureuse, et ça, jamais je n'aurais pu.

— Tu me trouves trop gâtée, dit Shakie.

— Oui, dit simplement Jack. Ce n'est pas grave, d'ailleurs. Mais regarde la vie que j'ai : je me balade, je peins, je vis libre, sans attaches. C'est comme si je cherchais quelque chose, tu comprends ? Et j'ai déjà du mal à m'occuper de moi. Alors...

Elle resta silencieuse.

— Il faut que j'y aille, répéta-t-il.

Ils se levèrent. Shakie réussit à garder son calme et s'en félicita.

— Je suis contente qu'on ait parlé, Jack. Je comprends mieux, maintenant.

Dans le parking, elle s'apprêtait à monter en voiture quand elle murmura en se rapprochant de lui :

— Dis, tu veux bien me faire une faveur, en souvenir du bon vieux temps ? Embrasse-moi.

Il soupira, mais se pencha sur elle. En sentant ses lèvres sur les siennes, elle se retrouva en robe de mousseline blanche, une couronne sur la tête, et faillit s'effondrer.

— Au revoir, Shakie, dit Jack d'un ton serein. Tout ira bien.

— Oui, tout ira très bien, répéta-t-elle en se forçant à sourire.

Dans la voiture, comme elle s'arrêtait avant de tourner dans la 17e Rue, Shakie se regarda dans la glace et vit que ses lèvres tremblaient. J'espère qu'il ne l'a pas remarqué, pensa-t-elle.

Quelques jours plus tard, le samedi soir précédant la fête du travail, Tully et Boomerang retrouvèrent Jack pour aller à la foire annuelle. Robin avait bien demandé à Tully de venir avec lui à la ferme de Bruce, mais Tully savait que c'était pour la forme. En fait, il travaillerait jusqu'à la fermeture du magasin, puis il sortirait avec Bruce et Stevie. De toute façon, ça ne lui disait rien, d'aller à Manhattan avec Robin.

Quand elle et Jack se retrouvèrent, Tully fut moins loquace que d'habitude.

— Qu'y a-t-il ? demanda Jack.

— Rien, dit-elle sèchement.

Ils firent la route jusqu'à Wanamaker sans dire un mot. Il y avait un monde fou. Ils garèrent la voiture sur l'herbe et traversèrent le champ jusqu'à l'entrée.

— On va bien s'amuser ! s'écria Boomer, tout tremblant d'excitation.

— Qu'est-ce que tu en penses, Tully ? demanda Jack.

— Oh, pour Boomerang, ça ne fait aucun doute.

Jack fit un pas en avant et se plaça devant Tully. Elle essaya de le contourner, mais il lui barra le passage. Il la prit par les épaules et la fixa dans les yeux. Ils restèrent sans bouger.

— Tu vas me dire ce qui ne va pas, bon sang ?

— On y va ! cria Boomerang.

— Qu'est-ce que j'ai fait, bon Dieu ?

— Rien, sûrement, d'après toi, finit par lâcher Tully d'un air renfrogné.

Ils marchèrent à la suite de Boomerang. Malgré les protestations de Tully, Jack paya leurs billets d'entrée.

Ils achetèrent des tickets pour aller sur la grande roue. Il était sept heures et la nuit n'était pas encore tombée, mais les lumières étaient déjà allumées. Boomerang était assis entre Jack et Tully. Ils montèrent et se retrouvèrent suspendus dans les airs à cinquante mètres du sol.

— Pourquoi ne m'as-tu pas dit que tu avais vu Shakie ? lâcha enfin Tully.

En souriant jusqu'aux oreilles, Jack secoua la tête et prit une profonde inspiration. Il scruta le visage de Tully avec des yeux moqueurs. Les lèvres serrées, Tully refusa de le regarder. Jack passa un bras autour de son épaule et la pressa légèrement contre lui.

— Jack ! Arrête ! Maman, il m'écrase ! protesta Boomerang.

— Jack, arrête d'écraser Boomerang, dit Tully, et Jack laissa son bras reposer sur l'épaule de Tully en grimaçant un sourire.

— Ça alors ! Tully Makker... seriez-vous jalouse, par hasard ?

Ils commencèrent à redescendre. Boomer poussait de petits cris de peur et de ravissement. Tully avait passé son bras autour de lui et Jack entourait Tully du sien, scrutant toujours son visage par-dessus la tête de Boomer.

— Ne fais pas l'idiot, dit-elle sans le regarder. J'aurais souhaité que tu me le dises, voilà tout.

Il n'enleva pas son bras.

— C'est tout ? Eh bien, je m'excuse. Si j'avais su, je te l'aurais dit. Je ne l'ai vue qu'une seule fois, tout récemment, et il ne s'est rien passé de particulier.

— Alors pourquoi ne pas m'avoir dit « Tiens,

j'ai vu Shakie », tout simplement, comme une chose anodine.

— Je ne sais pas, dit-il en ôtant son bras. L'habitude, je pense. Je ne dis jamais rien à personne. Ça n'a pas d'importance, Tully.

Ils descendirent de la grande roue et rejoignirent le stand du jeu d'anneaux. Oncle Oz gagna un ours qu'il dut ensuite se trimballer. Ils gagnèrent le stand des petits bateaux pour les enfants.

— Si c'était si insignifiant, pourquoi me le cacher, alors ?

— Je ne t'ai rien caché. Je ne te l'ai pas dit, c'est tout. Je ne pensais pas que cela pouvait t'intéresser.

Boomerang s'installa avec son ours, Jonathan, sur l'une des petites barques et partit en mini-croisière.

Tully avait appris leur rencontre par Shakie, qui n'avait pu cacher sa joie de voir que Jack ne lui en avait pas parlé. Et c'était pour ça, entre autres, que Tully réagissait.

— Et de quoi avez-vous parlé ?

— Tully, c'est une scène ou un interrogatoire ? Parce que si c'est une scène, autant aborder le problème de front, sans tourner autour du pot. Et si c'est un interrogatoire, ça ne m'intéresse pas.

Tully rumina ses pensées en silence. Ils accompagnèrent Boomer jusqu'à un petit manège, puis ils achetèrent de la barbe à papa.

— Que veux-tu savoir ? soupira-t-il. On a un peu parlé de toi.

— Oncle Oz, oncle Oz, je veux ça ! Je veux ça ! cria Boomerang en montrant du doigt un énorme dalmatien en peluche.

Après que Jack eut gaspillé l'équivalent de dix dollars en pièces de vingt-cinq *cents* en les envoyant sans succès sur un plateau couvert de graisse, ils repartirent bredouilles.

— Shakie m'a dit que vous aviez parlé d'elle et de toi.

— C'est vrai, dit Jack. Mais laisse-moi te poser une question, Tully. Si tu te sens le droit d'exiger de savoir ce que je dis à d'autres que toi, je te l'accorde avec plaisir. Mais à condition que moi aussi, j'aie certains droits sur toi.

Elle eut envie de lui demander lesquels, mais les mots lui restèrent au fond de la gorge.

— Je ne réclame aucun droit. Rien ne t'oblige à me dire quoi que ce soit, dit-elle, tout en songeant que le vrai problème résidait peut-être dans ce que Jack avait évoqué à mots couverts.

Quand ils se retrouvèrent tous les trois sur les montagnes russes, en attendant que le tour commence, Jack reprit leur étrange conversation là où elle s'était arrêtée.

— Tu veux savoir ce que nous avons dit à ton sujet ?

— Pas particulièrement, répondit Tully en jouant avec les cheveux de Boomerang.

Le tour commença et ils cessèrent de parler. Quand ils en descendirent, un peu nauséeux, Boomerang était vanné. Heureusement qu'ils avaient apporté sa poussette. Avec son Jonathan, il s'endormit malgré les flonflons, les lumières qui clignotaient et l'odeur de friture des saucisses grillées et des beignets. Tully et Jack firent le tour des arcades. À un stand de tir, Jack gagna un gros canard, qu'il offrit à Tully.

— Est-ce que Robin te demande parfois où tu vas, le samedi ou le dimanche ? demanda Jack.

— Il faudrait qu'il soit plus à la maison, pour se poser des questions, répondit Tully, qui n'avait pas du tout envie de parler de Robin.

— Il ne demande pas à Boomer ?

— Si, ça lui arrive. Alors Boomer lui dit qu'on

est allés au lac. De toute façon, Robin est si pris par le travail et le football que si nous nous en allions, il ne le remarquerait même pas.

— Je suis sûr que si, dit Jack.

Tully aussi en était sûre. Presque chaque semaine, Robin demandait à Tully de venir le voir jouer, ou de l'accompagner à Manhattan pour rendre visite à ses frères. Et à chaque fois, Tully refusait.

Mais une chose la tracassait encore.

— Jack ? Shakie m'a dit que tu l'avais embrassée.

— Elle t'a dit ça, hein ? fit-il en se passant la main dans les cheveux. Ne fais pas attention à elle, Tully.

— Parce que ce n'est pas vrai ? demanda-t-elle un peu trop vivement.

— Si, soupira-t-il. Je l'ai embrassée, parce qu'elle me l'a demandé. En souvenir du bon vieux temps...

— Jack ! l'interrompit Tully. Je ne veux pas savoir pourquoi.

— Tully, dit Jack d'un ton apaisant. C'est fini entre Shakie et moi. Tu le sais, et elle aussi. Ne fais pas attention à elle.

Mais Tully restait sceptique.

— Si tu le dis... Mais j'ai du mal à te croire. Elle est si belle...

Jack avança la main pour écarter une mèche de cheveux du visage de Tully et resta silencieux.

— Tu veux encore faire un tour avant de rentrer ? demanda-t-il doucement.

— Oui, dit-elle.

Ils remontèrent sur la grande roue. Tully prit son petit garçon endormi sur ses genoux et Jack s'assit à côté d'elle. Ils s'élevèrent dans les airs. Le soleil avait disparu, on ne voyait plus que les lumières et les étoiles.

— Tully..., dit Jack en tournant son visage vers elle.

Il était si proche. Tully sentit la chaleur de son souffle sur son visage. Elle sentit le lait couler au fond de sa gorge. Elle avait peur de le regarder, peur de croiser son regard, si haut dans le ciel, loin de tout et si proche de lui. Elle avait peur qu'il cherche à l'embrasser.

— Tu sais, la saison touche à sa fin, pour la peinture, dit-il.

Elle laissa passer deux tours, comme si elle n'avait pas entendu.

— Il faut dire qu'on a passé beaucoup de temps à jouer avec le sable, cette année, dit-elle finalement en regardant la fête, en dessous. Et quand penses-tu t'en aller ?

— Cette semaine, dit Jack, et il passa son bras autour d'elle.

Tully eut envie de pleurer. Juste un petit peu. La grande roue s'arrêta. À contrecœur, Tully en descendit. Elle aurait voulu que ça continue, pour sentir encore son haleine chaude contre sa joue.

Quand ils traversèrent le champ de foire dans l'obscurité pour rejoindre la Mustang, Tully demanda à Jack :

— Shakie m'a dit que j'avais mal interprété tes sentiments. C'est vrai ?

— Oui, répondit-il.

— Ah bon ? dit-elle avec un petit rire.

— Oui.

— Mais comment ? reprit-elle en posant la main sur son bras. Je ne savais même pas que tu en avais.

— Te voilà prévenue, dit Jack sans la regarder.

Elle enleva sa main et ils restèrent silencieux tout le reste du chemin jusqu'à Saint Mark, où Tully avait garé la voiture. Jack embrassa Boomerang et le déposa dans la Camaro. En se redressant, il se mit face à elle et elle baissa les yeux. Il s'approcha et appuya la paume de sa main contre sa joue.

— Merci pour ce bel été, lui dit-il doucement sans enlever sa main.

Elle posa une main sur la sienne et dit d'une voix rauque :

— Merci pour cette soirée.

— Au revoir, Tully, dit Jack en montant dans la Mustang. On se reverra à Noël.

Neuf

Une semaine après, Tully vint toute seule au cimetière, mais n'y resta qu'un court moment. La semaine suivante, elle apporta un sécateur, s'agenouilla et tailla les branches trop montées du rosier. Puis elle ne revint pas de tout un mois.

Quand elle y retourna en octobre, Tully n'apporta pas d'œillets, mais des roses blanches. Ensuite elle vint chaque dimanche, toujours avec des roses ; pourtant, les blanches étaient difficiles à trouver, et elle fut obligée d'en acheter des jaunes ou des roses. Au lieu de poser les fleurs à terre, elle les mêlait aux branches nues du rosier.

— Ça va aller, Mandolini, murmura-t-elle. On peut dire que tu m'as fait la vie dure. Mais ça va aller.

En octobre, Hedda eut une nouvelle attaque, moins grave que la précédente cependant, et il fallut de nouveau l'hospitaliser. Elle revint à la maison à temps pour les fêtes de Thanksgiving. Pendant son absence, Robin avait fait repeindre les murs de sa chambre et poncer le parquet. C'était mieux. L'odeur de Hedda avait presque disparu.

— Ne te sens pas obligé d'en faire trop, Robin, dit Tully un soir, avant le retour de Hedda. Tu as déjà ta place réservée au paradis, j'en suis sûre.

— C'est le cadet de mes soucis, lui répondit Robin.

— Alors pourquoi te donner tout ce mal ?

Robin la regarda sans broncher et dit seulement :

— Tu as bien dit que tu voulais faire refaire les chambres d'amis du premier ?

— Oui. On ne sait jamais, on pourrait en avoir besoin.

— Pourquoi ? dit Robin en lui tendant une tasse de thé.

Ce fut au tour de Tully de le regarder sans broncher.

— Et si on avait un autre bébé ?

Robin la dévisagea gravement.

— Un autre bébé ? Tu es folle ?

Début décembre, Tully faillit appeler chez la mère de Jack, mais y renonça. Par contre, elle se rendit à l'église le samedi et le dimanche.

Au travail, les choses allaient lentement. Même les familles à problèmes voulaient récupérer leurs enfants pour Noël. Tully apporta tout un lot de jouets, de vêtements et de livres pour les enfants du centre d'accueil. Quand elle vit qu'ils n'avaient pas d'arbre de Noël, elle persuada Robin d'acheter le plus grand sapin qu'ils puissent trouver et, avec lui, elle aida les enfants du centre à le décorer.

Dix

Durant la messe du matin de Noël, le père Majette évoqua l'épisode où le Christ ramène

Lazare à la vie. Mais tout occupée à chercher Jack des yeux dans l'auditoire, Tully l'entendit à peine. Elle n'était venue qu'avec Boomerang.

Est-ce bien Julie, assise près d'Angela au premier rang ? Julie à l'église ! Je n'en crois pas mes yeux. Et Laura, où est-elle ? L'église était bondée. Tully continua à chercher Jack.

Après la messe, Tully resta dans la cour, avec Boomerang. Elle craignait d'avoir l'air d'attendre Jack, et que s'il la voyait à cet instant il se dise la même chose. En fait, j'attends Julie. Allez, Jule, magne-toi.

Angela et Julie finirent par sortir de l'église et elles rejoignirent Tully et Boomer. Tully serra Julie dans ses bras en remarquant qu'elle avait minci et avait l'air un peu triste.

— Julie, où est Laura ? demanda Tully.

— Oh... Elle est allée rendre visite à sa belle-mère, dans l'Ohio.

— Mais d'habitude, tu l'accompagnes.

— Chut ! dit Angela. Pour une fois que mon unique fille est à la maison pour Noël...

Tully et Julie échangèrent un sourire.

— Bonjour, Tully, dit une voix derrière elle.

Tully se força à rester impassible en se tournant pour faire face à Jack.

— Salut ! dit-elle, incapable de contenir sa joie.

— Oncle Oz ! cria Boomerang en s'agrippant aux jambes de Jack.

Julie lança un regard intrigué à Tully, puis salua Jack.

— Jack, comment vas-tu ? Que fais-tu là ?

— Bonjour, Julie, dit-il en faisant un petit signe à Angela. La même chose que toi. Je rends visite à la famille.

Puis, Boomerang toujours dans ses bras, il se tourna vers Tully et lui demanda avec un demi-sourire :

— Comment vas-tu ?

— Très bien.

— Et ta mère, Tully ? dit Angela. J'ai entendu dire qu'elle n'était pas bien.

— Elle va bien, Angela, répondit Tully qui n'avait qu'une envie, se tourner vers Jack.

— Tully, dit Julie quand elles se retrouvèrent seules, j'ai l'impression que tu me caches quelque chose. Qui est oncle Oz ?

— Jack, naturellement, dit Tully, contente de pouvoir enfin prononcer son nom à voix haute devant quelqu'un.

— Bien sûr, où avais-je la tête ? se moqua Julie. Eh bien, vas-y, raconte-moi.

— Te raconter quoi ?

— Tout, dit Julie.

Tully réfléchit un instant et dit :

— Boomerang veut une petite sœur.

— Tully ! brailla Julie et elles éclatèrent de rire.

— Tu ne viens plus jamais à Topeka.

— Je suis désolée. Laura et moi, nous avons tant de choses à faire. Comment va ta mère ?

— Elle est moins emmerdante que la tienne. Au moins, elle ne pose pas de questions.

Julie hocha la tête d'un air entendu.

— Et Laura, pourquoi n'est-elle pas avec toi ?

— On doit se retrouver dans deux semaines. On a pensé... Enfin, Laura a pensé que cela nous ferait du bien de passer quelques jours chacune de notre côté. Elle a raison, d'ailleurs. On est toujours ensemble.

Julie avait l'air si triste que Tully ne trouva rien à dire.

— Ah... Eh bien, je suis contente que tu sois venue seule. Comme ça, on pourra causer un peu.

— Pourquoi, tu as quelque chose à me dire ? demanda Julie en se forçant à la gaieté.

En fait, oui. Ça faisait déjà quelque temps que Tully avait envie de parler à quelqu'un. Mais il fallait qu'elle rentre.

— Rien de spécial. Bon, il faut que j'y aille, Jule. Sinon, Robin va m'assassiner. C'est une grande première. Il a fait cuire une énorme dinde.

— Si tu n'as rien à raconter, alors pourquoi semblais-tu si heureuse de voir Jack ?

— J'avais l'air heureuse à ce point ? dit Tully, euphorique. Et puis d'abord, je n'ai pas dit « rien ». J'ai dit « rien de spécial ». Jack est mon ami, tu sais, ajouta-t-elle en se penchant vers Julie, et c'est très bien comme ça.

Julie se contenta de regarder Tully avec de grands yeux en secouant la tête.

— Mon Dieu, ces sept dernières années, nous avons tous dû nous guérir de Jennifer. Et toi, tu commences à peine. Que Dieu vous vienne en aide, à toi et à Robin.

— Je ne comprends rien à ce que tu racontes, dit Tully en se levant. Ça va très bien, je t'assure.

— Je l'espère, dit Julie en accompagnant Tully à la porte d'entrée.

— Tu as minci, Julie. Avec tes cheveux longs, on dirait une vraie hippie, maintenant.

— Une hippie, oui, une vagabonde qui cueille le maïs, dit Julie tristement. Voilà ce que je suis.

— Qu'est-ce qui ne va pas, Jule ? dit tendrement Tully en la prenant par la taille.

— Rien de grave. C'est juste que je n'ai pas l'habitude d'être sans elle.

— Ça fait sept ans, Jule, murmura Tully en enlevant son bras.

Julie la regarda d'un air hébété, puis elle se mit à rire.

— Mon Dieu, tu es complètement malade, Tully. Je parlais de Laura, voyons.

Quelques jours plus tard, Tully vint à Saint Mark sans Boomerang. Jack était là, à l'attendre. Ce qu'il est beau, pensa Tully, le souffle coupé. Ce qu'il est beau, avec son blouson en cuir marron, son foulard noir et son Levi's. Elle s'avança vers lui et ils se sourirent. Jack sortit de derrière son dos un beau bouquet de roses blanches et le lui tendit.

— Où les as-tu trouvées ? demanda Tully. De tous les fleuristes que je connais, aucun n'en a en plein hiver.

— Elles sont pour toi, dit Jack.

Tully resta immobile.

— Merci, Jack, dit-elle simplement, sans lever les yeux. On pourrait les mettre sur son rosier, non ? Moi, qu'est-ce que j'en ferais ?

— Et elle ? demanda Jack.

La veille du nouvel an, à la ferme de Bruce et Linda, Tully se demanda ce que Jack faisait pour la nouvelle année. Puis elle se souvint de lui, penché sur Jennifer et tombant presque sur elle, une veille de nouvel an, sept ans plus tôt, et elle cessa de se poser des questions. Elle sentit son cœur s'affoler comme un petit moteur. Une bouffée de désir, intense et douloureuse, monta en elle et la fit frissonner. L'envie d'avoir Jack près d'elle, penché sur elle.

Jack invita Tully au restaurant deux semaines après, pour son vingt-cinquième anniversaire. Ce soir-là, Robin emmenait Boomerang à Manhattan pour passer la nuit chez Bruce. Il proposa à Tully de les accompagner, mais, comme d'habitude, elle refusa. Il ne demanda pas ce qu'elle comptait faire de sa soirée, et Tully évita toute allusion.

Elle roula jusqu'à Saint Mark et attendit Jack. Il vint la prendre vers sept heures, en pantalon noir et chemise blanche. Ils allèrent à Kansas City, dîner dans un petit restaurant français avec un drôle de nom.

Un petit restaurant français avec un violoniste, une piste de danse minuscule, et du bon vin. Elle but en l'écoutant parler et rit à ses plaisanteries. Pendant le repas, entre le plat principal et le dessert, après qu'ils eurent levé leurs verres pour la troisième fois, elle le regarda, assis en face d'elle, elle regarda son visage tandis qu'il parlait à sa façon à lui, vive et animée, et elle pensa mon Dieu, ce qu'il a une belle bouche.

Gênée, elle regarda son assiette et s'aperçut qu'elle n'avait plus faim. Quand elle releva la tête, elle croisa son regard et se sentit presque soulevée de terre, comme par une vague déferlante du Pacifique. Ses lèvres étaient rouge sang, mais, à cette lumière, elle n'aurait su dire de quelle couleur étaient ses yeux. Verts ou bleus ? Dire qu'elle l'ignorait ! Comment était-ce possible, depuis le temps qu'elle contemplait son visage. Tout ce temps passé à regarder le lac Vaquero, assis sur le sable, et à ramer sous le plus clair soleil qui soit, et elle n'avait pas remarqué la couleur de ses yeux. Tully le fixa, pleine de stupeur.

— Natalie Anne, tu n'as pas écouté un mot de ce que je viens de dire.

Tully ne sut quoi lui répondre. Elle baissa les yeux sur le reste de nourriture figé dans son assiette. Jack lui prit le menton.

— Eh bien ? dit-il tranquillement. Qu'y a-t-il ?

J'ai perdu ma langue, pensa Tully. Ça doit se voir sur ma figure. Tout ce que j'éprouve doit se voir.

— Rien, dit-elle d'une voix un peu voilée.

— Pourquoi ne fais-tu pas attention à moi ? demanda-t-il.

Pas attention ? Ça c'est la meilleure. Tu parles ! Je suis en adoration devant toi.

— Mais si, voyons. Et toi, alors ?

— Moi, je ne fais que ça, répondit-il.

— Ce n'est pas vrai, dit-elle bravement. Tu voyages, tu peins, tu vis en Californie...

— Quand je suis avec toi, dit Jack, rien d'autre ne compte.

Tully avait envie de faire la coquette. Elle avait envie de secouer les cheveux, d'incliner la tête en souriant, elle avait envie de... quelque chose. Mais tout ce qu'elle parvint à faire, ce fut de se cacher les yeux et de dire :

— Alors de quelle couleur sont mes yeux ?

Jack resta silencieux si longtemps qu'elle le regarda furtivement entre ses doigts. Il la fixait avec une drôle d'expression, que Tully n'arrivait pas très bien à définir.

— Voyons, Natalie Anne, finit-il par dire. Dis-moi plutôt de quelle couleur sont les miens.

— Non, moi d'abord, dit-elle.

— Gris, répondit-il sans hésiter. Comme un lundi.

Gris comme un lundi. Gris. Comme un lundi. Derrière ses mains, elle serra les paupières.

— Gris, répéta-t-il en lui écartant les mains. Comme les miens.

Elle le scruta, toute contente de pouvoir le regarder bouche bée sans en avoir honte.

— Je les voyais verts, dit-elle.

— Non, ils sont gris, comme les tiens.

Gris comme un lundi. Gris comme les miens. Jack Pendel. Tully regarda sa belle bouche qui semblait si douce, elle sentit son cœur s'affoler comme un petit moteur et tout ce qu'elle désira à cet instant, ce fut que Jack Pendel l'embrasse. Je veux que tu m'embrasses. Embrasse-moi. Je veux que tu me caresses le visage et que tu embrasses mes lèvres. Embrasse-moi. Là, tout de suite, penche-toi, incline la tête vers la droite, regarde-moi de tes yeux gris comme un lundi, gris comme les miens, et pose tes lèvres sur les miennes, oh, Jack, s'il te plaît, oublie dix ans de lundis gris. Oublie que j'ai dansé seins nus sur une table quand j'étais paumée, oublie ma meilleure et défunte amie qui t'aimait, oublie la plus belle fille de Topeka qui t'aimait. Oublie que je suis mariée et que j'ai un fils, oublie que la Californie t'appelle, que les palmiers te font signe, viens, approche, plus près, viens, et donne-moi de l'eau pour calmer ma soif, mon ami mexicain. Ne parle plus, prends mon visage entre tes mains et embrasse-moi. Regarde comme j'en ai envie, tu peux presque le toucher tellement il est fort, ce désir, mon désir que tu m'embrasses.

— Tu veux danser, Tully ?

— Hein ?

Elle le regarda. Il lui tendit la main.

— Allons-y.

Il s'avança et la prit par le bras. Elle se leva.

Ils gagnèrent la piste de danse. Il y avait quatre ou cinq autres couples. Autres couples. Les mots semblent irréels, même quand on ne les dit pas à haute voix. On n'est pas un couple. On est Jack et Tully, et la seule chose qui nous unit, c'est une tombe qu'on vient fleurir tous les dimanches. Jack posa la main sur le dos de Tully, sur sa robe de soie pourpre, entre son soutien-gorge et son collant. Il lui prit la main. Tully était sûre d'avoir les mains moites. Elle posa l'autre sur son épaule. Elle aurait dû la poser sur son cou, mais il était un peu trop grand.

Ils dansaient lentement, serrés l'un contre l'autre, sans presque bouger, si proches. Elle sentait son odeur, son épaule dure sous sa main. Et autre chose. Elle vacillait sur ses jambes, rien que de le sentir contre elle. Ils ne parlèrent pas beaucoup et elle n'osait pas lever les yeux. Parce qu'à la façon dont il la tenait serrée contre lui, à la façon dont il respirait, on aurait dit qu'il éprouvait la même chose.

Tully avait le visage enfoui dans la chemise de Jack, et Jack l'enrobait complètement, la tête penchée sur elle ; elle sentait parfois son menton lui frotter la tempe. Mais, surtout, Tully se découvrait une douleur au bas-ventre qu'elle n'avait jamais connue, lancinante, insidieuse, et elle ne voulait pas que la danse finisse. Quand la chanson arriva à sa fin, ils regagnèrent leur table. Jack régla l'addition, il l'aida à enfiler son manteau, lui ouvrit la porte de la voiture et la ramena à Topeka.

Quand ils se garèrent en face de Saint Mark, Tully eut envie que Jack arrête de parler et qu'il l'embrasse enfin là, dans la Mustang, avec la neige qui tombait au-dehors. Sa vie entière n'existait plus, rien n'avait jamais compté, face à la sauvagerie de son désir. Ses mains tremblaient, elle avait peur de parler.

— Merci d'avoir accepté mon invitation, dit Jack.

— Non, Jack, répondit Tully du mieux qu'elle put. C'est moi qui te remercie.

Il sourit.

— Quand je t'ai vue la première fois au Tortilla Jack's, j'ai cru que tu avais vingt ans, dit-il. Moi j'en avais quinze, je n'étais encore qu'un môme qui buvait de la bière en douce avec ses copains, en matant les filles pendant les concours de danse. Lorsque je t'ai vue danser, je me suis dit que tu gaspillais ton talent. Pourquoi n'est-elle pas dans une école de danse de la côte est, douée comme elle est, au lieu d'amuser les gogos du Tortilla Jack's ?

Tully sourit poliment, envoûtée par le timbre de sa voix.

— La deuxième fois que je t'ai vue, tu as encore gagné, bien sûr, mais je me suis alors rendu compte que tu n'étais qu'une gosse, continua Jack. Une petite maigriotte.

— Pas comme aujourd'hui, hein ? fit-elle avec un fin sourire.

— Non, pas comme aujourd'hui.

— J'étais mieux, en ce temps-là ?

— Non, tu es mieux maintenant. Tes yeux te trahissaient. Ils étaient toujours si tristes. Comme les yeux d'un enfant qui a du chagrin.

Elle se tortilla sur son siège.

— Mais non, Jack. J'étais soûle, tout simplement.

— Je ne te crois pas, Tully Makker, dit-il en secouant lentement la tête.

Elle prit une profonde inspiration. Il y avait une chose qu'elle voulait lui demander depuis longtemps, et là, dans la pénombre de la voiture, avec pour seule lumière la faible lueur des réverbères, c'était l'endroit rêvé.

— Dis-moi, Jack, puisqu'on en parle, je me demandais si on avait jamais dansé ensemble, au Tortilla Jack's ?

Il lui lança un regard qui la fit rougir.

— Oui, on a dansé ensemble, Tully, dit-il d'une voix sourde, chargée d'émotion. Mais tu ne dois pas t'en souvenir.

Tully savait ce que cette phrase sous-entendait. Comment se serait-elle souvenue de lui ? Il y en avait tant, des types avec qui elle avait dansé à cette époque ! Mais dans les yeux de Jack, elle lisait autre chose. De quoi se souvient-il, quand moi je ne me rappelle même pas de lui ?

— Tu veux bien me raconter ? demanda Tully.

— Je n'y tiens pas, dit Jack. Cela risquerait de te mettre mal à l'aise.

— Raconte-moi, Jack, dit Tully, qui l'était déjà. Je veux savoir.

Jack poussa un profond soupir et se tourna face à elle.

— C'était un samedi soir, commença-t-il. Il était tard et tu venais juste de gagner un autre concours.

— Tu veux dire que je venais juste de finir de danser sur la table ?

— Oui. Tu n'avais pas grand-chose sur le dos, dit Jack.

Le visage en feu, Tully baissa la tête.

— Juste un petit bustier, une jupe très courte et des hauts talons. (Léger soulagement.) Quand tu es descendue de la table, il y avait toute une bande de gars qui voulaient danser avec toi, moi y compris. J'ai dû attendre presque une demi-heure. Le temps de six chansons. (Jack sourit.) J'ai compté. Six chansons, et puis je me suis avancé et j'ai pu danser avec toi.

Tully eut envie de pleurer. Quelle époque terrible, toutes ces années gaspillées, où elle tentait vainement de s'étourdir en buvant, en dansant, pour combler ce vide et oublier, sans jamais y parvenir. Et voilà que Jack, un parfait inconnu, sortait de ce trou noir et se rappelait d'elle avec une tendre nostalgie.

— Comment était-ce ? dit-elle.

— Court. C'était en 1977, je me souviens même de la chanson, « Don't leave me this way ». Tu avais les yeux vagues à force d'avoir bu, mais tu souriais, et tu m'as dit quelque chose en te serrant contre moi. Du style « Ma parole, toi, tu es un timide ».

Tully se cacha le visage dans les mains.

— Ce n'est rien, Tully, c'est juste un souvenir.

Oui... Une photo dans l'album de famille. Que m'as-tu laissé d'autre, papa ! Que m'as-tu laissé en partant ?

— Et ensuite, j'ai cessé de danser avec toi ?

— Oui. Mais pas avant de... Tu as dansé en te frottant contre moi, tu comprends ce que je veux dire ?

Mon Dieu. Si Tully comprenait... C'était sa danse « spéciale », celle qui provoquait toujours la même lueur dans les yeux des hommes avec qui elle dansait. Mais comme ils lui étaient insupportables, ces yeux, maintenant.

— Tu as fait ta danse, et moi j'ai... répondu. Pas trop mal d'ailleurs, pour un garçon de dix-sept ans. Et tu m'as dit : « Dis donc, tu es moins timide que tu en as l'air », et tu t'es dressée sur la pointe des pieds pour m'embrasser.

Le corps de Tully collait à ses vêtements. Il sourit tristement et se tourna vers elle.

— Seulement, Tully, tu ne m'as pas embrassé. Tu es juste restée un instant sur la pointe des pieds et avant que je me penche pour t'embrasser, le moment était passé. Un autre t'avait déjà entraînée. Peut-être n'avais-tu fait ça que pour me taquiner. En tout cas, je ne l'ai jamais oublié.

Ils restèrent quelques minutes à ruminer en silence. Tully ferma les yeux, en proie au désir le plus fort qu'elle ait jamais connu. Jack, embrasse-moi.

— Alors, tu vas retourner surfer sur les vagues du Pacifique..., finit-elle par dire.

— Oui, à cette époque de l'année, le soleil me manque. Je vais aller à San Diego et à Mexico.

— Tu trouves des maisons à repeindre, à Mexico ? demanda Tully, juste pour le garder encore un peu auprès d'elle.

— À Mexico, je ne peins pas, je fais mes dévotions au soleil.

— Il ne finit pas par te brûler les yeux ?

— Si, dit Jack. Alors je reviens à Topeka. Eh bien, reprit-il avec peine, après un silence, il commence à faire froid.

— Oui, dit Tully à contrecœur. Je ferais mieux de rentrer.

— Attends, dit Jack la voix rauque en lui prenant le bras.

Il l'attira contre lui et l'étreignit. Vite et fort.

— Au revoir, Tully, murmura-t-il. Joyeux anniversaire.

Tully lui caressa la tête en enfouissant son visage dans ses cheveux et dans son cou.

— Au revoir, Jack, murmura-t-elle. Reviens vite.

Il relâcha son étreinte. Comme elle longeait la voiture avant de s'éloigner, il baissa la vitre. Ne sachant que dire, Tully lança :

— L'été prochain, tu pourras peut-être repeindre la maison.

À cet instant, il lui manquait déjà terriblement, avec ses yeux gris et sa belle bouche, assis là, devant elle, dans sa Mustang verte.

— Ça fait trois ans que je veux la repeindre, ta maison, dit-il en démarrant. Et crois-moi, Tully, elle en a besoin.

V

EN PEIGNANT LA MAISON

Janvier 1986

Les quatre mois qui suivirent furent durs pour Tully. Elle travaillait et s'occupait de son fils. Boomer avait quatre ans, à présent. Elle allait à Saint Mark, faisait la lecture à sa mère, voyait Shakie et faisait l'amour avec son mari, mais la seule chose qu'elle ressentait vraiment, c'était que Jack lui manquait.

Quand Robin lui faisait l'amour en prononçant son nom et en lui disant toutes sortes de mots tendres, Tully DeMarco fermait les yeux et, à sa grande honte, c'était souvent les cheveux blonds de Jack qu'elle caressait, ses épaules, sa poitrine. Elle nouait ses mains derrière sa nuque et se cramponnait à lui sans ouvrir les yeux... jusqu'à ce que Robin vienne.

Tully se mit à faire la cuisine. Un soir, en arrivant, Robin la trouva penchée sur un livre de cuisine.

— Qu'est-ce que tu fais, Tully ?

— Chut ! Je me concentre.

Elle mit le temps, mais à huit heures et demie, elle apporta sur la table un énorme gratin de pommes de terre. Le lendemain, elle se lança dans des boulettes de viande et, le surlendemain, fit cuire un rosbif.

Tully cherchait désespérément quelqu'un à qui se confier, mais elle n'avait personne. Dieu sait où était Julie. Et ce fut vers Robin, son unique recours, que Tully se tourna de nouveau. Heureusement, durant l'hiver, il rentra plus tôt que d'habitude. Il s'attablait et dévorait goulûment les petits plats que Tully lui avait préparés. Bien sûr, elle ne pouvait lui parler de Jack, mais le voir manger, puis l'entendre faire l'éloge de ses talents de cuisinière lui apportait un peu de satisfaction. Même sa mère la complimenta. « Ce n'est pas mauvais du tout », dit Hedda un soir, après avoir goûté un consommé de bœuf. Tully s'imaginait qu'elle faisait la cuisine pour Jack et qu'il allait manger ce qu'elle lui avait préparé. Elle avait besoin de Jack, besoin ne serait-ce que de parler de lui. Et dire qu'elle croyait rester toute sa vie sans désir...

Tully avait presque cessé de rêver. Presque. Quand cela lui arrivait, les rêves étaient déformés.

Après avoir sauvagement fait l'amour avec Robin, il lui arrivait de rêver qu'elle était assise avec Jack sur une barque, tandis que Boomerang jouait sur le rivage. Tout semblait parfait, sauf qu'à la fin du rêve, quand Tully regardait de nouveau vers le rivage, ce n'était plus Boomerang qui était assis sur le sable, mais Robin. Alors elle se réveillait tout en sueur, torturée par un sentiment de culpabilité qui lui faisait regarder Robin, dormant paisiblement à ses côtés après une longue journée de travail, et lui caresser doucement les cheveux.

Son travail était abrutissant. Pourtant, elle tenait bon et se battait pour qu'on allonge la période de formation des futures familles d'accueil. Mais, dans son service, elle avait l'impression de parler à des sourds.

Contre l'avis de Lillian, Tully fut promue directrice associée en avril. C'était un pas en avant. Alan, Joyce et Sara étaient maintenant sous ses ordres.

De temps en temps, les efforts de Tully trouvaient leur récompense. Mais c'était rare. Les malheureux enfants victimes de mauvais traitements semblaient ne désirer qu'une chose : retrouver leur enfer. Et plus ils étaient maltraités, plus ils réclamaient leurs parents naturels. Tully avait beau s'efforcer de leur trouver des familles d'accueil de qualité, ils réclamaient papa et maman à cor et à cri. On finissait par les rendre à leurs parents, quand ceux-ci voulaient bien les reprendre.

Tully était solitaire et Jack lui manquait. La nuit, à la maison, elle se campait nue face au miroir et se caressait les seins et le ventre.

Je ne ressemble pas à la fille qu'il avait vue danser sur la Colline et reconnue à la fête de Jennifer. Regarde-moi ce ventre et ces cuisses, ils n'ont jamais retrouvé leur ligne après la naissance de Boomer. Mes seins sont sexy, s'avoua-t-elle, mais je ne peux plus me balader sans soutien-gorge. Mes cheveux sont bien comme ça, longs et raides. Ce qui tracassait le plus Tully, c'est qu'elle n'avait plus l'air d'une adolescente maigriotte aux cheveux décolorés et aux cils enduits de mascara. Elle avait l'air d'une mère.

Dès que Tully voyait Shakie, elle était pleine de mauvaises pensées. Elle enviait ses yeux bleus, ses lèvres rouges, sa sveltesse, alors qu'elle venait tout juste d'avoir un garçon, mais, surtout, Tully lui en voulait d'avoir embelli, depuis son année de terminale.

Quand le début du mois de juin arriva, Tully oublia le travail, Shakie et tout le reste. Elle attendit que Jack vienne.

Robin, qui ne prenait jamais de vacances, demanda à Tully si elle voulait partir en vacances durant l'été.

— Si nous allions faire un tour en Californie ? On n'a toujours pas eu de lune de miel, tu sais, dit Robin.

— Je sais, répondit Tully, prise de court.

Toutes les années précédentes, oui, elle aurait bien aimé partir. Mais pas cette année, oh non, pas cette année. Tully remercia Robin et lui dit :

— Peut-être l'année prochaine, hein ?

— Oui, dit-il en revenant à son journal. Peut-être.

Le dimanche 8 juin, Tully alla à Saint Mark en robe de coton blanc, un bouquet de roses blanches à la main, les jambes toutes flageolantes. Il y avait bien Angela, mais pas de Jack.

La seule chose que fit Tully durant les huit premiers jours du mois de juin, ce fut de tirer jusqu'à la Camaro la chaise en fer qui était restée devant la tombe de Jennifer pendant sept ans et de la rapporter à la maison. Quant aux roses blanches, elle les jeta par terre, près de la pierre tombale.

— Déjà de retour ? dit Robin en entrant dans le garage où Tully grattait la chaise avec de la paille de fer pour tenter d'en enlever la rouille. Que fais-tu là, Tully ?

— Du deltaplane, comme tu vois, marmonna Tully.

Elle leva les yeux juste à temps pour croiser le regard froid de Robin avant qu'il tourne les talons et rentre dans la maison. Il ne mérite pas ça, pensa-t-elle en revenant à sa chaise rouillée. Mais si on va par là, il y a beaucoup de choses qu'il ne mérite pas.

Ça promet, se dit Tully en frottant sans succès les taches de rouille avec du sel et du citron. Je me demande si ça va se répéter tous les ans, de janvier à juin et de septembre à décembre... Et s'il ne venait pas cet été ?

Le 9 juin, les rêves de Tully revinrent. Mais sans Jack. Elle resta assise à la fenêtre, jusqu'à ce que la nuit du lundi se fonde en pleurant dans le matin du mardi. Elle passa aussi les deux nuits qui suivirent assise à la fenêtre, craignant de s'endormir et que Jack ne soit pas dans ses rêves.

Le mercredi, Tully s'était calmée. Cela faisait quatre mois qu'elle ne pensait qu'à lui, onze jours qu'elle se précipitait comme une folle chaque fois qu'on sonnait à la porte d'entrée. Et Tully commençait seulement à comprendre qu'il ne viendrait pas. Il ne viendrait pas. Et Tully se préparait à vivre avec cette idée. Dans la nuit du vendredi, elle posa la main sur son cœur avant de s'endormir et pria en silence. *Mon Dieu, quand je dors, faites qu'il soit là, je vous en prie, faites que je voie son visage, ses bras, ses mains, je vous en prie, mon Dieu.*

À onze heures du matin le samedi, Tully était encore au lit. Boomerang et son papa étaient partis jouer au foot. Elle s'était levée vers neuf heures pour habiller son fils et leur préparer un petit déjeuner : porridge et œufs brouillés. Tully avait découvert ces derniers mois qu'ils en raffolaient tous les deux, même si bien souvent le porridge avait des grumeaux et les œufs brouillés avaient été cuits trop vite.

Après leur départ, elle s'était recouchée. Tully était dans un demi-sommeil, cet état nébuleux où la réalité ne parvient à la conscience que par à-coups. Quand elle entendit claquer une portière de voiture, elle ne bougea pas ; le bruit lui était parvenu, vague et lointain, et elle crut avoir rêvé.

Mais quand elle entendit grincer le portail d'entrée, un son reconnaissable entre tous, elle sortit du lit en vacillant et se pencha à la fenêtre de sa chambre, qui donnait sur la rue.

C'était Jack.

Il était là, en short blanc et débardeur bleu, en train de refermer le portail. Tully se mordit les lèvres pour étouffer un cri, mais trop tard. Jack l'entendit et leva les yeux.

— Tully Makker ! Tu ne vas pas me dire que tu es encore au lit à cette heure, par une si belle matinée ?

— Chut ! dit-elle.

— Je parle trop fort, ou bien c'est d'être encore au lit qui te fait honte ? demanda-t-il sans baisser la voix.

— Jaaack !

— Jaaack ! répéta-t-il en la singeant. Bon, tu te décides à venir m'ouvrir ou tu préfères que je te récite une poésie ?

Animée d'une foule de sentiments plus forts les uns que les autres, Tully avait un millier de choses à dire, mais tout ce qui lui vint, ce fut :

— Je ne sais pas, tu connais une poésie ?

— Si je connais une poésie ? Moi, Jack Pendel ? Bien sûr que non. Descends immédiatement.

— Jack, assieds-toi et donne-moi une minute, d'accord ?

— D'accord, dit-il en se dirigeant vers le perron, sans la quitter des yeux. Mais j'exige que tu te mettes quelque chose sur le dos.

Dès qu'elle s'écarta de la fenêtre, Tully se mit à gambader à travers la chambre et à sauter sur le lit, une main plaquée sur sa bouche tremblante pour se forcer à garder son calme.

Qu'est-ce qui m'arrive, bon Dieu ? Je suis si heureuse.

Après s'être rapidement brossé les dents, lavé la figure et peigné les cheveux, elle enfila un short couleur pêche, un haut assorti et descendit l'escalier quatre à quatre, pieds nus.

Tully ouvrit la porte et sortit sur le perron. Jack arrêta de siffloter et se tourna vers elle, sans se lever. Arborant un grand sourire, comme à son habitude, il semblait parfaitement à l'aise. Quant à Tully, elle ne put que le regarder, le souffle coupé, car le Jack Pendel qui était assis sur la chaise à bascule, avec sa belle bouche, son sourire éclatant, ses yeux gris, ses cheveux blonds, était bien plus beau que celui qu'elle avait cherché à évoquer en rêve ou dans ses pauvres souvenirs.

— Tully, dit-il doucement. Tu t'es brossé les cheveux. Tu n'aurais pas dû.

— Ne sois pas bête, je me brosse toujours les cheveux.

— Ce n'est pas vrai. L'année dernière, je suis venu à la même époque, un samedi, et tu ne t'étais pas brossé les cheveux.

— À la même époque ? dit-elle d'un ton aussi anodin que possible. Il me semble que c'était quinze jours avant, non ?

Tully vint s'asseoir sur le rebord de la chaise à bascule. Jack ne bougea pas. Leurs jambes nues se touchaient presque.

— Alors, quoi de neuf ? dit Jack. Voyons voir. Tu rentres toujours du travail à pied ?

— Et toi, tu vis toujours en Californie ?

— Non. Je suis resté au Mexique ces quatre derniers mois, à me balader sac au dos.

Quatre mois et demi, eut-elle envie de préciser. Quatre mois et demi.

— Et comment vas-tu vivre ?

— Je suis fauché, dit-il. Il me reste juste assez d'argent pour t'inviter à déjeuner.

— Garde-le, dit-elle. Je vais nous préparer quelque chose.

Il se pencha un peu sur elle. Juste un petit peu, et elle recula, tendue.

— Fais-moi à déjeuner et je te peindrai ta maison.

— On voit que tu n'as jamais goûté ma cuisine.

— Crois-moi, après ce que je me suis farci au Mexique, j'aurai l'impression de faire un repas de roi.

— Depuis quand es-tu là ?

— Je suis arrivé en milieu de semaine, répondit Jack, et, voyant son expression, ou poussé par une autre raison, il ajouta : J'ai préféré attendre le samedi pour te rendre visite, sachant combien tu détestes dormir après midi.

Mais Tully avait déjà oublié dans quel état elle avait passé la semaine.

Elle invita Jack à l'intérieur et lui montra toute la maison, à part les pièces de Hedda.

— Tully, dit Jack, songeur, quand ils furent revenus dans la cuisine. Une chose m'intrigue. Tu as soigneusement évité de me montrer la moitié du rez-de-chaussée. J'ai vu tes palmiers, la cuisine et le jardin de derrière, mais pas ce qui devrait vous servir de salon. Pourquoi ?

— C'est là qu'habite ma mère, dit Tully en baissant la voix.

— Oh, dit-il en hochant la tête. J'ai cru une seconde que tu cachais ta première femme, parce qu'elle était devenue folle.

— Je ne suis pas Mr Rochester, et tu n'es pas Jane Eyre, même si tu n'as pas le sou...

Tully était sur le point de continuer quand elle entendit justement Hedda l'appeler.

— Tu m'excuses ?

— Seulement si on déjeune sur la chaise à bascule.

— Tu sais, derrière la maison, le jardin sent bon, dit Tully en se dirigeant vers la chambre de sa mère.

— Quoi ? demanda-t-elle d'un ton sec en ouvrant la porte de la chambre, sans entrer.

— Tully, y a-t-il quelqu'un dans la maison ? demanda Hedda. J'ai cru entendre une voix d'homme.

— Je m'en occupe. Tout va bien.

— Qui est-ce, Tully ?

— Personne, maman. Tu veux que j'allume la télé ? dit Tully en s'avançant pour allumer le poste de télévision.

— Non, j'avais envie de manger un morceau. Tu peux pousser mon fauteuil ?

Tully fixa sa mère d'un air incrédule, sans ciller.

— Maman, tu viens juste de prendre ton petit déjeuner, dit-elle enfin. Je t'ai apporté moi-même ton café et ton bol de céréales. D'habitude, tu ne déjeunes jamais avant deux heures. Qu'est-ce qui te prend ?

— J'ai un petit peu faim, Tully. S'il te plaît, aide-moi à me lever.

Tully s'approcha du lit, les poings serrés.

— Non, maman, je ne t'aiderai pas. Pourquoi ne regardes-tu pas la télé ? Je t'apporterai un sandwich si tu en as envie, mais je ne t'aiderai pas à te lever maintenant, vu ?

Elle recula vers la porte. Les yeux de Hedda n'étaient plus que deux fentes.

— Qui est là ? Que caches-tu, Tully ? De quoi as-tu honte ?

— De toi, mère, dit Tully en ouvrant la porte avant de sortir de la pièce. J'ai honte de toi.

Elle eut besoin d'une ou deux minutes pour retrouver son calme avant de retourner dans la cuisine. Mais elle n'était plus maîtresse de cet élan sauvage et libre qui l'habitait, tandis que son troisième œil lui montrait l'été qui s'annonçait, avec Jack peignant la maison et Hedda lui tenant compagnie, ainsi que ses infirmières. Malédiction, pensa-t-elle. Mais ça ne finira donc jamais ?

Jack et Tully passèrent le reste de l'après-midi assis dans le jardin derrière la maison.

À quatre heures et demie, elle le raccompagna jusqu'à sa voiture.

— À quelle heure ton mari rentre-t-il chez lui, en ce moment ? dit Jack.

— L'été ? Tard. Il lui arrive de rester dormir chez son frère.

— Il arrive juste pour te voir partir à Saint Mark, alors ?

— C'est un peu ça.

— Pourquoi ne l'accompagnes-tu pas ? dit Jack. Ça ne te fait pas bizarre de te retrouver seule le samedi soir ?

— Non, ça m'est égal, répondit brièvement Tully. Quand penses-tu commencer ?

— Lundi, répondit Jack. Merci pour le déjeuner.

— Lundi, dit faiblement Tully. Super. Ça va te prendre combien de temps ?

— Je ne sais pas, dit-il en la fixant. Le temps qu'il faudra. Peut-être trois semaines. Tu vas à l'église demain ?

Tully hocha la tête.

— Tiens, au fait. La chaise a disparu.

— Je sais, c'est moi qui l'ai prise. J'ai essayé de faire partir la rouille avec du sel et du citron, dit Tully, prise au dépourvu.

— Tully, tu es si comique, parfois, dit Jack en

riant. Le sel et le citron, c'est bon pour les toutes petites taches. Mais sur cette chaise, il ne doit pas rester un centimètre qui ne soit couvert de rouille, et ceci depuis des années. Qu'as-tu fait ?

— Je l'ai vaporisée avec une bombe de peinture.

— Toute seule, comme une grande ? Bravo !

— Arrête de te moquer de moi, dit-elle en lui donnant un coup de coude.

— D'accord, dit-il en redevenant sérieux. Et pour quelle raison as-tu pris la chaise ?

— Je ne sais pas, répondit Tully. Elle ne sert plus à personne.

Jack sourit et lui effleura la joue de ses doigts.

— Eh bien, ça, c'est une bonne nouvelle, Tully Makker. Une très bonne nouvelle.

Cette nuit-là, vers onze heures, Robin n'était pas encore rentré. Tully songea à appeler chez Bruce, mais elle se retint. Elle n'appelait jamais pour vérifier si Robin se trouvait bien chez son frère. Pas toutes ces dernières années, en tout cas. Il était parfois avec Bruce, parfois avec Stevie. Les trois frères sortaient ensemble à l'occasion, pour jouer au billard américain ou pour aller voir un film d'action. La seule préoccupation de Tully, c'était Boomerang, même si elle savait qu'avec Linda il était dans de bonnes mains.

Et s'il leur était arrivé un accident sur le chemin du retour, songea Tully en s'asseyant par terre, près de la chambre de sa mère. Robin conduit comme un fou. Tully eut soudain une vision cauchemardesque de voiture renversée en train de brûler et de deux corps étendus sur le bord de la route. Elle haussa les épaules et se signa vite, par réflexe. Que Dieu me foudroie sur place d'avoir des idées pareilles. Tout au fond d'elle-même, une voix lui avait répondu en écho. *Comme ce serait simple...*

Tully se mit à réfléchir à ce qu'elle allait bien pouvoir faire de Hedda. Toute sa jeunesse, cela se bornait à des choses très simples, comme d'éviter de croiser son chemin, prier beaucoup, cuisiner, faire le ménage, les courses... Et attendre qu'elle s'en aille.

Elle avait cru en être débarrassée. Et voilà qu'à vingt-cinq ans, elle attendait toujours que sa mère s'en aille. Elle attendait sa fin.

Plus tôt dans la soirée, Tully avait appelé tante Lena pour lui demander de bien vouloir prendre Hedda, juste pour l'été. Tante Lena avait répondu que la maison du Bosquet était petite et que la présence d'une intruse gênerait son mari.

— Et puis c'est ta mère, Tully.

— N'ai-je pas payé mon dû ? Ce ne serait que pour l'été, avait dit Tully d'un ton las.

— Voyons, Tully. Après le départ de ton père, ta mère s'est occupée de toi pendant dix ans. Ça a été très dur. Elle a souvent pensé à t'abandonner, mais elle ne l'a pas fait. Dix ans, ça ne compte pas ?

— Onze ans, avait rectifié Tully d'un ton calme avant de raccrocher.

Et elle était allée s'asseoir par terre, dos au mur, à côté de la chambre de Hedda.

M'abandonner. Elle en avait envie, mais elle ne l'a pas fait. Ma mère s'est occupée de moi pendant dix-huit ans sans m'abandonner. Sans m'abandonner. Ce n'est pas rien, tout de même !

Tully a la gorge sèche et n'arrive pas à déglutir. Dans la maison sombre et silencieuse, elle essaie de penser à autre chose. Mais cela remonte toujours à la surface, comme un poisson mort que les vagues rejettent sur le rivage.

Je suis toute seule avec elle dans la maison. Ce serait si facile.

Ce serait si facile. Il n'y a personne dans la maison. Elle doit dormir comme une masse. Ouvrir la porte, entrer. Prendre l'oreiller qui est toujours sur le fauteuil, m'approcher et le poser sur la tête de celle qui s'est occupée de moi pendant dix-huit ans. Ce serait si facile. Et sans regrets. Poser l'oreiller sur son visage et appuyer de toutes mes forces. À part sa main droite, elle ne peut plus rien bouger. Maintenir l'oreiller et appuyer encore plus fort. Sa tête valserait, mais je maintiendrais l'oreiller. Sa main se lèverait pour fouetter l'air, mais je m'assiérais dessus.

Sa tête bouge de moins en moins. Ses intestins se relâchent. Ça pue abominablement. Mais pas plus que d'habitude, finalement. Elle a encore quelques soubresauts, puis plus rien. Sa main retombe, inerte. Je maintiens l'oreiller encore quelques secondes, par sécurité. On ne sait jamais. Puis je le soulève. Je lui ferme la bouche et les paupières. Je me lève. Je lisse les couvertures. Je lui touche la main. Encore tiède. Je prends l'oreiller, je le remets sur la chaise. Je regarde encore le visage de celle qui s'est occupée de moi pendant dix-huit ans. Puis j'avale ma salive. Facilement. Et je m'en vais... tout simplement.

Tully frotta ses paumes l'une contre l'autre. Elles étaient sèches. Elle se leva, ouvrit la porte de là chambre. Hedda était allongée sur le lit, les yeux fermés, immobile. Elle l'entendait à peine respirer. L'oreiller était bien sur le fauteuil où Tully s'asseyait pour lui faire la lecture. Oui, pensa Tully en s'approchant. C'est aussi facile que ça. Tous les os qui me restent en travers de la gorge, toutes ces années qui ne passent pas, tout ce que je n'arrive pas à avaler gît là, sur ce lit, sous cette couverture, en face de moi. Quel soulagement, quelle libération, allez, vas-y, prends l'oreiller et...

— Peindre la maison..., dit Robin, qui, rentré en pleine nuit, avait trouvé Tully endormie par terre, devant la chambre de Hedda. Ça m'est complètement égal. Fais comme tu veux.

— Pas si vite, dit Tully un peu abrutie, en montant dans le lit. Ça fait un bout de temps qu'on en parle.

— Pas moi, en tout cas, dit Robin.

— J'ai réfléchi à ma mère, dit Tully une fois couchée.

— Pourquoi ? dit-il d'un ton las. Tu crois que ça va l'empêcher de peindre ?

— Lâche-moi, Robin. Je ne réponds plus de moi, c'est tout.

— Comment ça ?

— J'ai envie qu'elle meure, Robin, murmura Tully.

— Comment te sentirais-tu si elle mourait ?

— Soulagée, dit Tully.

Elle regarda Robin finir sa cigarette, les yeux fixés sur les rideaux blancs que la brise agitait.

— Et si on mourait, Boomer et moi, tu te sentirais aussi soulagée ?

Elle en avait plus qu'assez qu'il lise toujours dans ses pensées.

— Oh ! arrête de dire n'importe quoi ! lui lança-t-elle.

Le lundi, Tully dut aller travailler, mais toute la journée, elle eut la tête ailleurs. Au 1501 de Texas Street, que Jack était en train de peindre ! Et ce fut presque toujours comme ça, pendant les deux semaines qui suivirent.

À l'heure du déjeuner, elle se précipitait pour le retrouver, lui faire à manger, et voler trente précieuses minutes pour les passer en sa compagnie avant de retourner au boulot.

Parfois Tully s'arrêtait en passant, vers les trois ou quatre heures de l'après-midi, et lui proposait d'aller faire un tour. Ils sortaient de la maison, allaient jusqu'au bout de l'impasse, passaient par-dessus la barrière métallique et marchaient à travers bois et taillis, franchissant des fossés, des troncs d'arbres morts, jusqu'à ce qu'ils débouchent sur un grand dégagement, à l'intérieur de Shunga Park. Ils se promenaient, faisaient le tour du terrain de base-ball, montaient et descendaient les gradins, et finissaient par rentrer. Il leur arrivait même de s'asseoir sur les gradins. Mais pas souvent.

Tully passait prendre Boomerang vers cinq heures et demie, six heures du soir, et le temps qu'elle revienne, Jack était parti. Robin rentrait vers huit heures et Tully, qui avait cessé de faire la cuisine depuis le début du mois de juin, regardait Robin manger le dîner que Millie avait préparé. Il lui arrivait de dîner avec lui, même si la plupart du temps, elle se contentait de le regarder.

Ce n'était pas idéal, mais au moins voyait-elle Jack tous les jours. Et Tully avait trop crié famine pour faire la difficile.

La dernière semaine de juin, Tully assista à une réunion d'assistance psycho-sociologique avec Mr et Mrs Slattery et le Dr Connelly, un psychologue extérieur à l'agence. Cela lui arrivait souvent, mais cette fois-ci, c'était un peu particulier.

Tully n'avait pas du tout envie d'être là. D'abord parce qu'elle ratait un déjeuner, ensuite parce qu'elle ne supportait pas Mr et Mrs Slattery.

Elle leur avait été présentée six mois plus tôt et avait ensuite conseillé à Lillian de faire des trois enfants Slattery des pupilles sous contrôle judiciaire permanent et de les proposer à l'adoption.

Lillian n'avait pas tenu compte de sa recommandation et avait spécifié dans son rapport que Mr et Mrs Slattery, avec l'aide d'une assistance psychologique, se déferaient facilement de leur engouement excessif pour la discipline et deviendraient assez stables pour s'occuper de leurs enfants. Tully en avait été consternée. Cela faisait six ans que Mr et Mrs Slattery péchaient par excès de « zèle ». Quand Mrs Slattery avait accouché à l'hôpital de son deuxième enfant, une petite fille, on l'en avait vite séparée, car une infirmière l'avait surprise en train de gifler sa fille de deux jours parce que celle-ci refusait de boire au biberon. Pour son troisième, Mrs Slattery avait accouché à domicile, afin d'éviter que ces « fouineuses d'infirmières », comme elle les appelait, mettent le nez dans ses affaires.

Un mois plus tard, Jason, le fils aîné, appelait la police. Par jalousie, son père les avait roués de coups. Mrs Slattery avait le nez cassé et les petits le dos ensanglanté. Pour la septième fois, les policiers emmenèrent les enfants. Si Mrs Slattery avait voulu partir, ils l'auraient emmenée aussi.

Quelques années avaient passé. Il y a six mois, les Slattery avaient voulu récupérer leurs enfants. Dans son rapport, Tully avait déclaré que le cas de Mr et Mrs Slattery était sans espoir, et qu'une aide psychologique, même doublée d'un contrôle strict, ne leur serait d'aucun secours. Ils ne deviendraient jamais assez stables pour qu'on puisse leur confier leurs enfants en toute sécurité.

Se fondant sur les conclusions du dernier rapport établi sur les Slattery, Tully avait soufflé à Lillian que Mr Slattery était peut-être par nature une brute épaisse, ce qui avait scandalisé Lillian. Elles avaient eu des mots et Tully avait fini par s'écraser.

— Les gens peuvent changer avec un peu de bonne volonté, surtout quand ils ont des enfants, avait déclaré Lillian. Bob Slattery a eu une enfance difficile, il a dû se battre...

— Il n'est pas le seul, avait observé Tully.

— Il vient d'une famille déchirée et il a subi de mauvais traitements quand il était petit.

— Il n'est pas le seul.

— Dans ce cas, vous devriez être plus compréhensive...

— Justement non, Lillian, repartit Tully.

— Ça suffit, Tully, avait conclu Lillian d'un ton sec. Je vais demander six mois de mise à l'épreuve pour Bob Slattery.

Tully avait réagi en disant que, dans ce cas, elle ne voulait plus entendre parler des Slattery. C'était il y a six mois, la période probatoire était écoulée et les Slattery revenaient à la charge pour récupérer leurs enfants. Tully refusa de reprendre l'affaire en main.

Mais Lillian insista tellement qu'à la fin Tully fut contrainte d'assister à l'entrevue avec le psychologue, le Dr Connelly, un homme grisonnant approchant de la soixantaine.

Pendant la réunion, elle resta les bras croisés. Elle levait les yeux au ciel, regardait les Slattery du coin de l'œil, intervenait à l'occasion pour poser une question, sans faire de commentaires. À la façon enjôleuse dont Lillian s'adressait aux Slattery et parlait avec enthousiasme de leurs progrès et de l'amour qu'ils portaient à leurs enfants, Tully aurait parié qu'ils étaient de la même famille.

— Notre réunion touche à sa fin, dit le Dr Connelly. Tully ? Avez-vous quelque chose à ajouter ?

— Non, dit Tully.

— D'après vous, les enfants sont-ils bien traités dans leur famille d'accueil ?

— Oui, très bien. Vous savez qu'ils ont fait une demande d'adoption concernant les trois enfants. L'État perdrait une excellente famille d'accueil, mais Jason, Kim et le petit Bobby y gagneraient beaucoup.

— C'est mes enfants ! cria Mrs Slattery. Je veux qu'on me les rende ! Je les abandonnerai jamais à n'importe qui !

Tully regarda Lillian, les Slattery, le Dr Connelly et dit aussi posément que possible :

— Dr Connelly, ces enfants sont très heureux là où ils sont. Plus heureux qu'ils ne l'ont jamais été. En six ans, ils sont passés par neuf familles d'accueil différentes et ils ont fini par en trouver une qui leur convient, à laquelle ils sont très attachés. Vous serez sans doute de mon avis pour dire qu'il faut laisser le temps à Mr et Mrs Slattery de trouver leur équilibre et garantir aux enfants un minimum de stabilité au sein de leur famille d'accueil.

— Pas question, dit Mr Slattery, un chauve bedonnant et négligé. Les enfants doivent vivre avec leur vrai papa et leur vraie maman. C'est ça, la stabilité.

Tully commença à faire craquer ses doigts en essayant de garder son calme. Elle haïssait Mr Slattery. Elle chercha un soutien du côté de Lillian, mais celle-ci regardait Mr Slattery avec compassion.

— Un délai supplémentaire, c'est tout ce que je demande, reprit Tully. Mr et Mrs Slattery, je ne doute pas que vous ayez fait des progrès considérables, mais il nous faut plus de temps pour pouvoir en juger, dans l'intérêt des enfants. Vous pourrez les voir le dimanche. Vous ne voulez pas qu'ils soient adoptés, c'est votre droit. Je recommanderai donc que les enfants restent dans la famille d'accueil pour encore six mois, durant lesquels...

— Je ne veux pas que mes enfants restent dans une de ces foutues familles d'accueil ! l'interrompit Mr Slattery. Je veux qu'ils reviennent chez nous ! Là où ils doivent être !

Tully se cramponna à sa chaise. Elle savait qu'elle n'avait aucune aide à attendre de Lillian et le Dr Connelly, tout en sueur, n'ouvrait pas la bouche.

— Mr Slattery, je sais que vous aimez beaucoup vos enfants, dit Tully. Mais chez vous, ils n'ont pas été bien traités. On ne peut pas décider de leur avenir en agissant à la hâte. Il nous faut du temps. Je comprends qu'ils vous manquent. Mais nous devons penser à eux avant tout.

— C'est ce que je fais ! s'exclama Mr Slattery. Ces enfants n'ont pas été maltraités ! Il fallait bien leur apprendre la discipline !

Ouf ! merci mon Dieu. Je savais que ça sortirait si on lui laissait le temps d'ouvrir sa grande gueule. Merci mon Dieu.

Haussant les sourcils, Tully regarda Lillian et le Dr Connelly d'un air entendu. L'une avait les yeux fixés au sol, l'autre transpirait à grosses gouttes.

— Dr Connelly ? dit Tully.

Le bon docteur se racla la gorge.

— Hum, Mr Slattery. Je crois que la question n'est pas de savoir si ces enfants ont été maltraités, mais s'ils le seront encore...

— On vous donne notre parole qu'ils seront plus maltraités, dit Mrs Slattery, des sanglots dans la voix.

— Toi, la ferme ! aboya Mr Slattery.

— Moi je suis sûre que Mr et Mrs Slattery sauront à l'avenir traiter leurs enfants comme il convient, dit Lillian en jetant à Tully un regard de profond mépris. Cette réunion n'a fait que confirmer mon opinion. Je recommanderai qu'on rende ces enfants à leurs parents. Ils ont besoin d'eux.

Incrédule, Tully se tourna vers le psychologue.

— On pourrait peut-être en rediscuter, Lillian, hum ? dit le Dr Connelly d'une voix rauque.

— Merci, Dr Connelly, dit Lillian en se levant. Ce sera tout.

Tous se levèrent, mais Tully tenait à peine sur ses jambes. Elle était d'un côté de la table avec le Dr Connelly, et les Slattery étaient de l'autre.

— Dans la vie, il faut de la discipline, Mrs DeMarco, lui dit en souriant Mr Slattery. On ne vous a pas appris ça quand vous étiez petite ? Et vos enfants, vous ne leur apprenez pas ?

Tully prit une profonde inspiration, mais c'était trop tard. La brume rouge s'était levée. Aveuglée, elle la sentit tomber sur elle et l'envahir, comme la nuit.

— Bien sûr que si, Mr Slattery. Mais pour ça, je ne me sers pas de fer rouge ni de tringle à rideau. Et je n'ai jamais fourré un revolver dans la bouche de mon fils en le menaçant de lui faire éclater la cervelle s'il refusait de s'excuser, espèce de gros con.

Le Dr Connelly blêmit, Lillian sourit. De l'autre côté de la table, Mr Slattery poussa un hurlement et se jeta sur Tully, la prenant à la gorge. Le Dr Connelly se précipita dans le couloir en criant :

— Police ! Appelez la police !

Lillian restait immobile, comme pétrifiée. Quant à Mrs Slattery, elle geignait « doucement, Bobby, du calme, du calme », sans même se lever de sa chaise.

— Espèce de pute ! Je vais te tuer ! Je vais te faire gicler la cervelle ! hurlait Mr Slattery en cognant la tête de Tully contre le mur, encore et encore.

Bouche ouverte, cherchant à reprendre son souffle, Tully, les yeux révulsés, réussit à lever le genou et à frapper Slattery entre les jambes. Il hurla et relâcha son étreinte. Tully tomba sur le côté, toussant, écumant. Mais elle avait toujours le voile rouge devant les yeux. Elle prit la grosse agrafeuse qui se trouvait sur le bureau et l'écrasa en plein dans la figure de Mr Slattery, qui se tordait de douleur, les mains entre les jambes.

En voyant son mari s'écrouler à terre, Mrs Slattery se mit à hurler. Les agents de sécurité arrivèrent, bien après la bataille.

À Stormont-Vail, Tully eut besoin de six points de suture à la tête. Elle était couchée dans la salle des urgences depuis une heure ou deux, hébétée et le crâne bandé, quand Robin se précipita à l'intérieur, son fils dans les bras.

— Robin, qu'est-ce que tu fais là ?

Tully était en train de penser à Jack et à Texas Street. Merde, elle avait raté le déjeuner.

— Alan m'a appelé. Il m'a dit que tu étais blessée. J'ai paniqué, dit Robin en se penchant sur Tully pour l'embrasser sur le front. J'ai demandé si c'était grave et il m'a dit que tu t'en remettrais, mais que l'autre type était salement amoché.

Tully sourit faiblement et raconta à Robin ce qui s'était passé.

— Tully, c'est un fou furieux, dit-il quand elle eut fini. Pourquoi as-tu fait ça ?

— J'ai perdu mon calme, répondit Tully en détournant le visage. Je ne pouvais plus supporter de l'avoir en face de moi.

— Il y a quand même une petite satisfaction dans tout ça. C'est ce que tu as fait à... cet enfoiré, murmura Robin pour ne pas être entendu de son fils. Il doit crever de honte, à l'heure qu'il est, d'avoir été battu par une femme.

— Tu parles ! Tu as vu sa femme ? dit Tully. Il doit se faire tabasser régulièrement.

— À mon avis, il la bat et elle bat les enfants.

— Non, pas tout à fait. Ils se tapent dessus et ensuite ils battent les enfants.

Robin apprit à Tully que Mr Slattery avait un testicule écrasé et la mâchoire cassée, ce qui nécessiterait une opération.

— Tu te rends compte ? Tu as dû le frapper sacrément fort pour lui casser la mâchoire ! Il a aussi perdu trois dents.

— J'espère que ça aura servi à quelque chose, dit Tully. Mr Hillier y repensera sans doute à deux fois avant de lui rendre ses gosses.

— Qui voulait rendre ses gosses à ce fumier ? demanda Robin, incrédule.

— Lillian, dit Tully.

— Laisse tomber toute cette merde, Tully, dit Robin tranquillement en lui caressant la tête. Pourquoi ne pas démissionner ?

Boomerang leva les yeux.

— Oh ! papa a dit un vilain mot !

— Papa s'excuse, dirent Tully et Robin à l'unisson.

Robin et Boomerang restèrent un moment. Boomerang voulait que sa mère rentre à la maison avec eux et Robin dut lui expliquer que maman devait passer la nuit à l'hôpital pour être sûre que tout allait bien. Boomerang voulut alors passer la nuit à l'hôpital avec sa mère. Robin eut du mal à lui faire quitter les lieux.

Après leur départ, Tully alluma la télé pour se changer les idées. Elle sentait encore les mains de Mr Slattery autour de son cou.

Tully fut réveillée par l'infirmière, qui lui annonça doucement :

— Mrs DeMarco, votre cousin est venu vous voir.

— Mais je n'ai pas de cousin, marmonna Tully, encore sonnée, tandis que Jack passait devant l'infirmière, apparemment fascinée par la largeur de ses épaules.

— Alors, cousine ! dit Jack en souriant.

Tully sourit. Soudain, elle se sentit nettement mieux.

— Juste quelques minutes, autrement j'aurais des ennuis, d'accord, Jack ? dit l'infirmière.

— D'accord, Jack ? répéta Tully en l'imitant dès qu'elle fut sortie.

En riant, Jack vint s'asseoir près d'elle sur le lit.

— C'est gentil d'être venu, dit Tully.

— J'étais un peu inquiet. Et puis Millie a eu un coup de téléphone de Robin. C'est comme ça que j'ai su.

Il était assis tout près d'elle sur le lit. Tully sentait son odeur. Elle avait envie de poser un baiser sur son bras. Tu n'as pas besoin de t'expliquer, Jack.

— Et que va-t-il se passer, maintenant ? demanda Jack. Ne me dis pas que tu vas retourner dans cet endroit maudit.

— Il le faut bien, dit Tully. S'ils veulent encore de moi.

— Mais je croyais que Mr Hillier t'aimait bien ? demanda Jack.

— Oui. C'est grâce à lui que je n'ai pas encore été flanquée dehors. Mais les autres me regardent tous d'un sale œil. Et Lillian m'a carrément prise en grippe.

— Comment elle est, cette Lillian ? s'enquit Jack. Ça semble incroyable que quelqu'un comme elle soit à la tête du service de placement familial.

— On ne sait rien d'elle, à part qu'elle n'a jamais été mariée et qu'elle n'a pas d'enfants.

— Moi non plus, dit Jack d'un ton sec. Qu'est-ce que ça prouve?

Tully haussa les sourcils.

— Que tu n'as pas de cœur, toi non plus!

— Non, mais sérieusement...

Soudain, Tully n'eut plus du tout envie de parler de Lillian. C'est une pauvre femme solitaire, laide et malheureuse. Tout le monde s'en fiche, de Lillian. C'est peut-être de là que vient le mal.

Jack était assis près d'elle sur le lit, et ça, Tully ne s'en fichait pas du tout.

— Ce n'est pas ton truc, dit Jack. Laisse tomber tout ça et occupe-toi de ta famille. Ils ont besoin de toi. Et eux n'essaieront pas de te fracasser le crâne contre un mur.

— On voit que tu ne connais pas ma mère, dit Tully.

— Je ne pensais pas à elle. Ta vraie famille, maintenant, c'est Boomerang et Robin.

Tully laissa retomber sa tête sur l'oreiller.

— Même eux, je me demande si je peux les aider, dit-elle sans le regarder. Ils en ont tant besoin...

— Nous en avons tous besoin, Tully, dit Jack tranquillement.

L'infirmière revint pour dire à Jack qu'il était temps de partir. Il se leva et fixa l'infirmière jusqu'à ce qu'elle referme la porte.

— Quand rentres-tu chez toi? demanda-t-il.

— Demain. Robin va passer me prendre dans la matinée.

Jack resta silencieux un instant.

— Est-ce que je continue à peindre, demain?

— Pourquoi pas? répondit Tully, songeuse.

Il peint juste la maison. Je n'ai rien à cacher. Mais il faudra faire comme si Jack n'était pas au courant, au sujet de l'accident. Et Tully n'avait pas envie de faire comme si.

— Tu n'as qu'à attendre jeudi, dit Tully.

Jack hocha la tête en posant la main sur le crâne bandé de Tully.

— J'espère que tu vas vite te sentir mieux, Tully.

— Je me sens déjà mieux, dit-elle en souriant.

Cette nuit-là, elle dormit mal et regarda la télé d'un air absent. Elle avait presque oublié Mr Slattery. Du moment où elle s'endormit jusqu'à celui où elle ouvrit les yeux, Jack Pendel habita son sommeil.

Le surlendemain, Tully reçut chez elle la visite de Mr Hillier. Elle n'était pas en grande forme et aurait bien voulu se reposer, mais apparemment, celui-ci éprouvait la nécessité impérieuse de trouver une justification à ce qui s'était passé : la politique des services sociaux et de l'Agence de placement familial, la philosophie grecque, Lillian, et lui-même. Il déplora aussi que Tully ait tant de mal à supporter le principe même de fonctionnement de l'agence, à savoir le côté temporaire de l'aide qu'on apportait aux gens, même si c'était par bonté d'âme, et blablabla.

Mr Hillier monologua ainsi une bonne heure, durant laquelle Tully se laissa dériver sur les océans, passant d'un continent à l'autre en songeant aux revues de la National Geographic Society qui se trouvaient toujours dans les caisses remisées au grenier.

— Pourriez-vous en venir au fait, Mr Hillier ? finit par dire Tully.

— Vous allez toujours à l'essentiel, n'est-ce pas, Tully ?

— Pas toujours, non, répliqua Tully d'un ton sec. Mais vous parlez depuis un bon moment, et j'en suis toujours à me demander si vous êtes venu m'apporter des excuses de la part de Lillian ou me virer.

— Ni l'un ni l'autre. Vous ne vous sentez pas très bien, ça se voit. L'hôpital dit que vous souffrez d'une légère commotion cérébrale.

— Ah bon ?

Un jour, ils m'ont dit que j'étais en état de choc, se rappela Tully.

— J'ai parlé avec votre mari tout récemment, reprit Mr Hillier après s'être éclairci la voix, quant à l'éventualité de porter plainte. Voilà. Je tenais à vous dire que Lillian s'obstine à demander qu'on rende leurs enfants aux Slattery. Le Dr Connelly et moi lui avons dit qu'un homme attaqué en justice pour coups et blessures a peu de chances de récupérer ses enfants. Au mieux, on nous traiterait d'irresponsables. Au pis, nous serions poursuivis pour négligence criminelle. Nous lui avons donc demandé de reconsidérer son point de vue. Le moins qu'on puisse dire, c'est qu'elle n'a pas apprécié notre conseil. Elle m'a presque menacé de donner sa démission en disant que nous nous déchargions sur vous de notre responsabilité.

— Sur moi ? dit Tully. Certainement pas, Mr Hillier.

— Quoi qu'il en soit, je ne veux pas vous obliger à porter plainte contre Mr Slattery. Si pour une raison ou pour une autre, vous n'en avez pas envie, très bien. Mais continuez à l'en menacer, afin qu'il ne remette pas la main sur ses enfants. Entre parenthèses, vous leur avez rendu un fier service, Tully. Merci.

— De rien, ironisa Tully.

— J'aimerais qu'on efface tout et qu'on reparte d'un bon pied, dit Mr Hillier. Prenez le temps qu'il faudra pour vous rétablir. Lillian devrait finir par se calmer. Vos quatre semaines de vacances approchent. Plus le congé maladie... Je suis sûr qu'on peut tirer jusqu'au mois de septembre. Alan a déjà proposé de prendre en charge les cas dont vous vous occupez pendant ce temps. Détendez-vous, Tully. Et souvenez-vous qu'on essaie tous de faire pour le mieux.

Mais Tully ne se souciait plus de Mr Hillier, de Lillian ou de Mr Slattery. Tout un été ! pensait-elle. Tout un glorieux été plein de soleil et de coups de pinceau. Merci, mon Dieu, pour tes voies insondables.

Tully demeura donc à la maison tandis que Jack peignait. Elle croyait qu'elle allait prendre du bon temps... Ce fut un enfer. Ni le soleil ni l'été ne réussissaient à apaiser le mal lancinant dont elle souffrait.

À mesure que l'été avançait et que la chaleur augmentait, la conversation devenait plus difficile. Pendant sa convalescence, Tully préparait les mélanges de Jack, allait lui acheter de la peinture ou lui apportait de la limonade. Elle couvrait les meubles avec de vieux draps, faisait la poussière et balayait la sciure de bois tombée des fenêtres.

Certains jours, Jack était si absorbé dans sa tâche que Tully parlait davantage à Millie qu'à lui. Tully avait envie que Millie prenne des vacances. Elle aurait voulu que tous les habitants de cette sacrée baraque partent en vacances.

La nuit, Tully restait nue devant son miroir et se passait les mains sur le corps en murmurant : « Il me veut, il ne me veut pas, il me veut, il ne me veut pas, il me veut, il me veut, il me veut. Il me veut, je le veux, il me veut, je le veux, je le veux je le veux je le veux je le veux. »

Et le matin, quand Jack sonnait à la porte d'entrée, elle descendait toujours les marches quatre à quatre, pieds nus.

Elle grimpait à l'échelle, ses jambes passant à la

hauteur du visage de Jack, et il lui tenait le coude pour l'aider à redescendre. Certains jours, Tully s'habillait de pied en cap, d'autres, elle allait à peine vêtue. Certains jours, elle se maquillait beaucoup et d'autres pas du tout. Elle changeait de coiffure, passant des tresses aux boucles, ou laissant pendre ses cheveux. Un jour elle était incapable de rien avaler et le lendemain mangeait comme un ogre. Tully n'avait aucun repère. Elle ignorait les goûts de Jack et ne savait même pas si elle lui plaisait, car il se montrait toujours prévenant et chaleureux, et sa constance la privait de tout indice. Elle ne savait que faire pour le séduire, qu'il soulage enfin sa souffrance.

Jack ne faisait que peindre et Tully continuait à faire l'amour avec Robin. Dans l'état d'excitation fiévreuse où elle se trouvait, elle en voulait toujours plus, mais Robin ne parvenait pas à la rassasier. Tully voulait Jack.

— Qu'est-ce qui te prend, Tully ? lui dit Jack début juillet, quand il entra dans la cuisine et la vit en train de se passer de la glace sur le visage et le cou.

Rouge et brûlante de honte, Tully ne répondit pas.

— Millie vient de me dire que tu organisais une petite sauterie, le 4 juillet ? dit Jack.

— Oui, dit Tully.

— Dommage que la maison ne soit pas finie. Tes invités auraient pu s'extasier en chœur.

Je voudrais bien t'inviter aussi, Jack.

— Tu sais, c'est juste la famille, dit Tully d'un air fataliste.

Au barbecue, tout le monde s'extasia en chœur. Seul le côté nord de la maison, celui de Hedda, n'était pas encore refait, mais personne ne le remarqua car on ne s'y aventurait jamais.

Robin et Tully répondirent aux félicitations en souriant poliment. Pendant que Robin s'occupait du barbecue, Tully fit la conversation à ses invités.

— Tu en as de la chance, Tully, dit Karen à la cantonade. Il faut dire qu'on en a tous.

Linda acquiesça vigoureusement. Shakie hocha la tête. Tully ne dit rien.

— Oui, dit Shakie. Nous avons toutes de beaux enfants, des maris aimants et dévoués, de belles maisons, mais aucune n'égale celle de Tully. Tully a la maison la plus fraîchement repeinte de tout Topeka, n'est-ce pas, Tully ?

— Oui, Shakie, dit Tully en maudissant son amie.

— Tully, tu n'as pas l'air très gaie, dit Linda en lui touchant le bras. Tu es heureuse, en ce moment ?

— Avec Robin pour mari, comment être malheureuse ? dit Karen en riant, ce qui évita à Tully de répondre.

— Robin est un mari merveilleux, dit Shakie sans regarder Tully.

— Le meilleur, dit Linda. Tous les DeMarco sont merveilleux. Mais je parie que Robin n'oblige pas Tully à se lever à quatre heures du matin pour traire les vaches.

— Il n'en a pas besoin. À cette heure-là, Tully est encore debout. Elle a des insomnies, n'est-ce pas, Tully ? dit Shakie avec un sourire mielleux.

Tully eut presque envie de la gifler.

— Il y a un bon moyen d'occuper tes nuits, Tully, dit Karen avec un sourire. À quand le prochain ? Tu as pris du retard par rapport à nous.

— Je ne savais pas que c'était une course contre la montre, dit Tully d'un air renfrogné. Mais vous avez raison. Même Shakie en a eu un troisième.

Shakie ne releva pas.

— Allons, Tull, dit Karen. Tu ne voudrais pas que Boomerang soit enfant unique ?

— Ce n'est pas drôle, renchérit Linda. Je suis bien placée pour le savoir.

— Vous étiez combien d'enfants, chez vous, Tully ? demanda Karen.

— Un, dit Tully en se rappelant soudain les petits soldats avec lesquels son frère Henry jouait quand il était assis sur sa petite chaise de bébé, après avoir mangé ses céréales.

— Oh, gémit Linda, j'ignorais que tu étais enfant unique, comme moi. Je comprends pourquoi nous sommes toutes les deux tombées amoureuses des DeMarco !

— Ça ne veut rien dire, fit remarquer Karen. Dans ma famille, nous étions sept enfants, et je suis aussi tombée amoureuse d'un DeMarco ! Dommage qu'il n'y en ait pas un quatrième, hein, Shake ? Tu aurais pu l'épouser.

— Bien sûr, fit Shakie en se détournant.

Tully fit de même. Elle n'avait qu'une envie, à cet instant : être au lac Vaquero.

— Tully, comment se fait-il que Boomer ne vienne pas à Vaquero avec nous, ces jours-ci ? demanda Jack.

Ils étaient assis l'un à côté de l'autre à l'arrière du bateau qui flottait sur le lac, les rames relevées. Il faisait chaud. Tully somnolait paresseusement, bercée par le mouvement de l'eau.

— Il joue au softball avec son père.

— Tiens, si on jouait à quelque chose ? demanda Jack.

— C'est une idée, dit Tully avec nonchalance. On n'a qu'à jouer à « Qui dort gagne »...

— Non. Je te pose une question et tu me réponds sans prendre le temps de réfléchir.

— Je n'aime pas trop ce genre de jeu.

— Je commence. Qui était ton premier petit ami ?

Tully fit semblant de ronfler.

— Tully...

— Robin, répondit Tully sans réfléchir. Et ta première petite amie ?

— Elle s'appelait Donna. J'avais quatorze ans et elle quinze. J'étais vraiment mordu.

— Eh ! je ne te demande pas de détails. Je croyais qu'on ne devait pas réfléchir, dit-elle en lui faisant un clin d'œil. C'était ton premier baiser ?

— Non, mais c'était ma première. Et Robin ?

— Non.

— Tu te souviens du premier ?

— Oui, je m'en souviens, dit Tully. Mais je n'ai pas trop envie d'en parler.

— Ah, fit-il en hochant la tête, les yeux fixés sur les poignets de Tully. C'est ce qui t'a fait si bien comprendre, pour Jen.

— Tu n'y es pas du tout, dit Tully en s'écartant un peu.

— Je crois avoir compris. Ton premier, tu n'en étais pas amoureuse, c'est ça ?

Tully ne répondit pas et Jack changea de sujet.

— Qui as-tu connu la première, Jen ou Julie ?

— Julie. Quelle est la première chose que Jennifer t'a dite à mon sujet ?

— Elle m'a dit : « Ma copine Tully est meilleur lanceur que toi. Ma copine Tully te botterait les fesses, si elle était là. »

— Ça lui ressemble bien, de dire ça, remarqua Tully en souriant.

— À moi. Quelle est la première chose que Jen t'a dite sur moi ?

— Elle ne m'a jamais parlé de toi. Elle m'a juste dit que je te sous-estimais.

— Et c'était vrai ?

— C'est mon tour, Jack. Elle te plaisait ?

— Bien sûr. J'avais seize ans. Tout le monde me plaisait. Alors, tu me sous-estimais ?

— Oui, un peu, répondit-elle en s'appuyant contre lui, tandis qu'ils voguaient sur le lac Vaquero. Étais-tu amoureux de Shakie ?

— J'étais surtout fier d'être le capitaine des High Trojans, dit Jack. Fier d'être le roi de la fête du lycée. Es-tu jamais tombée amoureuse d'un des garçons avec lesquels tu dansais ?

Elle leva la tête pour le regarder.

— Non, répondit Tully en pensant qu'elle mentait.

— Jamais ? demanda Jack sans la regarder.

— À moi, dit Tully.

— Attends, ce n'était pas une question. C'était plus une exclamation d'incrédulité. Jamais !

— Alors tu n'as pas besoin de réponse, dit Tully. As-tu eu beaucoup de petites amies au cours de tes voyages ?

— Eh bien, j'en ai eu pas mal. À moi. Aimais-tu Jennifer ?

— À ton avis ?

— Je ne sais pas. C'est à toi de répondre.

— Bien sûr que je l'aimais, répondit Tully d'un ton égal. J'avais seize ans. J'aimais tout le monde.

Jennifer est la seule personne que j'aie jamais aimée, songea-t-elle. Jusqu'à aujourd'hui.

— As-tu aimé certaines des filles que tu as rencontrées dans tes voyages ?

— Je leur ai dit que je les aimais. Ça revient au même ? Ceci n'est pas une question, s'empressa-t-il de dire.

— Trop tard, dit Tully, à moi. T'a-t-elle jamais dit qu'elle t'aimait ? demanda-t-elle d'une voix incertaine.

— Jamais, dit Jack. T'a-t-elle jamais dit qu'elle m'aimait ?

— Oui, répondit Tully.

— Elle aurait dû me le dire à moi, dit Jack posément.

Il faisait toujours une chaleur étouffante quand ils descendirent de la barque. Jack avança dans l'eau en tirant le bateau jusqu'à une petite crique où il le dissimula derrière un rideau de feuillage. Tully s'était déjà assise sur le sable et le regardait faire. Il gesticulait en parlant et en riant, et ses jambes nues étaient à quelques centimètres du visage de Tully. De ses yeux. De ses lèvres. Tully lui tenait compagnie en silence, le regard avide. Ce serait si facile, si facile, cela ne me demanderait aucun effort, aucun courage, je n'ai qu'à me pencher pour poser un baiser sur ses jambes, juste me pencher un peu en avant et effleurer de mes lèvres les poils dorés de ses cuisses... Elle ferma les yeux et l'entendit dire :

— Tully ?

Ouvrant les yeux, elle vit qu'il avait cessé de parler et qu'il la fixait intensément. Réponse. Temps. Désir. Années. Jennifer.

— Tully, marmonna-t-il en la faisant lever. Qu'est-ce que tu as fait ?

— Ce que j'ai fait ? fit-elle d'un air hagard, debout devant lui.

— Tu viens de m'embrasser sur la jambe, Tully, dit Jack Pendel.

— Mon Dieu ! s'exclama-t-elle, son ventre la brûlant plus que jamais. Je m'excuse.

Il lui enleva les mains de son visage et, la tenant par les poignets, répéta d'une voix rauque, la tête penchée sur elle, ses lèvres à trois centimètres des siennes :

— Tu viens de m'embrasser sur la jambe.

— Jack, je..., souffla-t-elle.

— Oh, Tully, murmura-t-il en l'entraînant à terre. Oh, Tully, répéta-t-il dans un souffle en la pressant fiévreusement contre lui.

Il l'embrassa à pleine bouche. Tully grogna et tendit les mains. Elle lui prit d'abord la tête, puis s'empara de tout son corps, mais ça n'allait pas assez vite. Frénétique, elle toucha son visage, ses cheveux, son cou et se pressa fort contre lui, frottant ses jambes nues contre les siennes tandis qu'il fouillait de la langue sa bouche gémissante. Il la coucha sur le sable et elle tomba en arrière sans lui lâcher le cou ni détacher ses lèvres des siennes. Il lui ouvrit les jambes et s'écrasa sur elle. Tully leva les hanches pour mieux se coller contre lui. Il geignit et l'embrassa voracement tandis que ses mains s'affairaient. Ses mains... Tully sentait la chaleur du soleil sur ses paupières closes. Il se redressa pour lui enlever son short. Elle resta allongée devant lui, à demi nue, pendant qu'il baissait le sien. Il souleva le débardeur de Tully. « Oh, Tully », gémit-il en enfouissant la tête au creux de ses seins humides de sueur. Elle s'accrocha à ses cheveux en geignant. Elle le voulait, elle le voulait maintenant, elle avait peur de défaillir. Elle avait envie de fermer les yeux, mais voulait aussi contempler son visage, le visage de celui dont elle avait tant rêvé. Jack, s'il te plaît, s'il te plaît, Jack, je t'en prie, grogna Tully en l'embrassant. Il lui écarta les jambes. Elle libéra son cou un instant pour le toucher là et geignit en le sentant. La souffrance était trop vive, Tully s'arc-bouta et le reçut en elle. Elle essaya de se raccrocher à quelque chose, mais il n'y avait rien à quoi se raccrocher sauf lui, qui se déchaînait en elle. Jack, Jack, oui, oh oui, comme ça, oui, vas-y, vas-y..., haletait Tully. Oui, fort, oui, Jack... Plus fort.

Son plaisir fut si intense qu'elle relâcha son étreinte en essayant de se raccrocher à autre chose qu'à lui tandis qu'il continuait à s'enfoncer en elle et qu'elle continuait à jouir parce qu'il ne voulait pas s'arrêter. Mais il n'y avait rien à quoi se raccrocher, et alors il jouit aussi, et il finit par arrêter de bouger, et quand il arrêta, elle se mit à pleurer.

Elle pleura en s'accrochant à lui, pleura au creux de son cou, dans ses cheveux. Il pesait sur elle, il était lourd, mais elle ne le sentait pas et le gardait contre elle en le serrant bien fort entre ses jambes.

Il leva la tête pour la regarder.

— Tully, dit-il en haletant. Tu m'as embrassé sur la jambe ?

Tully ferma les yeux et lui sourit, elle sentit les lèvres de Jack baiser ses paupières. Je ne l'ai pas encore bien regardé, songea-t-elle. Mais je l'ai touché.

Jack lui parlait en lui caressant la tête, mais elle l'entendait à peine, car en elle ça courait à toute vitesse en criant Jack, Jack.

Jack se détacha d'elle, roula sur le côté et s'allongea sur le dos.

— Dire que j'étais là, dit-il plein de ravissement en posant une main sur le ventre de Tully. Enfin...

— Laisse-moi te regarder, murmura Tully en s'asseyant sur lui. Mon Dieu, ce que tu es beau !

Il faisait encore chaud en fin d'après-midi. Ils plongèrent nus dans le lac pour se laver de la moiteur. Sans presque parler, juste des murmures et de la douceur.

Après, elle étendit une couverture. Ils s'allongèrent et firent encore l'amour. Cette fois, il dura plus longtemps. Elle monta sur lui et le chevaucha jusqu'à ce qu'il vienne, puis elle se détacha et le reprit jusqu'à ce qu'il devienne dur et jouisse dans sa bouche en haletant et en lui murmurant des choses dont elle ne se souviendrait jamais.

Quand l'après-midi toucha à sa fin, Tully ne dit pas à Jack comment c'était, et elle ne lui demanda pas comment c'était pour lui. Ce n'était pas nécessaire. Elle savait à quoi s'en tenir.

À la fin d'un mois d'août étouffant, Tully alla passer un samedi après-midi chez Shakie. Elle suivait machinalement Shakie et les enfants, l'esprit ailleurs, perdue dans un espace-temps qui avait pour nom lac Vaquero et toutes les journées particulières qu'elle y avait passées ces deux derniers mois, ainsi que l'été précédent.

— Alors, dit Shakie en la regardant d'un drôle d'air. Comment as-tu passé l'été ? Je ne t'ai pas beaucoup vue.

— Oh, je n'ai rien fait de spécial, tu sais, répondit Tully, évasive.

Shakie marqua un temps, puis déclara :

— Je t'ai vue en train de peindre avec lui.

Tully ne tiqua pas.

— Et alors ?

Shakie fixa la pelouse un instant, sans rien dire.

— C'est arrivé, n'est-ce pas, dit-elle enfin.

C'était plus un constat qu'une question.

— Je ne sais pas de quoi tu parles, répondit Tully en fixant l'herbe elle aussi.

Et pourtant, combien elle aurait aimé en parler ! Si seulement Julie était à Topeka.

— Si, tu le sais très bien, rétorqua Shakie en hochant lentement la tête. Tu es même incapable de prononcer son nom à haute voix, de peur que tout le monde comprenne.

Tully frotta ses mains l'une contre l'autre, un lourd héritage de sa mère. Elle en était consciente et s'en voulait, mais dans les moments de tension, elle ne pouvait s'en empêcher, comme de se ronger les ongles.

— Je n'ai pas envie d'en parler, Shakie.

— C'est vraiment arrivé ? Dis-le-moi, Tully.

Tully soupira. Vivement que Julie rentre à Topeka !

— Je n'ai pas de comptes à te rendre, Shakie, dit-elle en se levant. Je n'ai pas envie d'en parler, c'est tout.

Shakie la dévisagea d'un regard plein de tristesse et de déception. Après un silence embarrassé, elle reprit :

— On n'a pas besoin d'en parler. Cela ne me fait plus rien, tu sais.

Voyant la mine incrédule de Tully, elle ajouta :

— Je n'ai plus aucun sentiment pour lui. Plus d'amour, en tout cas. J'ai trois beaux enfants. Toute la boîte déménage pour le centre commercial de West Ridge et je vais être nommée directrice du rayon Chanel. J'ai passé le cap. C'est fini, le temps du lycée. Mais laisse-moi te poser une question. Qu'espères-tu, au juste ?

— Comment ça ?

— Oh, Tully, ne me prends pas pour une idiote. Tu oublies que je suis déjà passée par là, dit-elle avec amertume, je connais l'histoire par cœur.

— Non ! dit Tully piquée à vif, et elle ajouta en regardant au loin : pas cette histoire-là.

Shakie éclata de rire.

— Tully Makker ! Tully DeMarco ! s'exclama-t-elle en appuyant sur chaque syllabe. Jack Pendel n'est pas un preux chevalier à la blanche armure. Qu'est-ce que tu t'imagines ? Qu'il va grimper à ta fenêtre et t'emmener sur son blanc destrier ? Vers où ? À part sa fichue armure, il n'a rien. Remarque, dit Shakie en haussant les épaules, vous êtes peut-être faits l'un pour l'autre. Toi aussi, tu as une armure plus épaisse que celle de Galaad. Oh, Tully, murmura Shakie avec lassitude, il finira par te briser le cœur.

— Je suis prête, répondit Tully.

Début septembre, un samedi, Tully et Jack partirent passer la soirée à Kansas City. Après un bon dîner au petit restaurant français, ils allèrent danser et, vers les deux heures du matin, ils participèrent à un concours de danse, en souvenir du bon vieux temps. Chose incroyable, ils gagnèrent ! On leur offrit deux billets pour un spectacle de variétés, une bouteille de champagne et deux T-shirts.

— C'est une sacrée revanche sur les mauvais jours où tu gagnais cent dollars par concours, dit Jack en ouvrant le champagne dans leur chambre d'hôtel. Que faisais-tu de tout cet argent ?

— J'en dépensais une bonne partie, dit-elle, pendue à son cou. Je me faisais beaucoup d'argent, Jack.

— Je te crois sur parole, dit Jack en lui prenant la taille.

Après l'amour, la tête enfouie dans les cheveux emmêlés de Tully, Jack lui souffla à l'oreille :

— On est au mois de septembre, Tully.

Elle se figea, toute raide, dans ses bras.

— Et alors ? dit-elle en tentant de contrôler le tremblement de sa voix.

— Pour la peinture, la saison est finie.

— Et alors ?

— Il faut bien que je gagne ma vie, Tully. Je suis comme n'importe qui.

— Et alors ? Tu peux trouver du boulot à Topeka. Faire des travaux d'intérieur, par exemple.

— Tully, Tully, dit Jack en passant les doigts dans ses longs cheveux. Je ne suis pas fait pour ça. J'aime le grand air.

— Je vois, dit-elle, en essayant tant bien que mal de maîtriser sa voix.

Jack l'embrassa.

— Je reviendrai cet hiver, pour Noël.

Tully ne lui répondit pas et se mit à compter les moutons dans sa tête. Un, deux, trois, quatre.

— Voilà ce qui nous attend, finit-elle par dire.

— Que proposes-tu d'autre ? lui demanda-t-il d'un ton calme, en s'écartant légèrement.

Ce que je propose ? Bonne question. Mais Tully n'avait pas de réponse. Elle vivait au jour le jour, dans l'attente de le retrouver, et ne voyait pas plus loin.

Aussi resta-t-elle silencieuse durant un bon quart d'heure. Elle repensa à la conversation qu'elle avait eue avec Shakie quelques semaines plus tôt et la rapporta à Jack.

— Une armure ! s'amusa Jack.

— Tu trouves qu'elle a raison ? lui demanda Tully.

— Tout à fait, en ce qui te concerne, dit Jack en la caressant de l'épaule à la hanche.

— Ça s'adressait aussi à toi, remarqua Tully.

— Que deviendrait-on sans armure ? ajouta-t-il en se renversant sur le dos, les yeux fixés au plafond.

— On serait mort.

— Oui, dit Jack tristement. Regarde ta Jen. Elle n'avait pas beaucoup de défense. Elle était vulnérable et n'avait rien pour se protéger du monde extérieur.

— De toi, surtout, dit Tully en détournant la tête.

— Si c'était aussi simple, j'aurais mis fin à mes jours, je me serais fait tuer par son père ou j'aurais épousé sa sœur, pour soulager ma conscience.

— Oui, mais elle n'avait pas de sœur, fit remarquer Tully.

— Elle t'avait toi, dit Jack en souriant.

— Mon cher Jack, tu oublies que je suis déjà

mariée, dit Tully, ce qui les fit rire. Tu l'ignores sans doute, mais je t'ai déjà sauvé la vie une fois, ajouta-t-elle.

— Ça, je n'en doute pas, dit Jack.

— Je parle sérieusement. Il y a des années, Mr Mandolini est venu me voir pour me demander qui était ce J. P. dont Jen parlait dans son journal. J'ai failli le lui dire, mais il avait les yeux fous.

— Je vois. Alors tu penses m'avoir rendu un fier service en lui cachant que c'était moi, le J. P. en question ?

— Tu n'es pas de cet avis ? dit Tully, surprise.

— Je ne sais pas. Parfois, j'ai du mal à continuer, dit Jack avec peine.

— Je ne savais pas..., lui dit Tully en s'accrochant à lui.

— Tu croyais être la seule, n'est-ce pas ? remarqua Jack tristement.

Non, pas Jack, se dit Tully en le dévisageant. Jack n'a pas de démons en lui. Elle lui caressa la poitrine.

— *Qu'importe !* murmura-t-elle en citant Fitzgerald. *Demain nous irons plus vite,*

— *Nous tendrons les bras en avant*, continua Jack en la serrant contre lui, *Et un beau matin,*

— *Nous remonterons le courant qui sans cesse nous rejette dans le passé*, conclut Tully.

— Bien dit, fit Jack.

Par la fenêtre de leur chambre d'hôtel, ils entendirent les oiseaux pépier pour saluer le début du jour.

— Jack, tu ne pouvais donc pas lui rendre son amour ?

— Bien sûr que si.

— Pourquoi ne l'as-tu pas fait ?

Il se coucha sur le ventre et posa sa tête sur l'oreiller.

— Tully, je n'étais qu'un gosse. Je ne pensais qu'à m'amuser, à frimer. Pour ma famille, j'étais un dieu. On m'avait dit que je pourrais tout avoir, et c'était ce que je voulais. J'avais envie de jouer au foot, de boire de la bière, d'avoir plein de copains, de sortir avec plein de filles. Peut-être aussi qu'elle ne m'attirait pas, en fin de compte. Parce que je la connaissais trop bien et que je sentais chez elle une intensité qui me faisait peur. Je ne voulais pas d'histoires...

Tully l'arrêta en l'embrassant sur la bouche.

Il s'éclaircit la gorge et prit le verre d'eau qu'il avait toujours la nuit à portée de main.

— Mon père, le vrai, était un homme merveilleux. C'est du moins ce que pensait ma mère. Il était beaucoup plus beau et intelligent que moi, et bourré de talent. Papa était peintre. Maman dit qu'il était en adoration devant elle. Il peignait les paysages du Kansas avec une grande poésie. On a encore une de ses toiles représentant un coucher de soleil sur la prairie, accrochée au mur du salon. Il a ensorcelé ma mère et elle l'a épousé. Mais elle a vite compris que son côté bohème ne ferait qu'empirer, avec le temps. Lorsqu'ils se sont retrouvés mariés avec un enfant, moi en l'occurrence, maman a compris qu'ils n'auraient jamais un sou. Il lui a quand même fallu huit ans, mais elle l'a quitté pour épouser un homme capable de nous entretenir.

Jack lâcha Tully et se tourna sur le côté.

— Je ne l'en blâme pas, Tully. Mais mon père lui en a voulu. Il avait cru que ma mère l'aimait pour son génie, son âme nomade, son sens de la beauté et ses principes christiques, comme de ne jamais rien avoir à se mettre sur le dos.

Jack prit un ton méprisant dont Tully ne sut s'il visait sa mère ou son père.

— Et ton père, sais-tu ce qui lui est arrivé, Jack ?

— Mon père ? dit-il, le dos tourné. Eh bien, lui, il est parti. Il a quitté le Kansas. Je ne l'ai pas vu pendant neuf ans. On a appris un jour qu'il était de retour en ville, pas très en forme. Il buvait. Ma mère l'a cherché partout, mais il a tout fait pour l'éviter. Il changeait sans cesse d'hôtel. Ça a duré six mois...

— Continue, lui demanda Tully, un goût de fer dans la bouche.

— Un matin d'hiver, on l'a trouvé mort dans notre jardin, dit Jack d'une voix égale, sans se retourner.

— Mon Dieu, dit Tully.

— Il était venu chez nous pour mourir. Il gisait dans son manteau déchiré et ses vieilles godasses, raide de froid. John Pendel, quarante ans. Au pied des rosiers blancs de ma mère.

Tully ferma les yeux. *Les roses blanches.*

— C'est de là que viennent les roses ? Du jardin de ta mère ?

— Oui. Elle a une serre derrière la maison, où elle cultive des roses toute l'année.

— Mon Dieu. Mais pourquoi n'est-il pas entré ?

— Ma mère tient beaucoup à ses précieux rosiers. Elle ferme la serre pendant la nuit.

— C'est terrible, dit Tully. C'est toi qui l'as trouvé ?

— Non, dit Jack. On avait une chienne épagneul, Barky. C'est elle qui l'a trouvé.

La lumière du jour passa du bleu au gris avant qu'ils parlent de nouveau.

— Tu sais tant de choses sur moi, Tully, dit enfin Jack. Pourquoi est-ce que je ne sais rien sur toi ?

— Jack Pendel, l'homme qui en savait trop, dit

Tully en se forçant à sourire. Alors que j'ignorais jusqu'à ton existence, tu savais déjà des tas de choses sur mon compte. Que je dansais dans des boîtes de nuit, que je ne m'entendais pas avec ma mère. Et tu connaissais Jennifer. Il n'y a rien d'autre à savoir.

En disant cela, elle ne le regarda pas. Il se tourna pour lui faire face, la prit dans ses bras et la coucha sur le lit.

— Quelle grosse menteuse ! lui dit-il en lui embrassant les paupières. Même avec moi, tu ne peux pas t'en empêcher. De grâce, gente dame, quittez donc cette armure et parlez-moi de votre père. Allons, Tully, raconte-moi.

— Si je vous raconte, Jack Pendel, aurez-vous l'impression que j'ai baissé ma garde ?

— Disons que ce serait un début, Tully, dit-il gravement. Tu ne m'as jamais parlé de ces cicatrices sur tes poignets, ces cicatrices qui ne veulent pas partir. Je me doute bien que quelque chose a dû t'arriver, quelque chose qui t'a fait éviter Jennifer, t'ouvrir les veines, apprendre à danser et à mentir. Mais j'ai bien l'impression que tu emporteras ton secret dans la tombe, Tully. D'ailleurs, je m'en fiche. Si tu dormais mieux la nuit, si tu allais moins à Saint Mark et si on était plus souvent ensemble, ça me suffirait amplement. J'aimerais juste te sentir un peu vulnérable, que tu me montres tes points faibles.

Comme inondée d'un trop-plein d'amour, Tully lui caressa les cheveux et le visage.

— Jack Pendel, je t'aime.

Les mots étaient sortis sans effort de sa gorge. Il la regarda d'un air ébahi.

— Tu m'aimes ?

— Je t'aime, répéta-t-elle.

Jack sourit comme un chat du Cheshire et bondit sur le lit en criant :

— Elle m'aime ! Elle m'aime ! ELLE M'AIME !

Tully le tira par la jambe.

— Arrête de faire le fou. Ils vont finir par appeler la police.

Jack lui sauta dessus et encadra son visage de ses bras.

— Elle m'aime, murmura-t-il en la regardant dans les yeux. Elle m'aime.

Ils refirent l'amour, puis Tully se mit à califourchon sur lui, ses seins contre sa poitrine et en lui caressant les bras, elle lui embrassa le visage. Elle lui baisa le front, les cheveux, les tempes, les sourcils, le nez, les ailes du nez et elle frotta sa joue contre les pommettes piquantes de Jack. Elle embrassa ses yeux, ses lèvres et dans un souffle, elle lui chuchota... « Je t'aime, Jack, je t'aime, Jack Pendel, tu te rends compte ? Je t'aime, ça veut tout dire. Si tu savais comme je t'aime. J'aime tout en toi. Je t'aime, je voudrais tout te dire, tout te donner. »

Et Jack Pendel, des larmes filtrant à travers ses paupières closes, murmura à son tour :

— Et moi je t'aime, ma Tully. Je t'aime. Sais-tu depuis combien de temps je t'aime ? Il y a longtemps que j'ai baissé ma garde devant toi. Je suis revenu pour toi. Toutes ces fois où je suis allé à cette fichue église pour te voir, où j'ai demandé à Shakie ce que tu devenais, où j'ai remonté et descendu Kansas Avenue, où j'ai mangé à la Casa, c'était pour avoir une chance de te rencontrer, de revoir ton beau visage, de te voir marcher, parler, te pencher pour embrasser ton petit garçon. Toutes les années qui ont suivi sa mort, j'ai cherché à t'approcher, je voulais que tu saches que je n'étais pas un moins que rien, j'ai essayé d'être ton ami. Alors, quand par miracle on est devenus amis, je me suis perdu, perdu en toi, tu étais tout ce que je désirais, tout ce que je voulais. Tu m'avais tellement détesté, violente, silencieuse, impénétrable. Comme j'avais envie que tu t'ouvres pour me laisser entrer, juste un peu. Je suis parti, revenu, parti, revenu, je suis resté plus longtemps, je suis reparti. Et quand j'étais au loin, j'attendais Noël ou l'été pour te revoir et t'emmener au lac Vaquero. Je me disais, quand elle voudra être près de moi, elle me laissera enfin peindre sa maison, et quand j'ai vu que le moment approchait, je me suis dit : maintenant, je saurai distinguer l'enfer du paradis...

— Jack..., murmura Tully. Mais pourquoi as-tu attendu si longtemps ?

— Parce que je voulais être sûr de toi. Je voulais que tu sois sûre de toi. Pourquoi t'a-t-il fallu tout ce temps ?

— Je t'aime, Jack Pendel. Je n'avais pas envie de passer ma vie à souffrir.

Mais Jack s'était déjà endormi sous ses baisers.

Tully émergea quelque temps après, toujours couchée sur lui. En la sentant remuer, Jack se réveilla. Ils firent encore l'amour, se douchèrent en chuchotant et retournèrent au lit, épuisés, l'œil hagard.

— Il faut que je rentre, dit Tully.

— Tu ne vas pas partir maintenant. Tu m'as promis de tout me raconter.

— Bon, qu'est-ce que tu veux savoir ? lui dit Tully en lui envoyant un coup de coude dans les côtes.

— Je ne sais pas, dit Jack en souriant. Qu'y a-t-il au menu ?

— Nous ne sommes pas au restaurant, déclara Tully. Dépêche-toi, dans deux secondes, je tombe de sommeil.

— Parle-moi de ton père, dit-il.

— Papa... Eh bien, il est resté quelque temps

avec nous. Tu sais, mon père était quelqu'un de gentil. Il m'embrassait toujours pour me souhaiter bonne nuit. Seulement, il n'a jamais su comment s'y prendre avec moi. Je crois qu'il était enfant unique. Il ne savait pas comment jouer avec moi. Ne lisant pas très bien lui-même, il ne pouvait m'apprendre à lire. Ils ont dû être très soulagés quand je suis allée à l'école. Avant, je passais mes journées toute seule dans la cour clôturée de la maison pendant qu'ils travaillaient. C'est quand j'ai commencé l'école que Hank est né. Ils ne m'ont pas prévenue. Ils se sont pointés un jour à la maison avec lui. Voilà ton petit frère. Je n'ai pas eu droit à toutes ces niaiseries du style « touche le ventre de maman, tu sens comme il bouge »... Ce n'était pas le genre de la maison.

» Ils l'ont appelé Hank, parce que papa s'appelait Henry. C'était un bébé adorable. Après l'école, Jen, Julie et moi on rentrait au Bosquet pour jouer avec lui.

» Mon père s'est entiché de lui. Il ne savait toujours pas comment s'y prendre pour le nourrir, le baigner ou jouer avec lui, mais il avait cet air gaga qu'ont les papas quand ils aiment leurs enfants.

» Tous les samedis et dimanches matin, après le petit déjeuner, papa et Hank allaient acheter le journal et des bonbons à la confiserie du coin de la rue. Je demandais toujours à papa de m'emmener aussi et il disait : « On revient tout de suite, Natalie. Je te rapporterai quelque chose. » C'était devenu un rite.

» Un samedi matin, comme d'habitude, papa a pris son petit déjeuner avec nous, lavé son bol, mis ses chaussures à Hank et nous a lancé : « Hank et moi, on va faire un petit tour. À tout de suite. » Et moi, comme d'habitude, j'ai dit : « Emmenez-moi avec vous. » « On revient tout de suite, Natalie. On te rapportera quelque chose, d'accord, Hank ? » a dit mon père. Et Hank, qui devait avoir dans les deux ans, a dit : « Tuwy veut des bonbons. »

» Papa a mis son chapeau et Hank sa petite casquette. On était en juillet, il faisait très chaud. « À tout de suite, Hedda », a dit papa, comme tous les samedis. Penchée sur l'évier, ma mère a hoché la tête et ne s'est même pas retournée. « Laisse tes petits soldats, a dit papa à Hank. On va vite revenir. »

» Depuis un an qu'ils partaient tous les deux faire un tour chaque samedi, c'était la première fois que papa s'approchait de moi pour m'embrasser sur le front. Je me souviens, il est resté un moment comme ça, les lèvres appuyées sur mon front, les yeux fermés. J'ai vu son reflet dans la vitre du buffet. Il a pris Hank et il est sorti de la cuisine pour descendre les marches, prendre l'allée et gagner le coin de la rue, habillé d'un short, d'un T-shirt blanc et de vieilles tennis.

Tully s'arrêta pour reprendre son souffle. Jack lui caressa la jambe.

Elle continua.

— Ma mère et moi, on a débarrassé et nettoyé la table. Une demi-heure plus tard, on a fait la vaisselle. Une heure plus tard, on a commencé à passer l'aspirateur. Deux heures et demie plus tard, à midi, ma mère a dit :

» — Je reviens tout de suite.

» — Je viens avec toi, ai-je dit.

» — Je te dis que je reviens tout de suite ! m'a-t-elle lancé et elle est partie.

» Je suis restée assise dans la cuisine un moment, j'ai marché dans la cour, je suis sortie dans la rue pour voir s'ils revenaient. J'ai fait les carreaux. Je me suis changée. J'ai fait ma valise. J'avais sept ans. Je n'avais aucune idée de ce qui allait arriver. J'ai marché en rond un moment en imaginant qu'ils m'avaient tous laissée, Henry, Hedda et Hank, qu'ils avaient filé sans regarder en arrière.

» Les heures ont passé et j'ai un peu repris courage. Je me suis demandé où je pourrais aller, et j'ai immédiatement pensé à Jennifer.

— Pourquoi Jennifer et pas Julie ? lui demanda Jack.

— Oh, ça ne se posait même pas. Jennifer et moi étions si proches. Quand j'étais avec elle, j'étais chez moi et je ne me sentais jamais seule. Même à sept ans. Nous jouions ensemble depuis des années, sans presque parler. À nous voir, on aurait pu croire qu'on se connaissait à peine, toutes les deux. En fait, c'était le contraire. Je lui enviais ses parents et l'affection qu'ils lui donnaient.

» Bref, j'ai commencé à me dire que mes parents ne reviendraient peut-être pas. Et comme font les enfants, je me suis mise à imaginer ma vie sans eux, sans la cour remplie de fientes de poule. Et tu sais, ça ne me paraissait pas si mal. J'ai pensé à toute la sympathie que me témoigneraient les gens. Comment ils diraient derrière mon dos : « Voilà la petite fille que ses parents ont abandonnée. Qu'est-ce qu'elle a bien pu faire pour qu'ils s'enfuient en la laissant ? » Et j'ai commencé à trouver ça drôle, d'une certaine façon.

» Je me suis assise sur le canapé en pensant à toutes ces choses, mais il a commencé à faire très sombre et j'ai de nouveau eu peur. Je ne savais que faire. Le menton sur les genoux, je me suis mise à me balancer sur le canapé en pleurant.

» Elle a fini par rentrer. Cela faisait cent fois que je me disais « je compte jusqu'à soixante et j'appelle Jen » quand elle est arrivée. Il devait être neuf heures du soir. Elle a allumé la lumière du salon, elle a dit : « Natalie, enlève tes pieds du canapé. » Et elle est allée se coucher.

Jack la fixa.

— Parfaitement. Elle est allée se coucher.

» Je suis restée là à compter les moutons avant de tomber de sommeil.

Jack et Tully restèrent silencieux.

— Est-ce que vous en avez reparlé ? demanda Jack.

— Oui, dit Tully. Le dimanche, je lui ai dit : « Maman, où sont papa et Hank ? » Elle a dit : « Je ne sais pas. »

» J'ai demandé s'ils allaient revenir. « Je ne sais pas », m'a dit ma mère.

— C'est tout ? demanda Jack.

— Oui, c'est tout, dit Tully. Inutile de dire qu'ils ne sont jamais revenus. Papa avait dû bien préparer son coup. Il a disparu de la surface de la terre. La police l'a recherché pendant des mois. Il devait se douter qu'il lui faudrait être très prudent s'il ne voulait pas qu'elle retrouve sa trace.

— Et tu n'as plus jamais eu de ses nouvelles ? demanda Jack.

— Jamais, dit Tully, et sa voix se brisa.

— Hé ! Tull, non... Ma chérie, je t'en prie..., dit Jack en voulant la consoler.

Mais elle l'écarta d'un geste, se pencha pour ramasser son sac et fouilla à l'intérieur.

— Qu'est-ce que tu cherches, Tully ?

— Une cigarette, dit-elle en jetant le sac par terre.

— Une cigarette ? Mais tu ne fumes plus.

— J'en ai envie. Il faut croire que je ne peux pas m'en passer.

— Du calme, Tully, dit Jack en lui caressant la jambe. Tout va bien. C'est le passé. Oublie tout ça.

— Tu ne peux pas comprendre, Jack, dit-elle en

portant la main à sa gorge. Tu sais, le pire, ce n'est pas qu'il soit parti en nous laissant, en me laissant pour toujours et en emmenant mon petit frère qui m'appelait Tuwy. Le pire, ce n'est même pas qu'il se soit enfui sans même me laisser un mot d'explication. Non. Le pire, c'est qu'il soit parti sans moi ! En me laissant avec elle. Avec ELLE ! Il ne s'est pas enfui tout seul, il a pris Hank, il l'a pris parce qu'il l'aimait et qu'il ne voulait pas que son fils grandisse avec ce monstre, mais moi, il ne m'a pas prise avec lui ! Il n'a pas pensé à moi, il n'a pas pensé que je voulais m'enfuir moi aussi et ne jamais revenir ! Non, non, il m'a abandonnée avec elle. Et pendant cinq mille jours, je n'ai rien fait d'autre que payer pour son départ. Rien ne pourra changer ça. Il ne tenait pas assez à moi pour m'emmener avec lui...

Tully baissa la tête en se mordant rageusement les lèvres. Jack ne put que lui caresser les cheveux en murmurant :

— Tully, Tully, tout ira bien, mon bébé, je te le promets, tout ira bien...

Elle s'essuya les lèvres de ses mains tremblantes.

— Tu ne vois pas, Jack ? *Qui sans cesse nous rejette dans le passé.* Ça ne finira jamais, et ça n'ira jamais bien. Jamais, ni dans ma vie, ni entre nous, jamais. Ma vie ne quittera jamais le Bosquet.

— Ce n'est pas vrai, Tully chérie, dit Jack en essuyant le sang qui coulait de sa bouche. D'une façon ou d'une autre, cela passera, tu verras. Bats-toi, et tu remonteras le courant.

IV

NATALIE
ANNE MAKKER

Mais d'espoir je me nourris
Je ne crois pas
Que tu sois morte
Non, bien sûr
Que tu sois morte
Et disparue
Brian May

Que toutes choses te trahissent toi qui m'as trahi

Francis Thompson

I

JENNY

Octobre 1986

Un mois après le départ de Jack, Tully parut pour la troisième année consécutive devant le comité budgétaire pour réclamer les crédits nécessaires au stage de formation de huit semaines destiné aux futures familles d'accueil, qui lui tenait tant à cœur. Dans sa supplique, elle invoqua tous les exemples de familles brisées qu'elle put trouver et eut recours aux images et aux métaphores les plus dramatiques. Enflammée par son plaidoyer, elle leva même les bras, découvrant ses poignets tailladés aux dix-huit membres du comité qui la regardèrent d'un air impassible. Elle douta de son effet, à tort, car en novembre, le comité fit passer son amendement budgétaire et accorda à Tully ce qu'elle voulait. En 1987, dans l'État du Kansas, le stage de formation destiné aux nouvelles familles d'accueil passa donc de six heures à huit semaines. Ce fut un grand pas en avant pour l'agence de recrutement et un succès considérable pour Tully. Pourtant, quand Mr Hillier vint la féliciter, Tully songea seulement qu'ils traitaient les symptômes et non les causes. Et aussi que le mois de décembre approchait.

Après avoir obtenu le stage, Tully engagea deux nouveaux dans son service et les forma pendant presque quatre mois pour qu'eux-mêmes forment ensuite les familles d'accueil pendant huit semaines. Tully croyait fermement dans son programme de formation.

En fait, les statistiques vinrent confirmer ses prédictions : chez les enfants séjournant dans de nouvelles familles d'accueil, les taux d'absentéisme et de délinquance avaient baissé de vingt pour cent par rapport à l'année précédente. Du coup, on augmenta encore le budget de Tully destiné au personnel et elle fit d'Alan son directeur adjoint. Officiellement, Tully était toujours tenue de faire ses rapports à Lillian, mais leurs routes se croisaient rarement et Lillian lui fichait la paix.

En 1986, durant la semaine qui précédait Thanksgiving, Tully et Robin fêtèrent chez eux leur cinquième anniversaire de mariage. Ils invitèrent une trentaine de personnes. À part Shakie et Frank, c'étaient tous des copains de Robin, qu'il avait connus aux clubs de football et de rugby. La fête dura jusqu'à trois heures du matin. Robin prit une bonne cuite. Quand presque tous les invités furent partis, les plus éméchés s'étant écroulés dans le salon, Robin coinça Tully dans l'entrée et l'entraîna dans la pièce californienne.

— Eh, Tully, dit-il en se penchant sur elle. Ils t'ont plu, ces cinq ans ?

Tully, qui était restée relativement sobre, le repoussa gentiment.

— Va te coucher, Robin. Tu ne tiens plus debout.

— Réponds-moi. Ils t'ont plu, ces cinq ans ?

— Oui, ce furent cinq bonnes années. Maintenant, au lit.

Il se rapprocha d'elle et glissa les mains sous sa jupe.

— Tu es heureuse ici avec moi, dans notre maison de Texas Street?

Coincée contre le mur, Tully ne pouvait se dérober. Elle n'en avait d'ailleurs pas envie.

— C'était la maison de mes rêves, quand j'étais enfant, dit-elle en se pendant à son cou, tandis que Robin se frottait contre ses cuisses avec insistance. Robin... Ne commence pas une chose que tu ne pourras pas finir.

— Pas finir? Tu vas voir, dit-il en lui baissant son slip.

Ils firent l'amour par terre dans la pièce californienne, entre le palmier et la causeuse en osier. Juste après, Robin fixa le plafond et dit :

— Tu veux divorcer?

— Robin, qu'est-ce qui t'arrive? s'écria Tully en riant. On vient juste de faire l'amour, tu ne sais pas ce que tu dis.

— Non, je ne sais pas. Tu me le dirais, si tu voulais me quitter?

— Je te le ferais savoir, oui, dit Tully d'un ton léger.

Elle ne le prenait pas au sérieux, ivre comme il était.

— Tu trouves que je travaille trop? Bruce trouve que je ne suis pas assez à la maison. Il dit que quand on a une belle jeune femme comme toi et qu'on n'est jamais avec elle, il ne faut pas s'étonner le jour où elle vous trompe avec le jardinier.

— Sauf que nous n'avons pas de jardinier, dit-elle en se couchant sur lui.

— Tu te sens seule, Tully?

— Ça m'arrive, répondit-elle après un silence. Mais ce n'est pas à cause de toi, au contraire. Si quelque chose m'empêche de me sentir seule, c'est bien Boomerang et toi.

— Alors pourquoi es-tu solitaire, Tully ? dit Robin en lui caressant les cheveux, sombrant dans les vapeurs d'alcool.

Elle ne lui répondit pas, mais ça n'avait pas d'importance. Il s'était déjà endormi. Elle resta couchée sur lui un moment, puis bougea pour se lever. Robin tendit la main et la ramena vers lui.

— Ne me quitte pas, Tully, marmonna-t-il. Je t'en prie... ne me quitte pas.

Tully reposa la tête sur la poitrine de Robin et resta là jusqu'au matin, sans fermer l'œil.

Chaque année, Jack revenait l'été et à Noël. Dans l'intervalle, Tully vivait comme entre parenthèses. Elle faisait la cuisine et apprenait à lire à Boomerang. Il lui arriva même d'aller danser une ou deux fois avec Robin durant les périodes creuses qui précédaient l'arrivée de Jack et suivaient son départ.

L'été, Tully ne cuisinait pas. Ce n'était pas bien grave, car Robin était rarement à la maison.

En 1986, Tully eut un mal fou à laisser partir Jack, mais plus encore en 1987 et en 1988, après s'être gorgée de sa présence tout l'été. En 1988, Jack revint à Noël, et durant le mois où il resta à Topeka, Tully se retint pour ne pas exploser.

— Jack, lui dit-elle un samedi soir dans la chambre d'hôtel qui donnait sur Topeka Boulevard, je vais peut-être aller à Washington D. C., au mois d'avril.

— Pour quoi faire ?

— Pour assister au séminaire annuel du ministère de la Santé sur la gestion des familles d'accueil. J'ai pensé m'y rendre cette année.

— Formidable, dit Jack en zappant.

— Washington, c'est joli, au printemps ?
— Génial. Ça te plaira.
— Tu y es déjà allé ?
— Oui, une ou deux fois. Il n'y fait pas assez chaud à mon goût.
Ce qu'il peut être bouché ! pensa Tully. Tant pis, je ne lui demanderai pas. Il n'en est pas question.
— Jack, veux-tu venir avec moi ?
— Un week-end à Washington au printemps ! s'exclama Jack en éteignant la télé. Comme c'est gentil, ajouta-t-il sur un ton que Tully ne sut comment interpréter.
— Veux-tu venir, oui ou non ?
— Ce séminaire, ça prend toute la journée ?
— Oh non ! s'empressa de dire Tully. Le jeudi et le vendredi, oui, mais le soir, je serai libre. Et nous aurons tout le samedi et tout le dimanche, à part un brunch le samedi.
— Bref, je pourrai passer le dimanche avec toi. Tu es trop bonne.
— Alors, c'est oui ou c'est non ? demanda Tully, décontenancée.
— Oui, bien sûr, dit-il en s'allongeant. Pour une fois, nous nous verrons en milieu d'année.
— Le printemps à Washington, Jacko ! Tu imagines ? dit-elle en se rapprochant de lui.
— Ce sera tout à fait charmant, dit Jack d'un ton plat. Es-tu certaine que ta ville natale ne va pas te manquer ?
— Bien sûr que non, répondit Tully en se demandant ce qu'il avait, mais, entre eux, tant de choses restaient en suspens qu'elle préféra se taire.

En avril, Robin conduisit Tully à l'aéroport. « Tu vas nous manquer », lui dit-il en la serrant dans ses bras. Elle répondit à son étreinte, mais ne trouva rien à dire. Ces deux derniers mois, elle n'avait pu tenir qu'en pensant à ce week-end.

Elle avait retenu une chambre à son nom, au quatorzième étage du Holiday Inn de Arlington, au bord du Potomac. Tully déposa ses bagages à la porte et appela Robin avant l'arrivée de Jack. Après avoir raccroché, elle sortit sur le balcon.

Jamais elle ne s'était trouvée si haut. La ville s'étendait au-dessous en un réseau urbain extrêmement dense que traversait la rivière. Tully songea à Topeka où, même depuis le centre commercial, on voyait des chevaux brouter sur les collines avoisinantes.

Le rebord du balcon lui arrivait à la taille. Elle se pencha un peu. Quelle chute, se dit-elle.

— Tully.

C'était Jack. Elle se retourna et lui sourit. Il déposa ses sacs, la rejoignit et la prit dans ses bras. Elle sentit ses lèvres sur les siennes, huma son odeur et ferma les yeux, défaillant presque. Elle se fichait complètement de cette fichue ville.

— Si on allait casser la graine, dit Jack.

Mais Tully avait autre chose en tête.

Après avoir fait l'amour, ils étaient sur le point de s'endormir quand Jack dit :

— Ça ne risque rien ?

— C'est maintenant que tu le demandes ? dit Tully.

— Je viens seulement de me rappeler que tu n'as pas pris ta pilule, comme tu le fais tous les soirs.

— C'est la semaine où je n'en prends pas. Je suis sur le point d'avoir mes règles. J'aurais même dû les avoir hier.

— Ah, dit Jack. Et pendant les règles, ça ne risque rien ?

— Non, ça ne risque rien. Mais pourquoi cela t'inquiète-t-il, tout à coup ? demanda Tully d'une voix un peu aigre.

— Ça ne m'inquiète pas du tout, l'assura Jack d'un ton que Tully trouva un peu trop détaché.

Au milieu de la nuit, sentant du sang couler entre ses jambes, elle s'éveilla. Jack s'éveilla aussi et la rejoignit sous la douche. Ils avaient beau être à moitié endormis, leur appétit ne l'était pas. Il la fit s'allonger dans la baignoire et lui monta dessus. Le jet d'eau les éclaboussait. Elle ferma les yeux et s'accrocha à lui du mieux qu'elle put.

— C'était bien, non ? dit-il quand ils se retrouvèrent au lit.

— Oui, dit-elle simplement.

Un peu plus tard, sur le point de sombrer dans le sommeil, elle lui demanda :

— Jack, tu aimes dormir avec moi ?

— Dormir ou faire l'amour ? dit-il d'une voix tout à fait réveillée.

— Dormir.

— Oui, Tully, j'aime beaucoup dormir avec toi, répondit-il en levant la tête pour la regarder. Pourtant, on ne peut pas dire que ça m'arrive souvent, hein ?

— Non, pas très souvent, convint-elle en songeant, aussi, pourquoi s'obstine-t-il à voyager huit mois sur douze...

— Et toi, Tully, tu aimes dormir avec moi ?

— Oui, beaucoup. Quand je dors avec toi, je ne me réveille pas.

— Peut-être parce que tu meurs de fatigue, dit Jack en posant la main sur son ventre.

— Peut-être, dit Tully en songeant que ce n'était pas la vraie raison. Que vas-tu faire après ce week-end ? demanda-t-elle en le regrettant aussitôt car il répondit :

— Retourner en Californie.

Tully n'avait pas envie d'entendre ça. Pas du tout envie. Elle resta longtemps lovée contre lui, sans trouver le sommeil. Quand elle regarda le réveil, il était quatre heures du matin.

— Jack, dit-elle doucement en levant la tête. Tu dors ?

Les yeux de Jack étaient grands ouverts et il fixait le plafond.

— Non, dit-il.

Le jeudi, Tully dut subir huit heures entièrement consacrées à la nouvelle politique sociale au niveau régional. Elle ne se sentit guère concernée par les thèmes abordés, peut-être à cause de sa fatigue. Elle avait si peu dormi. Le soir, il y avait une réception. Elle fut obligée de s'y rendre. Aussi ne retrouva-t-elle Jack que vers onze heures, exténuée et un peu ivre.

— Tu as dansé ? lui demanda-t-il tandis qu'ils se déshabillaient.

— Bien sûr que non. On ne me prendrait plus au sérieux si je dansais.

— Parce que tu crois qu'on te prend au sérieux, habillée comme ça ?

Elle portait une robe noire toute simple, assez courte.

— Qu'est-ce qu'elle a, ma robe ?

— Rien, dit-il en allumant la télé.

Tully eut envie d'aller éteindre cette fichue télé et de pousser sa gueulante, mais elle serra les poings et alla s'enfermer dans la salle de bains.

La journée du vendredi se déroula comme celle du jeudi, mais, le soir, quand ils furent de retour dans leur chambre, Jack dit :

— Écoute, pourquoi ne pas laisser tomber ce fichu brunch, demain ?

— Je suis obligée d'y aller.

— Mais non, tu n'es pas obligée. Tu as eu ton compte, non ? Tu dois repartir dimanche. Pour une fois qu'on peut avoir toute une journée à nous...

Le ton de Jack n'avait rien d'agressif, mais il

déconcerta Tully. Jack lui fit un petit sourire et elle soupira.

— Bon, je vais voir. Écoute, il faut que j'appelle Robin. Ça ne te dérange pas ? Jack, je t'en prie, ajouta-t-elle en voyant son air contrarié. Il faut que je parle à Boomerang. Je n'ai pas appelé chez moi depuis mercredi.

— Je ne savais pas que tu avais appelé chez toi mercredi.

— J'ai appelé avant que tu me rejoignes, pour dire que j'étais bien arrivée.

— Je vois. Tu préfères que je sorte ?

Quelle drôle de question, songea Tully.

— Non, j'en ai pour une minute.

De nouveau, elle faillit crier : mais qu'est-ce que tu as ! Grinçant des dents, elle s'assit sur le bord du lit et appela Texas Street. Jack sortit sur le balcon.

— Salut, Robin ! Comment ça va ?

— Salut, Tully. Boomerang ! C'est maman au téléphone !

Elle parla à son fils une dizaine de minutes. Il ne voulait pas la quitter. Elle entendit Robin grommeler pour que Boomer lui repasse l'appareil.

— C'est encore moi, fit-il enfin. Tu t'amuses bien ?

— Oui, ça va, dit-elle en tournant le dos au balcon. Je rentre dimanche.

— Je viendrai te chercher, dit Robin. Tu nous manques.

Que répondre ? Elle ne pouvait pas non plus se mettre à chuchoter...

— Vous aussi, les gars, vous me manquez, dit-elle d'une voix claironnante. À dimanche.

Jack revint dans la pièce. Quand elle vit l'expression de son visage, Tully en fut effrayée. Mon Dieu, que nous arrive-t-il ?

Le samedi, ils se levèrent à sept heures. Jack

semblait de meilleure humeur. Réconfortée, Tully décida de ne pas aller au brunch.

Ils visitèrent la Maison-Blanche, Lafayette Square et Pennsylvania Avenue et déjeunèrent de sandwiches au thon dans la cour intérieure de la National Portrait Gallery. Ils traversèrent ensuite le Mall à la recherche du fauteuil d'Archie Bunker. À cinq heures de l'après-midi, ils ne l'avaient toujours pas trouvé et tous les musées fermaient.

— Allons jusqu'au Lincoln Memorial, dit Jack.

— J'ai mal aux pieds, gémit Tully.

— Aussi, pourquoi mets-tu des talons hauts ?

— Par pure coquetterie.

— C'est pieds nus que je te préfère. Comme au lac Vaquero. Moins tu as de choses sur le dos, plus tu me plais.

Ils marchèrent lentement jusqu'au mémorial.

Tully fixa avec émerveillement la plaque qui disait au-dessus de la tête d'Abe Lincoln : « Dans le cœur des gens pour qui il sauva l'Union, le souvenir d'Abraham Lincoln restera toujours gravé. »

— Boomerang aime Lincoln, dit-elle à Jack. Il serait content de voir ça.

— Pourquoi ne pas amener Robin, tant que tu y es, dit Jack.

Bon Dieu ! Mais Tully savait que si elle ouvrait la bouche, si elle réagissait, ce serait fichu, elle ne pourrait plus revenir en arrière. Ils se disputeraient au pied du monument dédié à la mémoire d'Abraham Lincoln.

Il était six heures et le soleil était presque couché quand ils allèrent s'asseoir au dos du Lincoln Memorial pour regarder le Potomac et le Memorial Bridge qui conduisait au cimetière d'Arlington.

— C'est la maison de Robert E. Lee, là-bas ? demanda Tully.

Jack hocha la tête.

— Dans le noir, je me demande si on peut voir la lumière, sur la tombe de Kennedy.

— Je ne crois pas. Ce n'est qu'une petite lueur.

— Oui, mais éternelle.

— Allons voir les cerisiers en fleur sur le Tidal Basin, avant qu'il fasse nuit.

— J'ai envie d'y aller, dit Tully en pointant son doigt vers Arlington.

— Ça ne m'étonne pas de toi. Quel idiot je suis ! J'aurais dû savoir que tu préférerais voir une tombe plutôt que des cerisiers en fleur, dit Jack en se levant et en lui tendant la main. Tully, il fait presque nuit. On ira demain.

Tully ne bougea pas. D'accord. Cet endroit en valait bien un autre.

— Qu'est-ce que tu as, Jack ?

Il la dominait, lui masquant Arlington Bridge et le cimetière.

— Rien du tout, dit-il froidement. Et toi ? Tu n'arrêtes pas de serrer les poings et de grincer des dents... Pourquoi ?

— Parce que je ne comprends pas ce qui nous arrive.

— Il ne nous arrive rien, dit Jack en se rasseyant sur l'herbe. Absolument rien.

— Que veux-tu dire par là ?

Jack resta silencieux.

— Allons voir les cerisiers en fleur, Tully. S'il te plaît. On part demain, c'est l'occasion ou jamais. Allons-y. On aura le temps d'en reparler.

— Quand ça ? Tu n'es jamais là ! Non, je veux qu'on en parle maintenant. Je m'en fiche, des cerisiers en fleur. Que voulais-tu dire ?

— Qu'en deux ans et demi, il ne nous est rien arrivé.

— Si tu arrêtais de fuir Topeka tous les deux mois, il se passerait peut-être quelque chose ! s'exclama-t-elle.

— Si tu n'étais pas mariée, je ne fuirais plus et il se passerait sûrement quelque chose, Tully ! dit-il en haussant le ton.

Tully ouvrit la bouche pour riposter, mais elle la referma aussi sec. En silence, ils longèrent le Potomac. Les pieds de Tully lui faisaient mal. Elle enleva ses sandales blanches et marcha pieds nus un moment, mais les graviers lui meurtrissaient la plante des pieds, aussi dut-elle les remettre.

Jack finit par la porter et Tully frotta sa joue contre la sienne.

— Mon joli porc-épic, murmura-t-elle.

— Fais attention, dit Jack. Les porcs-épics laissent des épines dans la peau de leurs victimes.

— Plante-moi quelques épines, Jacko, dit-elle en se frottant plus fort.

Ils dînèrent dans un petit restaurant français de Georgetown.

— Tu veux qu'on reprenne notre conversation ? demanda Jack.

Tully soupira. Bizarrement, elle n'en avait pas envie. Les ronchonnements de Jack l'avaient déconcertée. Elle se croyait la seule à avoir le droit de récriminer.

— Que va-t-on faire ? dit Jack.

— Je ne sais pas, Jack, dit-elle, vaguement irritée. J'ignorais que tu avais envie que quelque chose change entre nous.

— Ce n'est sûrement pas ton cas. Si, en fait. Ce qui te plairait, c'est que je m'incruste à Topeka pour qu'on se voie le dimanche. Mais je te rappelle qu'au Kansas il fait froid, l'hiver. Et à part le lac Vaquero, nous n'avons nulle part où aller.

— Il y a d'autres endroits, dit-elle faiblement.

— Un Burger King ? Un motel où on paie à l'heure ?

— Eh bien, j'ignorais que tu pouvais être aussi désagréable, finit-elle par dire, interloquée.

Il ricana.

— Tu n'as aucune idée de ce que tu veux, n'est-ce pas ?

— Je sais très bien ce que je veux, répliqua-t-elle d'un ton incertain. Et toi, tu sais ce que tu veux ?

— Toi. Voilà ce que je veux. Rien d'autre. D'où vient le problème, à ton avis ?

Elle eut envie de hurler : À chaque fois que tu t'en vas, j'ai envie de mourir ! Voilà d'où vient le problème.

— Tu t'en vas toujours, dit-elle d'une toute petite voix.

— Je passe tout l'été à Topeka.

— Tu t'en vas toujours, répéta-t-elle, et tu me manques. Je ne sais jamais si tu vas revenir.

Ils avaient depuis longtemps cessé de manger.

— Et alors, que veux-tu que je fasse, Tully Makker ? Que je vive chez ma mère et que je te voie le dimanche à l'église ? Ou à déjeuner les jours de la semaine ? Ou le samedi, quand tu arrives à te débarrasser de Shakie ? Et qu'une fois par an on vienne passer deux jours ici ? Dis-moi exactement ce que tu veux que je fasse.

Tully resta muette, les yeux fixés sur son assiette.

— Tu n'aimes pas Topeka, dit-elle enfin. Tu n'as pas envie de t'y fixer.

— Parce que toi, tu en as envie ? fit-il d'un ton sec.

— Tu ne m'as jamais demandé de venir avec toi, dit-elle sans le regarder.

— Tu ne m'as jamais demandé de rester à Topeka, remarqua-t-il.

Tully sentit que ses mains commençaient à trembler et, pour les occuper, elle se mit à piquer dans son assiette.

— Tully, et Robin, dans tout ça ? lui dit Jack en se penchant vers elle.

— Quoi, Robin ?

— Il faut bien en parler.

— Qu'y a-t-il à dire ?

Il lui prit la main gauche.

— Tu ne les enlèves jamais, dit-il posément, parlant du solitaire et de l'alliance.

Tully sourit, comme pour s'excuser.

— Mes doigts ont grossi. Je ne peux plus les enlever.

Elle essaya de dégager sa main. Jack la libéra.

— Pourquoi restes-tu mariée ? demanda-t-il.

— Et que veux-tu que je fasse ?

— Tu peux le quitter.

— Le quitter ? dit Tully d'un ton incrédule. Pourquoi ?

— Pourquoi ? s'exclama Jack en brandissant sa fourchette. On se le demande.

Tully avança la main, mais il la chassa d'un geste brusque.

— Jack, c'est entendu, dit-elle posément. Je comprends que tu doives partir de Topeka de temps en temps. Tu me manques, voilà tout.

— Voilà tout ? Je croyais que, toi aussi, tu voulais quitter Topeka, Tully.

Tully avait vraiment envie d'arrêter cette discussion. Ils avaient fait tant de projets ensemble... tant de rêves. Des rêves de paix et de liberté où ils nageaient tous les jours, apprenaient à nager à leurs enfants, vivaient dans une maison blanche. Le genre de rêves que tout le monde fait après l'amour.

Et Robin, dans tout ça ? À dire vrai, Tully se serait donné des gifles. Pourquoi avait-il fallu qu'elle ouvre sa grande gueule ? Tout était tellement plus simple quand ils évitaient d'aborder les problèmes. Bon Dieu, cette conversation n'arrangeait rien, au contraire, elle ne faisait qu'empirer les choses. Elle aurait mieux fait de la boucler.

— Combien de temps suis-je censé revenir chaque été pour te voir, Tully ?

Je ne sais pas. Toute la vie ? eut-elle envie de répondre.

Combien de temps suis-je censé revenir chaque été pour te voir, Tully ? Tully prit cette question comme une menace voilée et fut soudain morte de peur à l'idée de retrouver sa vie d'avant, de tuer le temps comme autrefois, quand elle enterrait chaque journée et chaque nuit dans la cour sordide du Bosquet ou au Tortilla Jack's par peur du lendemain. Elle n'avait jamais eu grand espoir d'en sortir, après que Henry Makker puis Jennifer Mandolini l'eurent abandonnée à son sort. L'idée de revenir à son ancienne vie lui était insupportable.

— Combien de temps voudras-tu bien revenir chaque été, Jacko ? finit-elle par demander.

Il lui attrapa les mains et murmura avec ferveur :

— La Californie, Tully ! On serait tout le temps ensemble, on vivrait au bord de l'océan. Aucune mer ne vaut le Pacifique. On aurait une maison, je peindrais, tu travaillerais ou non, peu importe, on aurait des enfants, et ils grandiraient à l'air et au soleil, sur la plage. Voilà ce que je veux, Tully, voilà ce que j'attends.

Son cœur s'affola. Elle voulut dégager ses mains, mais il les serrait trop fort entre les siennes.

— Tu me demandes de partir avec toi, Jack ?

— Oui, Tully, oui.

Elle essaya encore de dégager ses mains. Cette fois, il la libéra.

— Excuse-moi, Jacko, je suis un peu surprise, voilà tout. C'est tellement inattendu...

— Inattendu ? s'écria Jack en la fixant d'un air

incrédule, avant d'éclater de rire. Cela fait trois ans qu'on en parle chaque été. Tu es vraiment à part, Tully Makker.

DeMarco. Tully faillit le reprendre. Comme c'est bête. Cela fait des années que ça ne m'est pas arrivé.

— La nuit porte conseil. Pourquoi ne pas en reparler plus tard ?

— D'accord, Tully, dit-il d'un air grave. À condition que ce soit avant la fin du week-end.

— Mais le week-end se termine demain... Dis-moi, ajouta-t-elle en voyant son air contrarié, si je n'avais pas abordé le sujet, est-ce que tu m'en aurais parlé ?

— Ça, tu peux y compter ! On ne peut pas continuer comme ça. J'ai atteint ma limite, Tully. Trois ans, c'est long.

— Et qu'aurais-tu dit ou fait ?

— Pas d'ultimatum ni rien de ce genre, dit Jack en faisant signe au serveur d'apporter l'addition. Si tu préfères rester avec ton mari, très bien, je tire ma révérence et je disparais. Si c'est moi que tu veux, on va en Californie. Mais je ne peux pas continuer comme ça. J'ai besoin de me réveiller près de toi plus de dix fois par an. J'ai besoin...

— Des besoins, on en a tous, dit posément Tully.

— As-tu besoin de deux hommes pour te sentir bien ?

— Et toi ? Que fais-tu les huit mois de l'année où je ne te vois pas ?

— À ton avis, que fait ton mari les quatre mois de l'année où tu désertes le domicile conjugal ?

Ébranlée, elle ne répondit rien. Il régla l'addition et ils redescendirent Connecticut Avenue en cherchant à rejoindre Francis Scott Key Bridge. Il faisait bon, mais il n'y avait pas grand monde dans les rues. Arrivés à Dupont Circle, Jack et Tully prirent New Hampshire, puis M Street, et ils débouchèrent enfin sur la rive du Potomac. Ils allèrent sur le pont et contemplèrent longtemps l'eau miroitante où se reflétaient toute la ville et ses lumières.

Quand ils retrouvèrent leur chambre d'hôtel, ils se dévêtirent frénétiquement et firent l'amour dans le couloir, entre la salle de bains et les toilettes.

Un peu plus tard, ils rejoignirent le lit en trébuchant et restèrent étendus, sans rien dire.

— Qu'est-ce qu'il y a, Jacko ? murmura Tully.

— Tully, tu m'aimes ? demanda Jack en s'allongeant sur elle.

— Oui, Jack.

— Comment ?

— Autant que moi-même.

— C'est-à-dire beaucoup ?

— Jack, je ne me suis jamais sentie aussi proche de quelqu'un.

— À part elle.

— Grâce à elle, dit Tully.

— Et Boomerang.

Soudain, Tully eut du mal à respirer. Elle essaya de se dégager pour reprendre son souffle.

— Jack ? As-tu déjà eu envie d'avoir un enfant ?

— Qu'est-ce que j'en ferais ? Je le vois mal vivre sous une tente, faire la route dans la Mustang et boire de la tequila...

— Même pas un tout petit peu envie ?

— Si, sans doute, mais pas souvent. Bien sûr, ça ne me dit rien de mourir en ne laissant personne derrière moi. Mais je n'ai pas de lien, pas d'attaches. Comment penser à avoir des enfants dans ces conditions ?

— Un enfant vous appartient, comme on lui appartient.

— Boomerang t'appartient ?

À moi, et à Robin, aussi. Il fallait que Tully se dégage. Elle se sentait étouffer.

— Enlève-toi, s'il te plaît, murmura-t-elle.

Jack roula sur le côté.

— Désirais-tu un bébé avant d'en avoir un ? demanda-t-il.

— Pas vraiment, dit-elle en inspirant une grande goulée d'air.

— Mon bébé, c'est toi, dit Jack.

Elle lui tourna le dos et il se colla contre elle.

— Pars avec moi, Tully, murmura-t-il en jouant avec ses cheveux et en lui embrassant la nuque. Je t'en prie, pars avec moi.

Tully ferma les yeux. Elle se serait bien bouché les oreilles, si elle avait pu.

— Pourquoi, Jack ?

— Parce que je t'aime, Tully, et que je n'ai plus envie d'être seul.

Tully tourna la tête pour le regarder et vit qu'il avait les mains sur les yeux. Une immense vague de pitié la submergea. « Oh, Jack, oh, Jack, Jack, non. » Elle se coucha sur lui, enleva ses mains et lui embrassa le visage. « Non, Jack, non. Je t'aime, je t'aime », murmura-t-elle avec dévotion en frottant sa joue contre la sienne. « Je t'aime. »

Ils firent encore l'amour. Elle s'accrocha des deux mains au rebord du lit, se cramponna de plus en plus fort pour ne pas glisser, jusqu'à ce qu'il vienne et qu'elle le sente geindre dans sa bouche, les yeux fermés.

Soudain, il y eut un grand fracas.

Bon Dieu ! La tête de lit venait de casser net. Jack et Tully éclatèrent de rire.

— À quoi vais-je pouvoir m'accrocher, maintenant ? dit Tully.

— À moi, répondit Jack en lui ouvrant les bras, et Tully y plongea comme dans une mer de délices.

Quelques mois plus tard, en juin, Tully et Robin mangeaient une pizza. Il était rentré vers six heures et il n'y avait rien à manger. C'était l'été... Millie était déjà partie. Ils avaient donc commandé une pizza.

Tully était silencieuse. Préoccupée. Elle écoutait à peine ce que disait Boomerang.

— Comment va le travail ? lui demanda Robin.

— Pire que jamais, répondit Tully, la tête ailleurs.

— Qu'est-ce qui se passe ?

— Les Slattery ont récupéré leurs enfants.

— Oh, non ! C'est affreux. Comment ont-ils fait ?

— Lillian, bien sûr. Le Dr Connelly s'y est mis aussi. Ils ont jugé qu'après trois ans Mr et Mrs Slattery avaient été assez punis et méritaient qu'on leur redonne une chance. Aussi Jason, Kim et Robbie sont-ils retournés chez eux il y a quinze jours.

— Comment as-tu réagi ?

— Il n'y avait rien à faire. C'est drôle, cette fois-ci, ils ne m'ont pas conviée à la séance d'assistance psycho-sociologique.

— Tully, tu aurais dû porter plainte.

— Il y a tant de choses que j'aurais dû faire, lança-t-elle avec agressivité.

Ils allèrent coucher Boomerang puis redescendirent. Tully alla s'écrouler sur le sol de la cuisine, dos au mur.

— Tully, mais qu'est-ce que tu as ? Ne t'en fais pas, ces gosses s'en sortiront.

— Ce n'est pas ça, dit-elle en nouant ses doigts. Robin, j'ai quelque chose à te dire.

Elle le vit pâlir et s'agenouiller près d'elle.

— De bonnes nouvelles ?

Tully le regarda d'un air dur.

— Robin, je suis enceinte, dit-elle d'une voix épuisée.

Il s'assit un moment et la fixa, puis il hocha la tête, se leva, et alla se chercher une cigarette. Il n'en tira qu'une ou deux bouffées avant de l'écraser dans le cendrier.

— Il est de moi ?

— Quelle question, Robin ! dit Tully sans lever les yeux.

Il alluma une autre cigarette.

— Tu as raison. Quelle question ! Je suis ravi de l'apprendre. Et toi ?

Anéantie, Tully ne répondit rien.

— Ce que je peux être bête ! Un bébé. C'est bien la dernière chose dont tu aies envie. Tu es toujours la même.

Il alla se servir un Chivas.

— Eh bien, Tully, ne reste pas comme ça. Que veux-tu faire ?

Tully ne lui répondit pas. Elle avait le sentiment d'être passée tout près de... quelque chose.

— Voyons voir, dit-il d'un air caustique. Oserais-je te donner un conseil ? Tu m'as donné Boomerang, il me suffit.

— Tais-toi, espèce de salaud ! cria-t-elle.

Elle se couvrit le visage. Elle avait la tête vide. Son cerveau fonctionnait à peine. Quinze jours avant, il était encore en état de marche, avant que le petit morceau de papier ne change de couleur. Avant qu'elle achète trois autres tests de marque différente et qu'ils changent tous de couleur. Alors elle avait arrêté de penser. À présent, seules des images dansaient dans sa tête. Celle d'une plage de sable infinie. De l'air salin que le vent portait jusqu'au désert. C'était ça, la solution ! Jack et sa tête dorée comme le soleil, ses yeux gris comme le Pacifique, Jack qui se penchait vers elle, comme un arbre berçant sa palme. Son haleine chaude quand il l'embrassait.

À la mi-juin, Jack revint chez lui et se rendit avec Tully au lac Vaquero.

— Merde ! s'exclama Jack. Regarde ce qui est arrivé à notre lac !

Il y avait cinq maisons au bord du lac Vaquero. Et deux autres en construction. Tully et Jack gagnèrent la berge.

— Le lac Sherwood est pratiquement cerné par des habitations, dit Tully.

— Il l'a toujours été. Mais ce lac était désert. La route des collines de l'Indien n'était même pas goudronnée. Regarde ce qu'ils en ont fait, dit Jack tristement.

Il entra dans l'eau.

— Tully, on a pris notre bateau.

— Il était vieux, de toute façon, dit Tully en s'asseyant sur le sable.

Jack envoya un coup de pied dans l'eau et en sortit.

— Peut-être, mais il était à nous, dit-il en venant s'asseoir à côté d'elle. Que disait ce poème que nous avions inventé ?

— Il y en avait trois, dit Tully en souriant.

— Le dernier.

— *Jack Pendel et Tully Makker plongèrent ensemble du canot...* celui-là ?

— Oui ! dit-il en lui embrassant la joue. Celui-là. *Ils dirent à Boomer tout content...*

— *Qu'il n'avait qu'à en faire autant,* continua Tully. *Boomer sauta sans s'émouvoir...*

— Et après ?

— Tu te souviens ? On n'arrivait pas à trouver la fin. Tu as dit *Et puis ils se dirent au revoir.*

— Non, j'ai trouvé mieux : « *Je t'aime* », *se dirent-ils pleins d'espoir.* Ça te plaît ?

Elle eut un demi-sourire.

— Moi aussi, j'ai trouvé mieux. *Jusqu'à ce que la mort nous sépare.*

Jack la coucha sur le sable.

— Ça me plaît, murmura-t-il. Quand y as-tu pensé ?

— Pendant qu'on regagnait le rivage.

Juillet passa, ainsi qu'une bonne partie du mois d'août. Le ventre de Tully s'arrondissait de plus en plus. Toujours aussi courtois, Jack n'y faisait jamais allusion. Il doit me trouver un peu rondelette, pensa Tully. Elle aurait bien aimé qu'il lui en parle le premier. Elle avait envie de lui annoncer la nouvelle.

Quand ils entrèrent dans la troisième semaine du mois d'août, Tully se rendit compte que septembre approchait et elle se mit à avoir peur que Jack reparte.

Un dimanche qu'ils étaient nichés dans leur petit refuge de Vaquero, Jack dit à Tully qu'il la trouvait particulièrement en beauté.

— C'est peut-être parce que je suis enceinte de six mois, lança Tully en saisissant l'occasion sans vergogne.

— Enceinte ?

Jack ne la regarda pas et resta silencieux. Il jeta des cailloux dans l'eau. Quelques minutes passèrent.

— De moi ?

— Je ne sais pas, Jack, répondit Tully. Je l'espère.

Il la fixa froidement.

— Tu m'as toujours dit que, quand j'étais là, tu ne faisais pas l'amour avec lui.

— Ça ne m'arrive presque jamais, marmonna Tully, interloquée.

— Presque jamais... Et c'est pour quand ?
— Début janvier.
Elle le vit compter sur ses doigts.
— Il pourrait être de moi. Washington, ajouta-t-il en se radoucissant.
Oui. Washington. Durant l'été, ils n'avaient pas reparlé de ce qu'ils s'étaient dit à Washington.
— Tu disais que ça ne risquait rien.
— Il faut croire que j'avais tort. Je ne suis pas le Bon Dieu, répondit-elle en grinçant des dents.
Ce bébé. Personne ne se réjouit de sa venue ici-bas, semble-t-il. Personne.
— Qu'as-tu l'intention de faire, Tully ?
— À quel sujet ?
— Prenons les problèmes un par un. Je parlais du bébé.
— Je ne sais pas, répondit-elle froidement. Qu'est-ce que j'ai, comme alternative ?
Jack faillit répondre, mais resta silencieux. Quelque chose avait dû l'effrayer dans l'expression de Tully.
— Bon. Et à mon sujet ?
— Je veux venir avec toi.
— Viens donc.
— Tout de suite, je ne peux pas.
— Bien sûr que si. Tu fais tes bagages, tu préviens Robin de ton départ, tu prends Boomerang et on y va.
— Pas tout de suite, répéta-t-elle. Tu ne peux nous accueillir nulle part, tu l'as dit toi-même. Moi avec deux enfants, sans travail ni couverture sociale. Et s'il nous arrivait quelque chose ? Non, je préfère attendre la naissance du bébé.
— Non, dit Jack. Je ne suis pas d'accord. Pourquoi nous arriverait-il quelque chose ? Et si, à la naissance, tu t'aperçois qu'il n'est pas de moi ?
— Qu'est-ce que tu racontes, Jack ? Tu veux

dire que tu ne me prendrais pas avec mes deux enfants ?

— Même avec dix marmots, je te prendrais, dit Jack. Mais lui, te laissera-t-il partir avec les deux ?

Tully serra les mains entre ses genoux pour cacher sa tension à Jack, soudain tétanisée par l'angoisse.

— Je ne sais pas, répondit-elle posément.

Suivit un silence plein de malaise. Des rires d'enfants leur parvinrent de l'autre côté du lac.

— Jack, je ne peux pas me barrer comme ça, avec un, deux ou dix enfants, sans un divorce ou au moins une séparation de corps.

— Je comprends. Tu as vraiment l'intention de venir avec moi ?

— Bien sûr. Quand le bébé sera né, dit-elle avec difficulté. Je ne demande que ça, Jack. Mais je veux le quitter convenablement.

— Y a-t-il une façon convenable de quitter quelqu'un ?

— Je ne sais pas, mais je trouverai... Jack, tu vas bientôt partir ?

— Et toi, tu vas bientôt quitter Robin pour venir vivre avec moi ? Si c'est oui, je reste à Topeka.

Tully n'en dit pas plus et posa les deux mains sur son ventre. Attendri, Jack le caressa.

— Un bébé, Tully. Si je m'attendais !

Jack prolongea son séjour d'un mois. Sa mère mourut du cancer du sein contre lequel elle se battait depuis des années. Jack l'enterra à la mi-septembre, et resta encore deux semaines.

— Tully, je te promets que je reviendrai.

Ils étaient chez lui, à Lakeside, et il faisait ses bagages.

Elle resta silencieuse.

— Tu ne reviendras pas.

Jack la regarda droit dans les yeux.

— Je reviendrai, promis juré. Et toi, tu ne quitteras pas Robin.

— Si, promis juré, fit Tully. Pourquoi faut-il donc que tu partes ?

Penché sur sa valise, Jack leva les yeux vers l'imposante silhouette qui se dressait au-dessus de lui. Il s'avança et embrassa Tully sur le ventre.

— Ne te tracasse pas, ma chérie. Je dois y aller parce que je sais bien que tu ne quitteras pas ton mari. Mais je reviendrai, Tully. Je reviendrai pour te voir. En décembre. Ce que tu es belle, en ce moment !

Tully dit qu'elle ne le croyait pas.

— Si, je t'assure, Tully, tu resplendis.

Elle s'approcha de lui et le poussa du ventre.

— Ce n'est pas à ça que je pensais.

— Je sais, dit-il en la prenant par les épaules. Tully Makker, à part revenir vers toi, je n'ai nulle part où aller sur cette terre. Ne bouge pas d'ici. Je te rejoindrai en décembre. C'est promis. Je serai là pour la naissance de ton bébé.

— C'est aussi le tien, dit-elle.

— De notre bébé, dit-il en appuyant la main sur son ventre.

— Tu ne pourrais pas revenir en novembre ? Qu'on fête tes trente ans ensemble ?

— Moins il y aura de témoins, mieux cela vaudra, répliqua Jack.

Il revint après Thanksgiving. Tully passa un neuvième mois de grossesse complètement dingue, à faire l'amour avec deux hommes et à rêver de choses étranges.

Un samedi soir de décembre, Tully avait rejoint Jack chez lui, à Lakeside. Depuis la mort de la mère de Jack, c'est là qu'ils se retrouvaient. Tully s'y plaisait bien. Elle appréciait les rosiers, la proximité de Saint Mark, le grand lit où Jennifer s'était allongée jadis. Il lui était difficile de passer toute la nuit avec Jack, même si Robin était de moins en moins à la maison. Tully disait à sa mère qu'elle dormait chez Julie, qui était revenue chez elle passer les fêtes de fin d'année, sans Laura. Le dimanche, Robin ne rentrait jamais avant Tully.

Ce soir-là, Tully était couchée sur le lit de Jack, le ventre à l'air, son nombril proéminent pointant vers le ciel. Tout aussi nu, Jack avait posé la tête sur le ventre de Tully pour tenter d'entendre ce qui s'y passait.

— Ça va être une fille, Tully.

— Je serais contente d'avoir une fille, murmura-t-elle. Et qu'elle soit de toi. Ça simplifierait les choses.

Ils s'endormirent. Jack la tête sur son ventre, Tully une main posée sur lui. Leur sommeil dura jusqu'à l'aube. Jack se leva et regarda au-dehors. Le soleil ne se montrait pas encore, mais il tombait une neige épaisse qui avait tout recouvert. On ne distinguait plus rien, ni les marches de l'escalier, ni les routes, ni les voitures, ni les arbres. Jack referma les rideaux et retourna s'allonger près de Tully. Elle dormait paisiblement en plein milieu du lit. En essayant de la pousser un peu, il s'aperçut que le drap du dessous était tout trempé.

Effrayé, Jack glissa la main sous le corps de Tully. Elle était mouillée du milieu du dos jusqu'aux cuisses.

— Tully, Tully, réveille-toi ! Regarde ! Qu'est-ce que c'est ?

Elle se réveilla en sursaut et croisa son regard paniqué.

— Mon Dieu, fit-elle en fermant les yeux. Mon Dieu.

— Qu'est-ce qui se passe, nom de Dieu ?

— Jack, j'ai perdu les eaux.

Soudain, comme pour confirmer ce qu'elle venait de dire, Tully fut prise d'une terrible contraction. Jack la regarda, pétrifié. À peine vit-il le corps de Tully se détendre qu'une autre contraction s'en empara aussitôt.

— On est mal, Jacko, grogna-t-elle.

Il le savait déjà. Et Tully n'avait pas encore vu la neige... Il se mit à courir comme un fou, cherchant ses vêtements.

— Jack, appelle une ambulance !

— D'accord, Tully, d'accord ! Tout ce que tu veux !

— Non, Jack ! cria-t-elle. Viens m'aider... On n'a plus le temps, haleta Tully. On n'a plus le temps. Il n'y a aucun répit entre les... Aahhh... Jack, aide-moi à m'asseoir d'abord ! Et appelle une ambulance...

Les mains tremblantes, Jack composa le numéro et leur donna l'adresse.

— Tully, ils veulent savoir combien de minutes il y a entre chaque contraction.

— Aucune ! cria Tully. Jaaack ! Viens là !

Il raccrocha et s'avança lentement vers elle. À travers la brume qui brouillait sa vision, il vit son visage se tordre de douleur.

— Jack, aide-moi, aide-moi.

— Mon Dieu, Tully, haleta-t-il en s'agenouillant entre ses jambes, sur le lit. Attends que l'ambulance arrive !

En guise de réponse, Tully poussa un cri perçant. Jack la fit s'asseoir, la cala avec des oreillers, et elle se mit à murmurer d'une voix démente, son corps agité par de violents soubresauts.

— Vas-y, vas-y, aide-le à sortir, monte le chauffage, va chercher de l'eau, de l'eau, Jack, pour le laver, une couverture pour l'envelopper, des ciseaux, mon Dieu, vas-y, tire-le, prends un couteau, lave-toi les mains avec de l'eau bouillie, lave-toi les mains et viens près de moi, viens m'aider Jack...

Il fit ce qu'elle lui disait, puis s'assit à ses pieds et la regarda qui se tenait à la tête du lit, les yeux fermés, pantelante.

— Jack, monte sur le lit, tu es propre ? Monte et fais-le sortir. Il est là, mon Dieu, il est là, encore une poussée, donne-moi la main, donne-moi la main, non, attends, il faut que je m'accroche à quelque chose, tiens mes jambes, Jack, écoute, prends-moi les jambes, que je puisse pousser en m'appuyant contre tes mains... laisse-moi pousser contre tes mains...

Il lui prit les pieds et elle s'appuya contre lui de toutes ses forces, en hurlant. Bon Dieu, quelle force ! Le temps passa, cinq minutes, peut-être plus, elle continuait à pousser contre ses mains tandis qu'il regardait et respirait et respirait et respirait et alors il dit d'une voix inaudible :

— Mon Dieu, Tully, je crois bien que ça commence à sortir, je crois bien voir le haut de sa tête.

Elle lâcha le lit et mit les mains entre ses jambes.

— Touche-le, murmura-t-elle.

Il mit la main entre ses jambes et sentit le haut du crâne, doux et humide.

— Le voilà, le voilà, la prochaine fois que je vais pousser, la tête va sortir. Il faut la tirer, Jack. Il faut faire attention qu'elle ne tombe pas. Lâche-moi les pieds, va te laver les mains et attrape sa tête, haleta-t-elle. Vas-y ! maintenant !

Il alla se laver les mains et revint en courant s'asseoir entre ses jambes, les mains près du petit crâne tout poisseux. Prochaine contraction, oh, voilà, pousse, non, ça ne sortira jamais, pas cette fois, là, dans un instant, non, le voilà, oui, pousse, pousse. Tully crie, mais il n'entend plus rien, il ne voit plus rien, sauf une petite tête pointer, glisser hors de son cocon sanglant, éclaté, il n'arrive pas à voir son visage, mais comment fait-il pour respirer ? Et le reste, où est-il ? La petite tête vient se nicher dans le creux de sa main et il entend Tully murmurer — ou crier ? :

— Le cou, le cou, tiens-lui la nuque et le dos.

Mais il n'y a pas de nuque, pas de dos, il n'y a que la tête, une tête ensanglantée couverte d'une pellicule transparente.

— Tire-le, tire-le pour qu'il sorte, aide-moi...

Il va chercher, il le prend par la tête, il tire et il sent que le corps commence à sortir, voilà les épaules, il tire en tenant délicatement la tête dans ses mains, il tire encore un peu, encore une poussée et le voilà, il est sorti en entier, il le tient, il est sorti, il est couché sur le côté dans la pénombre, toujours attaché à Tully, tout violacé, là, dans ses mains, et il dit « C'est une fille » et il se met à pleurer et elle aussi, elle remplit ses poumons d'air et elle se met à pleurer, wahhh, waahhh, waaaahhhh, mais il l'entend à peine parce qu'il pleure lui aussi, il entend Tully qui dit « Donne-la-moi, donne-la-moi, mets-la sur moi », mais il n'ose pas la bouger alors qu'elle vient tout juste de naître au monde, il a peur de la bouger. Pourtant il la pose avec son cordon ombilical sur le ventre de Tully et elle caresse la tête du bébé tandis que la petite fille se tortille, sa bouche couverte de sa pellicule de mucosités. Il enlève la pellicule avec son doigt. Tully veut la mettre sur son sein, mais elle ne peut pas, le cordon ombilical n'est pas assez long, alors Jack va chercher son couteau et laisse

Tully le couper, parce que lui, il ne pourrait jamais faire ça. Puis Tully noue ce qui reste du cordon sur le bébé, le pose sur son sein et le bébé ouvre la bouche. Au début, elle ne trouve pas le téton, mais ça y est, elle le prend dans sa bouche, elle aspire, et elle se met à téter, les yeux ouverts. Les yeux de Tully aussi sont ouverts et Jack vient de nouveau se mettre entre ses jambes. Elle perd beaucoup de sang. Qu'est-ce que c'est ? Le placenta ? Il regarde le morceau de chair qui sort tout seul et qui ressemble à du foie. Oui, ça doit être ça, mais Tully saigne à flots, aussi il va chercher une serviette et la lui met entre ses jambes pour empêcher le sang de couler. Tully, qui tient le bébé d'une main, tend l'autre main vers lui. « Viens là », dit-elle, et il vient et Tully prend sa tête et l'attire contre elle et il l'embrasse, pleurant toujours, il mourrait pour elle à cet instant, elle lui murmure quelque chose, il lui murmure quelque chose. « Une fille, dit-il, une fille. » Alors, le son et la vue lui reviennent. Tout semble plus léger. Le lit est couvert de sang. Ils sont là, tous les trois, nus et couverts de sang. Et Tully Makker dit :

— Pas une fille. *Jennifer*.

II

CALIFORNIE

Décembre 1989

La lueur bleue de l'ambulance le fit tressaillir. Il sauta du lit et regarda au-dehors. Oui, c'était bien eux. Combien de temps avaient-ils mis pour venir ? Jack enfila vite son jean, essuya de ses mains son torse couvert de sang et jeta une couverture sur Tully et le bébé avant de faire entrer les deux aides-soignants.

— Eh bien, dit l'un d'eux en enlevant le bébé des bras de Tully, vous auriez pu vous passer de nous, on dirait.

— Comment ! s'écria Jack. J'ai appelé il y a trois quarts d'heure pour dire que ça ne pouvait pas attendre.

— Vous avez vu la neige qu'il y a dehors ? rechigna le second infirmier.

— Trois quarts d'heure, répéta Jack d'un air buté.

L'aide-soignant ne releva pas et se pencha sur une Tully inanimée.

— Hé, madame, réveillez-vous !

En soulevant la couverture qui la recouvrait, il s'exclama :

— Eh bien, Joe, dit-il à son collègue, heureusement qu'on est venus. Regarde comme elle saigne. Allons chercher le brancard. Couvrez votre femme un peu mieux, vous ne sentez pas le courant d'air qui vient d'en bas ? conseilla-t-il à Jack en emmitouflant soigneusement le bébé dans les couvertures avant de descendre.

Jack grommela et enveloppa chaudement Tully avec d'autres couvertures. L'habiller était hors de question. Elle avait les membres tout flasques.

Les infirmiers revinrent avec le brancard. Ils entourèrent le ventre de Tully avec des serviettes et lui en mirent une entre les jambes. Après qu'ils l'eurent emportée avec le bébé, Jack regarda le lit. Une grande tache sombre luisait sur les draps. Ça a probablement tout transpercé, pensa Jack. Je ne savais pas qu'on saignait autant pendant un accouchement.

Dans l'ambulance, il tenait d'une main le bébé, de l'autre la main de Tully. Elle murmurait des mots sans suite qu'il essayait de comprendre, en vain. Une fois à Stormont-Vail, Jack regretta vite la tiédeur et le calme de l'ambulance. Les infirmières et les médecins lui posèrent des questions de toutes sortes, dont les plus banales butaient sur une impossibilité. Le nom de Tully, son âge, s'il était son plus proche parent... Sans réfléchir, il répondit qu'elle s'appelait Tully Makker, puis oublia de corriger, et mentionna la mère de Tully. Étaient-ils mariés ? Non, répondit-il, sans rien ajouter. Et l'enfant, était-il de lui ? Oui, affirma-t-il avec audace, persuadé d'être dans le vrai. Quel était le prénom de l'enfant ? Mon Dieu, c'était un vrai tir groupé. Y avait-il quelqu'un d'autre à contacter en cas d'urgence ?

Quelle urgence ? demanda Jack, se sentant dans un état aussi confus que celui de Tully. Les infirmières le regardèrent d'un air bizarre. Elles lui répondirent que Tully avait perdu beaucoup de sang, et que c'était anormal. Cela le réconforta presque de savoir que l'immense tache de sang qui avait inondé les draps n'était pas normale.

Jack proposa son aide. Elles le conduisirent alors dans une pièce vide où elles lui firent relever une manche pour vérifier son groupe sanguin, entre autres choses. Ça devait coller, car un quart d'heure après, elles lui demandèrent de nouveau de relever sa manche. Quand l'infirmière eut fini la prise de sang, elle le remercia et emporta le prélèvement. Jack se tint tranquille quelques minutes, puis s'aventura hors de la pièce et s'engagea dans le couloir pour voir où se trouvait Tully. Finalement, il dut revenir en arrière jusqu'à la salle de garde pour se renseigner auprès des infirmières. Mais après l'interrogatoire du début, personne ne semblait avoir envie de lui parler. L'une des infirmières lui suggéra d'aller prendre une douche.

Jack se rendit aux toilettes des hommes. Il se déshabilla et resta nu face à la glace, touchant le sang séché qui maculait son corps. La douche l'avait tenté, mais quand il fit couler l'eau froide, il ressentit comme un regret. Comme s'il se lavait de Tully et du bébé.

Alors il pensa à une chose qui le glaça de la tête aux pieds.

Il devait appeler Robin. Il fallait qu'il appelle un homme qui ne lui avait jamais fait de mal pour lui annoncer que Tully Makker — Tully DeMarco ! — venait d'accoucher chez lui, Jack Pendel, aux premières lueurs du jour, et qu'elle était maintenant à Stormont-Vail, en piteux état. Pourrait-il venir la voir ?

Jack se sécha, remit son vieux jean crasseux, sa chemise, son pull et alla jeter un coup d'œil sur Tully avant d'appeler Robin. Elle semblait dormir, malgré le tube de perfusion qu'on lui avait enfoncé dans le nez. Il s'assit sur le lit et lui caressa la main.

— Tully, réveille-toi, ma chérie, murmura-t-il, réveille-toi, il faut que tu m'aides, réveille-toi.

— Mr Pendel, dit une infirmière qui ressemblait étonnamment à Miss Ratched dans *Vol au-dessus d'un nid de coucou*, vous aviez promis de la laisser tranquille. Si vous continuez, je vais devoir vous prier de quitter les lieux.

Dans la chambre se trouvaient sept autres lits, dont quatre seulement étaient occupés. Jack ferma le rideau de séparation et se rassit sur le lit.

— Je t'en prie, réveille-toi et dis-moi ce que je dois faire..., murmura-t-il.

Mais Tully ne semblait pas près de se réveiller et il finit par s'en aller. Il entra dans la pièce réservée aux nourrissons pour jeter un coup d'œil à Jennifer. Elle était couchée sur le côté, bien emmaillotée dans de la layette blanche, endormie, sa petite bouche légèrement entrouverte. Jack pencha la tête pour la regarder. Elle avait les cheveux blonds. Il éprouva le besoin irrésistible de prendre la petite tête dans le creux de ses mains, mais serra les mâchoires et s'éloigna. Il demanda le numéro de Julie aux renseignements et l'appela. Il était huit heures et demie du matin.

— Julie, c'est Jack. Je m'excuse de te déranger si tôt un dimanche. C'est Jack Pendel.

— Je t'avais reconnu, Jack, dit Julie d'une voix ensommeillée. Comment va Tully ? demanda-t-elle aussitôt.

Il apprécia son bon sens.

— Ça va. Elle vient d'accoucher.

— Formidable ! s'exclama Julie. C'est une fille ou un garçon ?

— Une fille. Quatre kilos. Cinquante centimètres.

— Tully est une vraie championne ! Comment l'ont-ils appelée ?

Jack marqua un temps d'arrêt.

— Jennifer.

Ce fut au tour de Julie d'hésiter avant de répondre.

— Jennifer ? Mon Dieu. Bon... Alors, comment se fait-il que ce soit toi qui m'appelles ? Où est Robin ?

— C'est que justement..., dit Jack, la gorge nouée, Robin n'est pas là.

— Ah bon ? Mais où est-il ?

— Je ne sais pas. À Manhattan, probablement.

— Ah... Comment sais-tu qu'elle a accouché ? C'est elle qui t'a appelé ?

— Non. J'étais avec elle.

— Chez elle ? dit Julie, incrédule.

— Non... Chez moi.

— Mon Dieu...

Jack leva les yeux au ciel. Elle n'avait peut-être pas autant de bon sens qu'il l'avait espéré.

— Julie, j'ai besoin de toi. Tully est sans connaissance. Il a fallu lui faire une transfusion et la recoudre. Est-ce que tu saisis ? Elle ne peut pas l'appeler elle-même.

Julie resta silencieuse, et Jack eut presque l'impression de la voir secouer la tête, les yeux fermés.

— Qu'avez-vous fait ? dit-elle enfin (et, comme Jack ne disait rien :) Pourquoi n'as-tu pas appelé Robin avant de l'amener à l'hôpital ? Qu'il soit au moins avec elle pour l'accouchement.

Jack faillit raccrocher. Mais il fallait qu'il trouve une issue dans ce fichu labyrinthe.

— Parce que cela l'aurait obligé à venir chez moi. Le bébé est né à la maison.

— Oh !... Mon Dieu.

— Julie !

— Jack, Jack, du calme. Je m'habille et j'arrive tout de suite. Je comprends. Mais je ne peux pas appeler pour toi, Jack. Il faut que tu l'appelles et que tu lui apprennes toi-même la nouvelle. Dis-lui juste que Tully a accouché. Réfléchis un peu. Ce serait ridicule si ça venait de moi.

— Tu pourrais dire qu'elle était avec toi, Julie.

— Jack, elle n'a même pas accouché à l'hôpital. Il va parler aux médecins, aux infirmières. Contente-toi de lui dire que sa femme a accouché. Elle va bien, au moins ?

— Non. Elle a une hémorragie.

— Dis-le-lui aussi. Il me semble que la même chose lui était arrivée à la naissance de Boomerang. Robin sera trop inquiet pour demander des détails. Ça ira.

— Merci. À tout de suite.

— Tiens bon ! J'arrive. Tu dois l'appeler toi-même, Jack. Je mentirais volontiers pour Tully, mais pas pour toi.

— Je n'avais pas l'intention de lui mentir, Julie. Je trouvais juste ça moins dur pour lui, venant de toi.

— Réfléchis, Jack. Tully aurait pu se retrouver toute seule chez elle, avec Robin Dieu sait où. Elle aurait dû accoucher sans l'aide de personne, ou pis, avec celle de sa mère. Pense à ça. Cela aurait pu être pire. J'arrive.

Jack raccrocha, songeant d'abord que Tully avait une amie sur qui elle pouvait compter. Mais, en cherchant de la monnaie dans ses poches, il se demanda si Robin, en entendant sa voix, trouverait comme Julie que cela aurait pu être pire. En composant le numéro de Texas Street, il en doutait fortement.

Au bout de onze sonneries, une voix de femme

hors d'haleine lui répondit. Jack supposa que ce devait être la mère de Tully.

— Est-ce que Robin est là, s'il vous plaît ?

— Il n'est pas encore rentré, dit Hedda en soufflant comme un phoque. Qui est à l'appareil ?

— Savez-vous à quelle heure il rentre habituellement ?

— Non, je ne sais pas, dit Hedda. Qui êtes-vous ?

— Merci, je rappellerai.

— Tully va bientôt rentrer, dit Hedda.

Je l'espère, songea Jack en fermant les yeux.

— Merci, dit-il. Bonne journée.

Robin n'était pas encore rentré chez lui, alors que sa femme pouvait accoucher à tout moment. Voilà qui était intéressant. L'appréhension de Jack s'atténua très légèrement.

Il prit une tasse de café au distributeur et resta assis une heure, le regard vide. Avant de rappeler, Jack alla voir si Tully et Jennifer allaient bien. Comment le bébé va-t-il s'alimenter si Tully reste inconsciente ? se demanda-t-il. Son lait allait-il se tarir ? Il alla trouver une infirmière pour se renseigner. Très occupée, elle daigna quand même lui répondre que le lait ne montait pas avant deux ou trois jours. Plus longtemps, Tully risquait en effet de voir son lait se tarir, mais, en attendant, le bébé se satisferait très bien de lait en poudre, les nouveau-nés s'alimentant très peu les trois premiers jours. Généralement, ils cuvent les anesthésiques qu'on a donnés à leur mère, ajouta l'infirmière.

Des anesthésiques ? pensa Jack. Vous n'en auriez pas pour moi ? J'en aurais bien besoin pour me sortir de cette impasse.

Robin passa le pas de la porte, Boomerang le précédant.

— Maman ! cria le petit garçon en montant les escaliers. Maman !

Robin gagna la cuisine, où il trouva Hedda en train de boire une tasse de café.

— Quoi de neuf ? lui demanda Robin en enlevant son manteau.

— Tully n'est pas encore rentrée, dit Hedda.

Un voile noir couvrit les yeux de Robin un instant, mais il se reprit vite.

— Bon, elle a dû passer la nuit chez Julie. Elle ne va pas tarder.

Robin était inquiet. Tully arrivant presque à terme, il s'était fait un devoir de l'appeler plusieurs fois par jour pour s'assurer qu'elle allait bien. Mais, hier, il ne l'avait pas appelée une seule fois.

— Chez Julie, hein ? dit Hedda. Ce matin, un homme a appelé vers huit heures et demie. Il voulait vous parler. Le téléphone du bas était débranché, il a fallu que je monte pour répondre.

— Ah oui ? dit Robin avec désinvolture, tandis que la panique montait en lui comme une envie de vomir. Il ne s'est pas présenté ?

— Non. Il a dit qu'il rappellerait.

Robin rebrancha le téléphone, puis se servit une tasse de café. Boomerang entra dans la cuisine.

— Maman n'est pas à la maison, dit-il d'un air piteux.

— Non, dit Robin en lui tapotant la tête. Mais elle va bientôt rentrer.

— Où est-elle ? demanda Boomerang.

— Chez une amie, Boomer. Elle ne va pas tarder.

Juste à ce moment-là, le téléphone sonna. Jamais la sonnerie n'avait retenti aussi fort, jamais Robin n'avait bondi comme ça pour répondre. Pourtant, au moment de décrocher, il fixa l'appareil, comme paralysé, laissant passer trois, quatre, cinq sonneries...

— Décroche, papa !

— Allô ? dit Robin d'une toute petite voix.

— Robin ? dit une voix inconnue, aussi craintive que la sienne. C'est Jack. Jack Pendel.

— Que se passe-t-il ? demanda Robin en tournant le dos pour cacher son visage à son fils et à sa belle-mère.

— Tully est à Stormont. Elle a accouché. C'est une fille.

— Pourquoi ne m'a-t-elle pas appelé ? demanda posément Robin.

— Les choses se sont précipitées. Je suis désolé.

— Pourquoi est-ce toi qui m'appelles et pas elle ?

— Elle n'est pas bien. Tu devrais venir la voir.

Ne me dis surtout pas ce que je dois faire, bordel ! eut envie de crier Robin. Mais Boomerang le tirait par le bras en murmurant « papa, qu'est-ce qu'il y a ? Qu'est-ce qu'elle a, maman ? » Les yeux fixés au mur, Robin se dégagea.

— Elle ne va pas fort, dit Jack. Elle continue à perdre beaucoup de sang. Par contre, le bébé va bien.

En entendant ces mots, Robin appuya le front contre les carreaux de la cuisine et se mit à se cogner la tête, de plus en plus fort, avec l'envie de se fracasser le crâne une bonne fois pour toutes, songeant que ça arrangerait tout le monde.

— J'arrive, finit-il par dire et il raccrocha.

Il resta debout, la tête toujours appuyée contre le

mur, en essayant de reprendre son sang-froid avant d'ouvrir les yeux et de regarder son fils. Fais ça pour lui, allons, fais-lui un petit sourire.

— Boomerang, dit Robin en s'agenouillant devant lui et en le prenant par les épaules. Maman est à l'hôpital. Elle vient juste d'avoir le bébé et elle ne se sent pas très bien. Je suis un peu inquiet. Il va falloir que j'aille la voir, tu comprends ?

— Je viens avec toi.

— Non ! dit Robin en lançant un coup d'œil à Hedda. Tu vas rester ici avec mémé, d'accord ?

— Pourquoi je peux pas venir avec toi ? demanda Boomerang, sur le point de pleurer.

— Fiston, écoute. Maman n'est pas bien, elle doit être allongée avec plein de tubes partout. Si ça se trouve, même moi, je ne pourrai pas la voir. Je vais y aller le premier, puis je reviendrai te chercher et on ira ensemble, c'est promis. D'accord ?

Il embrassa Boomerang sur la tête et alla mettre son manteau.

— C'est une fille ou un garçon ? demanda Hedda.

— Une fille, dit Robin, une petite sœur pour Boomer, ajouta-t-il en se forçant à sourire.

Boomerang applaudit.

— C'est génial, papa. Comment on va l'appeler ?

— Connaissant ta mère, on l'appellera sans doute Jennifer. Jenny. Ça te plaît ?

Et il sortit de la maison en courant.

De l'autre bout du long couloir, Robin aperçut Jack et Julie, assis dans la salle d'attente de la maternité. Il leur tourna le dos et remonta jusqu'à la salle de garde.

— Je suis venu voir ma femme. Tully DeMarco. Elle vient juste d'avoir un bébé.

— Voyons... Danilo, Davidson, Debenz, Dister... Non, il n'y a pas de DeMarco.

Saloperie, pensa Robin.

— Essayez Makker, s'il vous plaît.

— Makker, Makker. Ah oui. Voilà : Natalie Anne. On l'a amenée ce matin.

— À quelle heure ?

— Vers sept heures. On a eu un mal fou à la récupérer, à cause de la neige.

— Est-ce qu'elle va bien ? Puis-je aller la voir ?

— Bien sûr. Chambre 417. La neuvième à gauche sur le palier. Ne faites pas de bruit. Elle n'est pas encore revenue à elle.

Robin était sur le point de partir, quand il se retourna.

— Et le bébé ? La petite fille, dit-il en se sentant plutôt maladroit.

L'infirmière sourit.

— Elle est dans la salle des nourrissons. Descendez le couloir, c'est à droite. Vous verrez la baie vitrée. Demandez à quelqu'un de vous la montrer.

— Quel est son nom ? demanda Robin en se raidissant pour ne pas se retenir au comptoir. Comment l'a-t-on appelée ?

— Voyons... Elle n'est pas enregistrée sous le nom de Makker.

— DeMarco, peut-être ?

L'infirmière regarda à nouveau.

— Non plus. Je suis sûre que l'infirmière éclaircira la question. Ne vous inquiétez pas. Votre épouse est sans doute une de ces jeunes femmes libérées qui gardent leur nom de jeune fille, dit l'infirmière en souriant encore.

Robin se dirigeait vers la chambre 417 quand il entendit quelqu'un l'appeler.

— Monsieur, attendez une minute !

Robin se retourna à contrecœur. Un médecin s'avançait vers lui.

— Bonjour, je vous ai entendu demander Tully Makker. Je suis le Dr Brunner. Et vous êtes...

— Robin DeMarco, répondit-il après un temps d'hésitation.

— Vous êtes de sa famille? demanda le Dr Brunner en le regardant d'un œil soupçonneux.

Qu'est-ce que c'est que ce bordel ?

— Eh bien... Je suis son mari.

— Son mari..., répéta le Dr Brunner en haussant les sourcils. Je vois. Votre femme perd beaucoup de sang.

— Oui... Il lui est arrivé la même chose, la dernière fois..., dit lentement Robin.

— En effet. J'ai vu son dossier médical. Son utérus a du mal à se contracter. On lui a fait une deuxième injection d'oxytocine, espérons que ça va marcher. Tout va s'arranger. Mais son rythme cardiaque va en s'accélérant. On va la transférer au service de réanimation. Par mesure de précaution, ajouta le Dr Brunner. Elle pourrait avoir une infection.

Robin ne comprenait pas.

— Attendez, comment ça, une infection ? Pourquoi aurait-elle attrapé une infection ?

Le médecin le regarda calmement.

— Mr DeMarco. La grossesse comporte toujours certains risques. Mrs Makker, pardon, DeMarco, a accouché dans des conditions non stériles. Il y a toujours des risques d'infection, dans ces circonstances. Mais ne vous inquiétez pas. Cela se soigne très bien. C'est plutôt l'hémorragie qui m'inquiète. On lui a déjà fait une transfusion..., ajouta le médecin en regardant Robin d'un drôle d'air. Ça va aller.

— Attendez, dit Robin d'un ton sec. Je ne

comprends toujours pas. Pourquoi parlez-vous de conditions non stériles alors que nous sommes dans un hôpital ? Vous ne stérilisez pas le matériel, ici ?

La gêne transparut de nouveau sur le visage en lame de couteau du Dr Brunner.

— Je suis désolé, Mr DeMarco, dit-il en touchant le bras de Robin. Votre femme n'a pas accouché à l'hôpital. Le temps que l'ambulance arrive, le bébé était déjà né. Vous avez vu comme il neige ? Mais elle va s'en remettre, conclut-il avant de s'esquiver en vitesse.

Robin se tourna vers l'infirmière et se cramponna au comptoir. Il commençait à comprendre ce que faisait Jack Pendel à l'hôpital un dimanche matin.

Au bout d'un moment, il se dirigea à pas lourds vers la sortie et alla s'asseoir sur un banc, offrant son visage, ses yeux et sa gorge à la tempête de neige et au vent glacé du Kansas.

Ce que Robin éprouvait, maintenant qu'on lui avait jeté au visage le mensonge qu'était sa vie et qu'il le contemplait, de ses yeux aveuglés par la neige, ce n'était ni de la colère ni de la jalousie, mais du chagrin et du regret.

Un regret qui lui déchirait le cœur, pour toutes ces nuits loin de Tully, tous ces samedis passés à jouer au rugby loin de Tully, ces dimanches devant la télé alors que Tully priait à l'église, ces longues soirées où elle l'avait attendu, tenant au chaud le dîner qu'elle lui avait préparé, et toutes ces nuits où il avait dormi en lui tournant le dos alors qu'agitée elle cherchait un sommeil qui la fuyait ou restait assise des heures et des heures dans le renfoncement de la fenêtre. Le regret de ne pas avoir dit que la maison n'avait pas besoin d'être repeinte. PAS BESOIN ! Cela lui avait plu, de rentrer chez lui à la tombée de la nuit pour retrouver sa belle maison toute blanche, le porche d'entrée imposant, les parterres de fleurs, le nouveau portail en bois blanc, les fenêtres en saillie, et Tully. Elle souriait toujours pour l'accueillir et lui tendait les lèvres, elle lui tenait compagnie pendant qu'il mangeait, lavait son assiette, baignait son fils, et parfois le lavait aussi, la nuit.

Le chagrin et le regret de s'être détourné de Tully et d'avoir laissé un autre homme mettre au monde son bébé, la fille de Tully, la Jennifer de Tully. C'était vraiment plus qu'il n'en pouvait supporter.

Une heure après, quand la neige eut suffisamment engourdi ses sens, il retourna à l'intérieur, monta au quatrième étage et marcha jusqu'à la porte à deux battants où était inscrit SERVICE DE RÉANIMATION, puis passa encore une double porte, avant d'être stoppé dans son élan par une infirmière guindée à l'air sévère.

— Qui êtes-vous ? dit-elle d'un ton bourru.

— Tully Makker. Je viens voir Tully Makker, répliqua-t-il en la fixant dans les yeux.

— Elle a déjà un visiteur. Il va falloir patienter. En fait, elle ne devrait pas recevoir de visites. Il faudra vous laver les mains.

Robin lui tourna le dos. Il voulait voir Tully; mais Tully avait déjà un visiteur.

De loin, Robin aperçut Julie dans la salle d'attente.

Elle se leva et se précipita vers lui pour l'embrasser. Robin lutta contre une soudaine envie de s'asseoir.

— Robin, ça va ?

— Très bien. Comment va Tully ?

— Pas terrible.

Il s'assit.

— Tu veux voir le bébé ?

Il se leva et la suivit docilement. Julie le conduisit jusqu'à une longue baie vitrée, devant laquelle des familles entières étaient debout, en contemplation devant des rangées de petits lits où des bébés, endormis ou en train de vagir, semblaient tous sortis du même moule.

Robin serra les dents. Il fallait qu'il se domine, qu'il garde son calme, puis il rentrerait chez lui.

Julie désigna un petit paquet emmailloté.

— C'est elle, dit-elle avec amour.

— Ah oui ? dit Robin.

Il ne voyait rien. Elle était trop loin, ou bien ses yeux n'arrivaient pas à se fixer.

— Elle a l'air mignonne, dit-il à tout hasard, pour ne pas paraître insensible.

— Elle est merveilleuse, dit Julie, qui ajouta, en lui pressant le bras : Ça ira, Robin. Tout va rentrer dans l'ordre. Tully a besoin de toi. Ça va aller.

— Bien sûr. Peux-tu lui dire de s'en aller, s'il te plaît, que je puisse voir ma femme avant qu'elle meure ? Il est dans la salle de réanimation avec elle.

— Elle ne va pas mourir, Robin ! murmura Julie. Et puis ils ne me laisseront pas entrer là-bas. Ils sont très stricts avec les visiteurs.

— Alors comment a-t-il fait pour la voir ?

Julie baissa la tête.

— Il s'est fait enregistrer comme étant le père de l'enfant.

À travers la vitre, Robin fixa le petit paquet emmailloté. Elle était au deuxième rang, trop loin pour qu'il puisse lire l'étiquette.

— Tu veux dire qu'elle s'appelle Jennifer Pendel ? dit-il d'une voix caverneuse.

— Je suis désolée, Robin.

Robin tourna la tête d'un côté, puis de l'autre. Il essaya de prendre une profonde respiration, mais ses dents serrées ne laissaient pas passer l'air. Alors il écrasa son poing sur la vitre et frappa, frappa encore. Le verre trempé ne cassa pas, mais le bruit fit que tout le monde se retourna vers lui l'air stupéfié.

Julie se cramponna à lui.

— Robin ! Arrête !

Il se dégagea.

— Enfoiré ! siffla Robin entre ses dents en se dégageant. Putain de bordel de merde !

— Robin, je t'en prie ! dit Julie.

Elle s'accrochait toujours à lui. Il lui était impossible de se dégager sans la faire tomber.

Une infirmière se précipita vers lui.

— S'il vous plaît ! Que se passe-t-il ? Vous troublez l'activité de l'hôpital. Je vous prie de bien vouloir quitter les lieux.

— Et moi je vous prie de bien vouloir la boucler ! s'exclama Robin.

— Robin ! je t'en prie ! Excusez-le, il est bouleversé, dit Julie en regardant l'infirmière d'un air implorant.

Elle entraîna Robin vers la salle d'attente.

— Robin, tu es devenu fou ?

— Oui. Je vais rentrer chez moi, prendre mon revolver et revenir les tuer tous les deux.

— Arrête ! s'exclama Julie. Calme-toi ! Ce n'est pas la peine d'envenimer les choses, Robin... C'est la mère de ton enfant. La mère de ton fils. Je t'en prie, pense à lui, pour l'amour du ciel !

Robin s'écarta d'elle brusquement. Julie se cramponna à lui.

— Je rentre à la maison.

— Si elle se réveille, elle va peut-être te réclamer.

— Ça m'étonnerait.

Julie le regarda durement.

— Robin. Tu dois te sentir plus mal encore que je ne peux l'imaginer. Mais ton fils aura besoin de voir sa mère et sa petite sœur. Fais un effort, essaie de te dominer.

Il fit quelques pas, puis se retourna vers elle.

— Depuis quand es-tu au courant ? Depuis quand trempes-tu dans ce petit jeu ?

Le visage de Julie se crispa.

— Robin, bon Dieu ! Tu ne peux pas garder ça pour plus tard, quand elle ira mieux ? Écoute-moi. Si tu avais daigné échanger deux ou trois mots avec moi, je te l'aurais dit : elle ne s'est jamais consolée. De nous tous, c'est elle qui a le plus souffert. Si tu avais voulu savoir ce qu'elle avait, je t'aurais dit de ne pas la juger trop sévèrement. Toutes ces années où nous tentions d'oublier, elle est restée comme paralysée par la douleur. Des années durant, Robin. Ne tire pas trop sur la corde. Elle est en réanimation. Après, tu auras tout le temps de passer ta colère.

Il dégagea son bras.

— Allez tous vous faire foutre. Je m'en vais. Dis-lui que je ne veux pas le voir ici quand je reviendrai.

— Dis-le-lui toi-même. Pour qui me prends-tu ?

Robin laissa sa voiture au parking et rentra chez lui à pied. Il ne ressentait plus ni chagrin ni regret. Tout le trajet, il envoya des coups de pied dans la neige en maugréant. L'air froid lui fit du bien, mais ne calma pas sa rage. Il courait presque. Je n'ai qu'une envie, c'est de lui faire du mal, la frapper jusqu'à ce qu'elle crie, jusqu'à ce qu'elle hurle de douleur.

Quand Robin arriva dans Texas Street, il tomba sur la Camaro de Tully, toute blanche de neige, et il sut alors ce qu'il allait faire. Il chercha son trousseau de clefs dans sa poche et se rua vers la voiture.

Il n'allait pas faire ça devant son fils. Il fallait la conduire autre part.

Quel sang-froid, n'est-ce pas ? Quel bon sens, pensa-t-il en faisant démarrer le moteur après plusieurs essais. Je vais la conduire autre part parce que je ne veux pas que Boomerang voit son père devenir fou. Si je suis tellement raisonnable, alors pourquoi ne pas éteindre le moteur et rentrer chez moi, tout simplement ?

Il mit la Camaro en marche, sans avoir enlevé l'épaisse couche de neige qui la recouvrait. Les roues patinèrent un peu. Il remarqua que le chauffage ne marchait pas très bien. Il la conduisit jusqu'au parking situé près de Frito-Lay, où Tully et lui faisaient souvent l'amour, six ans auparavant. En sortant de la voiture, Robin pensa à Tully. Il se mit à hurler dans le parking désert, hurler des choses oubliées aussitôt, en bourrant la voiture de coups de pied.

Exténué, presque aphone, mais toujours possédé par une rage folle, Robin ouvrit la Camaro et chercha sur le siège arrière la barre de fer qu'il conseillait toujours à Tully d'avoir avec elle, au cas où. Elle n'avait jamais servi. Jusqu'à aujourd'hui.

Trois

— Allons voir maman, papa, dit Boomerang en se levant du canapé quand il vit entrer son père.

Robin, toujours en manteau, marcha vers Boomer et lui tapota la tête.

— On va attendre un peu, d'accord ? Maman ne se sent pas bien du tout.

— Comment va-t-elle ? demanda Hedda qui sortait de la cuisine en clopinant.

— Elle est en réanimation, dit Robin.

Il la prit par le bras pour la ramener dans la cuisine et baissa la voix pour que Boomerang ne puisse pas l'entendre.

— Ils n'arrivent pas à arrêter l'hémorragie.

— Oh, dit Hedda. Vous avez faim ? Vous voulez un sandwich ?

Robin secoua la tête. Il avait envie de prendre une douche. Après être demeuré longtemps sous l'eau brûlante, il gagna la chambre. Le lit n'avait pas été défait depuis le samedi matin.

Aucun de nous deux n'a dormi dans ce lit la nuit dernière, pensa-t-il, sentant le sel amer de la culpabilité lui brûler la gorge.

Robin téléphona au magasin pour s'assurer que tout allait bien. Il songea à appeler Bruce et Stevie pour leur donner des nouvelles de Tully, mais il en fut incapable. Il envisagea d'appeler Shakie, mais ça aussi, il en fut incapable. Il fit le ménage dans la chambre et descendit faire une lessive. Après avoir plié et rangé le linge propre, Robin regarda l'heure au réveil de la chambre.

Trois heures. Il avait encore tout le dimanche devant lui et se sentait incapable de l'affronter.

— Fiston, dit-il en mettant son manteau, je retourne voir maman, d'accord ? Je vais vite revenir. Peut-être qu'on ira la voir ensemble ce soir ou demain.

— Mais papa, ce soir, c'est la veille du nouvel an, dit Boomerang au bord des larmes. Je ne veux pas que maman reste toute seule la veille du nouvel an.

— Elle est en train de dormir, tu sais. De toute façon, elle ne pourra pas te parler.

— Ça ne fait rien. Je veux juste la voir.

Robin soupira.

— J'ai laissé la voiture à Stormont-Vail, Boomer.

— On peut prendre celle de maman.

— Euh... Elle est en réparation.

Ce n'était guère agréable, de mentir à un petit garçon de sept ans.

— Mais non ! On a enlevé la neige qu'il y avait dessus ce matin.

— J'ai dû l'emmener au garage il y a une heure.

— Bon, on n'a qu'à y aller à pied.

— C'est loin.

— Ça m'est égal.

— Il gèle dehors. Il doit faire moins vingt, avec ce vent.

— Je vais bien me couvrir, dit Boomerang en mettant son manteau. Tu crois que je pourrai prendre le bébé dans mes bras ?

En soupirant, Robin noua une écharpe autour du cou de son fils.

— Bien sûr, fiston, tout ce que tu voudras.

Boomerang sourit.

— C'est maman qui m'a appris ça. Elle m'a dit que si on est raisonnable et qu'on tient bon, les gens finissent toujours par laisser tomber ou par s'énerver. Alors, ça veut dire qu'on a gagné.

— Elle t'a appris ça, hein ? dit Robin en souriant, oubliant un court instant qu'ils parlaient de Tully, et qu'il la haïssait. Tiens donc... Il faudra que je dise deux mots à ta mère.

Le chemin fut long, de Texas Street à l'hôpital. Le vent soufflait fort. Mais Boomerang ne se plaignit pas une seule fois, il marcha bravement en tenant son père par la main.

— Quand nous la verrons, elle risque d'avoir plein de tubes partout, dit Robin.

— C'est ce qu'on appelle être sous perfusion ? demanda Boomerang.

Robin lui lança un coup d'œil, surpris.
— Oui. Comment le sais-tu ?
— Maman me l'a dit quand mémé était à l'hôpital.
— Alors n'aie pas peur, dit Robin.
— T'en fais pas, dit Boomerang.

Mais quand il vit Tully couchée, complètement immobile, respirant à peine, reliée à toutes sortes de machines, Robin fut bouleversé. Il s'écroula sur une chaise près du lit. Boomerang prit la main de Tully.
— Sa main est tiède, papa, dit-il pour lui redonner du courage. Elle va aller bien.
Robin toucha la main de Tully. Elle était brûlante.
— Elle doit avoir beaucoup de fièvre, dit Robin.
Boomerang colla sa joue contre le visage de sa mère.
— Maman chérie, j'espère que tu m'entends. Je vais prier cette nuit pour que tu n'aies plus de fièvre demain.
L'infirmière à l'air guindé entra et les pria de quitter la chambre.
— On ne peut vous accorder que quelques minutes. Vous ne devriez pas amener un enfant dans ce service, ajouta-t-elle d'un ton tranchant.
Robin se leva.
— Merci pour votre aide et votre compréhension, dit-il en prenant Boomerang par la main.
— Papa, on va voir le bébé, d'accord ?
Quand ils arrivèrent à la salle des nourrissons, l'infirmière, mal disposée envers Robin à cause de sa toute récente crise d'humeur, refusa de confier une Jennifer Pendel à un Robin DeMarco. Sentant de nouveau la rage l'envahir, Robin prit une profonde inspiration et fixa intensément son petit gar-

çon, qui avait le nez collé à la vitre. Il remercia le ciel que son fils fût avec lui, puis retourna à la salle d'attente avec Boomerang. Julie était toujours là et buvait une tasse de café. Mais elle n'était pas seule.

— Jack ! s'exclama Boomerang en se précipitant vers lui. Tu es venu voir ma maman ?

Jack hocha la tête. Robin avait envie de s'asseoir, mais il resta debout.

— On ne nous a pas permis d'entrer, dit-il, la voix rauque.

Julie se leva et posa la main sur l'épaule du petit garçon.

— Boomer, si on allait voir ta petite sœur ?

Avant de s'éloigner, elle se tourna vers Robin qui fixait Jack, raide comme un piquet.

— Tu viens, Robin ?

— Viens, papa, renchérit Boomerang.

— Allez-y. Je vous suis, dit Robin d'une voix sans timbre.

Ils se retrouvèrent seuls et se fixèrent dans un silence de mort, que Jack rompit le premier.

— Écoute, je suis sincèrement désolé, dit Jack.

— Garde ça pour d'autres, grogna Robin, qui ne voyait plus de nouveau qu'à travers une sorte de brume rouge. Qu'est-ce que tu fous ici, nom de Dieu !

Jack se leva et mit les mains dans ses poches.

— Il fallait bien qu'il y ait quelqu'un. Tu n'étais pas là.

— Je t'emmerde, lança Robin d'un ton rogue. Qu'est-ce que tu attends pour foutre le camp d'ici.

— Écoute, je peux aller dans une autre salle d'attente, mais je veux être là quand elle se réveillera. Et le bébé...

— Le bébé, dit Robin. Parlons-en du bébé. Salaud ! Tu mériterais que je te fiche une balle dans la tête. Avoir osé donner ton nom à cet enfant ! Un minable comme toi ! Comment as-tu osé faire une chose pareille, espèce d'ordure.

À travers le voile qui lui obscurcissait la vue, Robin vit pourtant que Jack avait sorti les mains de ses poches.

— Je ne suis pas une ordure, dit Jack. Seulement, je ne savais pas quoi faire.

— Tu te rends compte qu'ils ne m'ont pas permis de la voir parce qu'elle ne porte pas mon nom ? Parce que ni elle ni ma femme ne portent mon nom, enfoiré !

Robin sentit un liquide brûlant lui piquer les yeux et serra les poings, en s'obligeant à répéter en lui-même, *ça va aller, ça va aller.*

— Je ne savais pas quoi faire, répéta Jack. Je m'excuse. Je vais tout de suite aller réparer ça.

— Va te faire foutre, dit Robin en lui tournant le dos. Je ne veux plus jamais revoir ta sale gueule, t'entends ?

Jack remit les mains dans ses poches et ne bougea pas. Toujours aveuglé par la colère, Robin fut incapable de déchiffrer l'expression de son visage. Il marcha jusqu'à la salle des nourrissons et vit Julie et Boomerang à travers la vitre. Boomerang avait le bébé dans les bras. On permit à Robin d'entrer, à condition que Julie reste pour le surveiller. Il alla se laver les mains et prit lui aussi le bébé dans ses bras.

— Ce qu'elle est mignonne, murmura Boomerang. Hein, papa ?

— Oui, elle est mignonne, Boomer, acquiesça Robin en regardant la petite fille endormie qui ne pesait rien dans ses mains comme si elle était une sorte d'extraterrestre tombée du ciel, ayant atterri à Stormont-Vail.

— Regarde, elle est blonde comme maman ! Ce

qu'elle peut lui ressembler ! Je me demande si elle a les yeux gris...

— Je suis prêt à le parier, dit Robin. Allez, Boomerang. On rentre à la maison.

Cette nuit-là, quand Robin le mit au lit, son fils lui demanda :

— Papa, tu crois que maman va guérir ?

— Bien sûr qu'elle va guérir.

— Tu n'avais pas l'air très content, pour le bébé. C'est parce que tu te faisais du souci pour maman ?

— Oui, Boomerang, c'est pour ça... Mais je suis, très, très content pour le bébé, ajouta-t-il péniblement.

Robin resta assis dans le rocking-chair de la chambre d'enfant à écouter son fils remuer dans le lit.

— Papa ? dit Boomerang.

Robin ouvrit les yeux.

— J'ai peur que le bébé ait du mal à dire mon nom. Boomerang, ça va être trop long pour elle, tu ne crois pas ? Maman et toi, vous pourriez peut-être commencer à m'appeler Robin. C'est mon vrai nom, hein ?

— Oui, c'est ton vrai nom, mon trésor, dit Robin en venant s'asseoir au bord du lit. Mais on t'appelle Boomerang depuis ta naissance, et c'est aussi ton nom.

— Je sais bien, papa, dit Boomerang avec fermeté. Mais pour Jennifer, ce sera vraiment trop difficile.

Vint le nouvel an, un lundi, et sa longue file d'heures interminables. Le pouls de Tully était rapide et faible, sa tension artérielle basse. Elle ne se réveillait toujours pas et continuait à perdre du sang. Ce jour-là, il fallut lui faire deux autres transfusions. Robin se proposa pour celle de l'après-midi. Il ne demanda pas qui avait donné son sang pour Tully le matin.

On changea le nom inscrit sur l'étiquette du bébé : Jennifer Pendel DeMarco, telle fut la concession que Jack Pendel fit à Robin. Je me demande ce qu'en dira Tully, pensa Robin. J'espère qu'elle va bientôt se réveiller. Il faut que j'aille faire enregistrer la naissance du bébé.

Robin resta à l'hôpital du matin jusqu'au soir. Hedda et Millie s'occupaient de Boomerang. Millie passa à l'hôpital dire à Robin qu'elle resterait dormir à la maison et qu'il ne devait pas s'inquiéter. Robin remercia le ciel de lui avoir envoyé Millie.

— Tout va s'arranger, Mr DeMarco, lui dit-elle avec conviction en lui posant la main sur l'épaule. Mes prières vous accompagnent.

Robin ne sut comment interpréter ses paroles. Elle n'avait pas une seule fois fait allusion à l'état de Tully.

Il resta assis dans la salle d'attente, tout seul ou avec Julie, sans s'occuper de rien. Il descendit une ou deux fois à la cafétéria boire un verre d'eau. Il n'était pas question de manger, tout comme il fut hors de question de rentrer à la maison quand la pression artérielle de Tully descendit encore le lundi après-midi. On donna à Tully une autre dose de sulfamide. Quand, au contact de ses mains, Robin comprit que la fièvre était tombée, il voulut savoir si c'était bon signe. En voyant l'expression du Dr Brunner, il sut que non. On le força à quitter le service de réanimation. Sans doute parce que Tully avait d'autres visiteurs.

Lorsque Robin s'assoupissait dans la position assise, sa tête tombait sur le côté. L'interphone diffusait constamment des annonces qui le réveillaient en sursaut. Il s'attendait toujours à entendre : « Mr Robin DeMarco est demandé au quatrième étage, service de réanimation. »

Dans la salle d'attente, il avait tout le temps de réfléchir. Dieu merci, Jack en avait trouvé une autre. Des pensées lui traversaient aussi l'esprit, quand il allait voir la petite Jennifer à la salle des nourrissons et la prenait dans ses bras.

— Ta maman va être très fière de toi, petite, murmurait Robin, en caressant le duvet blond qui recouvrait la tête du bébé. Elle aurait aimé que Boomer lui ressemble. Mais c'est encore mieux comme ça. Parce que tu es une fille.

Il se demandait aussi pourquoi Jack avait donné son nom à cette enfant. Pourquoi il venait là, année après année. S'il ne quittait plus Topeka. Robin compta en remontant neuf mois en arrière. Avril. Ce n'est pourtant pas la saison de la peinture, enfoiré. Alors pourquoi as-tu donné ton nom au bébé ?

— Je suis désolé, Mr DeMarco. L'état de votre femme ne va pas en s'améliorant.

Mardi matin, huit heures trente. Robin fixa le long visage du Dr Brunner.

— Je suis prêt à redonner du sang.

— Merci, mais ce ne sera pas nécessaire. La dernière analyse sanguine continue à indiquer la présence de bactéries toxiques. La nuit dernière, on lui a donné du sulfamide et on lui a fait une injection d'oxytocine. Mais rien ne marche comme nous l'avions espéré. Son état empire, j'en ai peur. Je suis désolé. Cela semblait si bénin, au début.

— Donnez-lui plus d'antibiotiques.

Le Dr Brunner secoua la tête.

— Elle s'affaiblit rapidement, Mr DeMarco. Son utérus ne se contracte pas, son corps ne réagit pas aux antibiotiques.

Robin détourna les yeux.

— Sa tension a chuté de façon dramatique ce matin, continua le Dr Brunner. Et ses pulsations, qui faisaient un petit cinquante ces deux derniers jours, sont tombées... à quarante. Je suis désolé, ajouta le médecin en détournant les yeux à son tour.

— Quarante ? Et qu'est-ce que ça signifie ?

— Ça signifie qu'elle est presque dans le coma. Je suis vraiment désolé.

— Bon Dieu ! s'exclama Robin. Arrêtez de dire que vous êtes désolé et aidez-la ! Elle n'est pas encore morte.

— Nous faisons tout notre possible, Mr DeMarco.

Le Dr Brunner commençait à s'éloigner. Robin le suivit.

— Attendez, dit-il. C'est une situation difficile. Je comprends et j'apprécie votre professionnalisme.

Le Dr Brunner hocha la tête.

— Mais avez-vous parlé avec Mr Pendel ?

— Parlé ? De quoi ? demanda doucement le Dr Brunner.

— De la façon dont s'est déroulé l'accouchement, bien sûr.

— Oui, nous avons tenu compte de toutes les informations qu'il nous a données.

— Sans rien oublier ?

— Non.

— Vous avez parlé d'infection, dimanche. Lui avez-vous demandé quelle pouvait en être la cause ?

— Mr DeMarco, quand j'ai parlé d'infection, c'était une hypothèse. Un accouchement effectué dans des conditions non stériles est un terrain propice aux bactéries. Mais Mrs Makker semblait aller bien, le dimanche, à part cette hémorragie.

— Oui, oui, dit Robin en respirant fort. Quelque chose vous a peut-être échappé.

— Mr DeMarco, je sais bien que vous essayez de nous aider, mais nous avons fait tout ce que nous pouvions.

Après s'être lavé les mains, Robin alla s'asseoir au chevet de Tully. Il était neuf heures quinze. Une sensation étrange s'empara de lui, quelque chose se mit à le ronger de l'intérieur, à le démanger, à lui agacer les sens, comme le crissement d'un ongle sur du verre.

Il regarda autour de lui, de plus en plus mal à l'aise, son cœur battant la chamade. Qu'est-ce que c'était ? Il enleva ses gants et prit la main de Tully. Elle était froide.

— Tully ? murmura-t-il en se penchant sur elle. Tully ? dit-il plus fort en approchant son visage du sien pour sentir son souffle. Tully ?

Elle respirait.

Alors Robin comprit d'où cela venait. C'était le moniteur cardiaque. Ce fichu moniteur qui faisait bip... bip... bip...

Robin se mit à se gratter, il ouvrit sa chemise, griffa sa poitrine nue et eut envie de hurler. Il saisit Tully et se mit à la secouer en criant. Un tube de perfusion tomba du nez de Tully. Sa bouche s'ouvrit et resta béante.

L'infirmière se précipita dans la pièce vitrée.

— Qu'est-ce qui vous prend ? s'écria-t-elle en essayant de le détacher de Tully. Elle est malade ! Laissez ma patiente tranquille !

Robin la lâcha et Tully retomba sur le lit.

— Ce n'est pas votre patiente. C'est ma femme.

Il sortit et regagna la salle d'attente, où il s'assit près d'une Julie hagarde et débraillée. À neuf heures trente-cinq, le Dr Brunner vint voir Robin.

— Mr DeMarco. Je m'excuse pour ce qui vient

de se passer. C'est ma faute, j'ai oublié de vous prévenir que le moniteur cardiaque ne perçoit pas toujours les pulsations d'un cœur qui bat si faiblement.

Robin chercha maladroitement à reboutonner sa chemise.

— Il n'avait pas l'air... régulier, dit-il en hésitant.

Le Dr Brunner s'éclaircit la gorge, puis joignit les mains comme pour prier.

— Mr DeMarco, il n'est pas régulier du tout. Le pouls est tombé à trente-cinq.

Il pencha la tête et ajouta à voix basse :

— Nous avons un prêtre à la chapelle, si vous...

— Bon Dieu ! explosa Robin. Ne me parlez pas de prêtre ! Aidez-la !

— Nous avons fait tout notre possible, dit posément le Dr Brunner. Je suis vraiment désolé. Vous voulez peut-être faire venir un prêtre en particulier...

Robin le regarda d'un air hagard. *Notre père qui es aux cieux, que ton nom soit sanctifié...*

— Je ne peux pas la laisser, dit-il.

— Robin !

Il se tourna vers Julie qui se tenait devant lui, le visage mouillé de larmes.

— Le père Majette, Robin. Tu peux aller chercher le père Majette.

— Va le chercher, Julie.

— Non, ne me demande pas ça, Robin, dit Julie en s'effondrant. Je ne peux pas la laisser ! Je n'étais pas là pour Jennifer... Je t'en prie ! Je veux être là pour ma Tully ! dit-elle en sanglotant. C'est aussi ma Tully à moi, Robin, murmura-t-elle. Je la connaissais avant vous tous. C'est aussi ma Tully à moi...

À neuf heures quarante, Robin retourna à la

pièce vitrée. Cette fois, il n'entra pas, il resta devant la vitre et regarda le visage de Tully. Ça va aller, Tully, pensa-t-il. Tu vas voir, tout va s'arranger, mon trésor. Dieu va veiller sur toi et te garder en vie et moi aussi...

... L'Éternel est mon berger, je ne manquerai de rien... Il me fait reposer dans de verts pâturages, Il me dirige près des eaux paisibles...

Robin cligna des paupières en regardant rapidement autour de lui, et, sur sa gauche, il vit Jack.

Il ne l'avait pas revu depuis leur rencontre dans la salle d'attente, le dimanche. Robin avala sa salive pour chasser la boule qu'il avait au fond de la gorge.

— Ça va mal, dit-il à Jack.

— Je sais, dit Jack.

Robin lui lança un coup d'œil. Jack ne s'était pas rasé, il avait les yeux rouges et cernés de noir, à cause du manque de sommeil. Il ressemble à ce que j'éprouve, pensa Robin. *L'Éternel est mon berger...*

— D'où est-ce que ça peut venir? demanda Robin.

— Du sang qu'elle a perdu, dit Jack. Je ne sais pas.

— Elle en a reçu des litres depuis. Il doit y avoir autre chose. Elle a un empoisonnement du sang, et personne ne comprend d'où ça peut venir.

Jack s'attachait péniblement un masque chirurgical sur le visage. Robin remarqua que ses mains tremblaient.

— Je ne sais pas, répéta Jack. Tout avait l'air propre. Tout semblait s'être bien passé.

— Est-ce que quelqu'un en a parlé avec toi?

— Oui, le dimanche. Mais pas depuis.

Robin secoua la tête.

— Quelque chose a dû leur échapper. À eux et à

toi aussi. Quelque chose auquel personne n'a pensé. Elle perd ses forces à cause de quelque chose qui vous a échappé. Creuse-toi la tête, murmura-t-il. Trouve quelque chose !

Jack se crispa et se dirigea vers la porte vitrée qui conduisait à Tully.

— Je leur ai dit tout ce que je savais. Je ne sais rien d'autre. Je ne connais rien aux bébés.

Tu sais bien comment les faire, espèce de salaud, pensa Robin en suivant Jack dans la pièce.

— Un à la fois, dit l'infirmière en les regardant tous les deux, le sourcil levé. J'ai dit un à la fois.

Robin l'écarta.

— Allez chercher le Dr Brunner, si vous voulez. De toute façon, elle ne nous entend pas.

— Vous la dérangez.

— Qui ? aboya Jack. Qui dérangeons-nous, Miss Ratched ?

— Je m'appelle Jean Crane, répondit l'infirmière d'un ton glacial. Vous dérangez ma patiente.

Ils l'ignorèrent. Jack était déjà au chevet de Tully.

L'infirmière Jean Crane attrapa Robin par le bras.

— Allez attendre dehors et laissez-le, murmura-t-elle, la voix vibrante de colère. Il a attendu des heures que vous ayez fini, accordez-lui un moment de paix avec elle, voulez-vous ?

Robin fixa l'infirmière, puis regarda Jack. Par la vitre, il le vit agenouillé en silence.

Robin tourna le dos et regagna la salle d'attente.

À neuf heures quarante-cinq, Robin vit Jack se précipiter hors du service de réanimation et courir vers lui.

— Je sais ce que c'est ! Je parie que j'ai trouvé ! dit Jack en haletant. Le cordon ombilical, où est passé le reste du cordon ombilical ?

— Il est sorti, non? dit Robin en se levant. Il n'est plus attaché à elle, alors c'est qu'il est sorti, non?

— Oui, mais à quoi était-il relié à l'intérieur? Au placenta, je crois, non?

Robin hocha la tête. Il avait du mal à suivre.

— Et le placenta est un tissu vivant, non?

— Je suppose, dit Robin, troublé. Eh bien, il est sorti, non?

— Oui, dit Jack en faisant craquer ses jointures. Mais on a un peu tiré dessus. Ce que je veux dire, c'est... *Et si un morceau était resté à l'intérieur?*

Ils descendirent le long couloir en courant comme des fous. Robin avait oublié le nom du docteur. Jack, non. Ah! oui, le Dr Brunner. Où était-il, celui-là, avec son visage en lame de couteau? L'état de désespoir profond des deux hommes décida les infirmières, elles finirent par le trouver et Jack, haletant, cherchant ses mots, disant imbélical au lieu d'ombilical, vint enfin à bout de ce qu'il voulait dire, tandis que le visage du Dr Brunner s'allongeait à vue d'œil. Celui-ci courut en direction du service de réanimation en gueulant des ordres aux infirmières restées derrière lui : « Makker en réa, salle d'opération n° 1! Tout de suite! » Et désignant Robin et Jack : « Jean, il nous faut du sang, vite! »

Robin et Jack restèrent debout devant la double porte du service de réanimation, en attendant qu'on sorte Tully. La voilà, les yeux fermés, avec tous ses tubes et ce fichu moniteur...

On leur prit à nouveau du sang. Tous les deux, dans la même petite pièce, manches relevées. Robin en était à son deuxième pansement. Il remarqua, que pour Jack, c'était le troisième.

Ils allèrent chercher Julie, descendirent tous les

trois au deuxième étage et s'assirent dans la salle d'attente du bloc opératoire.

... *Donne-nous aujourd'hui notre pain de ce jour, pardonne-nous nos offenses, comme nous pardonnons aussi à ceux qui nous ont offensés...*

— Elle va s'en sortir, hein ? dit Robin sans s'adresser à personne en particulier.

Occupée à se moucher le nez, Julie ne répondit pas.

Jack leva les yeux et dit :

— Bien sûr. Elle est forte comme un bœuf.

Robin hocha la tête. Plus forte que moi. Tous ses sentiments exacerbés avaient laissé place à un vague malaise, une torpeur qui lui engourdissait les sens.

— Écoute, Robin..., commença Jack.

Robin leva aussitôt la main, fermant les yeux.

— Non, dit-il en se forçant à se lever. C'est au-dessus de mes forces... Merci quand même de t'être rappelé, pour le placenta.

Il se dirigea lentement vers la fenêtre... *Et ne nous soumets pas à la tentation, mais délivre-nous du mal...* et alla s'asseoir dans un coin.

Heureux les pauvres en esprit, car le royaume des cieux est à eux...

Heureux les affligés, car ils seront consolés...

Robin avait envie de fumer, mais il ne voulait pas quitter la pièce. Pourtant, ce qu'il avait envie d'une cigarette ! Il joua avec la flamme de son briquet, pensant... *Ayez pitié de nous pauvres pécheurs...* Voyons voir... C'est quoi la suite ? Merci, maman, de m'avoir traîné à l'église quand j'étais petit, et de m'avoir fait apprendre par cœur ces prières dont je me suis passé pendant trente ans... *J'espère que tu ne vas pas mourir, Tully, et me laisser seul comme elle t'a laissée seule...*

Plus de deux heures passèrent. Cent trente-neuf

minutes. Huit mille trois cent quarante secondes... quarante et un... quarante-deux... quarante-trois...

Le médecin entra.

Robin et Jack se levèrent d'un bond. Julie resta assise.

— Ça va aller. Ça va aller, dit le Dr Brunner en enlevant ses gants de chirurgien. Soyez tranquilles. Elle va s'en sortir.

Robin s'effondra sur sa chaise. Mais Jack resta debout.

— C'était le placenta ?

— Oui, Mr Pendel, vous aviez raison. Une partie du placenta est restée dans l'utérus, provoquant une endométrite. C'est très difficile à déceler aux rayons X. Un organe mort pourrit et suppure vite, causant toutes sortes de problèmes, comme vous avez pu le constater. Hémorragie, forte fièvre, empoisonnement du sang, sans compter une grave détérioration de la paroi utérine. La muqueuse utérine de Mrs Makker avait déjà été endommagée. Cette fois, en accouchant à domicile, ça a mal tourné. Mais le pire est passé. Son pouls est à cinquante-trois et continue à remonter. Sa tension artérielle est encore basse, mais ça devrait aller... Oh, une dernière chose, ajouta le Dr Brunner en se tournant vers Robin, qui se leva. Pour la sauver, nous avons dû lui enlever l'utérus. Je suis désolé... Merci encore d'avoir donné votre sang, messieurs. Et merci pour votre aide, Mr Pendel, dit le Dr Brunner en tendant une main.

Jack la saisit, tandis que Robin s'écroulait sur sa chaise. Il était une heure cinq de l'après-midi, le 2 janvier 1990.

Quatre

Robin rentra chez lui le mardi soir. Il y avait trois femmes dans la maison pour s'occuper de

Boomerang : Millie, qui haussa les sourcils et répéta que ses prières accompagnaient Robin ; Hedda, qui entra en clopinant dans la cuisine et lui demanda s'il voulait manger quelque chose ; et Shakie, qui était montée coucher Boomer.

— Merci, Shake, dit Robin avec reconnaissance.

Shakie lui tapota le bras. Elle fut la seule à lui demander des nouvelles de Tully.

— Comment va-t-elle ?

— Bien, dit Robin. Tu pourras bientôt les voir, elle et le bébé.

— Elle est toujours inconsciente ?

— Oui, mais ça va mieux, dit Robin, étirant ses lèvres en un vague sourire.

— Tu n'avais pas l'air en forme quand tu m'as appelée cet après-midi.

— J'étais sans doute un peu fatigué, dit Robin en feignant de bâiller. Bon, il est tard.

Il alla ensuite s'asseoir au chevet de son fils.

— Comment va maman, papa ? lui demanda Boomerang.

— Elle va mieux, Boomer. Pardon... Robin. Elle va bientôt se réveiller.

— Elle va être surprise d'avoir une petite fille, hein ?

— Épatée.

— Ce qu'elle est mignonne, ma petite sœur, dit Boomerang. Quand est-ce qu'elle va commencer à parler et tout ça ?

— Bientôt, dit Robin. La semaine prochaine, peut-être.

— La semaine prochaine ? Tu me prends pour un imbécile, papa. Il faudra que je demande à maman. Tu ne connais vraiment rien aux bébés.

Robin esquissa un sourire. Le temps paraît si court, avec les enfants. Dans peu de temps, c'est elle qui me dira : « Papa, tu me prends pour une imbécile ? » Puis il songea : mais me le dira-t-elle à moi ?

— Robin Jr, murmura-t-il, je suis content de t'avoir, fiston.

Boomerang lui tapota le dos.

— Arrête un peu de m'embrasser, papa, fit-il en se détournant. Bonne nuit.

Cinq

Quand Tully ouvrit les yeux, la première personne qu'elle vit fut Robin. Elle était encore sonnée et tenta de fixer son attention, doutant presque d'être éveillée. Mais le Robin qu'elle avait en face d'elle était bien réel et il avait une tête abominable : les traits tirés, les lèvres craquelées et des cernes noirs sous les yeux qui lui mangeaient la moitié du visage. Quand elle remua les lèvres, elle vit s'embuer ses yeux couleur chocolat.

— Robin, comment va le bébé ? prononça-t-elle avec peine.

— Bien, dit-il en tentant de maîtriser les tremblements de sa voix. Mieux que toi.

— Mon Dieu, regarde-moi, murmura Tully en voyant la perfusion reliée à son bras. On dirait ma mère... Et Boomer, comment va-t-il ? ajouta-t-elle, comme Robin restait sans bouger, les mains croisées sur ses genoux.

— Très bien, dit Robin. Il trouve sa petite sœur mignonne à croquer.

— Ça ne m'étonne pas. Elle doit être jolie comme un cœur. Quel jour sommes-nous ?

— Mercredi.

— Mercredi..., répéta-t-elle en se touchant les

seins, assaillie par l'idée intolérable que son lait avait dû se tarir. Avec quoi la nourrit-on ?

— Ne t'en fais pas. Elle se porte comme un charme. On ne peut pas en dire autant de toi.

— Qu'est-ce que j'ai ?

— Ça va déjà mieux.

— Mais que m'est-il arrivé ? La dernière chose dont je me souvienne, c'est d'une ambulance...

— Apparemment, tu n'as pas expulsé tout le placenta. Et le morceau qui est resté t'a valu un empoisonnement du sang. Mais le pire est passé, dit-il en regardant ailleurs.

Tully essaya de trouver quelque chose de réconfortant à lui dire. Il avait l'air si malheureux.

— Bonne année, dit-elle. Elle est née un 31 décembre, tu sais.

— Oui, je sais, dit-il.

— Robin..., dit Tully d'un ton pitoyable. Où est Jack ?

Il y eut un silence, d'où surgirent les bruits étouffés et lointains d'un robinet qui coulait, de cliquetis métalliques venant d'on ne sait où.

— Dehors, finit par dire Robin. Tu veux que j'aille le chercher ?

Tully ne répondit pas. Tout était si confus, fiévreux, irréel... Mais elle avait envie de contempler ce visage aimé, le dernier qu'elle ait vu juste avant de sombrer.

Tully regarda Robin à la dérobée. Il donnait l'impression d'une terrible solitude. Elle eut envie de lui dire d'approcher et de la prendre dans ses bras, mais résista à son élan.

— S'il te plaît, le pria-t-elle. Seulement quelques minutes.

Robin se leva et porta la main à sa gorge, un geste étrange que Tully ne chercha pas à comprendre. Elle ferma les yeux et murmura « Je suis désolée, Robin », mais il n'avait pas dû l'entendre. La porte vitrée s'était déjà refermée derrière lui.

Une infirmière entra. Tully lui demanda de lui apporter sa petite fille. Un instant plus tard, elle vit par la vitre Jack s'approcher d'elle en souriant et se sentit mieux.

— Jacko, murmura-t-elle.

Il vint s'asseoir sur le lit et se pencha sur elle en l'encadrant de ses bras.

— Alors, enfin réveillée, grosse dormeuse.

Tully émit un son guttural qui tenait plus du cri de singe que d'une voix humaine, mais Jack sembla l'apprécier, car il sourit et appuya sa joue contre la sienne. Elle leva sa main libre et lui tapota gentiment la tête.

— Jacko, comment va-t-elle?

— Elle est tellement belle, Tully !

Il se redressa et elle vit son visage au-dessus du sien. Jack n'avait pas meilleure mine que Robin.

— Vous êtes restés là tout le temps, lui et toi?

Jack hocha la tête.

— Mon Dieu, dit Tully sans lâcher la tête de Jack. Pauvre Robin.

— Oui, pauvre Robin, acquiesça Jack. Tu nous en as fait voir. Mais il a tenu le choc. Il t'a raconté ?

— Oui, il m'en a un peu parlé.

— Un morceau de placenta était resté. Ils ont réussi à l'avoir... Mais ils ont dû te faire une hystérectomie, ajouta Jack d'une voix éteinte.

Tully sentit tout son corps se tendre. Elle repoussa Jack, qui se leva et alla s'asseoir sur une chaise. Quand elle put parler, elle reprit :

— Pourquoi m'ont-ils fait ça? Ils n'avaient qu'à me donner des antibiotiques...

— Rien ne marchait, Tully, dit Jack en la regardant avec tristesse. Et tu étais dans de sales draps, crois-moi.

L'infirmière Crane arriva avec Jennifer. Sans dire un mot, elle décrocha délicatement le bras de Tully du goutte-à-goutte et lui tendit le bébé. Jennifer était endormie, mais grâce aux efforts conjugués de Jack et de Tully, elle s'éveilla et se mit à geindre. Jack souleva Tully pour la redresser. Elle ouvrit sa blouse d'hôpital et pressa le visage de Jennifer contre sa poitrine.

À cet instant, l'infirmière Crane revint avec un biberon de lait à la main.

— Laissez tomber, dit-elle avec brusquerie. Il ne vous reste plus rien. Voilà ce qu'il lui faut.

— Qu'est-ce qui lui a pris, bon Dieu ? dit Tully après son départ.

— Ne fais pas attention. Ici, ce sont toutes des bourriques. Quand elles lèvent le sourcil, on dirait qu'elles s'apprêtent à vous fusiller du regard.

— Mais pourquoi ?

— Pourquoi ? Tully... C'est moi qui t'ai amenée ici, puis Robin est arrivé et s'est présenté comme ton mari.

— Il l'est.

— Oui, mais cela explique leur manie de lever les sourcils à tout bout de champ. Depuis le début, nous avons été deux. Deux à faire le pied de grue devant le service de réanimation. Deux à réclamer le bébé pour le prendre dans nos bras à la nurserie.

Tully baissa les yeux sur la petite, qui tétait son biberon.

— Quelle honte, dit-elle d'une voix brisée. Je ne suis qu'une ratée. Je ne peux même pas lui donner le sein. Dire que ça ne m'arrivera plus jamais... Boomerang a été le premier et le dernier. Si j'avais su, je l'aurais allaité deux fois plus longtemps.

— Courage, Tully. Ça pourrait être pire.

— Je me le demande, murmura Tully en essayant de retenir ses larmes.

Ils écoutèrent les petits bruits de succion que faisait Jennifer.

— Elle est jolie, hein?

— Plus que jolie, renchérit Jack.

— Regarde ses cheveux blonds.

— Où vois-tu des cheveux? Elle est complètement chauve.

— Là, voyons! Et regarde ses yeux.

— Elle n'a même pas de cils.

— Jack! Tu es incorrigible. Je me demande si tu l'as bien regardée, dit Tully en la caressant tendrement. Tu l'as prise dans tes bras?

— Je n'ai pas arrêté, dit Jack.

Un regard passa entre eux, plus large que la prairie, plus vaste que l'océan. Ils goûtèrent cet instant en silence, puis Jack alla se rasseoir sur la chaise.

— Tully, qui va te raccompagner à ta sortie de l'hôpital? dit-il.

Tully ferma les yeux. Elle aurait voulu chasser cette question d'un revers de main, définitivement, et toute sa vie avec. Mais Jennifer était là, qui tétait son biberon. Et elle, il n'était pas question de la chasser.

— Jacko, dit-elle en tendant la main vers lui. Il faut que je rentre à la maison. Je ne me sens pas très bien, tu sais.

— Je sais, dit-il.

— Dès que j'irai mieux, dès que j'aurai repris des forces, je parlerai à Robin. On avisera à ce moment-là. D'accord?

— Tu ne me laisses pas le choix.

— Je t'en prie, Jack, murmura Tully. Sois patient.

— Patient? J'ai tant fait preuve de patience qu'on devrait me donner une médaille, répondit Jack.

Quand elle vit l'expression amère et douloureuse de son visage, Tully ressentit soudain un poids terrible, comme si le plafond et les murs de la chambre s'écroulaient sur elle. Peu après, Jennifer finit par s'endormir. L'infirmière Crane entra pour reprendre le bébé.

— Il faut partir, Mr Pendel. Son mari veut la voir, dit-elle en haussant un sourcil.

— Va te faire foutre, marmonna Jack en se levant pour aller embrasser Tully sur la tête.

— Jack, c'est toi qui as appelé Robin pour lui dire que j'avais accouché ?

Les yeux gris de Jack prirent la couleur de l'ardoise sous la pluie.

— Oui, c'est moi, dit-il en faisant une petite révérence. Qui veux-tu que ce soit, Tully Makker ? Tu étais dans un tel état que je n'ai même pas pu te demander un conseil. J'ai fait du mieux que j'ai pu.

— Je suis sûre que tu t'en es sorti haut la main, comme toujours, dit-elle d'une voix brisée par l'émotion.

Jack lui souffla un baiser et sortit. Tully pressa ses doigts contre ses paupières, comme Jennifer l'avait fait autrefois, en essayant de contenir la vague de tristesse qui la submergeait. Je n'en peux plus, pensa-t-elle. Je suis si fatiguée. Au moins, plus de secrets, plus de mensonges, plus de tous ces faux-semblants. Mais ses pensées étaient encore si confuses qu'elle se laissa dériver en imaginant qu'elle tenait toujours Jennifer dans ses bras.

Six

Quand Tully se réveilla, Robin était de nouveau sur la chaise, sombre et désespéré. Il paraissait si abandonné que Tully faillit crier. Elle tendit vers lui sa main libre. Il se leva, vint s'asseoir sur le lit et la prit dans ses bras. Quand elle lui caressa le dos, il tressaillit à son contact.

Le jeudi après-midi, Tully fut transférée du service de réanimation à la salle des soins postopératoires où elle demeura une semaine, durant laquelle elle reçut beaucoup de visiteurs : Robin, Jack et Julie, mais aussi la mère et le père de Julie, Shakie et Frank, Bruce et Linda, Steve et Karen et Tony Mandolini. Boomerang venait tous les jours, après la classe.

Hedda voulut voir sa fille et Robin la conduisit à l'hôpital. Tully fit semblant de dormir.

— Je te le dis sincèrement, l'entendit-elle déclarer. Tu es la plus grande déception de ma vie. Ton père vient en second. Lui, il avait vécu avec d'autres avant moi, ses parents et grands-parents. Mais toi, je t'ai eue dès le début, et tu ne m'as apporté que des malheurs. Comme j'aurais aimé avoir une fille différente, une fille dont je me sente proche. On n'a jamais été proches, toi et moi. Parfois, j'ai du mal à te considérer comme ma fille tellement tu es méchante avec moi. Tu souhaites ma mort, je le sais bien. Tu ne veux pas de moi dans ta maison. Dire que tu m'as menacée avec un revolver. Comment une fille peut-elle faire ça à sa propre mère ? Non, tu es une mauvaise fille, une mauvaise épouse. Cet homme t'aime plus que tout au monde et tu le traites comme un chien. Pourquoi Boomerang t'aime-t-il comme ça ? Mystère. Et maintenant cette petite fille. Je me demande ce que tu lui réserves. La seule satisfaction de mes vieux jours, ce serait qu'elle te traite aussi mal que tu m'as traitée. Tully, je sais que tu m'écoutes, je le vois bien... tu serres les poings. Mais tu n'as pas besoin de me répondre. J'ai l'habitude, va. Tout le monde en a l'habitude.

Tully retourna chez elle.

La première chose qu'elle dit quand elle sortit de la Beamer de Robin, ce fut : « Où est ma voiture ? » Robin essaya de la faire avancer.

— Rentre dans la maison, Tully. Il fait froid. Viens. Pense au bébé.

Elle entra alors dans la maison et répéta sa question.

— Où est ma voiture ?

Comme Robin ne répondait pas, Boomerang lança :

— Papa dit qu'elle est cassée.

— Comment ça, cassée ? dit Tully en se tournant vers Robin.

— Enlève ton manteau, Tully.

— Où est la voiture, Robin ?

— Fiston, peux-tu monter dans ta chambre ? Maman et papa ont besoin de parler.

— De quoi ? dit Tully en haussant le ton. Je veux juste savoir où est la voiture.

— Papa dit qu'elle est en réparation, maman, dit Boomerang. Ce n'est pas grave.

— Elle est au garage, Robin ?

— Tu veux vraiment savoir où elle est, Tully ?

— Évidemment, que je veux savoir !

— Alors garde ton manteau et viens avec moi, dit Robin.

— Je vais avec vous, dit Boomerang.

— Non ! dit Robin. Tu restes là avec mémé. Ce ne sera pas long.

Ils sortirent, Tully portant la petite Jennifer dans ses bras.

— Pour la millième fois, où est-elle, Robin ?

— Je suis désolé, Tully, dit Robin en conduisant.

— Qu'as-tu fait de ma voiture, salaud ? Qu'as-tu fait de la voiture de Jennifer ?

— Tully, je m'excuse. J'étais dans une colère terrible.

— Robin, ne me raconte pas d'histoires, qu'en as-tu fait ?

— On arrive bientôt. Tu verras par toi-même.

Ils entrèrent dans le parc de stationnement de Frito-Lay. C'était un dimanche, tôt le matin, et le parc était complètement vide. Aucune voiture. Pas même la Camaro.

— Pourquoi m'as-tu amenée ici ? demanda Tully. Je n'ai pas envie de faire l'amour.

— Je t'ai amenée ici pour te montrer ta voiture, dit Robin. Mais quelqu'un a dû la prendre.

— Tu l'as laissée ici exprès pour qu'on la vole ? dit Tully, manquant s'étrangler.

— Non, Tully. Elle ne pouvait plus tenter personne, après ce que je lui avais fait.

— Que lui as-tu fait ? dit-elle d'une petite voix.

— Je m'excuse, Tully. Je suis content que tu ne puisses pas la voir. J'ai pris la barre de fer que tu transportais toujours avec toi et je l'ai massacrée. J'ai cassé toutes les vitres et...

De la main, Tully lui intima l'ordre de se taire. Pendant un instant, elle fut incapable de parler.

— Comment as-tu pu me faire une chose pareille ? finit-elle par dire.

— Et toi ?

— Salaud.

— Traite-moi de tous les noms, si ça te fait plaisir. Au moins, moi, je me suis excusé.

— Salaud. Maintenant, je n'aurai aucun regret de tout ce que je pourrai te faire.

— Ah, parce que tu nous mijotes quelque chose ? dit Robin d'un ton acerbe.

— Rentrons, dit Tully en se détournant. Je suis

contente de ne pas avoir vu la voiture. Tu n'aurais pas dû m'amener ici. Tu aurais dû me le dire devant ton fils.

Les jours passèrent. Des jours à dormir et à donner le biberon, sans pouvoir uriner normalement, à cause des points de suture. Des jours sans s'habiller, à recevoir la visite quotidienne de Julie qui braillait et pestait contre elle, comme pour la persuader, ou plutôt la dissuader, de faire quelque chose. Mais Tully écoutait à peine. Laura passa en coup de vent et repartit avec elle.

Dans la succession des jours, l'un marqua les vingt-neuf ans de Tully, mais Jack fut le seul à s'en souvenir. Il téléphona pour lui souhaiter un bon anniversaire.

À la demande de Tully, Robin finit par retourner travailler. Tully restait presque toujours allongée dans son lit et échangeait parfois deux mots avec la loyale Millie, qui lui apportait ses repas et lui amenait Jennifer, après l'avoir habillée.

Tully dormait beaucoup, fixait le ciel par la fenêtre que Jack avait repeinte et passait les doigts sur le relief inégal d'une cicatrice qui lui rappelait à chaque instant que Boomerang et Jenny seraient ses seuls enfants.

Elle ne pouvait se résoudre à appeler Jack, tout en sachant qu'il n'attendait que ça. Elle ne savait quoi lui dire. À Robin non plus, d'ailleurs. Tully ne parlait pratiquement qu'à Millie et à Boomerang, murmurait des petits mots doux à Jennifer et n'adressait jamais la parole à Hedda. Le jour où sa mère se hissa jusqu'à sa chambre pour lui demander si elle avait besoin de quelque chose, Tully détourna la tête et dit que Millie lui apportait tout ce dont elle avait besoin.

Début février, Tully consentit enfin à ce que

Jack lui rende visite, surtout par crainte de le voir repartir pour la Californie.

Elle se leva, prit une douche, s'habilla et descendit les marches de l'escalier comme si elle venait tout juste d'apprendre à marcher.

Hedda et Millie étaient assises dans la cuisine. Elles semblèrent surprises de la voir.

— Mère, peux-tu retourner dans ta chambre, s'il te plaît ? Jack va arriver d'une minute à l'autre. Millie, faites une pause, vous voulez bien ? Allez faire des courses, ou tout ce que vous voudrez, dit faiblement Tully en posant la main sur son ventre.

— Tu trouves normal que cet homme vienne dans cette maison ? dit Hedda tandis que Millie plongeait le nez dans sa tasse de thé.

— Maman, je te prie de retourner dans ta chambre. Je ne trouve pas normal que tu vives dans cette maison et, pourtant, tu y vis bien.

Hedda partie, Tully regarda Millie, qui n'osait pas lever les yeux.

— Allons, Millie. Ça va aller. Ne me jugez pas trop sévèrement.

— Je ne vous juge pas, Mrs DeMarco, dit Millie. Je voudrais vous aider. Mais que va dire Mr DeMarco ?

— Le moins possible, j'espère, dit Tully. Mill, si vous voulez vraiment m'aider, allez donc voir Shakie chez Dillard et achetez-moi un tube de rouge à lèvres.

Quand la sonnette retentit et que Tully ouvrit la porte, son cœur s'affola et elle eut envie de pleurer quand elle posa les yeux sur lui. Elle l'accueillit avec un petit salut et le fit entrer.

Ils montèrent voir Jennifer. On avait converti l'ancienne salle de gymnastique en chambre d'enfant. Le lit de Jennifer occupait le coin le plus éloigné.

Jack prit Jennifer et la tint contre lui un moment en la berçant. Puis il la posa sur la table de change et lui enleva sa barboteuse et sa couche. Quand elle fut toute nue, il l'examina à la loupe, du sommet du crâne au bout de ses orteils. Tully ressentit soudain une grande fatigue.

— Regarde, dit Jack posément en montrant les petits doigts de pied larges et charnus. Tu trouves qu'il y a un doute ?

— Non, dit Tully en détournant les yeux.

Jack mit une autre couche à Jennifer et l'habilla. Ils descendirent avec elle et Tully fit chauffer un biberon que Jack lui donna à téter.

— Comment va la vie ? lui demanda-t-il.

— Très bien ! dit-elle en se forçant à la gaieté. Et toi ?

— Ça va. Je ne fais pas grand-chose, comme tu peux t'en douter... Tu ne lui as toujours pas parlé, n'est-ce pas ? dit-il en caressant la tête de Jennifer.

— Je ne m'en suis pas senti le courage.

— Évidemment. Que vais-je faire en attendant ? Je ne peux pas revenir ici, il serait capable de me tuer pour violation de domicile.

— Je lui parlerai dès que je m'en sentirai capable. Je t'en prie, ne pars pas.

— Oh, Tully, j'en ai assez.

— Peut-être que tu t'habituerais à vivre de nouveau à Topeka.

— Tully, arrête. Tu sais bien qu'ici, il n'y a pas de vie pour moi. Je n'ai pas envie d'y rester, ni toi non plus, d'ailleurs. Écoute, je vais nous trouver une maison à louer en Californie, dans une grande ville, et je travaillerai toute l'année. Quand tu voudras reprendre ton travail, tu le feras. Tully, c'est ce dont nous avons toujours eu envie. Qu'attendons-nous ?

— Je vais lui parler, dit-elle obstinément. Jusqu'à présent, je ne me sentais pas d'attaque.

— Je sais. Pense au bien que te feront le soleil et la douceur du climat.

— C'est si tentant, murmura-t-elle en baissant les yeux sur Jennifer.

— Alors, qu'attends-tu ?

Elle secoua la tête.

— Jack, ce n'est pas aussi facile que ça.

— Qu'est-ce qui te retient ?

Elle resta silencieuse, songeant à cet obstacle aussi insurmontable que le mont Saint Helens, aussi infranchissable que le désert de Gobi.

— Robin ne laissera pas partir Boomerang, dit-elle d'un ton définitif.

Dans le silence qui suivit, il n'y eut plus que les bruits de succion de Jennifer tétant son biberon.

— Et toi, Tully ? finit par demander Jack.

Il n'y eut pas de réponse.

— Je n'abandonnerai pas Jennifer, dit Jack en caressant d'une main tremblante la tête du bébé.

Toujours pas de réponse.

— Et moi, Tully, dit Jack doucement en se penchant pour la regarder. Me laisseras-tu partir ?

Non ! eut envie de crier Tully. Mais aucun son ne sortit de sa bouche.

Cette nuit-là, après avoir mis Boomerang au lit, Robin entra dans la chambre et s'assit dans l'encoignure de la fenêtre. Tully était couchée et fixait le mur.

— Alors, Tully. Hedda m'a dit que Jack était venu ici.

Tully hocha la tête, sans le regarder.

Robin se contenta de rester assis là, jusqu'à ce que ses paupières se ferment.

— D'accord, Tully, dit-il froidement. Allons-y. Qu'est-ce que tu veux ?

Je veux que les choses redeviennent comme avant, songea Tully en un éclair.

— Tully, continua Robin, il a appelé la petite Jennifer *Pendel.* Pourquoi a-t-il fait ça, Tully ? C'est d'une telle indécence ! Se peut-il qu'elle soit son enfant ?

— Oui, c'est possible, dit Tully, incapable de lui avouer la vérité.

— Mais comment ? J'ai compté. Il a passé toute l'année ici ?

— Non, dit Tully d'une voix blanche. On s'est retrouvés à Washington.

Robin serra ses mains entre ses genoux, puis alluma une cigarette.

— Je vois. Tu veux que le bébé soit enregistré sous le nom de Jennifer Pendel ?

— Non, dit Tully. Nous sommes mariés. Boomerang est son frère. Fais-la enregistrer comme Jennifer P. DeMarco.

Robin écrasa sa cigarette et en alluma aussitôt une autre.

— Dis-moi ce que tu veux, Tully, nom de Dieu ! Pour une fois, sois honnête avec moi.

Tully se détourna et répondit d'une voix à peine audible :

— Je veux changer de vie.

Elle l'entendit descendre d'un bond du rebord de la fenêtre. Il vint s'asseoir sur le lit.

— J'ai bien entendu ?

Elle hocha la tête.

— Sincèrement, Tully. Regarde-moi. Est-ce que tu l'aimes ?

Elle hocha la tête, incapable de le regarder en face, le cœur serré. En dix ans, Robin DeMarco avait été incapable de lui demander si elle l'aimait, lui !

— Tully ! fit-il en la faisant se retourner. Tully, j'ai besoin de voir tes yeux. Dis-le-moi encore. Est-ce que tu l'aimes ?

— Oui, murmura-t-elle, je l'aime.

Il se rassit.

— Je vois. Je croyais que vous étiez amis, à cause de Jennifer. Que c'était une façon de l'enterrer.

— Tu avais raison, dit Tully.

— Malheureusement, ça ne t'a pas suffi... Tu veux partir avec lui ?

— Oui, dit-elle. Je veux partir avec lui.

Il recula et finit par se lever.

— Alors qu'attends-tu au juste, Tully ? Ma permission ?

— Je voulais parler avec toi. Je voulais qu'on décide...

— Qui prend la télé ? Tu peux tout prendre, Tully.

— Pas la télé, murmura-t-elle. Boomerang.

Robin se contenta de la fixer.

— Boomerang ?

— Me laisseras-tu emmener Boomerang ?

Robin se jeta sur elle en poussant un juron et lui tordit le bras.

— Va te faire foutre, Tully ! cracha-t-il. Pourquoi ne vas-tu pas chercher le revolver qui est dans le grenier pour me faire sauter la cervelle une bonne fois ? Tu passerais un ou deux ans en tôle, et vous seriez enfin tous réunis ! Ou mieux, pousse-moi à bout et tue-moi en état de légitime défense ! Que j'aie au moins le plaisir de te casser la gueule avant de crever.

Il la relâcha et envoya valser draps et couverture.

— Pars si tu veux, Tully, dit-il en sortant de la pièce. Mais jamais, tu m'entends ? jamais je ne te laisserai mon fils.

Huit

Tully revit Jack une semaine plus tard, mais pas chez elle. Après l'avoir bien emmitouflée, elle prit Jennifer et partit le retrouver à l'université de Washburn. Ils se mirent à déambuler autour du club des étudiants.

— Jack, qu'allons-nous faire? Robin ne me laissera pas emmener Boomer.

— Bien sûr que non, dit Jack. C'était couru d'avance. Tu vas devoir réclamer la garde.

— Aucun tribunal ne me donnera la garde de Boomer, alors que je l'enlève à son foyer pour l'emmener à deux mille kilomètres de là, vers l'inconnu. Si l'on me donnait la garde, ce serait à condition que je reste à Topeka. Le tribunal ne prend en compte que l'intérêt de l'enfant.

— Le plus important pour un enfant, c'est d'être avec sa mère, déclara Jack.

— Je suis d'accord, dit Tully. Mais Robin ne sera pas de cet avis. Il ne veut pas perdre son petit garçon. Pour lui, tous les moyens seront bons. Il lui suffira de parler des cicatrices que j'ai aux poignets pour que je n'obtienne jamais la garde. En plus, je ne suis pas certaine que Boomerang préfère partir avec moi plutôt que rester avec son père. Non, demander la garde serait une erreur. Il me faut trouver comment persuader Robin de me le laisser, ou bien...

— Ou bien quoi? dit Jack.

— Ou bien me résoudre à vivre sans lui, sortit péniblement Tully.

— Viendras-tu avec moi quoi qu'il en soit?

— Oui, je viendrai avec toi quoi qu'il en soit.

Un peu plus tard, elle ajouta, comme si elle venait tout juste d'y penser :

— Et ma mère... Encore un problème. Il faudra

bien s'occuper d'elle. Je ne vais certainement pas l'emmener en Californie, mais je ne peux exiger de Robin qu'il continue à la prendre en charge.

— Pourquoi pas ? dit Jack. Cela peut faire partie de l'arrangement dont vous conviendrez pour le divorce.

Le divorce. Mon Dieu.

— Il va falloir régler tout cela. Je n'ai pas envie de faire souffrir les gens. *Je n'ai pas envie de faire du mal à Robin.*

— Robin a déjà tellement reçu qu'il ne craint plus grand-chose, Tully.

— Jack, je préférerais que tu gardes ce genre de réflexion pour toi.

Ils firent quelques pas en silence.

— Tully, je connais un endroit où tu aimerais vivre. Carmel-by-the-Sea. C'est une petite ville aux toits blancs, ouverte sur l'océan. J'ai envie de m'y rendre pour nous trouver une maison, une jolie maison au bord de l'eau, si je peux. Que nous puissions tous y habiter le moment venu.

— Tu veux dire que tu partirais seul ?

— Tully, tu as besoin de temps pour régler tes affaires tranquillement. On ne peut plus jouer à cache-cache, maintenant. Dans un sens, c'est bien. Mais il nous est impossible de nous voir. Et puis il faut que je nous trouve une maison. On ne va pas vivre dans une caravane.

— Je sais, dit-elle d'une voix rauque. Mais supposons que je demande le divorce et que tu ne reviennes pas ?

— Tully, je te jure que je reviendrai. Je t'appellerai chaque semaine pour te rassurer.

— Je ne veux pas que tu t'en ailles, Jack, dit Tully en ravalant ses larmes.

Jack s'arrêta de marcher et se planta face à elle. Il les serra toutes les deux contre lui.

— Je veux juste que les choses s'arrangent pour le mieux.

— Tully, si jamais tu n'arrives pas à emmener Boomerang avec toi, trouveras-tu alors que les choses se sont arrangées pour le mieux ?

— Non. Mais pour l'instant, je ne veux pas y penser, répondit Tully en songeant qu'elle ne pourrait jamais s'y résoudre.

III

MÈRE

Février 1990

Tully pénétra dans la maison et gagna la cuisine.

— Oh, Millie, Millie, dit-elle en lui tendant le bébé pour ôter son manteau. Il fait si froid dehors.

— Je peux monter le chauffage, si vous voulez, dit Millie.

— Non, ce n'est pas la peine, dit Tully en s'asseyant à la table.

Elle avait toujours aimé la vue qu'on avait de la cuisine sur le jardin de derrière, par les fenêtres à croisillons de style anglais.

— Millie, il repart en Californie, dit-elle d'un ton las.

— La petite pleurniche, dit Millie en s'asseyant. Elle doit être affamée.

Tully se leva et fit chauffer un biberon. Elle alla changer Jenny à l'étage, puis regagna la cuisine, où Millie était toujours assise devant une tasse de thé.

— Mrs DeMarco, ça ne me regarde pas, mais avez-vous l'intention de nous quitter bientôt ?

— Pourquoi cette question ?

— Ça nous turlupine, voyez-vous, Mrs DeMarco, dit Millie. Je suis certaine que Mr DeMarco aimerait le savoir.

— Sûrement, mais Mr DeMarco ne me facilite pas les choses.

— Dès qu'il comprendra que vous voulez partir, je suis certaine qu'il vous accordera le divorce.

— Millie, je ne crois pas qu'il me laissera emmener Boomerang, murmura Tully tout en serrant Jennifer contre elle.

Millie caressa le bois ciré de la table.

— Mrs DeMarco, Tully, dit-elle sans la regarder. Sa vie est déjà brisée. Vous voulez donc le tuer ?

— Vous croyez que cela ne va pas me tuer de partir sans Boomerang ? dit vivement Tully. Vous me croyez capable de partir aussi loin sans mon petit garçon ? Après avoir sacrifié mon fils, quelle vie aurais-je !

Millie se leva et se mit à débarrasser la table.

— Mrs DeMarco, je me doute que c'est dur pour vous. Une mère ne devrait pas avoir à se séparer de son enfant. Vous n'avez qu'à rester ici. Pour le bien de Boomerang.

— Millie, je ne peux pas rester, dit Tully, ébranlée. Il faudrait que je renonce à Jack.

— Mrs DeMarco, soupira Millie. Abraham consentit à sacrifier son fils unique pour prouver son amour envers le Seigneur.

Tully bondit de sa chaise.

— Il n'est pas question de sacrifier quelqu'un dans cette histoire, vous m'entendez ?

— Bonne chance, marmonna Millie à voix basse.

Tully ne voulut pas relever. Elle se sentait incapable de discuter davantage. Elle monta avec Jennifer et s'allongea à côté d'elle.

Dors mon petit agneau, pensa Tully. Ne t'en fais pas, murmura-t-elle en serrant sa fille contre elle. Toi non plus, je ne te sacrifierai pas. Elle resta allongée jusqu'à l'arrivée de Robin Jr, à trois heures. Elle le fit goûter et l'aida à faire ses devoirs. À quatre heures, Tully, Jenny et Boomerang sortirent après s'être bien emmitouflés. Boomerang joua dans sa cabane en bois, puis il échangea des passes de football avec Tully tandis que Jennifer dormait dans sa poussette.

— Papa a dit que, quand j'aurai huit ans, il m'apprendra à jouer au rugby, lui annonça Boomer.

— Il a dit ça ? dit Tully. Eh bien avant, il faudra me marcher sur le corps.

— Maman ! Il m'a prévenu que tu réagirais comme ça.

— As-tu vu dans quel état ton père rentre à la maison, après un match de rugby ?

— Il a l'air d'un homme, maman. En plus, il est demi de mêlée. On reçoit toujours des coups, à cette place. Moi, je veux être arrière, dit Boomerang. La star !

— Vas-y, shoote, Boomerang. J'en toucherai deux mots à ton père quand il rentrera.

— Maman, je veux qu'on m'appelle Robin.

— D'accord, vas-y Robin.

Ensuite, Boomerang continua à jouer au ballon tout seul. Tully s'assit et le regarda tout en berçant Jennifer dans sa poussette. De contempler son fils de sept ans lui causait une douleur à la poitrine, comme si son cœur étouffait sous une masse de plus en plus lourde.

Ils étaient encore dehors quand Robin arriva vers six heures. Il traversa la cuisine pour gagner le jardin de derrière. Quand elle entendit claquer la porte grillagée, Tully se retourna. Boomerang se précipita au-devant de son père.

— Papa, tu avais raison ! Maman ne veut pas que tu m'apprennes à jouer au rugby !

— Ça ne m'étonne pas, Boomer, dit Robin en ébouriffant les cheveux de son fils tout en regardant Tully, qui détourna les yeux. C'est ta mère. Elle n'a pas envie que tu prennes des coups.

Quelques minutes après, ils rentrèrent à l'intérieur de la maison. Tully s'assit à la table et regarda Robin ouvrir le réfrigérateur. Elle aimait le contempler quand il rentrait du travail. Il était toujours si élégant. Particulièrement aujourd'hui, dans un costume croisé bleu foncé à fines rayures.

— Tu aimes mon costume ? demanda Robin en notant son regard.

— Oui, beaucoup, dit-elle.

— Tu veux que je lui en commande un ? demanda-t-il. Je lui ferai un bon prix.

Tully se leva et gagna le salon sans mot dire.

Le soir, après avoir fait coucher Boomerang, Tully eut envie de regarder la télé. En fait, elle voulait parler à Robin, mais Robin déclara qu'il était fatigué et qu'il allait se coucher.

— Mais il n'est que neuf heures ! s'exclama Tully.

— Peut-être, mais je suis fatigué, répéta Robin en la regardant sans ciller.

— D'accord, dit-elle en allumant le poste de télévision. Ne fume pas dans le lit.

Quand elle monta une ou deux heures plus tard, Tully réveilla Robin, qui semblait dormir d'un sommeil profond.

— Robin, dit-elle en s'asseyant sur le lit près de lui. Robin... il est reparti en Californie.

— Bon. Et qu'est-ce que tu attends ? Que j'applaudisse ?

— As-tu réfléchi, depuis notre conversation ?

— À quel propos ? On a parlé de tant de choses.

— Robin... as-tu pensé à Boomerang ?

Il la regarda froidement et la repoussa.

— Tully, je t'ai déjà donné ma réponse. Je n'ai pas changé d'avis.

Elle s'effondra à terre.

— Robin, je t'en prie, murmura-t-elle. Tu sais que je ne peux pas partir sans lui.

— Eh bien ne t'en va pas, dit Robin.

— Robin, écoute. Tu gagnes bien ta vie, tu pourras venir lui rendre visite tous les week-ends, si tu le veux...

— Tully ! cria-t-il en sautant du lit.

Tully s'écarta, mais il fonça droit sur elle et lui hurla au visage :

— Tu n'as pas l'air d'avoir compris. Le sujet est clos. Je n'ai que lui et je n'y renoncerai jamais. Je te l'ai déjà dit.

— Moi aussi, je n'ai que lui, Robin.

— Ce n'est pas vrai, Tully ! Tu as Jack. Tu as Jennifer. Tu auras bientôt la Californie. Toi, Jack et Jennifer, vous allez tous vivre là-bas. Tu n'es pas à plaindre.

— Sans Boomerang, tout ça n'est rien, dit Tully.

— Bon. Alors laisse à Jack sa Californie. Et reste ici avec Boomerang, Jenny et moi.

— Robin, arrête, le supplia-t-elle.

— Je vois. Ce pauvre Jack se retrouverait sans rien.

Non, c'est moi qui n'aurais pas Jack, pensa Tully. Robin s'assit sur le bord du lit.

— Tu te rends compte de ce que tu dis ? Tu voudrais partir et me laisser sans rien. Mais que t'ai-je fait, Tully, pour que tu cherches à me faire du mal à ce point ?

— Je suis désolée, Robin, dit Tully d'une voix éteinte.

— Tu as pris ta décision, hein ? Tu t'en vas. Dans combien de temps ? demanda-t-il platement.

— Je n'ai pas pris ma décision, dit-elle. (C'était un mensonge. Mais elle était incapable de raisonner.) On a encore beaucoup de choses à décider.

— Oui, ce qu'on va faire de ta mère, par exemple.

— Ma mère, oui..., répondit-elle avant de repartir à l'assaut. Robin, on peut aussi passer devant un tribunal et se battre l'un contre l'autre pour obtenir la garde.

— Oui. C'est ce que tu désires ? Allons devant le tribunal, lança-t-il en emportant l'oreiller et le couvre-lit avec lui. Je me battrai contre toi pour l'avoir, Tully, et tu sais comme moi que c'est moi qui gagnerai. Surtout, n'hésite pas, dit-il avant de claquer la porte derrière lui.

Plusieurs heures après, Tully sortit dans le couloir à pas de loup et trouva Robin endormi dans le rocking-chair de la chambre de Boomerang.

— Viens te coucher, Robin, dit-elle avec lassitude. Viens te coucher.

Deux

Suivirent de longues semaines, épuisantes et misérables, durant lesquelles Tully et Robin se parlèrent à peine. Tully se raccrochait au moindre mot de Boomerang et le suivait dans toute la maison pour occuper ses journées. Amaigrie, elle allait s'asseoir dans la pièce californienne avec Jenny après déjeuner et lui montrait ses arbres. Elle aimait bien cette pièce exposée au sud où il fallait entretenir une atmosphère chaude et humide, pour favoriser la croissance des palmiers. En plein hiver, à peine vêtue, Tully y passait l'après-midi en imaginant la vie qui l'attendait à Carmel-by-the-beautiful Sea.

Elle allait aussi dans le jardin derrière la maison. Elle voulut écrire à Julie, qui se trouvait à La Nouvelle-Orléans, mais comme elle ne savait pas quoi dire, elle se contenta de lui envoyer quelques photos de Jennifer dans les bras de Boomerang. « Ça me rappelle la photo où l'on me voit avec le petit Hank dans les bras », écrivit Tully sur la carte.

Boomerang vit la carte postale sur la table de cuisine. Le soir, avant de s'endormir, tandis que Tully était assise sur son lit et que Robin se balançait sur le rocking-chair, il demanda :

— Maman, qui c'est, Hank ?

— Tu as lu la carte ? Hank était mon petit frère, répondit Tully.

— Ah bon... Où est-il maintenant ?

— Dans un endroit agréable, j'espère. Il est avec son papa.

— Ah bon... Et où est ton papa ?

Tully jeta un coup d'œil à Robin.

— Avec Hank, j'espère.

— Ah bon, dit Boomerang pour la troisième fois en tournant le dos à son père et à sa mère. Ils doivent te manquer, maman.

Le jour de la Saint-Valentin, Robin arriva avec deux douzaines de roses rouges à longue tige pour trouver Tully assise dans la cuisine, en contemplation devant deux douzaines de roses blanches à longue tige. Debout à l'entrée de la pièce, il la contempla un instant, ses roses rouges à la main, puis il fit demi-tour et alla les jeter dans la poubelle du garage. Il se rendit tout seul à la Casa del Sol. Après vingt minutes d'attente, on lui trouva une table et il mangea ses *fajitas*, naufragé solitaire perdu dans une mer de visages souriants. Il fit traîner jusqu'à la fermeture du restaurant en s'envoyant deux ou trois margaritas. Il n'avait pas envie de rentrer, mais n'avait nulle part où aller. Il rentra donc chez lui. Toutes les lumières étaient éteintes. Il vit que les roses blanches n'étaient plus dans la cuisine et que les siennes les avaient remplacées. Tully les avait tirées de la poubelle et mises dans un vase. Quant aux roses blanches, il les retrouva dans la pièce californienne. Tully était là-haut, dans la chambre de Jennifer.

— Viens te coucher, Tully, dit-il.

Elle secoua la tête.

— Comme tu veux, dit-il froidement en s'apprêtant à quitter la pièce.

— Robin, dit-elle posément, on dirait que tu évites de la regarder. Tu ne la prends presque jamais dans tes bras. C'est un petit bébé, pourquoi lui en vouloir ?

Il baissa la tête, la main sur la poignée de la porte.

— Je ne lui en veux pas, Tully. J'essaie de ne pas trop m'attacher à elle, c'est tout.

Quand Tully vint se coucher un peu plus tard, elle demanda à Robin :

— C'est pour ça que tu ne me touches plus, la nuit ? Parce que tu préfères ne pas trop t'attacher à moi ?

— Disons plutôt que j'essaie de me détacher de toi, répliqua-t-il.

Au début, Tully appelait le bureau chaque jour ou presque, puis tous les deux jours, puis les lundis et jeudis, enfin seulement les vendredis. Encore devait-elle se forcer à le faire. Ces coups de téléphone la mettaient dans l'embarras. Alan avait pris le relais en assumant toutes les responsabilités qui incombaient à Tully et, à chaque fois, il lui demandait quand elle comptait revenir. Tully ne savait que répondre. Son travail lui manquait ; enfin, pas tant le travail que les enfants dont elle s'occupait. Alan lui disait qu'ils la réclamaient. Tully le croyait volontiers. Elle ne les avait pas oubliés. Mais les reverrait-elle jamais ? Elle partait vivre à Carmel-by-the-Sea.

Début mars, Hedda Makker eut une nouvelle attaque, assez mauvaise pour gêner ses mouvements et nécessiter les soins d'une infirmière à domicile. La maison s'imprégna de nouveau de l'odeur aigre de Hedda, mais Tully le remarqua à peine, trop occupée à compter les jours, à se ruer sur le téléphone et à éplucher son courrier chaque matin.

Jack lui écrivait souvent de brèves missives, ou quelques mots jetés sur une carte postale. « Chère Tully, je travaille dur et tu me manques. Vous me manquez toutes les deux. J'espère que tu ne restes pas assise toute la journée à te faire du mauvais sang. Comment va Boomerang ? J'ai une maison en vue. Elle est fantastique ! Croisons les doigts. Et le divorce, ça avance ? J'aimerais tant t'avoir près de moi. Jack. » Tully cachait toutes ces lettres sous le pot d'un palmier, dans la pièce californienne. Il y en avait tant, amassées depuis trois ans, que l'arbre avait l'air de pousser de travers.

Le divorce n'avait pas avancé d'un pouce. Elle n'avait plus abordé la question avec Robin, tant cette idée la terrifiait.

Dans tout cet océan de sentiments confus, elle n'avait qu'une seule amarre, qui la condamnait à l'immobilité : Boomerang. Tully passait de la chambre de Jenny à celle de Boomerang et s'allongeait à côté de lui. Tandis qu'il dormait à poings fermés, elle écartait une mèche de son front, l'embrassait, puis posait de petits baisers sur ses pieds, ses mains, jusqu'à ce qu'il se réveille et marmonne « Maman, laisse-moi dormir ».

Tully se levait avec lui et l'habillait pour l'école. Elle repassait elle-même ses vêtements et lui faisait son petit déjeuner, ce qui avait le don d'exaspérer Millie. L'après-midi, elle allait le chercher à l'arrêt de bus et rentrait à la maison avec lui. Il finit par lui avouer qu'il était le seul élève de cours moyen que sa maman venait chercher. Tully se résigna donc à attendre son retour. Dès qu'il arrivait à la maison, elle s'asseyait dans le jardin et le regardait jouer.

Voilà ce qu'est devenue ma vie, songeait-elle. C'est l'hiver. Je suis seule. Mon mari ne pose même plus les yeux sur moi, mon amant m'a laissée et j'ignore quand il reviendra, et même s'il reviendra. On est là, dehors, mon petit garçon et moi. J'ai l'air vieille et fatiguée. Je suis marquée à vie. Je n'aurai jamais d'autre enfant. Jamais. Il me faudra suivre un traitement hormonal pour le restant de mes jours. Tous les après-midi, je me gèle les fesses, à regarder jouer un petit garçon de huit ans qui ne fait pas attention à moi. Je le regarde et je me demande comment il se sentira le jour où je partirai, et si sa mère lui manquera.

Trois

À la mi-mars, pour son anniversaire, Boomerang demanda à sa mère de venir le voir jouer au football à Manhattan. Tully accepta. Boomerang était si excité que, pendant des jours, il ne parla que de ça et demanda à son père de rentrer tôt du travail pour qu'ils puissent s'entraîner. « Je veux en mettre plein la vue à maman, dit Boomer. Sinon, elle ne reviendra pas. »

Tully se réjouissait à l'idée de les accompagner,

et même Robin semblait plus animé que d'habitude. La journée commença bien, malgré les bourrasques de vent qui empêchaient parfois les enfants de garder le contrôle du ballon. Debout, tenant Jenny contre elle dans un porte-bébé, Tully sautait en poussant des cris pour encourager les joueurs. Boomerang marqua un but et son équipe gagna 1-0.

Après le match, les papas ne purent résister au plaisir de jouer eux aussi. Tully et Boomerang s'assirent au premier rang des gradins et regardèrent Robin évoluer sur le terrain. Tully admira ses jambes brunes et musclées. Celles de Boomerang seront comme ça quand il sera grand, se dit-elle. Boomer ressemble tellement à son père.

Robin vint les retrouver à la mi-temps.

— Tu es très sexy en short, lui dit Tully.

— Merci, fit Robin, mais il ne se pencha pas pour l'embrasser, comme elle en avait envie.

Karen arriva et s'assit à côté de Tully.

— Ils ont l'air si heureux, tous les deux, remarqua sa belle-sœur après avoir échangé avec elle quelques banalités. Et toi, comment te sens-tu ?

— Comme d'habitude, dit Tully.

— Robin m'a dit que vous aviez traversé une mauvaise passe. Tout est rentré dans l'ordre ?

— Oui, tout va bien, dit Tully.

À part que je ne pourrai plus jamais avoir d'enfant et qu'à l'idée d'abandonner mon fils j'ai l'impression de tomber dans un abîme sans fond.

— Vous ne songez pas à vous séparer ou quelque chose de ce genre ?

— Non, bien sûr que non, dit Tully, l'esprit ailleurs.

Une jeune femme parlait à Robin et cela avait attiré son attention. Que faisait-elle en short alors qu'il faisait si froid ? Tully s'efforça de mieux voir. Robin se tenait à distance respectable, mais la femme s'approcha, leva son visage vers le sien en souriant et...

Tully ressentit comme un coup de poignard. Elle baissa les yeux, mais les releva aussitôt. Elle voulait voir.

— Karen, dit-elle en essayant de garder un ton naturel. Qui est la femme en train de parler à Robin ?

— Je ne sais pas, dit Karen en plissant les yeux. Je ne connais pas son nom. Elle est là à chaque fois. Je crois qu'elle sort avec ce type-là, ajouta-t-elle en désignant l'un des joueurs.

Mais Tully n'écoutait plus. Incapable de rester assise plus longtemps, elle se leva et se mit à remonter les gradins.

— Maman ! Reviens t'asseoir avec nous ! cria Boomerang.

Mais Tully continua, la tête pleine d'un refrain lancinant. Je n'ai pas le droit, pas le droit. Tully essayait de ne plus regarder Robin, mais elle se sentait perdre tout contrôle. Est-il possible que Robin ait eu une liaison toutes ces années, quelqu'un qu'il venait retrouver à Manhattan ?

Elle chancela et regarda dans leur direction. Robin était sur le terrain et la fille sur la ligne de touche, en train de rire. Là, à Manhattan, à quelques minutes de chez nous ? Arrête ! se dit Tully en essayant de retrouver son aplomb.

Le temps passait et Tully continuait à faire les cent pas pour tenter de maîtriser ses nerfs. Elle songea vaguement à Jack. Je n'ai pas le droit, pas le droit. Je n'ai jamais affronté Robin, jamais questionné, jamais appelé au téléphone, jamais voulu savoir. J'ai tout ce que je mérite.

Restait l'épreuve du dîner chez Steve et Karen. Elle passa la soirée sans desserrer les lèvres ou presque, et mangea à peine. Tout avait un goût de métal.

Ils prirent le chemin du retour vers onze heures. Boomerang ne dormait toujours pas, il papotait en commentant les événements du jour. Tully avait envie qu'il s'endorme pour pouvoir parler à Robin, mais c'était probablement mieux comme ça. Elle ne se sentait pas précisément d'humeur conviviale.

Comment allait-elle aborder le sujet ? Tu n'as pas honte ! Cela semblait un peu faible. Qui est-ce ? Voilà ce que je veux savoir. Qui est cette fille, nom de Dieu ?

Elle réfléchissait, murée dans son silence. Lui avec une liaison à Manhattan, et moi avec un amant à Topeka. Quel beau couple nous formons !

De retour à la maison, ils montèrent coucher Boomerang, qui souhaita bonne nuit à sa mère en l'embrassant tandis que Robin se balançait sur le rocking-chair.

— Tu t'es bien amusée, maman ?

— Oui, Boomer..., dit Tully avec effort. Je suis si contente d'être venue. Bon anniversaire, mon petit.

— Maman, je ne suis plus ton « petit ». Je m'appelle Robin. C'est Jenny, ton petit, maintenant.

— Tu seras toujours notre petit, Boomerang.

Dans son dos, elle entendait le rocking-chair craquer en se balançant.

— Maman, tu reviendras la semaine prochaine ?

— J'aimerais bien, Boomer, mais c'est à ton papa de décider.

— Papa, est-ce que maman pourra venir samedi prochain ?

— Bien sûr, elle sera toujours la bienvenue.

Tu parles ! pensa Tully, furieuse, avant de quitter la pièce. Robin la suivit de près.

— Qu'est-ce qui ne va pas ? demanda-t-il.

— Rien du tout, dit-elle entre ses dents. Qui est-ce ?

— De qui parles-tu ? demanda Robin sans ciller.

— Devine ! cria Tully en envoyant valser trois verres à pied de la table de chêne.

Ils tombèrent sur le carrelage et se brisèrent. Le visage de Robin se durcit.

— Qui est-ce, Robin ?

— Je ne vois pas de qui tu parles.

— Bien sûr, cria Tully. Tu n'en as aucune idée, hein ?

Elle se rua vers l'évier, prit des deux mains l'égouttoir rempli de verres et d'assiettes et le jeta par terre.

— Alors, qui est-ce ?

Ils entendirent les appels paniqués de Hedda, mais aucun d'eux n'y prêta attention.

— Comment as-tu osé me faire ça ? cria-t-elle. Comment as-tu pu emmener là-bas ta femme et tes enfants ? dit Tully avec mépris.

— Mais de quoi parles-tu, bon Dieu ?

— Robin ! Ça fait combien de temps que tu baises cette pouffiasse ? Onze ans ? C'est ça ?

Debout à l'entrée de la cuisine, Robin leva les mains. Ne sachant si c'était un geste de supplication ou de colère, elle lança une assiette qui atterrit aux pieds de Robin en explosant.

— Tully, calme-toi. Tu es hystérique.

— Je ne suis pas hystérique ! cria-t-elle d'une voix aiguë.

Une brume rouge montait en elle, l'aveuglant. Elle se précipita sur lui toutes griffes dehors. Robin l'attrapa par les bras et la repoussa, mais elle était animée d'une rage féroce, qui décuplait ses forces. Il chancela sous ses coups et faillit perdre l'équilibre.

— Tully, tu es cinglée, haleta Robin, coincé contre le mur, en essayant de la maintenir à distance. Tu es devenue folle ! Qu'est-ce qui t'arrive ?

— Salaud, salaud, répétait-elle. Tu n'as pas honte !

Il lui attrapa les mains. Tully se débattit. Pour se dégager, elle lui donna des coups de pied et chercha même à l'atteindre à l'aine.

— Lâche-moi, salaud. Lâche-moi !

— Oh, je vais te lâcher, ne t'en fais pas, dit-il en la repoussant.

Elle vacilla, regarda autour d'elle et saisit un morceau de verre qui traînait sur le sol.

— Laisse tomber, Tully, dit Robin. Calme-toi, bon sang ! calme-toi. Ensuite, peut-être qu'on pourra parler.

— On n'a rien à se dire, enculé ! haleta-t-elle en essayant de le blesser, mais Robin fut plus rapide, il lui saisit les poignets et les serra si fort qu'elle dut laisser tomber l'éclat de verre.

— Tu te rends compte de ce que tu fais ? lui lança-t-il. Je me demande ce qu'en pensera le juge, au tribunal.

— Ôte tes sales pattes ! cria-t-elle et Robin la repoussa de nouveau. Le tribunal ! À quoi bon chercher un accord, puisque tu ne veux pas me laisser mes enfants ?

— Tu pourras prendre Jennifer, dit Robin d'une voix rauque.

— Et Boomerang ? C'est aussi mon enfant !

Ils étaient à quelques mètres l'un de l'autre. Lui contre le mur, les bras croisés sur la poitrine, les yeux fixés au sol, et elle debout au milieu de la cuisine, impuissante, cherchant à reprendre son souffle. Ils restèrent figés un instant, parmi les éclats de verre et de faïence, puis elle s'essuya la bouche, marcha jusqu'à lui et le frappa en pleine figure avant de s'enfuir et de remonter les escaliers en courant.

Robin resta en bas et balaya les débris de vaisselle. Un quart d'heure plus tard, il était en haut, devant la porte de la salle de bains.

— Sors de là, dit-il.

— Va te faire foutre.

Depuis l'épisode qui avait précédé la naissance de Boomerang, la porte de la salle de bains n'avait plus de verrou. Robin ouvrit la porte et entra. Tully était assise sur les toilettes.

— Sors d'ici, lança-t-elle.

— Tu t'es calmée? dit-il en fermant la porte derrière lui.

Il vint s'asseoir sur le rebord de la baignoire.

À force d'avoir pleuré, Tully avait les yeux et la bouche tout gonflés. Elle se leva soudain, ouvrit l'armoire à pharmacie, en sortit une paire de ciseaux et se mit à tailler dans ses longs cheveux.

— Tully, arrête, dit Robin sans se lever. Qu'est-ce que tu fais?

— Laisse-moi tranquille, dit-elle rudement en tranchant au hasard dans la masse de ses cheveux. Je fais ce que je veux. Tu as bien bousillé ma voiture.

Il lui avait fallu huit ans pour avoir des cheveux aussi longs. En dix minutes, il ne resta plus que des mèches irrégulières qui se dressaient en désordre sur sa tête.

Elle alla se rasseoir sur le siège des toilettes et ils restèrent là sans rien dire, fixant les cheveux tombés sur le sol carrelé de la salle de bains, jusqu'à ce que Jenny se mette à pleurer.

Tully alla la chercher tandis que Robin descendait lui faire chauffer un biberon.

Une fois dans la chambre, il voulut parler, mais Tully le coupa aussitôt.

— S'il te plaît, Robin. Je donne à manger à la petite. Laisse-moi tranquille.

Il se déshabilla, se coucha et attendit que Jennifer eût fini.

— Pourquoi m'as-tu fait ça, Robin ? dit Tully avec un sanglot dans la voix. Tu m'as humiliée devant tes frères et leurs femmes. Ils sont tous au courant, n'est-ce pas ? Comment as-tu pu m'emmener là-bas sans lui dire de ne pas venir ?

— Tu ne sais pas ce que c'est, d'être humilié, Tully. Moi, je n'ai pas pu emmener Boomerang voir sa sœur, parce qu'on l'avait appelée Jennifer Pendel.

— C'est donc vrai, dit Tully d'une voix éteinte en serrant Jenny contre elle. Tu es avec elle depuis onze ans.

— Non, Tully, répondit Robin. C'est avec toi que je suis depuis onze ans.

— Alors qu'est-elle, pour toi ? Quelqu'un avec qui prendre du bon temps ?

— Il me fallait bien quelqu'un avec qui prendre un peu de bon temps, tu ne crois pas ?

Tully ne dit rien. Elle mit Jenny entre eux, tourna le dos et se roula en boule.

— Est-ce que tu l'aimes, Robin ? dit-elle peu après.

Il resta silencieux pendant cinq bonnes minutes.

— Comment peux-tu me demander ça ? Tu délires, répondit-il.

— Alors qu'est-ce qui t'a poussé à faire venir cette salope ? Tu m'as emmenée pour qu'elle se moque de moi, qu'elle glousse comme une poule en pensant : « Quelle gourde ! si elle savait que je m'envoie en l'air avec son mari ! »

Tully se couvrit le visage en gémissant.

— Tu peux parler, fit Robin sans agressivité. Tully, ces trois dernières années, je t'ai à peine vue. Je ne savais même pas où tu étais.

— Qu'est-ce que tu racontes ? À part l'été, on était tout le temps ensemble.

— Dans ce cas, tu n'as pas à t'en faire... Pourquoi te torturer comme ça ? ironisa-t-il.

— Je ne me torture pas, je veux juste savoir qui c'est, cracha-t-elle.

Robin ne lui répondit pas.

— Que voulais-tu de moi, Tully ? Que je reste assis dans l'attente de ton retour ?

— Je ne sais pas, dit-elle d'un air abattu. Que tu te défendes, au moins, que tu dises quelque chose. Pourquoi n'as-tu jamais rien dit ?

— Que dire ?

— Je ne sais pas. Pourquoi n'as-tu pas essayé de dire « stop » ?

— Pourquoi ? dit Robin.

Il se leva comme pour quitter la pièce, puis se ravisa, revint vers le lit, la saisit par les épaules et la secoua si violemment qu'elle crut qu'il allait lui taper la tête contre le mur.

— Pourquoi ? cria-t-il d'un ton rageur. Espèce d'égoïste ! Femme sans cœur ! Parce que je t'aime plus que tout au monde, parce que je te veux plus que tout au monde, parce que je n'ai jamais voulu te perdre ! Va au diable, avec ton âme torturée ! J'ai fermé les yeux en me disant que tu avais besoin de chercher ta voie. Je voulais que tu ne croies plus avoir fait l'erreur de ta vie en m'épousant ! Notre mariage n'a pas été une erreur, Tully, malgré ta complaisance et ta manie de t'apitoyer sur toi-même. C'est la seule vie que j'aie jamais désirée !

Robin cessa de la secouer.

— En onze ans, je ne t'ai jamais demandé si tu m'aimais. Je m'estimais assez heureux de vivre avec toi et, malgré tous tes efforts, on a réussi à construire quelque chose. Peut-être que, pour toi, ça ne vaut pas tripette, mais pour moi, toi, notre fils, cette maison, c'était toute ma vie. J'ai trinqué, moi aussi. Ne serait-ce que pour rester à peu près sain d'esprit en respirant le même air que toi. Ça m'a coûté ma fierté, mon espérance en l'avenir. Tu crois que j'ai envie d'une autre femme ? Mon seul désir, c'est que tu sois contente de me voir ! Je n'ai jamais voulu que tu me quittes, jamais voulu te menacer de te quitter. Je voulais que tu me choisisses de toi-même, conclut-il, hors d'haleine.

» Et je le veux toujours, reprit-il après un long silence. Je t'aime toujours. Je veux qu'on trouve encore le moyen de s'en sortir, tous les deux. Mais cette fois, tu t'es arrangée pour nous foutre dans la merde jusqu'au cou.

— Moi ? cria Tully. Enculé, si tu n'étais pas parti tirer ton coup tous les samedis soir, je serais peut-être restée à la maison. Et c'est toi qui aurais mis au monde notre bébé, pas un autre !

Robin hurla et la fit tomber du lit. Il la jeta à terre, se pencha sur elle et la gifla. Il était nu et la dominait de toute sa hauteur.

— Tu n'as pas honte ! cria-t-il. Tu n'as pas honte de me pousser à bout ? Salope ! Tu rendrais dingue n'importe qui, hein ?

Il l'enjamba, ouvrit la porte de la chambre et la claqua derrière lui.

Tully se leva. Elle prit Jenny, qui avait dormi pendant toute la scène, et la mit dans son berceau. Puis elle alla le rejoindre. Il était en bas, assis sur le canapé, sous une couverture.

— Robin, je m'excuse, murmura-t-elle.

— Moi aussi je m'excuse de t'avoir frappée, dit-il d'une voix tremblante. Tu ferais perdre la tête à n'importe qui.

Elle s'assit sur le divan à côté de lui.

— Robin, je m'excuse.

— On a les nerfs à vif. Ça va. On n'a pas l'habitude.

Elle s'agenouilla sur le tapis devant lui et lui ouvrit les jambes.

— Pas l'habitude de quoi, Robin ?

— De parler. Tully, que fais-tu ?

Elle tira sur la couverture pour le découvrir. Robin tenta de s'écarter.

— Qu'est-ce qui te prend ? Je n'ai pas envie de te toucher, Tully.

— Je comprends, murmura-t-elle. Mais moi, j'en ai envie.

Elle enleva la couverture et s'approcha de lui, toujours à genoux.

— Je m'excuse, Robin, murmura-t-elle en enfouissant son visage entre ses jambes.

Robin l'attira sur le canapé, puis il lui grimpa dessus et la pénétra violemment, lui tenant la tête d'une main, le corps de l'autre, tandis que Tully ne faisait que gémir et murmurer *Robin, Robin, Robin*.

— C'est ça que tu veux ? murmura-t-il. Que je te baise comme un chien enragé, ou fais-tu ça par pitié ?

— Ni l'un ni l'autre, Robin, gémit Tully en nouant ses deux mains autour de son cou.

Après, ils s'endormirent sur le divan, Robin couché sur elle, leurs membres entremêlés. Tully s'éveilla en sentant que quelqu'un les regardait et vit Boomerang, debout à côté du divan.

— Tu n'entends pas pleurer le bébé, maman ?

En entendant la voix de son fils, Robin s'éveilla aussi. Il se leva et chercha la couverture pour couvrir Tully, mais, dans le noir, il ne la trouva pas. Boomerang restait en contemplation devant sa mère nue.

— Monte, fiston, dit Robin. On arrive.

Là-haut, Robin s'allongea près de Tully et de Jennifer. Il caressa la tête du bébé, puis la joue de Tully.

— Si j'avais su, je t'aurais traitée comme ça depuis longtemps.

— Ah ah ah, fit Tully.

Mais elle n'avait pas le cœur à rire. Quand Jenny se fut endormie, Tully l'emmena dans sa chambre et y resta avec elle. Elle s'étendit sur le tapis, près du berceau, et ferma les yeux.

Une demi-heure plus tard, elle entendit Robin ouvrir la porte et vit ses pieds à la hauteur de son visage.

— Pourquoi t'es-tu toujours dérobé, Robin ? demanda Tully. (Et, sans lui laisser le temps de répondre :) Pourquoi ne m'as-tu jamais parlé de ça ?

— Tully, fit Robin en s'agenouillant. C'est toi qui avais fixé les règles. Pas moi. Mais je m'y suis tenu, parce que tu m'as clairement fait comprendre que c'était ça ou te perdre. Tu voulais que je te fiche la paix... Et on n'a jamais vraiment parlé. Oh, bien sûr, on parlait de livres, de films, de Boomerang. De ton travail, du mien et de ce qu'on allait manger au dîner. Mais jamais de toi et moi, de ce qui te manquait, de ce qui n'allait pas. Jamais de ce qui compte vraiment.

Tully lui tourna le dos.

— Je ne savais pas qu'il y avait tant à dire, dit-elle en pensant qu'elle avait juste envie d'un peu de réconfort, même un tout petit peu.

Mon Dieu ! C'était tellement mieux de ne rien sentir ! Même le chagrin qu'elle avait eu dans le passé valait mieux que le présent... Un présent qu'elle se sentait incapable d'affronter. Elle était écartelée entre tant de sentiments contradictoires qu'elle ne savait lequel la faisait le plus souffrir.

Mais comment me sentir mieux quand Jack n'est pas là, quand je suis en train d'arracher mon fils de mon cœur, quand mon Robin baise cette pouffiasse depuis dix ans...

Elle poussa un cri plaintif, comme un chiot dont les pattes seraient brisées. Il posa la main sur son dos, mais elle s'écarta et rampa vers un coin de la pièce en gémissant à fendre l'âme.

— Ça ne sert à rien, sanglota-t-elle. À rien du tout. Mais je comptais sur toi. Je te croyais loyal envers moi. Tu étais le seul rocher auquel me raccrocher.

— Je suis toujours là, Tully, murmura-t-il en la rejoignant. Je ne veux pas que tu t'en ailles. Viens te coucher.

— Non, Robin, répondit Tully en fixant le tapis. Je ne supporte pas l'idée de dormir à côté de toi.

— Désolé, Tully. Tu veux que je plie bagages et que je m'en aille ?

— À quoi bon ? s'empressa-t-elle de dire. On a joué le jeu jusqu'ici, on peut bien continuer encore un peu, pour Boomerang.

— Pourquoi pas ? dit froidement Robin.

Quatre

Après cette nuit-là, Tully ne dormit plus dans leur lit. Sans oreiller ni couverture ni matelas, elle allait de la chambre de Boomerang à celle de Jennifer et finissait par tomber de sommeil sur le tapis, près du berceau de Jennifer.

Le mois d'avril arriva, mais Tully ne voulut pas retourner les voir jouer, malgré les supplications de Boomerang. Finalement, elle se laissa fléchir par les prières conjuguées de Robin père et fils et les accompagna.

Elle était là. Tully l'observa depuis l'autre côté du terrain. La fille ne s'approcha pas de Robin mais, quand son équipe marqua, elle sauta en poussant des hourras, et Tully fut certaine que ses cris de joie et ses regards étaient destinés à Robin DeMarco. Elle ne put en supporter davantage. Avec Jennifer accrochée à elle dans son porte-bébé, elle marcha le long du terrain de football en évitant les flaques de boue et mit le cap droit sur la fille. Quand elle s'arrêta près d'elle, elle la sentit se crisper immédiatement.

— Écoute un peu, je ne te connais pas, mais Robin est toujours mon mari.

— Peut-être que si vous vous étiez mieux occupée de lui..., commença la fille.

— Si tu le veux, il va falloir le prendre avec ses deux gosses, l'interrompit Tully. Il va falloir tout prendre, en un seul colis. Alors garde tes distances, hein ? C'est encore mon mari.

— Pas pour longtemps, Tully Makker, dit la fille.

C'était plutôt raide. Tully tressaillit et se retourna brusquement.

— Je m'appelle *Tully DeMarco,* espèce de petite pute.

— Eh, les filles, du calme !

Robin arriva en courant, il lança à la fille un regard gêné, puis entraîna Tully en l'entourant de son bras.

— Tully, tu me surprends. Cela ne te ressemble pas de te donner en spectacle comme ça, dit Robin.

— Ne t'approche pas d'elle, Robin, l'avertit Tully. Tu es toujours mon mari.

Les yeux chocolat de Robin s'assombrirent.

— Plus pour longtemps, Tully *DeMarco.*

Entre Tully et Robin, les choses se dégradèrent

vite. Tully retomba au fond du trou. Elle ne dînait plus avec Robin, ne regardait plus la télé avec lui, ne dormait plus avec lui. Dès qu'ils s'adressaient la parole, la conversation tournait à l'aigre. Ils n'avaient plus fait l'amour depuis le soir où il l'avait frappée. Une nuit que Robin faisait halte à la porte de la chambre de Jennifer pour prier Tully de le rejoindre, comme chaque soir, elle l'arrêta avant qu'il sorte de la pièce.

— Robin, on ne s'est jamais battus comme ça, dit-elle d'un air pitoyable. On n'arrête pas de se déchirer, ces temps-ci.

— Il y a de quoi, dit Robin.

— On s'est si bien entendus pendant plus de dix ans, dit-elle doucement.

— En dix ans, on ne s'est jamais parlé, répliqua-t-il.

— Maintenant, on ne s'entend plus.

— Il y a de quoi.

— Tu ne m'aimes plus comme avant, murmura-t-elle.

— Il y a de quoi ne plus t'aimer, Tully, dit amèrement Robin.

Malgré tout, chaque nuit, Robin entrait et lui demandait systématiquement de venir se coucher et, chaque nuit, Tully refusait. Le matin, quand elle s'éveillait, elle trouvait une couverture posée sur elle.

Tard un soir, Tully suggéra d'aller voir un avocat. Jack l'avait appelée dans la journée et elle lui avait menti en prétendant qu'elle et Robin avaient engagé des procédures de divorce. Aussi aborda-t-elle le sujet avec Robin, aussi naturellement que possible.

— Un avocat? demanda Robin, comme si ce mot lui était inconnu. Un avocat..., répéta-t-il avant de tomber dans le silence. Bien sûr, finit-il par dire. Allons en voir un. Je me demandais aussi ce que tu attendais, depuis le temps.

Elle se sentit si mal qu'elle faillit lui demander de ne plus y penser. Elle eut envie d'aller se blottir contre lui, mais la pensée de Jack l'en empêcha et elle se força à rester immobile, les yeux fixés sur la télé. Il ne me laissera pas partir sans mon petit garçon, songea-t-elle. Il ne le peut pas.

Chez l'avocat, ils restèrent tranquillement assis tandis qu'il leur posait quelques questions sur la date de leur mariage, le nombre de leurs enfants et l'inventaire de leurs biens. Robin dit qu'ils étaient mariés depuis huit ans, avaient deux enfants, et que la question des biens ne se posait pas. Tully pouvait prendre tout ce qu'elle voulait. Non, dit-il, ils ne voulaient pas avoir chacun leur avocat, ils n'avaient rien à partager, à part les enfants. Non, dit Tully, ils ne voulaient pas d'abord d'une séparation à l'amiable, ils voulaient avancer et en finir une bonne fois pour toutes.

Non, dit Tully, ce n'était pas la peine de définir les droits de visite durant la procédure de divorce, car Robin continuerait à habiter la maison.

— Avez-vous l'intention de la vendre ?

Robin et Tully se regardèrent.

— Nous n'y avons pas réfléchi, dit Robin. Peut-être.

— Boomerang aime beaucoup cette maison, dit faiblement Tully. Peut-être que vous pourriez y rester.

Robin ne répondit pas.

— Vous dites que vous avez deux enfants. Êtes-vous convenus d'un arrangement pour la garde des enfants ?

Robin hocha la tête.

— Avec qui vont-ils vivre ?

— La fille avec sa mère, le garçon avec moi, dit Robin.

L'avocat, un gentil monsieur du nom d'Andrew Hofmann, lança un coup d'œil à Tully. D'après la réaction de Mr Hofmann, elle ne devait pas avoir l'air tout à fait impassible. Tully sentit un goût salé sur ses lèvres. Elle leva une main tremblante pour les toucher. Des larmes ? Non. Du sang.

— Je vois, finit-il par dire. Séparer les enfants est parfois très douloureux pour eux. Quel âge ont-ils ?

Tully fut incapable de répondre.

— Le garçon a huit ans, la fille dans les trois mois, dit Robin.

— Je vois, dit Mr Hofmann, ses yeux bleus papillonnant pour éviter de croiser leur regard. Quels sont les motifs du divorce ? demanda-t-il.

— Aucun, les torts sont partagés, dit Robin.

Mr Hofmann secoua la tête.

— Ce n'est pas possible. Pas quand il y a des enfants en jeu.

— Abandon du domicile conjugal.

— D'accord, dit Mr Hofmann en sortant d'un tiroir une boîte de mouchoirs en papier, qu'il tendit à Tully. Voyons, que pourrais-je vous proposer... Pas de séparation de biens, n'est-ce pas ?

— Non, dit Robin.

Tully ne fit que s'essuyer la bouche.

Cinq

Jenny grandissait. Elle dressait la tête et regardait autour d'elle. Le seul sentiment défini que Tully éprouvait, c'était le regret de ne pouvoir allaiter sa petite fille. La petite fille de Jack. Jennifer.

Jack lui manquait. Encore un élément dans l'immense patchwork de chagrin qu'était son âme, fait de sentiments imbriqués auxquels elle ne pouvait donner libre cours. Le besoin qu'elle avait de Jack valait la douleur d'avoir été trahie par Robin, et son amour déchirant pour Boomerang remplissait le reste.

Tully laissa passer la fin du mois de mars en oubliant complètement le lundi où elle avait vieilli d'un seul coup, onze ans auparavant.

Quand elle se rendit à Saint Mark en avril avec deux bouquets de fleurs, elle chercha à retrouver en elle cette douleur âpre qui avait autrefois envahi tout son être. Mais ce n'était plus qu'un morceau de chagrin noyé dans la masse confuse d'autres sentiments et pensées insupportables. Ce désert, Jen, y trouve-t-on la paix ? songea Tully.

Six

Fin avril, Mr Hillier appela Tully pour lui demander de venir le voir. Les vêtements que Tully mettait pour aller au bureau étant devenus trop justes, elle dut sortir s'acheter un tailleur taille quarante. Du quarante ! Dire qu'elle faisait à peine du trente-six, au lycée.

Tully trouva que Mr Hillier avait l'air un peu nerveux. Il avait forci et presque tous ses cheveux étaient gris. Elle s'assit en face de lui, les mains croisées sur les genoux, aussi calme qu'un saule au bord du lac Vaquero, un jour sans vent.

— J'espère que tout s'est bien passé, Tully ?

— Très bien.

— Et votre petite fille ?

— C'est encore un tout petit bébé. Elle n'a que trois mois et demi.

— Dites-moi... Je voulais vous demander si vous aviez l'intention de reprendre votre travail chez nous ?

— Bien sûr, dit Tully en pensant à la mer. Ce serait dommage de ne pas aller au bout de ma maîtrise, n'est-ce pas ?

— Certainement. Surtout avec le chemin que vous avez déjà parcouru. Tully... J'ai une proposition à vous faire. J'espère que vous y réfléchirez.

— Bien sûr, quelle est-elle ?

— Lillian ne travaille plus chez nous, lâcha-t-il.

— Quoi ? s'exclama Tully, interloquée. Ça alors, c'est incroyable, ajouta-t-elle en essayant de cacher sa satisfaction. Je pensais qu'elle n'abandonnerait jamais son poste.

— Elle n'a pas démissionné, dit Mr Hillier. Nous ne l'avons pas reprise dans l'équipe.

— C'est vrai ? s'exclama Tully, encore plus sidérée. Qu'est-il arrivé ?

Mr Hillier toussota et évita son regard.

— En tant que président des services de réinsertion sociale de l'État du Kansas, je vous demande, en mon nom et au nom du département, d'accepter le poste de directrice de l'Agence de placement familial.

Tully le fixa d'un œil éteint, puis regarda ailleurs.

— Vous êtes sérieux ?

— On ne peut plus sérieux. Je sais ce que vous avez ressenti dans le passé quant à la manière de traiter certains problèmes. Mais avec le départ de Lillian, vous avez l'opportunité de faire vraiment évoluer les choses.

— Pourquoi moi, Mr Hillier ? demanda Tully en cherchant à gagner du temps. Je suis si jeune. Dans le personnel, il doit se trouver des personnes plus qualifiées.

— Que Lillian, certainement, remarqua Mr Hillier en souriant. Mais plus qualifiées que vous, personne. Et vous le savez.

— Eh bien, je vous remercie, Mr Hillier, dit doucement Tully. Je vous promets d'y réfléchir, d'accord ?

— D'accord, Tully. Telle que je vous connais, ça ne sert à rien d'insister. Mais qui d'autre que vous peut faire ce travail ? dit Mr Hillier en prenant un instant sa main dans la sienne.

À son contact, Tully se sentit mieux et fut contente d'être venue.

— Alors, racontez-moi ce qui est arrivé. Elle a dû faire quelque chose d'abominable pour que vous ayez décidé de la renvoyer.

Mr Hillier toussa dans le creux de sa main.

— Kim et Jason Slattery sont morts, dit-il.

Tully se rassit, glacée d'effroi, les jambes coupées.

— Oh, murmura-t-elle. Je comprends, maintenant.

— Pendant une scène de ménage, le père Slattery les a tués tous les deux.

— Et la mère, elle vit toujours ? demanda Tully.

— Oui. On l'a d'ailleurs arrêtée aussi, comme complice du meurtre. Pourquoi ne s'est-il pas contenté de tirer sur elle ? C'est ce que je me demande. Il dit qu'il est devenu fou. Qu'il ne voulait pas tuer les enfants.

— Qu'est-il arrivé au plus jeune des trois, Robbie ?

— Il était en train de dormir dans une autre pièce. C'est ce qui l'a sauvé. Les deux autres ont essayé de s'interposer entre leur papa et leur maman.

— C'est horrible, dit Tully.

— Vous comprenez pourquoi Lillian ne pouvait

garder son poste de directrice ? Une enquête criminelle est en cours et le procureur réclame tous nos rapports sur les Slattery. Vous y figurez, ainsi que ce qu'il vous a fait. Le procureur veut savoir comment on a pu rendre leurs gosses à ces gens. Nous avons tout juste évité à Lillian d'être inculpée elle-même de complicité de meurtre, dit Mr Hillier.

— Elle l'aurait bien mérité, pourtant, dit tristement Tully. Cet homme avait depuis toujours des pulsions homicides. Ce n'était pas une vie, pour des enfants. Ils sont en paix, maintenant, murmura-t-elle en se signant.

— Acceptez-vous, Tully ? dit Mr Hillier.

— Quelle ironie, n'est-ce pas ? C'est peut-être à cette tragédie que je devrai ma carrière.

— Si vous devenez directrice, cela n'arrivera plus jamais. Pensez-y.

Tully partit faire un tour, mais pas au hasard. Elle roula jusqu'à Manhattan et se gara devant chez DeMarco et Fils. Elle partit déjeuner avec Robin et Steve, qui était maintenant employé à plein temps dans l'affaire de famille. En observant les deux frères, Tully se dit que cela devait faire plaisir à Robin, après tout ce temps, que son frère s'intéresse enfin au magasin qui les avait tous enrichis.

Tully eut envie de parler à Robin de sa conversation avec Mr Hillier, mais le déjeuner était si détendu, si plaisant, qu'elle préféra éviter toute fausse note. Quand elle se retrouva dans sa voiture, sur le chemin du retour, elle se rendit compte qu'en vérité elle n'était venue que pour passer un moment assise à côté de Robin.

Une fois que la nouvelle se répandit, tout le

monde s'accorda pour dire que ce poste offert à Tully était la chance de sa vie et qu'elle serait folle de ne pas la saisir. Tout le monde sauf Robin, avec qui elle venait juste de signer le dossier que Mr Hofmann transmettrait à la cour fédérale.

— Je crois que je vais accepter, dit Tully à Robin, un soir d'avril.

Les fenêtres étaient grandes ouvertes. Il commençait à faire bon.

— Ça ne me surprend pas, au fond, dit-il. Tu as toujours aimé ce boulot de dingue. Mais à quoi bon, maintenant ?

— Je ne sais pas. On m'a offert beaucoup d'argent, dit Tully comme si c'était l'explication.

— De l'argent, pour quoi faire ? Ne t'en fais pas, dit-il d'un ton sarcastique. Je ne vous laisserai pas mourir de faim sur la plage, Jack et toi. Et puis l'argent, tu t'en fiches, au fond. Autrement, tu te serais davantage intéressée à moi.

Il se mit alors face à elle, sombre et calme, les bras croisés.

— Tully, a-t-elle été si mauvaise que ça, notre vie ?

Elle se figea devant lui et eut du mal à soutenir son regard.

— Non, pas si mauvaise que ça.

Fin avril, Tully doubla le salaire de Millie, lui laissant Jenny afin qu'elle puisse lui apporter le bébé à Docking à l'heure du déjeuner, et retourna travailler en tant que directrice de l'Agence de placement familial.

Sept

Quatre longs mois que Tully n'avait pas reçu de caresses. Cela lui manquait. Une nuit de mai qu'elle avait le cœur gros, elle vint à Robin. Elle monta dans le lit, se colla contre lui et respira l'odeur de ses cheveux. Cette nuit-là, il ne se retourna pas, mais la suivante, oui.

Elle reposait dans ses bras quand Robin lui demanda :

— Quand arrive-t-il ?

— Je ne sais pas.

— Tu l'attends avec impatience ?

— Je ne sais pas. J'imagine que oui.

— J'imagine que oui, la singea Robin en se dégageant. Et le grand départ, c'est pour quand ?

— Je ne sais pas. Me laisseras-tu emmener mon fils ?

— Au nom du ciel, Tully ! Laisse notre fils en dehors de tout ça !

— Je ne peux partir sans lui, dit-elle faiblement.

— Tu ne partiras pas tant que tu ne pourras pas l'emmener, c'est ça ? Je ne comprends pas. Tu es prête à tout envoyer balader : un super-boulot, ta maison, tes amis, ta mère, moi. Pourquoi pas lui ?

— C'est mon fils ! Ce n'est pas un chien ! Je ne peux pas me passer de lui ni le traiter comme un agneau qu'on mène au sacrifice !

— Je vois, dit Robin. C'est donc que nous autres, nous méritons qu'on nous traite comme des chiens.

— Je suis toujours là, non ? dit-elle en se tournant sur le côté.

— Oui, mais pas par choix. Eh bien, j'espère qu'il va bientôt venir te chercher, Tully. Dis-moi, as-tu confiance en lui ?

— Comment veux-tu que j'aie confiance en quiconque sur cette terre, quand toi tu m'as trompée, dit Tully d'une voix entrecoupée.

Quelques semaines plus tard, Tully dormait par

terre dans la chambre de Jennifer. Il devait être trois ou quatre heures du matin. Quand elle s'éveilla, elle avait une couverture sur elle.

Au début, elle ne comprit pas ce qui l'avait réveillée. Elle n'avait pas fait de cauchemar et Jenny dormait tranquillement. Elle ferma les yeux et essaya de se rendormir, mais quelque chose l'en empêcha. Quelque chose d'indéfinissable.

Tully crut d'abord qu'elle rêvait, mais le sentiment de panique était si vif qu'elle rouvrit les yeux et se redressa. Alors elle sentit la fumée.

Rejetant la couverture, elle se rua vers la porte et l'ouvrit en grand. Le couloir était rempli de fumée.

— ROBIN ! ROBIN ! ROOOOBIN ! hurla Tully en se précipitant vers leur chambre, dépassant la salle de bains et la chambre de Boomerang.

Quand elle entra, elle découvrit à travers l'épaisse fumée noire que le lit avait pris feu. Elle se mit à genoux, prit une profonde inspiration et rampa jusqu'au lit. Robin dormait du côté le plus proche de la fenêtre. Les yeux de Tully la piquaient, elle n'arrivait pas à bien le voir. L'air qui entrait par la fenêtre attisait les flammes. Elle saisit Robin par le bras, mais il ne bougea pas. Retenant sa respiration, Tully le tira, tira, tira, jusqu'à ce qu'il tombe du lit en une masse inerte. Ça va aller, ça va aller, se répétait Tully. Il est seulement inconscient. Elle entendit à peine Boomerang pleurnicher dans la pièce à côté. Elle s'efforça de tirer Robin par les bras jusqu'à la fenêtre, puis, dans un effort surhumain qui lui fit pousser un grognement, elle le cala dans le renfoncement. Elle lui plongea la tête dans l'air frais de la nuit, cherchant elle-même à en inspirer une goulée. Mais plus les secondes défilaient, plus la pièce se remplissait de fumée. Des flammes de plus en plus hautes montaient du lit. Il faut que je le sorte d'ici, pensa-t-elle. Elle se mit à le secouer et à lui souffler de l'air dans la bouche. Allez, Robin ! réveille-toi ! RÉVEILLE-TOI ! cria-t-elle.

Des lumières s'allumèrent dans la maison d'en face. Une voisine se pencha à la fenêtre en criant : « Au feu ! Au feu ! »

— Appelez les pompiers ! hurla Tully en retour.

Elle continua à lui souffler de l'air dans la bouche et à le secouer pour le ranimer. Bon Dieu ! Enfin, Robin remua et Tully le secoua aussitôt avec un regain d'énergie.

— Robin ! Réveille-toi ! Je t'en prie ! Il faut que tu m'aides !

Robin se mit à tousser. Secoué de violents soubresauts, il vomit sur l'appui de fenêtre.

— Ça va, murmura-t-il. Et les enfants ?

— Sortons d'ici, vite, haleta Tully en l'aidant à se mettre debout.

Ils gagnèrent la porte en rampant à moitié, Robin trébuchant à chaque pas, Tully le poussant en avant. Boomerang n'était pas dans sa chambre. Désespérée, Tully se précipita à la fenêtre. Robin se rua dans la chambre de Jenny et trouva Boomerang sous le berceau, sa petite sœur dans les bras. Robin prit Jenny, aida son fils à sortir, appela Tully et ils descendirent tous l'escalier, Robin en pyjama, moite et sentant le vomi, Tully dans un vieux survêtement bleu, les gosses à peine vêtus. Mais on était au mois de mai et il faisait bon. En bas, au moment de sortir, Tully se rappela Hedda. « Ma mère », dit-elle à Robin qui fit demi-tour pour aller la chercher. Mais Tully l'arrêta en entendant la sirène des pompiers.

Ils se portèrent rapidement au secours de Hedda, lourde et incapable de se mouvoir, et l'étendirent sur le gazon, en attendant l'ambulance.

— Qu'est-il arrivé ? demanda Hedda.

— C'est Robin, il a encore fumé au lit, répliqua Tully.

Les ambulanciers emmenèrent toute la famille à l'hôpital. Il fallut un quart d'heure aux pompiers pour éteindre l'incendie. Le lit en bois était carbonisé. Le feu n'avait pas gagné les autres pièces, mais, dans la chambre, il avait tout ravagé, recouvrant de suie noire les murs ivoire.

À part Hedda, qu'on avait gardée à l'hôpital de Topeka, toute la famille DeMarco alla habiter chez Shakie et Frank. Tully était encore sous le coup de l'émotion et n'avait pas envie de se retrouver seule.

Le mois de juin était déjà bien entamé quand Tully et Robin retournèrent chez eux. Avec l'aide de Millie, ils nettoyèrent la chambre de tous les débris, jetèrent le mobilier brûlé, enlevèrent le tapis, lavèrent et frottèrent le plancher et les murs. L'eau avait endommagé les lattes du parquet et le plafond du salon du rez-de-chaussée. On remplaça le parquet de la chambre et le plafond du salon fut également replâtré et repeint.

Robin et Tully allèrent faire des courses et achetèrent tout un ensemble de mobilier pour la chambre, en érable blanchi à la chaux. De nouvelles lampes, des étagères, des radios, des chaises. Un tapis persan en guise de descente de lit. De nouveaux coussins pour la banquette située sous la fenêtre, des rideaux neufs pour les trois fenêtres. Tout cela leur coûta la modique somme de trente mille dollars. Nous sommes le 10 juin, songea Tully. Combien de jours reste-t-il pour amortir cette dépense ?

Huit

Le vendredi 15 juin, avant de quitter les bureaux, Tully s'arrêta un instant aux toilettes. Elle avait de l'allure, dans son tailleur bleu marine et son corsage blanc à dentelles. Et puis elle aimait commander, admit-elle en se souriant dans la glace. Autoritaire sans être inaccessible, voilà l'image qu'elle voulait donner d'elle-même. On l'appelait Mrs DeMarco et sur sa porte était inscrit son nom : NATALIE ANNE DEMARCO.

Robin pourrait peut-être lancer une ligne féminine, songea-t-elle en se reprenant aussitôt. Qu'est-ce que je raconte? Elle passa la main dans ses cheveux courts et se frotta la bouche : elle n'avait pas envie de marquer de rouge à lèvres les belles joues de sa Jenny. En sortant, elle prit congé des rares employés qui restaient dans les bureaux et se dirigea vers la voiture, la tête emplie de choses vagues, le menu du dîner, le programme du week-end... quand elle entendit sa voix.

Ce n'était pas un mirage. Il était là, appuyé contre sa voiture, dans la lumière d'une chaude fin d'après-midi.

— Jack, murmura-t-elle.

Il lui ouvrit les bras.

— Oh, Tully, qu'as-tu fait de tes beaux cheveux ?

— Je les ai coupés. Ça te plaît ?

— Je ne sais pas. Il faut que je m'y habitue. Tu as la tête que tu avais le jour de ton diplôme.

— Donc, ça me rajeunit. Tant mieux.

— Ce n'était pourtant pas une très bonne période, pour toi.

— J'ai grandi depuis. J'ai presque trente ans.

— Moi, j'ai trente ans bien sonnés, mais je ne me sens pas du tout adulte.

Il la serra fort contre lui et Tully oublia tout.

— Tully, Tully, Tully, dit-il en la soulevant de terre.

— Jack, dit Tully en passant les mains dans ses cheveux, sur son visage autour de son cou, de ses épaules. Jack ! Quel bonheur de te voir !

— Attends de voir la maison que je nous ai dégotée à Carmel !

— Elle est jolie ?

— Merveilleuse. Et juste en bas de la rue, il y a la mer. On peut la voir des fenêtres du premier.

— Génial ! s'exclama Tully avec un enthousiasme un peu forcé. Tout ce que je vois de mes fenêtres, en ce moment, c'est la maison de Mrs Palmer.

— Qui a besoin d'être repeinte, d'ailleurs, dit Jack. Où veux-tu aller ?

— Moi ? Il faut que je rentre à la maison, Jack. Les enfants m'attendent.

Il s'écarta d'elle.

— Robin aussi ?

— Oui, il doit être avec eux.

Tully n'avait pas envie qu'il s'éloigne d'elle. Elle se colla contre lui et posa les lèvres sur la peau nue qui apparaissait au-dessus du dernier bouton de la chemise blanche.

— Demain, c'est samedi, murmura-t-elle. On peut se retrouver tôt dans la matinée.

— Tu veux que je te raccompagne ? fit-il après un soupir.

— Oh non... J'ai une voiture. Comment as-tu fait pour me trouver ?

— J'ai appelé chez toi, dit Jack d'un ton sec. Millie m'a dit que tu avais repris ton travail...

— C'est surtout histoire de tuer le temps en t'attendant et de gagner un peu d'argent.

— Je suis sûr que tout ce que tu gagnes passe

dans tes fringues, dit Jack en tirant sur le col de son chemisier. Et Jennifer, comment va-t-elle ?

— En pleine forme. Regarde, dit Tully en sortant deux photos de son sac à main.

— Quelle mine ! D'où tient-elle ses bonnes joues ?

— Je ne sais pas. Elle dévore.

— J'étais mignon quand j'étais petit, mais je n'ai jamais eu d'aussi bonnes joues. Et à part ça, que s'est-il passé pendant mon absence ?

Rien, faillit répondre Tully. Absolument rien. Ma chambre a brûlé. Je suis devenue directrice du bureau de placement. Robin me trompe depuis des années. Ma mère est toujours en vie. Mon fils...

Sur le chemin du retour, Tully songea au mobilier qu'elle et Robin avaient acheté pour leur nouvelle chambre. Pourtant, elle se sentait mieux d'avoir revu Jack et marcha sur un petit nuage jusqu'à la maison. En entrant dans la cuisine, elle aperçut Robin et Boomerang qui jouaient au baseball dans le jardin derrière.

— Salut ! lancèrent-ils en chœur.

— Papa ne veut pas manger à la maison ! cria Boomerang.

— Ça tombe bien, dit Tully en se retenant à la porte, les jambes flageolantes. Parce qu'ici il n'y a rien à manger. Où est Jenny ?

Robin et Boomerang montrèrent la petite balançoire pour bébé qu'ils avaient montée.

— On meurt de faim, dit Robin. Où étais-tu ?

— Je m'excuse. Je suis allée aux Lacs blancs. J'avais besoin de m'acheter un tailleur.

— Encore un ? Mais tu en as toute une collection !

— J'ai maigri. Ils sont presque tous trop grands, dit Tully en allant prendre Jennifer.

— Tu arrives les mains vides ? remarqua Robin en venant à elle.

— Je n'ai rien trouvé qui me plaise, répondit Tully. Alors, on y va ?

Ils allèrent chercher une pizza et la mangèrent dehors, sur le patio, pendant que Jenny somnolait. Puis ils jouèrent tous les trois au football jusqu'à la tombée de la nuit.

Au moment de se mettre au lit, Robin regarda Tully dans les yeux.

— Eh bien, voilà du nouveau. Une expression que je ne t'avais encore jamais vue.

— Quelle expression ? dit Tully en détournant le regard.

— La culpabilité, dit Robin.

Ils se couchèrent et restèrent quelques minutes sans oser se toucher ni respirer.

— Il est revenu, c'est ça ?

Tully hocha la tête dans l'obscurité. Elle entendit Robin déglutir.

— Le tribunal, c'est pour juillet, dit enfin Robin.

— Pour août.

— Tu vas rester jusque-là ?

— Bien sûr, dit Tully.

L'euphorie n'avait pas duré longtemps.

— Je veux dire... dans cette maison ?

— Quelle est l'alternative ?

— Aller vivre avec lui.

Tully était loin. Elle pensait à l'océan. Elle entendait le clapotis de l'eau venant mourir à ses pieds. Elle sentit un goût de sel sur sa bouche, mais ce n'était pas celui de l'océan.

— Robin, je t'en supplie. Je ne peux pas partir sans lui, murmura-t-elle d'une voix brisée. Je ne peux pas laisser mon petit garçon.

— Eh bien, ne pars pas, dit-il posément.

— Robin, je ne peux pas rester...

— Pourquoi ? Fais-le pour Boomerang. C'est une bonne raison de rester.

— Robin, je t'en supplie. Tu pourras venir tous les week-ends. Je vous inscrirai dans un club de foot, là-bas. Tout ce que tu voudras, mais je t'en prie...

— Arrête d'être une sale égoïste une fois dans ta vie, Tully.

— Robin, cette fille, je ne sais pas si tu en as envie, mais tu pourras l'épouser. Tu pourras avoir des enfants avec elle. Autant d'enfants que tu voudras. Mais moi... Boomerang et Jenny sont les seuls que j'aurai jamais. S'il te plaît, laisse-le-moi.

Robin sauta du lit, furieux.

— Tu vas la fermer, bon Dieu ! Qu'est-ce que tu racontes ? D'autres enfants ? Tu ne comprends pas ? Il est tout ce que j'ai. Au moins toi, tu as Jenny. Moi je n'ai qu'un fils ! Toi et ton Jack Pendel, vous avez fait ce qu'il fallait pour ça. Alors arrête de me parler de ça, j'en ai marre, je suis fatigué de t'entendre.

Après son départ, Tully resta couchée et passa toute la nuit à regretter l'oubli bienheureux où elle était tombée quand son pouls ne battait presque plus et que la vie s'échappait d'elle.

Le samedi, il fit un temps splendide. Boomerang lui demanda de venir avec eux à Manhattan, mais Tully déclina l'invitation.

Après leur départ, Tully se prépara, habilla Jenny et se rendit au parc de stationnement de Washburn où Jack les attendait. Son visage s'illumina quand il vit Jennifer. Il la prit et la tint au-dessus de sa tête en la regardant sous toutes les coutures, la couvrant de petits baisers, fourrant le nez dans son cou, la chatouillant tandis que Jennifer riait sans pouvoir s'arrêter et que Tully avait du mal à contenir ses larmes.

Ils allèrent au lac Vaquero. Quand ils arrivèrent à proximité, ils découvrirent de la route toutes les maisons qu'on avait construites sur ses rives et le ponton qui recouvrait la petite plage de sable où ils s'allongeaient autrefois. Tully regarda le visage de Jack. Ils allèrent se garer sur la route de la colline de l'Indien et marchèrent longtemps avant de trouver un bosquet d'arbres qui semblait n'appartenir à personne. Aucun chemin ne descendait jusqu'à la berge, les arbres continuaient jusqu'à une pente en chute raide. À peine arrivé, Jack se déshabilla et sauta dans l'eau.

— C'est bon ! cria-t-il. Ça ne risque rien !

— Qu'est-ce que tu attends ? demanda Tully en enlevant Jenny du porte-bébé. Que je plonge dans le lac avec le bébé, ou qu'elle y tombe toute seule ?

— Elle n'a même pas six mois, elle ne peut pas bouger ! cria Jack.

— Tu parles ! Elle est comme son frère. Elle ne tient pas en place.

— Ils ne tiennent pas en place quand tu n'es pas avec eux, dit Jack en remontant sur la berge pour prendre une serviette. Tu oublies que tu as surnommé ton fils Boomerang parce qu'il te suivait partout comme un petit chien.

— Maintenant, c'est moi qui le suis comme un petit chien, dit Tully avec tristesse.

Tully et Jack firent l'amour. Puis Tully plongea toute nue dans le lac et Jack en fit autant. Jenny s'était endormie, confortablement installée dans le petit siège de voiture que Tully avait apporté.

Ils déjeunèrent et s'étendirent sur la couverture. Jack enfouit son visage dans les seins de Tully.

— J'ai faim, dit-il doucement.

— Sors d'ici, gros bébé, dit-elle en le repoussant.

Mais il la retint entre ses bras puissants et elle n'eut plus envie de résister. Cela faisait six longs mois qu'il ne l'avait pas touchée, et il lui avait manqué jusqu'à en avoir mal.

Les heures passèrent, des heures à la fois rapides, frénétiques et empreintes d'une torpeur engourdissante, chaudes et lentes, des heures d'abandon, durant lesquelles ils jouèrent avec Jennifer, nagèrent en s'éclaboussant, mangèrent et se nourrirent l'un de l'autre. Des heures où, tandis que Jennifer dormait, ils firent l'amour une fois, deux fois, trois, quatre, cinq fois. Tully perdit le compte des heures, des minutes, oubliant le soleil au-dessus de leurs têtes et les arbres qui les protégeaient du reste du monde. Quand, assise sur Jack, elle le caressait en balançant ses seins au-dessus de son visage, baisait ses cheveux blonds, ses yeux, sa poitrine, quand elle sentait son cœur battre vite vite vite sous ses lèvres, il semblait à Tully que plus rien n'existait dans l'univers sauf lui, elle, et leur bébé, paisiblement endormi. Que rien d'autre n'avait de sens. Sa vie, son travail, sa mère, son mari, tout était oublié, même Boomerang.

— Pourquoi pleures-tu, Tully ?

— Parce que je suis heureuse.

— Qu'est-ce qui ne va pas ?

— Tout va bien, Jacko.

— Alors pourquoi est-ce que je ne te crois pas ?

Neuf

Dans un Kansas brûlé par la chaleur sèche de l'été, un autre 4 juillet passa. Jack s'occupait de vendre la maison de sa mère. Tully travaillait, elle retrouvait Jack chaque jour à déjeuner, passait les week-ends avec lui et parfois même la nuit du samedi au dimanche. Dans le jardin derrière la maison, Robin et Tully faisaient des barbecues et jouaient toujours au foot avec Boomerang, sauvegardant les apparences. À certains moments, cela faisait si « vrai » qu'on y aurait presque cru, songeait Tully en serrant des lèvres craquelées à force d'avoir été mordues, pour mieux réprimer tout ce qui se cachait derrière.

Le mardi 17 juillet, Tully se décida enfin à aller voir sa mère, qui séjournait à l'hôpital d'État de Topeka depuis l'incendie du mois de juin.

— Il faut que je te parle, mère, dit Tully.

— Je ne me sens pas bien, Tully. Une autre fois peut-être. Quand me ramènes-tu à la maison ?

— C'est de ça que je voulais te parler, maman.

— Laisse-moi deviner. Tu ne me ramènes pas à la maison ?

— Maman, dit Tully en s'asseyant sur une chaise près du lit de Hedda avec l'espoir que personne ne puisse les entendre. Je veux m'en aller, partir d'ici. Tu comprends ? Je veux aller en Californie et je ne sais pas quoi faire de toi.

— Tu pars avec Robin ?

— Non, Robin reste ici.

— Tu pars avec l'autre ? Et tes enfants ?

— Ça te va bien de me parler de mes enfants ! s'exclama Tully en ricanant, mais elle se reprit aussitôt. Alors, que vais-je faire de toi ?

— Je ne sais pas, Tully, dit Hedda d'un ton las. Faut-il absolument que tu fasses quelque chose ?

— Tu n'as pas l'air de comprendre. Je m'en vais, et je ne t'emmène pas avec moi.

— Et Robin, il va rester à Texas Street ?

— Je ne crois pas, répondit Tully. Peut-être. De toute façon, ce n'est pas à lui de s'occuper de toi.

— Non, dit Hedda. C'est à toi.

— Oui, mère, dit Tully avec lassitude. Que puis-je faire ? Tante Lena ne veut pas de toi. Elle n'est pas en bonne forme, elle non plus. Alors... Menninger, maman ?

Hedda détourna la tête et resta immobile un long moment.

— Fais comme tu voudras, Tully.

— Et un établissement privé ? Un endroit chouette...

— Un endroit chouette, répéta Hedda d'un ton morne. Et qui paierait la facture ?

— Ne t'inquiète pas pour ça. On s'arrangera toujours, toi, Robin et moi.

— Quand comptes-tu partir ?

— Bientôt, dit Tully.

Ce simple mot supposait tant de choses qu'elle se sentit soudain affreusement mal.

— Tu es une telle déception pour moi, Tully, dit Hedda.

Tully se mit à rire.

— J'ai peut-être été une mauvaise fille quand j'étais adolescente, et aujourd'hui, je suis pour toi une terrible déception. Mais à l'âge de deux ans, étais-je déjà une fille indigne ? Qu'est-ce qui n'allait pas ? N'étais-je pas assez blonde, assez gaie, assez potelée à ton goût ?

Le regard vide, Hedda fixait Tully.

— Qu'est-ce que tu racontes ?

— Je te compliquais la vie, tu me trouvais trop accaparante... Après Johnny, il ne restait plus que moi. Tu te disais qu'ensuite papa ferait plus attention à toi, c'est ça ?

Comme Hedda ne répondait pas, Tully lança d'une voix claire :

— Mère, ne me dis pas que j'ai imaginé cet oreiller sur ma figure et l'odeur de tes mains. Je t'en prie, ne me dis pas que j'ai tout imaginé !

— Tully, je n'ai rien à te dire. Tu as toujours fait des cauchemars, toujours. Ton père se précipitait dans ta chambre pour te calmer.

— Mon père, sûrement, dit Tully. Alors, j'ai rêvé. Dis-moi, quand mes cauchemars ont-ils commencé ? N'était-ce pas après mes deux ans ?

— Mais qu'est-ce que tu racontes, Tully ?

— Oh ! oui, fais semblant. Tu ne peux guère faire autrement. Je devrais m'estimer heureuse d'être encore en vie, après tout. Johnny n'a pas eu cette chance.

— Johnny a été victime de la mort subite des nourrissons, et ton père a emmené Hank avec lui. C'est lui qui vous a séparés, ton frère et toi. Moi, je n'y suis pour rien.

— C'est ce qui m'étonne, maman. Pourquoi papa a-t-il décidé de partir et d'emmener Hank ?

— Ton père n'était pas fait pour la vie de famille, dit Hedda, qui avait de nouveau fermé les yeux.

— L'un de vous deux ne l'était pas, c'est sûr. Pourtant papa a quand même emmené Hank avec lui.

— Cela devait faire trop pour lui.

— Sûrement. M'entendre nuit après nuit lui raconter mes cauchemars, toujours les mêmes, ce devait être insupportable. D'autant que ce n'était jamais *lui* qui m'étouffait.

Hedda resta silencieuse.

— Je sais qu'il t'en a parlé, mère. Je l'ai entendu une fois te dire qu'il ne comprenait pas comment une enfant de six ans pouvait faire d'aussi horribles cauchemars, chaque nuit, année après année. Tu as prétendu que je faisais semblant, que c'était juste pour attirer l'attention. Tu lui as dit de ne pas en tenir compte, que sinon je vous ferais marcher tous les deux, et il t'a écoutée.

Il n'est plus venu me voir. Il n'est plus venu me voir.

— On devait se lever tôt chaque matin pour aller travailler, ton père et moi. On ne pouvait pas rester éveillés toute la nuit à cause de tes sacrés cauchemars.

— Bien sûr. Quel désagrément ! Avec Johnny, le problème était réglé. Si seulement tu avais réussi ton coup avec moi...

— Oui, dit Hedda d'un ton plat. Ça m'aurait évité d'entendre toutes ces foutaises. Comment peux-tu dire des choses pareilles à ta mère ?

Tully ne se laissa pas émouvoir.

— Mère ! murmura-t-elle avec une cruelle ironie. Je sais que tu as tué Johnny. Tu as tenté de me tuer et si papa n'était pas entré, tu aurais réussi. Tu as peut-être essayé aussi avec Hank, mais je t'avais à l'œil. Tu avais fait en sorte que je ne puisse pas m'endormir. C'est peut-être ça qui nous a sauvé la vie, à Hank et à moi. Et tu me traites de fille indigne ? Je ne suis la fille de personne. Tu n'es ma mère que de nom et je n'ai pas de père. En vrai, je suis une orpheline. J'en ai tous les traits et le caractère. Et je ne peux rien y faire. Alors je rentre chez moi, je joue avec mon fils, je donne un bain à ma fille, je leur raconte une histoire, assise par terre avec eux, et je les embrasse en espérant que je saurai les traiter un peu mieux.

— J'en doute, Tully, dit Hedda. Tu as la bougeotte, comme ton père.

Tully resta silencieuse, puis elle se pencha vers sa mère.

— Qu'y puis-je si j'ai envie de changer ? dit Tully. Je voudrais avoir une vie différente, un passé différent, un avenir différent. Qu'y puis-je si j'ai souhaité que Lynn Mandolini soit ma mère ? C'est bête, hein ? Je n'ai jamais eu envie de m'occuper de toi, c'est vrai, ni que tu habites chez moi, et quand Robin t'a amenée à la maison, je vous ai détestés, tous les deux. J'ai dû te nourrir, t'apporter du thé, te regarder, et tout ça, je n'en avais pas envie. Huit ans ont passé. Et tu sais quoi ? Je n'en ai toujours pas envie, mère. Alors, que vais-je faire de toi ?

Hedda se tourna pour regarder Tully, qui se balançait d'avant en arrière sur la chaise.

— Ce que tu veux, dit Hedda en fermant les yeux et en tirant la couverture sous son menton. Fais ce qui t'arrange. Je suis fatiguée, maintenant. Laisse-moi dormir.

— Maman, dit Tully d'un ton implorant. Tu as eu une nouvelle attaque, tu ne peux plus remarcher. À chaque attaque, tu es de moins en moins capable de fonctionner normalement. Huit ans, c'est long. Que veux-tu que je fasse ?

— Rien, Tully, dit Hedda. Laisse-moi dormir.

Tully se leva et s'apprêta à partir, mais revint s'asseoir sur le bord du lit. Elle se pencha et dit :

— Maman ? Je regrette d'avoir parlé de tout ça. C'est fini. C'est réglé. Mal, sans doute. Disons que j'ai réussi à passer à travers en serrant les dents et qu'aujourd'hui j'en suis là. Mais je ne veux pas continuer comme ça, maman. Il va falloir que je sorte la tête du trou, que je me dégage des sables mouvants où je me suis enlisée. Seulement, il me reste encore plein de choses à régler et ça me pèse. Ça pèse une tonne, maman. Entre toi, la maison, Robin, Boomerang, Jenny et Jack, je vais avoir du mal à m'en sortir. Voilà pourquoi je suis venue. Pour essayer de trouver un arrangement avec toi. Je ne veux pas les années à venir avoir honte de ma vie, au point de ne même pas pouvoir en parler. Je veux pouvoir parler de ma vie, maman ! Je veux être capable de regarder les gens en face sans me dérober. Je ne veux pas que ma vie ressemble encore à une plaie ouverte, une blessure mal soignée... comme toi, maman, ajouta Tully en un murmure.

— Comme moi, répéta Hedda.

— Comme toi, dit Tully. Tu sais, il y a longtemps que ça ne me fait plus rien de penser à tes mains autour de ma gorge. Ça me donne des cauchemars, voilà tout. Quant à mon père et à mes frères, ça aussi, j'ai réussi à m'en défaire. Crois-le ou non, j'ai même réussi à me débarrasser d'oncle Charlie. Je me demande si tu te rappelles d'oncle Charlie, mère. En tout cas, la mère de Jennifer s'en souvient. C'est à cause de ça que j'ai gardé Boomerang, et j'ai bien fait.

Il y eut un court et pénible silence.

— Même Jennifer..., reprit Tully. J'ai réussi à surmonter ça, aussi. Mais toi, maman, tu es comme un abcès, une tumeur qui me ronge depuis des années. Comment pourrais-tu être ma mère, alors que tu ne m'as jamais aimée ? Tant que je vivrai, cela restera un mystère pour moi. Et tant que tu vivras, je me dirai : « Voilà ma mère, mais elle ne m'aime pas. J'ai une mère qui ne m'aime pas. Pourquoi ? Comment est-ce possible ? » Voilà ce que je vis chaque jour quand je te vois. Dieu merci, grâce à mon travail, j'ai moins tendance à m'apitoyer sur moi-même. Mais je ne veux plus que tu sois là pour me le rappeler. Pourtant, je n'ai pas de haine envers toi, mère. Peux-tu comprendre ça ?

— Je ne le comprends que trop bien, Tully, répondit Hedda.

Tully se leva, puis elle ajouta, comme si elle y pensait brusquement.

— Maman, tante Lena dit que, toutes ces années, tu n'avais pas envie de me garder et que tu as même songé à me placer dans une famille d'accueil. Dis-moi, pourquoi ne l'as-tu pas fait ? Pourquoi ne m'as-tu pas confiée à une famille qui aurait pris soin de moi ? Il paraît que Lynn Mandolini t'a demandé de me laisser venir habiter chez eux et que tu as refusé. Pourquoi, maman ? Pourquoi as-tu refusé ?

Hedda resta sans bouger, les yeux fermés.

— Parce que tu étais ma fille, Tully, dit-elle faiblement. Tu étais ma fille. Comment aurais-je pu abandonner mon enfant ? C'est vrai, je n'étais pas douée pour être mère, ni pour grand-chose d'ailleurs... J'ai fait ce que j'ai pu, je manquais de force et de courage. Mais comment aurais-je pu abandonner mon enfant ? Ma mère m'avait abandonnée. Comment aurais-je pu t'abandonner ? Tu étais ma fille, après tout...

Hedda resta les yeux fermés. Debout, la dominant, Tully la contempla un moment, puis elle se pencha et embrassa sa mère sur le front.

— D'accord, maman, murmura-t-elle. D'accord.

Dix

Après le départ de Tully, Hedda resta sans bouger pendant des heures. Elle ne but pas son thé, ne mangea pas son dîner. Elle n'alluma pas la télé, ne demanda pas à aller dans la salle de bains. Tout ce qu'elle fit, ce fut d'ouvrir les yeux, de les refermer, puis de les ouvrir à nouveau, le regard fixe.

À dix heures du soir, elle appela l'infirmière et lui dit qu'elle avait envie de prendre un bain. L'infirmière refusa, disant qu'il était bien trop tard. Hedda insista, disant qu'elle n'avait pas pris de bain depuis longtemps et se sentait sale. L'infirmière consulta le médecin de garde, mais il était bien trop occupé pour qu'on l'ennuie avec de pareils détails, alors elle appela Tully qui dit ne pas voir pourquoi on empêcherait sa mère de prendre un bain si elle en avait envie.

L'infirmière fit donc couler un bain tiède pour Hedda, elle la conduisit jusqu'à la salle de bains sur son fauteuil roulant et la déshabilla. Hedda pesait plus de quatre-vingt-dix kilos, une masse inerte que l'infirmière fut incapable de soulever pour la faire entrer dans la baignoire. Elle allait renoncer quand, dans un effort surhumain, Hedda, se hissant avec les bras hors du fauteuil roulant, se laissa retomber dans la baignoire en aspergeant l'infirmière.

— Ça va, dit Hedda en se redressant. S'il vous plaît, laissez-moi, j'ai envie d'un peu d'intimité.

En partant, l'infirmière lui dit qu'elle reviendrait voir si tout allait bien dans une vingtaine de minutes.

Après son départ, Hedda resta assise un moment les yeux fermés, puis s'allongea dans l'eau qui la recouvrit complètement. Se retenant aux poignées en acier chromé, elle y plongea la tête et tenta de rester comme ça le plus longtemps possible, mais cela ne suffisait pas. Son instinct de conservation était le plus fort et elle ne pouvait empêcher sa tête de remonter à l'air comme un bouchon. Hedda prit une profonde inspiration, s'assit dans la baignoire et se mit à réfléchir.

Quand elle repassa, l'infirmière vit que Hedda faisait couler de l'eau dans la baignoire.

— Que faites-vous ? lui demanda-t-elle.

— J'avais froid, dit Hedda. Je rajoute un peu d'eau chaude.

— Bon, mais n'oubliez pas de fermer le robinet, dit l'infirmière avant de quitter la pièce.

Quand elle revint jeter un coup d'œil une demi-heure plus tard, l'infirmière trouva Hedda tranquillement assise dans la baignoire, de l'eau jusqu'au menton, le visage un peu congestionné. L'infirmière lui fit signe de sortir, mais Hedda ne bougea pas et dit qu'elle n'avait pas pris de bain depuis sept ans. L'infirmière céda, songeant qu'il n'y avait aucun mal à laisser une vieille femme impotente prendre un peu de plaisir. La nuit était calme. Elle regagna son poste.

Hedda s'enfonça plus profondément dans l'eau chaude. Elle voyait qu'elle était très chaude à la vapeur qui s'élevait et recouvrait de buée les vitres et les glaces. La chaleur était oppressante, mais pas encore assez, pensa Hedda. Cela lui prit du temps et lui coûta beaucoup d'efforts. Il fallut d'abord refermer ses doigts sur les robinets, puis appuyer avec assez de force pour les faire tourner. Enfin, de l'eau brûlante se mit à couler à flots. Hedda s'assit et ferma les yeux. Pourtant, elle n'arrivait pas à se détendre, car il faudrait bientôt refermer les robinets de peur que la baignoire déborde et que le bruit de l'eau alerte les infirmières de garde qui arriveraient en foule, videraient la baignoire, ramèneraient Hedda dans son lit et elle serait bien avancée : elle se retrouverait encore allongée sur le dos, à regarder la télé, manger, dormir, regarder la télé... Hedda s'obligea à ouvrir les yeux. À travers la buée, elle ne distinguait plus grand-chose. Le bruit de l'eau lui rappelait la rivière Kansas et les vingt ans qu'elle avait passés au Bosquet. Ça doit être assez chaud maintenant, pensa-t-elle. Elle referma les robinets et s'immergea complètement. Comme c'est agréable, se dit-elle. Elle n'avait jamais vu la mer, et voilà qu'elle croyait entendre le bruit des vagues déferlant sur le rivage, comme un écho lointain. Les paupières lourdes, elle ouvrit les yeux et voulut essuyer la sueur de son front, mais sa main refusa de lui obéir. Elle se sentait bien, sereine, comme si un liquide apaisant coulait à l'intérieur d'elle-même. Elle essaya de s'immerger davantage, mais elle était trop grande et ses pieds butaient contre la baignoire. Elle inclina la tête et demeura ainsi, envahie d'une grande fatigue, heureuse de se laisser glisser, dériver dans le sommeil ; alors une pensée remonta lentement à la surface et la fit sourire : je me demande si c'est ce que ressent ma Tully quand elle s'ouvre les veines, je me demande si c'est ce qu'elle recherche. C'est si agréable, ce

Le matin suivant, Tully tendit à Robin une tasse de café avant qu'il parte pour le travail.

— Tully, pourquoi n'es-tu pas encore habillée ? dit Robin. Il est huit heures.

— Je ne vais pas travailler aujourd'hui.

— Tu as donné ta démission ?

— Non. Ma mère est morte.

— Mon Dieu... Je suis désolé. Quand l'as-tu appris ?

— Cette nuit. L'hôpital a appelé à trois heures du matin.

— Où étais-tu à cette heure-là ?

— En bas, dit Tully.

— Pourquoi ne m'as-tu pas réveillé pour me prévenir ?

— Pour quoi faire ? dit-elle en haussant les épaules.

Robin reposa la tasse de café, sans y avoir touché.

— Eh bien, tout s'arrange, dit-il en la regardant froidement. De quoi est-elle morte ?

— Elle prenait un bain très chaud et elle a eu une congestion cérébrale.

— Laisse-moi deviner, dit Robin en scrutant le visage de Tully. Cette nuit, tu étais bouleversée, mais tu n'as pas voulu que je te voie dans cet état et maintenant tu t'es calmée.

— Mais qu'est-ce que tu as ce matin, bon sang !

— Ce matin ? dit-il en quittant la cuisine. Ce matin !

Sa fille Natalie Anne DeMarco, son beau-fils Robin DeMarco et ses petits-enfants, Robin DeMarco Jr et Jennifer P. DeMarco, ont le regret de vous faire part du décès de Mrs Hedda Makker, survenu le mercredi 18 juillet 1990 à deux heures trente à l'hôpital d'État de Topeka, suite à une congestion cérébrale. Mrs Makker avait travaillé pour la ville de Topeka de 1959 à 1981 et jouissait de l'estime de ses concitoyens. Le service funéraire et l'incinération se dérouleront à la chambre mortuaire de la maison Penwell-Gabel le samedi 21 juillet à dix heures.

L'avis de décès parut le jeudi dans le *Topeka Capital-Journal.*

Le jeudi matin à neuf heures tapantes, Tully arriva à la chambre mortuaire, après avoir confié Jenny à Jack pour la journée. Dans l'après-midi, il vint avec Jennifer présenter ses respects. Heureusement, il ne fit que passer. Ce n'était pas un spectacle pour une petite fille que de contempler le visage d'une morte.

Assise dans un fauteuil confortable, Tully resta huit heures dans la chambre mortuaire tapissée de lambris de chêne, à écouter un jeune apprenti de Penwell-Gabel lire le Nouveau Testament d'une voix monocorde. À cinq heures, elle partit chercher Jenny et rentra à la maison. Elle dîna avec sa famille, fit faire ses devoirs à Boomerang, donna son bain à Jenny et retourna à la chambre mortuaire, où elle demeura de sept à dix heures du soir. Ensuite, elle retrouva Jack chez lui et y resta quelques heures.

Tully ne s'approcha qu'une fois du cercueil, le jeudi matin. Hedda avait très bonne apparence. Décidément, Mr Penwell et Mr Gabel étaient doués ; cette fois encore, elle ne regretta pas d'avoir fait appel à eux.

Ce qui la surprit, ce fut l'affluence des visiteurs venus rendre un dernier hommage à Hedda le jeudi et le vendredi : des gens de la vieille usine de retraitement des déchets, des voisins du Bosquet et de Texas Street, tous les kinésithérapeutes et infirmières qui l'avaient soignée, dont celle qui l'avait trouvée morte dans la baignoire, qui arriva en larmes et se répandit en excuses.

Vinrent aussi Millie et toute la famille de Robin, les enfants compris. Après avoir déposé ses fleurs, Shakie s'approcha de Tully et murmura :

— Le P. après Jennifer, c'est pourquoi ?

Tully la regarda sans ciller.

— Penelope, répondit-elle.

— Ah oui ? Jennifer Penelope DeMarco ? dit Shakie.

— Exactement, dit Tully.

Tante Lena vint elle aussi. Elle déposa quelques fleurs au pied du cercueil, puis alla voir Tully.

— Tu aurais pu mettre mon nom dans l'avis de décès. Je suis sa sœur.

— Non, tu n'es pas sa sœur.

— Comment ça ! s'écria Lena, en colère.

— Tu n'es pas sa sœur, répéta Tully sans se laisser démonter. Tu es la fille de la femme d'un homme qui n'est même pas son père. C'est plutôt mince, comme lien de parenté, tu ne trouves pas ?

Tony Mandolini vint. Vieilli, chauve, affaissé,

mais la tête droite, il déposa ses fleurs et alla embrasser Tully.

— Ça va aller, Tully chérie, dit-il.

— Bien sûr, répondit-elle avec un petit sourire.

— Lynn viendra peut-être à l'incinération, lui murmura-t-il à l'oreille. Ce n'est pas encore sûr, mais je pense qu'elle viendra.

— Je l'espère, dit Tully du fond du cœur. Vraiment je l'espère.

Angela Martinez vint, avec Julie. Angela pleurait à chaudes larmes et se tamponnait les yeux avec un mouchoir.

— Pauvre Tully, dit-elle en l'embrassant, lui mouillant la joue. Te voilà vraiment orpheline.

— Voyons, Angela, j'ai presque trente ans, un mari et deux enfants. Et puis je vous ai, vous..., dit Tully en lui pressant la main.

— Malgré tout ce qui vous opposait, ta mère et toi, tu as bien fait les choses, Tully. Tu es une bonne fille. Regarde-moi toutes ces fleurs...

Tully resta silencieuse et tapota la main d'Angela.

— J'espère qu'elle est en paix, maintenant.

— Tully chérie, dit Julie en la serrant dans ses bras. Je suis là pour tout l'été. Je te raconterai tout plus tard, d'accord ?

Plus tard dans l'après-midi, Tully regarda sa montre. Bientôt cinq heures, se dit-elle. C'est l'heure de rentrer à la maison pour manger un morceau. Encore une soirée, et ce sera fini. À part le jeune Jeff qui lisait saint Matthieu près du cercueil, la chambre mortuaire était vide. Les gens arriveraient plus tard dans la soirée. Drôle de façon d'occuper son vendredi soir, songea Tully. Un homme entra dans la pièce, lui jeta un coup d'œil et remonta l'allée jusqu'au cercueil. Elle n'aurait pas fait attention à lui si le regard de l'homme ne s'était attardé sur elle un peu trop longtemps. Il vint déposer des œillets jaunes près du cercueil et se signa en regardant le visage de la morte. Puis il alla s'écrouler dans un fauteuil.

Tully regarda de nouveau sa montre. Cinq heures moins cinq. Elle s'apprêtait à se lever pour partir quand l'homme se retourna soudain et la fixa du fond de la pièce.

Tully sentit son sang refluer vers son cœur, qui battait à tout rompre. Puis le sang lui monta au visage et ses mains se mirent à trembler. Elle les pressa entre les plis de sa longue jupe noire.

L'homme se leva et avança vers elle. Au moment de se lever elle-même, Tully remarqua qu'il avait un visage grave et pâle, des cheveux gris et le front légèrement dégarni. Il portait un costume gris sombre, une cravate rayée noir et blanc et avait un sac de sport vert à la main.

— Bonjour, Tully, dit l'homme.

Au son de sa voix, les jambes de Tully se mirent à trembler si fort qu'elle dut vite s'asseoir. Son cœur battait la chamade.

— On t'appelle toujours Tully, ou préfères-tu Natalie maintenant ? dit l'homme en souriant.

— On m'appelle Tully.

— Tu as l'air en forme, dit-il. Je regrette, pour ta mère.

Tully s'éclaircit la gorge. Aucun son n'en sortit. Elle se sentit ridicule de rester assise alors que lui était debout et tenta de se lever de nouveau. Mais non. Son corps ne lui obéissait pas.

— Que... que faites-vous ici ? bégaya-t-elle.

— Je suis venu présenter mes respects à ta mère.

— Comment... comment...

— Comment ai-je appris sa mort ? dit l'homme aux cheveux gris. Par le *Topeka Capital-Journal.*

Je le reçois tous les jours, mais avec un jour de retard. C'est pourquoi je ne suis là qu'aujourd'hui.

Elle ne dit rien.

— J'ai lu récemment dans la page des nominations que tu étais devenue directrice de l'Agence de placement familial de l'État du Kansas.

Hébétée, Tully hocha la tête.

— Comment l'avez-vous su ? dit-elle, troublée. On parlait d'une certaine Natalie Anne DeMarco.

— Natalie Anne « Tully » DeMarco. Je l'ai su grâce au surnom. C'est une bonne place. Félicitations.

— Allez-vous rester ?

— Non, je reprends l'avion ce soir.

— Pour où ?

Il la regarda d'un drôle d'air.

— Pour le Nouveau-Mexique. Santa Fé.

— C'est là que vous êtes allés ? marmonna Tully.

— Oui. Après avoir pas mal bougé, j'ai fini par m'installer à Santa Fé il y a une dizaine d'années. Ainsi tu es mariée et tu as des enfants. Ton mari est quelqu'un de bien ?

— Oui, il est super, dit Tully. Les gosses aussi.

— Je n'en doute pas une seconde.

Il y eut un silence gêné. Puis Tully dit :

— Voulez-vous venir à la maison ?

— Non, ce ne serait pas une bonne idée. Il faut que je reparte ce soir... Est-ce qu'ils te ressemblent ?

— La petite fille oui, beaucoup. Quant à Robin Jr, c'est le portrait de son père.

— Elle s'appelle Jennifer, dit l'homme. J'ai lu dans la rubrique nécrologique que ton amie Jennifer Mandolini était morte. Quand était-ce ?

— En 1979, dit Tully.

— Comme c'est triste. C'était une si gentille gosse.

Tully aurait aimé être sourde.

— Et Hank... Comment va-t-il ?

— Hank va bien, dit l'homme en souriant. Il préfère qu'on l'appelle Henry, maintenant. Il s'en sort bien. Il travaille dans l'immobilier comme entrepreneur et fait construire des immeubles de bureaux autour de Santa Fé.

— Ah... très bien, dit Tully, qui ne savait pas quoi dire d'autre et n'arrivait pas à avaler sa salive. Pourquoi n'est-il pas venu avec vous ?

— Cela ne me semblait pas une très bonne idée.

— Alors pourquoi êtes-vous venu ?

— Tully, Hank croit sa mère morte depuis longtemps. Je lui ai dit que c'était pour ça que nous avions quitté Topeka. Pour oublier. Que penserait-il de moi si je lui disais maintenant que je l'ai séparé de sa mère et de sa sœur à l'âge de deux ans ? Il ne comprendrait pas, il ne voudrait plus jamais m'adresser la parole. Tu ne crois pas ?

— Je ne sais pas, dit Tully d'un ton morne. Vous n'avez qu'à essayer.

— Peut-être un jour... Mais j'ai une nouvelle famille, maintenant. Après douze ans de vie errante, je me suis remarié. J'ai quatre enfants. La plus jeune vient de naître en janvier, comme toi. L'aîné a dix ans. Qu'est-ce que ma famille penserait de moi ?

— Je ne sais pas, répéta Tully. Vous n'avez qu'à essayer, vous verrez bien...

Il ne répondit pas.

— Pourquoi avoir attendu sa mort ? J'ai eu dix-huit ans il y a dix ans. Vous auriez pu chercher à me revoir à ma majorité. Pourquoi n'êtes-vous pas venu ?

— Tully, tu n'as pas attendu la majorité pour être adulte. Tu l'as toujours été. Et puis je n'avais pas envie de revoir ta mère de son vivant. Tous les jours depuis près de vingt ans, je regarde la rubrique nécrologique du *Capital-Journal* à la loupe, pour enfin venir te voir.

— Vous auriez pu venir avant.

— Je ne savais rien de toi. Je pensais que tu vivais toujours avec elle. Et elle me haïssait. Sais-tu qu'elle a continué à lancer des avis de recherche dans les cinquante États jusqu'en 1981 ? Elle a même contacté le FBI. Tu l'ignorais, n'est-ce pas ? Je ne voulais pas qu'elle me colle un rapt d'enfant sur le dos. Et elle l'aurait fait sans hésiter, si elle avait pu.

— Oui, dit Tully, elle l'aurait fait. Vous avez dû changer de nom ?

— Curieusement, je n'en ai pas eu besoin. À Topeka, j'étais le seul à m'appeler Makker. Mais partout ailleurs, il y en a des dizaines. Rien qu'à Santa Fé, nous sommes quatre.

— Je croyais que vous m'aviez oubliée, dit Tully en se mordant les lèvres.

— Comment aurais-je pu t'oublier ? J'ai toutes les photos de toi bébé, Tully. Je les ai toutes prises.

— Les photos, oui, vous les avez prises. Vous auriez pu m'en laisser quelques-unes...

Mal à l'aise, il se dandina, son sac toujours à la main.

— Tu t'es bien épanouie, Tully. Tu es une belle jeune femme. Tu ressembles à ton frère...

Sa voix se brisa. Des larmes coulaient sur les joues de Tully. Elle se leva et ne prit pas la peine de les essuyer.

— Venez voir mes enfants, dit-elle.

— Non, Tully, dit-il en se reprenant. Je ne peux pas. Tu t'en es sortie toute seule et tu vas continuer. Maintenant que ta mère est morte, paix à son âme, nous resterons en contact, je te le promets. Et un jour, je parlerai à Hank. Je suis sûr qu'il sera content de faire ta connaissance, ajouta-t-il, les yeux brillants.

Il regarda autour de lui. Tully sentait le goût du sel sur ses lèvres gercées.

— Regarde-moi toutes ces fleurs... Je n'en crois pas mes yeux. Il est venu du monde ?

— Oui, plus que je ne le pensais.

— Ta mère... avait-elle beaucoup changé, ces dernières années ?

— Non, pas tellement, dit Tully. S'il vous plaît, ne partez pas.

L'homme aux cheveux gris avança une main et lui caressa la joue. L'autre tenait toujours le sac vert. Elle ne tressaillit pas.

— Il faut que je rentre, Tully. Ma famille m'attend. Ma femme risque de s'imaginer que je la trompe, si je ne rentre pas à la maison un vendredi soir. Je lui ai dit que j'allais faire une partie de billard après le travail. S'ils découvrent ce que j'ai fait, ils me prendront pour un monstre.

— Vous êtes un monstre, dit Tully. Johnny est mort.

L'homme enleva sa main.

— Mais toi et Hank, vous êtes en vie et vous allez bien. Je ne suis pas un monstre, Tully. Tu devrais le savoir mieux que personne.

— Vous m'avez laissée. Vous êtes un monstre.

— Non, Tully. C'est vrai, je t'ai laissée. Je ne pouvais pas tout lui prendre. Tu étais la seule chose qui lui restait. Je savais qu'elle ne te ferait aucun mal et j'avais raison. Elle a eu beau faire, tu as grandi, tu t'es épanouie. Et puis tu connaissais ta mère, Tully. Mon fils ne la connaîtra jamais. Songe à cela. Jamais.

— S'il vous plaît, ne partez pas, répéta Tully en tremblant. Je veux voir mon frère.

L'homme fouilla dans la poche de son veston.

— Tiens, le voilà, dit-il en tendant à Tully une photographie. Je l'ai prise ce matin. Pour toi.

C'était un Polaroïd. Un jeune homme aux cheveux châtain clair, l'œil pétillant, qui ressemblait à Tully.

Henry prit la main de Tully dans la sienne.

— Ne te tracasse pas. Je voulais juste te montrer que je ne t'avais pas oubliée. Tu as toujours été solide comme un chêne, Tully. Même quand tu étais petite. Toi seule pouvais lui survivre. Je voulais que tu saches que je ne t'ai pas abandonnée. Si je t'ai laissée, c'est pour elle que je l'ai fait.

Le lendemain matin, le cercueil fut enfin refermé et Hedda incinérée. Tully déposa Jennifer chez Jack, puis se rendit chez Penwell-Gabel. Robin et Boomerang l'y retrouvèrent. Boomerang tenait à aller à l'enterrement de sa mémé.

Tully écouta à peine le sermon, obsédée par le visage de l'homme qu'elle avait vu la veille. Elle regardait autour d'elle, l'esprit ailleurs, quand son regard croisa soudain celui de Lynn Mandolini, qui la fixa un instant, puis baissa les yeux. Ses cheveux autrefois noirs comme du jais étaient devenus gris et ses traits, jadis si fins et délicats, bouffis par l'alcool.

Sous le choc, Tully se raccrocha à Boomer, qui la repoussa et alla s'asseoir à l'autre bout du banc pour bien montrer qu'à huit ans il avait passé l'âge d'être tripoté par sa mère en public, même aux funérailles de sa grand-mère.

Le sermon ne réussit pas à lui apporter le moindre réconfort. Hedda avait voulu être incinérée et Tully avait respecté sa volonté, mais quand elle vit disparaître le cercueil de Hedda, entraîné par une courroie mécanique comme un chariot de supermarché, Tully frissonna. L'idée de sa mère e train de brûler dans un four lui évoquait les camps d'extermination. Elle aurait voulu respirer l'odeur de l'encens, être dehors et voir sa mère retourner à la terre.

Quand le cercueil eut disparu, Tully se leva et se retourna. Elle vit Lynn Mandolini s'agenouiller et Tony poser une main ferme sur son épaule.

Tully l'attendit. Boomerang s'impatientait. Robin se tenait debout en silence, à côté de Tully. Elle lui frôla le bras pour lui montrer Lynn et il hocha la tête.

— J'irai chercher l'urne, d'accord ? murmura-t-il.

— Bonne idée, répondit Tully, qui n'avait aucune envie de s'en occuper.

La salle se vidait peu à peu. Dehors, il faisait une chaleur torride. Tully s'approcha de Lynn.

— Viens là, Tully, dit Lynn en lui tendant les bras.

Tully la serra contre elle.

— Vous voulez venir à la maison ? demanda-t-elle en se dégageant.

Lynn secoua la tête.

— Non, je préfère aller saluer Angela. Elle a été bonne pour moi durant toutes ces années.

— Pour moi aussi, dit Tully en se penchant pour scruter le visage de Lynn, qui redressa la tête et les épaules.

— Je vais bien, Tully, dit-elle en devançant sa question. J'ai recommencé à travailler il y a six mois. À Lawrence. Pour la First National Bank. Tony dit qu'il ne t'a pas vue souvent.

— Une fois en cinq ans, dit Tully. Et vous, ça fait des années que je ne vous ai pas vue.

— Il n'y avait rien à voir, Tully, dit Lynn en haussant les épaules.

Elle se pencha vers Boomerang, qui tenait sa mère par la main.

— Eh bien, Boomerang. Comme tu as grandi. La dernière fois que je t'ai vu, tu étais encore dans les bras de ta maman.

— Boomerang, c'est un nom de bébé. Je m'appelle Robin Jr et j'ai huit ans.

Tully sourit tristement en tapotant l'épaule de son fils.

— Et toi, Tully, qu'est-ce que tu deviens ? Tu travailles ? demanda Lynn.

Tully lui raconta comment elle était devenue récemment directrice de l'Agence de placement familial.

— Génial ! dit Lynn sans aucun enthousiasme. Eh bien, je suis contente de voir que tu as réussi, Tully.

Elle fit une pause et Tully se demanda à quoi Lynn pouvait bien penser.

— Et Robin ? demanda Lynn.

— Il va très bien, répondit Tully en se raidissant.

Elle jeta un coup d'œil autour d'elle. Robin était en train de parler avec Tony Mandolini. Il tenait l'urne à la main.

— J'ai une petite sœur, maintenant. Elle s'appelle Jenny, sortit soudain Boomerang.

Lynn regarda Tully et son œil gauche tressaillit, pris d'un tic nerveux.

— Ah oui. Je... Tony me l'a dit. C'est très bien... Ça m'a fait plaisir de te voir, Tully, dit-elle en s'éloignant. On reste en contact, hein ?

Il n'y avait rien à faire. Rien qui puisse rendre leur lumière aux yeux de Lynn ni lui insuffler un peu d'air, un peu de vie. Onze ans. Et au seul nom de sa fille morte, tout lui revenait. Tully ne la comprenait que trop.

Mais Lynn s'arrêta soudain, se retourna et fit signe à Tully de s'approcher.

— Tully, je suis si égoïste. Je ne pense qu'à moi, comme d'habitude. Je regrette, pour ta mère. C'est pour te le dire que je suis venue.

— Mrs Mandolini, fit Tully avec un geste de lassitude. Vous savez ce que je ressentais pour ma mère.

À bien des égards, c'est un tel soulagement qu'elle soit morte, pensa Tully, le cœur gros.

— Oui. C'est dommage, Tully. J'avais le vague espoir qu'en mûrissant tu te souviennes que Hedda était ta mère, et que tu te rappelles ton amour pour elle.

En voyant la tête qu'elle faisait, Lynn se mit à rire.

— Ce que tu peux être drôle, Tully, quand tu prends cet air-là. Ça date de la fois où tu avais mangé un escargot. Après, c'est devenu un tic et Jennifer s'est mise à te copier.

— Sauf qu'elle le faisait mieux que moi, dit Tully. Elle l'avait perfectionné.

— Oui. Avec ses bonnes joues, c'était irrésistible, dit Lynn.

Elles restèrent silencieuses. Puis Lynn prit la main de Tully.

— Tully, dit Lynn d'une voix douce. Tu te souviens quand je t'ai emmenée à Wichita en 1973 ? Tu te souviens ?

Tully regarda son fils, qui avait lâché sa main et jouait à déterrer des petits cailloux. Oui, elle se souvenait. Elle finit par hocher la tête, les yeux baissés.

— Tully, je t'ai emmenée là-bas et je suis restée à tes côtés. Je ne t'ai pas laissée une seconde. Tout ce temps, je ne cessais de me dire « Pauvre petite, pauvre enfant, je vais l'adopter. » Je voulais demander à la ville de te placer sous tutelle judiciaire et j'étais décidée à me battre bec et ongles pour te garder, parce que je t'aimais et que je ne supportais pas de te savoir malheureuse. Tu méritais qu'on t'aime et qu'on s'occupe de toi. Voilà ce que je ressentais, Tully, et c'est toujours ce que je ressens quand je me souviens de toi à cet âge. Encore maintenant, je me rappelle comme j'avais de la peine, quand j'étais assise près de ton lit d'hôpital.

Tandis que Lynn parlait, Tully avait fouillé dans son sac pour trouver ses lunettes noires. Mais, abritée derrière ses lunettes, elle n'arrivait toujours pas à regarder Mrs Mandolini.

— Tu te souviens de ce que tu as fait quand tu es sortie de l'anesthésie ? continua Lynn, plus posément. Tu es revenue à toi d'un seul coup et ça a été si violent que tu as failli tomber du lit. Tu t'es mise à crier, à crier... Tu te souviens ?

Tully hocha à peine la tête.

— Et te rappelles-tu ce que tu criais, Tully ? demanda Lynn d'une voix à peine audible.

Tully fit non de la tête. Elle s'éclaircit la gorge et dit :

— Rien de particulier. C'étaient juste des cris, non ?

Ce fut au tour de Lynn Mandolini de secouer la tête.

— Non, Tully. Tu ne criais pas n'importe quoi, mais quelque chose de bien précis. Tu ne te souviens pas ? Maman. Pour moi, ce fut un choc. J'étais effarée. Dire que tu réclamais en hurlant cette brute qui n'était jamais là quand tu avais besoin d'elle, qui ne s'occupait pas de toi, qui ne te donnait jamais rien ! Je n'arrivais pas à le croire. Et toi ! Toi que j'avais toujours connue si impassible, si renfermée ! J'ai eu très peur. J'ai compris que tu ne voudrais jamais quitter ta mère pour venir vivre chez nous. C'est elle que tu voulais, malgré tout, et la seule chose que je pouvais faire, c'était de t'ouvrir ma porte quand tu en aurais envie.

Tully resta silencieuse.

— Mais sais-tu ce qui m'a le plus effrayée, Tully ? C'était l'idée que ce cri qui t'avait échappé à ton réveil, par inadvertance, tu le retenais d'habitude et qu'il était en toi, tous les jours, toutes les nuits, à chaque seconde de ta vie.

Lynn se mit à pleurer. Tully l'entoura de son bras et lui passa un mouchoir en papier.

— Plus encore qu'à toi, j'ai pensé à ma Jennifer. Si Tully a ça en elle, qu'en est-il de ma petite fille ? Tu sais qu'elle ne disait pas un mot, quand elle avait deux ou trois ans..., ajouta Lynn en frissonnant. Maintenant, je sais ce qui l'habitait.

— Jennifer avait votre amour, dit Tully.

— Pour le bien que ça lui a fait, dit Lynn d'une voix éteinte. Elle aurait trente ans en septembre. Trente ans.

Tully écouta Boomerang qui se racontait des histoires en creusant la terre.

— Elle repose en paix, dit Tully.

Tully et Lynn restèrent un instant silencieuses.

— Je regrette pour ta mère, Tully, dit enfin Lynn.

Moi aussi, pensa Tully. Mais elle ne dit rien et se contenta de hocher la tête.

Avec Boomerang, elle partit chercher Jenny chez Jack, y resta quelques minutes, puis retourna à Texas Street.

Durant la réception, tandis que Millie faisait circuler des beignets aux crevettes et des verres de rosé, une terrible solitude s'abattit sur Tully. Elle alla chercher son fils.

— Boomer, si on allait faire un petit tour ? murmura-t-elle.

— Pour aller où ? demanda Boomerang en prenant immédiatement un air de conspirateur.

— Au lac Vaquero.

Il resta songeur.

— Ce n'est pas une mauvaise idée, maman, mais j'ai mon plus beau costume et toi ta plus belle robe.

— Ce n'est pas la plus belle, c'est la plus triste, Boomerang. On se déshabillera et on gardera juste nos dessous, qu'en dis-tu ?

Boomerang suivit sa mère en rechignant.

Elle se gara à Lagito Drive et ils retrouvèrent le petit coin où Jack et elle allaient ces derniers temps, une clairière entourée d'arbres qui débouchait sur l'eau en pente raide. C'est de là qu'elle et Jack avaient plongé, effrayant tous les canards à la ronde. Tully se mit en slip et soutien-gorge et Boomerang en culotte. Quand ils sautèrent dans l'eau, ce fut si bon que Boomerang oublia toutes ses réticences et continua à nager et à plonger longtemps après Tully.

Assise sur la butte herbeuse, Tully regardait Boomerang et pensait *Je ne peux pas le laisser. Je ne peux pas le laisser. Je ne peux pas le laisser.*

Elle se balançait d'avant en arrière, se répétant sans cesse *Je ne peux pas le laisser. Je ne peux pas le laisser. Je ne peux pas le laisser*, une sorte de mantra excluant toute autre pensée rationnelle. Comme si, à force d'être dits et redits, les mots allaient finir par perdre toute signification au moment où Tully devrait se résoudre à sacrifier son fils.

— En fait, c'était une superbonne idée, maman ! cria Boomerang, toujours dans l'eau.

Je ne peux pas le laisser. Je ne peux pas le laisser. Je ne peux pas le laisser.

Ah, tu vois ! voulut-elle lui crier, mais sa voix ne lui obéit pas.

IV

MARI ET FEMME

Juillet 1990

Robin était assis dans le fauteuil, de profil. Dans la pénombre, Tully devinait sa silhouette. Il était torse nu et se caressait la poitrine en fumant une cigarette. Elle baissa la tête et monta l'escalier. Il aurait fallu qu'elle lui parle encore de Boomerang, mais elle s'en sentait incapable. Depuis février, Tully avait abordé le sujet un nombre incalculable de fois. La question était toujours la même, la réponse ne variait pas. Non, elle n'avait pas envie de lui infliger cela une fois encore, ni de le subir.

J'entre dans sa chambre sur la pointe des pieds et je ferme la porte derrière moi. Elle a beau grincer, cela vaut mieux que le bruit de la télé ou les pleurs de Jenny. Comme d'habitude, il s'est découvert. Cette année, les nuits sont chaudes. Un vrai été du Kansas. Mais le climatiseur est en marche et il risque de prendre froid. Je le recouvre machinalement. C'est un geste instinctif, comme d'allaiter. Mais avant, je soulève le drap et je le regarde. Il dort allongé de tout son long sur le dos, les jambes écartées. La journée a été rude. Il a enterré sa grand-mère, puis il est allé nager. Il est courageux, il n'a pas pleuré une seule fois. Je lui caresse les jambes, elles sont lisses et douces, déjà couvertes de duvet. Je me penche au-dessus de sa bouche entrouverte et... je respire son haleine. Son souffle d'enfant qui dort. J'ai toujours fait ça, même quand il était tout bébé. Ce soir encore je respire son haleine, mais je m'aperçois que mes larmes tombent sur son visage, alors je le pousse doucement du coude et je m'allonge à côté de lui. J'enfouis ma tête dans ses cheveux moites et je le respire. Boomerang doit rester avec Robin. C'est évident... Cher Boomerang. Que vas-tu devenir sans ta maman ? Tu ne feras que jouer au rugby toute la journée et manger des hamburgers. Ça te plaira, hein ? Tu diras papa, je n'ai pas envie de prendre un bain ce soir. D'accord, dira ton père. Papa, je ne veux pas encore aller me coucher. D'accord, dira ton père. Papa, je peux avoir du chocolat, une cigarette, un préservatif ? D'accord, dira ton père. Que vais-je devenir sans toi, mon fils ? L'idée de te quitter me paralyse, je me sens comme ta mémé a dû se sentir. Depuis deux cents jours, chaque journée passe comme une séquence au ralenti, où je bouge, parle, pleure, sans être vraiment là. Je ne peux me faire à l'idée de partir sans toi. Mais te séparer de ton père est tout aussi impensable. Avec qui irait-il se salir sur un terrain de sport tout boueux ? Que deviendrait-il sans toi ? Pourtant, si j'avais le choix, je ne te laisserais pas pour ton père, Boomerang. C'est ce qu'il m'a dit, tu sais. Je t'ai laissée pour ta mère. Comme si j'étais un vieux livre portant le nom de ma mère à l'intérieur. Le sien devait figurer dans celui de Hank, je présume. Eh bien, fils, tu portes en toi nos deux noms, le mien et celui de ton père. Voilà pourquoi je reste figée sur place, brisée dans mon élan, comme suspendue, avec en moi une seule pensée cohérente, *Je ne peux pas te laisser ! Je ne peux pas te laisser ! Je ne peux pas te laisser !*

Tully entendit la porte grincer et Robin entrer et s'asseoir dans le rocking-chair.

— Viens te coucher, Tully, murmura-t-il.

— Je suis couchée... Robin, répondit-elle dans un sanglot.

— Viens, Tully.

Tully finit par se lever. Elle referma doucement la porte de Boomer, entra dans la chambre de Jennifer, rajusta les couvertures, ferma le climatiseur, puis descendit l'escalier. Là, elle traîna d'une pièce à l'autre en se balançant, les bras serrés autour du corps, dans le salon, la cuisine, la pièce californienne, les anciens appartements de sa mère, qui sentaient encore son odeur, avant de retourner vers le salon, où Robin la rejoignit.

— Tully, qu'est-ce qui ne va pas ?

— Ma mère me manque, dit-elle sans réfléchir, détournant les yeux devant son expression.

— C'est vrai ?

— Non. En fait, j'aimerais qu'elle soit là. C'est dur de ne plus avoir sa mère... Non, ce n'est pas non plus ce que je voulais dire.

— Tu ne sais pas trop ce que tu voulais dire, dit Robin gentiment. Mais moi, je le sais.

— Non, tu n'en as aucune idée !

— Si, dit-il en soupirant... Tu as vu ton père.

Stupéfiée, elle s'approcha de lui.

— Comment le sais-tu ?

Robin sortit une carte postale.

— J'ai trouvé ça dans le courrier de vendredi. L'enveloppe portait mon nom, mais pas de timbre. Il a dû la déposer dans la boîte aux lettres en passant.

Sur la carte, on voyait une prairie d'herbes hautes. Flint Hills au lever du soleil. Et au dos, cette simple phrase : « Robin, n'hésitez pas à me contacter si nécessaire. Tully va avoir besoin de toute sa famille autour d'elle, maintenant. Henry Makker, Santa Fé. »

— Pourquoi ne m'as-tu pas dit que tu l'avais vu ?

— Parce qu'il n'y avait rien à dire... Il est venu, il a déposé des fleurs pour ma mère et il s'en est allé.

— Vous n'avez pas parlé ?

— Si, on a parlé. On a parlé, et puis il est parti, dit tristement Tully.

— Et tu ne m'as rien dit ? Mon Dieu, Tully, qu'est-ce qui t'arrive ?

— Il n'y avait rien à en dire, Robin...

— Écoute, Tully...

— Non, c'est toi qui vas m'écouter, Robin. Nous avons à parler de choses plus importantes que de mon idiot de père. Tout ça, c'est du passé.

— Et de quoi devons-nous parler ?

Tully se dirigea vers la cuisine. Robin la suivit.

— Écoute-moi, dit-il en la saisissant par le bras. Je n'en peux plus.

— De quoi ?

— Je ne peux plus faire semblant, mentir... Je ne peux plus jouer cette comédie pour Boomerang. Maman et papa jouent au ballon comme si de rien n'était, et quand maman fera ses bagages, on dira qu'elle part en voyage, quand maman prendra Jenny, on dira que Jenny était malade et avait besoin de sa maman et quand maman ne reviendra pas, on dira qu'elle avait du travail, mais qu'elle rentrera bientôt. Je ne veux plus de cette comédie.

— Eh bien, arrête ! lança-t-elle avec colère.

— Bientôt, maman et papa ne seront plus mariés. Quand comptes-tu le lui dire ?

— Il a huit ans, nom de Dieu ! Il n'a pas besoin d'être au courant de toutes nos petites histoires. Parle-lui de ta poule, pendant que tu y es !

— Et toi de Jack !

— Il le connaît. Jack est son ami. Ce n'est pas un étranger.

— Écoute, Tully, dit Robin. Quand pars-tu ? Je ne supporte plus d'être ici avec toi.

Pourquoi ? eut-elle envie de lui demander. Mais elle se retint et dit seulement :

— Comment pourrais-je partir sans mon fils ?

— Bon sang ! Fais tes bagages et fiche le camp d'ici ! Va rejoindre ton Jack jusqu'à ce que le divorce soit prononcé. Vas-y !

— Je ne peux pas, je ne peux pas ! Tu le sais, c'est pour ça que tu me harcèles ! cria Tully. Comment pourrais-je partir sans lui ! C'est mon fils, dit-elle en se couvrant le visage de ses mains. Une mère n'abandonne pas son enfant... Je ne peux pas le laisser, Robin, fit-elle en se redressant. Et tu le sais. Tu le tiens au-dessus de ma tête en sachant très bien que je ne pourrai pas le laisser...

— Tully, ce n'est pas vrai, comment veux-tu que je le sache. Tu n'en voulais même pas !

— Tu sais que je l'aime ! cria-t-elle. Je ne peux pas partir. Je ne peux pas ! C'est ça que tu veux ? Ça, ce n'est pas de la comédie, hein ? Tu crois que si je reste avec toi à cause de lui, tu auras gagné ?

— Tu parles d'une victoire ! dit Robin en battant en retraite. Non, Tully. Je n'ai pas du tout envie que tu restes avec moi.

Le samedi suivant, Tully alla passer l'après-midi avec Jenny et Jack au lac Vaquero. Quand elle rentra à Texas Street vers cinq heures, il n'y avait personne. Tully erra dans la maison silencieuse un moment, Jenny dans les bras. Il n'y avait aucun bruit, à part un robinet qui fuyait, sa respiration, celle de Jenny. Et le halètement tenace de la solitude.

Tully s'assit dans le fauteuil à bascule de Robin et s'endormit, Jenny somnolant sur son ventre.

Quand elle se réveilla, pendant un instant, elle se demanda où elle était. Désorientée, elle se souvint de la tente de Jennifer, du jardin de Julie, d'un arbre de Noël, de Washington. Puis elle sentit Jenny endormie sur elle et elle retrouva ses repères. Enfin presque. Quelque chose n'allait pas. Elle se leva avec précaution, monta coucher Jenny dans son berceau, puis alla dans la cuisine téléphoner à Robin.

— Robin, qu'est-ce qui se passe ? dit Tully.

— Rien de spécial, répondit-il, mais elle lui trouva une voix bizarre.

— Vous allez bientôt rentrer ?

Elle entendit Robin soupirer.

— Tully, je vais rester là un moment.

— Que veux-tu dire ? dit-elle, tremblant soudain. Où est Boomerang ?

— Il est avec moi, dit Robin.

Tully se mit à hurler. Elle lâcha le combiné, se mit à courir comme une folle à travers la maison, monta et redescendit l'escalier, criant, criant.

Elle reprit le téléphone.

— R-r-r-o-bin, tu ne peux pas le prendre, dit-elle en claquant des dents. Tu ne peux pas !

— Tully, s'il te plaît, ne sois pas hystérique.

— Robin, je t'en prie, ramène-le à la maison.

— Tully, je ne l'emmène pas loin d'ici. Je voulais juste passer le week-end avec lui. Je comptais le conduire à l'école lundi.

Tully tremblait toujours.

— Reviens ce soir, dit-elle.

— Non, Tully, dit Robin. Je vais rester chez Bruce un petit moment.

— Et Boomerang ? demanda-t-elle.

— Boomerang ira en classe lundi.

— Robin, que se passe-t-il ? Quand vas-tu rentrer à la maison ? Lundi ?

Il soupira encore.

— Tully, tu ne comprends pas. J'en ai assez. Je ne rentrerai pas.

Elle raccrocha, courut chercher Jenny, l'installa à l'arrière de la Beamer et fonça chez Bruce, à Manhattan. Quand elle arriva à la ferme, Boomerang se précipita à sa rencontre, se jeta à son cou et elle referma ses bras autour de lui.

— Hé, maman, qu'est-ce que tu fais là ? On est allés faire des courses. J'ai eu un gant de base-ball, une balle et des baskets. Papa m'a acheté plein de trucs.

— Ça, je n'en doute pas, dit Tully, qui se sentit aussitôt coupable d'avoir employé une expression de Jack.

Elle le tint serré contre elle, jusqu'à ce qu'il lui tapote le dos.

— Tout va bien, maman, tout va bien.

— Qu'est-ce que tu fais là ? dit Robin en descendant l'escalier extérieur qui menait du corps de ferme à la cour de devant.

— Je suis venue vous voir, dit-elle. Qu'est-ce que vous faites là ?

— Je te l'ai déjà dit. Je passe un moment avec mon fils, et je le conduirai à l'école lundi.

— Tu pars sans me dire où tu vas ni quand tu rentreras... Je ne comprends pas. Qu'est-ce que tu manigances ?

— Tully, je suis à bout. Tu m'en as trop fait voir. J'en ai eu marre et je suis parti.

Tully chercha Boomerang des yeux. Il était allé sortir Jenny de la voiture et ne pouvait les entendre.

— Pourquoi ? dit-elle.

— Bon sang, Tully ! s'exclama Robin. Ce que

tu peux être bouchée ! Je suis parti pour que tu puisses partir.

Elle baissa la tête.

— Robin, je te l'ai déjà dit. Comment pourrais-je partir ?

— Facile. Tu fais tes bagages, tu démissionnes, mercredi, on passe devant le tribunal, et jeudi, tu pars.

— Robin, dit-elle, les yeux baissés. Qu'est-ce que tu racontes ? Le tribunal, le divorce, tout ça n'avance à rien, puisque je ne partirai pas sans mon petit garçon.

— Partir où ça, maman ? dit Boomerang qui arrivait avec Jenny dans ses bras.

— Va jouer derrière la maison, Boomer, dit Robin. On en a pour une minute.

— Venez avec moi, dit Boomerang. Maman, oncle Bruce a un nouveau cheval !

— Va jouer, Boomerang, répéta Robin en haussant le ton.

— Vas-y, Boomer, on arrive, dit Tully.

Boomerang se dirigea lentement vers l'arrière du corps de ferme tandis que Tully et Robin restaient dans la cour, ouverte sur les champs de blé et la prairie.

— Reviens à la maison, Robin.

Robin la contempla froidement.

— Tu n'as que deux solutions, Tully, dit Robin. Aller avec Jack et laisser Boomerang, ou laisser Jack partir tout seul et rester avec Boomerang.

— Tu veux dire que je n'ai pas le choix, murmura-t-elle... Je ne pourrais jamais partir sans mon fils.

Impénétrable, il resta debout face à elle, puis il prit un ton léger et dit, sans la regarder :

— Eh bien, je vais te faciliter les choses, Tully. Tu peux l'emmener. Tu peux l'emmener avec toi. Tu m'entends ? Je te le laisse.

Il y eut un blanc. Elle leva alors les yeux vers lui, vers son visage exténué, marqué par la souffrance, et plongea dans l'abîme désespéré de ses yeux noirs. Au moment où il renonçait à lui, Robin n'avait pu prononcer le nom de son fils.

— Robin..., commença-t-elle.

— TULLY ! hurla Robin.

Elle se boucha les oreilles.

— Tully ! Que fais-tu ? Tu ne vas pas essayer de me faire changer d'avis, tout de même ? Tu risques d'y arriver et ce serait vraiment stupide de ta part. J'ai dit que tu pouvais l'emmener, alors prends-le, bon Dieu, prends-le.

— Robin, tu ne peux pas te séparer de lui, dit Tully en joignant les mains.

— Si, puisque je viens de le faire. Tully, sois un peu adulte ! Tu voudrais que tout s'arrange comme par miracle ! Mais c'est comme ça. Il y a forcément un perdant dans l'histoire. Jack ne veut pas rester à Topeka, toi non plus, tu veux Jack, mais tu ne veux pas quitter Boomerang. Tu ne veux pas sacrifier Jack, tu ne veux pas sacrifier Boomerang, tu ne veux pas sacrifier Jenny, tu ne veux pas te sacrifier. Le seul qui reste, c'est moi. Et je préfère me sacrifier plutôt que ce soit Boomerang qui trinque. Ce sera donc moi le perdant. Boomer ne doit pas être séparé de sa mère, dit Robin en serrant les mâchoires.

— Robin ! dit-elle en pleurant. Qu'est-ce que tu racontes ? Tu ne peux te séparer de lui, tu l'aimes autant que moi !

— Non, Tully, répliqua Robin. Je l'aime davantage.

Tully vit le visage de Robin.

— Oh, Robin, murmura-t-elle en se rapprochant de lui. Oh, mon Dieu, Robin...

Il recula vite et leva les mains pour la tenir à distance.

— Ne me touche pas. Ne me touche pas, Tully. J'en ai assez. Je ne veux plus que tu me touches.

— Robin, le supplia Tully, les mains jointes. Je t'en prie, rentre à la maison avec nous.

— La maison ?

Il se mit à rire un peu trop fort, d'un rire forcé.

— La maison..., reprit-il après un silence. Tully, tu ne comprends donc pas que nous n'avons plus de maison, depuis que tu as laissé ton amant la repeindre. Nous n'avons que des meubles, beaucoup de meubles. Non, *je ne rentrerai jamais à la maison.*

— Robin, s'il te plaît. Tu ne peux pas vivre sans nous.

— Il vaut mieux que je m'y habitue, non ? Écoute. En janvier, tu as failli mourir. Il s'en est fallu de peu. Et je me suis fait à cette idée. J'ai vraiment cru que tu allais mourir. La seule chose qui m'a surpris, c'est que tu ne meures pas. Depuis la première fois où j'ai vu tes poignets au Village Inn, j'ai attendu ta mort. Je savais que je ne pourrais pas te sauver de toi-même.

— Je n'ai pas touché à mes poignets depuis la naissance de Boomerang, dit-elle posément.

— Oui, mais ce n'est pas grâce à moi. Je n'en dis pas autant de Boomerang, car il t'a sauvée. Ni de Jack, car lui aussi t'a sauvée. C'est pour ça que je ne peux le haïr. Parce qu'il t'a sauvée.

— La seule vie que j'ai jamais eue, c'est à toi que je la dois, murmura Tully.

— Pour ce que ça m'a rapporté... Non, rien de ce que j'ai pu faire n'égalera jamais ce que Boomerang ou Jack ont fait pour toi. Alors pars, Tully. C'est la seule solution.

— Mais Robin, c'est toi qui m'as donné Boomerang, dit Tully. Viens avec nous. Passe les jours à venir avec nous.

Ce fut au tour de Robin de se boucher les oreilles. Et Tully recula alors qu'elle n'avait qu'une envie, se jeter à son cou et le serrer dans ses bras.

Robin mit les affaires de Boomer dans le coffre et promit qu'il viendrait le voir le mercredi.

— Tu ne viens pas avec nous, papa ? demanda Boomerang.

— Non, fiston, répondit Robin. Il faut que j'aille travailler très tôt demain matin. Je vais rester chez oncle Bruce quelques jours.

Robin lança un regard à Tully par la vitre de la voiture comme pour dire « Tu vois, la comédie n'est pas finie », puis il embrassa Jenny sur la tête et recula.

— Klaxonne, maman, dit Boomerang. Klaxonne pour dire au revoir à papa.

Sur le chemin du retour, Tully chercha à retrouver dans sa tête la mélopée qui obscurcissait sa pensée depuis des mois. Mais une autre l'avait remplacée, tout aussi lancinante. *Je ne rentrerai jamais à la maison.*

Pour Tully, les heures qui passaient ressemblaient aux champs du Kansas : elles s'étendaient à perte de vue, brûlées par l'été. Elle rentra avec ses enfants, les mit au lit et erra dans la maison. Elle resta un moment assise à la table de cuisine, les yeux fixés sur sa tasse de thé, puis alla dans le salon et resta assise sur le divan, les yeux fixés sur la télé. Vint la nuit, qui promettait d'être longue. Il fallait monter donner son biberon à Jenny, puis aller se coucher dans un lit où Robin ne serait pas. Elle monta à pas lents les quatorze marches. Dans la maison, tout lui semblait laid, misérable.

Tully s'allongea par terre près du berceau de Jenny et y demeura un moment, mais elle ne put s'endormir. Elle guettait le pas de Robin, et l'instant où il entrerait pour lui demander d'un ton las de venir se coucher. Aucune brise ne pénétrait par la fenêtre ouverte, seulement la chaleur et la nuit. Elle finit par se lever et alla s'allonger près de Boomerang, mais là non plus, elle ne réussit pas à s'endormir. Elle s'assit dans le rocking-chair et se força à imaginer la Californie, la mer, l'air salin, mais la seule chose qui lui venait à l'esprit, c'était qu'elle n'entendrait plus le grincement que Robin faisait en se balançant, tandis qu'il la regardait faire la lecture à Boomer. Elle vint s'asseoir sur le bord du lit et rajusta les couvertures sur Boomerang. Bientôt, il aura neuf ans, pensa-t-elle. Mon Dieu ! Elle avait manqué l'anniversaire de Robin. Il avait eu trente-sept ans le 26 juillet et personne ne s'en était souvenu. Les épaules basses, elle quitta la pièce en refermant doucement la porte derrière elle.

Elle s'arrêta à l'entrée de leur chambre. Qu'est-ce qui m'arrive ? pensa-t-elle, accablée. Je me sens si mal... Est-ce de l'avoir blessé ? Il va se retrouver jeune, seul et libre. Il ne sera plus avec moi, il ne se fera plus de souci pour moi, il ne se demandera plus si je suis heureuse, si je dors bien, si j'aime mon travail. Il n'aura plus à se soucier de nous et il sera si seul. Elle appuya la tête contre la porte.

Tully pensa à la fille sur le terrain de football. Il va peut-être se mettre avec elle. Est-ce pour cela qu'il est parti ? Lui a-t-elle promis quelque chose que je ne lui ai pas donné ? Va-t-il vivre avec elle, quand je l'aurai laissé seul au Kansas, sans sa famille ? Tully entra dans la chambre.

Elle ouvrit son placard. Il était vide. Ses vestons, ses chemises, ses pantalons, ses costumes, tout était parti. Sa commode aussi était vide. Il avait emporté ses jeans, T-shirts, polos, shorts et sous-vêtements. Plus rien de lui qui garde son odeur, pensa-t-elle avec désespoir. Plus rien à sentir.

Le dimanche matin, Tully emmena ses deux enfants à Saint Mark, puis ils passèrent prendre Jack à Lakeside Drive. Au lac Vaquero, l'endroit qu'ils avaient trouvé était trop exigu pour deux adultes et deux enfants. Aussi allèrent-ils au lac Shawnee. Ils louèrent une barque et ramèrent jusqu'au milieu du lac.

— Ça ne vaut pas le lac Vaquero, hein, Tully? demanda Jack.

— Non, reconnut Tully avec tristesse.

Jack l'observa un instant, puis se détourna et trempa ses mains dans l'eau tiède.

Le dimanche soir, Tully essaya de dormir, en vain. Dans le lit, sans Robin, elle se sentait perdue et misérable.

Minuit, deux heures, trois heures du matin. Tully entendit les premiers chants d'oiseaux. Elle n'était pas seule. Il y avait le bruit du robinet qui fuyait, le souffle de Boomerang, la respiration de Jenny et la sienne. Et puis, en plus d'elle et de ses deux enfants, pesant sur sa poitrine, la présence toute proche de la solitude, *l'ombre qui haletait.*

Tully alla s'asseoir en bas, sur le bord du canapé, et fixa le fauteuil de Robin. À cinq heures du matin, Jenny se réveilla et Tully monta lui donner un biberon. Elle prit ensuite une très longue douche et tua le temps en faisant du repassage. À sept heures et demi, Boomerang se réveilla et Tully lui prépara son petit déjeuner. Millie arriva à huit heures. Tully accompagna Boomerang à l'arrêt de bus du coin de la rue.

— Vous n'avez pas très bonne mine, Tully, lui dit Millie à son retour. Vous aviez dit que vous n'iriez pas travailler, aujourd'hui.

— Oui, on m'a donné deux semaines, à cause du décès.

— Alors pourquoi êtes-vous habillée comme pour aller au travail ?

— Eh bien... Je m'apprêtais à y aller quand même. Il vaut mieux s'occuper, vous ne trouvez pas ? Comme ça, on n'a pas le temps de ruminer. Vous vous en tirerez, avec Jenny ?

— Bien sûr, Mrs DeMarco. Et Mr DeMarco, où est-il ce matin ?

— Il est parti, Millie.

— Parti travailler ?

— Non, dit Tully, la bouche sèche. Parti, tout court.

À Docking, Tully présida la réunion du lundi, qui mettait en train la semaine. Elle reçut un couple ayant déposé une candidature pour devenir famille d'accueil, puis assista à une séance d'aide psychologique. La mère d'un petit garçon de cinq ans y était convoquée. On lui avait enlevé son enfant après qu'il eut été plusieurs fois hospitalisé d'urgence à Stormont-Vail pour déshydratation. En effet, la jeune femme avait une vie sentimentale mouvementée ; chez elle, les pères potentiels se succédaient, tout comme les bouteilles de Jack Daniel's. Durant la semaine, c'était une bonne mère, mais le week-end, elle partait souvent en virée et laissait son petit garçon tout seul à la maison. C'est par l'hôpital que les services sociaux avaient été contactés et l'on avait fini par lui prendre l'enfant, trois mois auparavant. Elle venait aujourd'hui plaider sa cause auprès du Dr Connelly pour récupérer son petit garçon, disant qu'elle n'avait pas bu une goutte d'alcool depuis qu'on lui avait pris son petit Tommy et que plus jamais jamais jamais elle ne le laisserait seul. Le Dr Connelly regarda Tully d'un air sceptique.

— Tully ? dit-il, surpris de la voir si étrangement calme.

— Oui... Cela va de soi : six mois de mise à l'épreuve. Quelqu'un passera chez vous tous les week-ends pour vérifier que le petit n'est pas seul. J'espère que vous le comprendrez.

— Oui, bien sûr que je le comprends. Tout ce que vous voudrez...

— Et vous devrez vous rendre à une séance d'aide psychologique une fois par semaine. Si vous n'êtes pas en mesure de régler les frais, nous vous y aiderons.

Confondu, le Dr Connelly ouvrit la bouche, mais ne dit rien.

La mère de Tommy se mit à pleurer.

— Vous voulez dire que je peux reprendre mon petit garçon ?

— Oui, dit Tully. Vous pouvez le reprendre.

Le lundi, Tully retrouva Jack à déjeuner. Elle s'y rendit un peu malgré elle, mais quand elle se retrouva face à lui, elle se sentit tout de suite le cœur plus léger. Pendant une heure, elle oublia ce qui la rongeait. Elle aurait pu lui dire en arrivant qu'elle pouvait maintenant emmener Boomerang, mais il aurait aussi fallu dire que Robin avait quitté la maison, et Tully craignait de s'effondrer rien qu'en prononçant son nom, en tout cas de se trahir. Elle attendit jusqu'au moment de régler l'addition.

— Bonne nouvelle, dit-elle aussi naturellement que possible. Robin me laisse prendre Boomer.

Jack tapa du poing sur la table.

— Bien joué ! s'exclama-t-il en lui tendant la main. C'est plus qu'une bonne nouvelle, Tully. À mon avis, tu ne serais jamais partie sans Boomerang.

— Non, c'est vrai, reconnut-elle d'un air triste. C'était plus fort que moi.

— Alors pourquoi es-tu si triste ? Ce n'est qu'une question de jours, maintenant. Tu passes au tribunal, tu obtiens la garde et on s'en va.

— Super, dit Tully sans aucun enthousiasme.

Jack cessa de sourire.

— Pourquoi fais-tu cette tête-là ?

— Je ne sais pas... Je pense à Robin.

Jack la contempla un moment.

— Ne t'en fais pas pour lui. Il est solide comme un roc. Il fallait le voir, quand tu étais sur ton lit d'hôpital en train d'agoniser.

— Cela faisait onze ans qu'il me veillait nuit et jour. Il en avait l'habitude.

— Il s'en tirera, Tully, dit Jack. Il viendra voir Boomer tous les week-ends. Peut-être même viendra-t-il s'installer là-bas.

— Ça ne risque pas d'arriver, dit Tully. Sa vie est ici, au Kansas. C'est là qu'il a grandi, là que vit sa famille. C'est son pays et il y est attaché.

— Alors pourquoi t'en faire pour lui, si c'est comme ça ?

— Parce que..., dit Tully, qui eut du mal à finir sa phrase. Son fils va tant lui manquer.

Jack régla l'addition.

— Évidemment. Ce n'est pas facile de se séparer de son enfant, dit-il en lui tapotant l'épaule. Peut-être qu'il ira vivre là-bas, Tully.

— Non. Ses parents sont enterrés ici, au Kansas.

— Tu comprends maintenant l'avantage de l'incinération ? lui dit Jack en souriant. On peut toujours emporter sa famille avec soi.

Tully se mit à rire.

— C'est vrai. D'ailleurs, Hedda a toujours eu envie de voyager.

Elle l'embrassa sur la bouche, retourna travailler, puis rentra à la maison retrouver ses enfants.

Sans poser de question, la brave Millie proposa de rester, mais Tully déclina son offre. Ce n'était pas d'elle qu'elle avait besoin.

Une autre soirée.

De six à huit, Tully et les enfants regardèrent un festival Mickey Mouse sur le Disney Channel. Elle fit prendre un bain à Jenny, puis à Boomerang. Elle avait toujours aimé lui donner son bain. Ce bon moment ne dura pas, car elle se souvint que Robin l'aidait souvent à baigner Boomer et qu'il le rejoignait même parfois dans la baignoire. Alors, Tully les lavait tous les deux.

— Où est papa, maman ?

— Il est chez oncle Bruce, chéri. Tu lui as parlé. Tu sais bien où il est.

— Maman, pourquoi est-ce que papa n'est pas là ? Vous vous êtes disputés ?

Mon Dieu...

— On ne s'est pas disputés, mon chéri, dit-elle en caressant le front de Boomerang, qui se dégagea. Mais tu sais, ton papa et moi, nous n'allons plus nous voir aussi souvent.

Boomerang arrêta de remplir ses petits bateaux avec de l'eau.

— Pourquoi ?

— Parce qu'on ne s'entend plus très bien.

— Maman ! il y a trois jours, vous avez joué au ballon tous les deux dans le jardin.

— Je sais, mon trésor, ce n'est pas facile à comprendre. Écoute, voilà ce qui va se passer. Toi, moi et Jenny, on va déménager. Que dirais-tu de la Californie ?

— La Californie ! s'exclama Boomerang. Super ! Quand est-ce qu'on part ?

— Bientôt, dit Tully en fermant les yeux. Bientôt.

— Est-ce que papa vient avec nous ?

— Non, mon chéri, papa va rester ici. C'est là que se trouvent son magasin et aussi ses deux frères, oncle Bruce et oncle Stevie. Il viendra te voir tous les week-ends. Et tu pourras lui rendre visite chaque fois que tu voudras.

— N'importe quand ? Même les jours d'école ?

— Bien sûr, dit Tully. Pourquoi pas ?

— On va partir tout seuls ?

— Non, Boomer, Tu connais Jack, n'est-ce pas ? Oncle Oz... Il va nous accompagner. Tu l'aimes bien, pas vrai ?

— Oui, il est sympa, dit Boomerang en regardant autour de lui. Peux-tu me donner ma serviette, maman ? Je voudrais sortir.

Tully se sentait si oppressée qu'elle eut l'impression de savoir ce qu'on devait éprouver juste avant un arrêt cardiaque.

Une autre nuit. Elle erra dans la maison, s'assit sur le canapé, se fit une tasse de café vers trois heures du matin et regarda quelques vieilles photographies qu'elle avait trouvées dans un secrétaire. Pas si vieilles, d'ailleurs, comparées à celles du grenier.

Des photos d'elle et de Robin à leur arrivée à Texas Street. Tully enceinte, l'air morose, au milieu des mauvaises herbes. Robin, tenant un Boomerang de trois mois apeuré dans ses bras. Boomerang à un an, endormi dans son landau, tête pendante et bouche ouverte. Hedda, assise à l'ombre des arbres du jardin, qui s'était laissé prendre en photo, mais n'avait pas souri pour autant. C'est bien d'elle, pensa Tully en caressant le visage de Hedda. Shakie et Frank à leur mariage, souriant tous les deux à l'Instamatic de Tully. Elle et Robin au même mariage, lui l'entourant de son bras et souriant pour la forme. Tully se souvint des circonstances où cette photo avait été prise. Elle était à côté de lui, mais n'avait qu'une envie, aller danser. Cela faisait un an qu'elle n'avait pas dansé.

Où est mon livre de l'année ? pensa Tully. Elle se rendit compte qu'elle ne l'avait jamais regardé, ni fait signer par personne. L'année de sa terminale, c'était le cadet de ses soucis.

Mais où peut-il être ? se demanda Tully. À quatre heures du matin, elle grimpa jusqu'au grenier et fouilla dans ses caisses parmi ses cahiers d'école et ses magazines. Elle finit par le trouver : un gros livre noir et poussiéreux. Lycée de Topeka, 1979.

Sur la page de garde, il y avait une inscription : « Il s'en est passé des choses, cette année-là, pour le meilleur et pour le pire, mais la vie continue. »

Elle le descendit, s'assit dans le fauteuil de Robin et se mit à le feuilleter. En première page, les supporters féminines agitaient leurs pom-poms, dont la belle Shakie, avec ses longues jambes, et Jennifer, en minijupe et corsage blanc, souriante, l'air timide, mais pas déplacé. Le cœur de Tully se serra.

Puis vinrent les photos de tous ceux qui avaient remporté les prix. Oh, le voilà ! Tully ne put s'empêcher de retenir son souffle. Le plus beau garçon du lycée, en tenue de footballeur, son casque sous le bras, un sourire victorieux sur les lèvres. Dire qu'elle avait embrassé ces lèvres, caressé ce visage... Mon Dieu, comme je t'aime, Jack Pendel, pensa-t-elle, les larmes aux yeux, comme engourdie. Je n'ai jamais cru à ma bonne étoile, mais j'ai de la chance de t'avoir connu.

Puis la plus belle fille du lycée, le visage de Shakie en gros plan, si jeune, si frais. Un visage fait pour le bonheur.

Le garçon le plus athlétique : encore Jack. Le

plus beau sourire, le meilleur professeur, le clown de la classe... Et puis, à sa grande surprise, elle! Meilleure danseuse : Natalie Anne Makker. On la voyait en collant, maigre comme un clou et tout aussi attirante, en train de faire une pirouette, les mains gracieusement relevées au-dessus de la tête. Tully se mit à rire. J'aurais dû regarder cet idiot de livre plus tôt, se dit-elle.

Puis des photos individuelles. « Martha Louise "Shakie" Lamber, supporter, reine du bal. » Rêve : « Être heureuse », avait écrit Shakie.

Natalie Anne Makker, Jennifer Lynn Mandolini et Julie Maria Martinez, réunies sur la même page. Tully à dix-sept ans, fixant l'objectif d'un regard sévère, pour se donner l'air mûr. Des cheveux courts, décolorés à l'eau oxygénée, et une tonne de maquillage, mascara, eye-liner noir, rose à joue, rouge à lèvres... Tully fronça les sourcils. C'est moi, ça? Bon sang, j'ai vraiment l'air d'une fille des rues. Elle se souvint du chahut qui l'entourait quand la photo avait été prise, dans l'auditorium du lycée. Tous les futurs élèves de terminale braillant des idioties en faisant claquer leurs chewing-gums.

Et son rêve? « Ne plus rêver », avait écrit la Tully de dix-sept ans. La Tully de vingt-neuf ans pressa le livre ouvert contre sa poitrine.

La photo de Jennifer était encadrée de noir. « Jennifer Lynn Mandolini », lisait-on. « 1962-1979. Major de la promotion du premier cycle, chef des supporters. » Rêve : « La Californie. »

Tully posa le livre sur ses genoux et regarda autour d'elle les rideaux, les étagères, la stéréo et la télé en secouant doucement la tête, les yeux emplis de larmes.

« Julie Maria Martinez », lut enfin Tully. « Club des débats, club politique, club d'échecs. » Rêve :

« Avoir une famille aussi chouette que mon papa et ma maman. » Eh bien, c'est réussi, songea Tully en soupirant.

Elle feuilleta quelques pages et finit par le trouver à P. Jack Pendel, capitaine de l'équipe de football Jr. Rêve : « La Californie », avait écrit Jack Pendel en 1978.

Elle rejeta la tête en arrière et ferma les yeux. Elle essaya d'imaginer la nouvelle vie qui l'attendait à Carmel. Ses enfants en train de poursuivre Jack sur la plage, accompagnés d'un jeune labrador. La senteur de l'air, le goût de l'eau salée, le toit blanc de leur maison au coucher du soleil. Elle, assise sous un palmier, les yeux fermés, le visage tourné vers le soleil. Elle essaya d'imaginer toutes ces choses, mais une seule image hantait son esprit, le visage de Robin, et une seule phrase résonnait dans sa tête comme un disque rayé, *Je ne peux pas le laisser! Je ne peux pas le laisser! Je ne peux pas le laisser!*

Cette chaleur oppressante, et le sommeil qui ne venait pas. Assise au pied de l'escalier, elle appela Jack.

— Tully, tu es folle? Quelle heure est-il? dit Jack d'une voix ensommeillée.

— Jack, je voulais te demander quelque chose. As-tu jamais feuilleté ton livre de l'année?

— Pas souvent, dit-il. Pourquoi? Toi oui?

— Ce soir, pour la première fois, répondit-elle. J'ai bien aimé ton rêve.

— Mon rêve? C'était quoi?

— Le même que celui de Jennifer, c'est drôle... Un simple mot.

— Ah, je me souviens maintenant. La Californie.

— Bravo.

— Et quel était le tien?

— Ne plus rêver.

— Eh bien, ça n'a pas marché, on dirait, dit Jack.

Je ne peux plus dormir, encore moins rêver, pensa Tully en raccrochant. Ce serait un soulagement, comparé à cela.

Elle reprit le téléphone.

— Bruce, je suis désolée de t'appeler si tard. Il n'y a rien de grave, mais...

— Pour un fermier, il n'est pas tard, Tully, dit Bruce. On vient de se lever. Mais Robin risque de ne pas être de cet avis.

— Pourrais-je lui parler, s'il te plaît ?

Quelques minutes passèrent.

— Tu es devenue folle ? dit Robin en prenant l'appareil.

— Comment fais-tu pour dormir par cette chaleur ? demanda Tully, impatiente d'entendre à nouveau sa voix.

— Je me débrouillais très bien jusqu'à ce que tu m'appelles. Qu'est-ce qui ne va pas ?

— Je n'arrive pas à dormir, dit Tully.

— Et alors ? Si tu réveilles les gens à cinq heures du matin chaque fois que tu n'arrives pas à dormir, tu risques de perdre des amis. Tu n'as qu'à prendre une des pilules de Hedda.

— Robin, tu m'as toujours interdit d'en prendre jusqu'ici.

— Oui, mais je n'étais pas aussi crevé. Comment vont les enfants ?

— Bien. Boomerang te réclame.

— Bon...

— Robin, veux-tu venir dîner à la maison, demain soir ?

— Non merci, Tully.

— S'il te plaît. Je ferai moi-même la cuisine.

— Raison de plus, dit Robin. À quelle heure passe-t-on au tribunal, mercredi ?

— À une heure. Viens demain. Je te ferai ton plat préféré. Du rôti de veau à la cocotte. On pourra parler.

— Quoi, à table ? Devant Boomerang ? Ça m'étonnerait. Écoute, Tully...

Mais elle avait déjà raccroché. Elle s'allongea au pied de l'escalier et finit par s'endormir au bout d'une heure interminable.

Le mardi ressembla au lundi. Sauf qu'elle rejoignit Jack à Lakeside Drive au lieu de déjeuner dehors avec lui et qu'ils firent l'amour.

À part un matelas au premier et une table de jeu au rez-de-chaussée, la maison de Lakeside était quasiment vide, à présent.

— Tu dois être triste de vendre la maison, dit Tully, allongée sur lui.

— L'heure est venue. Ce sont les rosiers que je regretterai le plus. Mais j'en ai déjà planté à la maison de Carmel. Il faut compter cinq ans pour la floraison.

— Ça prend autant de temps ?

— Au mieux, oui... Je pensais aussi prendre un chien pour Boomerang. Tu crois que ça lui plairait ?

— Il adorerait ça, dit Tully. Un golden retriever qui s'appellerait Rover.

— Tu en demandes trop, dit Jack. Ça ne court pas les rues, des golden retrievers nommés Rover... Dis-moi, Tully, as-tu donné ta démission ?

— Non. Je n'irai pas lundi... Cela devrait suffire.

— Et tu as fait tes bagages ?

— Non, pas encore. Je pensais les faire lundi. À moins de ne rien emporter et de tout acheter à nouveau.

— Même les vêtements ?

— Oui, dit Tully. Je n'ai pas envie de m'entourer de choses qui me rappelleront Texas Street. Comment être sereine, dans ces conditions ?

— Tully, qu'est-ce que tu as ?

— Rien.

— J'ai l'impression que tu me caches quelque chose.

— Non, j'ai un peu le cafard, c'est tout. Mais ça va passer... Bon, il faut que j'y aille.

Il la renversa sur le matelas en l'embrassant. Tully ferma les yeux.

— T'ai-je dit que j'aimais ta bouche ? murmura-t-elle.

— Mille fois, mais dis-le-moi encore.

— J'aime ta bouche.

— Quoi d'autre ?

— J'aime chaque parcelle de ta peau.

— Prouve-le, murmura-t-il d'une voix rauque.

Quand ce fut chose faite, Tully se leva.

— Il faut vraiment que j'y aille.

— Passe donc l'après-midi avec moi. De quoi as-tu peur ? De te faire renvoyer ?

— Non, dit Tully en enfilant ses dessous. Je les connais. Ils risquent d'appeler ma mère et elle va encore me traiter de salope.

— Qu'elle repose en paix.

— Amen, dit Tully.

Le mardi soir, de retour à la maison, Tully mit les enfants au lit et regarda un festival Jack Nicholson sur Channel 8. *Cinq Pièces faciles, Cette douceur qu'on dit charnelle* et *Vol au-dessus d'un nid de coucou.* Ratched, l'infirmière-chef, lui faisait penser à quelqu'un, avec son visage austère et ses cheveux tirés. Mais cette vague réminiscence s'estompa aussitôt.

Tully s'endormit sur le canapé, pendant la scène du bus dans *Vol au-dessus d'un nid de coucou.*

Pendant la nuit, Jenny eut une poussée de fièvre. Tully vint la prendre et retourna s'asseoir en bas avec elle. La petite fille ne voulait s'endormir que dans les bras de sa mère. Tully la mit dans le porte-bébé et la berça en la tenant contre elle. Comme j'aimerais moi aussi que quelqu'un me berce contre sa poitrine, songea-t-elle.

Elle embrassa les fins cheveux de sa fille et respira son odeur de bébé. Dire qu'il ne la connaîtra pas ! Il n'aura pas le plaisir de la câliner, de la mettre au lit, de la baigner, de la regarder marcher. Il ne l'entendra pas l'appeler papa, il ne la verra pas sortir de la baignoire, toute rose et humide. Il ne la verra pas grandir. Il n'aura pas accès à toutes ces merveilles. Comme il le méritait pourtant ! Tully pressa les poings contre ses paupières. La douleur était intolérable. Et elle non plus ne le connaîtra pas ! Je ne la verrai jamais montée sur ses épaules, cramponnée à ses cheveux, je ne verrai pas son regard à lui quand elle s'avancera à sa rencontre dans sa robe de bal en disant : « Papa, comment tu me trouves ? »

Ma petite, comment pourras-tu me pardonner d'avoir sacrifié ton papa ? Et moi, comment pourrai-je jamais me le pardonner ?

Assise dans le fauteuil de Robin, Tully se balança jusqu'au matin en pressant les lèvres contre la tête fiévreuse de sa fille.

Le mercredi matin, avant que Robin n'arrive, Tully confia Jenny à Millie une demi-heure et alla à Saint Mark mettre des roses blanches sur la tombe de Jennifer. Dans son urne posée sur le dessus de cheminée comme un vulgaire bibelot, ma mère n'a même pas droit à des roses, pensa Tully, la tête vide. Je devrais enterrer ses cendres ici.

Tu serais triste, Jen, si je ne venais plus. Tu

serais triste que je n'aille plus me recueillir sur ta tombe, les yeux fixés sur la terre où tu reposes.

Jennifer, Robin et moi sommes censés divorcer aujourd'hui. Quelle bonne idée, hein ? On va alle au tribunal, le juge va nous poser quelques ques tions, puis il signera les papiers du divorce e Robin et moi ne serons plus mariés. Tu imagines Je ne serai plus sa femme. Tu sais, j'ai passé ma vie à dire que je n'avais rien et à marcher les yeux fermés, d'une illusion à une autre. Robin est la chose la plus réelle que j'aie jamais eue ! Bien plu réelle que toi. Nom d'un chien ! Me voilà en trai de parler à une tombe. Tu comprends ce que j veux dire ? Robin est comme la terre sous me pieds. Comment puis-je abandonner la terre ferm pour la mer mouvante ? Je le frappe, je me bat contre lui, mais il résiste, usé par le chagrin, l vent, le temps qui passe, il reste debout, il est tou jours là. Comment puis-je dire que je n'ai rien ? J n'ai pas rien. J'ai quelqu'un contre qui me battre Chaque nuit.

Pendant ce temps, quelque part entre les pensée de Tully et la tombe de Jennifer flottait le visag de Jack Pendel.

Jenny avait beaucoup de fièvre et Tully passa l reste de la matinée à la porter dans le porte-bébé L'inquiétude que lui causaient le front brûlant et l respiration oppressée de sa fille couvrait un peu l vacarme infernal qui résonnait dans sa poitrine Elle donna congé à Millie pour le reste de la jour née. Elle avait envie de parler à Robin et voulai préparer le repas du soir. Devant l'évier, elle se mi à peler des pommes de terre. L'eau froide coulai dans l'évier, Jenny dormait d'un sommeil agité attachée à sa mère, et Tully pleurait, s'essuyan parfois la figure de ses mains mouillées. Dans l maison, à part l'eau qui coulait du robinet, o n'entendait aucun bruit.

À midi, Robin arriva.

— Non, je n'ai pas donné ma démission. Jenny est malade, dit Tully.

Robin s'avança et toucha le front brûlant de la petite fille. Il portait une chemise et une cravate. Tully sentit son odeur. Elle eut envie qu'il la touche.

— Quelle sale tête tu as, dit Robin en lui lançant un coup d'œil. On doit partir dans un quart d'heure. Tu ne veux pas t'arranger un peu ?

— Robin, dit Tully en prenant une serviette en papier pour s'essuyer les mains, puis la figure. Je ne veux pas y aller.

— Qu'est-ce que tu racontes ?

Portant toujours Jenny contre elle, Tully s'approcha de lui et lui prit la main.

— Robin, je ne veux pas y aller, dit-elle d'une voix atone.

Il la regarda un moment sans bouger. Puis il tenta de libérer sa main, mais elle la retint.

— Que te faut-il de plus ? demanda Robin. Tu as eu ce que tu voulais de moi.

— Oh non, je n'ai pas eu ce que je voulais de toi, Robin DeMarco, dit Tully. Je suis loin du compte.

Elle l'attira à elle, mais il résista.

— Robin, dit-elle posément, je veux que tu reviennes.

— Mais je n'en ai aucune envie, Tully, répliqua-t-il en libérant ses mains. Je me trouve bien comme je suis.

— Je ne te crois pas, Robin. Reviens.

— Tully, crois-moi, dit-il calmement. Je vais très bien.

— Robin ! s'exclama-t-elle. Nous sommes toute ta vie ! Pourquoi faire comme si nous n'existions pas ?

— Je fais seulement comme si *tu* n'existais pas.

— Toi qui m'as tant aimée...

Robin recula avec un petit rire étranglé. Elle avança vers lui, mais s'arrêta près de la grande table en chêne.

— Robin, ne me fuis pas. Je t'en prie, reviens. Je ne te quitterai pas.

— Qu'est-ce que tu racontes, Tully ? J'ai déjà commencé à t'oublier.

— Avec ta shampouineuse ?

Robin leva les yeux au ciel.

— Tully, arrête, dit-il posément. Elle m'aime elle au moins.

— Et moi ? cria Tully en pleurant. Je t'aime ! JE T'AIME !

Adossé au mur de la cuisine, face à elle, Robin la regarda droit dans les yeux. L'incrédulité qu'elle lut dans son regard lui fit détourner la tête.

— M'aimer, toi ? Je ne te crois pas, Tully Makker. Et depuis quand ?

— Tully DeMarco, corrigea Tully en caressant la tête de Jenny. Robin, je t'ai toujours aimé. Mais j'avais la tête trop embrouillée pour m'en rendre compte. J'ai traîné, traîné... D'abord, j'ai cru que c'était à cause de ma mère, parce que je ne savais pas quoi faire d'elle. Mais sa mort n'a rien changé. Alors je me suis dit que c'était la maison, mon travail, les amis, qui me retenaient, et surtout Boomerang... Je savais bien que jamais je ne partirais sans lui. Mais quand tu m'as laissée et que je me suis retrouvée seule, tout le reste n'a plus compté. J'ai compris d'un seul coup que ce n'était ni ma mère ni ma maison, ni mon travail, ni même mon fils qui m'avaient empêchée de partir. C'était toi, c'était toi, murmura Tully. À part toi, plus rien ne me retient. Je suis libre de partir. Mais je ne peux pas te quitter, Robin. Je ne peux pas.

Il se tenait toujours à distance, adossé au mur de la cuisine, et elle près de la table. Il la fixa pendant un long long moment.

— C'est impossible, Tully.

— Si, c'est possible, répliqua-t-elle, exténuée, mais résolue. Tu verras, tout s'arrangera.

— Tu ne comprends pas. Je ne peux pas. Je n'ai plus la force.

Comme elle avançait, il recula en secouant la tête, sortant presque de la pièce.

— Le ressort est cassé, Tully. Tu vois bien, il est trop tard.

— Un ressort, ça se change, dit-elle en s'efforçant de prendre un ton léger.

— Pas celui-là. Le tien est en acier trempé, Tully. Mais moi, je n'ai plus de force. Je ne pourrai plus m'occuper de toi comme avant.

Tully essaya de s'approcher de lui en contournant la table. Il leva les mains et elle s'arrêta.

— Tu n'auras pas besoin d'être fort, Robin, murmura-t-elle.

— Avec toi ? Tu plaisantes.

— Robin, ne m'oblige pas à te supplier à genoux. Tu dis toi-même que ça ne me va pas. Je t'en prie, reste avec nous. C'est toi qui décideras des conditions. Mais reviens vivre avec nous.

Alors Tully vit Robin vaciller sur ses jambes. Il alla s'asseoir à la table, face à elle, et regarda ses mains tremblantes.

— Regarde ce que tu as fait de moi, murmura-t-il. Tu m'as cassé en deux.

— Je t'en prie, pardonne-moi, dit Tully faiblement. Tu m'aimes encore, je le sais. Pardonne-moi.

Robin resta muet, gardant les yeux obstinément fixés sur ses mains, tandis que Tully restait debout face à lui, cramponnée à une chaise.

— Tully, je ne sais pas ce que tu as en tête, dit-il enfin. Mais je ne peux pas venir avec toi.

Tully esquissa un pauvre sourire.

— Tout ce que je veux, c'est que tu reviennes à la maison. Je n'irai pas en Californie.

— Et ça t'est venu comme ça, en trois jours ?

— Pendant ces trois jours où tu n'étais pas là, j'ai imaginé ce que serait ma vie sans toi. Et j'ai ressenti la même chose que quand Jennifer est morte. Je me suis sentie si seule, Robin. Je ne veux pas souffrir et te pleurer comme je l'ai pleurée. Je ne veux plus porter le deuil de personne.

— Sauf le sien.

— Écoute, Robin. Je n'ai jamais eu de vie. Et je n'ai jamais désiré en avoir une. Quand tu t'es mis à m'aimer, je me suis détournée de toi. Tu me plaisais pourtant. Mais je ne désirais rien, tu comprends ? Je m'en fichais. Je ne pensais à rien, je ne faisais pas de projets. Ma vie, je l'imaginais faite d'errance et d'attente, de cauchemars et de ciel gris. Une vie sans racines, sans espérance. La seule chose que je voulais, c'était partir, tu comprends ? Partir pour oublier tout ce qui m'empêchait de dormir la nuit, oublier mon père, ma mère et Jennifer. Je voulais vivre comme Jennifer aurait aimé vivre. Et quand je suis tombée enceinte, ce n'était pas ce que j'attendais. Mais je t'en prie, Robin, crois-moi quand je te dis qu'avec le temps j'ai fini par aimer ma vie telle qu'elle était. Oui, je me suis mise à l'aimer, dit Tully en souriant tristement. Je ne l'avais pas choisie. On l'a choisie pour moi... Qui ? Je n'en sais fichtre rien. Dieu, le diable, ou toi, peut-être... Et j'ai drôlement rué dans les brancards ! Aujourd'hui, j'ai mon mot à dire. C'est à moi de choisir. Et je te choisis, Robin, dit Tully en essayant de chasser l'image de Jack, qui dansait devant ses yeux. Je te choisis, parce que, sans toi, je n'ai plus rien. Tu m'as donné tout ce dont j'avais besoin, tu m'as laissée faire tout ce que j'ai voulu. Depuis le début, tu m'as soutenue et tu as été fier de moi, même quand je n'étais pas grand-chose, pas une bonne épouse en tout cas. Ce bateau que tu m'as donné, tu en es l'ancre, Robin, et moi, je ne suis rien sans toi, dit Tully, brisée, mais délivrée.

— Tu n'es pas rien sans moi, Natalie Anne Makker, murmura Robin. Tu n'es pas rien.

— Pardonne-moi, Robin, dit Tully en serrant sa fille contre elle.

— Et qu'est-ce que tu proposes ? Que tout recommence comme avant ?

— Non. Maintenant, il faudra qu'on se parle de temps en temps. Qu'on parte en vacances, peut-être. Qu'on aille faire les courses ensemble...

Robin la contempla un moment.

— Et Jack, dans tout ça ?

— S'il te plaît, pardonne-moi, pour Jack, dit Tully si bas qu'elle-même s'entendit à peine.

— Ne me dis pas que tu l'as voulu seulement parce que Jennifer le voulait, dit Robin. Ne me dis pas que tu ne l'as jamais aimé.

— Oh non, souffla Tully en prenant appui sur la table de chêne. Je l'ai aimé.

— Et tu l'aimes toujours, dit Robin. N'est-ce pas ?

— Oui, je l'aime toujours, dit Tully d'une voix brisée. S'il te plaît, pardonne-moi.

— Alors que vas-tu faire, Tully ? demanda posément Robin.

Et Tully, se retenant des deux mains au dossier de la chaise en chêne pour ne pas tomber, murmura :

— J'en viendrai à bout, Robin. J'en viendrai à bout.

V

TULLY

Jack Pendel et Tully Makker
S'aimaient de tout cœur
Ils se séparèrent pourtant
Quand vint le temps
Jack fit un très long voyage
Tully du raccommodage
Mais toujours s'interrogèrent
Sur ce grand mystère...
... Comment ils vécurent tous deux
Sans s'aimer yeux dans les yeux

N. A. DeMarco

1er août 1990

Plus tard cet après-midi-là, Tully partit à pied en direction de Lakeside Drive. Robin était resté à la maison pour garder Jenny.

Tully marchait d'un pas lent. Elle faillit faire un détour par Sunset Court, mais elle n'en eut pas la force. Alors qu'elle filait droit chez Jack, elle changea d'avis et fit un crochet par Oakley Street. Elle voulait encore se recueillir sur la tombe de Jennifer.

Le portail de Saint Mark grinçait, comme d'habitude. L'allée était couverte d'une poussière sèche et brûlante. Mais à l'ombre des chênes, il faisait encore frais. Jack était à genoux, près de la tombe, occupé à tailler le rosier.

— Tiens, quelle surprise! dit-il en se levant avec un grand sourire. Et le tribunal, ça s'est bien passé?

— Très bien, mentit Tully en essayant de rassembler ses esprits, tout en marchant lentement à sa rencontre.

Elle regretta de ne pas être allée directement chez lui. Elle aurait au moins gagné quelques minutes. Je voudrais bien m'asseoir, mais la chaise n'est plus là, songea-t-elle.

— Ne traînons pas trop ici. Je suis déjà venue ce matin.

— Alors pourquoi es-tu revenue? Tu me cherchais? dit-il en lui caressant la joue. On va aller à la maison et je te montrerai notre itinéraire, dit-il en s'agenouillant pour tasser la terre au pied du rosier. Tu sais, je me suis dit qu'on pourrait prendre un jour ou deux de plus pour traverser le Grand Canyon.

— Le traverser? dit Tully en imaginant Boomerang découvrant le Grand Canyon. Je croyais qu'il y avait un énorme précipice en plein milieu.

— Il y a sûrement un pont, dit-il en se relevant.

Il ne souriait plus. Elle s'efforça de se maîtriser, car Jack ne s'était jamais laissé aller devant elle et elle voulait se montrer à la hauteur. Elle portait la robe et les chaussures que Jack préférait. Ses sandales blanches.

— Qu'est-ce qui ne va pas, Tully? Tu n'es pas allée au tribunal, n'est-ce pas?

Les yeux fixés sur le rosier dont les fleurs blanches avaient éclos, magnifiques, elle secoua la tête.

— Jack, dit-elle d'une voix altérée. Je ne peux pas partir.

— Quoi ? Regarde-moi.

Mais Tully fut incapable de le regarder.

— Je ne peux pas, Jack.

— Il a changé d'avis, pour Boomerang. C'est ça ? dit Jack. Tully... tu veux bien me regarder ? Merci. Alors ?

— Je ne peux pas partir, Jack Pendel.

Il s'approcha d'elle et prit le visage de Tully dans ses mains. Elle lui jeta un coup d'œil, puis ferma les yeux et répéta d'une voix éteinte :

— Je ne peux pas, c'est tout.

Jack garda un instant son visage, puis laissa retomber ses mains et recula d'un pas. Pendant un long moment, il ne dit rien.

— Je le savais. Merde, je le savais.

— Jacko, vraiment, je regrette.

— Tully, je nous ai trouvé une maison.

— Je sais.

— Ne t'y trompe pas, si je suis revenu ici pendant six ans, c'était uniquement pour toi.

— Je sais, dit-elle tristement.

— Depuis la mort de ma mère, je n'ai aucune raison ni aucune envie de revenir ici.

— Je sais, dit Tully.

Jack prit une profonde inspiration.

— Ce n'est pas Boomerang. Il y a autre chose, n'est-ce pas ? Vas-y, Tully. Dis-moi.

Elle parcourut du regard le petit cimetière, cherchant autour d'elle quelque chose à quoi se raccrocher. Un trou où se cacher. Un son qui couvre ce silence. Elle entendit au loin une sirène de police. Pas suffisant.

— Tully, dit-il en se raidissant. Ne compte pas sur moi pour te faciliter les choses, cette fois.

Elle détourna les yeux. Moins pour lui cacher

son visage que pour ne plus voir le sien, si beau, inchangé, et ses yeux gris aussi gris que les siens. Elle eut envie d'effleurer ses lèvres. Tu avais raison, Jack Pendel, capitaine des High Trojans. Il n'y a pas une bonne façon de quitter quelqu'un. M'as-tu aimée en vain, tout ce temps, avec l'espoir que ton amour me suffise ? Que j'aie envie de partir moi aussi ? Et dire que je t'ai demandé un jour si tu allais me briser le cœur.

— Oh, Tully, dit-il en crispant les poings.

Elle réussit à pleurer. Un hoquet s'échappa de ses lèvres. Mais elle eut beau ouvrir la bouche, elle fut incapable de prononcer un mot. Alors, dans un geste enfantin, elle se frotta le visage avec l'avant-bras pour essuyer ses larmes.

— Parle-moi, dit-il d'une voix rauque. Parle-moi.

— Jack, Jacko, murmura-t-elle d'une voix entrecoupée de sanglots.

— Dis-moi pourquoi, Tully.

— Jack, je ne peux pas quitter ma vie et courir après une autre ! dit-elle avec véhémence. Je n'y arrive pas.

— Bien sûr, comment quitter un tel paradis... Tully, et la Californie, dans tout ça ?

— Je m'en passerai.

— Bien sûr, et tu te passeras de moi aussi ?

Ils étaient si étrangement calmes. Tully joignit les mains et les porta à ses lèvres.

— Je ne peux pas le quitter, dit-elle.

— Robin ?

Elle hocha la tête.

— Tu ne peux pas ou tu ne veux pas ?

— Je ne veux pas, murmura-t-elle.

Il poussa un lourd et douloureux soupir.

— Et moi, tu peux me quitter ?

— Jack. J'ai une vie avec lui, j'ai un enfant de lui...

— De moi aussi. Jennifer...

— Je ne peux pas le laisser, répéta Tully.

Les minutes passèrent.

— Je ne renoncerai pas à Jennifer, dit Jack.

— Jack, je t'en prie, dit Tully en nouant ses mains jointes.

— Et si j'allais devant le tribunal pour réclamer sa garde ?

— Fais-le, si tu veux tous nous faire du mal pour te venger de moi.

— De toute façon, je n'aurais aucune chance, n'est-ce pas ?

— Non, je ne crois pas. Et puis... tu sais comme moi que Jennifer doit être avec sa maman.

— Bien sûr... Tully, dit Jack en la saisissant par les épaules. Viens avec moi !

Elle tenta de se libérer, mais les mains de Jack la tenaient comme dans un étau.

— Je ne peux pas, Jack. Je ne peux pas, c'est tout.

— Je n'arrive pas à croire que tu ne puisses pas le quitter, dit Jack en la relâchant. Cela fait des années que tu le désires.

Tully secoua la tête.

— Cela fait des années que je fais traîner les choses.

— Avec son cœur et le mien en remorque, dit Jack.

— Le mien aussi... Jack, c'est promis, tu pourras venir voir Jenny quand tu...

— Bien sûr, Tully, dit Jack. Je mettrai mon costume du dimanche et je me pointerai au repas de famille !

— Essaie de comprendre, je t'en prie. Il fallait que je me libère de tant de choses, tu le sais.

— Oui, dit Jack. Mais j'ignorais que j'en faisais partie.

Elle tomba à genoux. Il s'approcha et s'agenouilla face à elle.

— Et si je restais ici ? dit Jack, désespéré. On trouvera une maison, loin de tout. Tu garderas ton travail. Il verra son fils. Je vais rester, Tully.

Comme hébétée, Tully secoua la tête.

— Tu veux dire que tu ne veux pas que je reste ici ?

Elle ne répondit pas.

Il se leva et la regarda de toute sa hauteur.

— Ce que je peux être bête ! Ça y est, Tully, j'ai pigé. Ça fait déjà un bout de temps que tu en as fini avec moi. Je ne m'en étais pas rendu compte, c'est tout.

Tully se frotta le visage. Jack écarta ses mains et lui prit le menton.

— Regarde-moi cette tête, dit-il en lui essuyant les joues. Ne t'en fais pas, Tully. Je n'ai pas la moindre envie de rester ici, et tu le sais. Mais au moins, laisse-moi te convaincre de partir.

— Non, Jacko, s'il te plaît...

— C'est vraiment ce que tu désires ? C'est ainsi que tu penses trouver la paix ? Jure-le-moi.

Tully hocha faiblement la tête.

— Je ne te crois pas, Tully Makker, moi qui connais le bruit des vagues et la paix qu'apporte l'océan... Tant pis. J'étais persuadé que tu viendrais avec moi, ajouta Jack en souriant tristement. Vraiment, j'y ai cru. J'espérais qu'on vivrait enfin notre rêve, toi et moi.

— Jacko, de nous tous, tu es le seul à avoir vécu ton rêve. Penses-y.

— Ah oui ? dit-il avec amertume. Alors pourquoi est-ce que je me sens si mal ?

Toujours à genoux, Tully se pencha et posa un baiser sur la jambe de Jack.

— Ça va aller, Jack Pendel. Ça va aller.

— Oh, je ne me fais pas de souci pour toi, dit-il en reculant. Tu es incroyable. Toute ta vie, tu as vécu au bord du gouffre. À tel point qu'on n'osait même pas te souffler dessus, ni les uns ni les autres, de peur de te voir tomber à tout moment. Non seulement tu n'es pas tombée, mais tu te tiens aussi droite qu'un menhir, pendant qu'on rebondit sous tes yeux comme des balles de ping-pong.

— Ce n'est pas vrai, dit-elle. C'est grâce à toi si je suis encore là. Tu m'as sauvé la vie à la naissance de Jenny.

Jack fit un geste impatient.

— Tu oublies, chère Tully, que si tu n'avais pas été avec moi, je n'aurais pas eu à te sauver du tout.

— Jack, ne dis pas ça, s'exclama Tully. Ce n'est pas vrai.

Comme les mots sonnaient creux.

— Tu sais, je ne suis pas si naïf. J'ai toujours su qu'il y aurait un sacrifié, dans l'histoire. Mais durant toutes ces années, quand je m'allongeais la nuit sur la plage en rêvant de toi et du jour où tu serais là près de moi, quand je revenais ici pour te voir, il ne m'est jamais venu à l'idée que ce serait moi la victime.

— Moi non plus, dit Tully.

— Et me voilà. Sacrifié.

Il serra les lèvres. Elle était toujours à genoux. Jack lui donna la main et l'aida à se relever.

— Tully, tu ne m'aimes donc plus ?

Elle se leva et lui caressa les lèvres.

— Oh ! si, je t'aime.

Tully le dévisagea. C'était un homme fait. La souffrance, il connaissait. Il en avait vu, ressenti et causé tant et plus. De quoi remplir deux vies. Pourvu qu'il soit assez fort pour ne pas s'effondrer devant moi, pensa-t-elle. Elle se sentait si faible, si déchirée. S'il craquait, elle ne pourrait pas le laisser partir.

— Et lui, tu l'aimes ? demanda Jack. Attends. Je ne veux pas savoir. En fait, ça m'est égal. Je connais déjà la réponse.

Ils restèrent silencieux. Tully lui caressa tendrement les cheveux.

— J'aime aussi ma vie, Jack. Jamais je n'aurais pensé qu'un jour je dirais ça en parlant de Topeka, du Kansas, mais c'est vrai. Je l'aime. J'aime le Kansas. J'aime ma maison de Texas Street, j'aime mon travail, j'aime mon fils et... ma petite fille.

— Je l'espère bien, dit Jack d'un air farouche. Je l'espère bien.

Il y eut un silence.

— Et moi je t'aime, dit Jack.

— Moi aussi, je t'aime, répondit Tully en appuyant son poing fermé contre son cœur.

Elle l'attira à elle, prit son beau visage dans ses mains et embrassa ses yeux, qui avaient un goût de sel, ses lèvres, qui l'avaient subjuguée, chaque heure des mille jours qu'ils avaient passés ensemble. Et puis, fermant les yeux, elle frotta sa joue contre la sienne, pour sentir la rudesse de sa barbe... Auprès de lui, elle avait trouvé la paix. Endormie à ses côtés, elle n'avait pas fait de cauchemars.

Jack se dégagea.

— C'est bon, Tully, dit-il. Je vais m'en tirer. Pars, maintenant. Je vais rester ici un moment.

Jack croisa les bras sur sa poitrine et lui tourna le dos. Tully eut envie qu'il la touche, mais elle sentit qu'il avait atteint la limite de ses forces.

— Merci d'avoir mis la robe et les chaussures que je préfère. Je me souviens de t'avoir portée à cause de ces idiotes de chaussures, quand on traversait le Potomac pour finir par ne pas aller voir les cerisiers en fleur.

Elle fit mine de s'approcher, mais quand elle le

vit se détourner, elle comprit. Ils étaient tendus à se rompre, Tully et Jack. Leur résistance était à bout. Il fallait partir.

Elle se dirigea vers l'allée en se retournant plusieurs fois pour le voir. Jack se dressait comme une montagne verdoyante au milieu d'un désert, la tête bien droite. En un clin d'œil, toute une vie avait été balayée, tout un rêve englouti. L'océan Pacifique.

— On y est arrivés, Jacko. Toi et moi. On a remonté le courant et repoussé la mort.

— Oui, Tully, répondit-il sans se retourner. On y est arrivés.

Elle ne supportait pas de le voir ainsi, le dos obstinément tourné, incapable de la regarder en face. Elle revint sur ses pas.

— Jack, murmura-t-elle, reviens de temps en temps voir ta petite fille.

— Oui, Tully, bien sûr, dit Jack.

Tully faillit tout abandonner alors, tout oublier, courir à lui, pour l'obliger à se retourner. Elle fit quelques pas vers lui, mais trébucha sur ses sandales à hauts talons, comme aveuglée, et se retint au mur de l'église pour ne pas tomber.

— Quel dommage, dit Jack. Je ne te montrerai pas la Californie, tout compte fait.

— Oh ! ne t'en fais pas pour ça, s'exclama Tully. Je m'en fiche bien, de la Californie. Tu m'as montré le lac Vaquero, Jack Pendel. Le secret de toutes choses.

Elle le vit baisser la tête.

— Au revoir, Tully.

— Au revoir, Jack.

Le portail grinça deux fois, quand elle l'ouvrit et quand elle le referma.

Elle descendit d'un pas mal assuré les marches qui donnaient sur la cour de l'église. À part la douce rumeur d'un après-midi d'été, il n'y avait aucun bruit.

Elle eut envie de se retourner pour voir s'il était au portail en train de la regarder, mais elle se retint. Tully sécha ses larmes et s'accroupit pour rajuster les lanières de ses sandales. Elle se releva, serra les bras autour de son corps, redressa les épaules, et rentra à la maison.

I JENNIFER LYNN MANDOLINI

II LA FUITE DES JOURS

III LA MAISON DE TEXAS STREET

IV NATALIE ANNE MAKKER

Achevé d'imprimer en février 1998
sur les presses de l'Imprimerie Bussière
à Saint-Amand (Cher)

POCKET - 12, avenue d'Italie - 75627 Paris Cedex 13
Tél. : 01-44-16-05-00

— N° d'imp. 467. —
Dépôt légal : mars 1998.

Imprimé en France

POCKET - 12, avenue d'Italie - 75627 Paris Cedex 13
Tél. : 01-44-16-05-00

— N° d'imp. 467. —
Dépôt légal : mars 199[illegible]

Imprimé en France